国家社会科学基金项目（11CZW009）
汕头大学科研启动基金资助项目（STF19028）

后现代误读理论研究

李　兵 ◎ 著

中国社会科学出版社

图书在版编目(CIP)数据

后现代误读理论研究／李兵著 .—北京：中国社会科学出版社，2020.9
ISBN 978-7-5203-7361-6

Ⅰ.①后⋯　Ⅱ.①李⋯　Ⅲ.①文学理论—研究　Ⅳ.①I0

中国版本图书馆 CIP 数据核字（2020）第 186967 号

出 版 人	赵剑英
责任编辑	周慧敏　任　明
特约编辑	芮　信
责任校对	张依婧
责任印制	郝美娜

出　　版	中国社会科学出版社
社　　址	北京鼓楼西大街甲 158 号
邮　　编	100720
网　　址	http://www.csspw.cn
发 行 部	010-84083685
门 市 部	010-84029450
经　　销	新华书店及其他书店

印刷装订	北京君升印刷有限公司
版　　次	2020 年 9 月第 1 版
印　　次	2020 年 9 月第 1 次印刷

开　　本	710×1000　1/16
印　　张	22.25
插　　页	2
字　　数	369 千字
定　　价	118.00 元

凡购买中国社会科学出版社图书，如有质量问题请与本社营销中心联系调换
电话：010-84083683
版权所有　侵权必究

序　言

赵宪章

李兵于2004—2007年在南京大学攻读文艺学博士学位，毕业后又前往复旦大学继续做博士后研究，在朱立元教授的指导下不断精进。一年前，我在他服务的曲靖师范学院见到了他，了解到他已经成为学校和云南省的骨干教师，并且获得了不少荣誉，但是他从未向我提及这些，尽管我们俩之间的联系一直未断。这就是李兵，"讷于言而敏于行"，一个不喜张扬、闷头做事的人。

《后现代误读理论研究》是李兵在其博士论文的基础上修改、充实而最终成稿的。我记得他当初的选题并不如是，而是《文学误读理论研究》；现在将论域限定在"后现代"，焦点更加集中、明确，更具学理性和现实针对性。可见，单就命题变更而言，就可对李兵的学术进步略知一二。祝贺他！

我很快地浏览了全书，熟悉的面孔，又有些陌生；其中使我"陌生"的部分，显然就是他的新得。单就全书的结构而言，李兵博士在简要梳理误读理论的历史线索之后，着重就他所设定的"后现代语境"展开，主要包括误读理论的谱系、范畴以及评价和展望等诸方面，给我们呈现出了一个相对完整的面貌。毫无疑问，这是我目前看到的最为系统的此类研究。

值得称道的还在于李兵博士并未止于研究对象的客观描述，而是在客观描述与系统呈现的同时，大胆提出了自己的阅读主张，这就是他的关于"本真阅读伦理学"的构想。在他看来，文学阅读应该从"真理"向"合理"位移，因为"文学真理"并不是"哲学真理"，海德格尔、伽达默尔等人所理解的"真理"与文学阅读实践相差甚远。至于何为"本真阅读伦理学"，李兵为了避免喧宾夺主，并未展开详细深入的讨论，但是语出有因，且缘自亲身体会，堪称本论著的学术亮点之一。就此反观我们的许多西学研究，大多定位于或止步于"准确理解对象"，仅仅以此为目的，当然很难达到这一水平。

由此联想到我们对西方美学和文论的译介和研究，新时期以来不可谓不丰富多彩，但是，由此延异出哪些植根于本土的理论呢？当我们试图对某一问题发表看法时，张嘴闭嘴无不是西方的话语和概念。问题还不在这里，而在于用西方话语和概念阐发我们的问题往往卯榫不合，或者给人隔靴搔痒之憾。更重要的问题还在于，长此以往，就有可能根本发现不了我们自己的问题，所有的问题都来自西方，认为西方的问题就是我们的问题。于是，我们都成了老外的打工仔。还有更加重要的问题，那就是这种偏向累积到一定程度，中西、古今各言其事，隔阂与对立不可避免。如果此言成箴，西方和古代不仅不能成为有益于新理论建构的学术资源，反而成了相互敌对的东西。我不认为这是危言耸听！

当然，能在译介西学的同时"接着说"，甚或达到"自己说"和"说自己"，最根本的还是要切合研究对象的特点，而不是将那些"普遍大法"生硬地套装给鲜活的文学。李兵博士对西学真理观的质疑及其"本真阅读伦理学"的提出，就是基于鲜活的文学事实，即基于文学之所以为文学而不是其他。只有直面鲜活的文学事实，认同文学经验的可靠性，才能发现新问题、质疑旧成说，才能圆通自己的新见。所谓学术原创，由此而生。毫无疑问，李兵博士走在了正路上。

于是，如何西为中用、古为今用，是摆在每个学者面前不得不思考的问题。但愿就此问题与李兵博士一起开始新的试验和探索。

是为序。

2019 年初秋

于南京草场门寓所

序　言

朱立元

李兵博士于2010—2012年到复旦大学中文系博士后流动站跟随我从事博士后研究。在站期间，李兵勤奋用功，博士后中期考核与出站成绩均为优秀，这在我们中文站是很不容易的。出站后他回到了曲靖师范学院，从事教学科研工作，仍然兢兢业业，取得了不错的成果，在各类杂志、报纸发表多篇学术论文，获得了教育部、国家社科基金项目，多次获市级、省级的奖励与表彰，2016年晋升为教授，2017年获评为云南省中青年学术技术带头人后备人才；2019年调入汕头大学文学院工作，入选汕头大学卓越人才系列中的拔尖人才。我为李兵博士取得的这些成绩感到欣慰。希望他再接再厉，继续努力，在学术上取得更大的进步。

欣闻李兵博士的书稿《后现代误读理论研究》即将出版，非常高兴！这是他参加的国家社科基金项目的结项成果。该书勾勒了后现代误读理论的谱系，描述了后现代误读理论的发展态势，并对它进行了系统深刻的剖析。误读研究在后现代被部分研究者上升为一种积极的正面的手段，加以全面肯定，我们应该如何应对这一复杂的现象？李兵博士提出的问题令人深思，他对解构主义的"阅读即误读"的观念进行了辩证研究，从学理上厘清了其意义和不足，让人警醒，值得重视。李兵博士又以读者、作者等为范畴描述了后现代误读理论的基本概念，概括了后现代误读理论的基本特征，深入研究了后现代误读理论的价值和局限，分析针砭时弊，有很强的现实意义。后又联系媒介理论等对后现代的阅读现状加以重新审视，指出其发展趋向。该书在理论反思的基础上，尝试寻找一条新的研究途径，其提出的自反性阅读作为走出后现代误读理论的困境提供了一个新的研究视角。

误读是20世纪文学理论研究的关键词之一，后又溢出了文学的边界，进入了文化研究、社会学研究等广泛的领域,作为文艺美学中的核心问题,值得深入研讨。但一直未见有关于误读理论研究的系统性著作问世。李兵博士的《后现代误读理论研究》出版,应当说填补了这方面的一个空白,对促进该研究的深入有一定意义和价值。该书问题意识突出,逻辑思路清晰,表述具有很强的学理性,其中不乏较精彩的分析与论证。如对德里达解构思维方式的批判、对德里达思维方式的贡献和不足的辩证分析精炼得当。又如该书提出的"零符号理论"很有新意,虽说语言学中早已有"零符号"的概念,但在文艺理论的研究中,鲜有人提出过类似看法。李兵博士把这个语言学概念引入文艺学中,并以《李尔王》为例,进行了与众不同的解读,角度独特,立意新颖。书中对自反性的讨论尤其值得关注,虽然可能在学界会引起一些争论,但其创新的追求值得赞扬。该书还提出了"本真阅读伦理学"的构想,但相应的理论建构还可再深入一步。建议李兵博士在后续工作中加强该项研究,并希望他在该领域凝练出新的方向,取得更多、更高质量的成果。

李兵博士的书稿向我们提出了一个重要问题:应当如何正确对待西方理论、特别是后现代理论?在我看来,一定要有一个实事求是的辩证态度,既不盲目崇拜、全盘肯定,又不一概排斥、全盘否定。比如法国的解构主义引入美国后,出现了所谓"耶鲁四人帮",其中保罗·德·曼是领头人物。德·曼从修辞学的角度分析了语言和文学的修辞性,论述有一定道理;但他把修辞性看成语言,也看成文学的一种本质,讲得有点武断,我不赞同。他认为文学与修辞等同,批评也是修辞性的,这就抹杀了二者的界限。德·曼以卢梭的《信仰自白》为例子,认为文本中充满了修辞与矛盾,文本具有不可阅读性;卢梭的另一文本《新爱罗绮斯》,结构同《信仰自白》一样,隐喻模式在《新爱罗绮斯》中被称为爱情,在《信仰自白》中被称为判断,两者都是一个隐喻的模式,理论文本与文学文本因为语言的修辞性而变得界限模糊了。德·曼从语言修辞现象出发,彻底消解了小说语言和推论语言、文学和一些非文学文本的界限,乃至文类的界限,这就是他的观点带来的消极后果,我们不可不察。不过,总的来看,对待西方的后现代理论,中国学界有取舍、有选择、有批判、有反思,有些理论已经被吸收消化,变成中国文论的一部分,所以我认为,应该看到其主流基本是积极的;当然对其消极影响我们也不可低估,也要进行深入的辨析和批判。李兵博士这部书稿在这一点上做得很好,他对西方后现代误读理论,没有盲目崇拜,而是全面厘清了其价值和不足,作了实事求是的辨析和反思,对其有价值的地方给予肯定,对其不足和缺陷则加以批判分析,并提出了自己见解和看法,把握基本到位。我相信,李兵博士一定会沿着这一条正确的学术研究道路扎扎实实地走下去。

是为序。

2019 年秋

于复旦大学

摘　　要

　　误读是 20 世纪文论的关键词之一，是文学阅读中最为常见和难以避免的现象。本书勾勒了后现代误读理论的谱系，描述了后现代误读理论的基本特征。重新审视后现代误读理论的范畴，反思其理论的价值和局限，并关注后现代误读理论的新趋势和新问题。以此为契机，在理论反思的基础上，尝试寻找一条创新的研究途径。

　　后现代误读理论是伴随着文学理论范式的转型出现的，20 世纪 60 年代，文学理论出现了以作者为中心转向以读者为中心的范式，文学交流方式和阅读伦理发生了变化，读者从意义的见证者变成了创造者。从伦理学的角度看，文学理论范式从"是什么"转向"做什么"之后，还要思考"如何做"，本书提出了"本真"阅读伦理学的构想。从自反性的角度看，后现代误读理论中存在还原论和视角主义等思维局限，过度强调差异的暴力解读不利于社群意义的共享，有可能引发亚政治的危机。

　　从知识学的角度看，后现代误读理论的谱系主要有解构主义误读理论、解释学误读理论等。解构的思维方式对后现代误读理论产生了深远影响，解释学的"合法偏见"等思想也是重要的理论资源。文本真理观应该受到批判，文学阅读观应该从真理向合理位移。在重构经典的热潮中，发生了从误读到戏仿的谱系学流变，经典的解构面临经典化与"去经典化"的二律背反。后现代误读理论的范畴包括他者、对话、描述等，文本是一个他者，阅读文本就是与他者对话。他者是理解的极限、形而上学的极限。他者拒绝解释，用描述替代解释成为方法论的重要变革。

　　就后现代误读理论的价值而言，首先是思维方式的变革和突破。从认知心理学的角度看，以"求异—逆向式"思维为主，误读的正面价值得到充分展示。对话等开放性的思维方式赋予了读者极大的思想解放和阅读的自由，对文学创作和阅读产生积极的自反性效应。同时也导致确定性的丧失和犬儒主义的横行，产生了一系列审美、伦理和文化的负面效应，这与后现代误读理论对语言自反性地使用导致了双重标准有关。

后现代误读理论在当代与媒介理论相结合，呈现出新的趋势与新的问题。在媒介理论的视阈中，媒介制造误读，误读是新媒介的无心结果，主体的存在意义受到了语言符号和新媒介的双重钳制，自反性理解成为走出阅读困境的重要途径。

目　　录

绪论 ……………………………………………………………… (1)
 一　误读现象描述 …………………………………………… (1)
 二　现代性语境中的误读 …………………………………… (7)
 三　误读研究概述 …………………………………………… (9)
 四　对后现代误读理论的反思和批判 …………………… (15)

第一章　后现代语境中的误读及误读理论 ……………………… (18)
 第一节　误读：古典、现代与后现代 ……………………… (18)
  一　新型的文学交流观 …………………………………… (18)
  二　交流方式的变化 ……………………………………… (21)
  三　阅读范式：作者、文本与读者 ……………………… (24)
  四　阅读伦理的变化：公共伦理、个体伦理和本真伦理 ……… (28)
 第二节　自反性理论初探 …………………………………… (32)
  一　符号的自反性 ………………………………………… (33)
  二　现代性自反性 ………………………………………… (36)
  三　审美自反性 …………………………………………… (38)

第二章　后现代误读理论的谱系 ………………………………… (42)
 第一节　德里达与后现代误读理论 ………………………… (42)
  一　德里达的边缘意识与理论基石 ……………………… (42)
  二　批判与超越 …………………………………………… (46)
  三　德里达的解构思维方式 ……………………………… (54)
  四　德里达的阅读策略 …………………………………… (66)
 第二节　解释学视阈中的误读理论 ………………………… (72)
  一　对科学性与客观性的追求 …………………………… (72)

二　教化作为理解的基础 …………………………………… (75)
　　三　审美无区分 …………………………………………… (77)
　　四　前见与误读 …………………………………………… (78)
　　五　应用：从哲学解释学到文学解释学 ………………… (82)
　　六　反方法论再检视 ……………………………………… (85)
　　七　伽达默尔的真理观批判 ……………………………… (90)
　第三节　误读与经典重构 …………………………………… (102)
　　一　经典的结构 …………………………………………… (102)
　　二　从误读到戏仿 ………………………………………… (105)
　　三　从修正主义到"删除下书写" ………………………… (108)
　　四　经典的重构：经典化与去经典化的背反 …………… (111)
　第四节　符号学中的元符号与阐释的漩涡 ………………… (113)
　　一　零符号界说 …………………………………………… (113)
　　二　莎士比亚时代的零符号 ……………………………… (117)
　　三　《李尔王》中零符号的能指形式及其意义 ………… (118)
　　四　元语言之间的冲突："nothing"还是"nature"？ …… (125)

第三章　后现代误读理论的范畴 ……………………………… (128)
　第一节　语言 ………………………………………………… (128)
　　一　误读与语言的问题 …………………………………… (128)
　　二　互文性与文学误读 …………………………………… (132)
　　三　语言的乌托邦 ………………………………………… (134)
　　四　文学语言的公共性 …………………………………… (136)
　第二节　读者 ………………………………………………… (139)
　　一　图式是误读的无意识基础 …………………………… (139)
　　二　读者误读的心理学机制 ……………………………… (141)
　　三　过度阐释 ……………………………………………… (144)
　　四　读者地位的变化 ……………………………………… (147)
　　五　杀死读者 ……………………………………………… (150)
　　六　谁是真正的误读者？ ………………………………… (153)
　第三节　作者 ………………………………………………… (157)

一　写作是一种自居心理 …………………………………（157）
　　二　意味与意图之争 ………………………………………（159）
　　三　解构式书写是一种误读 ………………………………（164）
第四节　他者 ……………………………………………………（172）
　　一　拉康的他者 ……………………………………………（172）
　　二　《黑客帝国》的拉康式解读 …………………………（175）
　　三　列维纳斯的他者 ………………………………………（177）
　　四　文本：一个他者 ………………………………………（179）
　　五　他者理论视域中的自反性 ……………………………（182）
第五节　对话 ……………………………………………………（183）
　　一　对话理论的产生 ………………………………………（183）
　　二　对话理论的发展 ………………………………………（185）
　　三　对话理论对文学阅读的启示 …………………………（188）
　　四　对巴赫金对话理论的批判性考察 ……………………（193）
第六节　意识形态 ………………………………………………（196）
　　一　误读与权力意识形态 …………………………………（196）
　　二　意识形态生产的法则 …………………………………（199）
　　三　误读作为意识形态的征兆 ……………………………（203）
第七节　描述 ……………………………………………………（205）
　　一　描述论转向 ……………………………………………（206）
　　二　反对解释 ………………………………………………（209）
　　三　从解释到描述 …………………………………………（212）
　　四　对描述的再争辩 ………………………………………（214）
第八节　审美经验 ………………………………………………（216）
　　一　文化作为误读的语境 …………………………………（216）
　　二　审美经验与生活经验的互动 …………………………（219）
　　三　艺术惯例作为审美经验 ………………………………（226）
　　四　审美经验是认同的经验 ………………………………（228）

第四章　后现代误读理论的价值与局限 ………………………（235）
　第一节　后现代误读理论的正负效应 …………………………（235）

一　正面价值 …………………………………………………（236）
　　　二　负面效应 …………………………………………………（241）
　　　三　双重标准 …………………………………………………（247）
　第二节　误读理论的伦理与政治效应 …………………………（249）
　　　一　伦理效应 …………………………………………………（250）
　　　二　政治效应 …………………………………………………（254）
　第三节　文本分层理论与意义的确定 …………………………（257）
　　　一　文本的开放性 ……………………………………………（257）
　　　二　文本分层与意义的层级 …………………………………（259）
　　　三　意义的开放与闭合 ………………………………………（262）

第五章　后现代误读理论的发展趋向 …………………………（266）
　第一节　文化学视野中的误读理论 ……………………………（266）
　第二节　媒介文化视阈中的误读 ………………………………（271）
　　　一　媒介即误读 ………………………………………………（271）
　　　二　阅读即误读 ………………………………………………（273）
　　　三　受众即呆鸟 ………………………………………………（277）
　　　四　自反性理解 ………………………………………………（279）
　第三节　误读理论的关联、互动及转型 ………………………（282）
　　　一　起源之关联 ………………………………………………（283）
　　　二　接受美学与对话理论关于"对话"的含义的理解之
　　　　　关联 …………………………………………………………（287）
　　　三　两种理论关于对话前提之关联 …………………………（291）
　　　四　两种理论关于对话的原则之关联 ………………………（293）
　　　五　两种理论关于主体间性之关联 …………………………（294）
　　　六　"隐含的读者"与对话的不完全性之关联 ………………（298）
　第三节　接受美学与对话理论的互动 …………………………（299）
　　　一　后现代性与现代性的互动 ………………………………（300）
　　　二　"期待视野"与"互文性"阅读的互动 ……………………（302）
　　　三　读者的主观反应与作者意图的互动 ……………………（305）
　　　四　读者的格式塔的完形功能与"最终文旨"的互动 ………（308）

五　接受美学与对话理论的结合 ………………………………（312）
　　六　双重局限——文化研究的超越 ……………………………（314）
　　七　文学理论转型的启示 ………………………………………（319）
结语 ………………………………………………………………（322）
参考文献 …………………………………………………………（325）
致谢词 ……………………………………………………………（339）

绪　　论

一　误读现象描述

误读是阅读过程中的一种普遍现象，有阅读，就会有误读。何谓阅读和误读？《现代汉语词典》中关于"阅读"的词条为：阅读是看（书、报）并领会其内容。这个定义表明了阅读是一种人类独特的行为过程，它有特定的目的，就是从书面符号中获得意义。阅读必然伴随一系列的心理活动，并且需要一定的智力作为基础，阅读能力的高下能决定一个人的学业成绩，甚至能决定其命运。从阅读与解释的关系看，接受美学特别强调了阅读的重要性："阅读是一切文学阐释过程的基本前提。"[1] 推衍开来，批评也是阅读的一种，"批评是阅读过程的延伸，批评家只是典型的读者，是特别善于表达的读者。"[2] 不管何种阅读，领会作品的内容和含义都是阅读的重点所在。

"误读"，英语拼为"misread"，词典中定义为错读或者是错误的解释，和另一个英语单词"misunderstand"的意义相近，两个词在很多场合可以互相替换使用，只不过后者更多的是用在人际交往的社交场合。"误读"一词预置了"正读"或"正解"作为其对立面，误读是正读的反面，在传统二元对立的范式里，误读是应该避免的错误做法，是应该被消除的不稳定的因素。在文学艺术领域里，是否为误读，鉴别的权力往往集中在"强势读者"或"解释的共同体"手里，比如李白的《长干行》中有一句"郎骑竹马来，绕床弄青梅"，庞德把它译为"你踩着竹高跷，玩着马

---

[1] ［德］沃尔夫冈·伊瑟尔：《阅读活动》，金元浦等译，中国社会科学出版社1991年版，第28页。

[2] ［英］安·杰斐逊等：《当代国外文学理论流派》，卢丹怀等译，上海外语教育出版社1991年版，第114页。

儿走过来",有部分读者认为庞德的误读推动了现代新诗的发展,但是庞德毕竟连基本的词义都没有弄懂,把这类误读、错读称作"布鲁姆式的误读与再创造",一味地称颂赞扬,这是典型的文过饰非。这类误读在跨文化的接受中还有很多,譬如西方欣赏者往往不能欣赏中国绘画,指责中国画中的留白是不懂绘画技巧,说中国画中的鱼为什么不是在水里而是在空气里游泳。以西方传统绘画的技法来看,其崇尚写实,不留空白,画布上全部涂满了颜料,追求的是一种物理的、照相式的真实,而中国画往往是"计白当黑",使"图"和"底"相互影响和相互作用,让不画的部分自然成为水、成为云。中国人很早就懂得虚实相生的道理,不画处、不着笔墨处皆成妙境。中西方艺术技巧和欣赏习惯存在巨大差异,导致此类误读现象非常普遍。在跨国文本戏仿中,文学误读显得更为复杂,有可能同时带来正负影响。在19世纪的日本,盛行"翻案小说",即改编小说,也叫改作或拟作,森鸥外的《舞姬》就有人认为是《杜十娘怒沉百宝箱》的拟作。日本作家以中国小说为蓝本,套用原故事结构,改换人物姓名和背景,用本土语言改制成一篇新的小说,这种文本戏仿或仿制在当时十分普遍。这种误读对日本社会产生了积极影响,不仅"大大丰富了日本文学的母题库,而且还在于它们为江户时代迅速演变出来这么多种新的文学样式,从发生到成熟,提供了一种激发的契机、一条独特的取径"。[①] 但同时,对中国古典小说的肆意歪曲,同时也会误导读者,使读者在母本与仿本之间难辨真假、是非难判,从而亵渎经典,造成谬种流传,甚至会毁灭经典。所以,在文本戏仿的误读研究中,文本已不再是单纯的文学主体,追求所谓的正读已经不可能。由此,误读研究超越了具体的文本层面,走向一种跨文化比较的宏观研究,更多关注误读产生的社会、历史、文化后果等正负面的影响。

另外一种误读现象,是由哈罗德·布鲁姆提出的"诗的误读"理论,名之为"逆反批评",即批评界所谓的"诗的影响论",也称作"误读理论"或"焦虑法则"。其内容是,迟来诗人一生下来就生活在前驱诗人的阴影之中,要超越前驱,回避前驱诗人之影响,必须采取误读的策略,这是继承者中才赋最佳者对前驱巨擘实施的竞争性误释。误读理论表明了文

[①] 高宁:《越界与误读——中日文化间性研究》,宁夏人民出版社2005年版,第50页。

本间的关系并不单纯，而是有着复杂的互文关系、影响关系，经典是焦虑之源，又是焦虑的产物。文本间的关系归根结底是诗人之间互相竞争的关系，一种强有力的批评就是一种强力误读。单纯地看，前述的一种误读行为（庞德的例子）是应该避免的错误行为，后一种误读行为（布鲁姆式的误读）是应该积极提倡的。但在文学批评史中，不管是有意误读，还是无意误读，实际上两者的界限是不明显的，有时难以把二者很明确地区分开来。因为，即便如布鲁姆所说，迟来的诗人必须通过误读前驱诗人的作品，然而迟来者的误读有可能严重曲解了作品，使作品的意义谬种流传，如弗洛伊德对莎士比亚的误读。反之，前一种有意误读的错误行为，有可能歪曲了作品的原意，但是，这种歪曲却生发出新的阐释学意境，如海德格尔对荷尔德林诗歌的误读。

第三种误读现象，是由于网路等新媒介的出现和普及，出现了大量的网络戏仿和恶搞。这类误读大多是游戏性的解构，目的是博人一笑，获取所谓的点击率，成为哗众取宠的噱头。但也有一些恶搞和戏仿是对原作的批评，其精神和价值取向是值得肯定的。譬如胡戈的经典作品《一个馒头引发的血案》，从诞生至今，一直保持非常高的支持率，大多数网友认为，这部恶搞之作不仅给大家带来了欢乐，而且其代表的是正能量，对电影过分商业化表达了愤怒和反感。再譬如网友对赵丽华诗歌的恶搞，认为她的诗就是大废话、垃圾，网友的批评是站在传统的审美立场来维护纯诗的。如何评价这些恶搞？从纯文学的立场来看，梨花体诗歌的形式和内容都与传统不符，没有炼字、炼意，无韵律、无节奏、无美感。而站在后现代误读理论的立场来看，梨花体本身也是对传统诗歌的一种解构、一种恶搞。依照目前的文学惯例系统，判断文学与非文学的标准主要在于：必须有形象，而这些形象必须是虚构的、带有情感性的；文学作品要传达完整的意义，是一个完整的整体；文学作品必须是一种有意味的形式；等等。从这个角度来看，梨花体诗歌算不上文学。恶搞是一种不登大雅之堂的游戏，恶搞搭上网络的顺风车，便迅速被热炒，以难以想象的速度流行开来。所以，从某种意义上说，没有网络，就没有恶搞。恶搞是新兴词汇，一般认为其来源于日文"kuso"，意为"可恶"或"糟糕极了"，后被移植到文艺创作中来，指以原作为基础进行模仿，创作出幽默搞笑的作品，感情色彩带有整人的意味。譬如，美国的娱乐节目经常拿政治家开涮，而希拉里被人恶搞后，不但不生气，反而把恶搞者请到白宫当面致谢并合影留念，这种典型的美式幽默与中国"敏于行而讷于言"的传统文化形成鲜明的对比。相对于恶搞，戏仿作为一种写作手法历史悠久，一开始戏仿的意思仅仅是模仿，后逐渐获得了滑稽、可笑等含义，但一直被视为一种低劣的模仿，直到20世纪初，形式主义者什克洛夫斯基才认为戏仿是获得陌生化效果的重要修辞手段。什克洛夫斯基认为斯泰恩《项狄传》是对当时英国小说的革命性颠覆，他说："在小说的发展史上，在整个艺术的发展过程中，斯泰恩处于法国大革命之前，当时英国小说的状态是，变得甜腻腻的，皆大欢喜，并且阻碍自己时代前进。他既同自己同代人斗争，也同自己的后辈斗争，并为未来制造了新的武器。"① 为了打破陈旧的艺术结构，斯泰恩用戏拟（戏仿）改变了艺术中的时间，手段多样：或改变描绘的比例尺；或者在小说中插入长篇议论故意离题；或者在小说中第十八章和第十九章留下空白书页；等等。让整部小说呈现出无秩序、不连续性的状态，戏仿成为了打破读者自动化反应，获得新奇效果的重要艺术手段。

戏仿作为古已有之的文学创作技巧，其地位进一步提升，在后现代成为一种重要的文化实践，玛格丽特·罗斯在《戏仿：古典、现代与后现代》一书中系统考察了戏仿流变历程，认为戏仿已经成为后现代艺术表现的中心，登提斯甚至认为戏仿不只是一种艺术形式，还是一项重要的文化实践，他重新把戏仿界定为"对其他文化产品或行为进行暗指、模仿的一切文化实践"。② 这个定义显得过于宽泛，但也说明了戏仿在当今社会无所不在。戏仿在当下引发了广泛争议和讨论，这表明戏仿包含了复杂的文化冲突。

戏仿大致可以划分为文艺性戏仿和非文艺性戏仿两类，非文艺性戏仿如广告也可以通过文学手法而具有文学性，类似的大众文化的恶搞也并非全是无聊的游戏，其中不乏值得肯定的形式。不管肯定还是否定，都表明戏仿已经成为后现代艺术常见的形式，它表征着后现代的现实。面对现代主义的遗产，后现代主义者充满了焦虑，极力想摆脱过去的影响，但又不

---

① ［俄］维·什克洛夫斯基：《散文理论》，刘宗次译，百花洲文艺出版社1997年版，第244页。

② Dentith, Simon, *Parody*, London and New York: Routledge, 2000, p.9.

得不与之对话和联系,于是戏仿就成为最好的途径,这也表明后现代主义充满了矛盾和不确定性,如琳达·哈琴所说后现代主义是"一个自相矛盾的事业"。① 后现代的戏仿既利用现成的游戏规则,又不被规则束缚,玩起各种越界游戏。打破成规的同时,又确立了新的形式和规则,如周星驰的无厘头戏仿,在重估或误读经典的同时,又创造了新的经典。由此看来,戏仿是一种双重写作,它既是一种读,有意的误读,同时又是写;它既有重复,又强调差异性。站在消费文化批判的立场上看,戏仿与恶搞本质上似乎一致的,都有很大的娱乐成分,詹明信认为是一种"空洞的戏仿"②,是已死的语言的重新说话,没有任何创新可言。但从文学批评的立场上看,很多文艺性的戏仿不是随意和毫无原则的。以纳博科夫的小说《洛丽塔》为例,主人公亨伯特的早期恋人阿娜贝尔让人想起爱伦·坡的诗歌中的同名少女,小说开头人物的名字、故事发生的地点及结局都对爱伦·坡的短诗进行了仿写,洛丽塔是阿娜贝尔的继续,但小说的作者并没有重复经典的爱情故事,中年男子亨伯特与未成年少女洛丽塔之间的关系是畸形的、不可理喻的,在最后的疯狂中,亨伯特终于清醒地认识到洛丽塔不是阿娜贝尔,自己只不过要延续某种失去的记忆,但这种与时间的抗争只不过是徒劳的。艾柯的《乃莉塔》对《洛丽塔》进行了有趣的戏仿。主人公安伯托·安伯托追求的对象是一位白发苍苍的老奶奶乃莉塔,之后的情节也对《洛丽塔》进行了仿写。《乃莉塔》的情节荒唐无稽,仔细看《洛丽塔》也是一个梦,一个关于"小仙女"的梦,从贝阿特丽彩,到爱伦·坡的阿娜贝尔,再到洛丽塔,一直延续着作家们"小仙女"的梦,艾柯觉得这样的梦令人恶心,于是干脆把小仙女置换为老奶奶,打破了作家们的美梦,并证明美只不过是时间机器碾压过后的痕迹,类似于"孔雀拼命开屏,却只露出了屁眼"。这种喜剧风格是一种无奈的笑,也是后现代阅读和写作的症候,同时也表征着后现代政治和思想的困境。这篇小文章写于1959年,比布鲁姆的误读理论早了许多年。这类被艾柯称为误读的仿写是否过于出格? 艾柯的答案是否定的,他认为戏仿的使命是:

---

① [加] 琳达·哈琴:《后现代主义诗学:历史·理论·小说》,李杨等译,南京大学出版社2009年版,第31页。

② [美] 詹明信:《晚期资本主义的文化逻辑》,陈清侨等译,三联书店1997年版,第401页。

"绝对不要怕走得太远。"① 艾柯认为戏仿与传统四平八稳的写作不同,大胆尝试、大胆创新,不用担心被指责为离经叛道,只要你预定的目标可行,朝着它努力,内心不必有任何不安。艾柯式的误读诞生了一大批戏仿作品,证明了戏仿是一种有效的创作方法,创造了当今艺术形式万花筒般的奇幻景观。

总之,恶搞和戏仿作为一种文化实践,必然带有正负两种文化效应。② 比如在绍兴,有家卖臭豆腐的小店,以"一臭万年"为广告词,旁边竟然放了鲁迅的照片,并附有文字说明:"鲁迅尝过绍兴臭豆腐,三日不知肉滋味。"这种恶搞的目的是赚钱,但很容易让人望文生义,鲁迅作为新文化运动伟大旗手的形象,竟然被无知无良小贩玷污了。这类恶搞属于比较恶俗的一类,已经突破了做人的伦理道德的底线,应当被禁止。

哪里有误读,哪里就有解释学的影子,对话与解释好像成了解决误读问题的不二法门。解释学试图辨清可理解的与不可理解的、有意义的与无意义的、有序的与混乱的等,使我们可以恰如其分地阅读。但是,批评理论总是滞后的,误读永远走在理论的前头,文本总是违逆通常的阅读程序,如故意使语言出现脱节、突破旧的艺术惯例等,从而对我们设定的理解手段和体系发出挑战,相应的,阅读和批评方法也必须重新架构,阅读程式也不断地更新换代。

综上来看,误读作为十分常见的文化现象,不仅包含了书面和口头交流中的误读、误释,也涵盖了布鲁姆提倡的"逆反批评",在后现代的语境中,误读还出现了戏仿、恶搞等新的形式和形态。对这些现象的梳理和审视,目前学界还缺乏较为系统的研究。针对此,本课题进行了系统的分析和研究,并结合中西方的文学、美学理论,探讨了误读原因、结果以及如何避免误读等问题。至于误读的原因,在一些理论家看来,是由于文本自身的空白、开放性为读者自由解读创造了空间,如现象学家英伽登、接受美学家伊塞尔以及符号学家翁贝托·艾柯等的观点;另一些理论家持反对意见,认为读者作为意义创造者的地位并不像表面上那么自由,而是受到作者与文化的限制,如赫施把意图分为作者意图和文本意图,认为文本

---

① [意]安伯托·艾柯:《误读·序言》,吴燕莛译,新星出版社2006年版,第7页。
② 李兵:《后现代误读理论的正负效应》,《广西社会科学》2013年第9期。

意图对阐释有限制作用；杜威等实用主义美学家则认为任何意义的生产都离不开审美经验；还有另外一些人认为文本的意义从来就不是固定的，处于不停的散播或延异之中，如解构主义者德里达就持此观点。误读的结果，有可能获得积极的或消极的结果，积极的结果是，阅读有可能是创新性的误读，给人有益的启迪；消极的结果是任意曲解作品，抹杀了作品的应有的价值和意义，造成谬种流传，贻害无穷。如何避免误读？本书认为，解构主义的所有阅读都是误读这个结论在绝对意义上是成立的，但仍然认为误读中仍有相当大的交流空间，其中存在所谓的正解，这是文学得以存在和发展的前提，否则就成为无人能理解的怪物。

二 现代性语境中的误读

文学误读问题在现代性条件下受到更多的关注，还与现代性的分化与意义的危机有关。现代知识学按照人的感性、知性和理性划分为三个领域，这种做法始于康德，为知识和理性划定了界限。德国的社会学家马克斯·韦伯提出了一个与马克思截然相反的观点，韦伯认为是上层建筑中知识领域的分化和自治导致了资本主义现代社会的产生。没有分化，就没有社会的分工，就没有现代文明。随着现代知识学体系的建立，文学学科从其他领域中独立出来，形成了充分审美化的、大写的文学观念[1]，而之前文学被等同于学问。鲍姆嘉通把知识分为两种，即可感觉的知识和可理解的知识，把研究前者的知识称为美学，与逻辑学、伦理学对立起来。由此，知识领域、价值领域的分化导致了巨大差异，并反映到人与人的关系上来，造成了隔行如隔山的局限，百科全书式的学者销声匿迹。但是，知识领域的过度分化，导致了各知识领域之间的互不通约性，现代主义文化走向了社会的对立面，成为"反文化"或"自恋文化"，整体意义分崩瓦解，出现了所谓意义的危机。奥尔特加说："科学将生命的问题分成了两大互不相通的领域：自然和精神。"[2] 即使在一个知识领域里，譬如艺术中，传统画家是所谓"人性化"的，意即文学艺术中的能指与现实中的

---

[1] [英]彼得·威德森：《现代西方文学观念简史》，钱竞等译，北京大学出版社2006年版，第38页。

[2] [西]奥尔特加·伊·加塞特：《艺术的去人性化》，莫娅妮译，译林出版社2010年版，第80页。

所指是构成一一对应关系的，读者甚至能亲身感受这个人性化的现实。但随着新艺术的出现，出现了"非人化"或去人性化的因素，奥尔特加又称之为"风格化"，"风格化就意味着扭曲现实、淡化现实"。① 奥尔特加举例来说明何谓风格化，他说许多年轻的英国人爱上了蒙娜丽莎。但新艺术所表现的事物不再是真实存在的，画家已经去除了其中人性化的现实，断绝了通往日常世界的道路。奥尔特加认为画家"将我们封闭在一个神秘的空间里，迫使我们面对一些在现实中不可能面对的东西"。② 奥尔特加在这里所讲的"风格化"实际上是现代性的产物，随着照相机等摄影技术的发明，传统绘画的临摹技艺无法与照相机媲美，不得不进行革新，去走一条去人性化的道路。符号的意义不再指向外部，而指向能指自身。而在古典主义阶段，阅读作品往往参照现实经验，以作品的能指与所指之间的一致性关系来评判作品，没有出现表征危机。共同的意义背景植根于传统的权威中，到了现代社会，由于分化导致整体意义的消失，意义多元成为现代性的特征之一，按照德国社会学家马克斯·韦伯的观点，分化必然使价值多元化，这是现代性的必然归宿，难以抗拒。意义多元表现在：其一，总体性瓦解，传统的意义背景消失；其二，没有唯一的、永恒不变的意义。在现代，宗教意义的衰落，传统的解释范式失效，一切都变得不确定，艺术如韦伯所言，承担了为生活提供意义的重要功能。所以，文学误读问题不仅是文学的意义问题，而且还是生活的意义问题。文学艺术本身的不确定性遂成为现代以来文学艺术研究关注的热点问题，从新批评的含混、语境与悖论的研究，到接受美学强调读者阅读的主观性，再到解构主义的阅读即误读，其中的不确定性都是这些批评的焦点。到了后现代，为了避免因采取单一的视角而产生误读，采取了去分化的策略，如主张跨文化、跨学科地解读文学作品，现代性以来的学科边界和特征又再一次模糊不清了，其中的不确定性仍然是文学研究的焦点。

对正解的追求，也是文学理论对科学性、确定性的追求。误读研究受到人们的重视，表明了文学理论的合法化出现了危机，文学理论自身丧失了标准，或者说标准的多元化。在一种文学理论中是误读，而在另一种文

---

① ［西］奥尔特加·伊·加塞特：《艺术的去人性化》，莫娅妮译，译林出版社2010年版，第23页。

② 同上书，第19—20页。

学理论中则是正解。从文学理论的自性看，文学理论大都不可实证，属于价值论范畴，具有鲜明的主观性、民族性、时代性。衡量读者解读作品正确与否的标准就不是客观科学性，而是看是否揭示作品的现实意义与审美价值。由于文学理论的这个特殊性，它永远无法成为严格意义的科学。现代以来，文学理论面临各种方法论的冲击，科学方法论的大量使用是文学理论现代性的主要表征之一，这也迫使文学理论从人文科学向自然科学靠近，但这又违背了文学理论的自性。所以，文学理论不可能放弃价值论表述和主观立场的陈述，不可能放弃自身的审美选择与价值判断，严格意义上的科学的文论是不可能的。而且过分地追求文论的科学性也是意识形态的表现之一，费耶阿本德注意到了这一点，他说："科学实际上不仅是意识形态，而且还是一切意识形态的客观量度。"① 在他看来，由于片面宣扬科学至上，科学成了衡量一切的标准，这与政权意识形态相结合，建构了现代政体。然后通过社会的再生产，对人进行规训，而且盲目崇拜科学技术，排斥价值理性，成为独断专横的意识形态。同理，文学阅读的方法也不可能是单一的、确定的，必然是多元复合式的多重解读，既包括政治意识形态性，也包括审美的、伦理的意识形态性等，这样的文学阅读方法才符合文学理论的自性要求。

总之，误读是 20 世纪文论的关键词之一，围绕着误读诞生了大量的理论，理论作为阐释世界的一种模式，必然包含了盲视和洞见，任何理论的建构都只能着眼于一点，从某个视角出发，文学理论亦然。不同理论的读者从文本的不同层面介入作品，在不确定的文本寻求着意义的确定性，在解构中寻求着建构。面对文学世界层出不穷的问题，各种文学理论使出浑身解数想要把问题解决，但是事与愿违，一种文学理论的诞生，总是又带来新的问题。文本主义理论忽视了读者与世界，反过来，接受美学又过于强调读者的主观性，新历史主义忽视了文本的审美特质。每种理论都是一种误读、一种盲视，又是一种创新。

三 误读研究概述

误读研究从历时的角度，可以分为两个阶段，以 20 世纪 60 年代接受

---

① [美] 保罗·费耶阿本德：《反对方法》，周昌忠译，上海译文出版社 1992 年版，第 262 页。

美学的兴起为标志,之前的误读研究属于传统的思维方式,误读即错读、误释、误解等,是贬义的。与误读相对的是正读或正解,何谓正读?汪正龙认为正读关注的焦点是作者与文本的关系[①];传统阅读理论认为文本或隐或显地体现出作者的创作意图,批判了什么,或赞美了什么,或鞭挞了什么,或揭示了什么等,读者通过文本的标题、核心意象、诗眼、点睛之笔等来准确地定位这些主题。作者意图是阅读的目的所在,在各种语文考试中成为考核的重点。在这里,文学的意义就是作者的原意,却尔更是宣称作者原意是唯一正确的意义。国内学者中有人也把作者原意奉为阅读的旨向,如童庆炳就认为正读就是读者对作者创作动机、作品意蕴以及作品的艺术价值的理解与作者的创作本意相符,反之则为"误读"[②]。这种传统的正读观念是以作者为导向、以作者与作品的关系为核心的批评方法,其所谓的"正读"是以作者意图和历史语境为阐释依据,力求达到阐释的客观性和正确阅读的可能性。但是,这种对意图和历史语境的还原往往是不完全的,其阐释的有效性受到很大限制,另外,有些作品的多义性和模糊性使作者的意图和历史语境显得无关紧要,如李商隐《锦瑟》一诗。

误读研究的第二阶段,随着接受美学的崛起,出现了重心迁移,阐释由传统的作者导向移位为读者导向,使得阐释的相对主义在欧美盛行一时,甚至宣称读者就是上帝。于是,阅读观念出现了革命性的变化,文学误读获得了新的内涵、新的意义,误读不再是读者应该避免的错误性的解读,其中不乏创造性的解读,美国文论家哈罗德·布鲁姆称之为修正主义的误读,他认为传统的文本解读方式总是要回到作者,寻求所谓的原初意义,布鲁姆宣称:"在尼采和弗洛伊德之后,要完全回到寻求复原本文意义的解释方式是不可能的了。"[③] 他们带来了全新的解读方式,都属于强力的创造性误读者。此后,误读的积极价值得到了批评界的重新审视,误读理论成为后现代文论的一道亮丽风景线。如果说,正读考察的是作者与文学作品之间的关系,那么,误读考察的是读者与文本的关系。从读者的视野出发,文本的视野难以包容读者的视野,所以,误读就变得难以避免

---

① 汪正龙:《"正读"、误读与曲解——论文学阅读的三种形态》,《江西社会科学》2005年第4期。
② 童庆炳:《文学理论教程》,高等教育出版社1992年版,第447页。
③ [美]哈罗德·布鲁姆:《误读图示》,朱立元等译,骆驼出版社1992年版,第84页。

了。从文本自身的角度考察，文学文本自身的解构性、修辞性，常常导致批评意此言彼。文本的修辞性是文本得以形成并行使功能的基础，而不仅仅是传统意义上劝说艺术。保罗·德·曼认为任何语言都是通过修辞来指意，文学与新闻、日常用语、哲学、批评甚至科学用语，都具有虚构性、比喻性。语言即修辞的误用，比如"鬼子"这个套语，表达的是旧时代中国人面对外国人的一种恐惧心理，是一种心理的误差，在当今社会，随着中外各种文化、贸易交流的频繁，这种心理误差得到消除，"鬼子"一词的使用频率就大大下降了。德·曼说："没有这种误差，也就没有语言。"① 由此，能指与所指并不对等，语言也并不与存在对等，语言总是处于播撒和漂移的状态，能指成为"漂移能指"或拉康所言的"能指链"。所以，德·曼的结论是一切阅读皆误读，所谓的可读性、意义的确定性永远也不可能的。语言的自我解构性躲避了话语霸权的侵凌，从而质疑了人们的认同习惯、逻辑及其结构体制，由此，德曼的误读诗学具有了批判的功能，而不是否认真理、意义的存在。

　　正是语言的比喻性，维科才提出了关于"所有真理都是制造出来的"的命题，而任何用来解读文学作品的参照系，由于同文学作品一样深陷语言的牢笼，只具有相对的正确性。保罗·德·曼说："既然语法和修辞都是阅读不可或缺的组成部分，那么自然而然的，阅读就会变成一种否定，其中语法的认识随时都会被修辞替代所解构。"② 语法的目的是获得确定性，而这种确定性却被修辞所置换，解释一个文本不是解码，而是用另一个符号来指代它。语言是自我抵制的语言，阅读理论本身就是对理论的抵制，理论的目标就是理论的不可能性。所以，解构主义认为所有的阅读都是误读，文学阅读中没有百分之百的正确阅读。从这个角度看，阅读即误读，文学的误读是原发性的，我们应该认真地思考它，反思阅读的双重性和差异性，或者说是矛盾地思考矛盾。但是，我们是否就不能在文学解释和理解上获得一致了呢？通过本课题的研究，我们认为解构主义的阅读即误读是值得怀疑的，这也许是后现代主义的一种解构的策略罢了。美国著

---

① De Man, Paul, *Allegory of Reading*, New Haven and London: Yale University Press, 1979, p. 154.

② De Man, Paul, *The Resistance to theory*, Minneapolis: University of Mionnesota Press, 1986, p. 17.

名文学理论家乔纳森·卡勒对这种解构策略提出了批评，他说："如果理解与误解的差别是毫无意义的，如果讨论的双方都不相信有这种差别，那么，关于文学作品的讨论和争议就没有必要，更不用说还要撰写关于它们的批评了。"① 诚如卡勒所言，后现代误读理论抹杀了正读和误读的界限，文学批评存在的合法性也将受到质疑。所以，区分正读和误读是文学理论、文学批评得以存在的前提之一。不管是在实践中，还是在理论上，我们有必要坚持理解与误解的对立性。布鲁姆的误读诗学割断了与传统的联系，带有强烈的浪漫主义色彩，其误读理论有失之偏颇处：其一，子代作家对父辈作家而言不光有影响的焦虑，也有对之认同、肯定、模仿和学习的地方；其二，误读诗学研究的范围不能只局限于文本间的关系，而应扩展到读者的接受、跨文化阅读的研究领域；其三，文学对话中不只有误读，也有共识和一致。从终极意义上讲，误读是不可能完全被超越、被克服的，但是，在误读中仍可获得意义，达到相对的交流，毕竟文学存在的价值，就是被阅读、传播和交流。人是社会性的动物，其社会行为就是和人打交道，其文化形式就是用来交流的。不能产生交流作用的文学作品是不存在的。文学交流是意义的交流，误读主要是意义的误读。意义的寻求则是确定性的寻求，研究文学的终极目的就是确定它的意义和内容。

　　知识是确定的，是可以复制和传递的。没有确定性，就没有知识，没有理论。在知识匮乏的时代，人们投入信仰的怀抱。所以，杜威说："在淘汰了神话与粗野迷信的同时，产生了科学的理想和理性生活的理想。"② 信仰是不确定的，知识学的建立就是为了逃避这种不确定性的危险。文学艺术曾经一度代替宗教承担某种救赎的功能，但二者的意义都具有不确定性的特征。杜威认为："艺术所提供的安全是相对的、永不完全的、冒着陷入逆境的危险的。"③ 进而他又说："在每一种艺术的操作中都产生了意外的新后果，有着使我们猝不及防的危险。"④ 由此看来，艺术的意义和作用是有限的，并非绝对的，有着较低的安全边际效应。正因为

---

　　① ［美］乔纳森·卡勒：《结构主义诗学》，盛宁译，中国社会科学出版社1991年版，第183页。
　　② ［美］约翰·杜威：《确定性的寻求》，傅统先译，上海人民出版社2005年版，第11页。
　　③ 同上书，第5页。
　　④ 同上。

文学艺术的意义模糊、含混、不确定，容易让人误入歧途，所以诗人在柏拉图的理想国中才会遭到放逐。在西方的知识学体系中，对意见和真理做了明确的区分，前者是不确定的，后者才是知识的对象，其意义是确定的。文学理论作为知识学的一部分，也是追求确定性的产物，但文学的自性决定了文学理论不可能成为严格意义上的科学，意义误读问题也成为文学理论的研究核心和难题之一。

文学误读的中心问题是意义的确定性，经典阐释学追问作者的原意，意义在文本中似乎是固定的，现代阐释学是本真的阐释学，但是忽视了方法论，后现代的阐释瓦解了确定性，走向了意义的多维度的阐释，但其中存在着待清理的意义的混乱。解决文学误读的问题，就是解决阐释的确定性问题，由于阐释对象的语境的不同，对象的意义也不同，处于变动之中，唯一能确定的是使用的方法论，但如何确定特定的方法论视野中阐释是正确的？只有确定而正确的东西才是知识，就文学阅读来说，是观念先行，用观念来界定阅读，还是用阅读来解说观念？这是文学确定性寻求的一个重要的问题。具体的阅读属于实践行为，其阅读的结果是未定的。虽然我们不可能完全不戴着理论的、观念的有色眼镜来进行阅读，但在阅读时，我们还是有必要把各种观念暂时地悬置起来，回归到文学文本上来，正如游戏的自由、无功利和排他性一样，文学阅读也不服膺于意识形态、政治和道德的准绳。文学阅读是一种文学性的阅读、一种审美性的阅读，用布鲁姆的话来说，文学的焦虑是文学性的，它与政治无关，他说："文学的思想依赖于文学记忆，在每一位作者那里，相认的戏剧都包含了与另一位作者或与自我的一个更早的版本相互和解的时刻。"[①] 阅读诗歌，其意义应该到文学记忆中找寻。何谓文学记忆？文学记忆即为前辈作家创作形成的伟大传统。阅读就是和作者对话，或者说与另一个自我对话，暴力解读让位于相互妥协、相互协调。在此，布鲁姆提醒人们注意文学的阅读是诗性的，正确的解读是把文本放置在文本间相互影响的具体语境中来进行。读者在阅读优秀的文学作品时，体会有些作品水平为何高于另外一些作品，这些作者是如何超越前人的？阅读在让读者感受作者焦虑的同时，

[①] [美]哈罗德·布鲁姆等：《读诗的艺术》，王敖译，南京大学出版社2010年版，第9页。

自己阅读的焦虑也得以在某种程度上获得释放，并获得新的视界。以先锋派的写作为例，乍看之下，这些作品让人摸不着头脑，实际上，这也是影响的焦虑导致的结果。为了超越前人，先锋派作品的写作采取了异于传统的方法，用先锋派理论家比格尔的理论来阐述，就是对过去的"艺术体制"及其路线进行批判。① 新的写作方式要求新的接受方式，比格尔认为："接受者的注意力不再投向可以通过阅读它的组成成分而把握作品的意义，而是集中在结构原理上。"② 没有一成不变的阅读方法，从形式主义到解释学，走的是一条不断自我扬弃的路子。在文学研究中，不管你使用什么研究方法，面对一个复杂的、不确定的文本，仍然难免以偏概全。一种方法只能介入文本的一个层面，而文本的其他层面仍然充满了不确定性。前文论述过，文学理论是一种不能用科学知识的标准来衡量的知识，是一种"伪知识"。特定的方法论下的阐释无所谓正确与否，而是看其是否合理，是否通过方法论的寻求，文本的意义与审美价值得以揭示出来。所以要敢于以文本做试验，敢于尝试新的方法。试图获得文本意义的过程，就是寻求确定性的过程，只不过需要找寻到适合解读文本的方法，方法论是用来解决作品中不确定性问题的条件。所以，文学阅读一方面必须悬置某些方法论，悬置的目的还是获得特定的方法论，文学阐释要获得确定性，关键还是如何从本体论回归到方法论。另一方面，确定性的研究是方法的研究、关系的研究，文学误读的生成机制同文学文本、读者、作者以及意识形态等关系最为密切，把它们的关系阐释清楚，我们就有可能获得控制文本产生变化的条件和原因，从而避免不必要的文学误读。

随着文化研究的兴起，误读研究在人类学民族志研究、比较文学研究等领域也得到拓展和深化，误读问题不仅是文学问题，还是深层次的文化问题。我们阅读他者文化的文学作品时，首先自然是按照自己习惯的思维模式来对之加以选择、切割和解读，难免会产生误读。所以，对确定性的寻求必然涉及对跨国互文关系的探究。从文学的本质看，它具有双重属性，既是一种自律存在，又是一种他律的存在，是一种社会现象，好比地球有自己的自转和公转一样，文学始终处于自律与他律的张力之中。文学

---

① [德] 彼得·比格尔：《先锋派理论》，高建平译，商务印书馆2002年版，第88页。
② 同上书，第160页。

本身负载了各种文化因子,受到外部各种因素的制约。所以,文学解读的方式必然是多样化的,阅读主体自身是多重性的,文学研究的自律参照系必然爆裂,"不可或缺的他性"的观念运用于文化分析,非文学性的解读也堂而皇之地走进文学的殿堂,如意识形态的阅读理论。由此,文学误读的研究走向了审美文化学的研究。误读是文化现象,文学阅读不但要考虑作品的文化语境,而且要考虑到由文学的交流带来了文化间的冲突、误解,如拉什迪的《撒旦诗篇》牵扯到了宗教信仰与文化冲突的问题。误读研究还有重要的人类学意义,因为"人类的危机往往是理解上的危机"。① 亨廷顿的"文明冲突论"宣布人类的冲突是文化之间、文明之间的冲突。在历史上,很多战争挑起的直接原因就是误读。随着贸易的拓展和文化交流的日益频繁,现代社会进入了所谓的风险社会,也就是说,风险的损伤是由人的决断引起的,古代社会的主要危险来自自然灾害,而现代社会的危害直接来源于人的概念和行为。在多元共存的社会,如何协调好人与人之间的关系、国家与国家的关系,成了统治者探求的重点。而人类社会要和平共处,关键之处就在于,在保存文化主体自身个性的同时,理解和共识是否可以达成,冲突是否能避免?文化误读研究就是要追寻导致误读的各种原因,思考文化和社会的问题,思考避免误读的各种答案和可能性。

四 对后现代误读理论的反思和批判

现代性在认识论上是自反性的,从笛卡尔的"我思"到黑格尔的"否定之否定"无不体现这种自省和反思。后现代误读理论对现代性的重写也是一种自反性理论,其中,误读是值得反思的思维方式和方法论。

从自反性研究的角度看,西方后现代误读理论大致可以分为以下两类倾向:一类是固守一种理论模式,设置一个理论的逻辑起点,以此展开演绎、推理和论证,这些理论大都具有还原论的思维方式。意识形态的误读理论总是把误读作为意识形态的一种征兆,局限在微观政治领域来展开论争,如伊格尔顿、杰姆逊等人。女性主义的误读理论则看不到"非性

---

① [英]雷蒙德·威廉斯:《文化与社会》,吴淞江等译,北京大学出版社1991年版,第416页。

领域的洞见。解构主义的误读理论则显得复杂些，德里达宣称解构不是一种方法，但总体上仍以反讽方法为主。布鲁姆维护经典的审美价值，但将经典的建构简化为单一的思维方式——修正主义的误读。解释学理论反对方法，主张一种本真的阅读，如海德格尔、伽达默尔等人。上述理论的逻辑起点、论证方式和结论虽然迥然不同，但总体上都具有语言还原论的思想，语言变成了超级主体，这也跟西方哲学的语言论转向密切相关。另一类倾向受符号互动论和对话理论的影响，表现为反思性的、自反性的。如加拿大的学者琳达·哈琴，她采用的方法是一种悖论式的思考方式，她认为后现代对现代性的资源加以利用，又对之进行批判式的、反讽式的误读。在这里，矛盾地思考矛盾，这是后现代误读理论的典型特征。或用乌尔里希·贝克的话来说，自反性首先不是反思，而是自我对抗。布尔迪厄等人则试图用双重解读的反思超越客观主义与主观主义的对立，从而达到揭示社会深层结构的目的，这种反思理论局限于社会学领域。

后现代误读理论呈现为多元并存的局面，甚至对后现代误读理论本身也存在严重的误读，各种相反或相对的立场和方法论亟待厘清。当然，上述理论也不能以误读理论一语蔽之，而只是强调其中本体论和认识论的思维方式，对文学文本的阅读起到重要作用。从自反性的角度审视后现代误读理论中本体论和认识论的论争，寻找一片超越本体论和认识论的天地，避免陷入西方主客体二元对立的思想和形而上学与反形而上学的理论怪圈，这是令人神往的前景。后现代误读理论宣扬以误读为方法，片面强调创新，对阅读实践和文学理论的创新带来了许多弊端，其中，什么是文学阅读的有效思维值得加以反思。而只有以一种自反式的或综合体悟的思维方式展开研究，才能走向真正的创新，回归文学理论的本体。

本书将全面考察后现代误读论的缘起、流变以及谱系；审视后现代误读理论的范畴，反思后现代误读理论的价值和局限；关注后现代误读理论的新趋势与新问题。并尝试引入自反性理论进行研究，跨越了哲学、文学、符号学等学科界限，并充分重视中西理论资源的挖掘，进行综合研究。本书重点考察后现代误读理论的思维方式，认为思维方式的批判对文学理论的发展至关重要，思维方式的革新是文学理论创新的基本前提，在此基础上，本书的研究有一定的现实意义。

鉴于自反性理论内部十分驳杂，本书不去纠缠自反性与方法论之间的分歧和不同的思路，而是采取实用主义的态度，吸取其中有益的思维方式，用来审视传统阅读思维方式局限，以及在当今的歧变与革新，思考何谓文学阅读的有效思维方式等问题。西方的自反性方法论仍然过于抽象，后现代西方误读理论中的主观主义、相对主义也不尽如人意，其阅读观念中对真理和意义的追求，并不一定适合中国古典诗歌的解读，等等。要想解决这些问题，就有必要充分注意到中西阅读理论的差异性和互补性，结合中国传统阅读观念中的适度、合理、调节等概念，经过迂回才能正确地进入文本。

第一章 后现代语境中的误读及误读理论

第一节 误读：古典、现代与后现代

只要有人，就存在误读，误读不是某个时代特有的现象。误读成为后现代出现频率较高的一个词，首先跟交流方式、接受方式的变化有很大的关系。文学是一种交流结构，但到了现代，文学交流观念却发生了嬗变。后结构主义者认为作者死了、接受者不存在了，否认文学是一种交流方式。而从叙述学的角度看，叙述者与"叙述的接受者"、作者与读者是一种对话关系，叙述即交流。所以，否认文学是一种交流结构的观点是一种学院主义的错误。诗歌语言与日常语言服务于交流，只不过前者传达的是审美的意味，而后者是信息的传递。过分强调文学的自律性而否认文学是一个交流结构，这是错误的、有害的。卡勒认为诗学的目标在于"需要解释的并不是文本自身，而是阅读、阐释的可能性，文学效果和文学交流的可能性"。[1] 人类的生存在本质上就是交流的，我们总是通过交流被引导到语言中。文学语言的起源在此意义上不是"独白式的"，而是对话式的。从文学发生学的角度看，文学也不可能是单个人异想天开的独创，不管是巫术说、劳动说抑或游戏说，文学总是在交流中产生并传播的。

一 新型的文学交流观

文学文本的"不定点"或"空白"是文学交流的基础，"未定点"

---

[1] ［美］乔纳森·卡勒：《结构主义诗学》，盛宁译，中国社会科学出版社1991年版，第192页。

这个概念最早由波兰现象学家罗曼·英伽登提出，他认为"未定点"是文学艺术作品之所以成为作品的关键，并使之与其他真实客体区分开来。"未定点"概念的提出，与福柯所说的现代表象危机相暗合，也就是说，作品中的语言不再与现实形成一一对应关系，如福柯所说，到了现代，当事物的可表象性不再能够把词之序与物之序联系起来时，就发生了与古典认识型的一个基本决裂，语言不再是透明的。通过它我们不能顺利地理解世界、顺利地交流，古典写作观解体，文学问题变成了语言的问题，文学交流变得困难起来。

在相信作者的年代，作者先于作品，其关系犹如父与子，文学阅读就是与作者意识相符合，否则就是误读。现代主义小说中作者与读者处于对抗关系，作者打破了读者的期待视野，读者对作品的接受不再是传统的被动接受，而更多的时候是生产性阅读。由此，大量的现代主义可写性文本、互文性文本得以产生，读者不再寻找作品中作者的声音，不再寻找词与物的一一对应，读者参与作品的自由度增强了，而这些空白成了作者与读者交流的基础。艾柯把这些开放的作品称为"运动中的作品"，他说："运动中的作品是有可能使个人干预多样化，而不是容许随心所欲地随意进行干预：要求进行不是必然的，也不是单一的干预，容许自由地进入一个世界，但这个世界永远是作者想要的那个世界。"[①] 艾柯是从信息学的角度考察文本的开放性概念的，文学语言的特殊性在于打破信息统计的概率秩序，对于非诗歌语言来说，它是一种混乱和模糊，但从诗歌系统本身的衡量尺度看，它是一种迥然不同的新秩序。在这里，信息理论必须让位于符号学、语义学理论。但艾柯的主张是矛盾的，他一方面主张作品是开放性的，另一方面又主张以作品意图来限制阐释，而一个完全开放的文本不会产生意义和交流。

伊瑟尔吸收了英伽登和艾柯的理论，他把文学作品看作一种交流结构，他说："空白与否定按它们各自不同的方式控制着交流过程，空白使得本文中各视角间的联系保持开放，以刺激读者来协调这些视角，易言之，它们引导读者在文本中完成基本运演，而各种否定则删除相似的或不确定的因素。但是，删除的痕迹很明显，从而改变了惯于趋向熟悉与确定

---

① ［意］安伯托·艾柯：《开放的作品》，刘儒庭译，新星出版社2005年版，第24页。

之物的读者态度,也就是说,读者被导向一个与文本若即若离的关系中。"① 空白的填补,就是企图控制混乱的过程,在现代主义的小说中,叙述视点趋于消失,人物视点失去了在诸人物中能够具体形成价值和标准的传统线型情节。读者的期待功能被引向空白,读者的观点不停地摇摆于各种可能选择的复杂性之间,"这种不断的、向前运动着的抵抗并不导向混乱状态,而是导向一种新的交流模式。"② 这种新的交流模式不再要求读者像在 19 世纪那样去发现隐藏的密码,交流的成功取决于文本在读者的意识中把自身建成一个对应物的程度。这种新型的理解关系将导向审美经验的开放性,一种崭新的现代体验。读者不再是艺术家的奴仆,而是黑格尔辩证法意义上的主人—奴隶的关系。后结构主义进一步否认了文学的交流功能,原因在于现代主义作品中作者的声音减弱了,叙述视点消失,文本句法结构有很多间断和不连续。从文学自性看,文学交流障碍的原因固然在于文本的不完全性或空白,文本不可能被评论家一劳永逸地解释清楚。但是,这也跟现代主义过分强调艺术的自律性有关,艺术变成了不食人间烟火的女神,艺术原初的交流功能被忽略了。

  后结构主义反对文学交流,他们否认了作者对文本的贡献,认为文本是读者阅读时创造的。巴特说:"声音失去其源头,作者死亡,写作开始。"③ 直接宣告了作者的死亡,他又说:"句子的源头,说话的声音,实际上不是写作的真正地点,写作就是阅读。"④ 他的结论是读者的诞生必须以作者的死亡为代价。但是,读者的诞生并不是交流的开始,而是交流的结束。在其他地方他又说:"文是一种生产力。这并非意味着文是某一工作(譬如会要求叙述的技巧和文笔的娴熟之类)的产品,而是指某种生产的场所,文的生产者及其读者在那儿会聚:我们择取的任何时刻、任何方面,都显示文在'工作';即便写完了(凝定了),文也不断工作着,维持着生产的过程。文工作着什么呢?整体语言。文将用于交流、描述或表达的整

---

  ① [德] 沃尔夫冈·伊瑟尔:《阅读活动》,金元浦等译,中国社会科学出版社 1991 年版,第 203—204 页。

  ② 同上书,第 253 页。

  ③ Roland Barthes, *The Death of the Author* [A]. see: *Image - Music - Text* [C], ed. and trans. Stephen Heath, New York: Hill and wang, 1977, p. 142.

  ④ Ibid., p. 147.

体语言解构掉（个体或集体之主体在整体语言处也许会有作了模拟或表达的幻象），重建另外一种整体语言，庞大，无底无面……"① 巴特否定交流的目的是让作者或读者从人类中心主义的束缚中摆脱出来，能在符号交织物中尽情游戏。利奥塔要比巴特更为极端，他认为，甚至连读者也死了，接受者不存在了。利奥塔把书本比喻为丢入大海的瓶子，不知道谁将收到它。他说："我认为现代性就是这样的。它根本不为所谓被误解的艺术家或领先于时代的天才的悲叹提供理由。交流根本就不存在，因为标准体系不够稳定，作品无法找到它指定的位置，确保得到受公众赏鉴的机会。"② 由此，文学交流变成了纯粹的游戏，利奥塔说："说话就是斗争（意思是参加游戏），语言行为属于一种普遍的竞技。这并不一定意味着人们为了赢才玩游戏，人们可以为了发明的快乐而玩一下：大众口语或文学所从事的语言骚扰工作中，除此之外又有什么呢？不断地发明句式、词汇和意义，这在言语层面上促进语言的发展，并且带来巨大的快乐。"③ 巴特和利奥塔的观点过于极端，文学游戏并不是读者凭空想象的自娱自乐的，而必须受到文本的限制，而且必须得遵循一定的游戏规则，而这些游戏规则的产生是在一定的文化语境中产生的，否则，这种游戏式的误读就是毫无意义的胡言乱语，而文学的消亡也指日可待了。现代主义文本为读者的生产性阅读开拓了空间，后结构主义者干脆玩弄起误读的游戏，完全抛弃了文本、作者、社会等的束缚。其实，不管后结构主义者如何在文本中自由嬉戏，文学作为一种交流结构是无法否认的。

二 交流方式的变化

交流方式的变化与传播媒介的变迁以及阅读大众的兴起有很大的关系，私人阅读的出现跟印刷术的革命是分不开的，现代技术革命带来了阅读方式的革命。古典时代，由于书籍的缺少，书籍的阅读是特权阶级的权

---

① ［法］罗兰·巴特：《文之悦》，屠友祥译，上海人民出版社 2002 年版，第 92 页。
② 包亚明主编：《利奥塔访谈、书信录——后现代性与公正游戏》，上海人民出版社 1997 年版，第 19 页。
③ ［法］让-弗朗索瓦·利奥塔：《后现代状态》，车槿山译，三联书店 1997 年版，第 18 页。

利、识字、能阅读成为等级划分的标志之一。从文艺复兴开始，西方文明出现了断裂式的飞跃，工业化的大生产逐渐取代了手工业的作坊生产，给人类带来极大的物质财富，并同时带来了进步、自由、民主、市场等概念，这就是公认的西方现代性的特征。19世纪英国史学家卡莱尔把这样的时代称为"机器的时代"[1]，他认为古代的英雄已经一去不复返了，对上帝的虔诚、古典的哲学和道德统统被机器的意义所置换，所有的物品都可以通过机器生产出来。在那个时代，甚至人也被视作一种机器。[2] 资本主义为了获得大量素质更高的劳动力，而版权法制约了人们受教育的权利。1774年，英国废除了永久版权法，书籍成为普通商品进入了中低收入者家庭，阅读在英国蔚然成风，英国俨然成为书籍的国度、阅读的国度。人人皆是读者，皆是评论者，甚至吸引了大量的女性参与到创作之中，这带来了文学交流方式的极大变化。

交流（communication）一词的词源是拉丁文communis，意思即"普遍"，所以其最初的含义指的就是在交流中让信息普及于民众。从15世纪开始，具有了现代的普遍意涵。所以，交流最初指涉的是"使之普及于民众""传授"等含义。到了17世纪，西方的道路交通枢纽获得了极大的发展，"交流"经常与"运输"等词语并用，用来代表这些通信设施。从17世纪开始，到19世纪，200年左右的时间，在西方，物质和人的运输并没有和信息传递以及社会关系的交流区分开。所以，"交流"一词既可以指交通运输，也可以指符号的交流与交换。随着科学技术的不断进步，到了20世纪，传递信息和维持社会关系的工具和手段获得了极大改进，交流的外延逐渐变窄，不再用来指涉交通之类的含义，而是用来指信息的传播和沟通。探索文学交流含义的嬗变，回到交流一词的原初意蕴就显得很有必要，即交流是民众间的单向或双向行为，而这种交流观在现代和后现代则经历了某种嬗变，呈现出不同的面貌。文学交流，从广义上说，可以指国家与地区间相互的文学交流或文学贸易；从狭义上看，则指读者与作品或作家的交流。文学交流是文学批评的一个重要组成部分，理查兹认为，批评的理论必须建立在两个支柱之上："关于价值的说明和关

---

[1] 转引自[英]雷蒙德·威廉斯《文化与社会》，吴淞江等译，北京大学出版社1991年版，第108页。

[2] 类似观点可参见18世纪法国哲学家拉美特利《人是机器》的看法。

于交流的说明。"① 他又说："批评所关心的是这样一个事实：在多数情况下艺术家的创作过程的确使作品的交流效力同他本人的满意程度和他对于作品怎样才算恰到好处的看法相符合。"② 但是，从形式主义到结构主义，再到后结构主义，却把文学看作是一个绝对自律的结构，否认其是一种交流结构，让人怀疑这是学院主义的错误，其源头是学术机构的需要，为无休止的学术论文的堆积提供存在的依据。

在历史上，作家与读者的交流有一个从直接的面对面的交往与交流，到两者疏远甚至敌对的过程。有意思的是，东西方都有一种诗歌朗诵传统，这是文学交流的绝好机会。譬如，在古罗马，诗歌朗诵在社交界很流行。有些贵族和有钱人，肚里没有多少墨水，却喜欢附庸风雅，在漂亮的大房子里，有专门供朗诵的大讲坛，在一帮朋友面前，朗读自己写的东西。看似随意的社交仪式，也必须有一套默契的交流规则，如果有听众觉得不满意，那么可以当面提出批评，作者需要根据听众的意见进行修改。在古代中国，诗歌朗诵也可见于社交场面，只不过这些被朗诵的诗歌大多是应制之作，地点也大多限于祭祀与庆典的场合，下层社会的普通民众无法听到，文学交流功能有限，无法普及于大众。西方到了古典主义时期，文学交流的范围没有扩大，反而缩小许多，限于上层社会的某些社交场合。

到了 18 世纪初叶，随着印刷业的发达和书籍的普及，西方出现了新兴的中等阶级的庞大阅读群，这与中等阶级在经济地位上的提升是紧密相关的。18 世纪末期，商品贸易变得十分发达，文学和艺术逐步丧失了神圣的光环，最终沦落为市场交易的商品。在本雅明所谓的机械复制时代，原著和复制品的界限趋于模糊，阅读大众的势力逐渐增强，成为文学生产场的主力军，文学交流功能突破了早期的社交功能，人们可以任意选择和阅读自己喜欢的作品。英国的文化学者雷蒙德·威廉斯认为这个时期作者的地位发生微妙变化，一方面，由于作家职业化，写作和出版需要资助，所以必须在某种程度上迎合资助者的喜好，幸运的话，作家也许能找到认同感；另一方面，由于作家在市场上获得成功，其社会地位攀升，但易被

---

① ［英］艾·阿·理查兹：《交流与艺术家》，吴敬瑜译，见戴维·洛奇编《二十世纪文学评论》（上册），上海译文出版社 1987 年版，第 195 页。

② 同上书，第 198 页。

某些嗜好左右,被迫讨好某些人,这些人来自"似乎与个人无关的机构"。[①] 这些机构又被称为"文学的公共领域"[②],交流拓展至中下层阶级,文学交流的对象和范围扩大了。

进入 19 世纪,文学的商品化使作家获得巨大的机遇和挑战,为了赢得更多的读者,这个时期迎来了作者朗读的黄金时代。如英国作家狄更斯,当他的作品写成后,他就到处宣读,举办过很多场朗诵会。他非常专业,每次朗读时,还特地准备了供朗读用的作品副本——朗读书,他在朗读书的空白处做了很多标记,提示自己什么地方用什么语气,做什么姿势或动作,等等。根据听众的反应,狄更斯再重新修改、重写。在这里,作家即读者,通过朗读,作家和听众展开直接的交流,其目的是让书卖得更好、更畅销。正是在这种公开的朗读中,作家的价值才得以确证和增殖。作家的价值需要得到读者的认可,而且读者群的数量必须很可观。在频繁的文学交流和互动中,作家创作出作品以飨读者,读者得到滋养,反过来又可以反哺作家。加拿大的学者曼古埃尔认为,作者与读者的这种交流对文学的发展至关重要,作者当众朗读,听众感觉不错,书籍就畅销,读者就增加。当众朗读这种体验非常独特,因为作家意识到自己的创作不是自言自语,而是有一大批听众,于是"感到振奋,并写得更多"。[③] 阅读的普及和大众阅读的出现,表明文学不再是天上的仙女,而是下凡到了人间,文学艺术的世俗化和商品化是大势所趋,文学成了商品,从此脱离了社会生活的再生产,标志着现代意义上文学交流得以诞生。交流方式的变化导致了阅读范式、阅读伦理等一系列复杂的变化。

三 阅读范式:作者、文本与读者

从古典时代到浪漫主义时代,是作者中心的时代,在古希腊、古罗马,诗人就是先知和布道者。到了浪漫主义时期,出现了所谓的"诗人/英雄"形象,如雪莱所言,诗人成了世间的立法者,作者崇拜达到了登

---

① [英]雷蒙德·威廉斯:《文化与社会》,吴淞江等译,北京大学出版社 1991 年版,第 61 页。

② [德]哈贝马斯:《公共领域的结构转型》,曹卫东等译,学林出版社 1999 年版,第 34 页。

③ [加]阿尔维托·曼古埃尔:《阅读史》,吴昌杰译,商务印书馆 2002 年版,第 319 页。

峰造极的地步。湖畔派的华兹华斯认为，诗歌是强烈情感的自然流露。作者的主体性得到极大的张扬，华兹华斯认为诗人是个天才，具有丰富的想象力和强烈的情感。催生作者中心范式的原因主要有以下几个：一是社会的原因，商品经济的发展让作家摆脱了资助人的束缚，可以自由表达自己的感情。二是美学和哲学的原因，康德从他对美学和艺术的分析出发，认为天才是上天赐予小部分人的特殊秉性，后天无法习得，"天才是自然的宠儿，人们把它当作稀有现象来对待"。[1] 天才把理性与自然很好地协调在一起，实现一种自由的创造。三是传记文学和传记批评的出现，诗人受到了社会的广泛关注。作者成了文学活动的重心，作者也成了文学阅读和判断的参照标准。

在作者中心的时代，文学阅读以追寻作者原意为目标，误读就是没有把握住作者的原意，是应该加以消除的错读。在古代的诗歌朗诵传统中，作者与读者的交流是面对面的，听众可以当场询问作品的疑点，误读发生的概率比较低。在西方，近代以前，流行的阅读方法是经院哲学的方法，人们一般都认为文本的意义就是权威对作者之义的注释，这是天经地义的，而读者只是个外在的观察者，曼古埃尔认为："本质上，经院哲学的方法无非是训练学生根据某些预先设立、正式被承认的标准——他们费尽千辛万苦才练习成功——来解释文本。就教导阅读而言，这种方法能否成功靠的不是学生的智慧，而是他们的毅力。"[2] 这种阅读的特点抹杀了读者的主动性和创造性，让学生记忆作品中抽象的象征意义，目的在于培养一个驯服的好人。教会哲学家成了文本阅读的最高权威，他们制定了阅读作品的方法，给出作品的权威诠释，读者的意义和价值即在于此。到了14世纪的时候，出现了彼特拉克这样的人文主义者，在彼特拉克的《歌集》中，用自己的即兴笔法塑造了新时代的女性形象，笔调清新质朴，感情真挚，引发了当时读者极大的共鸣。新人文主义的作品培养了新型的读者，读者从教会解释的阴霾里走出来，彼特拉克式的读者能直观感受《歌集》中劳拉的美，并赋予劳拉各种美好的遐想，个人主义的、有想象力的、有创造性的阅读方法开始出现，这被教会权威视为异端。两个世纪

---

[1] ［德］伊曼努尔·康德：《判断力批判》（上），宗白华译，商务印书馆1985年版，第165页。

[2] ［加］阿尔维托·曼古埃尔：《阅读史》，吴昌杰译，商务印书馆2002年版，第92页。

之后，彼特拉克式的阅读方法成了欧洲的学术主流。曼古埃尔说："在15世纪中叶，至少在人文主义学校，阅读渐渐地成为个别读者的责任。先前的权威人士——翻译者、注释者、注解者、评注者、编目者、文集选编者、检查官员、规范制造者——已经替著作建立起正式的价值层级，并给它们贴上不同的目的标签。如今，读者被要求为自己而读，偶尔靠那些权威解释来判定自己所摸索出的价值与意义。"[①] 新型的读者为自己而读，自己去探索人生的意义和价值，不再仰仗外在的权威。读者在个人自己的天地里遨游，私人阅读出现了。教师们也在传授大量的个性化的方法和观点，结果学生以个人主义的观点来发表看法和行动，人文主义带来了个性的解放和学习方法的巨变。最重要的是，文学艺术摆脱了社会生活的再生产领域，对社会具有了批判的功能。

私人阅读的出现和为自己而读的进一步发展，作者的中心地位被动摇了。到了19世纪，出现了排斥作者的非个人化理论，其创立者是法国作家福楼拜，他提出了"客观而无动于衷"的创作原则。尼采也提出过类似的观点，他认为，好的艺术家都不是自我中心的主观艺术家，而是必须超越自我，突破主观主义的艺术家。他说："没有客观性，没有纯粹超然的静观。就不能想象有哪怕最起码的真正的艺术创作。"[②] 客观性让作家保持一种超然物外的心态，这是一切艺术创作的基本条件。尼采又说："只有当天才在艺术创作活动中同这位世界原始艺术家互相融合，他对艺术的永恒本质才略有所知。"[③] 在他看来，写作并非完全是天才的独创，而是与世界原始艺术家的契合，世界原始艺术家就是艺术的本质，至于这种本质是什么，尼采引入了酒神精神，有点类似于柏拉图的诗神附体。康德以来的天才理论受到了前所未有的质疑和批判。在英国诗人兼理论家艾略特那里，还发展出了一种非个人化诗学，他提出，诗歌是对感情和个性的逃避。[④] 与此同时，俄国的形式主义也开始了一场驱逐作者的运动，形

[①] ［加］阿尔维托·曼古埃尔：《阅读史》，吴昌杰译，商务印书馆2002年版，第100页。
[②] ［德］弗里德里希·威廉·尼采：《悲剧的诞生——尼采美学文选》，周国平译，三联书店1986年版，第17页。
[③] 同上书，第21页。
[④] ［英］I. T. S. 艾略特：《艾略特文学论文集》，李赋宁译，百花洲文艺出版社1994年版，第11页。

式主义彻底摒弃了浪漫主义的天才理论，把文学作品视为艺匠使用语言材料进行特殊加工的制作。从形式主义开始，文学交流的重心发生了转移，文本中心取代了作者重心，而文本中心范式把文学所有的问题都归结为语言问题，陷入语言的牢笼之中，忽视了文本之外的因素，暗含着科学主义的追求客观解释的冲动，这与文学的自性产生冲突，束缚了文学阅读的创造力和活力。新的问题需要新的理论范式来解释，于是就出现了托马斯·库恩所言的范式革命，文学理论研究的中心发生了转移，读者中心取代了文本中心，新的理论范式——接受美学诞生了。关于范式转变，美国后现代理论家约瑟夫·纳托利从故事的角度区分了现代性与后现代性，他认为，在现代性的故事中，理性在故事之前，理性创造了于外部审视的范式；而在后现代性的故事中，故事在理性之前，人看问题的思维和方式等都在叙述之中，它们都被编织为一种故事。① 纳托利所说的故事在先，其意指在于对理性的权威和合法化提出了质疑。在其他地方，纳托利借用博尔赫斯的观点，认为后现代的典型特征就是中心的泛化，他说："我们注意到，到处都是中心，每个中心都在创造自己的秩序范畴，自己的边缘地带，自己的'现实感'。"② 要正确地理解这些观点，有必要把它们放到现代性向后现代性转移的语境中来体会，以作者、文本为中心的理论，是典型的现代性范式；而以读者为中心，是现代理性坍塌的标志，是后现代性萌生的征兆。读者中心范式的影响是深远的，它打破了权威，解构了作者中心和文本中心，又竖立了读者中心，但因为作者与读者是一对多的关系，读者中心实际上就是纳托利所言中心的泛化，现代理论范式就此瓦解，带来了意义的不确定性和无序性，文学交流变得更加困难，误读的概率大大提升。后现代阅读范式导致的极端后果之一就是引发了"馒头血案"式的误读，带来了一系列文化、道德、伦理的难题。

当然，文学理论的范式的转换并不是陡然出现，并不完全遵循库恩的范式革命。比如作者中心的范式蕴含了读者的存在，因为作者在写作时不可能不考虑读者的存在，完全回避读者的作家是不存在的。陌生化理论恰恰证明了读者的重要性，陌生的目的在于引起读者的惊异。反之，读者也

---

① ［美］约瑟夫·纳托利：《后现代性导论》，潘非等译，江苏人民出版社2004年版，第22页。
② 同上书，第201页。

是尽量想从作品中获取有益的东西，没有读者不会揣摩作者的意图，这同日内瓦学派的乔治·布莱有相同之处。

四　阅读伦理的变化：公共伦理、个体伦理和本真伦理

阅读大众的出现，带来了全新的阅读伦理，现代之前，作者的创作和朗诵不需要征得读者的意见，因为其目的就是使之普及于大众，作者就是权威的布道者，读者只有顺从作者的意图，才能正确地解读作品。但到了现代，全民皆读者，越来越多的读者尝试着自己去创作或发表评论，经典及其作者的地位被大众文学及其作家们超越，销量排行榜使作家放下自己的身段，与读者发生对话，创作出他们需要的作品来。普通阅读大众阅读作品的目的无非是满足娱乐和提高自己的修养，读者在得到启蒙后，开始了一场阅读伦理学的革命，他们不再满足于知道作品里有什么、作者如何想，而是思考能做什么，并开始与传统的公共伦理决裂，以一种崭新的个体伦理来独立的思考自己和社会。19世纪初期，英国的《爱丁堡评论》、《布莱克伍德杂志》以及其他各种评论期刊和报纸开始刊登各种互相对立评论和看法，思想的交锋达到了共同的启智的目的，也引发了更多的争论和思考，读者尤为关心期刊和报刊上的各种真真假假的解读，其中个人主义的阅读伦理出现尤为值得注意，这是整个现代自我以及后现代本真伦理的起源。

阅读什么和怎么阅读，是一种选择，选择与价值取向相关。误读问题，表面上是简单的不理解和随意解读，背后则与深刻的伦理和道德取向相关。当代误读主义、恶搞和戏仿的流行，与权威的失落、公共伦理的隐退以及个体主义伦理的泛滥有很大的关系。误读主义萌芽于现代，流行于后现代。阅读作品，不再寻求与作者同一，每个人都是独特的，每个人都以自己为度量，这是现代性的意识，查尔斯·泰勒认为这是因为生活方式的变化，在18世纪后半叶，西方人的个体意识开始觉醒，不再欣赏求同存异的生活方式，而是更加关注自己内心的需求，过一种自己想要的生活。泰勒说："在18世纪后期之前，没有人认为，人与人之间的差异会具有这种道德意义。"[①] 反映到文学中，就是浪漫主义的兴起。在此之前，

---

① ［加］查尔斯·泰勒：《本真性伦理》，程炼译，三联书店2012年版，第37页。

作家创作遵循模仿论，而到了浪漫主义时期，则强调表达作家自我的感情，强调想象力和创造性。阅读伦理也随之发生了变化，现代之前遵循的是公共伦理，粗略地说，阅读诗歌必须在古老的传统中寻找公共可用的意象资源。作者中心范式的古典时代，作者作为我们解读的外部参考，给予我们权威的指示，现在我们不得不自己寻找答案。瓦瑟曼解释道："直到18世纪末才有充分的思想同质性，让人们去共享某些假定……在不同的程度上……人们接受基督教的历史解释、自然的圣礼形式论、伟大的存在之链、创世的诸阶段类比、人作为微观宇宙等观念……这些是公共领域里的普遍句法；诗人足以相信，他的艺术是'自然'的摹写，因为这些样式就是他用'自然'所意指的东西。"[①] 瓦瑟曼证明了公共参照域的失落，现代阅读伦理转向了每个新读者的感性认识，作者的权威开始被打破。泰勒把现代伦理称为"真实性的伦理规范"，[②] 这里的真实性是某种新的状态，起源于18世纪，是现代性的产物，筑基于现代个人主义，譬如理性个人主义或政治个人主义。表现在文学作品中，就是现代小说的崛起，新型的小说作家颠覆了传统作家对普遍和一般的喜好，开始在笔下叙述个别人的生活细节。小说的叙述模式"与传统的模式、原型或预示相反，是典型的现代模式，适合分解性的、个别化的自我经验"[③]。阅读现代小说，如果不调整阅读的视野，照搬古典的自然观和伦理观和时间意识，就会产生严重的误读，视卢梭的作品为怪异和混乱。传统的阅读伦理是公共伦理，普遍性、实体理性是其核心，阅读作品，理解作品的意义就是寻求与外界事物的秩序保持一致，与作者的原初意义协调一致。现代阅读伦理核心是个体主义，与传统的阅读伦理观相比，可谓断裂式的飞跃，自然、作者等外界的实体，不再成为现代人类阅读和思考的束缚，现代人在自身内部发现了自己的能力和目的，自然、作者等外在事物只不过是引发读者思考的媒介。作者的写作打破了常规、打破了传统，读者的接受也同样如此。这是文学的进步，也是文明的进步。

总之，古典秩序失落了，现代小说的兴起已经预示了作者的衰落，但

---

① 转引自 [加] 查尔斯·泰勒《本真性伦理》，程炼译，三联书店2012年版，第102页。
② [加] 查尔斯·泰勒：《现代性之隐忧》，程炼译，中央编译出版社2001年版，第29页。
③ [加] 查尔斯·泰勒：《自我的根源：现代认同的形成》，韩震等译，译林出版社2001年版，第442页。

作者的地位和权威并未完全打破。到了结构主义时期，作者仅仅成了一种功能。在后现代，作者成为理论家争相攻击的对象，阅读范式开始由作者中心向读者中心过渡，周宪教授认为文学意义观在后现代产生了深刻的变化，文学研究不再探寻文本的意义是什么，而是关注读者在接受文本时与文本的互动关系，文学研究的重心发生了迁移，从"是什么"转向了"做什么"。① 这个观点无疑十分深刻，这实际点出了后现代误读主义产生的源头，后现代各种误读、戏仿和恶搞横行无忌，就是因为后现代关注的是"做什么"，通过"做"似乎人人都可以成为作家。追溯阅读方式的变化，我们发现，在古典时代，作者是主人，读者是奴隶。现代小说出现后带来了阅读方式的变化，现代读者以自我为中心，发现自己不再是被动的、无足轻重的角色，开始谋求与作者进行平等公正的对话。到了后现代，作者被彻底抛弃，读者成了新的上帝，开始了从"读"到"写"的革命性变化，最明显的例子就是当前的网络书写，譬如博客的及时评价，视频聊天中的弹幕，贴吧中形形色色的帖子，让人目不暇接。但同时，阅读方式的革命也产生了一系列的问题。读者对艺术作品的接受，以自己的个人趣味为指针，表现为业余的自由判断，对作品的误读大量出现。同时，虚无主义与极端的相对主义在现代社会盛行，漠视公共领域的私人化写作和阅读反而加深了私人领域的危机，因为个体不再能够通过阅读和讨论进入文化共同体，同时失去了对公共领域的强烈的责任感和伦理关怀，私人领域的利益也得不到保证。因此，阅读方式的变化导致了误读的大量浮现与文学公共性的失落。

所以，从阅读伦理学的角度看，在拷问了"做什么"之后，还必须拷问"如何做"，这就需要在全盘考察后现代误读理论带来的一系列负面效应后，认真思考如何避免这些消极后果，走向本真性阅读就成为必然的选择。"本真性"的要义即是以真为本，用存在主义的话来说，真就是"去蔽"，追溯到希腊的原始意义，真是"知觉对某种东西的素朴感性觉知"②，海德格尔解释为有所揭示而不遮蔽。后现代的误读游戏有些过于极端，容易把人引入歧途，让人蒙蔽，丧失了本真性。海德格尔说："本

---

① 周宪：《重心迁移：从作者到读者——20世纪文学理论范式的转型》，《文艺研究》2010年第1期。

② [德] 马丁·海德格尔：《存在与时间》，陈嘉映等译，三联书店1999年版，第39页。

真的阅读是对业已召唤我们在场的东西的会聚,我们对此一召唤我们在场的东西并无查知,我们所能的,要么是契合它,要么是绝它而去。"[1] 真正的阅读应该是本真性阅读,本真是某种存在的状态,它召唤主体的出场,主体却毫不察觉。读者的阅读,就是与之相遇,与之合拍。没有本真阅读,我们就会对真理视而不见,就听不见存在的召唤。海德格尔的本真阅读观是为了追寻真理,对于文学阅读而言,存在一定的偏差,但对于走出后现代误读主义的迷雾而言,不失为一条极有建设性的意见。海德格尔认为非本真的阅读是一种临时的约定,一种偶然的协定,在某些情况下是不可避免的,但是,这种理解缺乏真正的自然理解所具有的历史感的创造力量。海德格尔说:"本真的自然理解不是制造那种立即就退化为相互都无所谓状态的一团和气,而是出于对共同的历史使命的忧虑,要相互激发因各自对自身的怀疑而产生的不安。"[2] 这表明本真性理解要有历史的使命感和责任感,要有反思和批判的精神,而非一味地妥协,编织一种无所谓的友好的气氛。泰勒的本真性伦理与海德格尔的本真性阅读共同的地方就在此,即走出自我中心,但也不是无立场的示好。本真性阅读实际上暗含着一种伦理学价值取向,但是海德格尔始终囿于哲学的真理,无法超越存在的追问。

当前,后现代误读游戏出现了一些无品位、无下限的恶搞,不顾及他人感受,自娱自乐,此类行为非常自私。很明显,这样的误读不是本真性阅读,本真意味着我们不是一味的嬉戏,也不是故意制造一团和气的友好,而是一种生存态度,在努力让作品去蔽的同时,也让自己的生命回归到一种自然本真的状态。归根结底,本真的本义是真,但价值取向是善。鉴于此,本研究提出了本真性阅读伦理的设想,并非要在代表古典秩序的公共伦理和代表现代性的新个体伦理之间进行折中,而是要看到新个体伦理的出现,是人性的极大解放,是创造力的大释放,但我们不可能回到过去,而是要另起炉灶,建立新的本真性伦理和文化,以便应对后现代误读主义导致的意义危机。泰勒说:"本真性不是超越自我之外的要求的敌人;它以这些要求为条件。"[3] 于此,泰勒指出了本真性的条件不在自身

---

[1] [德] 马丁·海德格尔:《思的经验》,陈春文译,人民出版社 2008 年版,第 92 页
[2] 同上书,第 12 页。
[3] [加] 查尔斯·泰勒:《本真性伦理》,程炼译,三联书店 2012 年版,第 52 页。

之内，而在自身之外，离开了与人关系紧密的事物，人无法定义自我。此在是在世界之中的，世界之中的历史、自然、他者等这些东西不可忽视，是它们让自我得以保持同一性。当代的误读主义文化过于强调创新和个性，走向了历史、社会、自然等的对立面，导致了自毁墙脚的困境。本真性的阅读伦理，要求我们超越狭隘的自我中心，把我与他者、社会或更大的背景联系起来，避免误读主义的破坏性的恶搞和戏仿，尊重作品，尊重作者，尊重他人的合理解读。本真性阅读既要看到现代性阅读伦理的伟大之处，又要避免其中浅薄和危险的东西。在好的解读与坏的解读之间、在本真性较高和较低方式之间永远存在着斗争，范式可以变来变去，但只要持有本真性的阅读伦理，就可以减少误读主义带来的负面效应，就可以发展和壮大好的阅读模式和方法。

第二节 自反性理论初探

何谓自反性？英文拼为"reflexivity"，自反性又译为反身性，这个术语在理解上充满了张力，社会学家苏伯认为自反性的应用范围极广，包括了符号的自我指涉、原理和判断的自我运用，命题的自我确证和自我反驳、循环推理，以及谬误、正确和不可规避性等，"它的范围遍及平凡琐事和超验神秘之所，从自相矛盾到自我证明，从科学到宗教。"[①] 这表明自反性的使用在当代十分驳杂，难以厘清头绪。我们不去梳理其含义的合理性，我们关注的是其方法论的价值和意义。从自反性当前运用的范围来看，主要有三种维度的自反性理解，第一种是符号学中把所有符号视为自反性的，这是范围最广的自反性维度；第二种是社会学的认知维度；第三种是在此基础上发展出的审美的解释维度。三种维度的使用中，自反性的具体内涵不同，但其中贯穿了一种基本的立场，自反性中必然充满了悖论与盲点，意即自反性包含了与本身相反的因素。以贝克和吉登斯的自反性现代性理论为例，现代性的自反性是一种结构性自反，现代性的发展产生了悖论和冲突，贝克认为自反性现代化这个术语的意思"并不是指反思，

---

① Suber, P., "A Bibliography of Works on Reflexivity", In *Self-Reference: Reflections on Reflexivity*, ed. by Steven & Suber, Dordrecht: Martinus Nijhoff Publishers, 1987, p. 259.

而是（首先）指自我对抗"。① 虽然两者的词根一样，但其中存在根本的差别。在他看来，反思是个人有意识有目的的行为，而自反性是制度性、结构性的，兼顾现代性的反思性。后来在《世界风险社会》中，他又区分了自己和吉登斯、拉什的不同，认为自反性侧重于现代性的意外后果和风险，而后两人没有这种侧重。

一 符号的自反性

符号的自反性在语言学中比较常见，一般指语言的自我指涉，比如反身代词的使用。语言学家索绪尔对符号的自反性认识比较透彻，他认为符号之间的关系就像价值，可以比较和交换，能指的所指是另一个能指。严格地来讲，自反性是一个哲学问题，符号的自反性来源于思维和意识的自反性，而思维和意识又都是符号化的。这实际上是一个解释的循环，即思维是用符号来思维的，而符号的定义和使用是思维活动的结果。自反的循环性是人类认识的基础，无法超越。自反性的循环性并不是思维的倒退、相反，自反性思维突破了二元对立的思维方式，把主体自身的互动引入到主体间的以及与世界的互动之中，于此，社会才得以建构，知识得以产生。威利认为自反性"它指我们以一种仿佛正在远离自身的方式，来描述某个事物；并且在某个点上，自我又颠倒了方向，朝自身移回来"。② 自反性就是返回自我，描述是自我描述，自反性仿佛是远离自己，实则是返回自身。与威利不同，倪梁康从另外的角度定义自反性，他指出："循环论证因而在这里具体是指：在对'自身认识（行为）'的定义中必须运用'自身认识（对象）'的概念。"③ 这就是认识过程中的循环论证现象，即在定义自识行为时，又要用到自识对象的概念。倪梁康定义的自识行为就是自反，自反性的特征之一就是循环与反复。

在哲学史上，自反性理论源于笛卡尔，他开启了哲学的主体转向，"我思故我在"表明了所有思维的主体都陷于自反的反思之中。洛克用

---

① [德]乌尔里希·贝克等：《自反性现代化》，赵文书译，商务印书馆2004年版，第9页。
② [美]诺伯特·威利：《符号自我》，文一茗译，四川教育出版社2011年版，第80页。
③ 倪梁康：《自识与反思——近现代西方哲学的基本问题》，商务印书馆2002年版，第31页。

"反省观念"这个概念表示思维的反向考察。康德的自我认知仿佛是意识从外部监听到内心的东西，这对于自我的统一很有必要。而费希特认为知觉的统一性是通过主动的创造自我来获得的，这种"自我假设自我"被认为是一种循环，但真正有效的自我概念本身就是自反的、循环的。黑格尔首次在自反性中加入了社会内涵，自反性是间接的经由他者与自我所形成的关系，这虽然避免了循环论，但自我概念仍然充满了悖论。这些自反性理论都有盲视，笛卡尔、康德的自反性陷于自我意识，费希特则是循环的，黑格尔的自反看不到自身，只能看到被反思的对象。米德的自反性理论中主体可以看到自身，但必须先把"你"解释为客我。纯哲学的自反性理论太过于理论化，现实自我仍然是分裂的。在皮尔斯—米德的综合模式中，自我的结构是一个"主我—你—客我"的三元模式，是一个反思的弧形。在他们看来，符号的操作方式是自反性的，在米德是主我—客我模式，在皮尔斯则是我—你模式，但两者所持的自反立场基本相同。在自我结构中包含了两个循环：主我与你直接的线性的交流，间接地自反性地与客我交流。如同反思的、对话的自我一样，符号自我也是自反性的。

威利把自反性分为两个秩序：第一秩序是客体，第二秩序是思想本身。他认为笛卡尔的我思属于"第二秩序"的范畴。笛卡尔的我思只停留在第二秩序内，与第一秩序失去了联系。康德的自反实质是反思，即思维过程的意识。而威利所言的自反是反思的反思，思维过程本身。威利提出的自反性理论奠基于实用主义的米德模式，强调延续性、系统性，并可以同时在第一秩序和第二秩序两个层面往返。自反性同时扮演主客体的双重角色，自我统觉中自身被当作一个客体，在人际交流中，则是角色互换，由此意义得以产生。

威利认为自己的两个秩序的模式与传统哲学都不同，有三个区别：首先，传统哲学认为第一秩序不是自反性的，是直接的、无中介的，而第二秩序是间接的、需要准社会化的中介，两个秩序是中断的，而威利认为两个秩序应该是连贯的，"这种从第一秩序向第二秩序的转移，并不存在质变经历，也没有产生新的范式或发现绝对真理的感觉。"[①] 第二个区别在于笛卡尔和胡塞尔认为，第一秩序是不确定的，需要第二秩序的反思来找

---

① [美] 诺伯特·威利：《符号自我》，文一茗译，四川教育出版社2011年版，第100页。

到一个真实的自我。而在萨特的第一秩序中，自我是虚无。威利则认为自我存在两个秩序中，第二秩序只不过普通的认知工具。第三个区别是关于自我的结构与内容，笛卡尔、胡塞尔和萨特认为，第一秩序不存在自反，自我只出现在第二秩序中，自我的结构完全陷于第二秩序中。威利则认为在自我的结构和内容中，同时存在两种秩序。威利提出的模式极为抽象，也有些牵强，因为日常生活中，一般人意识不到这点。但从理论上区分出的两个秩序，为我们展示了元意识分析事物的习惯是如何扎根于日常普通意识的。这种区分还为我们厘清体验意识的复杂性提供一条途径，我们可以有效地使用内省或回溯的概念。

威利提出的两个秩序的概念奠基于现代哲学，这表明自反性思维是现代性的，之前人的意识是对象意识，对象意识是他反的，追问物是什么，自反性意识则是追问我是什么。自反性思维是一种高级思维，有了自反性思维，才产生了元理论的意识和现代科学体系。自反性理论对于后现代误读理论而言，也有重要的启示意义，表现在：

其一，自反性理论告诉我们，后现代误读理论的悖论来自语言的自反性使用。如德里达认为所有的阅读都是误读，即对语言的自反性使用，这导致解构"锯断坐在屁股底下的树枝"①。威利认为他自己的模式可以避免自我指涉的矛盾。

其二，后现代误读理论的思维方式都是还原论的，威利称为向上的还原，如语言学还原论，超越了个体，但不能解释人类，因为人是自我解释的，主我的内心体验先于语言的自反，而不是相反。如幼儿不懂主我一词的语义，但他懂得谈论和使用自身，这也是人与动物的区别，动物有可能有前符号的自反，只有人可以完整地反思自我。

其三，误读一般发生于第二秩序。当读者意识到误读了作品时，之后会对误读过程进行回顾，试图解决这个问题，读者就从第一秩序转向了第二秩序的自反，后现代误读理论属于第二秩序，认知的优势在于第二秩序。

其四，自反性理论提供了一种普适性的理论，如同柏拉图的理念论一

---

① ［美］乔纳森·卡勒：《论解构：结构主义之后的理论与批评》，陆扬译，中国社会科学出版社1998年版，第132页。

样，桌子的理念是共同的，尽管桌子的具体差异存在。在自反性理论中主我或客我是普遍性的基础，比如对桌子而言，其普遍性不在于桌子的共同特点，而是在于用桌子的人的共同反应。这表明了文学阅读是差异性与共同性的统一，后现代误读理论过分强调误读和差异，交流陷入了困境。文学阅读中读者可以进行一种角色扮演，如通过想象自己成为作者，并对文本的这种召唤作出自反性回应，这也再次表明了文学阅读中意义是可以分享的。当文学交流活动受阻出现误读时交流中断，转而反思这种交流的方式，就进入了第二秩序。而转向第二秩序，通常是因为第一秩序出了问题。文学批评家是高度自反性的读者，对原初解读的不断审视构成了第二秩序。

其五，自反性理论是一种对话理论，自反性对话可以带来阅读的快乐与自由。自反性对话要求我们在阅读中保持一种本真的伦理态度，看似是被动、逃避自我的，阅读伦理要求主我和客我之间保持适当的反思距离，主我的反思监视着客我，以便自反性地应对文本的期待视野，比如阅读悲剧可能会让你痛苦不堪，但当你自反性审视，却可以获得快感，因为当反思成为一种欲望时，这种反思就是自由的。

最后，从自反性理论中我们推知，任何方法、任何模式中都是盲视与洞见并存，后现代误读理论中各种视角主义之间的对抗影响了思维的效率和阅读的效果，自反性阅读采取系统性思维，不断反思各种理论模式之间的缺点，对于改进文学阅读方法，提供阅读的效果带来启示作用。

二 现代性自反性

威利从符号学的角度解释了自反性的两个秩序，并强调两个秩序的连续性。贝克的自反性则是制度性的、结构性的，也即现代性制造了反对自身的自反性现代性，从而导致了风险社会的出现。威利两个秩序的连续在贝克那里演变为两个阶段的冲突：在工业现代性中，风险没有威胁到自我概念；在自反性现代性中，制度受到了风险社会中活力的冲击。

贝克的自反性理论是认知性的，他认为风险社会充满了不确定因素，如何回应这个不确定，成为个人和政治的关键问题。主体的界定也是不确定的，自反性现代化过程中造就了个性化和全球化，但个性化是被迫的。个性化在新意义上变得具有政治性，制度变得不真实，依赖于个人，于是，一个双重的世界诞生，空白的政治和非制度的亚政治。亚政治在自反性现代性发生着越来越重要的作用，如在东欧，仅仅通过广场集会就让统治集团让步并垮台。亚政治的后果是越来越多的边缘团体取得了发言权和参与权，甚至个人也可以争夺新兴的政治塑形权。贝克为现代性的困境指出了第三条途径：自反性现代化。现代性的分化进一步加剧，简单现代性认为功能分化是自然的，而自反性现代化认为分化其实是分割，亚系统之间可以通过合作进行不同的规划，也就是说自反性现代化是反分化的，必须破除知识的垄断，建立协商论坛，形成风险的预防机制。贝克认为自反性现代化意味着一种理性改革，与法兰克福学派对理性的反思性批判不同，贝克说："工业现代性的病根不是理性过多，而是理性的缺乏、非理性的盛行。"[①] 如何面对理性不足？贝克开出治疗这个顽症的药方是激进的理性，认为只有它才能治愈不确定的病根。这种激进的理性到底是什么？贝克自己似乎也不太清楚，于是又转入政治的再造中，倡导建立一种"政治的政治"，即改变规则的自反性政治，在亚政治中设计并创造出新内容、新形式和新联盟。具体来说，就是政治的发明是自下而上的，而非自上而下的改革，自我组织的社会亚政治化，象征性政治的部分权力被清空，让位给自我组织的亚政治团体。自反性亚政治超越了左派和右派的争论，深入现代社会的所有领域中，形成了跨系统、跨制度的支撑网络，并最终落实到由个人来负责连接和保护。这将导致社会的变革、社会系统和阶级的消失、生态问题等社会问题的解决，必须进行一种自反性的研究，接受所有挑战，并进一步引入更深层次的问题，打破社会自身对明晰性和垄断的所有权，增加辩论机会和论据，挖掘亚政治的潜力，最终才能保持社会的可持续发展。

现代性的自反性来源于现代性内部的分化问题，德国社会学家韦伯对资本主义如何形成的研究发现，现代社会是知识领域分化的结果，即资本主义在政治、经济、科学、审美等诸多领域获得了独立或相对自律，这些领域合法化的依据和判断的标准依赖于自身领域的知识，而不再依赖于他律。知识和价值领域的分化形成了差异，差异导致了矛盾。知识领域过度

---

① ［德］乌尔里希·贝克等：《自反性现代化》，赵文书译，商务印书馆 2004 年版，第43页。

分化，学科越分越细，学科之间互不通约，现代主义文化出现了所谓的"反文化"，走向了社会的对立面，整体意义瓦解分崩，出现了审美现代性与启蒙现代性的对抗。在文学艺术领域，出现了"去人性化"的趋势，奥尔特加又称之为"风格化"[①]，即扭曲现实、淡化现实，艺术家创造了一个崭新的世界，不再镜像式地反映现实，而是对现实做了特殊的处理，去除了其中人性化的因素，与现实世界产生了距离。人们可以爱上蒙娜丽莎，但很难爱上毕加索笔下哭泣的女人。风格化表面上看是反文化，实则是绘画艺术开始的自我反思、自我批判。符号的意义不再指向外部，而指向能指自身。

在古典主义阶段，阅读作品往往参照现实经验，以作品的能指与所指之间的一致性关系来评判作品，没有出现表征危机，共同的意义背景植根于传统的权威中。到了现代社会，由于分化导致整体意义的消失，意义多元成为现代性的特征之一。由此，文学误读问题不仅是文学的意义问题，而且还是生活的意义问题。文学艺术本身的不确定性遂成为现代以来文学艺术研究关注的热点问题。自反性理论告诉我们，要避免因采取单一的视角而产生误读，必须采取去分化的策略，如主张跨文化、跨学科的解读文学作品，现代性以来的学科边界和特征再一次模糊不清了，其中的不确定性仍然是文学研究的焦点。

关于误读的亚政治问题。信息技术和网络快速发展的今天，信息和意义的共享已经成为现实，其中各种人为或媒体制造的误读，产生了亚政治的深远影响。以日本核辐射引发的中国老百姓的抢购碘盐为例，误读的噪音虽然主要来自受众，受众的从众心理、缺乏独立判断的能力导致误读，但不良媒体和商家的错误炒作也是原因之一。当今社会中各种群体性事件的直接起因就是信息被扭曲和误读，不明真相的人们自发组织暴力活动。在文学方面，西方往往也利用文学打擦边球的亚政治，个中滋味十分复杂。

三 审美自反性

拉什的审美自反性理论遭到了贝克的批评，认为他混淆了反思（知

[①] [西]奥尔特加·伊·加塞特：《艺术的去人性化》，莫娅妮译，译林出版社2010年版，第23页。

识）和自反性（自我应用）。拉什反过来批判贝克陷入了主客观二元对立的窠臼中，其认识论无法避免自反性社会的灾难。这其实已经无关误读与否，关键是两人关注的焦点不一样，自反性的含义也有根本的不同。拉什的自反性理论主要集中在三个问题域：一是信息的自反性；二是社会的审美化的问题；三是批判理论的重建问题。

拉什认为现代性的自反性包含了贝克所言的现代性的自我攻击，并同意把贝克和吉登斯把自反性现代化作为当前社会的表征。不同的是，拉什的自反性理论比较复杂，在不同时期、不同的文章中，对自反性有不同的看法。在早期，他说自反性"首先是结构性自反性，在这种自反性中，从社会结构中解放出来的能动作用反作用于这种结构的'规则'和'资源'，反作用于能动作用的社会存在条件。其次是自我自反性，在这种自反性中，能动作用反作用于其自身。在自我自反性中，先前动因的非自律之监控为自我监控所取代"①。结构性自反性，意即社会结构内部产生的力量又反作用于社会结构和社会物质基础；自我的自反，意即这种力量又会反作用于自身，先前力量的外部监控变成了自我监控。贝克等人只关注了结构性自反，而忽视了自我自反性。拉什认为自反性成功与否，取决于能否掌握新的信息和交流结构并在其中谋得地位，正是信息的积累导致了自反性的发生，导致我们处于一种处于艺术的现代主义传统中。拉什的自反性理论是批判性的，认为文化产业如电影、电视的指意方式越来越像信号，即通过拉什称为"摹拟指意"的相似性直接指意，其中的反抗精神也很快被商业文化收编。在《信息批判》一书中，拉什认为在信息社会，批判本身也是信息，批判只能让人们获得短暂的反思，之后仍然不得不卷入信息的洪流中，变成被打上品牌或标签的一个物，最后被毫无反思地消费掉。

自反性理论如果偏执于认知或概念维度，可能加剧简单现代性过程中的不幸认同。为此，拉什引入了社群的概念，要接近社群，就必须支持解释学的真理，不能任意解构。拉什倡导建立一种"挽救解释学"，并把它作为所有共同道德的基础。所谓的"挽救解释学"，并不是去寻找上帝般

---

① ［德］乌尔里希·贝克等：《自反性现代化》，赵文书译，商务印书馆2004年版，第146页。

的超验所指，抑或如解构般进行嬉戏，意义被无限地搁置或延异。而是要在能指中寻找共享的意义，因为共享意义是存在的前提和基础。这种貌似折中主义的哲学，表面上看很过时，但在误读主义横行无忌的今天，提倡适度阐释而非暴力解读，才能共享某种必要的社群意义。误读游戏过于片面，哪怕是亚文化社群，甚至虚拟的社群，其中也有共享意义和共享所指。只有在共享意义失灵的时候，我们才有主客体对立的思维模式。社群以风俗、习惯以及预先判断为基础，真理存在于社群和日常生活的道德中。交流并不是奥斯汀的言语行为，因为言语行为理论的规则违背了社群的反立法的道德基础，社群的交流不包含权力游戏，而是取得共同的集体实践。由此看来，共享意义中断，我们才需要互为主体。自反性认知、解构、美学自反性都不是接近真理的最佳模式，是日常社会共享的意义使思考、真理、社群成为可能。拉什认为："自反性人类学（和社会学）意味着我们把自己的概念不是看作范畴，而是看作解释性图式、看作秉性和取向、看作我们自己的习惯。"①

最后，拉什总结了自己的观点，认为社群与共享利益无关，与共享属性无关，存在想象的社群。现代社群是自反的，不同于传统，类似于布尔迪厄的"场"。交流失败，才会求助所谓的专家系统，最终却造成关系更加疏远。拉什反对威利那种认知的个人主义和美学的个人主义，支持阐释性的自反性和社群，挽救解释学是一种激进解释学，而当今的批判解释学倾向于从主客观对立的真理观念出发思考，倾向于从意识形态角度来解释话语和习俗。他说："挽救阐释学也许没有批判性，但它是激进的，它将在一套预先判断中、在能够提供获得真理的途径的一套风俗中检验其中的意识形态本身的基础。"② 新式社群建立在信息和交流结构上，反过来，这又提供了更加强烈的自反性。

拉什的激进解释学，追求社群的自反性真理，但很多社群是无根基的，即使在真实性的品位社群中，成员之间仍然很难协调一致，他们只有相对一致的兴趣爱好，并无共同的习俗和背景意义。所以，建立在社群基础上的激进解释学只是一种理论建构，并无多大实际意义。而社群的意义

---

① ［德］乌尔里希·贝克等：《自反性现代化》，赵文书译，商务印书馆2004年版，第195页。

② 同上书，第207页。

共享类似于查尔斯·泰勒的本真性伦理概念，这是交流得以进行的前提。对文学阅读来说，一个社群的文化习俗决定了其成员解读作品的习惯和思路，不同意义解读之间关系不是正解与误读的关系，而是不同习俗之间的意义共享，这对于打破形而上学的二元对立思维有一定的启示意义。

综上所述，自反性理论对于文学的阅读和理解来说，有重要的意义。比如，自反性方法在意识层面的反思和在实践层面发生的逆反式的重构有可能对文学理论的建构产生有益的启示。从自反性的角度看，后现代误读理论打破了传统的阅读模式和阅读方法，带来一系列思维方式和方法论的革新，但其思维方式中的还原论思维和视角主义思维会误导读者，影响思维的效率和阅读的效果。如何厘清这些思维，是简单地批判和否定，还是从自反性的立场审视中西思维方式的根本差异性，并注意这些思维背后值得保存的理论内涵，这是亟须解决的问题。

第二章 后现代误读理论的谱系

第一节 德里达与后现代误读理论

一 德里达的边缘意识与理论基石

雅克·德里达的边缘意识与他的人生经历关系密切，边缘意识来自被边缘化的人生。德里达是犹太人，犹太民族在历史上长期被驱逐，丧失了家园，边缘意识植根于这个民族集体无意识的深处。德里达的诞生地是阿尔及利亚，属于阿拉伯国家，是东西方思想的交汇之地，其家庭受过东方思想的影响。阿尔及利亚是法国的殖民地，德里达从小接受的是法语教育，没有学好阿拉伯语，同时也受到当地思想的一些影响，这些背景使他没有家园感。德里达自认流浪是其宿命，称将永远被放逐。早年的德里达并没有显示出过人的天赋，1935—1941年是德里达的小学阶段，据说比较调皮，成绩一般。1941—1947年是德里达的中学阶段，1942年法国政府掀起了反犹风暴，德里达的公民资格被取消并被驱逐出学校，他只好到一所犹太人办的学校上学，这个巨大的心灵创痛一直埋藏在他心底，不过也培养了德里达的反思和批判精神，并为他提供了源源不断的创作源泉。2004年，在《世界报》对他的最后的采访中，他说："那些使我变成'独立战争'前出生于阿尔及利亚的法国犹太人的偶然经验也具有很多特殊性，即便在阿尔及利亚的犹太人当中也很特殊。"[①] 德里达坦承自己对特殊身份遭到的不同对待耿耿于怀。从1943年起，德里达开始大量阅读

[①] [法] 雅克·德里达：《我与自己作战》，见张宁著译《解构之旅·中国印记》，南京大学出版社2009年版，第168页。

卢梭、尼采、加缪等人的著作，这也表明少年德里达的兴趣主要集中于文学与哲学。1947年6月，德里达参加中学会考，成绩不理想，1949年又在巴黎高师入学考试中失利，两次失败让德里达变得心灰意冷，健康状况也急转直下，回家休养了3个月。经过两年的准备，1952年，德里达考上法国高等师范学院，从此踏上了学术研究的道路，而"外来者"与"边缘人"的感受却一直萦绕在他的心头，1996年出版的《他者的单语主义》对这种感受有深刻的表述。

1952年底，他得到了阿尔都塞的指导，并结下深厚的友谊。1953年，阿尔都塞的学生福柯回到巴黎高师上课，德里达选修了他的课程，并与他成为朋友。1954年，德里达深入研究了胡塞尔的著作，在索邦大学莫里斯·德·冈迪亚克教授的悉心指导下，当时是巴黎高等师范学校二年级学生的德里达准备了《胡塞尔哲学中的发生问题》一文，作为高等教育文凭的论文（大学毕业论文）。大学毕业后，德里达参加了中学教师的资格考试，第一次竟因口语考试不过关没有通过，后来补考时付出艰辛的努力才凑合考过去，获得了在中学任教的资格。所以德里达的早年很普通，没有看出其有什么特殊的天才。但边缘人的意识和屡遭失败的打击却磨砺了他的意志，使他成就了一番伟业。

他在德里达大学毕业后曾到美国进行短暂研习，使他对之前接受的欧洲传统思想有了不同的看法。德里达的思想比较激进，他因为写了一篇有关阿尔托的论文引起主流学界的不满，被迫辞去大学教职。后组建了家庭并有了孩子，还曾在部队服役两年。1962年是德里达学术生涯标志性的一年，他受现象学的影响，翻译了《几何学的起源》，而且在原著前面增添了非常长的序言，序言的篇幅是原著的双倍有余。这表面上看是一部译作，而实际上应该算是德里达的成名之作，随后其名望开始在坊间流传，并回到母校任教。1966年，德里达发表了《人文科学话语中的结构、符号与游戏》一文，此为德里达提交给学术会议的论文。文中德里达对流行的结构主义展开毫不留情的批判，从此解构成为西方思想界的一面大旗，这也是后现代主义开始的标志之一。1967年他的代表作《论文字学》等三部著作相继问世，他作为解构大师的地位得以确立，引起了美国学界的关注，并受邀到美国讲学，先后担任美国多所大学的教职。

德里达在世界各地获得无数荣誉，先后被很多名校授予名誉学位。在轰动一时的是否要给德里达授予名誉博士学位的"剑桥事件"中,剑桥大学通过内部投票授予德里达荣誉学位,表明其思想一直与传统思想格格不入。在法国本土,德里达也一直处于边缘位置,直到1980年才拿到博士学位。1984年获得了博导的资格,却被法国最高的学术机构——法兰西学院拒之门外。来自世界各地的论敌对德里达的围剿,反而促使德里达以更积极的姿态去大胆地怀疑和解构。德里达辞世以后,法国报纸还揶揄地写道:"解构者德里达:以解构概念闻名于世,国外最著名的法国哲学家周六逝世,享年七十四岁。"①

德里达的边缘意识除了跟他的人生经历有关外,还跟他的犹太人的身份认同有关。而且,其理论的基点不在西方,而是来自东方。在一次访谈中,德里达曾经诉说自己异乡人的感觉,认为自己始终感觉到被隔离于西方文明之外,虽然从小到大一直被西方文化所包围,但他一直强调自己是闯荡到别处的外来者。即便在接受记者的采访的当下时刻,他坦言自身仍有一种身处完全陌生的地方说话和工作的感觉。德里达曾说:"肯定存在着(我在此天真地描述一种天真的体验)一种对于欧洲的、法国、德国、希腊文化的外在性(exteriority)的感觉。但是当我被这一切所包围时,你知道我的确处于这种状态,因为长时间以来我所教的和所写的,都是关于德语、希腊文、法语的事情,即使此时我仍然有一种感觉,我是在一个我不知道的地方从事这些工作。"②虽然德里达接受的教育完全是西式现代的法语教育,并不是真正地生活于犹太教的文化之中,其家庭也只是以一种极其平庸的方式遵守教规,但犹太教习俗和观念还是深深地影响了他,使他感觉到一种外在于希腊文化的异质文化在包围着他。可以说,犹太文化作为与生俱来的难以祛除的标记深深地烙在德里达的心头,他以此为基点开始接受西方的现代教育。

犹太民族是一支独特的民族,人们常说,智慧在华人的脑袋里,钱财在犹太人的口袋里。实际上,智慧也在犹太人的口袋里,犹太民族为世界贡献了一大批杰出的思想家和学者,如弗洛伊德、马克思、爱因斯坦等

---

① 张宁:《德里达的遗产》,见张宁著译《解构之旅·中国印记》,南京大学出版社2009年版,第73页。

② 包亚明主编:《一种疯狂守护着思想:德里达访谈录》,何佩群译,上海人民出版社1997年版,第12页。

人。据相关资料显示,二战后,美国诺贝尔奖的获得者大约有一半是犹太人。在文学艺术领域,意识流作家普鲁斯特,表现主义作家卡夫卡,荒诞派戏剧家贝克特,音乐大师门德尔松、奥芬巴赫等都是犹太人。诺贝尔奖从颁奖伊始,至今有五分之一的得奖者是犹太人。犹太民族的历史其实是一个不断迁徙的过程,犹太民族的先祖是希伯来人,原是闪族的一支。大约在公元前1200年,希伯来人进入巴勒斯坦地区,之后从乌珥到迦南,出埃及、被囚巴比伦,一直在不断地迁徙,形成了特定的文化结构——流散结构,一种被异质文明熏陶而又强力固守自己民族意识的结构。为了能够在新环境中适应并生存下来,犹太人养成了善于吸收和借鉴异质文化的优点的习惯。这也是犹太人创造力的一大来源,德里达文本中不断强调的"异质"思想即来源于此。有人甚至提出一个重要的命题:没有犹太人,世界的历史将会重写。我们也可以说,没有德里达,后现代主义将会呈现出不同的面貌。

关于解构理论与德里达犹太身份的关系,已经引起国外学者密切关注。德里达还有一个不为人知的第二名字:爱利。这是个犹太名,没有户籍记载。爱利就是圣书预言者爱利亚,在犹太教中是与崇拜偶像绝对对抗的预言者。德里达取这个名字,估计跟他的叛逆性格有几分关系。"异质"思想还与德里达的身份认同有关,关于身份与身份认同的问题,德里达联系自己的亲身经历,用解构的理论重新进行了阐释。德里达认为身份认同是无休止和不确定的,他说:"作为一个像我一样的北非法语人不是,特别不是,尤其不是,一个认同、属性,或命名的富裕与充足。而首要的是一个'认同的无序'。"① 德里达的生活环境以及他被剥夺公民资格的羞辱让他的公民身份受到威胁,前后不稳定,这对于一般人来说,可能难以承受并沉沦下去。但对身为犹太人的德里达来说,一方面是创伤,另一方面又孕育了创造的契机,他说:"这个'认同的无序'到底是催生或是遏止遗忘的成长?它是否激发记忆的欲望?或是把系谱的美好想像推入失落?它是压迫?是镇压?或是解放?无可怀疑,这些全部同时是对的。"② 自传的回忆总是先行假定了一种身份认同,就如同德里达对德曼

---

① [法] 雅克·德里达:《他者的单语主义》,张正平译,桂冠图书股份有限公司2000年版,第15页。

② 同上书,第19页。

所做的"悼念"一样，回忆总是面向将来而不是过去。由此，德里达展开了对自我和身份认同的解构，在记忆中，自我成了一个不断被延宕的形象，一个真实存在的幻影。

二 批判与超越

1. 德里达对现象学的批判

德里达早期研究工作的灵感来自胡塞尔的现象学，虽然德里达批评了胡塞尔几乎所有的基本概念，但胡塞尔的思维方法还是渗透到德里达的研究中。德里达曾公开承认胡塞尔是其学术研究中无可替代的导师，他自己承认说："胡塞尔是教会了我技巧、方法、规矩的人，而这些东西从未离我而去。甚至在我以为应当对胡塞尔的某些预设进行质疑的那些时刻，我也是在忠实于现象学学科的同时才尝试去做的。"① 胡塞尔让其领悟了现象学的要义和理路，并受益终生。哪怕是早期对胡塞尔展开批判的作品，德里达也力求在尊重原作的基础上建构自己的思想。当然，德里达也没有盲从胡塞尔的方法论，在与自己龃龉之处，对胡塞尔展开了肆无忌惮的攻击，这种攻击被德里达自嘲为一种"坚定的厚颜无耻"。从心理学的角度来解释，就是"影响的焦虑"。在这里，德里达成了一个误读主义者，现象学造就了德里达的解构，德里达尝试暴露现象学命题中预设的不足，其实也是胡塞尔"无前提思考"方法论的延续。胡塞尔在1929年发表了巴黎演说《先验现象学引论》，1931年以法文发表了《笛卡尔的沉思》，掀起了法国人学习现象学的热潮。早期德里达研究胡塞尔，在原文中大量直接采用他的术语，并逐渐地发展出自己的术语，从差异中逐渐衍生出延迟思想，又发展出"延异""替代"等术语。而后期，则干脆抛弃了胡塞尔，直接使用自己创造的一套词汇来进行表述和书写。

在早期著作《胡塞尔哲学中的发生问题》中，德里达用"差异"原理来批判胡塞尔。当胡塞尔提到生成与起源问题时，德里达总是把"差异"作为污染物置于奠基与生成的源头。胡塞尔的思是纯粹概念和纯粹观念的，这种纯粹的思超越了传统主观主义与客观主义的二分，存在于主

---

① ［法］雅克·德里达：《德里达谈现象学》，见张宁著译《解构之旅·中国印记》，南京大学出版社2009年版，第276页。

客体统一的"意向性"中。纯粹意识就是把我们熟悉的意识加了括号，从而悬置了判断的前提，不进行推理论证，而进行一种非实际的描述。纯粹是一种现象学的态度，态度不同，方法也不同。笛卡尔的"我思故我在"中，"我思"是确定无疑的，有被思的东西本身，这是无法加括弧进行悬置的，这就是胡塞尔所言的纯粹，当然这里的我是被胡塞尔加了括弧的，变成了不同于经验自我的先验自我。为了进行纯粹的思，胡塞尔进行了烦琐的区分：经验与先验、本体与观念、内在与外在等，但在德里达看来，这些区分陷入了传统形而上学的等级体系之中，这些二元对立的任何一方其实都被另一方所渗透，可以说，任何一方都不足以承担生成的源头，是差异，或者说差异的差异才是纯粹现象的本质。再比如胡塞尔现象学的最基本的方法是先验还原，要对现象直接地看，不抱任何偏见。经过现象直观，从事实性的（"经验的"）一般向"本质"一般性的还原。经本质还原后，留存下来的是本质或本质一般性，但德里达认为差异或他者是不可能被还原的。这里，我们应该看到，胡塞尔的直观，并不是要看到现象的全部，也不是要获得纯而又纯的对象，而是指集中精神、心无旁骛地看，以便看到事物的本质显现，或该客体的观念，它的普遍之物自然地呈现出来。在这一点上，德里达显然误读了胡塞尔。胡塞尔曾将符号分成两种：一种叫表述，是表现性的，是意识直接显现的方式；另一种叫指示，是标示性的，不表述任何东西，用"一个对象或事态"指示"另一个对象或事态"。区分二者的标准在于"是否具有含义"，胡塞尔认为表述是意识的内在形式，是一种"有含义的符号"，而指示则是意识的外在的补充的形式，没有含义，把指示逐出本质性的表述之外。德里达反对这样的区分，认为二者的关系十分复杂，难分难解，是你中有我、我中有你的关系，甚至认为指示是表述的先决条件。德里达说："因为任何话语都被涉入一种交流，而且表现着一些体验，它于是作为指号而进行活动。"① 所以，交流必须要有物质中介，这个中介就是话语或符号，是一种外在于意识的指示性符号，离开了这个前提条件，表述就无法进行。那么自言自语，这种所谓"孤独的心灵生活"又如何呢？从表述内容看，它直接呈现于表述者的内心中，是一种纯而又纯的理想的表述形式吗？胡

---

① ［法］雅克·德里达：《声音与现象》，杜小真译，商务印书馆2001年版，第46页。

塞尔认为在独白中，不需要外在的指示符号，只需要表象和想象来呈现自己。但他又认为，表象与想象中又包含经验与回忆。在胡塞尔那里，先有表象，后有重复，先有当下，后有回忆。德里达认为事实并非如此，经验和回忆无法离开物质的形象，物质的形象理所应当属于指示符号。由此，当下包含着非当下，在场中存在着非在场。在独白中，表述与指示也是纠缠在一起难以区分的。总之，胡塞尔的语言观仍然属于西方传统的语言学思想，即相信有一个中心，没有中心，哲学的认识论就无法展开，无法摆脱近代哲学和科学的影响。胡塞尔以意识统领语言符号和万事万物，而意识又统一在先验自我之中。德里达借批判胡塞尔的语言观来阐释自己的语言观：意识的内在形式表述与外在形式指示是交叉互补的关系，互为前提、互为表里的。德里达的语言观是有现实依据的，人与人的交流是符号的传递和解码，指号作为符号的外在形式，必然有一定的信息量或意义，如果只有意识的内在形式表述，而无外在形式指示，交流就不存在。哪怕内心独白，只要具有意义，自己能体会到，这种意义必然是指号携带的。所以，指号与表述是一张纸的两面，类似于能指与所指的关系。没有了指号，人类的心灵将处于混沌无序的动物状态。正是在这个意义上，德里达批判了胡塞尔二元对立的思想，同时也批判了西方传统的逻各斯中心主义思想。

德里达从历史性与目的论、经验论与先验论之间的关系对胡塞尔展开了最有力的攻击，这种攻击在一定意义上是对胡塞尔哲学思维和方法的演练，攻击使用了现象学的方法，或者说用的就是"以子之矛攻子之盾"的方法，又或称之为"偷梁换柱"的方法。胡塞尔是极其伟大的，其思想并不因德里达的攻击而轰然倒塌，德里达不过进行了一场改变思考坐标系的思想试验，这个试验在很大程度上是对胡塞尔的误读，很多批判是牵强而不得要领的，而正是这种误读，带来了理论的创新和思维方法的变革。

2. 索绪尔语言观的影响

如果说德里达的方法论来自胡塞尔，其语言观则来自索绪尔。德里达继承了索绪尔语言学中差异论思想，但又毫不留情地批判了从柏拉图到索绪尔等人的语音中心主义，语音中心主义就是在语音/文字的二元对立中推崇语音，贬低文字的地位，认为文字是语音的附属物，是可有可无的。

语音中心主义的本质就是逻各斯中心主义，就是要突出一个中心，或一个类似上帝的权威，这与西方神学有着千丝万缕的联系。索绪尔认为一个符号由能指和所指组成，但二者的地位是不平等的，能指存在的目的是为了表现所指，所指具有至高无上的地位，德里达称之为"先验所指"。为了彻底解构逻各斯中心主义的统治地位，德里达采取了釜底抽薪的手法，他认为传统语言学构建的这个中心是不存在的，所指意义不过是能指之间的差异造成的。没有了这个中心，语言才可以尽情地嬉戏，读者对意义的追寻，就是从一个能指滑动到另一个能指，类似于在无底的棋盘上下棋一般，可以任意嬉戏。在《论文字学》等著作中，德里达发明了一系列的词汇来说明他的语言观：增补、播撒、踪迹等。文字在传统语言学中被认为是言语不在场的补充，德里达认为增补才是文字真正的起源。语言是比喻的、象征的，对事物的直接描绘是比喻性的，他说："决不存在对事物本身的描绘，这首先是因为根本不存在事物本身。"[①] 所以，语言是替代的，诗歌本身是替代的、比喻的。

"播撒"又译为"撒播"，德里达发明这个词，目的是突破传统语义学的阈限，让传统的一元主题的书写与解读变为多元，并认为这是一种进步。"主题多元"不同于传统意义上的"一语双关"或"一语多解"，虽然两者都强调意义的多元，但"主题多元"是非线性的、碎片式的，"一语多解"中有所谓的基本义、引申义、比喻义，三者中有一个核心把它们建构为一个整体，并且是线性展开的。意义的寻求不再回到作者那里，因为播撒斩断了和作者——大写的父亲的关系，文本的意义可以无限推衍。其实，增补、播撒、踪迹是用不同术语来表示同一个意思，或者说是互文互补的，播撒证明了增补的无限性，意义变成了踪迹。这些术语的目的都是为了解构逻各斯中心主义，解构还原论的思维。意义不再能还原到作者、不再能还原到大写的他者那里。这对读者而言，是好事还是坏事？好的一面是读者解读文本的自由度加大，可以天马行空，在各种思想和观点进行游弋、串联，思想变得无比活跃；不好的一面就是误读主义横行无忌，无思想、无个性甚至无任何质量的解读泛滥，阅读变成了文字游戏。

---

① [法] 雅克·德里达：《论文字学》，汪堂家译，上海译文出版社1999年版，第424页。

总之，播撒是无法被界定的，因为其力量就是"空无"。① 这多少有点虚无主义、犬儒主义的味道，美国哲学家罗蒂认为德里达的解构没有任何力量、没有任何价值可言，按罗蒂的说法，解构完全是一种"自娱自乐"的"私人游戏"②，解构主义在一心颠覆形而上学的同时，自己却完全蜷缩在文本游戏中表现出与世无争的犬儒模样。罗蒂称德里达是"浪漫主义的唯心主义"③，罗蒂认为后期的德里达哲学更加私人化，甚至到了完全不顾理论的地步，说："他干脆抛弃理论，不再试图将他的精神先驱们视为固定不变和圆融一体，转而使他们成为他游戏的玩伴，对他们加以恣意地狂想，让他们所创造的联想天马行空一般自由飞翔。"④ 在形而上学影响的焦虑之下，为避免变成柏拉图哲学的注脚，德里达干脆把哲学先驱视为玩偶，把他们的思想进行播撒，让恣意创造的联想展开飞翔的翅膀。罗蒂的判断是精准的，德里达发明这些术语的目的就是把文本搅乱，以一种自我嬉戏的态度来创造出一个全新的自我。

另一个词"踪迹"，是旧词新用，指的是每一符号都是指涉其他符号的踪迹。德里达对踪迹的解释有点玄乎，他认为踪迹就是本原在话语之中消失了，无可寻觅，但从人们选择话语的路径来看，本原又是存在的，因为本原之造就，离不开非本原的东西，离不开踪迹，所以，踪迹才是"本原之本原"。⑤ 而此前的哲学，把踪迹当成原始的在场之物来看待，并非真正意义上的踪迹概念，从而形成了经验的开端。如何消除这种古旧的概念样式？当然还要从原始的踪迹或者说原初踪迹说起，但概念总是会毁坏其自身的名称，所以，德里达认为，"如果一切都始于踪迹，那么就不存在本原的踪迹"⑥。在这里，德里达借用踪迹一词，完成了对本原的解构。踪迹一词，汪堂家译为痕迹。要理解踪迹，必须把它与"在场"一

---

① [法]雅克·德里达：《多重立场》，余碧平译，三联书店2004年版，第51页。

② Rorty Richard, "Remarks on Deconstruction and Pragmatism", In Mouffe, ed. *Deconstruction and Pragmatism*. New York: Rouledge, 1996, p. 17.

③ Ibid., p. 13.

④ [美]理查德·罗蒂：《偶然、反讽与团结》，徐文瑞译，商务印书馆2003年版，第178页。

⑤ Derrida, *Of Grammatology*, Baltimore and London: Johns Hopkins University Press, 1974, p. 61.

⑥ Ibid.

词相对，传统的踪迹概念把踪迹当作在场的证明，德里达认为原初的踪迹只是让我们感觉到本原好像存在，实际上一切都是差异和踪迹罢了。譬如书写，它的本原并非是外部实在世界，而是踪迹，因为我们书写的同时，实际上也是在涂抹原先书写的踪迹。踪迹表明了在场自我指涉的幻想，在场总是在分解、在移植、在游弋，最终只剩下踪迹。由此，德里达解构了在场形而上学，同时也消除了意义的本原，如作者意图。

德里达在《声音与现象》中阐发了一个重要的理论范畴——"延异"（différance），它是德里达自己创造的一个词。很明显，这个词来源于"差异"一词。在索绪尔的语言学中，差异是语言符号的根本特征。索绪尔把符号之间的关系称为"价值"，这表明符号像其他具有价值的东西一样，能够与不同的东西交换，与类似的东西比较。一个词可以换来一个观点，也可以和另外一个词比较。价值产生了差异系统，即语言。例如，英语单词"dog"中有三个音位：d、o、g。如果说 d 音位比 g 音位在某方面更重要，或者说一个有用、另一个没用，都是滑稽可笑的。在语言中，只存在差异，不存在有用或没用的区别。在德里达看来，索绪尔的差异思想意义不大，而且本身也是不彻底的，索绪尔的研究给人的感觉是口头能指更接近所指，从而得出结论：言语优于文字，文字被排除在外，需要依靠指称过程，这带有逻各斯中心主义的倾向。索绪尔认为在口头语言中，人们可以获得能指指称的稳定概念，德里达把这种不可能的稳定概念称为"先验所指"。先验所指是人们追求终极意义的幻想，而且让人想到"上帝"或者"自然法则"。

"延异"作为术语与索绪尔坚持"差异是支撑语言"的原则相呼应，但延异扩大了差异的内涵和外延。从内涵上来说，符号的价值来源于一符号与其相邻的符号以及其他所有符号之间的差异，延异包含此意，但又超出了差异的内涵，延异一词既包含了语言在组合轴上横向的差异，又包含了在聚合轴上纵向的差异。符号的价值就在于此，有不同、有区别才有意义，而差异和不同又是在空间中展开以及时间的绵延关系中才得以呈现。这里，最重要的是引入了符号之间动态的差异关系。从外延上说，德里达扩大了延异一词的使用范围，从语言符号到伦理政治，都可以看到事物之间的这种延异关系，甚至主体也被认为是延异的产物。

所以，德里达把延异看成是世界的"无本源的本源""无基础的基础",世界与语言一样,是差异的、多元的。延异展示了世界非理性的一面,世界与文本有陷入"无休止意指活动"的可能。

3. 尼采与海德格尔的影响

德里达展示了人类理性的脆弱,但这种展示过程却是比任何理性主义都还要理性的。所以,把德里达看成非理性主义者,这是对德里达的误读。基于这个原因,很多人把尼采看成德里达的先驱,而德里达也不讳言尼采与自己在精神上的默契关系,承认尼采是自己的精神先驱与同道中人,可以说,尼采重估一切价值的精神与德里达不懈地解构形而上学和逻各斯中心主义的追求是相通的。西方人无法忍受没有信仰、没有价值的生活,总是要寻找超越现实生活之上的目的。如柏拉图理念与实体的对立、真理与虚幻的对立、精神生活与物质生活的对立等,人们总是肯定前者,贬抑后者,以维护社会得以运行的价值系统。尼采揭穿了这种追求的虚伪性,并以一种极端的方式挑战西方的逻各斯传统。他提出了真理只是一种修辞学的效果,"一群活动的隐喻、转喻和拟人法,也就是一大堆已经被诗意地和修辞地强化、转移和修饰的人类关系,它们在长时间使用后,对一个民族来说俨然已经成为固定的、信条化的和有约束力的。"① 这种修辞被反复强化、反复使用多次后,就变成了人人信服的教条。这不仅让人想起纳粹党魁戈培尔的名言:谎言说一千遍就成了真理。尼采揭示了传统真理观隐含的假象。同时,尼采看到了传统道德与文化对人性的压制与摧残,并认为基督教的信仰与道德是弱者生存的手段,是生命意志丧失的表现,同时也是统治阶级权力压制的体现。而要获得自由的生命,必须突破传统道德和文化的束缚,不断发挥人的生命意志或者叫权力意志的东西。由此,尼采喊出了"重估一切价值"的口号,重新确立了权力意志的标准。德里达在其解构思想和实践中,继承了尼采的这种精神,德里达对逻各斯中心主义和声音中心主义的解构,以及别样的阅读策略和写作方式,实际上追随着尼采原来的道路,只不过受语言学转向的影响,德里达更多的是在语言层面进行解构的。

尼采对德里达的影响更多的是精神气质上的,海德格尔的提问方式则

---

① [德]弗里德里希·威廉·尼采:《哲学与真理——尼采1872—1876年笔记选》,田立年译,上海社会科学院出版社1993年版,第106页。

成了德里达模仿的榜样。"学问"即学会去问，海德格尔一生都在强调提问的重要性，他认为提问是思考的前提。德里达使用的"解构"一词，是法语词典里不太常用的一个词。海德格尔用德文中早已存在的"Destruktion"一词来表示一种通过记忆与考古方式分解结构的方法，没有摧毁之意。德里达用法文词转换了海德格尔"Destruktion"一词的含义。海德格尔的提问方式是本体论的，而德里达"不在场""踪迹"等概念也与本体论有关。本体论是希腊人的发明，指的是关于"在"（being）的提问或学问，以此形成了西方的逻各斯传统。"在"即"在场""现在"。在这里，海德格尔区分了"存在者"与"存在"，认为在他之前的哲学错误在于遗忘了人自身的存在，错误地把"存在者当成了存在"[1]。海德格尔认为不能把"存在"定义为"存在是什么"，如果这样做，那么就会让"存在"变成某物，也就是说，把"存在"当成了"存在者"。海德格尔对"存在"与"存在者"的区分是为了解构传统形而上学对人的意志自由的压抑，并在此基础上建立他的存在论，他称之为"基础存在论"。所谓基础存在论就是以人的生存为基础，解释存在的意义是什么。海德格尔是从"存在"与"存在者"的本体论差异开始来提问的，而且把语言当作存在的原始规定。德里达用"延异""踪迹"等置换了海德格尔的差异，用另外一种方式解构传统的本体论。传统本体论中，"在"被赋予了特权并以"现在"的方式呈现，但德里达认为延异、踪迹总是置于在场的经验中，没有纯粹的在场。由此，德里达认为海德格尔陷入了所谓的"在场形而上学"，既没有摆脱语言的在场与不在场的二元对立，也没有彻底挣脱传统形而上学与逻各斯中心主义的束缚。德里达认为海德格尔在《存在与时间》中表述的"此在"一词，实际上就是把主体放在崇高的位置上来思考。在尼采之后，还有人重复先前的哲学道路，这无疑是一种倒退。德里达的批评让海德格尔内心产生极大的波动，起先打算对《存在与时间》的续笔最后被迫搁置。在此基础上，德里达提出了自己的文字学观点。海德格尔虽然质疑了传统的本体论，但他把"在"的特权转换为语言的特权，而德里达揭示了语言是不在场的，现代科学技术话语恰恰是人的牢笼而不是家园，德里达就是要通过解构来打破这种普遍性话语产

---

[1] ［德］马丁·海德格尔：《存在与时间》，陈嘉映等译，三联书店1987年版，第117页。

生的伦理压制。所以，德里达表面上是在寻求话语的自由，但实质上是在寻求伦理的自由。整个后现代主义都是从批判传统语言的不在场和悖论出发，反思现代性与人文主义的。

由此，德里达并不赞同对西方形而上学采取尼采式的摧毁态度，用另外一种方式重新认可了海德格尔对存在、对遗忘的追问，认为应该通过解构的方式找回被传统遗忘了东西，在传统知识的批判与继承中，要求人们勇于承担应有的伦理责任。

三 德里达的解构思维方式

思维方式是哲学思考的前提，它塑造着人的行为方式甚至文明的类型。解构主义被视为反理性主义的极端，争执的背后实质上是思维方式的冲突。现代性的问题是现代人的思路或思维方式出了问题，德里达对现代性的逻辑加以反讽式的使用，自反性批判构成了解构的思维方式和前提条件，并引发了后现代思维方式的变革，也使解构主义与后现代主义变得难分难解。

1. 对二元对立思维方式的超越

在对传统的思维方式反思的过程中，首当其冲的就是对二元对立思维的突破。二元对立思维发源于古希腊哲学，如理念与摹本、声音与文字、本源与事物等的对立，到了近代，笛卡尔等更是把二元对立作为哲学的基本思维方式，他确立了主客二分的原则。到了现代，结构主义者认为二元对立是事物的深层结构。对二元对立的超越首先出现在胡塞尔的现象学反思中，此后海德格尔、哈贝马斯、德里达等人，不断寻求着克服传统二元对立、突破传统思维方式的途径。国内学者如蒋孔阳教授、朱立元教授等从实践论出发，对二元对立的思维模式进行了新的反思和批判，是文艺学领域取得的重要研究成果。朱立元教授认为："新世纪中国美学学科建设如要有大的突破，关键恐怕还是要突破、超越传统的二元对立思维方式。"[1] 由此，分析德里达的思维方式，首要的就是分析德里达对传统二元对立思维方式的变革和突破。

---

[1] 朱立元：《超越二元对立的思维方式——关于新世纪文艺学、美学研究突破之途的思考》，《文艺理论研究》2002 年第 2 期。

二元对立的思维方式在特定的历史阶段具有重要的意义和作用，黑白、男女、阴阳、曲直等二元划分，是对复杂多元事物的抽象化和简化，方便人们治理、控制世界，并成为人们日常生活价值的构架和意义的来源。但是二元对立思维也存在极大的局限性，首先就是对事物复杂状态的漠视，一个东西非黑即白，忽略了无限复杂的世界中存在许多中间状态，这种思维方式往往和专制、权威联系在一起。在特殊历史时期，这种思维方式还嵌入了一分为二的斗争哲学，导致了人与人之间的严重的对立，造成了多少家庭分崩离析。由此看来，二元对立的简化方式在今天多元化的社会已经难以立足，必须加以革新。其次，现代性主客二分的思维是随后各种现代性思想进一步分化的基础。主客二分的对立中，主体是征服者又是臣服者，最终现代理性演变成了工具性的支配意志。最后，二元对立的思维方式和逻各斯中心主义与在场形而上学联系在一起。在二元对立的体系中，对立的双方地位不平等，有明显的等级差别，前者更根本、更基础，后者是次要的、派生的，德里达称之为逻各斯中心主义。德里达的解构就是要推翻这种等级关系，逆转对立的两级，肯定边缘的、非中心的事物存在的权利。

为了解构这个二元对立的等级体系，德里达采取的并非非理性的破坏的方法，也并非简单把二元对立的两项的秩序作了尼采式的颠倒，而是作了严密的逻辑思考和细致的分析，其大致思路有：其一，使用现实中无法加以归类的特殊事物来推翻二元对立，比如"药""处女膜"等展示了事物多样性和不确定性，为人们开启了认识世界的新方式。其二，采用了所谓"前逻辑"的方法，德里达称之为"幽灵逻辑"。他将存在的既彼亦此、非彼非此的状态称为幽灵状态，他认为马克思是幽灵，作为幽灵，它既无法在场，但又在未来被召唤出场。他承认自己之所以那么厚爱"幽灵逻辑"，原因在于它是一种特别的研究方法，可以带领我们逾越传统逻辑进行探索。他说："如果我们从一开始就如此这般地重视幽灵的逻辑，那是因为它将我们引向了一种对于必然超越于二元逻辑或辩证逻辑之外的事件的思考。"[①] 所以，德里达对二元对立思维方式的超越不是破坏，不是否定，而是面对后现代的问题提出新的解决思路和办法，英国学者克里

---

① [法] 雅克·德里达：《马克思的幽灵》，何一译，中国人民大学出版社 1999 年版，第 90 页。

斯托弗·诺里斯也注意到了这一点，在《德里达》一书中，他用了相当多的篇幅来力证德里达与后现代主义和实用主义的不同："然而，我仍然要证明的是，我们更严重的错误乃在于将德里达与后现代之非理性主义一类混为一谈，而实际上他从来就没有对这种非理性主义表示过认同。"① 不过，话说回来，德里达对二元对立的颠覆也不是没有危险，鉴于逻各斯中心主义对边缘和非中心的长期压制，他颠覆较高一方特权的同时，又过分赞赏边缘的、次要的一方。譬如他在解构语音中心主义时，颠倒了二者的位置，把文字看成先于、高于语音的东西，无形当中，造成了以一个中心取代另一个中心的局面，细细品味，其中不乏德里达的文化政治的意识，德里达坚持认为："解构不是'中立的'，它要'干预'。"② 至于如何干预、如何介入，德里达没有下文。从后现代文化多元性诉求看，德里达对传统形而上学二元对立思维方式的超越是成功的，其中也有一些建设性的因素。

形而上学的思维模式建立在主客二分的基础上，其追求的目标主观认识与客观事实相符合意义上的所谓客观真理，坚持"非此即彼"的独断论。而德里达采用不同的思维方式，反其道而行之，倡导"或此或彼"的选择论。作为一种思维方式，现代性是单一的思维方式，因为它从既定的前提和假设出发，寻求与之相符的结论。而后现代性则是多元的思维方式，主张废除任何假定的前提和预设，否定性和开放性是其基本特征，突破了传统封闭僵化的思维，极大地释放了人们的想象力。

2. 求异——逆向式思维

德里达对二元对立思维方式的超越，其思维方式在心理学上叫作求异思维。异质性思维是德里达思维方式的核心，一直贯穿于其作品的始终。求异思维的要领是：大胆质疑，于无疑处生疑，由此生发出新的创造性的新思想、新方法。人类社会的进步离不开求异思维，可以说，没有质疑，就没有科学的发展和人类文明的突破与创新。在中国的传统里，有"和而不同"的思维，但更主要的是所谓"求同存异"的思维，求同思维总是要求思维和观念的一致性、一元性，进而排斥人们在思考问题的过程中

---

① ［英］克里斯托弗·诺里斯：《德里达》，吴易译，昆仑出版社1999年版，第201页。
② ［法］雅克·德里达：《多重立场》，余碧平译，三联书店2004年版，第118页。

新的合理的元素，放弃独立自主的思维和批判质疑的习惯，盲目跟从，迷信崇拜横行，久而久之，必然导致思维和行为的僵化，甚至引发文明的退化。

而求异思维的特点是跳跃性大，不按逻辑套路严密推进，意在出新出彩，所得结论与原有结论处于矛盾对立的关系之中。以德里达的解构理论为例，求异—逆向式思维否定了现有关于结构主义、现象学的结论，从结论开始追根溯源，进而逆转现有的结论，或者直接倒果为因，比如传统的看法是言语或声音对文字有优先性，甚至把文字当成一个陷阱、一个"畸形的病例"①。只要文字参与到实践中来，必定会产生不可预料的后果，因此文字是不可思议的东西，语言学中最好能设立一个特殊的章节来研究文字。误读之发生，在索绪尔看来，就是文字对言语败坏的结果。卢梭不信任文字，视文字为危险的替补。德里达却认为文字才是更根本的，语音中心主义暗含了特权意识形态并与神学和形而上学形成共谋。为了解构这种语音中心主义，德里达创造了"原文字"（archi-ecriture）一词，"原文字"并不和一般的文字一致，而是言语和文字共有的，文字之前没有语言符号。一般化的书写痕迹总是已经开始，所有的都是一般文本，文本/文本之外的对立就不存在了。由此，"原文字"打破了语音与文字的二元对立，言语本质上就已经是文字。

逆向式思维是按从结果到原因的顺序来进行逆向推理，结论是错误的，就会追溯其最初的原因是什么，从而修正最初假定的原理或原因，这中间充满了动态的、矛盾的冲突。德里达的文字学的思维方式就是这种典型的逆向式思维，其中有两个视角：时间、他者。对原初文字的追问是时间性的，追问的结果是"原文字"，再追问下去呢？德里达认为延异是更为原始的东西，延异是痕迹，是意义的开始之处。或者说，意义的开端是无处可觅的，是子虚乌有的。他说："痕迹乃是分延，这种分延展开了显象和意指活动。"② 没有延异，符号就无法进行指示和显现形象。延异延迟自己并书写自己，延异是本源之本源。延异，德里达认为有四个意义，即"延迟和非同时；区别；差异及最后意义的生产；特别是实体本体论

---

① ［法］雅克·德里达：《多重立场》，佘碧平译，三联书店2004年版，第29页。
② ［法］雅克·德里达：《论文字学》，汪堂家译，上海译文出版社1999年版，第92页。

的差异的展开"。① 延异不仅是空间的差异,还是时间的差异。时间与形而上学紧密相连,形而上学是在场形而上学,所谓在场就是现在。亚里士多德认为时间是前后运动的数,时间从现在出发,以现在为界限被规定,他说:"没有时间就没有'现在',没有'现在'也就没有时间。"② 亚氏的时间观是把现在作为测度的工具,海德格尔称之为流俗的时间观。海德格尔从时间的角度来领会存在,但认为传统的流俗时间观遮蔽了存在,所以必须革新传统的时间观念。他认为时间性不是存在者,时间性不存在,而是到时候,他说:"我们把如此这般作为曾在着的有所当前化的将来而统一起来的现象称作时间性。"③ 时间性就是一种现象或状态,它把过去、现在和将来连为一个整体。海德格尔打破了传统的静态的时间观,使主体以一种动态的、开放的心态来面对将来、领会存在。但在德里达看来,海德格尔是矛盾的,他时而从当前出发去追溯一种关于在场之存在的更原始的思想,时而质疑这种源始规定本身,视之为封闭,希腊—西方—哲学的真正封闭,这种双重姿态导致了海德格尔仍然在形而上学内部进行置换。所以,海德格尔的时间观仍然是流俗的时间观,因为他把时间与存在联系起来解释,存在,即当前,即在场,即现在,所以,存在的意义还是无法摆脱在场、当前这种时间样式。德里达的破解之术是仍然是逆向式的,他认为要超越在场形而上学,不得不在形而上学内部寻找突破口,在形而上学开始的地方,存在着某种踪迹,或符号的符号,它不指向某种在场,而是指向其他的符号,变成某种意指结构的功能,正如他所说:"为了超出形而上学,必须有某种踪迹被铭刻在形而上学的文本之中,这种踪迹继续在指示着,但已不再指向另外一种在场或在场的另外一种形式,而是完全指向另外的文本。"④ 德里达认为海德格尔遗忘了本原——延异,它比存在还要古老,正是它规定了存在与存在者的区别,差异的踪迹即延异才是时间性的绽出。

---

① 转引自[英]克里斯蒂娜·豪威尔斯《德里达》,张颖等译,黑龙江人民出版社2002年版,第165页。
② [古希腊]亚里士多德:《物理学》,张竹明译,商务印书馆1982年版,第126页。
③ [德]马丁·海德格尔:《存在与时间》,陈嘉映等译,三联书店1987年版,第387页。
④ Derrida, Jacques, *Margins of Philosophy*, trans by Bass, Alan. Chicago: Chicago University Press, 1982, p.65.

总之，逆向式思维方式在德里达那里主要是时间性的，其目的是引出延异、踪迹等解构哲学的基本观念和范畴，当然德里达也并没有完全抛弃空间性思维。在西方，时间与空间并非并立的范畴，黑格尔就认为空间就是时间，海德格尔也是从时间来领会存在的，所以，时间性的思维方式暗含了空间性。而中国人的思维方式中时间主要指物理时间，而没有海德格尔所言的时间性或时间意识的思维方式。其思维方式主要以空间性为主，从古代的经世致用思想到近代的中体西用以及现代大量引进西方思想来代替本土理论的创新，都是把理论当作一种工具，追求理论对当前事物的有效阐释，缺乏面向未来的动态的时间的观念，束缚了我们展望未来、高屋建瓴的理论建构思维。由此，中国文艺理论的创新必须在原有的空间思维的基础上，积极探索时间性的思维方式。

3. 越界思维

广义上理解，超越性思维都可以称为越界思维，也就是打破思维定式，突破传统而独辟蹊径。狭义地理解，越界思维指的是跨界思维，比如人们常说的跨学科思维、文学中的文体越界等，把本来不相干的两样东西联系起来思考，就是越界思维。两种理解的相同点是突破界限、突出创新。解构书写就是越界书写，在讨论哲学与文学的关系中，在讨论绘画边框的所谓"附饰逻辑"中，德里达频频使用越界思维，诺里斯认为："德里达的文本影响了一种阈限写作的观念，这种写作想要消除在哲学和其他不规范的话语形式之间确立起来的传统边界和缓冲地带。"[①] 而频繁的越界游戏以此表明思想的随机和不确定性，则是典型的后现代特征。

日常生活中越界现象普遍存在，在很多非文学领域，我们可以发现文学的身影，表明非文学形式可以越界获得文学性。如在消费社会中，广告成为文学的栖息地和受益者，广告等非文学作品往往模仿文学的手法来获得文学性，借此来达到推销产品的目的。语言与文化中存在的两歧现象，也是越界的体现。语言和文化中存在两歧现象，如汉语中的"一"既可以表示少，又可以表示多；乱伦禁忌既是自然又是文化；等等。德里达使用越界思维就是从文化中边界模糊的事物出发来施行解构的，他特别偏爱

---

① [英] 克里斯托弗·诺里斯：《德里达》，吴易译，昆仑出版社1999年版，第86页。

使用这些不确定的词,如"药""处女膜"等这些边界模糊的词,来揭示文本的双重性:肯定与否定、好与坏、真与假。自柏拉图以来,西方哲学都贬低感性认识,寻求一种独立于感官认识的理想知识,黑格尔却赋予听觉优先性,认为它比视觉更理想,因为耳朵能倾听到身体内部颤动的结果。德里达认为这仍然是一种自我在场的言说具有真理自明性的偏见,耳朵的"鼓膜"构成这种独特的隐喻中关键的环节,鼓膜超出了内耳与外耳的对立,鼓膜把耳管、耳道、通道等环绕的器官与外部各种干扰声音连接在一起,耳朵作为理想的器官能保持内心的宁静的说法靠不住。"鼓膜"一词在哲学的隐喻中扮演了一个不确定的角色,德里达进而质问道:"那么,在何种条件下,人们才能为一般的哲学素标示一个界限、一个边缘,对于这个界限或边缘,哲学素不能在征用的过程的生产或拘制之前无限制的反复挪用,或认为那是它本身所有的?"[①] 鼓膜的哲学隐喻表明了哲学的边缘会进犯核心文本,鼓膜无所不在,它拒绝被安置在概念或逻辑对立的固定秩序中,哲学因此不再拥有终极真理提问的特权。

德里达的书写经常故意模糊文体和学科的界限,在哲学与非哲学、诗歌与散文的边界上书写。德里达认为解构是"哲学的某种非哲学思想"。[②] 在他看来,文学作为一种书写形式,有些文学作品常常比某些哲学作品更有哲学思想,因此也更有解构力量。翻开西方的文学观念史,我们可以发现在现代以前,文学与哲学处于未分化的状态,文学观念的表达似乎与诗人没有关系,而是附属于哲学观念,存在于大量的哲学典籍之中。哲学家对文学的态度也非常矛盾,他们承认感性美不可方物,又担心文学艺术荼毒人世。譬如柏拉图,他的理念论、摹仿论把理念看作万物的原型,感官所感知的只是个别的、可感的现象。哲学高于文学,文学附属于哲学,文学艺术与真理隔着三层。为了解构这个等级关系,德里达进行了跨界思维,把文学与哲学进行了比较,认为两者有很多相似的地方,哲学作品和文学作品中到处充满了修辞和虚构,两者并非不可公度的。按照德里达的说法,文学与哲学都可溯源于"原书写",都有文学性,都使用

---

① Derrida, Jacques, *Margins of Philosophy*, trans by Bass, Alan, Chicago: Chicago University Press, 1982, p. xv.

② [法] 雅克·德里达:《书写与差异》(访谈代序),张宁译,三联书店 2001 年版,第 12 页。

了隐喻的修辞方法。他认为，柏拉图的理念论是以隐喻为基础的，柏拉图以理念为原型，万物分有理念，是理念的影子，这些都是比喻。在洞穴寓言中，日光被喻为理性，等等。由此，哲学的这种优先地位就荡然无存了。德里达的著作《丧钟》（Glas）讨论文学与哲学的边界问题，其理论的演示具有文学色彩。书的每页左半部分讨论黑格尔的家庭观念，右半部分引证让·热奈特的作品，书中还不时出现德里达的注释。德里达这样做无非就是表明哲学并不高于文学，哲学与文学经常相互越界使用对方的思维方式。基于德里达跨界思维中的隐喻特性，琳达·哈琴认为"很难将巴特和德里达视为单纯的理论家而不是作家"。[1] 实践也表明，更多的文学研究者而不是哲学家引用德里达的著作。值得注意的是，德里达的越界思维并不是要借文学来终结哲学，相反，德里达认为哲学是不可取代的，探讨哲理需要哲学，不探讨哲理也需要哲学思辨，他引用列维纳斯的话说："如果我们不会读《圣经》，我们就不可能拒绝它；如果想要把握语义学，就必须通过哲学，如果需要的话，要想终止哲学话语也必须通过哲学辩论。"[2] 所以，如果把德里达的著作看作文学作品，就忽视了其看似尼采式结论背后复杂而又精致的论证过程，其目的在于在哲学的意义之外质疑哲学，打破哲学理性的统治地位。

　　现代性的思维方式是"分化"的思维，或者说划界的思维，康德把知识领域划分为知、情、意三个部分，发展到今天，知识领域的分化已经到了"隔行如隔山"甚至"隔专业如隔山"的地步。后现代流行所谓的"去分化"的思维，主张知识领域之间打破界限和隔阂，取长补短，这极大地解放了人们的思想，以多元化、多角度、开放的心态去思考问题显然是更有效的思维方式。虽然德里达不是越界思维的首倡者，但他的解构思维暗合了后现代的"去分化"的思维，因而被后现代主义者所追捧，产生了极大的影响。后现代文学艺术热衷于进行所谓的越界游戏，有的艺术展或广告展就取名为"越界"，于是出现了文学的泛化、审美的泛化等问题，引起了有识之士的担忧，文学艺术边界、思维方式的划界问题再次成为文艺学的热点问题之一。

---

[1] ［加］琳达·哈琴：《后现代主义诗学》，李杨等译，南京大学出版社2009年版，第75页。

[2] ［法］雅克·德里达：《书写与差异》，张宁译，三联书店2001年版，第273页。

4. 还原论思维

解构主义的语言观如前所述，认为语言符号是一种先验所指不在场的游戏，所谓的"文本之外一无所有"。这表明德里达的思维具有语言还原论的倾向，语言被还原为超级主体，就像一辆无人驾驶的汽车中的一架闲置的发动机。还原论思维，化繁为简，也是人类思维的基本方式之一，其基本原则是：任何事物都可以简化为基本的组成元素，任何复杂的程序都可以从简单的角度切入。西方公认的第一位哲学家也是第一位还原论者是希腊人泰利斯。泰利斯认为，水是万物之源，空气是水，物质是压缩过的水。他的还原论在今天看来显得过度简化，这也是还原论者易犯的错误。但也不乏优点：还原论化神秘为简单，好比把事物翻译为一种简易的语言。亚历山大的"哥丹结"思维就是成功运用这种思维的典范。很多大哲学家其实就是还原论者，弗洛伊德把人类的经验还原为性，马克思则把其还原到经济层面①。

有人认为德里达虽然反对结构主义，但其骨子里仍然是结构主义的，语言还原论就是证据。从解构理论的语言观来看，主要是秉承了结构主义特别是索绪尔的语言观。索绪尔的关于任意性和差异性的思想对德里达的"延异"观影响很大，延异的语言观，在原有的差异性思想基础上引入了时间的维度，从而打破了结构主义的静态的、空间的差异观。"在自身的某些方面，延异肯定只是存在的或本体论差异的历史性或时期性的展开，延异中的 a 标志着这一运动的展开。"② 延异造成间距化，即空间的变化着的时间和时间的变化着的空间。正是因为延异，才有语义的运动，"延异是诸差异之非完全、非简单的、被建构的和区分的本源。于此，本源之名对它也不再合适了。"③ 延异甚至是无法命名的，它比本体论的差异或存在的真理更古老，存在的意义于是成了无底棋盘的游戏。德里达把存在的意义还原为延异的游戏，彻底切断了语言与语言之外的事物的联系，语言成了自我指涉、自我反射的所谓"能指漂浮物"。

德里达的语言还原论是 20 世纪文学理论语言论转向的重要表征之一，

---

① 这里有争议，特里·伊格尔顿认为不能把马克思看成还原论者，参见其《马克思为什么是对的》一书。

② ［法］雅克·德里达：《延异》，张弘译，《哲学译丛》1993 年第 3 期。

③ 同上。

这种思维方式在后现代遭遇到了自然科学研究者的挑战，物理学家索卡尔指责法国后现代理论家盗用自然科学看似深刻的语言来胁迫读者，表述自相矛盾，缺乏清晰性，并说："我们尤其想要解构某些因为其中有深刻思想而让人头疼的作品的声誉，在许多情况下，我们将展示如果这些文本是难以理解的，那么最好的解释就是它们什么也没有说。"[1] 他认为后现代主义者就像光着屁股的皇帝欺世盗名，是彻头彻尾的骗子，请所有认为实在是社会（语言）建构的人从十二层办公室的窗户跳出来。在这场争论中，存在美国科学家与法国理论家的文化差异导致的相互误读，而从自反性理解的角度反思，争论的双方都存在两极化的立场。问题的关键不是实在是否存在，而是实在如何被解释。这些指责都忽视了德里达文本的政治意义，通过否定语言的终极意义来否定权威，最终导致制度的改革。英国马克思主义理论家伊格尔顿把解构理论归结为政治性，认为其终极目标是颠覆整个社会结构背后支撑的逻辑框架。他说："解构批评最终是一种政治实践，它试图摧毁一个特定的思想体系和它背后的整个政治结构和社会制度系统藉以维持自己势力的逻辑。"[2] 显然，索卡尔的实在论对此无能为力，"窗户论"显得简单而又粗暴。反观之，语言还原论是一种行动无力的表征，甚至有意或无意地帮助维持和加强着政治制度的假定。语言还原论是一种乌托邦的思维方式，语言成了美学的中心问题和理想境界，菜谱、服装、梦、电影等一切文化现象都被看作拟语言，并试图制造一种理想的、上帝式的语言。语言成了新的超级主体，而制造这种语言的作家成了新的上帝，和索卡尔所言的"光着屁股的皇帝"遥相呼应。人类学家桑格仁这样评价语言还原论："如果'文本'的权威如同某些文学评论家所暗示的那样有效，那么作者就是国王了。"[3] 因此，文本成了被赋予神秘力量的超级主体，被解构的作者又借尸还魂，成了特殊权力的在场："换句话说，通过使文本的权威代表普遍的文化权威，文学批评家作为那

---

[1] Davis, Colin, *After Poststructuralism: Reading, Stories and theory*. London: Routledge 2004, p. 10.

[2] ［英］特雷·伊格尔顿：《二十世纪西方文学理论》，伍晓明译，陕西师范大学出版社1987年版，第162—163页。

[3] Sangren, S. Rhetoric and the Authority of Ethnography, *Current Anthropology*, vol. 33, No. 1, Supplement, 1992, p. 283.

种权威的制造者和解构者,把他/她自己放在一种拥有至高无上权力的位置——如果不是一个国王,至少也是一个高级牧师。"① 为了对抗在场形而上学,德里达发明了延异的游戏,但当德里达宣称延异是本源之本源时,德里达成了形而上学捕蝇瓶里的苍蝇,无法找到逃脱的路径,其中,尼采式的权力意志、独断式的断言又成了终极的在场。

由此,德里达的语言还原论使符号的意义彰显成为一个过程、一种进行时,而不是指向所谓的先验所指。形式层面的语言还原论思维过于简化,就成了极端的形式主义,由此,德里达还走向了美学的还原主义,眷顾于延异的、不在场的美学游戏,其中语言的决定作用被过分夸大了,同时又使得作者的幽灵得以返魅。

5. 双重逻辑:德里达思维方式批判

德里达是从传统形而上学内部的思维方式入手进行解构的,用他自己的话说,就是只有深入形而上学内部,才能对其实施解构。他发现原逻辑是一种"药"的逻辑,即双重逻辑,或者说双重思维,药既指良药又指毒药。而在形而上学的思维方式中,人们往往只使用单一的意义来表达自己的思想,逻辑只是善的、好的、真理的象征,另一前逻辑的意义被遮蔽了。所以德里达的解构思维就是要恢复这种双重逻辑,恢复既是又不是或在是与不是之间的逻辑,打破了形而上学独霸天下的局面。

一种观点认为,双重逻辑是自杀式的逻辑,因为解构陷入了自我指涉的困境。其解构的操作,在解构文本的同时,也使自己的观点被拆毁,所以,解构的程序被称为"锯断坐在屁股底下的树枝"。② 美国批评家艾布拉姆斯认为德里达的语言冒险是一种双重游戏,在规范和解构之间游走。③ 并认为这种双重逻辑来自于海德格尔的"在删除下写作"。这些批评看似很有道理的,但实际上并没有抓住解构逻辑的要害。因为我们仍然可以追问,双重逻辑是否有学理上的依据?从形式逻辑的角度看,的确不

---

① Sangren, S. Rhetoric and the Authority of Ethnography, *Current Anthropology*, vol. 33, No. 1, Supplement, 1992, p. 283.

② [美] 乔纳森·卡勒:《论解构:结构主义之后的理论与批评》,陆扬译,中国社会科学出版社 1998,第 132 页。

③ [美] M. H. 艾布拉姆斯:《以文行事》,赵毅衡等译,译林出版社 2010 年版,第 257 页。

存在所谓的"双重逻辑"。形式逻辑中贯穿了一条最基本的思维原则：非此即彼，这是二元对立思想的逻辑基础。批评德里达逻辑错误的人忽视了一点，就是德里达并不是要否定排中律等逻辑，德里达攻击的是传统形而上学中束缚人们自由思考的思维方式，并不是所有形而上学都应该受到攻击。所以，在排中律和二元对立之间完全画等号是错误的，排中律是形式逻辑的基本原则之一，二元对立则是排中律滥用的结果，两者不能完全等同。比如在"有"和"无"之间没有中间项，但在"黑"与"白"之间有中间项。二元对立的滥用就是在明显不能划出明晰界线的地方划一条明晰的界线，就犯了"非黑即白"的错误。德里达要我们思考在形而上学的分形之前的混沌，比如，追问声音与书写分裂之前的共同的"本源"，那使它们得以可能的共同条件。声音与书写已经处于二元的分形之中，解构的逻辑就是返回二元对立之前的使得两者得以可能的共同的本源，即原书写。德里达对胡塞尔的指示与表述的二分法批判使用了同样的逻辑。德里达在批判流俗的时间观时，认为时间和空间有一个共同的本原，他认为亚里士多德的文本中出现了一个小词"hama"，是打开又封闭了形而上学的钥匙，它意味着"聚集"和"同时"，"它说的是时间与空间的共谋性和共同本原，是作为存在之一切显现条件的共显。在某种意义上，它说的是作为最小单元的二元。"① 但是亚里士多德没有注意到这个小词所言说的东西的自明性，这个原本的综合的二元表明了"hama"已经是分形的差异，或者说延异。

  由此看来，双重逻辑并不是说在同一文本中要使用两种自相矛盾的逻辑方式，而是说单一的线性逻辑得以运行的背后还存在被人们遗忘和抛弃的隐性逻辑——前逻辑，这实际上是一种非线性的尚未分形的混沌思维。比如"方的圆"是不可能的，但这种不可能本身就已经是一种综合，没有这个综合，我们连这个不可能都不可能说。如何超越形而上学权威的压制？德里达从思维方式的角度为我们探索出一条道路，这就是非线性的时间思维方式，一种尚未分形的混沌思维方式，它超越了简单的二元对立，将问题由简单变为复杂，但这并不意味着思维向混乱的退化，而是在

---

① Derrida, Jacques, *Margins of Philosophy*, trans by Bass, Alan. Chicago: Chicago University Press, 1982, p. 56.

"忽略细节所致过分简单化选择与过度复杂化以致放弃直接决策与行动之间走钢丝"①。所以，德里达的双重逻辑要求我们在形而上学的标准与个别特殊之间保持一种反思的平衡，以此摆脱形而上学的束缚，而至于如何找到这个平衡点，从复杂再回归简单，这是德里达没有告诉我们的，这也是未来哲学前进的方向。

四　德里达的阅读策略

把解构看成否定与颠覆，而不是肯定，这是对解构主义最大的误解，德里达认为，解构首先是肯定。解构并不仅仅是"解（de-）"，同时也是"构（con-）"，也是重新聚集和重新建构。德里达认为，在解构过程中，是有新东西出现的。解构之所以被误读为破坏，原因不外乎解构策略和方法的独特性，既为了说明中心的事物，又要借助边缘的事物，不在场的幽灵成了在场的关键。这就像"好花还须绿叶衬"，结果绿叶喧宾夺主，德里达名之为"自毁原则"。

从德里达的思维方式看，他绝对不会承认自己是解构主义者，为什么？因为提到"主义"二字，那就形成了一个体系，有了一定的规则，而"解构"恰恰是对固有规则的解构。所以解构不是某种规则的名称，德里达自己也说解构不是一种方法，也不能转换成一种方法。那么当我们梳理德里达的方法时，是否只能是徒劳的呢？英国学者尼古拉斯·费恩举了一个例子来说明任何概念都不可能被精确地加以描述："假设我判定我的未婚妻是个'完美女人'。如果我是情人眼里出西施，那她在我心中当然是完美的，但我对完美的概念不可能是完美的。不过，这个不完美的概念是我专有的，因此在这种意义下，我的未婚妻是完美女人，也同时'不是'完美女人。"② 这有点文字游戏的味道。德里达认为解构不是一种方法，每一次的解构都是不同的过程，无既定的方法可循，解构是复数的，但"没有规矩，不成方圆"，解构毕竟有思路可循，即从语言内部入手，找出语言或文本内部的异质因素，以其阐述来反对预设的前提，暴露出系统若干裂痕与不一致，使之自我解构，进而在动态中展示事物的多向

---

① ［美］约翰·布里格斯等：《混沌七鉴》，陈忠等译，上海科技教育出版社2008年版，第94页。

② ［英］尼古拉斯·费恩：《尼采的锤子》，黄惟郁译，新华出版社2010年版，第181页。

度的特征。解构的步骤一般分为两步：第一步，立足于细读文本，破译文本，致力于文本的客观解释和复述，寻找所谓的真实或本源；第二步，展示原初的不可能，放弃追寻本源，以游戏的态度来对待文本。其前后之间构成反讽关系。这里的要领是要注意解构并不是首先对文本进行非理性的、任意的解构和颠覆，而是在充分地尊重原文本的前提下，逐步揭露表面上和谐单纯的形而上学观念的内在矛盾，展开所谓的双重阅读，德里达谓之为"双重写作"或"双重科学"。德里达认识到不进入形而上学的大厦内部，从外面是无法对之解构的，所以，有人认为德里达的解构是非理性的，这是因为不了解德里达双重阅读的策略。

德里达对结构主义的解构，就是分成两步进行的，首先是辨认结构主义的思路和方法，在解构主义之前，结构主义的阅读方法，就是预设语言或符号可以带领人们找到相应的对象或意义，能指与所指之间是一一对应的关系，阅读的目的就是去找到这个固定的所指，德里达称之为先验所指，这种追寻"大写的观念"或"内在构图"的阅读，带有神学色彩，先验所指好比上帝一样，不生不灭。第二步，德里达看到了结构主义的形式与意谓统一的裂隙，这就是历史与时间。认为"那种对结构性的尊重、对结构内部的原创性的尊重却使得时间和历史被中立化了"[1]，而且"逃离了创造意志和清晰的意识"。[2] 意义是在时间和历史中形成的，而不是凝固不动地等待主体去寻找的东西。德里达的这个发现是符合常理的，在现实中，阅读一个文本，在历时的关系中，意义总是被延宕，转瞬即逝，人们不可能从整体上去把握它，通常人们必须依赖记忆、想象去把握意义。"总之，在时间中展开的阅读应当使作品在它所有的部分中同时呈现以便获得整体感……像'动画'一般，书只能在连续的片段中被发掘。高要求的读者的任务在于翻转书的这种自然倾向，以使之整体地呈现在精神的观照中。完全的阅读只有在将书转化成了相互关系的共时网络的阅读时才存在；正是在那个时刻惊奇才涌现。"[3] 这表明了阅读要获得结构整体性和同时性的困难，解构主义恰恰是要表明这种同时性是不可能的。能指向能指的转移是无法界定的，意义的获得由于延异而意味着无限的暗

---

[1] [法] 雅克·德里达：《书写与差异》，张宁译，三联书店 2001 年版，第 522 页。
[2] 同上书，第 23 页。
[3] 同上书，第 40 页。

示，写出的东西永远不等同于它自己。由此，结构的意义是在历史中形成的，在这个过程中，结构就不再固定不变，发生了解构的运动，结构自身包含解构的因素。

怀特海认为西方哲学都是为柏拉图作注。德里达要解构形而上学，就必须从解构柏拉图哲学开始。我们来看看，德里达是如何解构柏拉图哲学的。德里达有一篇文章叫作《柏拉图的药》，是谈论柏拉图的《斐德罗》篇的，主题是谈论修辞学，但德里达认为讨论的核心是文字与书写的关系。我们先来看柏拉图的文本，在对话快要结束的时候，柏拉图突然插进一个传说，说埃及的古神图提发明了很多东西，其中最重要的一项就是文字，他建议埃及的国王塔穆斯把文字推广到全国，认为文字是一味药剂，能治疗人教育不足、健忘的毛病，让人们获得教益，变得更聪慧。国王回答说，你把文字的功用说反了，文字使人善忘，你发明的这剂药，只能医再认，不能医记忆。这里的问题是，柏拉图为什么要说文字是一种药，跟修辞有什么关系？

声音与文字、记忆与替补、在场与不在场这种二元对立的思想贯穿于柏拉图的思想核心，前者高于后者，说话是活生生的在场，文字是不在场的纪念碑。总之，文字是有害的，它损害记忆和说话，是应该被抛弃的外在的粗俗的次等物。德里达为了颠覆这种二元对立的思想，除了前面所讲的创造了"原书写"（archi-ecriture）一词外，还充分运用语言的两歧含义来展开双重阅读，让柏拉图自己现出声音中心主义的原形。

对话中苏格拉底用"药"来比喻文字，希腊文的药"pharmakon"具有治病的良药和毒药的双重意义，德里达由此展开了他最擅长的双重阅读的游戏。第一重阅读是肯定文字是治病的良药，实际上文字并不像很多哲学家阅读的那样，柏拉图片面地否定文字，肯定言语。文字作为一种药，有着巨大的魔力，这个意思在《斐德罗》篇开始就埋下了伏笔，开篇说苏格拉底和斐德罗散步来到伊利苏河边，斐德罗提到一个神话传说，希腊有个公主叫厄莉西雅，在和一群美丽的仙女嬉戏时，被波瑞阿斯抢掠而去。仙女名叫法马西娅（pharmacia），这个名字和药（pharmakon）这个词同源，所以开篇柏拉图就用隐喻的方式告诉我们，文字就是一种有巨大魔力的药。随后，苏格拉底又把斐德罗袍子下面演说家吕西亚斯的演说稿本比作药，它似乎拥有勾人魂魄的魔力，让人身不由己地跟随而去，还打了一个比方，把自己比作一头毛驴一样动物，别人在他的眼前吊一根胡萝卜，就被其牵着鼻子走，与此相似，苏格拉底相信，文字写就的文章可以成为"诱饵"，[①] 他能够被演说家带着到处在阿提卡闲转，甚至想被忽悠去哪里就去哪里。在这里，柏拉图暗示我们文字和言语一样都是一种药，这种药能传播真理，但同时也蛊惑人心。柏拉图的辩证法，其实就是一种治病的良药，如果说诡辩派的学说是一种毒药的话，那么，柏拉图希望用他的辩证法来拨开真理的迷雾，把人们引向真理的道路。

我们再来看第二重阅读，文字和言语其实还是害人的毒药，从柏拉图对诡辩派的批评以及对喜剧和悲剧的批评我们就可以看出，文字和言语一样，都是有毒的。最反讽的是苏格拉底的死，苏格拉底一直认为自己是在传播真理，但人们并不买他的账，把他称作疯子，看作和诡辩派一类的人。在《会饮篇》中苏格拉底屡屡被指责为蛊惑人心的诡辩家，最后苏格拉底被判处死刑，饮鸩身亡，罪名就是亵渎神明、蛊惑青年。所以不管是文字还是言语，都有这种双重性，既是治病的良药，让人看到光明和真理，又是害人的毒药，真理一开始就是不纯的，由此德里达解构了柏拉图的思想。

德里达的双重阅读方法，在文学实践中，有许多可以运用的例子。这里尝试举几个来说明解构理论的可操作性。例子一，李白《独坐敬亭山》有四句："众鸟高飞尽，孤云独去闲。相看两不厌，只有敬亭山。"这首诗是李白于天宝十二年秋游宣州时所作，当时李白52岁，长期的漂泊生活，饱尝人间酸甜苦辣，心情十分复杂。后人对此诗有各种各样的解读，有人把此诗看作李白抒发怀才不遇的愤懑与牢骚；有人认为李白在现实生活中十分孤寂，故希望在大自然的怀抱中寻找安慰；有人否定了这种看法，认为李白固然有牢骚，但依然有一种"人生得一知己足矣"的骄傲与满足；还有人认为此诗就是一首缅怀知己之作；等等。短短四句诗出现这么多理解上的分歧，从解构主义的角度来看，这是一首自我解构的诗歌。第一句中的"飞"一词的意义模糊，一是大自然的万物都抛弃了李白，李白心生厌倦和孤寂的心情；二是这个"飞"与在《宣州谢朓楼饯

---

① ［古希腊］柏拉图：《柏拉图全集》（第2卷），王晓朝译，人民出版社2003年版，第140页。

别校书叔云》中的"俱怀逸兴壮思飞"中的"飞"形成了互文,这不禁使我们想起李白早年的壮志和狂傲。第二句中的"闲"同样是两歧的,一方面被厌弃,另一方面又希望像白云一样悠闲,同时与上一句的"飞"形成语义上的张力。到了第三句,情景和情绪又为之一变,诗人突然"不厌"了,否定了前两句中的消极情绪,原因是作者还有一知己——敬亭山,山突然活了,有了感情,脉脉含情地看着诗人,正所谓"我见青山多妩媚,料青山见我应如是"。此中多元释义,皆因此诗充满悖论,归根结底还是诗人心情十分复杂所致。贾岛的《寻隐者不遇》一诗,诗中多有矛盾之处,亦可进行双重解读:遇(在山中)还是不遇(不知处)?隐者是一种实际的存在还是一种理想人格?对隐者是赞美还是否定?等等。可见,解构主义的阅读方法是大有可为的。德里达的解构阅读的策略在美国大受欢迎,形成了所谓的"耶鲁四人帮",其中的保罗·德曼对德里达的双重阅读更是深谙其道,只不过德曼从语法与修辞的张力续写解构的篇章,其寓言式的阅读是一种典型的双重阅读的变种,加拿大学者高辛勇运用德曼的手法对中国的文言短篇小说《画皮》进行了双重的解构,品出与传统解读不同的意义,趣味盎然。

  总而言之,德里达的双重解读有很大的游戏成分在里边,德里达一边进行语言游戏,一边又用一双冷眼旁观着真理。德里达的这种解构的游戏,我们不能因为德里达是后来者,在20世纪的影响力比柏拉图大,就说德里达比柏拉图高明。实际上,德里达的创新之处在于德里达故意误读柏拉图的思想,其误读的目的在于提示我们柏拉图的思想是有缺陷的,或者说任何一个概念和观念本身都有缺陷,我们要多角度地思考哲学问题,这里不存在谁对谁错或者是谁比谁高明的问题。德里达误读的手段实际上借用了柏拉图的隐喻的手法,"原书写"一词表明,言语并非与文字完全不同之物,而是一种更好的文字——可以"写在学习者心灵上"的文字。柏拉图关于保存在个人记忆而非文字中的信息,也用雕刻和刻印文字之喻来加以描述。所以,柏拉图和德里达有很多相似的地方。从这里,我们也可以发现柏拉图的伟大。

  德里达的解构每一次都不一样,所谓的双重阅读也是如此。在有的地方他又把阅读和书写作为双重同构的形式,类似上述的双重阅读,即一种书写总是一种阅读,比如德里达在阅读着柏拉图的阅读,马克思在阅读着李嘉图的阅读，一种阅读总是陷入了另一种阅读的互文关系。德里达说："在被称之为'意义'（所表达的）已经而且完全由差异组织构成的范围内，在已经存在着一个文本，在一个对其他文本的文本参照网络的范围内，在其中每一'单个术语'是由另一术语的踪迹来标志的文本变化的范围内，其所假定的意义的内在性就已经受到它自己的外在性的影响了。"① 按照德里达的看法，一个文本就是由差异关系组成的构成物，意义是由差异关系决定的，一个词语的意义取决于其他的词语，一个文本的意义受到了另一个文本的影响，一个词语的意义是另一个词语的踪迹，一个文本的意义是另一个文本的踪迹。德里达对互文性的概念进行了新的阐释，文本之间的对话关系被文本之间的延异关系取代，一个文本的所指在另一个文本里只剩下踪迹可寻，互文性被彻底地消解，变得虚无化了。

德里达悖论式的双重阅读引起了很多误会，德里达与哈贝马斯有过交锋，哈贝马斯宣称，德里达的论证是循环的，德里达相信所有的翻译都不正确，所有的理解都是误解。德里达否认他曾经表达过这样的观点，并争辩说，他宁愿强调误译和误解在任何言语行为中的可能性。后来，在仔细研究过德里达的学说后，哈贝马斯向德里达公开致歉，承认自己对解构理论有所误解。德里达也一再地宣称自己不是后现代主义者，不是后结构主义者，反复阐明解构不是否定，而是"肯定"。② 承认解构中的建构，解构并不是破坏，并不总是误读，而是要寻求另一种书写、另一种表达的可能性。解构主义在后期有明显的实用主义倾向，德里达在公开场合多次表明了这种倾向。实用主义倾向表明了解构式写作的悖论："德里达学说中最糟的部分，正是他在那里开始模仿他讨厌的东西和开始自认为提供'严格分析'的部分。"③

关于德里达的误读太多，这里不可能一一列举，也无必要，主要分为两类：一类是对他的观点的误读，比如将声音中心主义等同于逻各斯中心主义，认为德里达主张"文本之外空无一物"，将他简单等同于文本主义者，等等；另一类是对德里达的批判，比如艾布拉姆斯、韦勒克、伊利斯

---

① [法] 雅克·德里达：《多重立场》，佘碧平译，三联书店2004年版，第38页。
② 张宁著译：《解构之旅·中国印记》，南京大学出版社2009年版，第26页。
③ [美] 理查德·罗蒂：《哲学与自然之镜》，李幼蒸译，商务印书馆2003年版，第415页。

等人对他的误读，认为德里达是非逻辑的、非理性主义的后现代主义者。有些批评深入阅读了德里达的著作，算是比较到位的，比如艾布拉姆斯。有些批评先入为主，主题先行，流于空泛。总体上看，人们通常将德里达归为结构主义、形式主义一路，认为解构与现实政治无关，其实大谬。德里达的一只脚身处形式主义阵营，另一只脚却在历史主义的阵营里，并试图把形式主义的极端姿态与历史主义的价值论糅合在一起，创立了解构主义的政治学理论，推动了文化研究的发展。

德里达晚年认为可以把解构重新定义为"一种语言以上"，[①] 为什么德里达认为一种语言以上就是解构呢？这要从语言与思维的关系讲起，有一种说法认为语言是本体，没有语言就没有思维，德里达大概是秉持语言本体论的，否则他不会认为语言中蕴含着解构。语言即思维，语言表达方式不同，思维方式也千差万别，背后包含的思想也形态各异。德里达认为不同的语言间相互构成解构，甚至在一种语言中也蕴含着解构的因素。譬如语言的歧义现象，语义之间相反相成、互成解构。解构理论就是要思考语言的多种可能性，以及考察语言思维的维度和界限。

总而言之，解构并非无目的的文字游戏，并非虚无主义，也并不只是一种文本批评，解构就是要干预现实，考量事物的有限性，质疑某种权威或话语霸权，反对存在确定无疑的普世性。在这里，德里达的解构理论不仅是一种阅读理论，而且提出了明确的政治意图，在各种公开的场合，德里达公开宣扬解构不是一种话语理论，而是对传统的社会政治结构发出的一种强有力的挑战。解构理论对女性主义的性政治理论和后殖民主义的文化批评理论影响深远，推动了西方文论向文化研究转型。

第二节 解释学视阈中的误读理论

一 对科学性与客观性的追求

解释学一词源自希腊语，在古代的用法中有三个意义向度：表达、说明和翻译，解释学的任务是让陌生晦涩的东西成为可接近和可理解的。解

[①] [法] 雅克·德里达：《书写与差异》（上），张宁译，三联书店2001年版，第23页。

释学的诞生与误读有着密切的关系，只有在发生了误读或者理解本文出现障碍时，才需要解释。帕尔默说得很明白，他说："最佳地把握理解的特性，不是通过对理解的属性之分析归类，亦非在其正常功能的充分发挥之时，而是在其发生故障，当它碰了壁，或许还有当它失去它必须拥有的某物之时。"[1] 这是一条解释学的原则。古典解释学以施莱尔马赫、狄尔泰为代表，他们认为误读只是特例，是偶然，解释学的任务就是避免误读。

施莱尔马赫把解释学定义为"理解的艺术"，意谓言说需要艺术，理解相应地也需要艺术，这里的艺术首先意味着理性的方法论。在他看来，误解的发生是经常的、自然而然的，理解即误解。误解的产生，才让人觉察到不经方法与依据方法的理解之间的区别，是误解唤醒了施莱尔马赫的方法论意识。施莱尔马赫认为解释者与作者获得一致，就是正确的理解，并且把作者的意识作为解释的条件，他说："解释的重要前提是，我们必须自觉地脱离自己的意识而进入作者的意识。"[2] 而要复现作者的意识，又必须从语言入手，因为语言的意义有基本义、引申义、比喻义等，必须先掌握了词语的基本义，方可逐步理解其"转义用法"。[3] 由于任何文本的语言都是语法性和心理性的，所以，他提出了解释的两个原则："正确的解释需要语法解释和心理学解释的结合……"[4] 作者必须遵循语法，否则就无人能理解他，而同时又用特殊的技巧表达自己的意识，文本中总有某种主体性的东西存在，因此，解释的原则兼顾了作为规范的语法与作为特殊的个体心理。至于解释原则的具体运用，对于无原创的古典作家，其理解必依语言的规范来观察。对原创型的非古典作家，理解又需从心理方面着手，心理阐释的目标是变得和作者同样能干，或者比作者还要更懂他自己的作品，他说："要与讲话的作者一样好甚至比他还更好地理解他的话语。"[5] 这里，言作者之所未言，心理阐释的方法已深入弗洛伊德所言的无意识的领域。心理阐释是一种猜悟行为，类似于孟子的"以意逆

---

[1] ［美］理查德·E. 帕尔默：《诠释学》，潘德荣译，商务印书馆2012年版，第175页。

[2] ［德］弗里德里希·施莱尔马赫：《诠释学箴言》，洪汉鼎译，见洪汉鼎主编《理解与解释——诠释学经典文选》，东方出版社2001年版，第23页。

[3] 同上书，第24页。

[4] 同上书，第55页。

[5] 同上书，第61页。

志",这是一种带有主观成分的非理性行为。所以他对文本意义的确定性充满怀疑,他说:"完全的理解总是一个集体的工作。"① 由此看来,解释的完全性是不可能的,只能在解释的历史中无限地接近。在猜悟的过程中,我们仿佛变成了他人,与他人对话沟通,通过这种对话,读者与作者相互阐发、相互映照,找出误读之所在,这种对话精神为伽达默尔所发扬光大。

施莱尔马赫以科学的方法论为原则构建了总体解释学体系,被誉为解释学之父。但是,由于脱胎于圣经训诂学,施莱尔马赫的解释学的理论仍然局限于普遍神学的总体框架中。而且,施莱尔马赫的解释学理论让人不满意的地方在于,他试图使解释学成为一门具有科学性质的学科,这又与文学理论的自性相冲突,而这正是伽达默尔批判其理论的起点。

狄尔泰的历史阐释学深受自然科学的方法论的影响,把精神史作为历史的最高形式,其中体验概念构成了对客体的一切知识的认识论基础,生命就是体验中所表现并形成的东西。狄尔泰的贡献在于他试图把超个人的与历史联系的方法论和生命体验联系在一起,以避免误读。生命是狄尔泰精神科学的基础,生命体验追求的是非逻辑的意义,生命本身解释自身。像施莱尔马赫一样,狄尔泰把文本的意义等同于作者意图,这种学说把理解的可能性建立在"人同此心,心同此理"的移情类推法上,这样,我们就能把过去的东西变成现在的东西来阐释,把不熟悉的事物变成熟悉的事物。历史就被归结为精神史,历史经验的历史性被狄尔泰抛弃了。按照伽达默尔的说法,狄尔泰的阐释学从生命意识出发,最后却走上了追求科学的道路。"狄尔泰的认识论反思的错误在于,他过于轻率地从生命行为和他对固定东西的渴望中推导科学的客观性。"② 完全从科学出发看问题,而忽视了经验的内在历史性。但是,艺术的真理不是可以通过自然科学的方法获得的,在此,艺术的经验是对科学意识的挑战,科学方法对于审美必须承认其局限。

---

① F. Schleiermacher, *Hermeneutics and Criticism and Other Writings*, Andrew Bowie ed., Cambridge: Cambridge University Press, 1998, p. 267.
② [德]汉斯-格奥尔格·伽达默尔:《真理与方法》(上),洪汉鼎译,上海译文出版社1999年版,第326—327页。

二 教化作为理解的基础

在古典解释学那里，解释是避免误读的技艺。伽达默尔则认为理解不是主体的行为方式，而是此在本身的存在方式。伽达默尔说："误解和陌生不是首要因素，不能把避免误解看作解释学的特殊任务。实际情况正好相反。只有熟悉而普遍的理解的支持才使进入异己世界的风险成为可能，才使从异己世界中找出一些东西成为可能，从而才可能扩大、丰富我们自己关于世界的经验。"[①] 他认为古典解释学设置了错误的任务，自己的解释学则与之相反，解释的目的不是为了避免误读，而是为了寻求普遍性的基础，没有这种基础，误读也就失去了存在的理由。对他者有误读或不理解，但他者也并非完全不可理解，相反，他者的视野能超越我们自己的视野，拓展我们的眼界。在此，解释学超越了简单的技艺和方法论，试图描述整个人类经验的模式和基础。为了寻找这个基础，他回溯了哲学的教化传统，因此他的哲学又被称为教化哲学。他继承了施莱尔马赫和狄尔泰人文科学的精神，并把它与海德格尔的存在主义结合起来，认为艺术中的真理无法通过自然科学的方法获得，而且他认为教化使现代科学得以诞生。他认为艺术是解释学的出发点，但对艺术的理解必须回到人文科学的教化传统中，正是在教化中，审美理解的对话与问答才得以进行。

西方近代的认识论受到自然科学方法论的影响，如实证主义哲学家认为科学是万能的，自然科学的方法是一切科学唯一有效的方法。施莱尔马赫和狄尔泰的解释学与上述自然科学的方法论有本质的不同，其解释学的不足在于方法论偏向于语言解释和心理解释，其历史主义追求的目标不具备普遍性的特征。自然科学的方法论也遭到了胡塞尔、伽达默尔等的猛烈抨击，认为是一种独断论，胡塞尔致力于以现象学为人文科学奠定科学基础，伽达默尔则认为方法论之争无关紧要，关键是看是什么东西使现代科学得以可能。在综合了前人的研究成果的基础上，伽达默尔认为人文科学中的教化概念是人类理解和精神的基础，是真理的源泉。因为教化的本质是追求普遍性，而普遍性是理解的前提。

[①] [德]汉斯-格奥尔格·伽达默尔：《哲学解释学》，夏镇平等译，上海译文出版社 2004 年版，第 15 页。

这里有必要澄清德文"Bildung"一词与中文"教化"之间的差异，从语义上看，这个德文词有两个基本意思：1. 形成、建构、发展等；2. 文化、教育。在英语和中文中均没有对等的词。洪汉鼎将"Bildung"译为"教化"已获学界的认可，成为共识。但此译法也并非没有问题，这种译法只译出了"Bildung"的第二种含义，即文化、教育，是一种片面化的译法。"Bildung"是主动与他者对话的行为，目的是超越自身获得普遍性；而中文"教化"一词大体上指一种上行下效的集体行为，目的是要获得一种道德或政治上的规训效果。"Bildung"与教化的共同点都是立足于使个体的精神境界有所提高。但在体会伽达默尔教化思想的时候，切不可在理解上片面化，以免误读。

伽达默尔认为教化概念是18世纪最伟大的概念，它为19世纪的精神科学奠定了基础。教化从词源学上追溯，大致可回溯到基督教的早期思想，包含宗教的内涵，在狂飙运动时期，被移植到了美学领域，赫尔德重新赋予其美育的新内涵，即让人变得崇高的教化。关于教化一词，大家最熟悉的内容是"自然造就"，后与修养联系在一起，意指人类发展自己的天赋和能力的特有方式。康德没有在赫尔德的意义上使用教化一词，而是使用修养一词，黑格尔已经讲到了自我造就和教化。伽达默尔教化概念受到了赫尔姆霍茨的影响。赫尔姆霍茨把机敏当作一种意外的心智能力，伽达默尔认为赫尔姆霍茨没有真正理解机敏的本质，机敏是人活动的要素。机敏的本质是不表达性和不可表达性，作为一种特定的敏感性和感受能力保护私人领域不被侵犯，是精神科学的认识方式和存在方式。机敏包含了教化，即审美性教化和历史性教化。机敏造就感觉，区分美丑好坏。受到教化的意识是一种普遍的感觉，教化的传统就是人文主义的传统，这是精神科学之为科学的原因所在。面对自然科学方法论的冲击，精神科学必须从人文主义的教化的思想中才能获得真正的生命。

教化概念贯穿伽达默尔研究的始终，其解释学可以称之为教化哲学，教化概念有突破认识论与本体论对立的意义。伽达默尔把教化分为理论教化与实践教化，这受到了黑格尔和亚里士多德的影响。黑格尔认为哲学是教化的前提，理论性教化是一种理论的异化。在《精神现象学》中，黑格尔描述了理论性教化的过程，即从异己的东西出发去寻求普遍，在异己的东西中认识到自身，向自己本身返回，在这个过程中扬弃了人的自然性、个别性和特殊性，成为一个普遍的精神存在，而这本身就是一种异化。实践性教化的概念，最早应该追溯到亚里士多德的伦理学，在《尼各马可伦理学》中，亚里士多德认为沉思的生活是最符合德性的，但人是政治的动物，所以沉思需要转化为外在的行动，需要从哲学的沉思走向政治活动。伽达默尔"解释学的应用"一说就来自亚里士多德的实践智慧，他认为理解就是一种应用，即把理解的本文应用于解释者的目前境况。黑格尔也谈劳动，但黑格尔所讲的劳动是一种抽象的精神的活动，黑格尔的教化只有在绝对知识里才能实现，其本质是一种异化。伽达默尔认为教化的本质并非理论的异化，而是人在交流对话的实践中去获得真理，达到普遍性。教化论虽然受海德格尔的影响带有本体论的色彩，但已经突破了方法论与本体论的对立，因为教化是二者得以存在的前提和基础。

三 审美无区分

伽达默尔认为席勒的美育理论是一种审美主义的幻象，受康德二元论的影响，席勒的游戏说试图调和人的感性与理性的冲突，但又制造新的二元对立：诗歌与实在。康德美学的认识论没有摆脱自然科学独断论的影响，趣味判断的普遍性是主观的，不是客观的，而且由于这种反思的审美判断只是一种主观情感上的愉悦，无法达到真正的普遍性，隔绝了与其他知识领域的联系，反思判断变成独断论，无法获得精神科学的真理。席勒把康德的审美判断转化为一种道德的要求，把审美作为无上的命令。艺术的绝对自律与实在对立，以保障审美王国的自由，但这种自由不在实在中。由此，如果审美只是实在的幻象，游戏就成了现实生活的短暂逃避。席勒的审美意识是一种抽象活动，来源于康德的审美区分，即从审美中区分出道德和宗教的内容，审美作为原型的再创造与原型相对。康德的审美区分使其陷入了主观主义和不可知论的泥潭，艺术家成了局外人，被孤立于原先所属的地盘和世界。审美教化要求艺术家走出自我。

伽达默尔认为审美区分切断了美学与其他有意义的东西的关联。伽达默尔抛出了审美无区分论，他认为并不存在所谓的单纯的看本身，即使是纯粹音乐的理解仍然保持着对有意义事物的关联。单纯的看和听，是按照自然科学的概念来衡量认识的真理，都是独断论的抽象和荒谬的形式主义。什么是艺术？艺术与非艺术如何区分？康德的艺术概念建立在天才概念上，伽达默尔认为："艺术是认识。"① 艺术作品的经验作为局部水准分享或参与艺术真理的实现。精神科学的任务是理解经验的多样性，单纯的审美经验使我们忽视了艺术之外的经验世界，反而产生很多难以解决的艺术难题，要解决这些难题，必须走出审美的小圈子，到社会科学更为广阔的世界中去。因为文艺创作和传播等过程已经蕴含着领悟，而这一点又须从文学艺术的本体论上才能得到阐明，由此，伽达默尔引入了游戏概念。

审美无区分的理论对误读理论的启示在于：片面强调审美的自律性会导致极端的形式主义，而这是对文学艺术的一种严重误读，正确理解作品应该从伽达默尔所言的教化或更大的范围中去把握。但如果据此认为康德的审美区分理论是不合法的无用理论，那么美学理论就会倒退到康德之前的水平线上。

四 前见与误读

在施莱尔马赫和狄尔泰的解释学中视前见为误读的根源，认定一种笛卡尔式的自主的主体能够克服偏见。而伽达默尔则把偏见作为解释的条件，他认为，理解是人类生命本身原始的存在特质，阐释者与艺术品都是历史性的存在，历史认识从此在的前结构出发，理解是一种自我理解，是存在的实现，按海德格尔的说法，就是按照他自身的可能性去筹划自身。前见的设定不是任意的，必须要考察前见的正当性，即考察其根源和有效性。误读的发生，可能是我们盲目坚持自己的前见的结果，此时，并不是我们要忘掉所有的前见，而是要保持前见对他人和本文的见解的开放性，因为不是所有的东西都是可能的，必须把他人的见解放入与我们整个见解的关系中，倾听他人所说的东西。所以，存在一种解释学的标准，"诠释学的任务自发地变成了一种事实的探究，并且总是被这种探究所同时规定。这样，诠释学工作就获得了一个坚固的基础。"② 解释不是故意躲避前见，而是要去研究这种前见得以产生的事实背景，这是解释学出发的依据，并且界定了解释的边界。我们要理解一个文本，就是准备让文本告诉我们什么。前见并不意味着一种错误的判断，启蒙运动却要排斥前见，不

---

① ［德］汉斯-格奥尔格·伽达默尔：《真理与方法》（上），洪汉鼎译，上海译文出版社1999年版，第125页。

② 同上书，第345页。

承认权威,权威是偏见的一个来源。于是,启蒙运动就与新兴的自然科学方法论结合起来,如施莱尔马赫区分了偏颇和轻率,偏颇造成前见,轻率导致短暂的错误,两者都是误读的原因。而狄尔泰的出发点是自我思考和自传,历史理解被私有化了。但狄尔泰的生命体验是在具体的环境中产生的,人并非自我认识和自我了解,而是在与具体的环境交互作用中获得自我认知的。所以,伽达默尔说:"因此个人的前见比起个人的判断来说,更是个人存在的历史实在。"[1] 不是自我认识和判断构成我们的实在,而恰恰是先见是我们得以存在的前提和基础。从前见出发,伽达默尔还为权威进行了辩护,认可权威而盲从权威,因为权威有可能是对的,肆意诋毁权威也是一种误读。传统作为前见,在改革的过程中并没有被抛弃,而是传承下来与新东西一起构成新的价值。伽达默尔对传统进行了新的阐释,他说所谓传统,"正是在于没有证明而有效"。[2] 传统是流传物,不用证明但有影响起作用。我们经常地处于传统中,传统永远是我们的传统,并非他人的。我们很多时候感觉不到传统,但它一直在我们身边,类似于海德格尔所说的上手之物。伽达默尔甚至认为传统是"一种范例和借鉴,一种对自身的重新认识",[3] 传统类似于典范,我们可以从中获得新的体验。传统,或者说流传物,是我们理解的前见,理解必然含有一种意识,即我们共同拥有这个世界,并始终处于世界之中。于此,伽达默尔对传统的解释学进行了彻底的颠覆,他认为,传统的"诠释学理论过多地被某个程序、某种方法的观念所支配"。[4] 传统的解释学总是局限于某种套路或理念之中,过于依赖方法,需要加以改进。要改变以往视解释为主体行为的做法,把理解放在传统之中、世界之中来看待,解释在过去、现在和将来之间来回地往返,传统是理解的桥梁。所以,意义的获得并非只是传统解释学所言的"心心相映",实为让共同的看法为大家所分有。艺术家只与那些已具有思想准备的人对话,艺术家与读者一样处于同一传统中。

---

[1] [德] 汉斯-格奥尔格·伽达默尔:《真理与方法》(上),洪汉鼎译,上海译文出版社1999年版,第355页。
[2] 同上书,第360页。
[3] 同上书,第362页。
[4] 同上书,第372页。

伽达默尔重新设置了解释学的目标，他认为解释不应该变成一种技术或方法，解释的目的是让理解的背景或前提重新显示出来。前见有两种，一种是理解得以进行的生产性前见，另一种是导致误读的前见。要作出这种区分，阐释必须有时间维度——时间距离。理解或解释行为必须在一定的语境中进行，意义被读者所处的大环境限制。譬如对李白、杜甫的作品评价，不同的时期有不同的评价，两人的地位忽高忽低，完全是由历史环境所决定的。"文革"时期郭沫若写过一本书《李白与杜甫》，一般认为其为了迎合领导人扬李贬杜的心理，对杜甫的评价作了降调处理，其中充满了对杜甫极其搞笑的阶级论调。《茅屋为秋风所破歌》开头两句："八月秋高风怒号，卷我屋上三重茅。"郭沫若据此认为，杜甫是一个小地主，杜甫的茅屋有三重茅，普通老百姓家只有一层，杜甫的茅屋冬暖夏凉，住起来相当舒适。后面"南村群童欺我老无力，忍能对面为盗贼"，郭沫若认为，杜甫作为地主阶级的一员，对劳动人民充满了敌视，公然辱骂劳动人民为盗贼。这种阶级论调乃是一时政治运动的产物，对杜甫诗歌的美学特色毫发无损。所以，不同时代的接受者对文本有不同的理解，对作品的理解非作者意图所能涵盖。用接受美学的话来说，读者是文本意义的创造者，而非意义的见证者。不同时代不同读者的创见在历史的长河中汇成一条河流，其中充满了伽达默尔所言的历史传统或流传物，我们在拨开这些传统覆盖物的同时，真正意义也从中显露出来。时间距离能悬置先见的有效性，某些错误根源才会自动地消除。所以，伽达默尔的解释学是本体论的，但也不乏方法论的提示与指引。譬如伽达默尔对其老师提出的"先见"一词赋予了新的内涵，用历史意识置换了其中的存在内涵。伽达默尔认为真正的理解要学会区分先见是否有指导意义，这首先要求读者接受专门的意识训练，培养正确的历史意识，找到合理有用的先见，悬置无效的先见。先见是一种问题结构，问题的本质是开放性。悬置有问题的先见不等于要抛弃，以另一个先见代之，有问题的先见只是对于特定的个体而言是有问题的，对于其他人，也可能包含着启示的意义，所以，我必须接受某些反对我自己的东西。在先见中，我们必须了解到我们的无知，才能提出问题并划定问题的某种界限。当然，先见的开放性并不是无边无际的，在问题结构中，有问题的先见有些包含极其错误的认识和看法。譬如，对于《诗经·蒹葭》一诗的解读，一直以来，传统读者多把它解读为政治诗，《毛诗序》认为是讽刺秦襄公不知周礼，《郑笺》也说是伊人为知周礼之贤人。清人姚际恒、方玉润等又认为是招隐难致或思慕贤人的作品，今天我们一般认为此诗是一首爱情诗。如何看待这些先见？只有把这些错误的认识或论据加以辨析，对之加以适当的悬置，事物的本质才能显示出来。解释的辩证法就是如果有一些前见是文本意义所拒斥的，我们就应该拒斥它。"回答辩证法总是先于解释辩证法而存在。正是它把理解规定为一种事件。"① 解释的事件，是"问—答"的事件，答不光是回应、顺从，还应学会拒绝和排斥。

在古典解释学那里，误读是可以避免的，而解释学就是避免误读的技艺。施莱尔马赫认为既要理解原文和客观意义，还要理解作者的个性。他提出的方法是回溯至意义的源头——作者那里，其中包含的各种意义才会得以揭示。但是，精神史的出发点的重建是不可能的。施莱尔马赫的贡献是心理学阐释，这种解释是一种预测，伽达默尔称为预感行为，"一种对创造行为的模仿"。② 并试图还原作者写作时的原初状态，揣摩作者当时的内心活动过程，类似于移情理论中的内摹仿。预感就是同作者处于同一个层次，比作者理解他自己更好地理解作者。对艺术的理解总是包含着历史的中介，所以我们的存在总是具有历史局限性。伽达默尔认为古典解释学试图回到作者，回到意义的原初状态，解释就是作者意图的再现，获得的意义也是没有生命力的，是"僵死的意义的传达"。③ 所以，解释学不是对过去事物的修复，不是寻找作者意图的出发点，历史理解的对象是效果历史。艺术随着语境的变迁而不断地重新规定自身，在一时代被认为是对作品的误读，而在另一时代则又变成正读，这种不断被误读的普遍的偶缘性是艺术品的特性。效果历史的阐述，使得多种理解变成了理解的视域，经过时间距离的筛选，其中有些解释能被明显地看作应被抛弃的误读。

---

① ［德］汉斯-格奥尔格·伽达默尔：《真理与方法》（下），洪汉鼎译，上海译文出版社1999年版，第603页。

② ［德］汉斯-格奥尔格·伽达默尔：《真理与方法》（上），洪汉鼎译，上海译文出版社1999年版，第242页。

③ 同上书，第219页。

五　应用：从哲学解释学到文学解释学

在理解中，文学艺术的意义才得以形成和完成。真正的历史对象是自己和他者的统一体，或一种关系。效果历史规定了什么问题是值得研究的，我们不能把直接的现象当成全部真理，而忘记效果历史的全部真理。在效果历史中，一切自我认识都是历史地预先给定的东西规定的。预先给定的东西，用黑格尔的话说就是实体，哲学解释学的任务就是在一切主观性中揭示出那规定着它们的实体性。处境表现了一种限制视觉可能性的立足点，也即获得一种视域，或者说视点。视点既是一种限制，也是一种超越，限制是历史性的给定，超越是主体能在效果历史的视野融合中超出当下来审视。伽达默尔认为："谁具有视域，谁就知道按照近和远、大和小去正确评价这个视域内的一切东西的意义。"① 视域或者视点很重要，拥有视域就能正确解读视域之中的事物，视域提供了评价的标准或尺度。视域随时空的变化而变化，所以没有绝对的立足点。阅读与解释，伽达默尔认为是主体间的视野交融，由此带来的是应用的问题。理解就是应用，就是以解释者所处的视域去理解。应用是历史性的理解，其目标是追寻事件的意义。只要阅读，就是应用，就是置身于其获得的旨趣中，"他属于他所理解的本文"。② 应用把对象与读者自己的境地联系起来，自己也被对象新的意义所接纳，阅读变成了一个事件，读者并不是单纯地接受，而是包含了应用。对于什么是应用，一般人也有不同程度的误解，应用不是用自身的先见去套某个对象，或者是把固有的成见强加到某个文本或情境中，应用对接受者而言，就是"所与本文的普遍东西自身的实际理解"，③ 也就是说，理解者不能单纯地从自己的主观臆断出发来理解文本，而是要把理解变成一种应用，变成一种视野融合事件的效果，并由此形成所谓的效果历史。效果历史中理解的历史局限性就是此在的历史有限性，阅读和接受都是此时此地的行为，仅是许多可能性中的一种，在我们之后，别人将以不同的方式去理解和接受。

---

① [德] 汉斯-格奥尔格·伽达默尔：《真理与方法》（上），洪汉鼎译，上海译文出版社1999年版，第388页。
② 同上书，第437页。
③ 同上书，第438页。

伽达默尔的哲学解释学把文学看作对话中的事件，这是符合文学活动的实际的。艾布拉姆斯也认为文学有读者、作者、作品、世界四个要素，文学是把四个要素沟通联系起来的一个活动过程。事件性理论也与巴赫金的对话理论相类似，二者在后现代还产生了关联与互动。文学作为一个事件性的存在，对话与交流就是不同视野的融合。事件之发生，就是主体间或文本间的对话，就是提问与回答、同意或反对的争辩过程，正确的阅读或理解就是在这个过程中相互妥协、相互让步，达成相对一致的意见。哲学解释学强调文学交流中意义的交往，通过交流把异化的传统或流传物带入生动活泼的当代世界。但是，哲学解释学的任务关注的是对话中的意义交往，而忽视了对话的原始程序即问与答。文学解释学必须要追问对话的这种原始程序，就是那种从事物本身出发增强反对意见的思考文学，超出所说的话进行追问，设定一定的问题域，而问题视域本身则包含了其他一些可能的回答，这就要求有"完满性的前把握"，或者如伽达默尔所言，要正确地理解，就必须预设作品"表现了一个艺术理念"。[1] 理念是作品的灵魂，有什么样的理念，就有什么样的作品，理念决定了作品表现什么，决定了作品中的意义或真理。虽然理念很重要，但是哲学解释学并不把理念作为理解的对象。真正的理解是真理的显现，误读即为真理的遮蔽。伽达默尔的应用概念，为从哲学解释学到文学解释学的转变做了很好的铺垫。

文学对话的特殊性并不是在两个人之间进行，而是在文本的传达与读者之间进行，其中离不开读者的应用。应用很多时候需要投射，需要把自己的前见、前理解投射到作品之中。作品中塑造了各种各样的语言形象，存在由此得到了形象性的扩充。文学既然是一种存在事件，那么只有通过读者的投射，存在才得以表现，否则作品就是一种自在之物。所以，读者的应用归根结底只能是语言的应用，只有回到语言中，展开对话与交往，面向未来有所筹划，真理才有可能得以显现，语言才可能真正地成为存在的家园。"能被理解的存在就是语言。"[2] 通达理解的途径唯有语言，事物

---

[1] [德] 汉斯-格奥尔格·伽达默尔：《真理与方法》（上），洪汉鼎译，上海译文出版社1999年版，第476页。

[2] [德] 汉斯-格奥尔格·伽达默尔：《真理与方法》（下），洪汉鼎译，上海译文出版社1999年版，第606页。

的真理存在于话语之中，语词并非仅仅是符号，意义的理念性就在语词之中，语词已经就是意义，就是认识过程本身。文字的诞生在中国古书《淮南子·本经训》中描述得十分神秘，说古圣贤仓颉造字，老天受了感动，下起了大雨，鬼神被惊动，夜夜哭泣。语言有惊天地泣鬼神的力量，西方解释学理论没有那么神秘，但也认为语言中有某种原始的精神力量。人与动物的差异，按孔子的说法，就是一丁点儿，这一丁点儿，马克思认为是制造和使用工具，这个工具当然包括语言。因为拥有语言，人与其他一切生物不同，人通过语言与世界相协调。话语是有限性的，但有限的语言应用可以产生无限的意义。

哲学解释学关注的对象是存在，是意义。文学解释学优先考虑的则是对话及其具体程序。在文学解释学的视野中，文学意义的获得必须通过对话，如何正确地对话？读者或接受者务必要抱着一种谦虚的态度，学会倾听，要想学会写，必须先学会听。中国移动的广告词"懂得聆听是一种美德"，我认为是解释学极好的注脚。文学解释的真谛不是类似于解构主义的误读游戏，而是把文学当作事件，在对话中尊重文本本身而行动，跟从文本自身的文脉或精神，才能产生出属于文本本质的东西，有点像中国的"随物赋形"理论。读者阅读文本，并不是要把文本与现实一一对照，这是典型的误读，解释学告诉我们，文学"为我们开辟神性和人类的世界"。[①] 读诗的目的不是要在文本中找到现实世界中已经存在的东西，而是要在不可能的世界中创造一个可能的世界。一花一世界，一叶一菩提。文学世界是一个诗性的世界、一个神性的世界。在语词中，一切事物都能自身阐明、自我阐释。哲学解释学一再强调文学作为事件性存在的特性，要求读者聆听流传物的诉说。文学解释学与此同理，正确进入文本的方法不是盲目同化，也非以意逆志。同化虽是人类共通之习惯，但也是造就误读之机杼。读者不妨先顺从文本，因为真理就在文本之中，怀着一颗真诚的心接纳它，就会与真理不期而遇。理解不需要多么高超的技巧，只需要用心谛听，这就是解释学的要诀。

伽达默尔的反方法论闻名遐迩，在理解中，寻找真理是真正的目的，

[①] [德] 汉斯-格奥尔格·伽达默尔：《真理与方法》（下），洪汉鼎译，上海译文出版社1999年版，第601页。

方法是外在的、次要的东西。所以，哲学解释学不是一门方法论的学科，而是一门提问和研究的学科，它宣称能确保获得理解的真理。但在笔者看来，伽达默尔的本体论解释学，仍然囿于传统形而上学的框架之内，对真理、理念过度的迷信和崇拜，鄙视理解的技艺和手段，认为理解就是遇见真理。在后现代的语境中，真理被彻底解构了，有人认为真理不过是修辞的效果，文本是不可辨读的，如德曼等人；有人认为寻找真理类似剥洋葱，真理是空心的，如巴尔特等人。从读者构型的理论看，读者的形态是各异的，读者的身份是多重的，阅读的具体历史语境和政治语境也是不同的，导致阅读的策略变动不居，文本的意义处于不停的运动变化之中。由此看来，伽达默尔认为理解是一种经验，同时又把理解当成一种与文本相遇的事件，这种表达本身是矛盾的。经验是一种固定的知识，而事件是不断变动和建构的。英国文学理论安德鲁·本尼特甚至认为："阅读只有在作品结束时才真正开始。"[1] 读者的阅读是事件，是不断被重读的事件，其中方法论是后现代阅读理论考量的重心之一。

六 反方法论再检视

伽达默尔认为方法不能把握真理，通向真理的对话方式被看作是与方法对立的。伽达默尔认为方法通常与"主—客体模式"相关联，而这是现代技术性思维的基础。诚然，现代性奠基于主体性的自我确证之上，主体性成为人类知识的最终参照点，现代技术性思维与主体意识的过分膨胀有极大关系。但是，现代性有两个奠基点——理性主体与审美主体，如果说理性主体导致了技术性的思维方式，那么，审美主体则产生了哈贝马斯所言的现代性的反话语。哈贝马斯认为现代性的认识范式包含了两种模式：理性分裂的模式和自我膨胀的理性排斥模式，前者的代表是康德、席勒和黑格尔等，后者的代表是尼采、海德格尔、福柯、德里达等，这类话语又被哈贝马斯称为现代性的反话语，"从反面揭示了作为现代性原则的主体性。"[2] 伽达默尔把技术思维完全归咎于主体性的做法是有失偏颇的，

---

[1] [英]安德鲁·本尼特：《文学的无知：理论之后的文学理论》，李永新等译，河南大学出版社2014年版，第21页。

[2] [德]尤尔根·哈贝马斯：《现代性的哲学话语》，曹卫东译，译林出版社2004年版，第346页。

主体性既催生了技术性的方法论,也催生了反技术论的审美思维,两者都是现代主体的产物,两者的关系是既对立又互相依赖。德国学者威尔莫(Albrecht Wellmer)敏感地把握到了这一点,他认为,反对现代理性主义的浪漫主义"在理论上和政治上表现出和审美上完全对立的姿态"。[1] 现代社会是一个理性社会,但反理性的声音始终不绝于耳,如浪漫主义运动,让人称奇的是,反理性与理性相反相成、相互依赖,虽然浪漫主义与理性主义似乎是势不两立的样子。这种关系的存在是因为启蒙现代性具有先天的不足和缺憾,需要作为对立面的审美现代性来反省和批判。虽然两种现代性都存在这样或那样的不足,哈贝马斯认为理性主体处于理性分裂的状态中,尼采式的审美主体脱离了社会和自然。但毕竟,既然现代性的困境源于主体性,那么,解决现代性的问题如果从主体性中抽离,回到伽达默尔所谓的存在中来,就必然导致此在主义,人重新沦为存在的实体。幸好,伽达默尔采用主体聆听存在声音的对话方法,在一定程度上避免了中心化的做法。由此看来,缺少主体反思和自省的聆听只会让对话重新回到蒙昧混沌的所谓原始力量中去,无法走出现代性的困境。

反方法论的自我指涉还导致了逻辑上的困难,陷入了认识论的悖论之中,即反对方法本身也是一种方法。这如同一本书的目录,目录是书内容的一部分,但目录如果把自身包括在内,就会发生逻辑上的困难。所以,当我们说"抵达真理之路不需要方法"时,会导致悖论。反之,则不存在悖论,事实上,对真理的寻求并不是无前提、无方法的,果真如此的话,伽达默尔就没有必要写出《真理与方法》这样辩证性的著作。当然,伽达默尔的这种自我指涉在哲学思考中具有重要的意义,如同笛卡尔的"我思"一般,是不可避免的。只是反对方法如果不把自身排除在所指之外,就会导致悖谬的发生。

就文学解释而言,所有的文学教育和教学其实都是方法论的教学,掌握一定的方法能很好地帮助读者理解作品。汉森的"理论负载说"认为"看是一件负载着理论的事情"。而阿尔都塞也认为没有无方法的阅读,阅读总是在问题式中的阅读,阅读不是无辜的,而是"有罪"的。如果文学的阅读要完全以自然科学方法论为参照来建立文学理论,

---

[1] Wellmer, Albrecht, *The Persistence of Modernity*, Cambridge: MIT Press, 1991, pp. 86-87.

前文作过论证，这是一种误读，但是，文学解释中，方法论却又不可完全抛弃，这是因为，任何阅读都不可能直接"目击"真理，而是在一定方法指导下的阅读。在这个意义上，阅读即阐释，我们不管是面对一部浅显易懂的作品，还是一部晦涩难懂的作品，都受到以前有关方法论的熏陶。就文学作品来说，何尝不是如此，从小学到大学，如果没有一系列的文学阅读方法论的训练，恐怕误读的笑话会更多。我们总是带着一种预设的方法，来面对文学作品的理解，这种预设在阿尔都塞那里就是问题式的认识论。

阿尔都塞的问题式是现代科学的一种认知方法，所谓问题式，简而言之就是提问的方式，同时也是一种理论的预设，没有这种预设，就无法提出任何问题。问题式是"一种理论的理论框架，把它的各种基本概念置于彼此的关系之中，并通过它在这种关系中的地位和功能，决定着每个概念的本质，这样地给予每个概念以特殊意义，它不仅支配着它所能提供的解决办法，而且支配着它所能提出的问题以及它们必定要被提出的方式"①。理论预设是一种关于理论的理论，类似于元理论，它把许多术语和意义都纳入彼此关联的交织中，一个词语的意义取决于和它关联的词语，是关系赋予它们意义，决定了提问的范围和提问的套路，并赋予主体思考的方法。由此得知，所谓的问题式就是一种理论的深层结构，结构决定了理论的意义和嬗变。当一种问题式不能解决现实的问题时，新的问题式就会与旧的问题式产生断裂，产生一门新的科学。必须要说明的是，科学的问题式与文学的问题式不一样，科学范式的转变往往意味着断裂、突破与创新，文学范式的转变如作者中心转向读者中心并不意味着完全抛弃作者理论，所以，问题式的断裂对于文学理论这样弹性较大的学科来说不太适用，科学性的追求与文学的自性往往不相符。阿尔都塞认为理论的本质取决于提问的方式，问题式的关键不是去问"是什么"，而是去问"如何是"。方法论的改变，使我们看到了以前看不到的东西。问题式既然是一种问题的结构，我们只能看见结构之内的东西，结构之外的东西，我们只有在另外的结构中才可以看到和把握。结构的内外之别，其实也是结构决定并排除的。阿尔都塞说："作为被排除的东西，它是由总问题领域所

---

① 徐崇温：《西方马克思主义》，天津人民出版社1982年版，第551页。

固有的存在和结构决定的。"① 按照这种看法，误读、错解、曲解都是在阅读中应该被排除的东西，也必须被文学活动的问题域所决定。一定的问题域形成了盲视，盲视才能构成洞见。每一种理论的洞见恰恰是盲视，以读者为中心，以文本为中心，都偏于一隅，既是理论的根据，又是理论的局限。

阿尔都塞的认识论本质上是一种抽象的知识学，即相信现实中看到的东西并非事物的本质，本质往往隐藏在事物的表象下面，要把握到这种本质，必须"从包含它、掩盖它、隐藏它的现实中分离出来"。② 结构主义的认识论都相信表象之后隐藏着本质，有待深入地挖掘，并从现实中抽象出来。本质主义的思维方式在后现代已经声名狼藉，但对于文学阅读而言，离开了抽象的能力，有时阅读将无法进行下去。认识论是阅读的前提条件之一，因为阅读活动不可能是清白无瑕的。不管是伽达默尔的前见，还是阿尔都塞的问题式，都是一种人为的或无意识的操控，不去研究这些阅读前提蕴含的方法论和阅读模式，便忽视了文学活动的信息的主要来源，更有可能肆意歪曲作品。文学阅读在很多情况下要采取症候式的阅读，症候即征兆，源于医学术语。人生病时都会出现与往常不一样的症状，医生通过长期的观察和实践，总结出这些症状的特点，对症下药，治疗疾病。"征（症）候读法就是在同一运动中，把所读的文章本身中被掩盖的东西揭示出来并且使之与另一篇文章发生联系，而这另一篇文章作为必然的不出现存在于前一篇文章中"。③ 误读就是文本之症候或征兆，征兆可能是意识形态的，也有可能是非意识形态的。征兆是因为文本中隐藏着尚未揭示出来的东西，而这个东西则会出现在另一个文本中，后一个文本以踪迹的形式存在于前一个文本之中。阅读就是在文本之间来回穿梭，通过可见的阅读不可见的，通过文本的表层寻找到文本的空白之无，文本的空白之无正是文本隐藏的问题式的症候。由此看来，症候式阅读是一种生产性阅读，在新的问题式中的视域凸显，使不可见的、不知道的理论无意识凸显。阿尔都塞用空间来隐喻看的可能性，他认为不可见之物"是

---

① ［法］路易斯·阿尔都塞等：《读〈资本论〉》，李其庆等译，中央编译出版社2001年版，第18页。
② 同上书，第31页。
③ 同上书，第21页。

由看得见的东西的结构决定的"。① 不可见的东西并不外在于可见的东西之外，不可见内在于可见，是可见物之结构必然包含的黑暗，是结构决定了什么是可见的、什么是不可见的。所以主体的看是由结构功能决定的，看得见与看不见都不再是主体的看的功能。但这种抽象认识论对文学阅读来说也不是没有问题的，以赛亚·柏林对结构主义的认识论批评道："是模式使你存在，使你消亡，为你传送目的，亦即价值和意义。理解事物也就是感受事物的模式。……这一观点是极为反经验的。"② 具体的看或阅读一般也是从个体感知的视角出发，而非从模式出发的。模式或结构的方法论，显然扼杀了读者的主观能动性。另外，文学性要求对某些作品直观，非方法论所能解决。既要让文学阅读理论有可操作性，又要抗拒完全使用方法论，伽达默尔在后期走向了修辞学的阅读，具有很强的实用主义色彩。

当代批评的大体走向就是寻求方法，从现象学到利科的解释学再到后结构主义皆如此。而似乎只有海德格尔和伽达默尔是例外，方法论只被伽达默尔当作解释学的外部因素，在他看来，解释学不是认识论，解释者也并非认识者。伽达默尔认为解释者应用方法去追寻事物背后的意义，"这只是真正的诠释学事件的外部因素"。③ 真正的事件只有在流传物与我们对话中才发生，其中提问者变成了被问者，诠释学事件在问题辩证法中得以展开。伽达默尔的解释学是关于真理的解释与思辨，虽然不思考具体的操作程序，但反方法本身也是一种方法。一开始，伽达默尔主张语言本体论，认为对世界的理解唯有通过语言。后来，伽达默尔认识到了理解语言还需要实践的维度，于是伽达默尔作出了重要的转变，让阐释学走向修辞学，重新把语言与实践联系在一起。离开了实践，语言就变成了无源之水，理解变成了语言理解自己，导致了无限递推式的衍义。伽达默尔又回到了其老师那里，理解要以语言的实践智慧为基础，才能避免不必要的误

---

① ［法］路易斯·阿尔都塞等：《读〈资本论〉》，李其庆等译，中央编译出版社2001年版，第19页。
② 转引自［美］爱德华·W. 萨义德《东方学》，王宇根译，三联书店1999年版，第90页。
③ ［德］汉斯-格奥尔格·伽达默尔：《真理与方法》（下），洪汉鼎译，上海译文出版社1999年版，第589—590页。

读，才能诗意地居住。伽达默尔后期的这个转变，是解释学由真理的探讨转向对话、实践的关键步骤。利科尔的解释学试图缝合解释学和解构哲学的缝隙，建立解释学的认识论和方法论，走向一种以艺术为中心的实用批评，这正是罗蒂所走的道路。

七 伽达默尔的真理观批判

1. 可公度的真理

结构主义的方法论科学化的倾向非常明显，主张使用某种方法能够中立地显示某种结构中的构架，并试图像自然科学的方法论一样能共享和公度。伽达默尔的解释学反对这种方法。可公度性指方法论的规则能达成合理的协议。解决误读中的问题，方法论坚信误读会随着方法的推进和发展而得到解决。方法论力图客观公正地描述事实，似与价值无涉，但方法的选择和取舍本身就是一种价值判断。所以，方法论的中立性是一种幻想。中立性把方法悬置为似乎是真空包装的真语句的判断系统，高高在上，与生活和艺术的世界隔绝开来。解释学的真理并非科学意义上的真理，科学真理是可以公度的，艺术的真理是存在的真理，对每个人而言都有不一样的意义。反对方法，就是要防止对话通过可公度的方法变成观点交换，防止哲学走上科学大道。伽达默尔的解释学教会我们认识到真正的误读是方法论的误读，方法论盲目相信误读可以通过认识客观的事实的方法来解决。认识论把公度性或可通约性当作人类共同的希望，并相信存在一个无遮蔽的自然之镜，而认识人的心灵活动，可以了然于胸，实际上只有神才可以做到。罗蒂认为没有遮蔽的自然之镜"与被映照物将不可分离，因此也就不再是一面镜子了"。[1] 这表明了一面无遮蔽的自然之镜是不存在的，因为彻底的无遮蔽就意味着和被映照物合为一体。不管镜子有多大，都不可能映照所有的事物，更何况有间离就有遮蔽。

可惜的是，伽达默尔对解释学的真理到底是什么，缺乏较为准确的描述，而是在他的著作里反复强调真理的重要性，并将其看作阅读和哲学的终极追求。伽达默尔使用真理一词，也极易引发思维的混淆，让人在艺术

---

[1] [美] 理查德·罗蒂：《哲学与自然之镜》，李幼蒸译，商务印书馆 2003 年版，第 352 页。

的真理与科学真理之间莫衷一是,因为真理恰恰是可以为人类活动和研究提供最终的可公度性的词语。只有拥有真理,我们才能描述本质,然而,我们追求真理无限性,表明我们从未把握到本质。解释学是反动的,它的目的是"维持谈话继续进行,而不是发现客观真理。按照我所建议的观点,这种真理乃是正常话语的正常结果。教化哲学不仅是反常的,而且是反动的,它只是作为对下述企图的抗议才有道理,这种企图打算借助由某些特殊表象的具体例示达成普遍公度性的方案,来结束谈话"①。所以,企图通过对话来达到真理是不可能的。对话的真理只是偶然的副产品。罗蒂虽然沿用了伽达默尔"教化哲学"的一词,但他对解释学的真理观嗤之以鼻,认为任何哲学宣称拥有真理都是自欺欺人的。罗蒂的哲学是一种后哲学,传统哲学致力于营构真理、正义等宏大观念,后哲学的目的或者说功能只有一个——"去履行杜威所谓的'击破惯习外壳'这一社会功能",② 就是打破所谓人生伟大指南的习惯。人们往往自以为拥有真理,其实只是习惯使然罢了。切莫自以为是,也许去进行描述要比宣称拥有真理更为可取。

所以,解释学追求的真理是可望而不可即的,海德格尔自己也意识到了这一点,真理的词源"aletheia"(无蔽)的词根是"lethe"(遮蔽或忘却),有遮蔽和忘却才有真理,就等于预先假定了一种永远被遮蔽的背景,真理与非真理就如阿尔都塞所言是同一结构中的。中西方关于世界起源于混沌的神话是一个巨大的隐喻,先有混沌,才有世界,混沌是世界之源。真理同样如此,真理并非自然而然地显现在人的眼前,认识真理从非真理入手,非真理是真理的源泉,先有非真理,才有真理。我们注定一生被非真理压迫着,要与非真理纠缠一生、战斗一生。海德格尔认为对存在的追问将永远继续下去,人类永远无法找到最终结果。真理在向人类显示的同时也显示了非真理。因为"完全无蔽、敞亮的'绝对真理'也是不可能有的,有的只是对真理的恒久追问"③。对存在无法真正做到彻底的

---

① [美] 理查德·罗蒂:《哲学与自然之镜》,李幼蒸译,商务印书馆 2003 年版,第 352—353 页。

② 同上书,第 354 页。

③ 转引自王治河《后现代哲学思潮研究》(增补本),北京大学出版社 2006 年版,第 207 页。

去蔽，人类永远在寻求真理的路途中，我们永远在路上。解释学的真理被永久地悬置在寻找的中途，必须寻找新的出路，才能超越解释学的困境。罗蒂选择的是非认识论和非本体论的道路，"一条放弃了对'先验性'怀抱任何希望的道路"。① 向杜威的实用主义靠拢，杜威关于艺术即经验的看法，部分地超越了认识论与本体论的争论，与传统形而上学的先验追求背道而驰。阅读理论如何在方法论与本体论之间抉择？如何更好地避免误读？实用主义提示我们，在认识论与本体论之外，还有第三条道路，看似是折中的道路，实则颇具辩证法的味道，也就是说，我们必须在方法论与本体论之间保持"既非又非""既可亦可"的平衡，这就是阐释的适度，这也许是具体阅读实践中避免误读更可取的道路。

2. 光的形而上学

真理是什么？在西方语境中，柏拉图主义的真理观占据着中心的位置，真理就是 Idea，我们译为"理念"，源自"观看"一词，原意是直观表象，即"去蔽"，我们用心灵之眼直观到美本身、善本身。由此看来，真理总是与看有关，看即思，西方哲学是一种反思哲学，反思（reflexion）的原意是光的反射，真理离不开光的照射，真理是非遮蔽性的。在著名的柏拉图洞穴寓言中，人走出洞穴进入了光明之境，光隐喻真理是无蔽的、被照亮的。但有光，就有黑暗，洞里和洞外隐喻遮蔽和去蔽，太阳之光好比是真理、善本身，在太阳的照耀下，人的眼才能看见对象，然后才有理智。但在后来的发展中，逐渐演变为人能够正确地看，拥有了主客观相符合、相一致的真理观。笛卡尔完成了这个转折，主客体相符的镜式反映奠基于主体"我思"的理性判断，真理变成了正确性。

伽达默尔批判了这种观念化的反思，试图找到另一种超越现代性的思维方式。他在向柏拉图回溯的过程中，重新找到了真理的"非遮蔽性"这个充满活力的概念。这一方面跟他早期研究柏拉图有很大关系，曾以柏拉图作为毕业论文的选题，后来又一再回溯到柏拉图那里，可见柏拉图对真理与意见的看法对伽达默尔影响之深；另一方面跟海德格尔的影响有关。伽达默尔真理观的直接来源就是海德格尔，这是中外学者一致的看

---

① [美] 理查德·罗蒂：《哲学与自然之镜》，李幼蒸译，商务印书馆 2003 年版，第 356 页。

法，帕尔默说："伽达默尔采用了海德格尔的理解理论、本体论以及他对现代人类主体主义和技术论的批判，并发展出一种以语言为中心、存在论的、辩证的和思辨的诠释学，并且与海德格尔思想并无根本的冲突。"① 中国学者严平也说："在真理观上，甚至在整个哲学解释学方面，伽达默尔得益最多的是海德格尔。"② 海德格尔真理观来源于对希腊思想的批判性继承，在柏拉图的理念论中，已经有明显的主客二分，包含正确地看的意味，海德格尔希望回溯到前苏格拉底哲学时期去寻找真理。在早期希腊思想中，除了探讨宇宙本源的自然哲学家外，巴门尼德已经把真理和存在纳入其视野范围之内，在其残篇中，把真理与意见相对立，认为真理是不朽的、善的、圆满的，而意见是常人的，无真理可言，在论存在的残篇中，巴门尼德说："存在不可分，因为它整个完全相同……存在充盈一切。存在的东西整个连续不断……"③ 巴门尼德还在哲学史上首次断言了"存在与思维的同一"，说："作为思想和思想对象是同一件事情。"④ 由此看来，何谓真理？在古希腊哲学那里就已经出现分歧，技术性思维与主客体符合的认识论相关，"希腊形而上学是技术的开端"。⑤ 而巴门尼德的存在则是主客体尚未分形的混沌状态，这就是海德格尔和伽达默尔所追寻的真理，这种真理观是对于当代科学及方法的反叛，并暗示了主体性的死亡。但实际上伽达默尔的态度是矛盾的，一方面，延续了其师批判主体性的主题，认为主体在对客体的胜利中滋生了方法论，真理已经被放逐；另一方面，为了追求真理，放弃主体的自反性反思就不可能战胜工具理性和社会的合理化。现代性筑基于主体性之上，如果近代以来的主体性哲学被推翻，主体性观念被彻底宣布无效，那将预示着"一种新的气候、一个新的时代的开始"。⑥ 对主体性的批判确实开启了一个反科学的时代，但是要全面否定主体性是不可能的，因为现代性是主体的现代

---

① ［美］理查德·E. 帕尔默：《诠释学》，潘德荣译，商务印书馆 2012 年版，第 282 页。
② 严平：《走向解释学的真理——伽达默尔哲学述评》，东方出版社 1998 年版，第 57 页。
③ 苗力田主编：《古希腊哲学》，中国人民大学出版社 1989 年版，第 95 页。
④ 同上书，第 96 页。
⑤ 严平编：《伽达默尔集》，邓安庆等译，上海远东出版社 2002 年版，第 179 页。
⑥ ［美］弗莱德·R. 多尔迈：《主体性的黄昏》，万俊人等译，上海人民出版社 1992 年版，第 1 页。

性，现代性的问题归根结底就是主体性的问题，要解决这些问题，我们不可能对主体性视而不见。因为"我们无法采取一种有意宣布它无效的形式，来开辟超越现代性的通道"①。希腊文真理"aletheia"，其本意即澄明、曝光、被照亮，光的形而上学构成了整个西方哲学的基本隐喻。在巴门尼德的残篇中，描述的真理之路仍然充满了光的形而上学："太阳的女儿们撩开了她们的面纱，带着我离开了黑暗居所，急忙忙来到光明殿堂。"② 所以，只要从光来理解真理，就仍然是一种逻各斯中心主义的、在场的哲学。

总之，伽达默尔的真理仍然是先验的可公度性的真理，带有柏拉图主义的色彩。他认为真理就是在词语的烛照之下存在获得显现，他说："使一切事物都能自身阐明、自身可理解地出现的光正是语词之光。"③ 这表明伽达默尔仍然与传统的光的形而上学保持着联系，和其师海德格尔一样，这种真理观仍然是先验的、观念论的，显得玄而又玄，与现实鲜有联系。而且，把语言作为存在的家园、真理的家园，语言的范围和作用被其无限放大和泛化，真理陷入了语言的牢笼中再次被搁浅。要冲破形而上学的牢笼，就必须放弃纯思辨的本体论语言观，走向实践理性的语言观。马列主义认为，真理并非是抽象的、先验的，列宁说："真理就是由现象、现实的一切方面的总和以及它们的（相互）关系构成的。"④ 这表明马克思主义的真理观是具体的、实践的，其中并没有完全排斥主体性的维度。后期的伽达默尔从实践知识的伦理学中汲取了营养，开启了实践解释学的新方向。在他看来，实践知识与理论知识不同，它有点像经验知识，但本质是实践的智慧，理论知识是抽象的体系，而实践智慧是一种见识，见识让人们根据环境的不同作出适当的选择。实践智慧是"对每个决断所要求的处境所做的本源的照亮"。⑤ 伽达默尔抛弃了早期的先验的真理观，

---

① ［美］弗莱德·R·多尔迈：《主体性的黄昏》，万俊人等译，上海人民出版社1992年版，第1—2页。

② 苗力田主编：《古希腊哲学》，中国人民大学出版社1989年版，第91页。

③ ［德］汉斯-格奥尔格·伽达默尔：《真理与方法》（下），洪汉鼎译，上海译文出版社1999年版，第616页。

④ ［俄］列宁：《列宁全集》（第55卷），人民出版社1990年版，第166页。

⑤ 严平编：《伽达默尔集》，邓安庆等译，上海远东出版社2002年版，第293页。

用价值理性取代了先验理性,从而突破了光的形而上学。

3. 作为游戏的阅读

很多误读带有游戏性质,而在伽达默尔的解释学中,游戏是艺术品本身的存在方式,在游戏中,游戏的主体不是游戏者,而是游戏本身。伽达默尔把游戏的本体性强调到无以复加的地步,认为"不存在任何进行游戏行为的主体的地方,就存在游戏,而且存在真正的游戏"[1]。只有主体性不在场,游戏才在场,主体性的过分张扬不利于游戏的真正进行。每一位游戏的参与者都被卷入到游戏中,游戏者表面上看被限制了自由,实际上游戏让人忘却自我,中断了日常生活的思维方式,全身心地投入游戏之中,与之水乳交融,这才是游戏的魅力之所在。在文学阅读中,最好的阅读者是旁观者,因为与作品过度共鸣,就会产生模仿的移情行为,甚至导致悲剧的产生。例如,有报道称有位女孩读《红楼梦》如痴如醉,幻想自己就是林黛玉,最后竟然因此病死。所以,旁观是一种无关利害的态度,保持适当审美距离,才能最真实地感受审美游戏。游戏的主体是游戏,游戏的表现只能是自我表现,这是游戏的存在方式,也是艺术品的本质。存在不能不表现,游戏的表现离不开游戏者,离不开艺术品与观赏者之间对话。从游戏的角度来看,误读就是在游戏中不能真实感受游戏,不能形成真正的对话,误读是不成功的游戏。误读者认识不到游戏的主体是游戏,以为自己才是游戏的主体,产生了诸多把自己的解释强加给作品的暴力解读。

辩证地看,伽达默尔的游戏观也有需要批判的地方,游戏的主体是游戏本身,来源于语言本体论,而且具有乌托邦的色彩,审美乌托邦或审美救赎的思想是贯穿西方美育思想史的红线。受语言学转向的影响,伽达默尔提出了"唯一能被理解的存在是语言"的观点,把语言规定为存在—理解,语言的普遍性使语言具有囊括一切的特性。游戏是文学艺术的存在方式,语言的作用至关重要,阅读一个语言文本,必定要遵守其语法规则,否则的话,就无法理解其基本的意义。游戏的编码同样如此,人人须遵守规则,游戏才能进行下去。在这个意义上,游戏的主体是游戏而非人。所谓游戏规则就是语言规则,艺术品是独立于游戏者的语言符码世

---

[1] [德]汉斯-格奥尔格·伽达默尔:《真理与方法》,洪汉鼎译,上海译文出版社1999年版,第132页。

界，语言在艺术理解中处于优先地位。艺术品以语言的魅力去吸引读者，读者与之相遇并在语言的乌托邦中实现其存在。艺术作为"语言游戏"，其真正的主体正是语言秩序。总之，伽达默尔以语言普遍性为阐释宗旨的视界，是乌托邦的幻想，这种乌托邦试图把握住语言与意义的应有的同一风貌，但忽视了语言与意义的疏离，而这正是解构性游戏的起点。

在伽达默尔的游戏观中，读者在游戏中获得存在的真理。而在德里达看来，误读的游戏无所谓成功与不成功，因为所有的游戏都是误读，都是中心或源头缺失或不在场的替补运动。所以，德里达认为自古至今就有关于游戏的不同解释，大致有两种：一种是一门心思解码，把解释当作手段，试图找到语言中的真理和意义之源；另一种"不再转向源头，它肯定游戏并试图超越人与人文主义、超越那个叫作人的存在"，[①] 把游戏当作人不在场的游戏，放弃了真理与起源的索求，超越了传统在场形而上学的追寻。前一种游戏是寻求真理或破译意义的游戏，如伽达默尔；后一种游戏是德里达的解构的游戏，解构的游戏是在场的断裂，是在场与不在场间的游戏，极端的解构式的游戏只考虑游戏的可能方式，从"游戏的可能性出发将存在当作在场或不在场进行思考"。[②] 尽情地嬉戏，不考虑在场与否的问题。伽达默尔从存在出发去思考存在，企图在文本表层之下寻求终极所指和真理；而德里达从可能性出发去思考游戏，只肯定解读的游戏性。但是，解读的游戏性是否会导致意义的无穷呢，德里达认为不会，他要求读解有理有节，按德里达的说法，播撒或双重阅读是文本间性的。它重新标记阅读的位置，从一个文本跳跃到另一个文本，整体性的阅读被终止，在文本某个固定的地方，意义向其他文本开放，不可能是闭合的。德里达说："当然，这并不是说它要向一种无法穷尽的意义或一种超越的语义过剩开放。通过这个角度、这一折缝以及这一不可判定的双重折缝，一种标记同时表示所指和能指以及标记的再标志点。"[③] 阅读就是寻找语义的标记，但是，这种标记点的游移也将导致意义的不确定。后现代的游戏观受后结构主义的影响，玩弄差异、替补的游戏。利奥塔认为一切知识都来源于语言游戏，所以逻辑知识并不能保证发现事实，知识都是局部决

---

① ［法］雅克·德里达：《书写与差异》，张宁译，三联书店 2001 年版，第 524 页。
② 同上书，第 523 页。
③ ［法］雅克·德里达：《多重立场》，余碧平译，三联书店 2004 年版，第 53 页。

定的。由此看来，从一个特殊的阐释框架出发的阐释也只能是游戏。

但无论如何，在误读问题上，解释学与解构主义的观点有共同之处，都认为理解是不确定的过程，但两者也有区别，解释学主张通过对话来消除误读，达成一致和共识。而解构主义认为对话就是互相解构的游戏，意义总是不在场的。解构的游戏就像复写纸的刻画游戏一样，印刷出来的痕迹和复写纸的痕迹表面上看起来一样，但一个是另一个痕迹罢了。解构的游戏"就是把它的涂写印下来，将每一概念带入冗长的差异链中……"①。解构把阅读带入了差异的游戏，差异产生意义，同时也延宕了意义。阅读陷入了无限循环的差异链中，变成了不可靠的活动。在延异的游戏中替补链不是简单的换喻，而是替补链的每一要素是建立在符号链或系统的其他要素的踪迹之上的，由此，概念的同一性和所指被置入了无限的循环中，文字变得既连贯又充满了省略和空白，意义也变幻不定。"确定性的丧失控制了全部现代美学与批评"②，所以，真理被遗忘对于历史传递的本质来说是根本的，而且可能是主要的，这就是当今美学的意义危机。

解构主义对真理的遗忘，与后现代主义对宏大叙事的颠覆合流，成为20世纪后期资本主义最重要的哲学景观，二者在理论指向上有许多共通之处，都喜欢游弋于文化的边缘进行话语游戏，同时也陷入了一致性与差异性的悖谬中。理论一旦变成主义、变成体系，就表明解构主义、后现代主义之流有自己的术语、范畴和谱系，是相对自律的语言游戏，要求其理论自身的一致性，否则就变成无人能懂的疯言呓语。但其倡导差异的游戏观，隐约透露出试图干预文化和社会的亚政治企望，这种他律性的追求，导致了解构主义与后现代主义始终处于自律与他律的张力之中，也导致了这些理论架构上的自相矛盾、难以自圆其说之处，表现在：极力主张意义的不确定性，肆无忌惮进行差异的游戏，同时又尝试创造一些新的术语来整合多元论。所以，如果解构主义、后现代主义之流还想保持自身的同一性，发挥理论介入的作用，必须对游戏的边界有所限制，不能总是游弋于文本的边缘，主体与文本也不可能完全碎片化。否则的话，理解的可能性就被彻底消除。而且，游弋于边缘的解构游戏对霸权话语无可奈何，这反

---

① [法] 雅克·德里达：《多重立场》，余碧平译，三联书店2004年版，第16页。
② 同上。

而加固了对话的不平等。解构话语具有道德内省的力量,但解构式的误读游戏无法对抗话语强权,普通大众却受话语强权的影响而处于麻痹状态。解构主义、后现代主义没有厘清当今的意义的混乱状况,反而对当今的意义危机推波助澜。他们认为我们只能谈阐释,不能谈真理,这就割裂了文本与现实密切的关系,理论的冗余掩盖了真实的生存体验,而文本的解读必然是又要重新回到生活体验中来理解,否则,割断了文本与体验、世界的联系,文本就变成了一个无人能解的东西。所以,后现代主义瓦解了意义的确定性与实际生活体验不符,只具有理论上的革命性。

总之,解决意义危机的问题,解构主义的游戏于事无补,只能火上浇油。而解释学和巴赫金的对话理论虽然有失之空泛的缺点,但是两者均认为差异性与共同性共存,但其中共识压倒一切,共同性大于差异性,从而为解决文学误读、文化误读问题提供了重要的理论资源。

4. 阅读:从真理到合理

哲学解释学认为文学阅读就是对话,即读者与文本的对话,读者与作者的对话,阅读的目的就是获得文本意义和真理。而对一般读者来说,解释得到的结论只是一时之言、一种片面化的理解,而很多文学文本是开放的,其意义是变化的,读者阅读的关键在于适应这些变化,这不是为了更接近真理,而是要找到正确的通向文本之路。一味地追寻真理,也许是一种误读,为了避免这种做法,也许最终还得诉诸辩证法,结合中国传统阅读观念中的适度、合理、调节等概念,必须迂回才能正确地进入文本。

以真理为旨趣的解释学仍然没有完全脱离科学主义的倾向,因为它致力于探讨客观对象是什么的问题,伽达默尔对主体性的排斥,以及把语言、存在及真理视为三位一体的看法具有典型的实在论倾向,伽达默尔虽然标榜人文科学的真理是教化真理,但真理毕竟属于认识论的范畴,其中包含了复杂的主客体关系,排斥主体性实际上暗含着真理的客观性立场。从文学的立场上,何谓文学的真理?伽达默尔继承了海德格尔的观点,认为文学艺术的本质就是真理,这实际上是同语反复。由此,批判伽达默尔的艺术真理,得先从海德格尔的真理观谈起。

从真理的角度出发,海德格尔认为:"艺术的本质是诗。"[①] 诗歌、绘

---

① [德] 马丁·海德格尔:《林中路》,孙周兴译,上海译文出版社 2008 年版,第 54 页。

画、音乐等各类艺术在创建的时候，真理已经自行置入其中。因为诗是语言的艺术，而人必须通过语言才能与世界打交道，语言是通达真理之途径。只有通过语言，存在才得以显现。海德格尔分析了艺术中真理嵌入度的演变过程，认为古希腊艺术中，真理自然而然地嵌入其中，到了中世纪，真理变成了上帝，近代以来，真理被计算理性置换，"存在者变成了可以通过计算来控制和识破的对象"。[①] 而且，近代的主体性哲学把世界一分为二：主体与客体，心物二元。把二者联系起来的中介似乎只能是上帝，现象与本质分裂。真理是什么？似乎不能说真理是什么，因为真理不是物，但在主体哲学的视野中，必须先是什么，是否有用，然后才能被认识。所以，传统的真理观实则为有用的真理观。真理被有用性遮蔽了，此在即人本身也被遗忘了。诗歌是没有任何实用价值的，阅读诗，最要紧的是不能把诗当作有用的东西来读。诗歌恰恰是对有用性的否定和去蔽，于此真理才被揭示出来，这才是诗歌表达真理的基本方式之一，要去蔽首先要否定，诗要否定是其有用性还有人们对于无用性的忧虑。存在主义哲学告诉我们，此在在世界之中，这划定了人的本质，任何理解都不可能是纯粹的抽象，只有在世界之中，与万事打交道来理解，这就是海德格尔所说的"现身情态"，此即理解的前见或前结构。在这里，伽达默尔关于审美无区分、教化等观点与海德格尔"在世界之中"很相近，明显受到了海德格尔的影响。

　　海德格尔、伽达默尔对文学真理的看法，与文学的实际阅读过程相差甚远，二者皆是从哲学的角度把艺术、理解与真理放入广泛的哲学框架中来讨论的，至于如何阅读文学艺术，如何理解并不是他们讨论的主题。所以他们的真理观对于文学理解而言并无实际指导意义。问题在于，他们的真理观对文学接受造成了一个极大的误会，读者阅读文学作品的目的好像就是为了寻找真理。笔者认为，这源于西方哲学家对文学艺术的偏见和狭隘的理解，从柏拉图要把诗人逐出理想国以来，文学的地位无法与哲学相媲美，黑格尔甚至宣布了"艺术的终结"。虽然海德格尔、伽达默尔认为哲学与文学的地位不存在高低之分，甚至如海德格尔所言，哲学与文学实则是二而一的关系，他认为从某种角度来看，哲学对存在的去蔽与文学

---

① ［德］马丁·海德格尔：《林中路》，孙周兴译，上海译文出版社2008年版，第56页。

的朗诵明示有异曲同工之妙，进而可以说，二者虽属于不同的学科领域，这是学科分化的结果，但在关于存在的问题上，二者又被召唤到一起，共同揭示存在的真理。他说："在吟咏就是昭示与鸣响之说这种关系中，哲学与诗歌就是一回事了。"① 所以海德格尔认为二者是一枚硬币的两个面，是完全分离的，又是纯粹一体的。这明显是哲学家对文学的误读，文学在此成为其阐释抽象哲学理念的工具。以海德格尔对荷尔德林诗歌的阐释为例，海德格尔解释诗歌的方式和普通读者大相径庭，他精心挑选了诗中符合其哲学思想的几段解释，重点讨论了诗歌中意象与存在的关系问题。最终，在荷尔德林诗歌"诗意地栖居"② 这样的句子中，海氏把自己哲学中的存在与诗歌中的栖居、诗意相提并论，很明显，这是一种先入为主、断章取义的误读。海德格尔选择荷尔德林作为阐释对象的原因是，他认为，荷尔德林的诗歌与其他的诗歌不太一样，独具哲学的魅力，涵盖了诗歌的一般的品性。其作品表现并诗意化了诗歌的一般特征，因此，荷尔德林是"诗人中的诗人"。③ 海德格尔之所以不选择莎士比亚或者但丁，是因为海德格尔把荷尔德林不是当作一个思想家而是单纯的诗人来看待。艺术和美在西方哲学家的眼里，始终比哲学低一级，需要哲学加以审判，海德格尔在对西方的艺术史作了一番考察后发现，自从艺术诞生以来，艺术就被定位是美的、感性的。文学艺术作品成为美学的研究范围，是人感性地把握世界的方式。这种感性把握也即感性体验。但海德格尔认为，体验作为人们习以为常的欣赏艺术的方式，按理来说应揭示艺术的内在规定性，并成为评价艺术的标准。体验被泛化，海氏甚至认为体验有可能导致艺术的终结。究其原因，海德格尔认为一般人的感性体验并非心灵的真正的探索，不能代表艺术的本质。如果艺术没有了真理的探寻，艺术的末日就将来临。由此看来，海德格尔所谓艺术真理，实质上是哲学的真理，艺术的审美体验、审美感受被海德格尔排除，艺术的自律性受到挑战，其边界也变得模糊起来，到诗歌中去寻找所谓纯粹的真理，乃是对艺术的真正误读。

---

① ［德］马丁·海德格尔：《哲学的本质》，见熊伟主编《存在主义哲学资料选辑》（上卷），商务印书馆1997年版，第330页。

② ［德］马丁·海德格尔：《荷尔德林诗的阐释》，孙周兴译，商务印书馆2002年版，第46页。

③ 同上书，第36页。

所谓纯粹真理,按尼采的说法,只不过是一连串的修辞,或者是福柯所言的权力话语,这是现代性的追求,这也是被批判理论视为保守的根本原因。面对不可言说的存在和真理,或许我们应该如维特根斯坦所言:"一个人对于不能谈的事情就应当沉默。"① 伽达默尔和海德格尔一样,也陷入了语言的牢笼,以为在语言中、在诗中,可以葆有真理的飞地。

究竟应该如何读?对某些艺术而言,其所谓的艺术的语言并不是真的语言,因为它无固定的句法和语法,它需要不断地发明和创造新的句法、语法。譬如音乐,法国现象学家杜夫海纳对音乐的特性有过精彩的阐述,现象学视艺术作品为意向性的客体,作品中渗透了作者的思想和情感,也暗含了读者的审美期待。没有作者,作品永远无法创作出来;没有读者的接受,作品也无法成为作品。对于音乐来说,每一次表演都是一种再创作,每一次聆听的意义都不一样。音乐"音符只有被演奏出来时才充分存在"。② 所以,音乐不能对牛弹琴,不能没有听众,只有被演奏、被聆听才存在,永远不可能是完全自律的。总是把任何艺术都还原为语言,这不但偏离了真理,而且是不合理的。从杜夫海纳那里我们得知,音乐的音符是一种特殊的编码系统,其编码规则不能和语言的语法规则相类比,甚至有自我解构的特性,比如复调音乐,两种音符之间相反相成,既互相建构又互相解构。音乐是人类共同的语言,但这种语言不可掌握,也无法翻译。索绪尔的语言学告诉我们,能指与所指也并非一一对应的关系,在文学艺术中,这一点尤为明显。从后现代主义的角度来看,文本是开放的,可以从多种角度、多种方法切入作品,得出不同的结论,解释不存在真理,只存在合理。

何谓合理?并不是要去苛求阅读和解释的客观标准,获得正确的解释,因为这是根本不可能实现的。要做到合理,必须注意两个前提:一是主体性,二是时间性。先说主体性,因为阅读和解释总是主体的活动,即主体际的视野融合。伽达默尔的解释学总是试图去除主体性,实则仍然是科学解释试图描述客观的表现。而不管是科学解释还是人文解释,都不可

---

① [奥] 路德维希·维特根斯坦:《逻辑哲学论》,郭英译,商务印书馆1985年版,第97页。

② [法] 米盖尔·杜夫海纳:《美学与哲学》,孙非译,中国社会科学出版社1985年版,第88页。

能完全祛除主体性的因素,在科学解释中,海森堡的测不准原理表明了主体的参与导致我们不能准确测量微观粒子的位置和速度。所以,科学解释也无法做到完全的客观,"'上帝眼'的幻觉消退,一切知识都是人的知识,其中总是包含着主体的痕迹"。[①] 而在人文解释学中,则要求主体性的积极参与,因为主体是对话的桥梁,一般而言,误读是交流的障碍、交流的失败,但拨清迷雾,则离不开主体的自反性理解和批判。主体的自反性理解离不开时间的检验,主体的反思与批判如果没有一种面向未来,没有一种在过去与未来之间往返的时间观念,就会堕入自己设置的理论陷阱中,一叶障目不见泰山,甚至其解释的意义也可能变成一种意义的冗余。要做到合理解读作品,应该把个人体验与时间性结合起来,既有所规划、有所创造,又有自反性批判和反思,有所约束,"真正的理解,就是既能理解别人的理解,也能理解别人的不理解"。[②] 所以,合理解读作品,其实是一种很高的要求,但若想达到理解和交流,却又是难以回避的前提和条件。

第三节 误读与经典重构

20世纪80年代,美国批评界掀起了研究经典的热潮,其论域集中于用解构理论对西方的文学经典进行解构和重构,如"耶鲁学派"的布鲁姆。随着媒介技术的发展,经典的论域已经溢出了文学的边界,进入了广阔的文化研究的领域。而学界对经典的讨论大多从作者或文本的角度关注经典的建构和解构问题,从读者或接受的角度探讨经典的不多,对误读与经典重构的关系及其流变轨迹缺乏深入的探讨,这正是本书关注的焦点。

一 经典的结构

何谓经典?在中国的传统中,主要指儒家典籍或宗教典籍,也指典范之作。刘勰的《文心雕龙·宗经》篇说:"经也者,恒久之至道,不刊之鸿教也。"所谓的经,指的是儒家的经典"六经",记载的是永恒不变又

[①] 王天思:《哲学描述论引论》,上海世纪出版集团2009年版,第40页。
[②] 李清良:《中国阐释学》,湖南师范大学出版社2001年版,第346页。

至高无上的道理、不可磨灭的训导。在西方，经典 canon 一词源自希腊语 kanna，意思是芦秆、直尺、规则等。在拉丁语中，canon 一词的含义也类似希腊语，与法律条文有关。公元 4 世纪，开始用 canon 指《圣经》和早期基督神学家的著作。到近代，才有文学经典的用法。根据哈罗德·布鲁姆的考证，经典用来指世俗正典，即感知、感触、崇伟的文学是 18 世纪中叶的事情。从词源上看，经典一词在中西方都和宗教有关，都有至高无上的地位，不管其意义、适用对象与范围如何改变，但规范性、权威性始终是其显著特征。

从接受的角度看，经典的这种规范性和权威性并不是永久不变的，同一部经典在不同的时空，面对不同的接受对象，含义都会不同。陶潜就是一个典型的例子，作为诗人，在其生前和死后几百年的时间，备受冷落和歧视。钟嵘将其诗列为中品，萧统编《文选》，录陶诗仅八首，到了唐代，杜甫在他的诗作中频频提到陶潜，非常羡慕地说："焉得思如陶谢手，今渠述作与同游。"将陶诗提升到文学经典的地位。陶潜的名微可能跟他的隐逸身份有关，但更主要的是得不到批评家或接受者的肯定。

从深层看，经典的结构还是一种潜在的焦虑性结构。这种焦虑是一种影响的焦虑，前辈诗人的成就会让后辈诗人感到焦虑，后来者只有通过一种创造性的矫正、一种误释，来达到超越前人的目的。美国文学理论家哈罗德·布鲁姆认为文学史充满了"歪曲和误解"。[①] 西方的现代文学史，特别是诗歌史，完全就是一部误读的历史，其中可以非常强烈地感受到后来者深深的压抑，他们试图通过修正主义篡改、误读、修正来获得自我救赎。没有误读，就没有现代文学，就没有现代诗歌。文学史就是误读史，这是布鲁姆独到的见解与发现。由此，经典不仅是通过想象虚构而成，而且是一种焦虑结构，作家耀眼的光环背后隐藏了深深的焦虑。

当然，科学研究和宗教思想也包含着焦虑，但在布鲁姆看来，文学的焦虑与这些焦虑都迥然不同，文学的焦虑并不限于人的精神层面，而是文学性的，焦虑恰恰又界定了文学的内涵及本质。文学作品中暗含了作家深深的焦虑，创作出来后担心被束之高阁，怕消失或变成死的文字，于是就

---

① [美]哈罗德·布鲁姆：《影响的焦虑》，徐文博译，江苏教育出版社 2005 年版，第 31 页。

有了变成永恒的冲动和要求，期待被世世代代的人惦记和接受。哪怕是作家中的最优秀者，其创作自始至终都保留了这种让人缅怀的希冀。伟大的艺术说白了，其本体性的要求也是要面向读者，要刷存在感。所以布鲁姆得出的结论是："不朽的修辞学也是一种生存心理学和一种宇宙观。"① 通过转义的修辞力量，迟来诗人以他的焦虑方式反对经典的地位。爱与恨成了经典的焦虑结构和两种核心的感情，同时也是文化的两难。爱是因为每位后来者都想从大师身上拿走一点东西；恨是因为许多经典形成不可逾越的权威，使我们感到自己的无能。只有通过反抗经典、报复经典，才能摆脱经典的影响。但经典之所以是经典，是因为经典依然会使我们梦魇，只有批评家和强力诗人才有对抗梦魇的武器。伟大的批评家不是拾人牙慧者，而是经典的再创造者，是伟大的预言家，预言了经典将来的命运，其影响甚至渗透至当代。不可避免的是，焦虑也导致对作品和作家进行歪曲，如弗洛伊德对莎士比亚的误读，认为斯特拉特福的演员只是一个伪造者和剽窃者，真正的作者是牛津伯爵，就是由于对莎士比亚影响的焦虑所致。在弗洛伊德那里，莎士比亚无处不在，所以要揭露、贬抑这个伪造者。

　　影响的焦虑是一种文学性的焦虑，表现在文本层面，就是一种语言的焦虑。特别是在语言学转向后，语言代替人成为文学的主体，拥有语言，就拥有世界。由此，现代对古典的误读，后现代对现代的误读，变成了语言之间的争夺战。比如具体主义诗人戈姆格林写过一首诗《字》，就把这种语言的焦虑表现得淋漓尽致。诗歌写道："字是影子，影子变成字。字是游戏，游戏变成字。如果影子是字，字变成游戏。如果游戏是字，字变成影子。如果字是影子，游戏变成字。如果字是游戏，影子变成字。"② 结论当然就是游戏＝影子＝字，任何时代的诗人都活在字的影子之下，都活在焦虑之中，摆脱这个焦虑，只有通过游戏，于是影子、游戏和字成为三而一的对等物。早于布鲁姆，法国哲学家罗兰·巴特的"零度写作"理论与布鲁姆的"误读理论"可谓秘响旁通。巴特认为，现代主义对现实主义的战争同样是一种语言的战争，对于现代主义的作家来

---

① ［美］哈罗德·布鲁姆：《西方正典》，江宁康译，译林出版社2005年版，第13页。
② 袁可嘉编：《欧美现代十大流派诗选》，上海文艺出版社1991年版，第863—864页。

说，现实主义的写作方法已经深入骨髓、贻害无穷，但这是摆在他们面前的唯一道路。写作最大的悲剧就在于生活在别人的阴影中，要想有所突破、有所创新，巴特认为唯有"零度写作"的方法，类似于误读理论。因为现实主义的写作方法生命力过于强大，像一股魔咒一样困扰着现代作家。现代作家采取"零化"、贬低、误读这些手段，自觉地"与祖传的、强而有力的记号抗争"，[1] 把现实主义的伟大作家暂时看作是虚无的，在心理上战胜了他们，这有点类似于阿Q的"精神胜利法"。在这里，巴特主张通过一种所谓的零度写作，抛弃现实主义的语言，生产现代文学杰作。零度的写作消解了主体，消解了中心，但不等于作家就此成为不负责任的游戏者。因为在巴特看来，现实主义的经典包含了太多的资产阶级意识形态的东西，要得到一种纯形式的文学，就必须进行提倡零度写作，抛弃历史的异化。零度写作指向一种语言的梦想，这个梦想如巴特所言就是要开创前所未有之文学、标新立异的话语，他说："文学应成为语言的乌托邦。"[2] 重建语言的乌托邦，这是写作的命运，或者说是误读的命运。巴特表达了人类对自由的渴望，也暗示了后来者试图穿越经典的焦虑。

二 从误读到戏仿

经典的解构与建构，对于布鲁姆而言，都要靠误读，具体来说，迟来的诗人要获得经典的地位，就要同经典战斗，反对经典的规范，并采取转义的语言学模式，对经典进行修正。作家及作品要成为经典，就必须达到一种陌生性，一种无法同化的原创性。怎么去误读经典呢？他提出六种修正比，就是六种削弱前人、壮大新人的技巧，有典型的实用主义色彩。六种修正比有：（1）克里纳门，即有意误读，使前驱的诗歌方向发生偏移。如诗人弥尔顿，很少借用别人的东西。（2）苔瑟拉，即续完和对偶，保留前驱的词语，使它别具意义。如惠特曼的《沉睡者》被史蒂文斯用对偶的方法续完，名为《石棺中的猫头鹰》。（3）克诺西斯：是一种抵制重复强制、打碎与前驱的连续的运动。《西风颂》中的雪莱的克诺西斯是对华兹华斯的倒空。（4）魔鬼化：是对前驱的"崇高"的反动，个人化的

---

[1] ［法］罗兰·巴尔特：《符号学原理——结构主义文学理论文选》，李幼蒸译，三联书店1988年版，第108页。

[2] 同上书，第109页。

逆崇高，使前驱者失去个性，从实用角度看，新人被魔鬼化后，其前驱则必然被凡人化。雪莱将华兹华斯的《永生的了悟颂》重写为《理性美的颂歌》。（5）阿斯克西斯：自我净化运动，放弃自身的一部分想象力的天赋，同时也使前驱的天赋缩削。如史蒂文斯的升华是对济慈式感伤的缩削。（6）阿波弗里达斯或死者的回归：将自己的诗彻底向前驱的作品敞开，产生一种前驱诗人的诗仿佛是后来者所写的奇异效果。比如华兹华斯和济慈都带有史蒂文斯的格调。布鲁姆把重构经典的总方法、总原则概括为误读，他认为，前辈诗人中强有力者造成了巨大的影响，后来者产生了影响的焦虑，后来者中的有才华的人必然会对前辈诗人误读，这种强有力的误读极具创新性。在误读的基础上，才诞生了西方现代文学。布鲁姆认为，因为影响的焦虑，西方现代文学史是"一部焦虑和自我拯救的漫画的历史，是歪曲和误解的历史"。[①] 在他眼里，文学史成了一部扭曲的心灵史，一幅拼命想要通过误读证明自己的漫画。所以，新人的作品要成为经典，必须对经典的语言进行转义，甚至是对转义再转义，继承者中的最强有力者才能对经典进行竞争性的误释，修正、变革是艺术永恒的法则，每一个新人都是反对自然的人，是逆反式的人物。天赋越高的人，他的怨恨就越强。马洛的天赋激起了莎士比亚爱恨交加的焦虑，维特根斯坦、弗洛伊德、托尔斯泰等后来者中的最具才赋的人，都极力贬低莎士比亚，目的就是自卫，免受这位伟大的智者的侵犯。

　　布鲁姆所言的六种修正比在实际的运用过程中，有可能交叉进行，而不是单独只用一种。而且布鲁姆的六种修正比之间的界限也不是绝对的，在实际写作和阅读过程中难以把这些误读方法区分开来，如"克诺西斯"和"阿斯克西斯"可以在同一个诗人、同一篇诗歌中找到。还有，误读理论只看到了作家与作家相互竞争的一面，而忽视了他们之间的相互学习、相互借鉴和互利合作的另一面，如文学流派中的师承关系等。从互文性写作理论的角度来看，作家之间相互误读，其实正是互文写作的具体表现，你中有我，我中有你，作家不可能硬生生创立一种崭新的语言，后世作家的误读，不外乎是对前人的文字重新进行排列和组合而已。另外，布

[①] ［美］哈罗德·布鲁姆：《影响的焦虑》，徐文博译，江苏教育出版社2005年版，第31页。

鲁姆的术语和概念具有神秘主义色彩，混合了弗洛伊德心理学、转义修辞理论、犹太教神秘哲学，还渗透了尼采的权力意志、德曼的误读理论。其影响理论仅限于历时的考察，而忽略了共时态的互文分析。巴特的零度写作和布鲁姆的影响模式都只局限于写作领域，而且都缺乏辩证否定和批判的态度，而经典的重构实际上还关涉超文性的戏仿和批评活动等，其复杂程度远超两者的理论。

以《西游记》、《大话西游》和《悟空传》三部作品为例，《大话西游》是对《西游记》的戏仿，而《悟空传》同时戏仿前两部作品，把两部作品的人物和情节串联在一起，组成一个万花筒一般的世界。在戏仿的基本手法方面，对经典的解构仍然摆脱不了《大话西游》的影子。这种戏仿的手法，有点像布鲁姆所言的魔鬼化的反崇高，但又似是而非。这是因为布鲁姆和罗兰·巴特不太一样，是后结构主义的另类。巴特的零度写作带有很大的语言游戏的成分，而布鲁姆虽然倡导误读，但其误读的目的在于重建经典，而不是消解经典。在布鲁姆的《西方正典》一书中，布鲁姆倡导文学的审美力量，认为伟大经典的地位是无论如何也动摇不了的，它对人的影响好比春风化雨、润物无声。"经典的力量就体现在最强有力作家的平静持存之中。"[1] 因为经典是伟大作家的伟大作品，荟萃了文字中最为精华的部分，是人类心智力量中最有价值的部分，超越了国家、民族和肤色等的疆域，为全人类所共享。哪怕你对这些伟大的作家心存芥蒂，但不可否认，他们的作品的地位是无法撼动的，据此作家可以抵御来自各方的攻击。在《西方正典》中，布鲁姆公开指责解构主义的创始人德里达对传统的解构是一种骗局，指出文学应该重回人类思想的正统，即伟大的经典那里。所以，布鲁姆的误读主义和后现代的戏仿仅仅是貌似而已，二者在目的、手法等方面有着实质上的不同。《悟空传》中，作者今何在采取了一种冷漠、嘲弄的叙述笔调，将经典《西游记》的文本加以碎片化并重新拼贴，故事情节淡化，人物平庸化、功利化，取经变成了无聊的游戏，突出了世俗人生的平凡与庸俗。小说的开篇写到，师徒四人走到一片密林，没有路了，唐僧命令找些吃的来，于是有了下面这场对白："我正忙着，你不会自己去找？……又不是没有腿。"孙悟空挂着

---

[1] ［美］哈罗德·布鲁姆：《西方正典》，江宁康译，译林出版社2005年版，第216页。

棒子说。"你忙？忙什么？""你不觉得这晚霞很美吗？"孙悟空说，眼睛还望着天边，"我只有看看这个，才能每天坚持向西走下去。""你可以一边看一边找啊，只要不撞到大树上就行。""我看晚霞的时候不做任何事！""孙悟空你不能这样，不能这样欺负秃头，你把他饿死了，我们就找不到西天，找不到西天，我们身上的诅咒永远也解除不了。"猪八戒说。①寥寥几笔，就把传统的人物的面孔变得面目全非，孙悟空成了吊儿郎当、不服管教的小混混，唐僧的形象则似圣非圣、似俗非俗，猪八戒则显得更可亲可敬一些。这些语言对白并不完全是语言游戏，而是作者今何在"借他人之酒杯，浇自己之块垒"的借题发挥而已，目的就是要表现现实人生总是在理性与感性、理想与现实之间摇摆。《悟空传》虽然只是对《西游记》的局部戏仿，还无法完全跳出原著的束缚，但通过戏仿，《悟空传》颠覆了传统经典的面目，解构了经典的权威性和典范性，在某种程度上释放了被正统压抑的精神力量，因而获得广大网民的热捧，赢得了不小的声誉，被誉为最成功的网络小说之一。

三 从修正主义到"删除下书写"

后现代主义的误读或多或少带有弗洛伊德式的"弑父"情结，从《影响的焦虑》到《大话西游》《水煮三国》《武林外传》等，从作品的标题就可以看出作者本人的焦虑，这也许是风险社会特有的心理症状。经典是如何重构呢？布鲁姆的误读理论采用的是修正主义的模型，包括比喻、防御和想象三种机制。布鲁姆首先重新界定了比喻，传统的修辞学认为比喻是一种辞格，但按布鲁姆的说法，比喻是一种错误，词语或短语在一种不适当的意义上使用，所以，比喻本身就是误读，影响是一种比喻的比喻。后来诗人必须采用这种所谓的比喻的比喻即讽喻的手法，来撤销、打碎或缩略前辈诗人的意义。所谓防御，布鲁姆采用的是安娜·弗洛伊德的防御理论，其中主要是投射与内射两种防御，投射就是把被压抑的本能归为其他，表现为嫉妒，内射就是他物对自我的幻想性转换，表现为自我认同或自居。这两种机制都是为了抵制重复，获得创新。至于想象，本身是要通过比喻来完成的心理防御，是一种在场与不在场的辩证想象。新的

---

① 今何在：《悟空传》，光明日报出版社2001年版，第5页。

意义不在场，要获得在场，必须通过重复的强制，并通过消除、孤立和倒退这三种防御来达到逆向升华。布鲁姆建构经典的方法掺和了解构主义与实用主义，被兰切斯亚批评为"向一种阐释的无政府主义发出了邀请：一种有计划的主体性只能导致纯粹主义的相对主义"。[①] 布鲁姆的意图在于通过阐释的无政府主义即解构的方法来达到实用的目的，就是把经典据为己有。比喻、防御和想象，在布鲁姆的其他著作里，他干脆用撒谎来代替，撒谎就是打碎，就是自恋模式中的自我修正。

布鲁姆的修正主义模型在现实中是可以成立的，比如，以中国文学为例，通过比喻来获得创新的例子数不胜数，俞达的《青楼梦》是对《红楼梦》的比喻性替代。前者刻意模仿后者，作者通过对立性的置换，把《红楼梦》中的美女置换为青楼女子，作者对青楼女子大加赞美，寄托作者的牢骚和憧憬。但作者以局部代整体的提喻的手法获得的艺术效果很有限，在思想与艺术方面无法与《红楼梦》相媲美，其他小说如《风月梦》《海上繁华梦》同样如此，所以，鲁迅在《中国小说史略》中把这类小说称之为"狭邪小说"。第二种修正主义的防御例子也比较多，比如明末清初的诗人王士祯，诗人袁枚认为他"才力自薄"，但王士祯却通过不断努力来摆脱影响的焦虑，是典型的投射心理。最后一种修正主义的想象，比如李白对崔颢的模仿。宋代计有功的《唐诗记事》卷二十一记载了一段典故，说的是崔颢在黄鹤楼题诗后不久，李白也来到黄鹤楼，看着眼前美景不禁诗兴大发，正准备提笔的时候，看见崔颢的诗，觉得写得太好了，如果再写，自己无法与之比美，于是就写了一首打油诗："一拳打碎黄鹤楼，一脚踢翻鹦鹉洲。眼前有景道不得，崔颢题诗在上头。"这对于"天生我材必有用"的李白来说，真的是很难堪。这成了李白心中的一个结，后来李白写的《登金陵凤凰台》，明显是对崔颢的模仿，《黄鹤楼》的乡情被消除、倒退，李白的报国情怀从众多情感中孤立出来，不在场的乡情被置换成了报国情怀的在场，这种置换是通过重复的强制来实现的。正因为有了布鲁姆这种辩证的想象，李白才超越了影响的焦虑，获得了成功。

[①] ［美］哈罗德·布鲁姆：《批评·正典结构与预言》，吴琼译，中国社会科学出版社 2000 年版，第 265 页。

后现代的戏仿和恶搞,总的来说,也是一种修正主义的误读,也可以用布鲁姆的误读理论来解释这些戏仿和恶搞,但因为布鲁姆把误读理论简化为爱与恨的辩证法,总有点大而化之的感觉,加之其理论晦涩难懂,有故弄玄虚之嫌,这也是布鲁姆的误读理论一炮走红之后迅速衰落的原因。在后现代戏仿理论的观照下,布鲁姆误读理论的不足更为明显。如在超文性戏仿文本如《大话西游》和《悟空传》中,仿文与源文并不是简单的互文关系,而是"图—底"关系,并有一系列复杂的戏仿机制。与布鲁姆的误读是为了重构经典相反,后现代的戏仿与恶搞是为了打破经典、颠覆权威,从而在二元对立的文学生态场中获得精神的平衡,释放被压抑的生命能量。借用德里达的理论,笔者把这种后现代的戏仿和恶搞称为"删除下书写"。后现代对经典的重构在某些方面是值得肯定的,但在很大程度上是一种所谓的"删除下书写",删除正面的、崇高的东西,甚至人类一切古老的、美好的东西都被删除了,戏仿是在套用古老的形式删除它们。用霍尔的话来说:"他们从英雄主义、理想主义和认同行为的反面——阴暗面开始写作,所以他们是英雄时代之后的英雄,乌托邦之后的乌托邦主义者。他们有自知之明,也就是说,他们必须通过协商来获取思想和语言的空间,在这个主题可以说点什么有用的东西之前。"[①] 这里的他们指后现代主义者,但用来指后现代的戏仿者也许更合适。后现代的戏仿者往往是被社会边缘化的小人物,网络等其他媒介给他们提供了进行狂欢的阵地,他们仿佛是在用戏仿的形式向统治者叫嚣,你们已经不再崇高了,凭什么要求我们来崇高。这实际上是一种犬儒主义的意淫,一种精神的萎缩,一种被迫删除的书写,表征着现实选择的匮乏。特里·伊格尔顿更是把放弃宏大叙事的行为斥责为病态,他说:"从悉尼到圣迭戈,从开普敦到特罗姆瑟,每个人都自惭形秽。微观政治学在全球兴起。史诗寓言篇尾声中,一个新的史诗寓言在全球展开。放弃全球思考的呼吁横贯了这个病态的地球。"[②] 怎么办呢?我们是否像误读主义者那样对宏大叙事进行删除后写作呢,还是重新理解让后现代主义者深陷其中的宏大叙事?答案当然是后者,因为理论必须回到它失效的地方,寻找新的通向后现代之

---

① Hall, Stuart, *Who dares, fails, Soundings*, Issue 3: Heroes and Heroines, Summer, 1996, p. 117.

② [英]特里·伊格尔顿:《理论之后》,商正译,商务印书馆2009年版,第45页。

路。由此，后现代对经典的戏仿是典型"去经典化"的过程，文学研究中的"无经典的时代""文学的终结"与此相呼应。这与布鲁姆重构伟大的正典的行动是相逆的，所以，在文学误读与经典重构的关系中，面临着"经典化"与"去经典化"的两难局面。

四 经典的重构：经典化与去经典化的背反

在经典生产的生态场里，不光有布鲁姆所言的比喻、防御与想象，也不光有后现代的戏仿，而是充满了文学内外各种力量的博弈。布鲁姆的重构经典的误读是文学性的，而经典化的过程夹杂着复杂的非文学性过程。布鲁姆的理论限于文学自律的盲视，这也是其理论架构的先天不足导致的。布鲁姆总是要把他的误读理论放在文本间性中去处理，他说："让我把我的论点归纳到无法再简化的程度吧；我是说，诗，既不是关于'主体'的，也不是关于'它们自己的'。诗必然是关于其他诗的。"[1] 影响的焦虑是关于主体间性的，但最终还是要落实到文本间性中来，因为误读总是文本的误读。文本经典化的过程，被布鲁姆简化为一种文本间的关系、一种延迟心理学。他说："诗必然是关于其他诗的。"[2] 布鲁姆又把文本间的关系描述为集合关系，他说："最强力的诗歌其实都是诗歌的集合。"[3] 一个文本就像数字的集合，聚集了无数的断片，哪怕是最出色的诗人写得最好的作品也是片段式的集合。强有力的诗是诗歌的集合，因为它是超越以前经典的新的经典，从而成为经典集合中的一员。但是，经典一旦形成，就会成为文坛的霸主，阻碍创新。以武侠小说为例，人们总是把金庸小说等同于武侠经典，从而遮蔽了其他武侠作品的光芒。所以，有必要进行一个"去经典化"的过程，把金庸小说从经典的神坛上拉下来。但是"去经典化"的过程，如果走向后现代的虚无主义与犬儒主义，那么文学就有可能真的终结了。在今天这样一个充满商品逻辑和消费意识的现代社会里，误读、戏仿、恶搞横行，沉浸在词语的天堂中，戏仿与恶搞成了边缘者的游戏和发泄多余能量的地方，而且这种逃避正是统治阶级所

---

[1] ［美］哈罗德·布鲁姆：《误读之图》，朱立元等译，骆驼出版社1981年版，第12页。
[2] 同上。
[3] ［美］哈罗德·布鲁姆：《批评·正典结构与预言》，吴琼译，中国社会科学出版社2000年版，第110页。

需要的。阿多诺甚至认为在音乐中也充满了意识形态，当年德国纳粹就是听着古典音乐上战场的，在完成新一轮的大屠杀后，音乐成了他们舒缓神经的精神鸦片。音乐被某些人视为天籁之音，与人的物质活动无关。阿多诺反对这样的看法，认为即便是艺术中最纯粹的形式，也是生产劳动的产物，必定可见"社会总体的力量"。① 人们从小受音乐熏陶，不要想当然地认为音乐没有受到物质文明的浸染，一切艺术皆如此。此说法与鲁迅关于音乐起源于"杭育杭育"派的理论不谋而合。由此，经典的重构必须在这种两难局面中进行，就是经典化与"去经典化"同时进行。"去经典化"的过程不是消解经典，走向虚无，而是为创造新的经典让路。

另外，后现代的误读理论与戏仿理论都是从语言学和文本学的角度思考经典的重构问题，忽视了文学之外如权力等其他力量的介入。在权力意识形态的视域中，经典不但是一种焦虑结构，而且是一种压抑的结构，经典的形成就是不断划分界限、遴选、择优的过程。经典的形成如果仅仅是靠误读的话，就忽略了文本之外其他力量的渗透，事实上，经典压抑性与现实社会权力的压抑性是同构的，抑或不如说，经典的压抑正是权力压抑的进一步延伸。所以，仅仅赋予所谓的迟来诗人以误读的天赋和创新的本领，仅仅从文本间的关系出发，经典的形成是不可思议的，而且所谓强力诗人的概念，是一种精英主义的思想，误读的权力被控制在了一小撮所谓的强有力的人手中，由他们来决定经典的命运，所以，压抑的根源恰恰就在这里。布尔迪厄把这种经典之间的对抗性游戏规则描述为生产场变化的独特规律，他发明了"区隔"（distiction）一词来阐明，在他看来，经典是生产场自动区隔的结果，有些作家的作品变成了经典，有的则被淘汰。成为经典，就预示着其价值是无可非议的，具有永恒性，而被贬抑的作品，则有可能永远被尘封，甚至自动消亡。经典与经典之间哪怕有冲突，也能共存，因为成为经典，就意味着作品被学院派区隔，被"经典化了、学院化了、中性化了"。② 这种经典区隔的策略之所以具有特殊的有效性，原因就在于这种策略是一种排挤、打击、压制的策略，"它依赖一种'整

---

① ［德］西奥多·阿多诺：《现代音乐哲学》（序），顾连理译，见李钧编《20 世纪西方美学经典文本》（第 3 卷），复旦大学出版社 2001 年版，第 107 页。
② ［法］皮埃尔·布尔迪厄：《艺术的法则》，刘晖译，中央编译出版社 2001 年版，第 191 页。

体的'作品,'整体的'作品允许作者将从别人那里获得的整个技术和象征资本引入每个领域当中,将形而上学引入小说或将哲学引入戏剧,与此同时把他的竞争者视为片面的甚至是残废的知识分子。"[1] 所有的经典构成了一种"整体"作品,从别人那里窃取符号资本,美其名曰误读,同时打击、报复这些经典的创作者。

总之,经典的生产场,是一个矛盾场,存在着经典化与"去经典化"的二律背反,其中,渗透了文学性的手法:误读与戏仿等,也渗透了非文学性的策略,如权力意识形态的遴选等。最后,经典还是一个交流结构,是社会交往与文学交流的中介。在我们的时代,当我们说起"经典"二字时,它是一种无时间性的当下存在,意味着当下性和共时性。之所以获得经典的地位,并不一定非要误读不可,而且经典在某种层次上的确是自指的,是自己解释自己,也就是它不是对过去某个东西的诉说,也不是靠解释证明去获得当下存在的合法性,它对所有的时代言说,经典抗拒解释。但是,经典也是一种流传物、一种传统。由此,我们总是处于经典的影响之中,它不只提供焦虑,也提供某种终极的共同性和归属感。

第四节　符号学中的元符号与阐释的漩涡

解释学的阅读理论与解构主义的阅读理论是两种不同的元语言系统,如果这两种读者坚持各自的立场,就不会发生解释的冲突。但如果一个读者同时采用两种理论或多种理论来阅读同一文本,阅读的结果就会自相矛盾,产生意义的冲突,甚至完全相反的意义,赵毅衡称之为"解释的漩涡"[2]。解释漩涡是误读的根源之一,不光读者的阅读会陷入解释的漩涡,作者的写作也会陷入元语言的冲突而不自知,莎士比亚时代零符号的引入,与原先的另一个元语言"自然"形成了冲突,形成了解释的漩涡。

一　零符号界说

在西方,零符号在自然科学中的研究和使用要早于符号学的研究。零

---

[1] [法]皮埃尔·布尔迪厄:《艺术的法则》,刘晖译,中央编译出版社2001年版,第258页。

[2] 赵毅衡:《符号学原理与推演》,南京大学出版社2011年版,第237页。

符号（zero sign）与数学的"0"有很深的渊源，零符号表示的是"空空如也"，或"空洞无物"。卡普兰认为，公元前 6 世纪到公元前 3 世纪，古巴比伦人发明了表示"这一列什么也没有"的符号形式：两个倾斜的楔形文字，表示位置上的"零"。① 零符号一词最早出现在语言学中，1939 年，雅柯布森（Roman Jakobson）用零符号来表示词格形式中的零词尾现象。之后，罗兰·巴尔特（Roland Barthes）在《符号学原理》中把能指欠缺但本身起能指作用的符号称为零记号，但他没有对零记号的意义和作用展开系统讨论。符号学家诺特曼认为，数字 0 是典型的零符号，他在《无的意味》（Signifying Nothing）一书中详细讨论了数字 0 对数学物理、焦点对艺术、纸币对经济的关键性影响，并得出结论认为现代性完全依赖零符号。对于接受美学、解构主义而言，零符号是其理论的逻辑起点。随着文化研究的兴起，符号学家对零符号也多有借重，如列斐伏尔、齐美尔、鲍德里亚等人对空间、货币、符号交换的研究使得零符号的研究更加深入。

　　零符号的研究可分为三个阶段：前现代、现代和后现代。在前现代，即零符号传入西方之前，零符号曾引起希腊人的恐惧和不安，亚里士多德拒绝使用零符号。一直到中世纪时西方人才接受并使用零符号，并引爆了物理学和数学的革命，极大地推动了西方文明的进程。现代时期，对零符号的研究多局限于自然科学领域，一直到 20 世纪，符号学始祖之一的索绪尔才把人们的视线拉回到人文科学的领域，他在历时语音中分析了"零符号"，他指出，表达观念并不是一定需要物质性的记号，语言能够"满足于有无的对立"②。语言学家布龙菲尔德也提出了所谓"零成分"的概念。在现代时期，零符号的研究局限于语言学领域，而且对零符号的界定似有犹豫之处。在后现代时期，自然科学领域出现了一些零符号的研究，如席夫所写的《零的故事：动摇哲学、科学、数学及宗教的概念》（Zero：The Biography of a Dangerous Idea）一书对零符号在科学、哲学和宗教中的作用作了概要性阐述；哈佛大学卡普兰教授的《无：零的自然史》（The Nothing That Is：A Natural History of Zero）一书，对零的历史的

---

① ［美］罗伯特·卡普兰：《零的历史》，冯振杰等译，中信出版社 2005 年版，第 10 页。
② ［瑞士］索绪尔：《普通语言学教程》，商务印书馆 2002 年版，第 126 页。

描述和象征意义的分析显得更为独到一些。

在中国，零符号的使用和研究比西方更为久远，如《易经》中太极的思想，老庄哲学对有无关系的探讨，等等。"零"字的本义专指下雨（许慎《说文解字》），直到元朝，数字"0"传入中国，才把"零"与"0"相对应，但"零"字的运用比数字"0"更灵活、广泛，这也是本文取"零符号"这一称谓的原因。王希杰教授第一次从符号学的角度提出了"空符号"的概念，① 倪梁康教授从现象学的角度分析了零符号与形而上学的关系，认为形而上学的本质就是零，② 周宪教授关于两种视觉范式的讨论为我们揭示了零符号在现代和后现代的命运。③ 此外，赵毅衡教授对符号的分类与潜在符号及其意义的论述，④ 韦世林教授对空符号在口语、书面语和建筑中之广泛运用的探讨，⑤ 都对零符号的研究具有启示意义。

零符号是一种特殊的符号，其本身看似空无一物，却又无所不包，能给人无限的启示和智慧，同时又不乏现实意义。

从零符号与现代性之间的关系角度看，黑格尔强调主体性与现代性自我确证的关系，马克斯·韦伯认为现代性始于合理化，并导致了价值领域的分化，这些理论都和启蒙运动、宏大叙事相关。但符号学家诺特曼、列斐伏尔、齐美尔等人却另辟蹊径，从零符号的角度分析现代性和零符号的关系。作为零符号的纸币，形成了现代货币经济体系，带给人们极大的自由，同时也占据着现代生活的中心，夷平了一切有差别事物的性质。作为无价值的价值符号，零符号也给人的心理注入了空虚与寂寞，这也是希腊人对零符号充满恐惧的原因。在现代性中，纸币—零符号可以成为绝对的中心和目的；在后现代性中，赛博空间（Cyberspace，即网络—零符号）正在威胁这个绝对的中心，人们思考现实的方法趋于多样化，同时也更加虚拟化。

---

① 王希杰：《说话的情理法》，湖南师范大学出版社1989年版。
② 倪梁康：《零与形而上学——从数学、佛学、道学到现象学的有无之思》，《同济大学学报》（社会科学版）2006年第1期。
③ 周宪：《视觉文化的转向》，北京大学出版社2008年版。
④ 赵毅衡：《符号学：原理与推演》，南京大学出版社2011年版。
⑤ 韦世林：《空符号论》，人民出版社2012年版。

从修辞学的角度看，零符号可以成为一种新颖的辞格，现代主义文学如意识流大量采用标点符号的零形式，从而获得特殊的艺术效果。零符号在文本中可能具有的隐喻、象征或反讽，使其在不同的语场中彰显不同的意义和语力。

从零符号与建筑空间的关系角度看，空间分为三类：第一空间——物理空间；第二空间——心理空间；第三空间——前二者的混合，既是现实的又是想象的。空间—零符号属于第三空间，如园林艺术中的花窗借景。如果把城市看成一个话语，道路、围墙、小区等就是组合段上的语义单位，其中布满了空间—零符号。

从零符号在文学艺术中的运用角度看，文学文本中的空白和艺术文本中的"留白"都是典型的零符号，其中蕴含着美学的诸多特征。诗歌中大量使用意象直接拼贴组合，被节省掉的符码如定语状语等就成为了零符号，仍然具有能指作用。很多文学作品中直接使用零符号，如在《李尔王》中，悲剧产生于考狄利娅对零符号的使用。诗人于坚的《0档案》中，诗歌标题中的数字0，暗示着这首诗是无意义的排列。零符号的使用，使得艺术与非艺术区别开来，非艺术注重认知，而艺术的目的不在于认知，而是乐在感知，零符号使得感知的过程延长。在解构主义那里，原来作为附饰结构的艺术的边框等零符号，成为德里达解构形而上学中心的利器。在拉康的精神分析学说中，零符号是其理论的奠基点。零符号还被运用于罗兰·巴尔特的零度批评中，成为其理论的逻辑起点。所以，零符号在文学符号系统中易被忽视，却又无可替代，使用的目的不同，意义和价值也不一样。在绘画中，透视画法的没影点其实就是零符号，观者必须处于静止状态才能从最佳位置观看，零符号把人的视线拉入一个有深度的空间，没影点是可及的又是不可及的，在有限的范围内表现出无限手法，正是现代性的主要特征，而后现代的绘画则打破了这个有深度的空间，中心透视消失。在书法艺术中，章法又称布白，章法之妙在于字行点画之间相互有笔有势，富于动感和平衡，从符号学的角度看，就是划分空间，在白纸上书写零符号和字形符号，使之各自成美。所以，艺术之美在于形式，而形式之美跟零符号的运用有关，要么借助零符号使艺术变得有意味，要么利用零符号获得美的结构与布局，等等。

综上所述，文学艺术中存在着大量零符号，但对零符号的研究要么局限于科学领域，重点是探讨数字0；要么囿于语言学或哲学领域，而且其定义暗中排除了数字0，不能涵盖文化符号中的大量能指。因此，本书把空符号、数字0以及符号空统称为零符号，并重新界定了零符号的内涵与外延。在哲学领域中，零符号具有"无、不在场、不存在"等意味。零符号作为符号必然具有意义，但其意义指向却是属于形而上学的，我们可以无限靠近这个意义，却永远在路的中途。

二 莎士比亚时代的零符号

在符号学中，零符号是一种特殊的符号，所谓零符号，就是能指为零，或者所指为零的符号。前者如文学艺术中的空白、建筑中的空间间隔等；后者如幽灵、上帝、零余人、数字0等。在中国文化语境里，"空""无""没有"等为能指，在西方文化语境中，"naught""null""nothing"等为能指。文化符号中的大量能指，如上帝、幽灵、影子等也都是零符号。实在的事物也可以被当成零符号，并不是说它不存在，而是其位置和意义相当于零。人造的代码，如数字0，则是名副其实的零符号。在莎士比亚时代，随着资本主义商品经济的兴起，莎士比亚对零符号及其代码——数字"0"产生了浓厚的兴趣，如在喜剧《无事生非》和悲剧《哈姆雷特》中使用"nothing"一词的性含义来捧哏、逗哏，活跃剧场气氛。在悲剧《李尔王》中，悲剧始于"nothing"，正是"nothing"让考狄利娅停止了对父亲的谄媚，而且把李尔步步逼向疯狂，并最终走向毁灭。

对应于零符号，西方人最常用的词是"空"（null），"null"来源于中世纪的拉丁语 nulla figura。西方人在各种文献中都提示或暗示零符号的存在，古希腊人巴门尼德等人对"无""虚空"有很多探讨，亚里士多德在《物理学》中用了很大篇幅来证明虚空是不存在的，说明他们对零符号充满了畏惧。零符号在西方的广泛传播，首先是因为阿拉伯数字的引入，在货币计算中使用阿拉伯数字来控制资本的生产与扩张。13世纪时，阿拉伯数字在西方被广泛应用在贸易和商业中，复杂的罗马数字被驱逐，这标志着封建古典秩序的死亡和商品经济的来临。李尔的名言"零只能产生自零"表明了李尔精通新的计算方法，悲剧就是从李尔的买卖和交易开始的，李尔想考验儿女的孝顺程度，判断哪个对自己最好，然后相应地赐予她"最大的恩惠"。① 用最多的爱去换取相应的领土面积，这是典型的商人逻辑和思维。可惜，这场交易在价值上是不对等的，过程是虚伪的，结果李尔亏了本，还搭上自己的命。由此我们看到金钱在悲剧中扮演着重要的角色，而金钱作为无价值的价值符号，是典型的零符号。

三 《李尔王》中零符号的能指形式及其意义

在悲剧《李尔王》中，零符号及其能指形式"nothing"出现的频率颇高，还有一些具有零符号意义的代码和意象，如李尔的影子，葛罗斯特空洞的眼睛、光秃秃的脑袋，或者直接使用数字"0"等。其特殊的表现形态主要有以下几种。

1. 数字0：一个元符号

计算理性或工具理性是现代性的思维方式，给予这个计算方便的正是数字0，没有0，就没有现代的计算方式。数字0发明以前，人们使用算盘来计算，数字0实际上就是算盘上的空位。印度人首先明白运用数字0来加、减、乘、除，这种计算方法逐渐发展成为一种成熟的理论，"熟练无声的操作会带你走进算术计算的最高境界，这里充满了荣耀——但是你一旦超越这个境界，你就会进入代数和其他数学领域，在那里，思想通过符号来表达，这些符号甚至可以用来讨论自己本身。"② 在文艺复兴时期，英国人开始在货币计算中使用印度数字，在复式簿记中使用数字0来记账。一开始，数字0并没有得到广泛的运用和信任，一个重要原因是0可以被改写成6或9。在《李尔王》中，到处充斥着赤裸裸的计算，从悲剧开场的领土分割，到李尔变得一无所有，人与人之间的爱、道德、伦理、行动等无不可用计算的方式来衡量。

弄人，作为一个处于社会底层的人物，是活生生的零符号的写照，他自身的位置使他能区分零符号作为元符号与其他符号的不同。李尔不理解"无"的含义，他不能区别沉默和"无"、符号与元符号之间的区别，他仅仅把"nothing"理解为数量0。而考狄莉娅的"nothing"含义是多重

---

① ［英］莎士比亚：《李尔王》，朱生豪译，云南人民出版社2009年版，第5页。
② ［美］罗伯特·卡普兰：《零的历史》，冯振杰等译，中信出版社2005年版，第136页。

的，如可以理解为爱是无价的，无法用数字来衡量；可以理解为不会说，即口才不好；还可以理解为不想说，因为她憎恶虚伪的漂亮话，等等。当李尔要求考狄利娅收回刚才的话时，她解释说："……要是我有一天出嫁了，那接受我的忠诚的誓约的丈夫，将要得到我的一半的爱、我的一半的关心和责任；假如我只爱我的父亲，我一定不会像我的两个姊姊一样再去嫁人的。"① 这种回答方式在李尔看来是计算式的，反而印证了李尔对"nothing"含义的判断，认为自己的尊严被蔑视，大怒之下剥夺了考狄利亚的继承权。在考狄利娅被驱逐之后，弄人成为她的替身。不管李尔处境如何，始终不离不弃，并且充当着李尔启蒙者的角色。弄人在剧中多处使用零符号来嘲讽当时算计的语言和李尔的交易。肯特在听完弄人的打油诗后，说了一句："这些话一点意思也没有。"傻瓜接过话来直接嘲弄李尔："老伯伯，你不能从没有意思的中间，探求出一点意思来吗？"② 李尔说："Why, no boy; nothing can be made out of nothing."③ 朱生豪译为："啊，不，孩子，垃圾里是淘不出金子来的。"④ 这种译法虽然增加了文采，但零符号的形态和意义均被遮蔽了。从原文看，李尔是在重复先前与考狄利娅对话时的计算公式：关于零的任何计算结果只能是零。至此，李尔仍然不理解"nothing"一词的真正含义。为了让李尔明白"nothing"的元符号意义，弄人只好返回零符号的最初的形状，用鸡蛋的蛋壳比拟李尔的皇冠，然后直接点明李尔的脑袋是个空荡荡的处所："你把你的聪明从两边削掉了，削得中间不剩一点东西。"⑤ 最后，弄人锋芒毕露："……now thou art an 0 wihout a figure; I am better than thou art now; I am a fool, thou art nothing."⑥ 朱生豪把这句翻译为："可是现在你却变成一个孤零零的圆圈圈儿了。你还比不上我；我是个傻瓜，你简直不是东西。"⑦ 此处有两个误译，一是把数字"0"译为"圆圈圈儿"，二是把"nothing"译为

---

① ［英］莎士比亚：《李尔王》，朱生豪译，云南人民出版社 2009 年版，第 9 页。
② 同上书，第 51 页。
③ 同上书，第 50 页。
④ 同上书，第 51 页。
⑤ 同上书，第 55 页。
⑥ 同上书，第 54 页。
⑦ 同上书，第 55 页。

不是东西,在汉语的语境中,这是骂人的话,显然弄人是在帮助李尔,而不是打击他。梁实秋翻译为:"……现在你不过是个零。我现在还比你强;我是个傻子,你却什么也不是。"① 这是正确的译法。根据符号学家诺特曼的考证,莎士比亚时代人们已经懂得运用阿拉伯数字来计算,"两位剧作家(琼森和莎士比亚)在大约 30 年前上学的时候就知道阿拉伯数字,他们是英国知晓罗伯特·瑞克德传授的数字 0 的英国第一代儿童,他的教学混合了新的十进制思想和古老的算盘操作。"② 所以这里的圆圈圈就是数字 0,"0 wihout a figure"意思是没有一个数字的 0,表明了数字 0 的元符号性质,零作为一个元符号,其意义是作为一个名称以此暗示其他符号 1、2、……9 等的不在场,其价值是被用来给其他数字赋值。从这时起,高纳里尔和里根开始把李尔消减为零。高纳里尔和里根开始逐步缩减李尔的随从,先缩减为 50,然后是 25、10、1、0。李尔向高纳里尔说:"你的五十个人还比她的二十五个人多上一倍,你的孝心也比她大一倍。"③ 李尔用商品买卖的计算标准来衡量人的孝心,把人看成了交易的物品,李尔从数字上变成零的时候,疯癫开始了。零符号的悲剧在葛洛斯特的副线情节里被重演,开始了新一轮的人性毁灭的悲剧。

2. 货币:无价值的符号

货币是无价值的符号,这是 17 世纪英国唯物主义哲学家洛克的观点,他认为贵金属作为硬通货,其价值为零。因为金银比较稀罕,人们习惯用一定数量的金银与要置换的东西数额形成一定的比例,按这个比例金银就可以成为货币购买想要的东西。因此"在商业中使用的金银的内在价值,不是别的,只是它们的数量"。④ 洛克的这个观点虽然被批犯了名目论的错误,但在莎士比亚的时代很多人持这样的观点。

《李尔王》处于由封建社会向资本主义社会过渡的时期,新兴商人变

---

① [英]莎士比亚:《李尔王》,梁实秋译,远东图书公司 1976 年版,第 39 页。

② Rotman, Brian, *Signifying Nothing: The Semiotics of Zero* . Stanford: Stanford University Press, 1987, p. 78.

③ [英]莎士比亚:《李尔王》,朱生豪译,云南人民出版社 2009 年版,第 119 页。

④ [英]约翰·洛克:《论降低利息和提高货币价值的后果》,徐式谷译,商务印书馆 1962 年版,第 19 页。

得比贵族更加富有，并大量购置土地，造成许多贵族空有头衔却无土地。加之詹姆斯一世为了增加财政收入，大肆贩卖贵族头衔给新兴商人，贵族头衔的价值遭到空前的贬值。于是出现了两种价值体系的严重对立，对于看重内在价值传统的贵族阶级而言，金钱只是无价值的零符号，反之，从资产阶级的价值体系的角度看，市场交换决定价值的多少。当李尔试图通过市场交换的原则来衡量女儿的孝心时，遭到了考狄利娅的拒绝，她的回答是"nothing"，外在价值在她看来就是"nothing"，她提醒李尔注意市场意识破坏了贵族的价值体系。迈克尔·莱恩认为："考狄利娅的反叛代表了重新肯定恰当的关于效忠的贵族理想的努力。"[①] 通过贬低金钱的价值来强调贵族自身价值的重要，这成了许多没落贵族的标志。莎士比亚通过法兰西国王的口强调了内在价值的重要，他赞美道："最美丽的考狄利娅！你因为贫穷，所以是最富有的；你因为被遗弃，所以是最可宝贵的；你因为遭人轻视，所以最蒙我的怜爱。"[②] 此言显示了考狄利娅与众不同的天然高贵的品质，这种品质明显与贵族的血统紧密相连，而一旦考狄利娅被剥夺了土地，按市场规则，其市场价格就变为零。

传统的看法认为货币的功能在于价值的贮藏和转移，但这并非货币的首要功能，齐美尔认为货币的本质是"结合于这种功能之中的那种远远超越了货币物质符号意义的观念"。[③] 这表明货币只是用来交换的符号形式，目的是用来计算。弗里德曼认为："货币的抽象概念很清楚，货币是人们普遍接受的无论何处都可用以交换商品和服务的东西。"[④] 意即货币之有价值，是因为人们认为它们有价值，其功能依赖的是约定俗成的力量。由此看来，货币本身没有价值，或者说，货币的力量是空洞的、虚构的，货币就是典型的零符号。在金钱至上、物欲横流的社会中，生活的价值最终被金钱的力量空洞化，所有的操劳最终变得毫无意义。这就是莎士比亚在《李尔王》中的感叹，所有东西都被 nothing 打败了，人文主义理

---

① ［美］迈克尔·莱恩：《文学作品的多重解读》，赵炎秋译，北京大学出版社 2006 年版，第 70 页。

② ［英］莎士比亚：《李尔王》，朱生豪译，云南人民出版社 2009 年版，第 21 页。

③ Simmel, Georg, *The Philosophy of Money*, Trans. by Tom Bottomore & David Frisby, London: Routledge & Kegan Paul Ltd, 1978, p. 198.

④ ［美］米尔顿·弗里德曼：《货币的祸害》，安佳译，商务印书馆 2006 年版，第 20 页。

想的莎士比亚让位于现实主义的莎士比亚。

布雷德利敏锐地看到货币对社会价值观念的冲击，认为《李尔王》的"悲剧力量十分接近于《奥瑟罗》，但在精神和实质方面，却显然与《雅典的泰门》的联系更为密切"。① 在随后创作的悲剧《雅典的泰门》中，莎士比亚的思想更加成熟，对金钱颠倒黑白、混淆是非的魔力看得更清楚，他说："金子！……这东西，只这一点点儿，就可以使黑的变成白的，丑的变成美的，错的变成对的，卑贱变成尊贵，老人变成少年，懦夫变成勇士。"② 马克思据此认为莎士比亚道出了货币的两个特性："它使一切人和自然的特性变成它们的对立物；它是人尽可夫的娼妇。"③ 在《李尔王》中，人被分成截然相反的两种类型，好坏人数各占一半，特别是一母所生的考狄莉亚姐妹为何会如此不同？发生了什么畸变？如果仅从人物的内心寻找不到答案，那么答案只能在外部，在于新兴资产阶级对金钱和权力的追求，腐蚀了人的心灵。所以，剧中人物的行为和思想才会如此怪诞，如此异于常人。李尔感叹："丑恶的海怪也比不上忘恩的儿女那样可怕。"④ 奥本尼惊呼："你这变化作女人的形状、掩蔽住你的蛇蝎般的真相的魔鬼，不要露出你的狰狞的面目来吧！"⑤ 漂亮可人的外表下，隐藏着一副蛇蝎心肠。除了这些畸形的形象外，莎氏还使用了大量的动物的意象，剧中提到动物的地方共有133处，涉及64种不同的动物，莎氏在剧中直截了当把人比作一种动物，如奥斯华德是杂种老母狗生出的小杂种，等等。人，不再是宇宙的精华、万物的灵长。人在向动物蜕变，而推动这个蜕变的，只能是外部力量，即金钱的力量——无价值的价值符号。这些抽象的含义，观众难以理解，影响了戏剧性的效果。而考狄莉亚得以保持善良的天性，这当然跟莎氏的人文主义理想有关，或者说这是莎氏用想象力对人性进行分析和抽象化的结果。

---

① ［英］安·塞·布雷德利：《莎士比亚悲剧》，张国强等译，上海译文出版社1992年版，第227页。

② ［英］莎士比亚：《莎士比亚全集》（五），朱生豪等译，人民文学出版社1994年版，第62页。

③ ［德］卡尔·马克思：《1844年经济学哲学手稿》，中共中央马克思、恩格斯、列宁、斯大林著作编译局译，人民出版社2000年版，第144页。

④ ［英］莎士比亚：《李尔王》，朱生豪译，云南人民出版社2009年版，第61页。

⑤ 同上书，第191页。

3. 身体私处：隐晦的性含义

莎士比亚是善于描写性的高手，其作品中许多双关语带有性的色彩。据统计，莎士比亚作品中涉及女性身体私处的双关语有180多种，比如"nothing""O""水井""指环""花园""玫瑰"等，此外还有700多种其他带有淫秽色彩的词句，莎士比亚的每个毛孔都流淌着性。《李尔王》的两条情节线索，都从"nothing"开始，此故事可以看作"nothing"的故事，是有待解码的"零"、性别差异的奥秘，甚至带有狂欢化的色彩。

当考狄利娅和埃德蒙都用"nothing"来回答他们父亲的问题时，莎士比亚时代的观众显然都能意识到其中的性含义，因为"nothing"一词在伊丽莎白时代是表示阴道的俚语，莎士比亚戏中大量使用带有性含义的俚语和符号，这显然继承了中世纪宗教滑稽剧的遗风。在戏剧效果上，《李尔王》作为悲剧，过多的悲伤和沉思则会让观众难以忍受，而这些粗俗的俚语则让人忍俊不禁，让人暂时忘却生活的悲伤。莎士比亚并不只是在玩弄低级的文字游戏，在《李尔王》中，零符号"nothing"还揭示了人物内心活动的深层内容。按照精神分析学的说法，性器期的男孩会有恋母情结，女孩会有恋父情结。麦金认为王后的不在场是灾难的源头，他说："她的不在场是明显的，在戏中是一个巨大的虚无，我们甚至可以看到戏中到处是她形成的真空，并成为所有空无的源头。"[1] 李尔的三个女儿由于母亲早逝，都对父亲充满了强烈的爱恋与依赖，反过来，女儿们实际上也早就在扮演母亲的角色，弗洛伊德认为："她们是母亲在一个人的生命中出现的三种形式，母亲本人，根据母亲形象所选择的爱人，最后，是重归于其中的大地母亲。"[2] 由此看来，李尔与三个女儿的爱非同寻常，似乎隐藏着不可告人的秘密。大女儿和二女儿已经出嫁，顺利解决了恋父问题。李尔设计的爱的考验似乎只是幻觉或假象，因为他已经事先做好安排，准备和自己最喜爱的小女儿度过余生。李尔坚信女儿们对自己的爱，这是一厢情愿的幻觉。戏中爱的荒唐考验，表明幻觉是其政策的基础。而这对考狄利娅而言，则是女孩一生中最重要的选择。当考狄利娅回答说："父亲，我没有话说。"李尔说："没有？"考狄莉亚说："没有。"李尔说：

---

[1] McGinn, Colin, *Shakespeare's Philosophy*, New York: Harper Collins, 2006, p. 113.

[2] ［奥］西格蒙德·弗洛伊德：《论文学与艺术》，常宏等译，国际文化出版公司2001年版，第195页。

"没有只能换到没有；重新说过。"① 虽然她在发言前就已经知道自己获得的份额是三份中最好的一份，但仍然拒绝了李尔对自己的加冕，"当李尔转身听取她的表白时，她已然登基为王，这并非不列颠的王位，而是大自然为胸怀卓越美德的人们准备的看不见的皇冠。"② 这个回答表明考狄利娅挣脱"恋父"，独立成长的开始，而"nothing"一词的性含义，似乎也在暗示父亲对自己的欲望有过分的地方。面对考狄利娅近乎赤裸的回答，李尔发现自己对小女儿的欲望被当面识破，于是恼羞成怒。

李尔发疯之后，被满脑子的性的繁衍的念头所困扰，并始终追随着李尔的疯狂之旅，再次证明了零符号"nothing"一词的性含义以及李尔对女儿们的欲望。发疯的李尔把自己当成了审判的法官，李尔："我赦免那个人的死罪。你犯的是什么案子？奸淫吗？你不用死；为了奸淫而犯死罪，不，小鸟儿都在干那把戏，金苍蝇当着我的面也会公然交合哩。让通奸的人多子多孙吧。"③ 这里，我们看到李尔试图去分辨自然性爱与非法奸淫的不同，显然他不能区分二者，尘俗的欲望似乎压倒了神性之爱。李尔本人的悲剧始自"nothing"，最终也在对雌性动物"nothing"的臭气的厌恶与谩骂中死去。所以，两个女儿的不仁不义只是李尔的疯狂的导火索，而李尔本人的幻觉以及疯狂的不伦之爱才是悲剧的根源。

"nothing"一词用来指性器官，为指向下部的民间狂欢活动所固有，巴赫金认为在民间节庆活动中："向下，反常，翻转，颠倒，贯穿所有这些形式的运动就是这样的。它们把东西抛掷下去，翻转过来，置于头顶；它们上下换位，前后颠倒，无论在直接空间意义上，还是在隐喻意义上，都是如此。"④ 在巴赫金看来，"nothing"是不折不扣的零符号，是狂欢的来源，也是地狱的入口，与死亡联系在一起。由此，在"nothing"狂欢中，秩序颠倒了，暗示着李尔的脱冕与降格。当李尔摘下王冠，戴上杂草编织的草冠出现在荒野时，李尔完成了精神上的蜕变，认识到自己犯下的

---

① ［英］莎士比亚：《李尔王》，朱生豪译，云南人民出版社2009年版，第9页。
② ［美］阿兰·布鲁姆等：《莎士比亚的政治》，潘望译，江苏人民出版社2009年版，第122页。
③ ［英］莎士比亚：《李尔王》，朱生豪译，云南人民出版社2009年版，第215页。
④ ［俄］M.M.巴赫金：《巴赫金全集》（第6卷），李兆林等译，河北教育出版社1998年版，第430页。

错误，但旧秩序的代表李尔必然死去，外部秩序才能得以重组，重新回归和谐。

四 元语言之间的冲突："nothing"还是"nature"？

麦金认为数字 0 并不是零符号的主要形态，他说："和虚无思想的出现相比，数学并不是本剧的主题，而我认为零符号的作用是勾勒了戏剧结构的更加抽象的轮廓。"① 此判断表明零符号在戏中有更为重要的作用，零符号的抽象含义形成了以零符号为核心的元语言系统。有人认为《李尔王》是部"一个词"的戏，这个词到底是"nothing"还是"nature"，有很多争论，这其实是不同角度介入文本产生的不同的元语言，因为"文化符号活动的特点是元语言集合变动不居，针对同一个符号文本不存在一套固定的'元语言'"②。由此看来，"nothing"以及"nature"是由同层次不同元语言形成的不同的元符号，二者的关系颇为微妙和复杂，既有冲突又有融合，既对立又统一，形成所谓的"解释漩涡"，这导致了剧中看似不合情理的事件"在数量和程度上都大大超过莎翁其他几部伟大的悲剧"。③

"nature"及其同根词在《李尔王》中共出现 51 次，而"nothing"及其相近的零符号出现频率与前者相近。作为戏中的两个高频词，其中必然蕴含着特殊的意义，有些意义可能连作者都没有意识到，是潜意识使然。"nothing"一词的含义除了上面讨论的三种之外，还有宇宙和自然起源于"无"的观点，人的自然本性是"nothing"等的观点。关于"nature"，黄文中归纳了其在戏中的五种含义："1. 宇宙运行和万物繁衍的力量。2. 自然现象：如雷、日食和下雨。3. 没有精神和道德含义的物理世界。4. 人的体力、身体或生命。5. 个体的内在气质和品质，人的本质特性。"④ 在不同的地方，"自然"的具体所指不一样，有时表现为有序的、正常的法则，有时又好像显得冷漠无情、充满敌意。

---

① McGinn, Colin, *Shakespeare's Philosophy*, New York: HarperCollins, 2006, p.118.
② 赵毅衡：《符号学原理与推演》，南京大学出版社 2011 年版，第 228 页。
③ [英] 安·塞·布雷德利：《莎士比亚悲剧》，张国强等译，上海译文出版社 1992 年版，第 236 页。
④ Hwang, Wen-chung, *Language in King Lear*, Taipei: Bookman Books, 1986, pp.27-28.

从词频统计来看，"nothing"一词在第一幕出现的频率最高，达20次之多，"nature"仅10次，随后的几幕中，"nothing"出现的频率减弱，"nature"的出现频率逐渐取代"nothing"，在最后一幕中，两个词均销声匿迹。由此可知，悲剧的起因与"nothing"有关，此词的可怕力量让李尔、考狄利娅卷入了命运的漩涡。在戏剧的发展和高潮阶段，"nature"的高频出现，再结合中文译本中出现频率较高的一些基本字（词），如孝（27次）、无情（12次）、善良（7次）、可怜（34次）等，这些词明显与戏剧主旨有关。尤其值得关注的是两个高频词（短语）：可怜的汤姆（13次）、疯（47次）。"可怜的汤姆"是文艺复兴时期独特的疯癫形象，两者相加，成为戏中出现频率最高的（字）词；"疯"表示自然秩序失衡、人伦失常、道德沦丧。所以，"nature"一词的主导含义应该表示社会与自然得以运行的秩序、规律，英国莎评家丹比也认为："在正统的伊丽莎白时代的人的思想里，自然就是人类行为的规范。"[①] 而当时社会却是乱了套，"父不父，子不子，纲常伦纪完全破灭。……现在只有一些阴谋、欺诈、叛逆、纷乱，追随在我们的背后，把我们赶下坟墓里去。"[②] 礼崩乐坏、秩序失衡，是社会新陈代谢必然出现的现象。

中世纪社会保持统一的意识形态，其元语言系统是静态的、固定的。到资本主义原始积累时期，出现了社会的分化，不同意识形态形成了不同的元语言，于是社会秩序开始失衡。"nothing"的基本含义"无"表示社会能量的熵变，而"nature"代表着生命的本真和深度。两者形成了冲突，自然秩序失衡。"nothing"在戏的第一幕占有绝对优势，造成了"疯子带着瞎子走路"的社会病态，经历了爱与善的牺牲磨炼后，自然秩序得以恢复。丹比认为悲剧是由考狄利娅代表的"仁爱自然"与高纳里尔和里根代表的"残酷自然"之间的斗争引起的，但他的分析显然是矛盾的，他把自然视为秩序与规范，视为美好的安排，同时又将其分为善恶两种自然观。如果说考狄利娅代表着一个原则、一种社会，那么这个原则只能是自然，而埃德蒙、高纳里尔和里根则应该是零符号熵变力量的代表。吊诡的是，前者生命本真的真诚却以语言上的缺如"nothing"亮相，后

---

① [英] J. F. 丹比：《两种自然》，殷宝书译，见杨周翰选编《莎士比亚评论汇编》（下），中国社会科学出版社1981年版，第229页。

② [英] 莎士比亚：《李尔王》，朱生豪译，云南人民出版社2009年版，第31页。

者如埃德蒙却自称是大自然之子，这恰恰是元语言作为意识形态的表征之一。

总之，莎士比亚的伟大之处在于，他并不采取简单的二分法，而是看到了两套元语言之间对立与融合的趋势，他将"nothing"与"nature"的多重含义融合在一个有机整体中，"正是这样的思维模式使多元化倾向和宽容精神成为可能，并在经历一段痛苦的磨合期后成为英国政治思想和政治体制的特点。正是对不容置疑的确定性的反抗才催生了社会的共识和妥协的艺术。"① 莎士比亚这种充满变化与发展的思维方式，是社会元语言冲突变化的集中体现，也是莎士比亚之所以说不尽的原因所在。

---

① ［英］杰曼·格里尔：《思想家莎士比亚》，毛亮译，外语教学与研究出版社 2007 年版，第 263 页。

第三章 后现代误读理论的范畴

第一节 语言

　　文学阅读常常产生多义、朦胧的效果，这种多义首先来源于作品语言表义过程中词与意义、所指的游离、不对应。现代以来，作家更多地在作品中使用模糊性的语言，使信息量加大，内蕴变得更丰富，但同时也使意义变得难以确定。一方面，按照解构主义的说法，所有的语言都是隐喻的，都是极富修辞性的，而阅读就是在解释句法、语法类型阅读的同时，也是转义的阅读。从互文关系上看，一个文学文本的语言是关于其他文本的语言，语言是不确定的。于是乎，语言成了真理和意义被遗忘的罪魁祸首，似乎只有"神"的书写能恰当地传达真理。另一方面，现代语言哲学认为语言本身获得了自主性，它开始创造意义，而不是简单地反映意义，意义成了自主性的产物，变得难以驾驭。所以，语言的多义性首先不是主体的问题，而是作品本身所可能具有的一种"能力"或"语义效果"。由此看来，误读的问题在这个层次上是语言的问题。

一 误读与语言的问题

　　文学误读的原因很多，从文学误读的内在生成机制来看，文学误读跟语言的表征危机有关，文本自身的解构性和修辞性是导致误读的重要原因，文学意义还有可能在互文的无限链接中失去所指。语言的自主性理论导致了意义变成漂浮的能指，真理成了误认。但是，语言的自主性不能导致语言变成"能指链"，语言的乌托邦是幻想的乌托邦，语言不能没有所指对象和公共性，语言的存在是以语言的公共性为前提的。

　　误读问题在任何时代都存在，深入研究误读生成的内在原理和机制，则是现代的事情,这时出现了所谓的表征危机,法国哲学家福柯认为这与人们认识事物的方式改变有很大关系。福柯从时间的角度划分了三种认识方式:文艺复兴时期、古典主义时期、现代时期。在第一个时期,人们认识事物的方式是"相似律",把相同或相似的事物加以归类,能加以归类,就能认识,不能加以归类,就不能认识。语言是同事物一样的实体,二者是同一的。在第二个时期,福柯认为变化出现了,语言和事物不再是同一的,语言的作用仅仅是表象。他说:"在整个古典时代期间,语言被设定和反思为话语,即被确定为有关表象的自发分析。"① 到了第三个时期,随着语言学研究的一系列的发现,特别是18世纪末期的语音学的出现,导致语言的表达价值被废弃,转而研究声音之间的关系。福柯说:"语言不再通过由词指明的对象来被对照,而是通过这些词彼此之间的关联而被对照。"② 语言、外物和人的需求都脱离了表象的存在方式。语言的变化与资本主义的迅速崛起密切相关,研究各种类型的语言,是为资本的扩张、为掠夺更多的资源做准备。现代以来,"存在着语言的内在'机制',它不仅决定了每一个语言的个体性,而且还决定了每一个语言同其他语言之间的相似性。"③ 语言逐步获得了自主性,词之序与物之序的联系中断了,于是古典认识型向现代认识型转型。这时新的文学形态也随之诞生,他说:"文学愈来愈与观念的话语区分开来,并自我封闭在一种彻底的不及物性中……成了对一种语言的单纯表现。……词要讲述的只是自身,词要做的只是在自己的存在闪烁。"④ 文学被封闭在不及物性中,这表明了语言在现代出现了表征危机,当文学中的词语自我闪烁时,文学误读的生成机制就是内在的,文学误读的产生,首先是语言的表象与现实发生冲突的结果。如在《堂吉诃德》中,堂吉诃德误读了骑士浪漫史,把它等同于现实世界。在小说的结尾,堂吉诃德清醒了,他终于认识到词不再是物的标记,词的世界并不与现实世界一一对应。罗兰·巴尔特也表达和福柯相同的看法,他说:"古典艺术不可能被理解作一种语言,它就是语言,即透明性、无沉积的流通性,……大约在18世纪末,这种语言的

---

① [法]米歇尔·福柯:《词与物》,莫伟民译,上海三联书店2001年版,第304页。
② 同上书,第308页。
③ 同上书,第309页。
④ 同上书,第392—393页。

透明性遇到了麻烦。文学形式发展了一种独立于其机制和其和谐性的第二性能，它使人入迷、困惑、陶醉，它有了一种'重量'。"① 自身有了重量，就是语言开始脱离表象、脱离社会，同时也产生了语言之迷思。上述二人的言论是在语言学转向的背景下发生的，这也表明文学误读的深层次问题是语言问题。解构主义更进一步把所有的阅读问题都归结为语言问题，所有真正的诗歌行为或批评活动都不过是对偶然的、无意义的死亡行为的演习，或如布鲁姆所说的是对"语言问题的演习"。② 由此，语言本身获得了自主性，它开始创造意义，而不是简单地反映意义，意义成了自主性的产物，变得难以驾驭。所以，文学的误读首先不是主体的问题，而是作品本身所可能具有的一种"能力"或"语义效果"。

随着 20 世纪认识论向语言论的转向，人们逐渐认识到文学误读从根本上是难以彻底根除的，所以解构主义学派才提出一切阅读皆误读的主张，他们的依据是，文本是自我解构的，所有的语言都是隐喻的。我们先看文本自身的解构性，语言和文化中本身就存在大量自相矛盾的现象，如古埃及语"ken"兼表"强"和"弱"，拉丁文中的"sacer"表示神圣或邪恶。在文化中，药既指治病的药，也指害人的毒药，乱伦禁忌既是自然又是文化。语言和文化中的两歧现象为解构主义重塑语言观做了准备。解构主义之前的语言观是形而上学的语言观，同神学有密切关系，在能指与所指的二元对立中，所指具有优先权。符号是一个外在的信封，在向思想的回归中可以被抛弃。而解构主义的语言观则认为，语言是用一种在场的错觉掩盖不在场的差异系统，它的可动性依赖于它中心的缺乏。符号除了同其他符号的区别与差异外没有意义，是一种先验所指不在场的游戏。无中心、无限替代的游戏带来了意义的开放性。在德里达的文本游戏中，游戏的动力来自延异、播撒等，播撒"表示的是不再还原到父亲的东西"，它"证实了无止境的替换"，③ 播撒割断了与作者的联系，产生了无限多样的语义效果。播散是非还原主义的，"播撒的基本含义之一正是本文还

---

① [法] 罗兰·巴尔特：《符号学原理——结构主义文学理论文选》，李幼蒸译，三联书店 1988 年版，第 65 页。
② [美] 哈罗德·布鲁姆：《批评·正典结构与预言》，吴琼译，中国社会科学出版社 2000 年版，第 252 页。
③ [法] 雅克·德里达：《多重立场》，佘碧平译，三联书店 2004 年版，第 95 页。

原成……意义、内容、论点或主题等效果的不可能性。"① 播撒和传统的"一词多义"不同，"一词多义"的意义有一个基本义为中心，而播撒是延异、踪迹、断片、多义地散开。播撒彻底搅乱了文本，播撒意味着文本变成了空心，读者无法判断其意义。

受到德里达的启发，保罗·德曼从修辞出发阐述了文学误读的原发性特征。他认为人类的思维是比喻性的，语言也是比喻性的，语言里只有专有名词才是直称的、非比喻的。语言的比喻性是无法避免的，阅读的结果也是无法定位的，这就是文学误读的修辞学依据。"解构并非我们添加给文本的某种东西，而首先是构成文本的某种东西。一个文学文本同时肯定和否定它自身的修辞模式的权威性，并且通过我们方才所进行的文本解读，我们只是在试图更接近于做一个严格的读者，正如作者首先为了书写语句而不得不那么严格一样。"② 在这里，德曼的观点就是从修辞学说明了读者之所以发生误读，是由于作品产生了多义性。而多义性又是由于语法和修辞在一个文本中的相互交涉共同导致了多义性，符号和指涉意义之间产生了分裂，所以读者在阅读过程中就无法寻找到一个确定的意义，阅读的困境成了语言的困境。由此看来，文学和批评都依赖于转义，反讽与暧昧性是文学作品最突出的特色。

虽然说语言的解构性或修辞性是文学误读的内在原因，但是对文学性来说，却具有积极的意义。解构导致了语言的衍义，使作品产生了多义和朦胧的效果。语言的衍义，据洪堡（Humboldt）说，"就是有限工具的无限运用，这就是言语的力量"③。言语的无限运用，从词汇列举的实际含义的有限集合中获得实际上无限的现实含义。雅可布森认为一词多义可以使语言更有活力，他说："含义的变化，特别是为数众多、范围广泛的意义置换，再加上多种释义的无限的能力，很显然就是增进自然语言的创造力并把不断创造的可能性赋予诗歌行为和科学行为的诸种性能。在此，不

---

① ［英］克里斯蒂娜·豪威尔斯：《德里达》，张颖等译，黑龙江人民出版社2002年版，第96页。

② De Man, Paul, *Allegories of Reading*, New Haven and London: Yale University Press, 1979, p. 17.

③ 转引自［法］保罗·利科《言语的力量》，见《20世纪西方美学经典文本》（第3卷），复旦大学出版社2001年版，第639页。

确定性的能力与创造性的能力完全是互相依赖的。"① 诗歌使用的就是这样一词多义的语言策略,诗歌保留歧义,而不是排斥它。解释诗歌的任务就不是在一词多义中形成一词一义,而是同时引进几种意义系统或参照系,从中导引出同一首诗的几种释读的可能性。言语的无限运用就是言语之间的无限链接,也即言语的互文性应用。

二 互文性与文学误读

"互文性"这一术语是由朱莉娅·克里斯蒂娃在1969年出版的《符号学》一书中首先提出的。她说:"任何一篇文本的写成都如同一幅语录彩图的拼成,任何一篇文本都吸收和转换了别的文本。"② 虽然克里斯蒂娃是提出互文性这一术语的第一人,但她是受到了巴赫金的启示才提出来的。巴赫金的"复调理论""狂欢化理论"实际上就是一种互文性理论,他主张可以在文学话语与非文学话语之间进行分析和联系。文学误读的文本学原因就在于文本与文本对话中的不确定性或者说生产性。"文本是生产性的,首先,这意味着文本与深蕴其中的语言之关系是重新组合的(破坏性—建设性的),因而可以通过逻辑范畴而非语言学范畴来更好地探究;其次,这也意味着这种关系是诸文本的置换,亦即互文性:在特定文本的范围内,一些源于其他文本的话语彼此交叉和抵消。"③ 文本的生产性,超越了文本中可见的具体语言,生产出新的意义和内容,指向了生产性意义的超拔。文本的生产性,即文本总是如"机器"那样不停地生产——操纵语言,它拆解交际的或表现的语言,并重构另外一种操作主体和解构主体的语言。结果是互文性使得阅读变成了在各种文本之间穿梭往来,意义随之或显或隐。文本之中总有看不到的空白,误读难以避免。文本的互文性呼应着阿尔都塞的双重阅读,我们总是在阅读着作者的阅读,而文本的作者又处在双重阅读中。

在当今,文学文本理论把文本的概念及范围进一步泛化,认为到处都

---

① 转引自 [法] 保罗·利科《言语的力量》,见《20世纪西方美学经典文本》(第3卷),复旦大学出版社2001年版,第643—644页。

② 转引自 [法] 蒂费纳·萨莫瓦约《互文性研究》,邵炜译,天津人民出版社2002年版,第4页。

③ Richter, D. H., (ed.), *Critical Tradition*. New York: St. Martin, 1989, p.989.

有广义的文本，它并不限于书面文字，并且溢出了话语的秩序，而要研究文学文本，必须突破文字标记的界限在广义文本的其他历史领域内进行互文研究。文本无所不在，甚至主体也被编织进文本与文本的能指之网，"主体的欲望把主体同能指连在一起，它通过能指而获得一个目标，如个体以外的价值、自在的虚空、他者等。文学（或书写）正是一种把对能指的欲望的陈述转化为历史性的客观法则的自发运动。"[①]"互文性"理论是对语言学模式的批判和超越。"互文"意味着语言学的本文与历史的、政治的、文化的、经济的本文的相关性，互文性使本文的时间性和空间性得到立体呈现。互文性表明了文本与文本之间的对话关系、交织关系。从这个观点看，太阳底下没有新的东西，所有的写作都是拼贴加注解、引用加评论。

互文性理论并不局限于文本间的运作机制，而是阅读与写作共享的领域。从接受的角度看，互文性首先是阅读的效果，它依赖于读者的解读，激发读者的知识和想象，读者使之延续并构成了互文性。互文性在文本承载的记忆、作者的记忆和读者的记忆之间三个层面起作用，它力图展现复杂的交流网络，其中，接受者必然介入其中，读者的记忆就是前见，读者的前见是沟通前两个记忆的桥梁，使读者与文本之间产生对话关系。互文性的解读要求读者在文中找出已有的互文性标志，但由于读者能力的有限，有可能寻找不到一篇文本之外的另外一个文本语境。互文性阅读使文本的解读摆脱了外在于文本的世界的束缚，当一部作品表面上指涉一个世界时，它实际上是在评论其他文本，读者有可能在另外一个文本中找到文本的意义，在多重互文关系的文本中，读者不可能穷尽所有的解读。但是，解读作品并不是非要了解互文性不可，读者还可通过其他途径获得意义。而且，互文性阅读因为文本与文本的互相指涉，在符号之网的无限链接中失去了所指，变成了自我的嬉戏与快感，这种不要所指的嬉戏是自我指涉的。从以上的分析我们得知，认为语言或文本是与现实世界和所指无涉的自我封闭的实体，语言完全是解构性的、修辞性的或互文性的，这就出现了所指和意义的失落，语言的乌托邦也随之浮现了。

---

① 王一川：《语言乌托邦——20世纪西方语言论美学探究》，云南人民出版社1994年版，第251页。

三 语言的乌托邦

结构主义和后结构主义都是秉持语言本体论的，都倾向于认为文本是语言自我衍义的结果，是话说我，而不是我说话，非作者或读者所能控制。语言是自主的关系结构的最高范例，语言自我观照、自我调节，文化的建构也是按照语言的模式进行编码的。诗歌中的语词是自主的、具体的实体，诗歌的显著特征在于："语词是作为语词被感知的，而不只是作为所指对象的代表或感情的发泄，词和词的排列、词的意义、词的外部和内部形式具有自身的分量和价值。"① 把文学看作是一种语言，一个自主的、内部连贯的、自我限制的、自我调节、自我证明的结构的观点，是 20 世纪文学理论中最有活力的地方之一。巴特在《S/Z》中的分析就是要证明文本的自我指涉，他把小说分为 561 个词汇单位，然后用五种符码分析这些能指，这五种符码分别是：布局符码、意素符码、文化符码、阐释符码、象征符码。五种符码构成了释义的网络，意义从符码的相互影响中产生。"符码是这已经的纹路。符码引用已写过之物，也就是说，引用文化这部书，生活这部书，将生活看作文化这样一部书，它把文转变成此书的简介。"② 符码是已经镶嵌在文本中的密码，是已经的纹路。人类的所有事务都渗透着编码行为，解释就是不停地编码和解码。对一个符码的解释的结果构成了另一个符码，又需要另外一个解释，并不是了解了文学符码就可以将意义破译。所以，"阅读必须将注意力集中在文本之间的区别上，关于它们之间的相似和差异，关于引证、否定、反讽和扭曲摹仿的关系。这些关系是永无止境的，任何终极意义都会被它们继续推延下去。"③

语言获得自主性在很大程度上源于索绪尔关于语言符号武断任意性的观点，能指获得自治，是语言哲学"意义自主性"的前提。在弗雷格那里，一个形式上正确且严格的系统，应保证其中所有的名字既有指称又有意义。不同的名字可以有相同的指称，却能有不同的意义。意义和指称间

---

① ［英］特伦斯·霍克斯：《结构主义和符号学》，瞿铁鹏译，上海译文出版社 1997 年版，第 63 页。
② ［法］罗兰·巴尔特：《S/Z》，屠友祥译，上海人民出版社 2000 年版，第 85 页。
③ ［美］乔纳森·卡勒：《结构主义诗学》，盛宁译，中国社会科学出版社 1991 年版，第 355 页。

存在意义决定指称、指称不能决定意义的不对称关系。如在英语世界里，有一种关于中国人的称谓："china man"，虽然和"中国人"有相同的指称，但是，这是带有侮辱性的称呼，译为"中国佬"。能指的自主性表明了意义的获得不是参照外部世界而定，而是符号之间的区分与差异产生意义。由此，意义的误读在某种程度上不是人为的。但是，意义的自主性必然造成意义的封闭性，使理解与交流陷入了困境。

当语言及语言论成为美学的中心问题和理想境界时，语言的乌托邦就浮现了，巴赫金将这种创造理想而又唯一的上帝式的语言称为语言乌托邦。由此，语言成了解决美学问题的必经的理想之途，没有原始的、先于语言的真理，一切文化现象都被看作拟语言。罗蒂则直接把这一语言学转向视为"语言论哲学革命"，它试图借助语言解决哲学上的种种问题。对文学来说，语言的乌托邦的意义就在于，误读问题是一个语言问题，文学的混乱、矛盾都由语言所致。如何消除这种混乱和矛盾，使文学语言兼具文学性和交流的功能，文学理论家们预设了一种所谓"理想的语言"。它是一种完善的符号语言，它克服了日常语言的不完善和误用，又具备文学语言艺术性的追求，这实际上是一种乌托邦的构想。当"理想的语言"被看作拯救文学乃至审美的唯一途径时，语言就成为文学及审美的乌托邦。海德格尔有这样的命题：语言是存在的家园。应当看到，这一命题事实上涉及"语言"的双重性，作为"寓所"，"语言"既是"存在"之"家"，也是"存在"之"牢笼"。也就是说，语言既显现存在又遮蔽着存在。

语言的乌托邦是一个幻想的乌托邦，过分强调语言和意义的自主性，作品就成了没有作家和社会的无源之水。我们不只受制于语言系统，经济、社会、美学和政治的秩序也插入读者和语言之间，影响着我们的阅读。阅读的效果不仅仅是一种语言效果，阅读总是一种关系性的阅读。所以，文学误读问题，不仅仅是语言的问题，另外还是主体与世界、主体与主体之间的关系问题，社会结构早已渗透进了文学系统之内。走出语言的乌托邦，从语言学走向超语言学，成为势所必然的趋向。语言是20世纪哲学思考的中心，但逐渐从语言中心论逐渐走向了批判或否定语言的思考，抑或不如说，语言自身的解构性使得自身的搭建的乌托邦成为泡影。"确切点讲，一种符码的兴建总会预设它的反面：符码的破裂。因此，符码化往往与超量符码化和解符码化力量交织、渗透在一起。"① 由此，文学的交流功能要求文学必须走出语言乌托邦的困境，文学研究还要进行超语言学的研究。文学的超语言性表明了文学除了解构性、修辞性之外，文学语言还具有公共性的特征。

四　文学语言的公共性

当建立一种"理想的语言"不能实现时，文论家们又在试图建立一种所谓的"私我的语言"，哈罗德·布鲁姆和理查德·罗蒂就是这样的人。布鲁姆认为影响的焦虑必然导致误读，通过一种创造性的矫正，一种误释，来达到超越前人的目的。布鲁姆说："一部成果斐然的'诗的影响'的历史——亦即文艺复兴以来的西方诗歌的主要传统——乃是一部焦虑和自我拯救的漫画的历史，是歪曲和误解的历史，是反常和随心所欲的修正的历史，而没有所有这一切，现代诗歌本身是根本不可能生存的。"② 文学史就是误读史，这是布鲁姆独到的见解与发现。误读之路就是语言创新之路，要创造一种他人无法共享的私人的语言。天赋平庸者从没有在语言上印上自己的记号，他们根本没有一个我，而强力诗人则害怕自己只是一个复制品。罗蒂也说："所谓创造自己的心灵，就是创造自己的语言，不让自己心灵的范围被其他人所遗留下来的语言所局限。"③ 强力诗人最能体会到自己的偶然，有能力使用前所未有的文字，证明自己不是复制品，在误读主义者看来，强与弱的区别，就是能否制造新语言的区别。创造语言，就是创造偶然，就是驱除经典强加在迟来诗人身上的魔力，"一本书或一类作品越是具有原创性、越是史无前例，则我们就越不可能拥有适当的判断标准，而试图将其归诸某一文类就越没有意义。"④ 然而，布鲁姆和罗蒂主张的语言的偶然性、私有性，是过分夸张

---

① 王一川：《语言乌托邦——20 世纪西方语言论美学探究》，云南人民出版社 1994 年版，第 352—353 页。

② [美] 哈罗德·布鲁姆：《影响的焦虑》，徐文博译，江苏教育出版社 2005 年版，第 31 页。

③ [美] 理查德·罗蒂：《偶然、反讽与团结》，徐文瑞译，商务印书馆 2003 年版，第 43 页。

④ 同上书，第 189 页。

的，一个完全私人化的语言就是一个"全隐喻"（all metaphor）的语言，因此根本不是语言，只是胡言乱语，因为语言毕竟是用来交流的工具，文学语言也不例外。

　　与布鲁姆和罗蒂相比，德里达的语言观要更为辩证一些，他把私我的语言最终公共化称为被盗窃、被劫持，任何私我的语言在将自己提供给观众接受时，它们可以被重复使用，都立即变成了被盗走的语言。私我语言抗拒公共语言的结果是最终又被同化为一种范例。言语被劫持是无法避免的，因为"那种偷窃的结构已经就收留或（住进）言语对语言的那个关系中了"。① 所以一切书写都有一种废话性质。甚至人的真实性也被大写的造物主窃走，上帝与作品源头的共谋关系使上帝变成了小偷和艺术创造者的反面。德里达举阿尔托的创作为例，认为阿尔托的创作就是要对死文字抗议，"阿尔托要的是一种重复在那里不可能存在的戏剧"。② 阿尔托想要通过一种血肉造成的书写，通过戏剧的象征文字去瓦解那种替代物，去抹掉那伪书写，阿尔托说："正是为了不识字者我才写作。"③ 艺术语言能够在某种程度上避免语言的重复，"戏剧作为那种不自我重复者之重复，戏剧作为差异在力量冲突中的原初性重复，而在这种力量冲突中'恶是永恒的法则，而且善的东西乃是一种努力和一种已经加在另一种残酷上的残酷'，这就是从其自身的重复开始的某种残酷的那种致命的限制。"④ 由此，艺术作为生命的游戏，就是必然与偶然统一的那种残酷性。

　　知识必须是可传达的，从抽象的意义上看语言，任何语言的发明都是为了公共性的存在。人际交流、文学交流要得以成功进行，其前提就在于语言的这种可通约性。而所谓的私我的语言，只是语言的公共性的具体运用不同而已。罗蒂、布鲁姆等人的私人语汇和阅读方式，总不只是私人的，"不仅因为它们总是在很大程度上被它们继承的公众语言和解释所在先结构，而且因为在作为其特征的出版和在根本上为出版设计的重要意义上，它们自身也是公众的。被罗蒂哄抬价格的新语汇和新阅

---

① ［法］雅克·德里达：《书写与差异》（下），张宁译，三联书店2001年版，第321页。
② 同上书，第320页。
③ 同上书，第343页。
④ 同上书，第449页。

读,完全始于不仅使它们公开而且使它们被公众接受并具有公众影响的动机。罗蒂颂扬的自律的私人读者,可以精确地等同于哈罗德·布鲁姆的'强势误读者',其新奇的变形解释,旨在通过使他们自身成为有影响的阅读而逃脱已经具有影响的阅读的统治。"[1] 私人言语的存在为了误读和创新,但也是可交流的。交流总是预先设定了某种共同的语言,在对话中又创造出新的语言,新的语言在被不断地接受和使用中又被收编为公共语言。伽达默尔把这种收编过程称为谈话,他说:"在谈话中首先有一种共同的语言被构造出来了……确切地说,在成功的谈话中谈话伙伴都处于事物的真理之下。从而彼此结合成一个新的共同体。谈话中的相互理解不是某种单纯的自我表现和自己观点的贯彻执行,而是一种使我们进入那种使我们自身也有所改变的公共性中的转换。"[2] 公共的语言就是那种可重复使用的语言,语言符号的本质就在于它是可重复的,如果它是绝对的独一无二,它就不能用作符号。由此,存在一种私我语言与公共语言的辩证法:私我语言既疏离于公共语言最终又被公共语言所同化。文学语言私我性创造了与众不同的差异性,类似于陌生化。差异性正是文学魅力之所在,它保持了文学生生不息的活力,而一旦差异性为人们所熟悉、所接纳,它就有可能沉淀为公共语言。文学语言的私我性总是以公共性为前提的,它的产生必然连带着其所由出的公共性。公共语言不断被复述,似乎是同一个但又不是同一个,是可辨读的又是不可辨读的。文学语言就在私我语言和公共语言之间,不断打破旧词的惯常的意义,创造新的意义。

然而,并不是所有的文学误读问题都应归结为语言,实际的语言或普通语言是人类不得不使用的交际工具。诗歌语言虽然对日常语言加以某种陌生化的处理,但并没有陌生到让人无法卒读的地步,文学语言与日常语言仍然有许多共性,这些共性是文学阅读的前提。更进一步说,文学作为一种交流方式,这种交流的基础在于还必须有与言词不同的某种东西,即运用言词所要加以沟通的东西:这种东西可以被称为"世界"。除了因为

---

[1] [美] 理查德·舒斯特曼:《实用主义美学》,彭锋译,商务印书馆2002年版,第144页。

[2] [德] 汉斯-格奥尔格·加达默尔:《真理与方法》(上),洪汉鼎译,上海译文出版社1999年版,第486页。

在特定场合所作出的实际陈述本身涉及世界外,在任何其他意义上都没有理由不把言词包括在世界之中。诗歌的语言总是描述世界中的人或物,凡是话语都有与事实相关联的一面。诗歌中谈及的世界就是实在的世界,包括一般意义上的事物,还包括行为、情感、经验等,甚至我们所说的话语也包括在内,当它成为更高一层的陈述所谈论的对象时,它也就作为实在之物而属于世界方面。我们总是循着文学中实在世界的痕迹去理解文学,如果文学中描绘了实在世界中没有的东西,我们就会把它当作现实世界的变形。古今中外的文学中,这种变形数不胜数,从天堂到地狱的虚构,无不是现实世界的变形。如果文学中是一个与现实世界完全失去联系的世界,那么,我们就完全无法理解它了。

总之,读者如果仅仅从文本的语言出发去理解作品,阅读仅仅是为了证实语言的存在,那么,随着语言的存在更为耀眼地闪烁,世界将隐退、人将消亡。所以,文学误读问题不只是一个语言问题,还是一个主体的问题,这就涉及文学误读的外在生成机制。

第二节 读者

一切文学解释都是通过语言媒介进行的,这种语言媒介把解释的对象表述出来,同时又是解释者自己的语言。而在文本意义的重构中,读者的思想总是参与进去。误读不光与文本有关,还与读者有关。

一 图式是误读的无意识基础

瑞士心理学家皮亚杰认为人的认知活动跟两种行为相关:同化和顺应,用公式表示为"S→AT→R",在上述公式中,S 表示客体的刺激,T 表示主体的认知结构或接受图式,A 表示同化作用。公式的意思就是主体要对客体作出反应,必须要将客体的刺激纳入自身认知结构之内,加以同化,才能对事物产生反应。如果不能同化,就必须努力改变自己原有的认知结构或图式,来顺应客体的刺激。这就意味着,认识活动不是主体单方面的行为,而是来自主体认知结构与客体刺激的交互作用。发生认识论原理与巴甫洛夫的条件反射原理以及"刺激—反应"模式相比,显得更为复杂一些,并为读者偏见的存在提供了心理学依据,误读在很大程度上是由读者的偏见造成的。

但是，人的心理状态和行为习惯不能永远处于波动中，会慢慢地从开始的起伏波动变得稳定，其间依靠的主要是"同化与顺应两种机能"。[①] 同化与顺应不仅是认识的机制，还是心理平衡的机能。成功同化，机能便能获得暂时平衡；如果失败了，主体需要调整原有的图式，或者另建新图式来顺应此客体，一直到该客体被纳入到新图式中，机能才能获得新的暂时平衡。由此我们得知，读者进入阅读时，总是戴着有色眼镜来阅读的，这种有色眼镜，用海德格尔的话，叫作"前结构"，接受美学称为"审美经验的期待视野"。"前结构"由三部分组成："前有"、"前识"和"前设"。"前有"指的是读者习得的文化习惯，"前识"指的是预有的概念系统，"前设"是事先预置的设定，三者结合成为所谓的"前结构"，这是理解活动得以发生的基础。读者总是根据自己的图式选择作品，在阅读过程中，图式既是文学阅读的前提，又是发生误读的原因之一，有一定的负面性，原因在于主体图式的现实的不完善性，每一主体都带有偏见。英国诗歌理论家瑞恰兹对诗歌误读的原因进行过研究，认为读者可能会出现十种情况：（1）难以辨别诗的意义；（2）缺乏感受诗意和诗形的能力；（3）无效想象或者胡思乱想；（4）离谱的回忆打断；（5）陈旧的自动化响应，即头脑中固有的东西导致的不相关的想法；（6）接受时滥用感情；（7）过分压制内心的情感；（8）固执己见，或偏执于某些外在的思维模式；（9）使用某些有问题的方法揣摩，如只看见文本表层的东西；（10）阅读时常使用的套路。[②] 从中可以看出，绝大多数的阅读障碍都同个人经验或者偏见有关，很多高智商的人，甚至名人都会有这种阅读障碍，譬如哲学家萨特不愿聆听作曲家舒伯特的任何作品，认为舒伯特所有作品都粗制滥造，旋律充满了市侩味和俗气。又如大文豪列夫·托尔斯泰曾宣称，贝多芬不是真正的艺术家，村姑才是真正的艺术家，因为她们的歌曲传达出了深刻而又明确的感情。贝多芬的第 101 号奏鸣曲并不成功，原因就在于这首乐曲中的感情不明确，难以打动人。托尔斯泰贬低贝多芬

---

① 转引自［瑞士］J·皮亚杰等《儿童心理学·译者前言》，吴福元译，商务印书馆 1980 年版，第 ii 页。

② 转引自朱立元主编《当代西方文论》，华东师范大学出版社 1997 年版，第 94 页。这里的引文，对原文做了删改，以适应本书需要。

抬高村姑，他还对莎士比亚颇为不屑，认为他太矫情，过于矫揉造作，现实中任何人都不会使用莎士比亚的对白。很明显，得出这样的结论，原因就在于接受者的偏见，不能归结到艺术对象上。这些结论与接受美学的观点暗合，即一千个读者有一千个哈姆雷特。读者阅读一部作品，就是和作品展开对话，和作品提供的信息或暗示的欲望形成了对话，这种对话的本质是选择与被选择的关系。由于每个读者多年养成的思维习惯、阅读模式、文化修养等存在巨大的差异，读者阅读结果也千差万别。英国艺术史家贡布里希说过一句深刻的话：画家倾向于看他所要画的东西，而不是画他所看到的东西。同样，读者或批评家也是有选择地讨论他面对的东西，这是任何人都无法逃避的思维定式。

但是，艺术的理解并不完全依赖于图式，因为艺术品是有个性的东西。所有的阅读始终是一种再创造和解释，按解释学的说法，阅读一个文本，就是进入对话，对话中的读者并非仅仅作出被动的反应，而是积极地调动主观能动性参与其中。而这种再创造，本身就与接受的焦虑相关。

二 读者误读的心理学机制

误读作为一种"谬误"，跟心理的焦虑有关，精神分析认为是一种心理的防御过程，是一种"否定的"利比多。按照弗洛伊德的理论，误读起源于心理上的否定。关于否定，他有个双重结论："首先，语言中的真理或谬误问题是直接与内投和外投的防御机制联系着的，因而，真实的意象必定是内投的，而虚假的意象必定是外投的。其次，内投的防御与肯定性的爱的本能是相一致的，'而否定，派生的排斥，则属于破坏的本能'，也就是超越快乐原则的死亡本能。"[1] 在这里，否定使得诗歌能够摆脱压抑造成的失语症和歇斯底里，进入诗歌和思想的语言自由，但不能摆脱压抑造成的不幸后果，不具有治疗价值。关于内投和外投的防御机制，精神分析假定，这是我们两种最深层和最危险的防御机制。文学要作为防御形式，使读者摆脱焦虑和压抑，还有复杂的心理学机制。

精神分析把人的利比多分为四个阶段：1. 口唇期（关键任务是"自

---

[1] 转引自［美］哈罗德·布鲁姆《批评·正典结构与预言》，吴琼译，中国社会科学出版社 2000 年版，第 296 页。

我——对象的分化")。2. 肛门期：有两种相互冲突的快感之源；排泄与保留。3. 尿道期：精神变态者或垮掉的一代是典型的尿道型人物。4. 性器期：害怕失去独立自主和自身能力。口唇期是最初的满足体验，口唇快感就是我们摄入某物来消除我们的饥饿感。我们总是把阅读与口唇的吞吐挂钩，如把读者专注于书本比喻为如饥似渴，把快速阅读称为狼吞虎咽，欣赏优美的作品和文艺节目时把它们比作一顿大餐。一部作品让人难堪，不忍卒读，我们的首先的反应是恶心呕吐。据此，我们可以推测几乎所有的文化都将饮食与文学交织在一起。文学阅读是一个摄入和投射的过程。在摄入作品过程中，明知其假而宁信其真。当误读发生时，就是因为作品不能很好地摄入，因为文学作品不符合读者的秉性和精神气质，对读者产生了压抑。读者只能外投为虚假的意象，从而排斥它、否定它、误读它。当然，这跟读者的修养、水平也有很大关系，如一个幼童，面对一部杰作，他不能正确地摄入。所以，面对一部杰作，误读的焦虑仍然还会停留于融汇和摄入的原始层次上。但要想更好地理解作品，就必须进入意识的意蕴和意义层次上，这个层次的防御机制就很多了，如认可或否定、压制或反压制、升华或反升华等，防御机制是一种无意识过程，读者一旦遇到危险信号引起焦虑时便会自动运行，这些反应都发生在读者头脑里。精神分析理论认为文学作品就是作家的幻想与白日梦，霍兰德甚至把文学的技巧与人的防御机制等同起来，他说："文学作品不仅体现了精神分析所熟识的诸幻想，而且它们驾驭这些幻想所用的技巧也类似于精神分析所熟识的防御或调节策略。"① 他举例说，讽刺是精神的反向运动；简化就是故意遮盖；前因与后果之间就像情绪的腾挪转移；修辞好比是掩饰等。所以，同样在文学反应中，中心幻想是由形式（结构及语言细节）朝着意蕴方向转化。形式之对于内容，正如防御之对于幻想。"无论是何种情形，最为成功的文学作品的关键在于它们的防御本身给我以快感。"② 所以，从这一意义上来看形式，正确的阅读就是，"我们就得首先探讨诗歌使我们产生情感的方式"。③

---

① ［美］诺曼·N. 霍兰德：《文学反应动力学》，潘国庆译，上海人民出版社1991年版，第64页。

② 同上书，第146—147页。

③ 同上书，第120页。

由此，当误读产生时，不管这种误读是否有意，读者都会产生焦虑，文学形式可以驾驭焦虑来产生愉悦的效果。读者对艺术作品的反应是不一样的，布鲁姆影响的焦虑是片面的，强有力的前驱诗人，不一定在迟来诗人那里引起焦虑，前驱有可能被看作软弱无力的，所以，读者有可能完全摄入该作品，可能拒绝该作品，也可能在摄入与焦虑之间的某个位置。经典是一个焦虑结构，只是相对而言的。通过阅读，找到了文学的防御形式，"否认作用能够将焦虑转化为放心"。[1] 排除了幻想中引起我们焦虑的因素，我们能够把焦虑转化为愉悦。

在诺曼·霍兰德看来，每个人在接受文本时都会有不同的反应，这与他本人的同一性或身份认同相关。他说："一位读者也许会全盘接受某一著作中体现的价值观，他也可能对此全盘否定，这取决于他自身的性格特征。"[2] 霍兰德倾向于认为我们都有一个"脚本"——一个有关生活的叙事的总体概念——它为我们的解释与行动的依据起着作用。在霍兰德看来，一个艺术作品保持着不定状态，直到某个人同一性主题的介入。他说："当我们作出反应时，文学的荣耀便成了我们的荣耀；而其局限性，也永远是我们自身的局限性。"[3] 在这里，精神分析学洞见与盲视并存，把误读当作一种防卫机制，在深入分析接受心理状态的同时，又简化了文学交流的复杂性，存在严重的误读。

个人之间的差异不一定要从精神分析的角度来解释，从叙述学的角度看，小说讲述的是一个虚构的故事，霍兰德也许会把虚构作为一种松弛我们的防卫机制的手段。但从叙述的接受者看，故事是真实的，在虚构之中还可区分事实与谎言。如果隐含作者藐视读者或者和读者背景相似的人，读者就可以选择合上书本，不读它，或者继续加入叙述接受者的行列，但有可能认同隐含作者或厌恶他。作者与读者、叙事者与叙事接受者之间的心理距离会产生阅读的复杂交流及体验，而不仅仅是霍兰德认为的那种同一体的介入。与日常交流寻求说者与听者的绝对一致不同，文学的交流提供了复杂的交流渠道。文学交流与读者的自我认同是同步进行的，阅读开

---

[1] [美] 诺曼·N. 霍兰德：《文学反应动力学》，潘国庆译，上海人民出版社 1991 年版，第 337 页。

[2] 同上书，第 377 页。

[3] 同上书，第 383 页。

始时，读者受作品的影响，不断地建构自我和否定自我；阅读终了时，读者自我与开始阅读时的读者自我也许不同，也就是说，在阅读中，读者的观点被否定了。伊塞尔用"游移视点"来描述这种改变。① 每出现一个新人物，读者的视点就会发生一种游移，读者的视野又一次被重新组织，前一视点随之被后一视点改变，读者的期待也发生了变化。所以，在伊塞尔看来，接受者的角色不是一成不变的，在阅读中，读者被吸纳进文本中，被文本中的人和事影响，内心的想法不断改变，读者形象一直被塑造着。

读者群是非常复杂的，焦虑—防御的模式能解释很多问题，但仍然不可能涵盖所有读者。读者是一个复杂的代码的复合体，罗兰·巴特确认了这一点，他说："去接近作品的这个'我'本身已经是其他作品的以及诸代码的多元复合体。这些代码是无限的，或者，更准确地说，是被失落的（它们的起源被失落了）。……我发现的种种意义不是由'我'或其他人，而是由这些意义的类别性标记确立的：一个阅读并没有其他任何保证，除了其分类方法的性质和耐久力；换言之，除了其自身的活动。"② 由此，他抛弃了交流模式，让代码成为他的阅读故事主人公。代码始终不变，既是叙事系统的自由又是其限制，作者意图消失在代码的链接中，只剩下代码在写作，任何系统性的解释都是武断的，都有可能是误读。弗兰克·克默德认为巴尔特的观点是不对的，他说："正是文本的异己性使解释成为可能，而这种疏离是由历史活动造成的。"③ 文本不能离开阅读和解释而存在。文本中没有系统的观点站不住脚，因为作者和读者都是通过连接文本的诸部分以形成一个总体的方法来创造意义的。读者作用不可忽视，但阅读完全变成读者的自我表现就会导致过度阐释。

三　过度阐释

在美国，接受美学被称为"读者反应批评"，它作为一个学派，也有不少成员。但观点比较系统、影响最大的是费什、卡勒和霍兰德。对费什

---

① ［德］沃尔夫冈·伊瑟尔：《阅读活动》，金元浦等译，中国社会科学出版社1991年版，第237页。

② Barthes, Roland, *S/Z*. New York: Hill & Wang, 1974, pp. 10-11.

③ Kermode, Frank, *The Arts of Telling: Essays on Fiction*, Cambridge: Harvard University Press, 1983, p. 29.

来说，阅读的目的并非去寻找作品的意义，要旨在于体会作品是如何影响你的心理和行为的，这与尧斯等人的观点有较大偏差。卡勒甚至认为："诗学从本质上说是一种阅读理论。"① 美国心理学家霍兰德归纳了读者反应批评理论的主要法则："我们所有的人在阅读的时候都利用文学作品来象征我们自己，并最终复制我们自己。"② 文本的阅读是自我创造，每个人在接受一个文本时，必定是用文本来当作自我展现的舞台，从中看见自我，再现自我。在读者反应批评那里，文本的客观意义被读者的主观反应代替了，读者的作用被过分地夸大。当然，接受者的作用不能被抹杀，但文本自身的内在的规则不容忽视，读者反应批评相对主义更趋极端，带有明显的解构主义的特征。

在1990年剑桥大学最大讲演厅之一的克拉尔厅，举办了由意大利著名学者昂贝多·艾柯主持的讲演，艾柯与卡勒等人开展了关于解释问题的世纪对话。乔纳森·卡勒为过度解释进行了辩护，他觉得解释无须辩驳，因为生活中随时随地都在解释。但是，解释需要剑走偏锋，不能中规中矩，"诠释只有走向极端才有趣"。③ 日常生活使用的解释当然是有用的，有其存在的理由和意义，但只是解释中最为平常的一类，太过于普通和常见，像一杯无色无味的水一样。由是观之，卡勒不愿意让作品本文为诠释问题设立某种界限。卡勒甚至认为，对于那些处于非中心、非主流的青年人来说，过度解释可以对那些掌握着话语权的专家学者发起"挑战"。④ 其积极意义在于鼓励文学批评的不断创新、不断标新立异。而艾柯则用"作品意图"这一概念来限制文本诠释具有无限丰富的可能性，他认为，文学作品被视为天才的杰作，而解释又似脱缰之野马，折中的做法是回归文本这个桥梁，艾柯相信"作品'本文'的存在"，⑤ 这是阅读的界限，它让我们驿动的心恢复平静，束缚思想的野马到处乱窜。在这

---

① ［美］乔纳森·卡勒：《文学能力》，杨怡译，见简·汤普金斯等《读者反应批评》，汤永宽等译，文化艺术出版社1989年版，第193页。

② ［美］诺曼·N·霍兰：《整体、本体、文本、自我》，赵兴国译，见简·汤普金斯等《读者反应批评》，汤永宽等译，文化艺术出版社1989年版，第206页。

③ ［意］安伯托·艾柯等：《阐释与过度阐释》，王宇根译，三联书店1997年版，第135页。

④ 同上书，第25页。

⑤ 同上书，第108页。

里，艾柯主张作者与文本的对话应受到作品的限制。读者反应批评理论被马丁·P.汤普逊称为实用主义文本理论，他把聚焦于作者创造的文本的理论称为本体论理论。其所谓的实用主义，就是霍兰德所说的用作品来复制我们自己，阅读变成了应用。按照这种应用逻辑，意义阐释变成了读者的主观的随机反应，如读者对庞德《地铁车站》的误读。庞德的《地铁车站》一诗只有两句："人群中这些脸庞幽灵般闪现，湿漉漉的黑枝条上的朵朵花瓣。"批评家克罗斯曼预设了一个身为奶牛场场主身份的读者，这位读者对这首诗的解读会得出结论：庞德写这首诗的目的是要劝说人们多喝牛奶，保持身体健康。克罗斯曼设想该读者是这样接受这首诗的：诗人在地铁车站里，见到很多陌生的面孔，这些花朵般的漂亮脸蛋，让人浮想联翩，奶牛出现了，因为只有多吃有营养的食物如牛奶等，才会让人显得更健康，看起来气色更好。这中间的思维跳跃表面上看起来合情合理，似乎只要找到一种特定的接受情景，并使之切近思维的常规，那么任何解释都是可以接受的。于是乎，结论必然是：文本的意义是读者创造的。但是，任何一个有点文学素养的人都认为这样的解读很荒谬的，因为诗歌意义的接受，必须对实用的介入进行悬置，或对日常意识进行中断，抱有一种带有感性直觉特征的审美心理，才能正确地介入文本。

接受美学、读者反应批评理论对读者的重视是一种片面的深刻，因为片面才深刻，同时也一叶障目不见泰山。在有些批评家眼里，读者对作品的创造被认定是一种幻觉，文本在作者写成之后，经过无数读者的阅读，文本依然还是那个文本，既不增加什么，也没有减少。读者到底给文本带来了什么呢？答案是没有。读者的阅读只不过坐实了文本是一个真实的客体罢了，读者通过阅读把文本变成了真正的作品，使其暗隐的部分转化生产出来。所以，有批评家就认为，读者并不能在原作的基础上进行再创造，读者是作品价值的"见证人"而非"创造者"，[1] 读者对作品的再创造，貌似痴人说梦、自说自话。由此看来，文学活动的中心从文本移至读者，消解了某种权威，但同时又认可了读者中心的意识形态。要避免误读，还要考虑文学解释的各个环节。

---

[1] 傅道彬、于茀：《文学是什么》，北京大学出版社2002年版，第272页。

四 读者地位的变化

西方现代以来,各种文学理论层出不穷,让人眼花缭乱。不管是作者,还是读者,感性经验的空间被理论话语挤压,只留下可怜的余地。随着哲学、美学、语言学等人文学科的迅猛发展,并越界进入文学理论的领地,读者几乎所有的经验范畴都被理论渗透,被理论横加干涉、任意践踏。理论是把双刃剑,一方面它增强了人们的理解能力,另一方面则导致了直觉的衰退,而在直觉衰退的背后是对理论模式更加依赖,迫使批评制造更多的理论模式来图解生活,读者被理论异化。艾略特这样看待批评理论对读者的异化,他说:"当然,批评书籍和文章的大量增加有可能产生(我已亲眼看到它产生了)一种不良风尚,只去阅读谈论艺术作品的书,而不去阅读作品本身;这类书刊的大量增加可能提供见解,但却不能培养鉴赏力。……真正的败坏者是那些提供见解或空想的人。"[①] 理论先行,导致读者用固定的框架去剪裁文学作品,使得生动活泼的作品在理论暴力面前失去了光彩。理论的过度扩张,也会使人们沉浸在理论游戏中,而远离了现实生活和政治。安德森断言,进入现代社会,理论已经过分地系统化、学院化,高高在上,"理论已成为一种奥秘的学科",[②] 成了不食人间烟火的女神,故作高深,这表明其已经远离现实、远离政治。理论变成玄学,这实际上是理论在强大的资本主义现实面前表现出来的无奈。而对中国的文学理论来说,一方面是西方五花八门的理论大肆引进,盲目引进理论不是为了学习创新而是为了赶时髦。面对这些玄而又玄的理论,普通读者出现了理论的焦虑,显得手足无措。另一方面,却又出现了本土理论的荒芜与思辨深度的匮乏,本土理论家和一些专业读者忙于玩弄别人的理论游戏,而缺乏思考现实问题的思辨力量。由此,阅读理论应对当前文学理论的学术思维方式进行反思,反思理论的冗余以及与实际阅读的脱离。另外,应对整个学术机构所赖以生存的日常意识形态进行批评。知识型读者被理论异化的另一面折射出来的却是知识分子地位的变化,面对各色理论

---

① [英] T. S. 艾略特:《艾略特文学论文集》,李赋宁译,百花洲文艺出版社 1994 年版,第 77 页。

② [英] 佩里·安德森:《西方马克思主义探讨》,高铦等译,人民出版社 1981 年版,第 70 页。

的轰炸,知识分子由立法者变成了阐释者。理论的泛滥,表明了知识分子立法者地位的丧失,无力对自己的地位加以辩护和维持。

主体的地位不同,其审美判断所持的立场也不同。按照鲍曼的描述,知识分子经历了从立法者到阐释者的变化,近代以来的学者都是立法者。康德在他的哲学中提出人要为大自然立法,人是大自然的立法者,康德的说法对人的理性给予了极高的评价,极大地增强了人的自信。但在鲍曼看来,立法者只是一个比喻的说法,形象地说明了现代以来学者们惯用的伎俩,立法者表征着知识分子的地位获得了提升,获得了话语权。培根说知识就是力量,其实力量(power)一词也可译为权力,知识就是权力。知识分子中的"立法者角色"可以利用手中的权力,[①] 对相互冲突的分歧作出判定并裁决,最后以书面的形式公之于众,成为人人必须遵守的法令。作家作为知识分子的一员,也参与了建构权威性话语的过程,浪漫主义运动把作者看成绝对的权威、文学绝对的中心,地位不可撼动,作者中心论会导致意图谬误式误读。这个时期出现的解释学家也是典型的为作者竖立权威的立法者。布尔迪厄认为"知识分子"是统治阶级中的被统治者,所以,知识分子的地位并不稳固,随着哈贝马斯所说的文学公共领域的衰落,大众媒介成为新的权力中心,知识分子的立法地位丧失,由立法者变为阐释者,地位变化带来了方法论的变化,立法者致力于建构话语,解释者则专门负责解释。解释者的出现,是知识分化的结果,立法者一般而言是百科全书式的学者,精通各种知识。到了后现代,知识过分分化,不同知识之间相隔如山。在不同的知识体系之间,需要大量的解释者,他们把某一系统中的知识解释给另一系统的人,让他们理解。鲍曼说:"'阐释者'角色这一隐喻,是对典型的后现代型知识分子策略的最佳描述。"[②] 立法者转为解释者,表征着现代性的衰落与终结。现代性的规划作为一种权力表现受到抨击,知识分子失去了精英的地位。作者被杀死了,这表明出现了一种新的格局,作者作为立法者让位于阐释者的读者,意义的获得由艺术界商讨和对话来获得,阐释者的角色关注的是文学交流中发生的误读。

---

① [英]齐格蒙特·鲍曼:《立法者与阐释者》,洪涛译,上海人民出版社 2000 年版,第 5 页。

② 同上书,第 6 页。

在现代阅读理论中，作者的地位如同上帝，是作品的主人，又是作品解释的权威。在作者/读者的二元对立中，后者的地位是从属的，后者隶属于前者。读者只有不看这个而看另外一个的选择，没有完全什么都不看的选择。也就是说，读者总是在看，在看作者的产品——文本。然而，读者在文学史上的地位很尴尬，罗兰·巴特认为，作品中几乎找不到读者存有的痕迹，似乎文本是没有言说对象的自言自语。其实文学话语的"整个结构都暗含着作为'主体'的读者"。① 读者作为文本的一个成分一直以来都存在着。巴特说读者甚至被强迫接受作品的某些特定意义，这是同一性哲学暴力的体现，包含着权力意识形态。

传统文学史的书写方式总是从作家生平概述开始，然后再到作品介绍，最后是意义和价值的评价。传统批评中的知人论世、以意逆志等莫不以作者为阅读的中心。读者的兴起，以接受美学为标志。从此，作者的权力开始失落，进入了一个"阅读的时代"。到了后结构主义，作者作为一种体制性的存在已经消亡，生平传记式的个人已经消失，罗兰·巴特宣称："作者死了。"② 作品一旦被生产出来，就脱离作者这个母体，作者身份和角色不再掺和到作品的解释中来，文学史的书写也变得与作者无关，作者之死带来了意义阐释的无限可能。福柯则从作者功能的角度否定作者，在传统的意义上，作家与作品犹如父与子的关系，但是，一些作品是某作家的，这只是表明这些作品间有类似家族相似性的特点，指向某种特定的表达方式。当然，这不是作者不存在或者是虚构的，而是说"作者的名字不是人的公民地位的功能"。③ 文学中心不再是作者，在西方的现代学术史中，"作者的名字是一个变量"。④ 其仅仅是一个功能性的存在，传统意义上的作家已经消亡。作者死，读者才能生，读者从此走出了作者的阴影，读者的主动性和能动性得到了很大提高。

进入当代，读者的地位进一步提升。受后结构主义阅读理论的影响，

---

① ［法］罗兰·巴尔特：《符号学原理——结构主义文学理论文选》，李幼蒸译，三联书店1988年版，第53页。
② ［法］罗兰·巴特：《文之悦》，屠友祥译，上海人民出版社2002年版，第37页。
③ ［法］米歇尔·福柯：《什么是作者?》，林泰译，见赵毅衡编选《符号学文学论文集》，百花文艺出版社2004年版，第516页。
④ 同上书，第517页。

当代读者的阅读观发生了显著变化，读者从看文本转变为写文本。例如，巴特把文本分为可读性文本与可写性文本，把可写性阅读看成生产性的阅读，进一步张扬读者的权力，读者的地位被强调到无以复加的地步。阅读不是去解释文本的意义，而是去生产意义。在接受美学中，还承认"作者—文本"的既定关系，追求认同理解的历史性。后结构主义则彻底解构了作者—文本的中心主义，瓦解了意义历史性，意义被不断地生产，并不断地被重新命名，这种倾向在解构主义那里最为极端。随着网络的普及，网络阅读很多是可写性阅读，各种网络评价实际上已经构成了正文的副本，这些副文本有的是对正文的戏仿，有的是尖锐的讽刺和批判，有的点评恰到好处，有的续写则是狗尾续貂，等等。应该警惕的是，网络评价良莠不齐，网络恶搞等暴力式解读层出不穷，产生了不良的社会效应，我们应该坚决抵制。

五 杀死读者

"可写性阅读"表面上是对读者的极大褒扬，但实际上与后结构主义对逻各斯中心主义的解构并不相符。接受美学对读者的重视，在打破了作者中心的同时又竖立了读者中心，而非中心的、边缘性的解读才是解构主义误读理论的要义，为此，读者在理论上需要死去。

"读者之死"其实是一系列死亡终结论自然而然的结果，自从尼采喊出"上帝死了"的口号，"人之死"也提上了日程。结构主义对作者首先祭起了屠刀，作者被杀死于语言的结构之中。按照这种理论，阅读被语言结构所统摄，是"话"说我，而不是我说话，阅读也成了追求在场的整体阅读的神话，德里达认为这种解读文本的方法一直假定一种在先的结构，并在阅读过程中适时的召唤出某种东西的在场，当在场的痕迹不能被追寻时，文本的解读似乎就失去了依靠。在场也即德里达所谓的同时性在此被赋予了某种调节性的功能，具有无与伦比的"神学"特性。[①] 在拉康的理论中，主体从来就不存在。经过镜像的"小他者"和符号界中"大他者"的谋杀，主体成了存在之无。阿尔都塞认为历史是一个无主体的过程，而在后结构主义那里，不仅人死了，理论也死了，只剩下能指的游

---

① [法]雅克·德里达：《书写与差异》，三联书店2001年版，第40—41页。

戏。到了后现代，人也成为类像。这些理论的共同点都在于表明：主体自身的同一性值得怀疑，是一个由差异构成的分裂性的结构。德里达甚至认为，主体只不过是延异的结果，一个寓言罢了，在他看来，人与自身是"延异的关系"，① 即我是我自己的他者，但这并不表示要推卸义务，恰恰与之相对的是，延异是义务的前提。延异虽不属于人，但这并不表明它与人无关。主体之所以被称为主体，正因为延异造就了主体的主体性。在其他场合，德里达又公开阐述，力证没有延异，就没有主体性，认为"主体性（像客体性一样）是延异的一个结果"②，主体是延异结构的产物。主体之存在，离不开延异，主体需要延异来确证。主体的意义在语言中，而语言是一个差异或延异的结构。主体的意义永远处于延异之中，没有延异活动，主体的身份无法被建构，主体性也无法自我确证。从这里我们可以看出，德里达的延异理论源自索绪尔的差异理论，索绪尔奠定了后现代误读理论的语言学基础，后现代误读理论总体上都有语言还原论的倾向。在这样的语境中，主体及其构成并不是确定无疑的，延异构成了主体性的可能，传统人本主义自律自足的主体已经荡然无存。

在现代以前，主体的存在似乎不成问题，经过结构主义的洗礼以及后结构主义的革命，主体彻底地陷入了语言之网。阅读的命运大抵如此，阅读成了符号自由的嬉戏，阅读即误读。分析心理学的代表人物拉康对主体的命运深表悲观，他认为，象征符号"包围了人的一生"。③ 在人被抛入世间之前，就已经被可怕的符号之网包裹，就已经被语言召唤和命名，甚至人生的道路亦被语言所规划。呱呱坠地之时，你必定属于12生肖之一种或某种星座，似乎冥冥之中你的命运已经被这些符号规定，或贫或富。符号让你遵守某种行为的准则，给你拟定前进的目标。行将就木之际，有人按重复了无数遍的符号给你作出评价，决定你上天堂抑或下地狱。即使你已经意识到陷入符号之网的死胡同，仍然无法逃脱符号对你的追逐。所以，人是符号的动物，人被符号包围着，他总是阅读着他者之所思，我在我非思之处，人要找回自己，就要非思着我所思，但如何非思呢？通过误

---

① ［英］克里斯蒂娜·豪威尔斯：《德里达》，张颖等译，黑龙江人民出版社2002年版，第176页。
② ［法］雅克·德里达：《多重立场》，佘碧平译，三联书店2004年版，第33页。
③ ［法］雅克·拉康：《拉康选集》，褚孝泉译，上海三联书店2001年版，第290页。

读吗？最终仍然是符号的自反吗？后现代误读理论对阅读的命运、主体的命运所做的思考，有夸大语言、符号作用之嫌，忘记人才是语言的制造者和使用者，只要使用语言达成某种交流，实现某种功能，语言就是实现了的语言。话说回来，后现代误读理论对文学误读的深层机制做了深刻的检讨，提示人们注意语言强大的规训力量、语言自我解构的特性，使用语言时必须慎之又慎。

主体的延异、主体的符号化，都表征着主体自身的非连续性、断片、缺席，到了资本主义晚期，由于商品经济的发达，物质财富的快速积累，人的空间被物挤压、占有，主体的分裂、碎片化进一步加剧。如果说现代性的自我还有公共自我与私人自我存在的话，那么，到了后现代，公共自我已经被商品意识击垮，物欲横流。私人自我的空间变得非常有限，人在网上冲浪时，基本上是裸奔裸泳的状态。人类丧失了自我、丧失了方向，在赛博空间的无限链接中，主体似乎只有不断地链接、不停地吸粉才能让自己显山露水。在高大上的审美面前，人的精神萎靡不振，马尔库塞、桑塔格倡导的新感受力，依靠审美救赎去纠正工具理性造成的人性失衡的愿景，在虚拟化时代，秒变为一种游戏、一种共同体的虚幻的梦。

人们浑浑噩噩，麻木不仁。要弥补这种主体性的分裂，就要培养一种新感受力，这是一种审美救赎的思想，是一种审美的乌托邦。鲍曼在《现代性与矛盾性》中认识到了现代性的不可能性。他认为存在一个秩序与混乱的辩证法，秩序对混乱既排斥又依赖。主体性的分裂在所难免，审美现代性的作用是有限的。

"主体之死"的宣言是直接针对笛卡尔主义的，但我们不能对主体和主体性全盘否定，因为文学与语言、主体性是如此紧密地联系在一起。福柯宣告了主体之死，却又发展出了一种主体解释学。古希腊德尔斐神庙的门上铭刻着神谕——"认识你自己"，据说也是苏格拉底的座右铭。在苏格拉底之前，哲学是天上的仙女，苏格拉底把哲学拉回到人间，人们关注的目光从大自然转向人本身。福柯认为柏拉图在《阿尔西比亚德篇》中确立了主体的原则：认识自我才能关怀自我。自我才是哲学的中心，一切人类的知识皆筑基于此，认识自我也是神圣的开端。人通过自我反省和自我认识，才能趋向神明。所以，认识自己、关心自己是迈向真理的起点，同时"认识你自己"也为人类树立了极大的自信，每个人的内心都有神圣的东西。中国人常说的:"举头三尺有神明,常怀敬畏一生平",带有恐吓人的味道。希腊人则相信神性就在自身,与禅宗的"见性成佛"有异曲同工之妙。但是近代哲学在攻击中世纪哲学的同时,把娃娃和洗澡水一起倒掉了,没有看到中世纪心灵哲学的内核是古希腊的主体性原则,即关心自己,近代认识论哲学偏执于认识自我一隅,却忽视了"关心自己"这个重要的课题。① 哲学家如此,庸碌大众更别提了,他们大多缺乏勇气、缺乏力量、缺乏恒心,沉醉于物欲之中不能自拔,不能认识到这个使命的重要性,不能很好地实现它。大众随波逐流,一直处于非主体的地位,这也是主体之死暗含的另一个含义。福柯在《主体解释学》中认为,近代哲学是认识论片面化的结果,导致了人丧失了主体的地位,沦为物质的奴隶。必须重新确立关怀自我的原则,才能使人从非主体的地位上升为主体。是否关怀自我,是一个人主体性确立的标志。关怀自我,不是以自我为中心,做一个自私自利的人,而是"他者必须介入",② 要借助他者,才能建立自己的主体性,福柯觉得此乃西方历史中不应忘记的修行要义。福柯的看法补充和完善了西方的主体性理论,有的人认识很多人,唯独忘了自己。认识自己,关心自己,就是修行,对他者负责也是修身实践的一部分。当然,福柯没有谈到的是,修身实践的一部分还在于通过对创造性和想象性生活的重新塑造,恢复被理性过度压抑的感性,反抗日常生活的物化,恢复主体性。

福柯的主体解释学给文学误读的启示在于,读者主体为何会被宣告死亡,原因在于读者没有关心自己,没有认识到自己内心的神圣。而之所以误读,部分也是因为自己的修身实践不够。所以,从作者之死到读者之死,并不表明主体不重要,而是说我们需要获得的是非笛卡尔式的主体、非自我中心的主体,主体拯救自身的力量就在于主体的内部。

六 谁是真正的误读者?

普通读者总是被批评家认为阅读能力缺乏或不足,对作品误读不断。读者处于需要批评家来加以拯救、指导并提高认识的地位,而只有像布鲁

---

① [法] 米歇尔·福柯:《主体解释学》,佘碧平译,上海人民出版社2005年版,第73页。
② 同上书,第140页。

姆那样的强力批评家才是合格的读者。其实,这是一种精英主义看法,因为,并不是所有文本都需要批评家来加以解释的。

在实际的阅读过程中,对叙事的接受有时并不需要解释。当我们判定一种叙事为真的时候,解释就显得多余。例如,哈姆雷特为父报仇,是因为天然的父子之情,从剧中叙事来看,这一点是不容怀疑的。所以,我们可以把叙事与解释区分开来,当然,如果把解释绝对化,那么任何话语都是一种解释。上述例子如果从不同的理论角度来看,其叙事的可靠性就发生了动摇,精神分析得出了杀父恋母的情结;马克思主义的分析会认为这是新兴阶级兴起的必然结果;等等。由此,理论解释都不可避免地有先入为主,用理论来剪裁事实的嫌疑,抑或不如说,各种批评理论都是通过叙事真实的误读来重建作品的事实,我们在打开精神分析的窗子时,也关闭了我们当初视为单纯事实的叙事的窗子。我们看到了不同的风景,同时我们也许忽视了更为重要的事实。很多人沉浸在这种阅读游戏中不自知,是因为理论可以提供肢解文本的无意识快感。这里,我们不是赞同叙事就是确凿事实而反对对作品进行解释,而是认为叙事仅仅是一种我们强烈赞同的东西,而解释是某种表现分歧的东西。但是,如果没有叙事作为解释的核心和基础,那么,任何理论的阐释都将瓦解。当代理论的冗余,正是叙事衰落和匮乏的标志。叙事的缺乏,可以看作文学作品语言的空白和隐喻所导致,在具体的现实生活中,如果对疑问和空白加以叙事补充,就可以使误读加以避免。精神分析学从文本的空白处加以补充想象,寻找哈姆雷特的延宕的原因,明显带有臆想和猜测的成分,难以避免误读。所以,解构主义觉察到了叙事的缺乏,以此来论证解释必然都是误读。由此,叙事是所有阅读的前提,而误读的原因之一也在于叙事的缺乏。英国文学理论家 T.S. 艾略特对解释有独到的见解,普通人把解释当作翻译,他认为真正的解释不是这样,解释唯有不再解释啥,而不过把隐藏的事实显露出来,"'解释'才是合理的"。[①]

所以,并不是所有的阅读都需要阐释,阐释是在发生误读的情况下才需要的东西。在实际阅读中,布鲁姆的误读要求从过去影响的焦虑中解放

---

① [英] T.S. 艾略特:《艾略特文学论文集》,李赋宁译,百花洲文艺出版社 1994 年版,第 75 页。

出来，但他犯了一个常识性的错误，即将读者与职业批评家混同起来，从而将阅读行为与职业批评行为等同起来。"阅读……是一种迟到的和几乎不可能的行为，只要是强势阅读，就总是一种误读"，又说"只有强势读者……他的阅读将对他人和他自己都至关紧要"①。只有专业批评家而不是普通的阅读者，将有在专业化的图纸上享受影响的权力，从而避免被影响的焦虑。解构主义把布鲁姆的误读理论进一步泛化，所有阅读都是误读，他们的论证思路是："所有语言意义和因此而来的文本意义，在根本上都是语境依赖的；由于语境无情地改变，因此文本的意义不能准确地在忠实的阅读中被重新制造或重新发现。"② 解构主义阅读竭力开拓语境的决定力量，卡勒说："语境性的阅读或历史性的阐释，一般是基于据信是简单明晰的文本来确定更为复杂、难以捉摸的文本中的段落的意义。我们已经见到德里达怎样坚持语境的不可饱和性，以及伴随拓宽语境的可能性，容许被研究的文本出现新的复杂性。因此，解构可以比作这一对孪生原理：语境对文本的决定性，和语境的无限延伸。"③ 由于意义从来不能被划出语境界限，语言的意义必然永远无法重复自己，所以所有的阅读都是误读。

布鲁姆、卡勒的误读理论以及罗蒂的反讽主义有强烈的精英主义的思想，他们认为任何有价值的阅读必然是专业上的原创。"首先，它主张这些行动只能由一个专业化的精英去适当地执行。其次，即使对精英成员本身，它也否定最核心的价值。"④ 由于这些强调误读的批评家本身不能成为所有文学和作者的专家，误读诗学或反讽主义只能代表一家之言，而他们也和普通读者在专业阅读之外共享一些公共领域的价值，这就构成了误读诗学的内在矛盾。所以，有必要把阅读与解释区分开来，因为并不是所有的解释都受认识论的支配，我们的阅读的目的不是为了获得某种超审美

---

① Harold Bloom, *A Map of Misreading*, New York: Oxford University Press, 1975, p. 3.
② [美] 理查德·舒斯特曼：《实用主义美学》，彭锋译，商务印书馆 2002 年版，第 125 页。
③ [美] 乔纳森·卡勒：《论解构——结构主义之后的理论与批评》，陆扬译，中国社会科学出版社 1998 年版，第 194 页。
④ [美] 理查德·舒斯特曼：《实用主义美学》，彭锋译，商务印书馆 2002 年版，第 146 页。

的真，这一点已由伽达默尔的解释学证明过。实际上我们的阅读很多时候是不假思考、直截了当的，单纯的阅读在这里与解释区分开了。

我们不能轻易否定解构主义的误读理论，因为在某种程度上语言处在永恒的变化和发展中。但是卡勒论证的第二个前提——将阅读、理解和解释认作一个同一的语义对象的复原或再生、一种内容或意义。实用主义美学家舒斯特曼认为这样做是错误的，因为这"提供了一个不正当的但普遍深入的哲学图像，它长期误导着解释理论。艺术被实体化为一种分离的和自律的对象，而不是被认作某种东西，它的存在是本质上相互联系的，摆脱不了人类的社会—语言实践。对于这一要点，解构主义在它的关键时刻没有很好地强调"①。这样看来，文本的旨趣并非是现成的、一蹴而就的东西，而是在阅读中对话的产物。阅读一本书，不是在字里行间寻找能指与所指的一一对应关系，做镜像式的阅读或复制。阅读是一种行为，是对写这种行为的积极响应，并按照某种成规或方式处理文本的能力。阅读的成规并不总是应该被废止的，成规在某种程度上，保证了意义能被分享、传播和重复。成规是文学交流活动协商的结果，是约定俗成的，阅读的先见就是一种成规，在这个意义上，阅读并不是任意的，误读是对成规一定范围内进行突破，解释并非任意的。

总之，文学作为一种完整的活动过程，包含了作家的审美敏感、审美体验、具体的创作过程，最后是读者的阅读接受，所以文学不是死的流传物，不管写抑或读，我们都是在"做文学"。阅读作为一种做，是一种实践。实用主义的阅读理论就凸显了"做"的价值和意义，旨趣不是作者给定、永远不变的，阅读的目的是做，"发展和传送对作品的一种富有意义的反应"。②在做的过程中，文本的旨趣才能领悟到。奥斯汀的言语行为理论也证实了这一点，言即行，说即做。如何"做文学"？做是长期教育和熏陶的结果，譬如，中国古人读书，喜欢摇头晃脑，这是文化训练使然，这种训练，古人认为这是阅读的一种有效方法，不管是圣人，还是普通人，都采用这种方法，古人认为这是有意义、有格调的做法，因为读即做，言即行，通过做，获得了基本一致的理解。这些一致的理解更多见于

---

① [美]理查德·舒斯特曼:《实用主义美学》，彭锋译，商务印书馆2002年版，第127页。

② 同上书，第130页。

日常叙事,这些叙事是不需要解释的,阅读大众可以抛开批评家的聒噪很快就能获得作者要表达的意思,达成一致意见。布鲁姆所谓的"强势的误读"也许更为高级,但我们也不应该贬低普通阅读的价值,从而使阅读变成政治学的另一个战场。布鲁姆的误读理论以及罗蒂的私人化的创新阅读理论,是一种高傲的、唯我独尊的姿态,忽视和贬低了大众的普通阅读,在这个多元价值共存的时代,阅读也应该是多元化的。

第三节 作者

一 写作是一种自居心理

自我移入或"自居"过程,或自我与他者的同化,在心理学上叫自我认同(self identification),弗洛伊德这样描述自居的过程,他认为:"一个自我同化于另一个自我之中。"① 化身为另一个人,并受到他的影响,像他一样说话和做事,而且在一定程度上另一个我会一直在自身之中扮演某种角色。所以,自居往往是通过对象性存在而获得,其作用是使自我知觉系统得以建构。在文学写作过程中,第一人称的叙述往往会发生作者对书中主人公的自居或自我移入,这种现象在文学作品中随处可见,比如,福楼拜说包法利夫人就是我,郭沫若说我就是蔡文姬,等等。再比如笛福的小说《摩尔·弗兰德斯》,内容涉及两个方面,一个方面是女主角作为妻子的家庭活动,另一个方面是她的堕落乃至锒铛入狱的过程。由于作者笛福的自居作用,读者在对主人公的接受过程中,发现主人公与作者有很多相像的地方,瓦特在《小说的兴起》中仔细地比较了女主角和小说作者的特征,认为二者实在有太多的相似之处,而且女主人公被男性化了,女性与男性显著的差异也被作者抹去了。瓦特举证说:"例如,事实表明她是一个女人、一个罪犯,但这两者都不能确切地作为笛福对她所描绘的个性。"② 作者描写了摩尔·弗兰德斯的很多女性特征,但读者常常

---

① [奥]西格蒙德·弗洛伊德:《精神分析引论新讲》,苏晓离等译,安徽文艺出版社1987年版,第68页。
② [美]伊恩·P. 瓦特:《小说的兴起——笛福、理查逊、菲尔丁研究》,高原等译,三联书店1992年版,第123页。

会把根据她的性格和行动把她当作一个男性，其性别特征不是很鲜明。在另一方面，摩尔也和她的作者有很多共性，具有清教徒和中产阶级的很多特点。摩尔作为一个罪犯，却好像丝毫未受犯罪环境的影响，常常自诩为道德高尚的人，并为自己的罪行和堕落开脱，让读者难以信服。作者强加给摩尔的这些非道德的狂热的个人主义，并没有在摩尔身上贯穿一致。其原因在于作者的自居作用扭曲了人物性格的自然发展。这种自居作用使作品带有自传的色彩，主人公是作者自身影子投射的结果。这种情况古今中外都有很多，又如巴尔扎克在写完《高老头》后伤心大哭，对高老头的死深表同情。又比如，部分红学家会把《红楼梦》看作作者的自传。

伟大的作家都会有一种独特的认同性体验，在创作中涉及意义的升华等深层自我体验。寻找这种深层体验是文学批评切入作品的途径之一，也是避免误读的方法之一。如欣赏中国古代诗歌，要探索所谓的"诗眼文心"，诗眼即作者在用词上的惨淡经营，文心即作者在表达上的用心。刘勰讲的"擘肌分理"，就是对作品的词语结构作细致分析，得出作者所要表达的情意。也如严羽所说的"取心析骨"，"取心"即探索作者的灵魂，"析骨"即分析作者的文辞。在批评实践中，钱钟书结合任渊注来读《山谷集》《后山集》，用法官断案的眼光寻根究底，索阅所引书，验其是非，查证注释是否符合作者的原意，用老吏断狱的方法来作判断。

在精神分析学中，弗洛伊德把焦虑看作是艺术创造的深层心理动因，而创作被理解作白日梦式的替代对象来转移和解释焦虑，焦虑是一种创伤体验。弗洛伊德的焦虑界说只限于力比多的生物学范畴，而存在主义认为存在的本质结构就是焦虑。对艺术家来说，焦虑有利于艺术创新，因为作家通过文学艺术作品，在想象性的自居情境中，对现存文化提出批评质疑，同时表达心灵深处的忧虑和不安，焦虑便获得某种程度的缓解。艺术的表现论认为表现情绪才是艺术的实质。正确地阅读被认为就是去寻找这种深层体验，或叫作作者意图、意识。但是，如果认为作品的意义就是作者的意图，这是一种误读，新批评称之为"意图谬误"，意即"将诗和诗的产生过程相混淆"。[①] 大意是说模糊了文本与文本生产二者的界限，为

---

① ［美］威廉·K·维姆萨特等：《感受谬见》，黄宏熙译，见赵毅衡编《"新批评"文集》，百花文艺出版社2001年版，第257页。

从源头上推断作品的一类误读，起点即为从文本的具体创作缘由里寻找评价的准则，结果就形成传统的追溯作者生平的研究方法。尽管作者意图有时候是有用的，比如艺术家的传记能丰富我们的阅读感受，等等。但文学作品的意义是丰富的，弗洛伊德主义的误读在于把作品的意义简化为一种心理学的无意识意图，而这种所谓的无意识的深层体验是难以把握的，是在艺术作品之外的、带有臆测的成分。

意图理论有明显的缺陷，因为艺术作品的意义并不是单一的，另外文学文本是带有主体意向的客体，在不同的语境中，针对不同的接受个体，意义都不一样。所以，意义问题不是事实问题，而是价值问题。美国批评家特里林如是说："作品的意义也不仅仅存在于作者的意图之中，作品的意义还存在于它的效果之中。"[1] 这样看来，文本意义并非单一的，作者意图无法被精准推断，即便可以如此，文本的旨趣亦非只是限于作者意图，其旨趣还应在接受过程中去寻找。所以作品的意义是由整个作品决定的，而不只是无意识的深层动机。德里达认为作者意图是文本分析的一个重要阶段，但却不是批评的最终目的，意图从未完全在场。他说："如果本文能够，在某种意义上独立地、重新绽放光彩……在这时它不再是其生产源泉的（表达）……（如果它）能够在其（作者死亡）之后再次重复性地复活，那么文本必须是什么呢？"[2] 所以，意图与意义一致只是幻觉。但是，作者意图对于作品的理解作用不大，以至于可以忽略不计吗？

二 意味与意图之争

美国的解释学家赫施对伽达默尔的本体论不以为然，试图在文本的解释中寻找确定性的依据，最终他回到了为新批评所诟病的作者意图上，认为作者意图是获得作品旨趣的必经之路。在《解释的有效性》一书中，赫施把意义区分为"意义"和"意味"两种，意义为作者意图所决定，它表现在作家用语言代指的事件或表象里，所以它可以在语言中获得重

---

[1] ［英］乔·艾略特等著：《小说的艺术》，张玲等译，社会科学文献出版社1999年版，第50页。

[2] 转引自［英］克里斯蒂娜·豪威尔斯《德里达》，张颖等译，黑龙江人民出版社2002年版，第95页。

现。意味则和文本中的人物、事件、环境等,甚至随便一样东西等相关联,[①] 任凭接受者个人主观感受和接受语境来判断。也就是说,意义指作家用符号来指代的事物,不是文本符号链接的任意所指,最终,意义让某些不一般的能指永久锁住。所以,按赫施的说法,必须严格地区分"意义"和"意味",意义为作品本身所固有,为作家通过排列组合语言符号来获得的所指,"意味"是文本中的含义在不同语境中和不同的读者碰撞出的火花。赫施认为,诠释理论从诞生到现在,一直处于不断的纷争之中,其中一个重要的原因就是把意义和意味弄混淆了,这对诠释学来说举足轻重。[②] 只有作者决定着的"含义"才是文本真正的"意义"。赫施提倡将作者意图作为文本意义的清楚明白的标准,其论据是:只有一种意义的文本确定性将允许那种知识,而且只有作者的意图能够提供那种确定性。因此,尽管意识到"作者的意向不是解释唯一可能的标准",赫施还是主张"它是解释的认识学科唯一的实践标准"。[③] 在赫施看来,没有作者意图,解释就会有太多的自由、不确定。赫施回到了古典阐释学施莱尔马赫与狄尔泰那里,把衡量对作品意义的阐释的有效性、客观性的标准定为"作者意义",即文本原来的意义,哪一种阐释与之相符或部分相符,就是正确、有效的,或部分正确、有效的。对于赫施来说,作者意图用来满足真理的要求。但是,作者意图的难以捉摸则导致了持续不断的解释,解释要求超出意义与意味的区分,它不仅准许而且鼓励一个持续的、永不终止的解释生产,这种解释生产以真理为基础,受真理的约束,但不受它的限制。所以,赫施的区分不能被维持在一个坚定的、原则化的、注重实效的方式之中,这种区分策略,只是一种理想的解决。

把作者的意图看得无足轻重或是干脆从文本中剔出,是很不明智的。首先是因为存在着作者意图明显的文学作品,比如莱辛把寓言定义为:"我们把一个普通的道德命题归诸一种特殊情况,又把现实性给予这种特殊情况,再从中编造出一则故事,而别人又在这则故事里直观地认识到这条道德命题,这种编造的东西就叫作一篇寓言。"[④] 如果我们无法按作者

---

① [美] E. D. 赫施:《解释的有效性》,王才勇译,三联书店1991年版,第17页。
② 同上。
③ E. D. Hirsch, *The Aims of Interpretation*, Chicago: Universtiy of Chicago Press, 1978, p. 7.
④ 转引自 [德] 威廉·狄尔泰《体验与诗》,胡其鼎译,三联书店2003年版,第37页。

意图找到这条道德命题，就会发生误读。再者，如赫施所提议的那样，如果没有作者的意图把一些对象和事件拢在一起，它们将是毫无意义和关系的。我们似乎能够讨论一个给予的对象，它表明一定存在某种我们讨论的共同的意向对象。所以，和读者反应批评中读者阐释作用的过度化比较，赫施的"作者意义"、巴赫金的"最终文旨"理论是有一定积极意义的。当然，读者要全部再现作者的意图，这根本就办不到。从语义学的角度来看，任何语言都不可能复现事物的全貌，因为事物的特性是多方面的，这就是所谓的"非全原则"。一时代亦有一时代之读者，新批评理论家韦勒克等人说得好，意义是"一个累积过程的结果"。[1] 一时代之接受者所领会的意义无法涵盖作品所有的含义，文本的整体所指，在作品诞生后的无尽时间中，被不同的接受者解读，所有这些解读加起来，才构成意义的整体。即使我们同意某个作者的意图来使文本个体化，这仍然不排除多元的解释或可能的意义。由于意图自身是不确定的和可以被不同地解释的，因此，它不能确保对文本澄净的和单一的解释。这种意图的多义性在当代艺术中极为常见，不可能被全部预见到。为了解决这个难题，寻找意义确定性的基础，作者意图的争论最终走向了一种实用主义的解释，如杜威和费什倡导一种解释团体来决定意义的理论。杜威的"实用主义将文学向变化开放，将它的同一性和意义托付给它的解释者共同体不断变化的实践和目的"。[2]

从新批评派的意图谬误到后结构主义的作者之死，其实是一脉相承的，误读是语言的问题，是语言的失败，文学阅读隔绝了作者和世界之后，阅读变成了文本的自我指涉。作者真的死了吗？在阅读中，作者毫无作用了吗？不是的。作者写作时总是预测着读者的期待、阅读能力，因为除非读者以某些方式去感受人物，否则他们很难理解作品。"作者重又回到其中。过去过早地宣布了作者的死亡。"[3] 最终文旨理论就是强调作者意图的存在可能性的理论，巴赫金曾解释为作者原意或作者立意，他着重

---

[1] [美] 勒内·韦勒克等：《文学理论》，刘象愚译，三联书店1984年版，第35页。

[2] [美] 理查德·舒斯特曼：《实用主义美学》，彭锋译，商务印书馆2002年版，第140页。

[3] [美] J. 希利斯·米勒：《重申解构主义》，郭英剑等译，中国社会科学出版社1998年版，第298页。

阐明这在每一文本中皆存在，最终文旨只要求理解文本指代的事物，这"不是通过纯作者语言体现出来，而是靠了他人语言才得以实现"。① 一般而言，纯粹的作家言语无法表现作者的立意，必须要有他者的言说介入，才能够阐发。他者言说，即有法度、有规则地创造出来的他人的言语。作者在创作过程中，预测了读者的接受心理后，将叙述角度改变的时候，最终文旨就受到视角的折射，或伪装，或扭曲，读者要想获得这个最终文旨，必须首先拆除伪装。巴赫金的最终文旨理论和读者反应理论显然是相对立的，而最终文旨理论好像显得过时，其实不然。作品的客观性是不容忽视的，所以尧斯、伊瑟尔才会在读者的接受中引进对话交流的模式，而作品是读者的主观反应的界限。而作品作为作者的意向性的客体，必然带有作者的影子、作者的声音。赫施认为，如果我们要真正把握文本的意义，就必须了解作者的意图。当然，巴赫金也认为："表现出来的世界永远不可能从时空上与产生表达和这个表达的作者所处的现实世界同一而论。"② 在这里，作者只是一个创造者而不是产品，"作者形象"是一个悖论，因为任何一种图像只是产品而不是创作者。

在艾柯看来，误读就是"过度诠释"，他试图对阐释的范围进行限定，提出了"作品的意图"这个概念，认为文本自身的特质为合法诠释设立了一定的范围和界限。"解构"滥用了皮尔士"无限衍义"的观念，因为我们至少可以断定某个诠释是糟糕的诠释。借用波普尔的证伪原则，艾柯认为这就足以对诠释没有共同的标准这一假说进行"证伪"，也许读者无法鉴别什么解释较好一些，但对于比较拙劣的解释，读者能够借鉴某种理论来判别"什么诠释是'不好'的诠释"。③ 所以，在艾柯看来，过度诠释就是误读，是对作品的曲解，是我们在诠释过程中应该尽量避免的。作品意图不同于本文产生之前的作者意图，作品意图可能最终与作者意图南辕北辙。作者意图可能与文本的意义毫不相干，甚至可能对文本意义产生误导。作品意图并不妨碍读者在解释文本时自由发挥想象力，作品

---

① [俄] M. M. 巴赫金：《诗学与访谈》，白春仁等译，河北教育出版社 1998 年版，第 248 页。

② [保] 茨维坦·托多罗夫：《巴赫金、对话理论及其他》，蒋子华等译，百花文艺出版社 2001 年版，第 246 页。

③ [意] 安伯托·艾柯等：《阐释与过度阐释》，王宇根译，三联书店 1997 年版，第 62 页。

意图按艾柯的说法，其宗旨是为了生产出所谓的"模范读者"（model reader），也即能够揣摩作品的文脉，遵循作品的指示，按作品的思路来正确欣赏的接受者。而"模范读者"的作用在于勾勒出一个"模范作者"（model author），"模范作者"不是经验作者，而是与本文意图相吻合的作者。艾柯在此陷入了诠释学的循环，从作品意图的整体出发，经过模范读者对文本的逐一诠释，勾勒出的模范作者又回到了作品意图。艾柯认为经验作者必须保持沉默，因为经验作者的私人生活在某个程度上说比其作品文本更难以追寻。在解构主义者看来，艾柯的观点显得过于保守，认为对过度诠释的恐惧会导致我们回避或压制文本运作和诠释中出现的各种新情况。但是，我们有权质疑某个诠释的观点是对的，毕竟诠释还得依靠某些共识才能进行。

意图理论还要与文本的运作机制结合起来，才能合理地诠释文本。伽达默尔的解释学对单纯使用作者意图来解释文本的做法不敢苟同，认为这样做是典型的误读。他的态度是，对于遗留至今的文学等文字遗产，简单地把文本的意义和作者的意图一一对应，这样做违背了语言流传物的基本要求。他用曾经发生过的事情举例说明，曾经发生过的事也不呈现出和过去的志士仁人的内心想法有何相通的地方。所以，作者意图无法涵盖文本的意义，"理解的任务首先是注意文本自身的意义"。[1] 解释学关注的重心是文本而不是作者。伽达默尔超越古典解释学的地方就在这里。文本意义包括作者未曾思考过的东西，所以有必要超越作者意图的视野，把作者意图带入新的问题的开放性中，文本意义的重构不能与接受者的先见分开，对文本意义的理解就是一种问与答的对话过程。所以，日内瓦学派的批评家乔治·布莱过度强调作者的认同批评就是一种误读。在《批评意识》一书中，布莱认为批评最后都要落实到阅读上来，阅读是两个意识即"读者的意识和作者的意识的重合"，[2] 阅读是意识之间的碰撞，是接受者与作家之间展开的心灵的对话。在这里，布莱认为作品中暗含着作者的意识和思想，阅读就是与之认同，故有"意识批评"之称，意识批评不是对话批评，因为其读者意识的目的只是找到作者的意识，两者的关系是不

---

[1] ［德］汉斯-格奥尔格·伽达默尔：《真理与方法》（上），洪汉鼎译，上海译文出版社1999年版，第478页。

[2] ［比］乔治·布莱：《批评意识》，郭宏安译，广西师范大学出版社2002年版，第3页。

对称的。布莱把文学的本体视为精神性的存在，由作者意识、词语组成的"纯粹精神实体"，这种精神性的存在由以下内容构成：首先是作者构型形成的文本的形式；其次是接受者在接受文本时，文本中作者展露的大量思想感情。在布莱看来，后一种存在更根本，它是文学作品真正的存在，是读者阅读所要把握的对象。由此，文学作品成了一个有灵魂的主体，而不只是被动的阅读对象。阅读就是找到这个主体的意识，读者的意识只是去感悟、思考，让文本的那个主体意识来占据自己。意识批评视传统的传记式批评为一种误读，传统批评把作家的传记作为阅读的重要参考，而意识批评主张寻找作者在我们心中唤起的他的思想或感受的类似物。因此，"不是传记解释作品，而是作品让我们理解传记"。[1] 对布莱来说，我思非笛卡尔式的思辨，而是内心不经任何思考的感受。布莱的认同批评，把作品当作思想的载体，批评就是通过这个载体和作品中的意识认同。布莱的理论走向了一个极端，主张完全悬置文本的客体性，阅读变成了一件与客体无关的主体的事件。意识批评、读者反应批评以及解构批评有相通之处，意识批评甩掉了传记批评等外在客观因素，进入了读者的主观反应中，放弃自我意识进入作者意识，实质上是读者根据自己对文本的反应来描述作者的"我思"。所谓的"我思"，只是作者意识的虚拟，是读者构建的自我意识，作者意识已经不可考证。正如米勒所言，布莱认同批评的逻辑起点是我思，但布莱把我思当成一种内心直截了当的感知，似乎没有任何的开端，而且充满了不确定性，在解构主义的理论视野中，开端也不可寻，"追求开始的结果是发现不可能到达起源"。[2] 开端早已变成了踪迹，延异总是在开始之处。米勒据此发现了认同批评与解构主义的相通之处，即不在场使得意识不可寻，处于无法企及的运动中，布莱试图让读者的意识去深化或延续作者的语言，已经走向了解构。

三 解构式书写是一种误读

在解构主义者看来，一切阅读都具有书写性质，读与写互为解构。传

---

[1] ［比］乔治·布莱：《批评意识》，郭宏安译，广西师范大学出版社2002年版，第244页。

[2] ［美］J. 希利斯·米勒：《重申解构主义》，郭英剑等译，中国社会科学出版社1998年版，第28页。

统的模仿论认为模仿是文学艺术的开始，以镜像式复制的程度作为衡量艺术高低的标准，艺术成了真理的代言者。德里达认为："模仿既是艺术的生命又是艺术的死亡。"① 因为在模仿论中，自然优先于艺术，艺术是次要的，但艺术又是人超越自然的手段，因此对待模仿的态度必定是矛盾的。德里达干脆直接否定了客观事物本身的存在，说："决不存在对事物本身的描绘，这首先是因为根本不存在事物本身。"② 因为从解构理论出发，并不存在先于符号而自存的一个世界，因为这个世界已被符号污染了。现代艺术产生意义而不反映真理，阿尔托的残酷戏剧与模仿论决裂，"阿尔托想要的是一种重复在那里不可能存在的戏剧"。③ 戏剧言语提供给舞台的同时，立即变成了被盗走的语言，被盗走意味着被别人不断地重复。

  写作不再是一种对现实的模仿，有着深刻的语言学依据。结构主义语言学认为文字相对于言语来说，是一种特殊的存在，言语是直接的面对面的交流，作为记录用的文字反而喧宾夺主，成了唯一的判断的依据，是"畸形的病例"，④ 其地位和作用应该被重估。结构语言学把语言分成言语与文字两种不同的符号系统，文字存在的唯一理由就是再现前者。言语是内在系统，文字是外在系统，言语优先于文字。在言语交流中，语音被确认为在场的，意义的理解和接受以此为准，而文字的书写、阅读，符号的制作与传递，书面文本等被认为处于附属地位。由此推知，言语交流过程中，在场的交流是不会误读的，只有不在场的文字才会导致误读的发生，文字是对言语的败坏。对文字的不信任，在西方由来已久，柏拉图认为它是让人误入歧途的药，卢梭对文字充满了深深的恐惧之情，进而对文字制造的文明全盘否定。譬如，在《爱弥儿》中卢梭认为阅读罪莫大焉，阅读让儿童不会思考，是成长的祸根，教育是不折不扣的替补体系。他们都把文字当作危险的替补，只有当言语不在场时，才需要文字来作为补充。德里达从卢梭那里借用了"替代"一词，对文学艺术的模仿论作了彻底地解构。语言试图对客观事物进行复制、再现，但结果不过是一种骗人的把戏。

---

① ［法］雅克·德里达：《论文字学》，汪堂家译，上海译文出版社1999年版，第303页。
② 同上书，第424页。
③ ［法］雅克·德里达：《书写与差异》，张宁译，三联书店2001年版，第320页。
④ ［法］雅克·德里达：《多重立场》，佘碧平译，三联书店2004年版，第29页。

所有的语言都是替代物，文学艺术的书写就是用语言文字替代、补充客观事物的不在场，模仿是艺术的开始，同时也是艺术的终结。据此，德里达认为模仿在书写之前，已经不在场，已经是一种延异。在这里，德里达对卢梭的语言学理论故意进行误读，认为卢梭"说了不想说的东西，描述了不想定论的东西：肯定（即）否定，生即死，在场即缺席……"①卢梭的本意是贬低文字，抬高言语，但一经德里达解构，一切确定的东西，都变成了替补，成了不确定的、不在场的。

从解构卢梭开始，德里达的书写理论开始对声音中心主义大加挞伐，认为声音中心主义就是逻各斯中心主义、就是人种中心主义，声音被赋予了特权，书写符号被驱逐、被贬斥，其中暗含的权力意识形态与神学和形而上学合谋，成了统治人、压迫人的思想工具。德里达创造了"源书写"的术语，其用意就是要彻底地颠覆以声音为中心的思想。源书写与书写并不一样，源书写是本源性的，为言语与书写两者的母体，没有书写，就没有语言，语言的发端就是源书写。文本之外一无所有，文本与文本之外的对立失去了意义。"源书写"瓦解了声音与书写的二元对立，又没有让书写成为新的中心。

文字和言语到底何者在先？英国哲学家罗素认为很难确定文字和言语哪个更为古老。"源书写"一词的意义更多的是哲学的，而非文字学或考古学的。文字并非是用来记录言语的"记号"，言语的本质就是文字。挣脱了声音中心主义的束缚，文字作为一种相对独立的书写行为，尤其是在文学性的书写中，人们可以放手进行语言游戏，文字的意义也不再指向固定所指，书写就是先验所指缺席的游戏，这就动摇了在场形而上学和存在—神学的根基。

为了彻底解构在场形而上学，德里达提出了一系列的术语，譬如延异，又译为分延。延异似更为准确，分延只是强调了时间的差异，而延异则凸显了时间、空间的差异。在德里达的哲学中，解构的同义词有很多：延异、踪迹、播撒、增补等，这些词意思差不多，只不过在不同的场合用语不同而已。踪迹一词，德里达用来表示文本意义的不确定性，但你追寻文本的意义时，"草蛇灰线"的踪迹带来的不是"伏脉千里"，文脉总是

---

① ［法］雅克·德里达：《论文字学》，汪堂家译，上海译文出版社1999年版，第357页。

已经被语言一再地延宕，意义的源头就是差异，就是踪迹。一切都是踪迹、都是延异。所以德里达认为"不存在一般意义的绝对起源，"① 意义的绝对的源头根本就是子虚乌有。延异，即分延②，延迟自己并书写自己。延异，德里达在不同的文本中分别表达了对延异的看法，概括起来大体上有："延迟和非同时；区别；差异及最后意义的生产；特别是实体本体论的差异的展开。"③ 能指与所指的统一体不可能产生于现在和绝对在场的丰富性中，由此，与声音决裂的文字是纯粹的指代者，没有被指代者，没有与之发生自然联系的被指代者的秩序，向主观要求表明了它的死亡。"死亡……始终构成了言语的本质，成了它的痕迹、它的储备、它的内在和外在的分延：成了它的替补。"④ 替补是危险的，因为它暴露了在场形而上学的分歧，同时又企图掩盖不在场，在场从未真正完全当下在场。

在解构主义的文本里，阅读总是一种书写，书写也总是一种阅读。二者是一种双重同构，在那里着手去写的已经被阅读了。双重同构与双重解读相似，作者与作者之间构成互文性阅读的关系，马克思在阅读着黑格尔的阅读。解构主义的阅读面临的首要任务是如何从结构主义的束缚中解放出来，解构主义之前，结构"一直是阅读或写作的一种方法或关系，用以结集意义，辨认主题，安排恒量和沟通"。⑤ 在结构主义中，结构被看成形式与意味的统一，与历史无涉，德里达批判了那种对结构的极端崇拜之情，把它看成上帝式的隐约存在，这就让"时间和历史被中立化了"，⑥ 而且"逃离了创造意志和清晰的意识"。⑦ 结构式的文学的阅读方法总是在预设，追寻"大写的观念"或"内在构图"，这种观念主义的传统批评带有神学色彩，呼唤书写的神学同时性。"总之，在时间中展开的

---

① ［法］雅克·德里达：《论文字学》，汪堂家译，上海译文出版社 1999 年版，第 92 页。
② "分延"，即"différance"，德里达创造的单词，一般译为"延异"，汪堂家译为"分延"。
③ 转引自［英］克里斯蒂娜·豪威尔斯《德里达》，张颖等译，黑龙江人民出版社 2002 年版，第 165 页。
④ ［法］雅克·德里达：《论文字学》，汪堂家译，上海译文出版社 1999 年版，第 457 页。
⑤ ［法］雅克·德里达：《书写与差异》，张宁译，三联书店 2001 年版，第 24 页。
⑥ 同上书，第 522 页。
⑦ 同上书，第 23 页。

阅读应当使作品在它所有的部分中同时呈现以便获得整体感……像'动画'一般，书写只能在连续的片段中被发掘。高要求的读者的任务在于翻转书写的这种自然倾向，以使之整体地呈现在精神的观照中。完全的阅读只有在将书写转化成相互关系的共时网络的阅读时才存在：正是在那个时刻惊奇才涌现……"① 这表明了阅读要获得结构整体性和同时性的困难，解构主义恰恰是要表明这种同时性是不可能的。能指向能指的转移是无法界定的，意义的获得由于延异而意味着无限的暗示，写出的东西永远不等同于它自己。结构和生成是一对不可克服的矛盾，结构是固定的，生成则是处于不断的变化之中，意义同时也就变得捉摸不定。德里达认为："生成和力量的意义，就其纯粹品质而言，乃是起点与终点的静息，是一种场面、视域或面貌的静态。在这静息和静态当中，生成和力量的品性被这意义本身给遮蔽了。"② 这里的意思也就是说，结构是静态，但意义的生成是动态的，要获得意义必须突破结构，但要葆有结构，意义就不会生成。所以结构主义陷入了结构与生成的两难。解构主义要走出结构主义的路数，才能爱上力和移动线条的运动。

由于书写自身的修辞性和解构性，他者和差异位于意义的源头，德里达和保罗·德曼都认为书写是不可阅读的，德里达认为不可辨读性是书写的可能性，"我们所说的彻底的无法辨读性并非无理性，并非令人绝望的导致无意义，也绝非那些可以在费解和无逻辑面前引发恐慌的东西。……原初的难以辨读性因而前在于书写（指非编年学的意义上的），甚至就是书写的可能性本身，是书写身上某种使'理性主义'与'非理性主义'日后可能对立的可能性本身。在难以辨读性中显示自身的存在超出了这些范畴，它在写下自身时同时超越了它的名称。"③ 所以，所有的书写都同时包含了两歧的可能性，所有的书写都是在误读。

书写带来了阅读的不可能性，主题不再是一元的，无法把意义限定在最终所指之上。解构式书写抛弃了线性书写方式，时间是非线性的，空间是拼贴的、万花筒般的，由此带来了意义的两歧和主题的多元。相较于传统的书写方式，解构式书写赋予作家极大的创作自由和想象的空间，意义

---

① ［法］雅克·德里达：《书写与差异》，张宁译，三联书店2001年版，第40页。
② 同上书，第44页。
③ 同上书，第126页。

理解的开放与多元在后现代被视为一种进步。多元意义的写法有很多种，德里达主张跨学科进行书写，跨越哲学与文学等学科界限，在文字的边缘玩弄能指的游戏。德里达认为解构是"哲学的某种非哲学思想"①。德里达的说法暗含深意。现代以来，学科分化十分严重，隔行如隔山，各门学科之间变成了互不通约的知识，而在古代，百科全书式的学者比比皆是，柏拉图的对话录既是文学作品又是哲学著作。去分化的写作是一种创新性的写作方式，哲学思想可以通过多种方式来表达，可以用对话等文学性的手法来创作，也许更具颠覆的力量。文学经典的形成过程，就是文学神圣化、偶像化的过程，最终成为宗教式膜拜的对象。经典的重构就是要通过解构式的写作，从一种霸权中解放出来。德里达的哲学文本的书写，是作为一种摆脱形而上学的声音中心论登场的，声音对书写保持特权的地位，是形而上学的表现。解构式的书写，是一种悖论式的书写，或者说双重操作。德里达对传统形而上学的攻击，分为两个步骤，首先是阐明形而上学的理论框架，揭示和披露隐藏的哲学前提，并对这些前提进行质疑。其次，为了形成强有力的批判，德里达不得不发明新的概念术语，建构自己的学术框架，向旧的系统发起"挑战"。② 德里达的批判是非常彻底的，他不但对传统的思维方式进行反思和批判，而且也不乏自我深刻的反省与解剖。德里达与哈贝马斯有过交锋，哈贝马斯宣称，德里达的论证是循环的，德里达相信所有的翻译都不正确，所有的理解都是误解。德里达否认他曾经表达过这样的观点，并争辩说，他宁愿强调误译和误解在任何言语行为中的可能性。后来，哈贝马斯承认对德里达的理论有所误解，并公开向其致歉。德里达也一再地宣称自己不是后现代主义者、不是后结构主义者，反复阐明"解构不仅是否定，也是肯定"，③ 承认解构中的建构，解构并不是破坏，并不总是误读，而是要寻求另一种书写、另一种表达的可能性。解构主义在后期有明显的实用主义倾向，德里达在公开场合多次表明了这种倾向。实用主义倾向表明了解构式写作的困境："德里达学说中

---

① [法]雅克·德里达：《书写与差异·访谈代序》，张宁译，三联书店2001年版，第12页。

② [英]约翰·斯特罗克编：《结构主义以来》，渠东等译，辽宁教育出版社1998年版，第205页。

③ 转引自张一兵《问题式、症候式与意识形态》，中央编译出版社2003年版，第46页。

最糟的部分，正是他在那里开始模仿他讨厌的东西和开始自认为提供'严格分析'的部分。"①

通过解构式写作的分析，我们发现解构式写作开创了一种全新的写作模式，但其悖论式写作似乎表明其解构不可能做到完全的个人式的创新。写作从某种程度上看，具有某种非个人化的色彩。按尼采的说法，完全个人式的作家不是高明的作家，推而言之，一切艺术概莫能外。必须战胜个人的偏见束缚，克制自身的欲求，才能超越自我，虚位以待，开启文学艺术创作的大门。他认为没有客观性，就没有"真正的艺术创作"。②尼采的言论与道家的虚静观何其相似。"虚静说"表明了文章构思、谋篇布局的关键，就是不能放纵自己的意志和个性，要学会宣泄自己的不良情绪，总之一句话，就是要克服主观性，拥抱客观性。所以，尼采和道家的文论，避免了解构式写作的某些盲点，更契合文学创作的实际。不过，尼采的非个人写作理论要求作家否定全部的艺术知识，与世界原始艺术家的契合，这又遮蔽了艺术的真实面貌。他认为从根本上说，文学艺术史流传下来的学问统统都是"虚妄的知识"③，其理由是这些知识并未触及艺术的本体，平庸的作者和读者在这些知识中耗费了一生，也明白不了艺术是什么，不能做到和艺术的真谛合二为一。此艺术之本质，按尼采的说法，乃是作品唯一之主体，它为自身筹划了"这永久的娱乐"。④也许我们每个人都是天生的艺术家，只不过后天的教育和知识反而遮蔽了我们的初心。从这里出发，尼采认为必须重估所有的知识，除却个人身上全部的知识负担，听候原始艺术家的召唤，回归文学艺术的本体，在这种类似于诗神附体的迷狂状态中，作家完全进入了虚静的状态，好像失去了自我，又好像自己能主宰一切；是对象，又是主人；天人合一，主客兼顾。但是，尼采认为艺术家往往误读自己的作品，没有能力做批评家，反而是艺术家的荣幸，因为理性的批评力必然损害感性的创造力，创造比批评要有价值得

---

① [美] 理查德·罗蒂：《哲学与自然之镜》，李幼蒸译，商务印书馆2003年版，第415页。

② [德] 弗里德里希·威廉·尼采：《悲剧的诞生——尼采美学文选》，周国平译，三联书店1986年版，第17页。

③ 同上书，第21页。

④ 同上。

多。尼采由抨击知识到认为批评家是自负、无聊的人,在《悲剧的诞生》一书中,尼采对那些知道一点艺术知识,就自以为掌握了真理的批评家嗤之以鼻,表示了极大的轻蔑,认为他们是伴随悲剧诞生而生产出的最差劲的接受者,是一群"带着半道德半学理"滥竽充数的怪物①。这些批评家生活在自己编织的空中楼阁中,与生活保持着苟延残喘、藕断丝连的联系,他们对艺术横挑鼻子竖挑眼,看什么都不顺眼。其存在的目的似乎就是让艺术家和表演者感到难堪,使他们措手不及、难以应付。批评家浑身上下充满了酸腐之气,找不到一丝一毫生活的乐趣。不可思议的是,这些批评家竟成了能评判艺术价值高低的权威,由于他们对艺术颐指气使的态度,对普通大众造成了极坏的影响,哪怕是大字不识的家庭主妇,亦受他们的熏陶,唯其马首是瞻,培养了同样糟糕透顶的审美"理解力"。②尼采的非个人写作理论具有神秘主义色彩,而且,写作既然是一种非个人化的行为,那么必然就与传统和知识联系在一起,尼采既主张客观性写作,又抨击知识,陷入了悖谬之中。

综上所述,个人书写也必然带有非个人化书写的色彩,都必然与传统和知识发生关系。英国文学理论家兼作家艾略特是坚定的非个人化书写理论的倡导者,他认为作家在创作时不应该放任自己的情感,应该摆脱情感的束缚。作品并不需要展露个人的性情,反而需要"脱离"它。③和尼采不一样的地方在于,艾略特认为一个好的诗人首先是批评家,诗人写诗的过程类似于文学批评的行为,二者都要甄别词语、嫁接与组合、谋篇布局、反复修正等,都有相当的工作强度,让人望而却步,但他们都在做一件前人未曾做过的事情。在某种意义上,文学也是对生活的批评,二者是异质同构的。艾略特坚持认为,高明的诗人就是高明的批评家,其创作的文学文本是一个潜在的有力的批评范本。高明的作家之所以高明,原因就在于这些作家的批评才华"更为高超"。④ 所以,不管是解构式的写作,

---

① [德]弗里德里希·威廉·尼采:《悲剧的诞生——尼采美学文选》,周国平译,三联书店1986年版,第98页。

② 同上。

③ [英]T. S. 艾略特:《艾略特文学论文集》,李赋宁译,百花洲文艺出版社1994年版,第11页。

④ 同上书,第72—73页。

还是巴特式的零度写作，都不可能完全是一种主观的天才的创造，而是一种传统知识的继承与创新，否则，就会创作出一种谁也看不懂的东西。传统知识与现代知识之间，用解构理论家米勒的话来讲，就是重复的关系，但重复的逻辑是一类特殊的逻辑，既建构又解构，在建构之中有解构。米勒在解释重复的两种形式时，引用了批评家巴巴拉·约翰逊来重新诠释了解构的内涵，把两套不同的话语并列在一起，这不叫解构。解构是用心良苦、细致地策划，并非简单地用"或""是、也是""既非、亦非"等把话语连接在一起，然而，解构也不是要彻底甩开此类逻辑方式，其较为恰当的解释是，解构"意味着瓦解建构/解构这一对立中包含的或者/或者的逻辑法则"。[①] 解构式的写作逻辑是一种非逻辑（或另一种逻辑），这种非逻辑的目的在于揭示语言的差异性，寻求那些看似边缘的反常和怪异。从这里我们可看出，解构式的写作的这种两可/两不可的模糊态度，本身就是一种误读的游戏。而德里达承认，解构中也有建构，所谓建构必然是既偏离常规思想，又让人看上去既熟悉又陌生，旧中有新、新旧承续，正是解构式写作吸引人的魅力所在。

第四节　他者

他者是文化批评领域内的重要范畴之一，是文化批评的热门词汇，目前已经达到了言必称他者的地步。他者问题在跨文化的文本接受中到处可见，跨文化的他者是真正意义上的他者，是鲍曼所言的异乡人，是恐惧和混乱的根源。他者理论为误读根源的探讨和阅读伦理的提出带来了多种可能性。

一　拉康的他者

拉康的他者理论来源于弗洛伊德，众所周知，弗洛伊德主体的三元结构中，自我、本我、超我的理论已经预示了他者的出场，即我是他人。拉康认为笛卡尔主体的自反其实是自恋，正是镜像阶段的自恋完成了主体的

---

① ［美］J. 希利斯·米勒：《小说与重复》，王宏图译，天津人民出版社 2008 年版，第 20 页。

自我塑形，他的名言是"任何主体理论都是直觉享乐主义的呕吐物"。拉康的镜像他者是一个理论的创新。在幼儿的镜像阶段，幼儿在镜中认出了自己，但这个主体用来自我确证的镜像是一个他者，即小他者。这个镜像他者是一个形象，非语言的，同时也是异化，因为把"我"误认为镜中的那个"他"，对镜像的迷恋是拉康称谓的"形式的凝滞"，是人类所有妄想的开始，是知识的起源。试想人类发明的各种不变的形而上学的知识似乎要想去抓住这个流动世界，不是妄想又是什么。随后无数的他者形象侵入了幼儿的认同中，幼儿以别人的欲望为欲望，他者形象的侵凌表明主体之始是一个零。认同要求获得他者的承认，承认带有强迫性，不管是引诱还是强制，主体的侵凌都从此中诞生。这与心理学家弗洛伊德的理论不一致，后者认为主体的侵凌产生自本能。拉康甚至把主体侵凌的理论溯源到黑格尔，"黑格尔提供了有关人类侵略性的最终理论"。[1] 争夺他者的承认，于是战争开始了。主体是他者、自我、对象的三边关系的效果，其关系结构充满了张力，各种幻象、异化和争斗充斥于想象秩序中。为了逃脱想象界对主体的奴役，人发明了语言，从此主体进入了所谓的象征界，是无意识的语言，是所谓的大他者。语言秩序是一种井然有序的结构，进入符号的链接中，主体被彻底能指化了。和弗洛伊德一样，拉康也认为人的无意识被他者占据，不过，拉康似乎强化了大他者的力量，大他者带有侵凌性，隐藏在主体的无意识领域，迫使人做出下意识的动作。[2] 人变成无意识操纵的傀儡，笛卡尔式的主体是一种假象。当然，象征界也是对话和交流的场所，也是伦理学产生的场所。拉康借用了弗洛伊德的图表来描述主体从小他者向大他者的这种运动过程，主体 S 想象的存在形式生成对象 O，O 又带领主体穿越本我 O' 的空间，即他的形式在他的对象中的反映，最后到达大他者那里，上升到意象领域，成为语言中的一种主张。在这个过程或模型中，当主体追问我是谁时，最终又返回追问的那个主体，主体也不再是原来的主体，意即这个追问又进入了新一轮的运动中。由此，在拉康的主体模型中，差异是主体的基础和意义的来源，这包含了主体与他者关系的可能与不可能。

---

[1] 严泽胜：《拉康论自恋、侵略性与妄想狂的自我》，《外国文学评论》2003 年第 4 期。
[2] ［英］玛尔考姆·波微：《拉康》，牛宏宝等译，昆仑出版社 1999 年版，第 92 页。

拉康认为爱是一种欺骗，因为"你从来不站在我看你的位置上看我"的争执出现时，依赖他者的理想破灭了，"主体之所以最终成为主体，凭借的是来自他者对这一幻想的认可，而且这一认可依据的是象征界之内的位置和他者的凝视。"① 拉康认为人在象征界的第二个认同是语言的误认，语言中的"我（I）"只是一个能指，人人皆可用，人只是语言逻辑系统中被分配的一个位置。主体进入语言，标志着社会化的开始，同时也被当作象征的秩序置入他者的秩序中。在语言中，我们只是"能指链"的一部分，能指存在是为了另一个能指，是为了另一个主体，主体的欲望于是成为大他者的欲望。在主体不断地从无价值的他者那里追求想象的满足时，会在拉康所谓的"接合点"上短暂地抛锚，但这只是无休止的欲望中短暂的喘息。所以，差异是根本的，成了所有矛盾和焦虑的来源。但是，差异的具体性是形形色色的，差异无法固定于某个真理中，这也是恐怖主义的来源。

差异成为了普遍之物，差异是一切，又什么也不是，作为前者来说，标志着好像是真理的东西，在后者那里，又失去了具体性的力量。但这一切并不意味着主体无论说什么、做什么都是没有意义的。拉康认为能指存在所谓的"关键能指"，好比家具上的"弹簧按钮"，这些缝合点可以部分封存符号的意义。句子中的关键能指一般处于组合成分的关键结尾处，意义可以从反方向被建构并封存，比如在政治话语中，能指"自由"以一种标志性的方式经常被"封存"。

要实现真正的和谐和正义，我们可以借助拉康的"他者"理论。他认为不存在"他者的他者"，因为这样的他者只是一个冒名顶替者，换言之，不存在一个可以窥见关于他者之真理的位置。在拉康的模型中，他者是主体的条件，伦理学必须正视，这将导致无休止的批判。他者是主体自反式批判的镜子，批判或反思变成了多重折叠。解构主义对逻各斯中心主义的批判与拉康的他者理论似乎有异质同构的家族相似性，逻各斯中心主义对他者、边缘等的忽视，与暴力符号画上了等号，"所有可能鼓励如阳具中心的、种族中心的或种族主义的暴力符号，似乎都有必要始终采取警

---

① ［英］凯特·麦高恩：《批评与文化理论中的关键问题》，赵秀福译，北京大学出版社 2012 年版，第 105 页。

惕的伦理标准。"[1] 由于主体建构离不开他者，主体似乎也并不是不可分的原子，对主体自我的批判只能是批判的批判，即自反式批判，只有这样，似乎才能避开大他者的侵凌，摒弃不必要的误读。"他者"是主体的一部分，他者可以是自身之外的主体，也可以是语言符号之网，即"语言秩序"。[2] 在拉康那里，主体是语言系统中的一个能指，无意识是"他者话语"，"他者"代表着既建构又威胁主体的神秘力量，审美不过是现实界这"他者的话语"。从拉康的观点中，我们可以推知，文本即他者，文本是另一个主体。阅读文本，就是与他者对话。对于文学欣赏而言，文本阅读的快感源于他者，作品中的主人公的悲欢离合，因为不是我们本身的，我们可以保持审美的距离，但我们又保持对他者的迷恋，文本的快感就在于这种既依赖又疏离的微妙关系。

二 《黑客帝国》的拉康式解读

主体是什么？人不就是一个主体，物体不就是一个客体吗？可是当我们看完电影《黑客帝国》后，我们不仅对上述论断发生了怀疑，人在黑客帝国里还是一个主体吗？不是了，所谓主体，只是一个程序的代码，更进一步说，现实和真理也是程序的代码而已。

在我看来，《黑客帝国》是一个双重隐喻，救世主尼欧在虚拟世界里像超人一样无所不能，一旦离开了电脑，他变得比一只羔羊还要脆弱。如在电影中，尼欧还没有加入抵抗组织以前，他是一个电脑天才，有双重人格，现实中他叫安德森；在互联网上，他叫尼欧，很多网络犯罪跟他有关。当警察来抓他时，他很快就束手就擒，显得如此无能为力。加入抵抗组织后，尼欧在虚拟世界里纵横捭阖、游刃有余。这个隐喻表示人这个所谓的主体是一个残缺的主体，或者干脆不如说，主体还不是真正的主体，我们从来就没有达到主体这个位置，在现实世界中，我们总是受到各种各样的束缚，遭受许许多多的挫折和打击。比如，当商品经济来临时，有一句话叫作"消费者是上帝"，可在实际中，为什么消费者总是上当受骗

---

[1] Derrida, Jacques, *For What Tomorrow … A Dialogue*, with Elisbeth Roudinesco, Trans. Jeff Fort, California: Stanford University Press, p. 28

[2] ［比］J. M. 布洛克曼：《结构主义》，李幼蒸译，中国人民大学出版社 2003 年版，第 86 页。

呢？这个上帝不好当啊。再比如，在师生关系中，教师与学生相比，很多人认为老师是主体，学生是客体，可是实际上，很多老师却惧怕学生，因为老师这个主体，需要学生来承认，学生在某种程度上已经反客为主了，老师也用一些唬人的术语和超高难度的试卷来考倒学生。到底谁是真正的主体呢？我们再来做个类比，在电影世界里，主体可以充当大英雄、大豪杰甚至救世主，但实际上我们知道，电影就如同文学一样，是虚构的，电影里的无所不能其实是人的幻想而已。观众通常也通过观看电影，过了一把上天入地的幻想的瘾，按照弗洛伊德的观点，电影或文学不过是人的白日梦而已。第二重隐喻是什么呢？我认为《黑客帝国》蕴含着一些基督教的哲学思想。尼欧的绰号叫救世主，但这个救世主在《黑客帝国3》里，变成了盲人，成为了残缺的救世主，尼欧拯救世界的代价就是牺牲自己，然后又被克隆或复活，再次成为救世主。这其实是基督教神话的另外一个版本，我们都知道基督教神话中基督降临、受难、复活的故事。在虚拟世界里，尼欧在空中飞翔、抵挡子弹，恰如耶稣显现神迹。因为主体是代码，现实是代码，它的规则就是可以改变或重写的。也就是说，耶稣也好，尼欧也好，其实都是妄想狂观念的体现。《黑客帝国》里有个令人难忘的场景：在女先知的客厅里，有个小孩用意识把勺子弄弯了；他告诉尼欧说，做这件事情的方式不是说服自己可以弄弯那个勺子，而是说服自己根本没有勺子。但是，主体呢？岂不是也要说服自己也是无、也是不存在。所谓救世主、所谓尼欧不过是（被大他者）制造出来的符号而已，主体只是一个符号，他从零诞生，最后又复归于零。在现实中，我们仔细思考一下是不是这样呢？我们还在没有出生的时候，我们就已经被他者所命名，我们没有选择降生于帝王家还是平民百姓家的权利，我们的现在与将来都是被他者所规划的。我们看一下城市里笔直的、宽敞的大道，我们经常会为它感到自豪，但是，我们经常迷失在城市的丛林里，找不到方向和目的地。我们要到一个地方，可选道路其实不多，谁说条条大路通罗马？这不就暗示我们的人生轨迹也是这样吗？我是谁，我又要到哪里去？人的一生不就是一个被人操纵的木偶吗？一个人从小学，到中学，到大学、研究生、博士，可能获得无数的荣誉，但是荣誉不过是符号而已，我们总是用一个又一个符号来填充自己，用一个又一个空无来证明自己的主体力量，实际上，主体不过是一个为社会提供能量的电池而已，主体只不过是一个符号建构，他在起始点上就是一个空无。

三 列维纳斯的他者

与拉康从神经症患者出发探索主体如何被建构不同，列维纳斯的他者与西方哲学的渊源极深，在现代，西方哲学出现了自反性的危机，就是哲学转而反对哲学本身。形而上学的大厦建立在一系列的本体论和认识论基础上，尼采用他的柏拉图式的颠倒摧毁了西方哲学的大厦，哲学是否像黑格尔所言将走向所谓的绝对精神，面临终结了？为了寻找后笛卡尔哲学的奠基点，胡塞尔用先验自我来作为真理自明性的基础，提出现象学直观的方法。先验直观，胡塞尔把它称作抽象，现象学的抽象不能等同于经验主义的抽象，经验主义的抽象是从个体到一般的抽象，胡塞尔的抽象则是概念性的，在抽象中意识到的是"客体的'观念'，它的普遍之物"，[①]即主体直观到的是某个事物的概念，并非某个单独的被赋予主体的成分。胡塞尔所说的观念性的事物，即意向性的客体。这个先验直观的方法仍然是唯我论的，是知觉受到对象的引导并在被动的综合中构造对象的活动。唯我认识论遭到其他许多哲学家的批评，认为其仍然局限于传统的认识论或知识学，知识要么来自经验，要么来自天赋观念，不管是哪一种，他者都是被认识的对象。萨特认为胡塞尔"像康德一样不能逃避唯我论"。[②]他人意识仍然无法得到展现。萨特的注视就是解释，就是知觉。列维纳斯则指出了试图去构造他者的意识，本身就是一种侵犯，这是一种形而上学的暴力。于是他提出了他者是无限的概念，无限就意味着不能认识，只能去接近和探视。列维纳斯提出了一个自我与他者关系的模型，一种面向他者的"面孔伦理学"。传统哲学，不管是本体论，还是认识论，都是一种整体性的哲学，他者一致处于哲学的边缘地带，并时时处于光的形而上学的暴力之内，面对被照亮、被揭示、被同化的危险。保护他者，就必须先破除自我的优先性，否则任何关于他者的伦理都要落空。他说他者的脸孔"既不能被看到也不能被触及，因为在看与触的感知中，我的同一性就会

[①] [德]埃德蒙德·胡塞尔：《逻辑研究》（第二卷），倪梁康译，上海译文出版社1999年版，第62页。

[②] [法]让-保罗·萨特：《存在与虚无》，陈宣良等译，三联书店1987年版，第314页。

侵吞外在性的东西，使它成为我的同一性的一个内容"。[①] 他者的脸使他者近在眼前，却又远在天边。他者召唤我接近他，却拒绝被注视、被客体化。他者的面孔是无限的，又是赤裸的、脆弱的，具有了一种伦理的力量，要求我去保护他，听他的诉说，和他交谈。在与绝对的他者的"面对面的遭遇"中，相互交换询问的扫视而不是某种答案，两者的对话转移了形而上的关注。要保持对他者开放，就要排除自我的意识，在对话中，差异双边的交换与修正必须要维持，其中，我被他者质疑，我认识到自己的武断性的意义，但只要保持向他者开放，我就会瞥见对于他者之武断性行为的责任，于是伦理得以诞生。由于主体向来自他者的批判敞开，整体性被揭示为不完整，因而内爆，然而由于其开放性，整体性得以被超越。

但是，绝对他者的概念也并非没有问题，绝对他者是无限的，这似乎在哲学之外，哲学正如康德所做的那样，无非是知识学的划分，没有划分、没有分界、没有界限的东西就是康德所说的物自体，理性的能力被严格划定在知的领域。德里达觉察到了这一点，他对列维纳斯的绝对他者很不满，认为列维纳斯看到形而上学通过同一性对他者实施的暴力，但又陷入了形而上学之中，因为正是形而上学使得他者这一概念成为可能，他者处于整体性中，而不在绝对的无限性中。主体仍然被视为自足而完美的主体，在与他者遭遇之前，不存在不确定性。如果不确定，列维纳斯所言的百分之百的绝对是如何产生的？他人自己产生的？抑或是自己的抉择无可非议的，与他人无关？由此看来，列维纳斯他者理论中存在确定性的因素，这种确定是关于自我幻觉的确定和自我意识的优先性。另外，德里达认为在存在与意识之间做决断无必要，因为真实就是痕迹，正是痕迹使意义在主体之内保持其自身。德里达用呼气来说明这一点，他者能够意识到自身，我们不必思考，呼气就发生。呼气的发散性表明主体物质性的非物质性，既非意识也非有机存在，而是二者之共同后果。呼气标志着一种位置，在呼出的同时也腾开了在场的位置。德里达对列维纳斯的批评有些勉强，因为这是哲学的困境、理论的困境，当我们试图定义任意一个哲学概

---

① [法]艾玛纽埃尔·勒维纳斯：《上帝、死亡和时间》，余中先译，三联书店1997年版，第195页。

念时，必定使之系统化、整体化，方可言说，但定义本身又是一种束缚，从有限走向无限的欲望要求突破这种限定，所以哲学的言说本身就是一种悖论，是在极大的勇气与死亡的边缘之间走钢丝。

总之，列维纳斯认为世界的根基是他者，整个西方哲学误入歧途，哲学的重心不是自我，而是他者。不应该是研究"自我"如何为知识和世界奠定基础的认识论，而应该是研究"自我"如何听命于"他者"、如何响应"他者"的伦理学。他认为道德不是哲学的一个分支，而是第一哲学。他用伦理学取代了胡塞尔和海德格尔等的认识论，这是典型的希伯来文化与希腊文化的区别，其思想是一种彻底的反西方传统的哲学思想。列维纳斯将自我与他者看成是两个自成一体的整体，极力否定自我，张扬他者，从一个极端走向另一个极端，这与胡塞尔、海德格尔等为代表的传统的逻各斯中心主义并没有两样。而且，他的他者在很大程度上是在吸收和借鉴胡塞尔的"他我"和海德格尔的"在者"等概念、范畴的基础上构成的。列维纳斯从根本上否定了理性的基础作用，把脸和他者视为和平的根基。

四 文本：一个他者

他者是自我意识的界限，接近他者是非暴力的。主流形而上学的整体性被假定为生存的唯一方式，而他者标出了形而上学的界限。主体间面对面的遭遇只有在摆脱主体性内在依据和条件后才得以发生。他者是幽灵，其存在标志着我们的无知。列维纳斯认为他者是上帝或无限的象征，他者确立了主体间的新型关系，有限的自我不能统合无限的他者，自我与他者的相遇是一种"无关系的关系"。对此，柯林·戴维斯评论道："与他者的遭遇是一种不是经验的经验，所确立的是一种不是关系的关系，但无论如何这种遭遇不是一个可以在时间或主体历史中加以定位的事件。"[①] 这就消除了笛卡尔哲学"我思"的唯我性，他者处于绝对外在或超越之中。与之相反，柏拉图以来的认识论整个是主体中心的唯我之学：一切都源于自我、为我所决定，其"回忆说"认为求知不过是返回自我，康德先验哲学保证的经验普遍性最终无非是主体的先验范畴。

---

① [英]柯林·戴维斯：《列维纳斯》，李瑞华译，江苏人民出版社2006年版，第38页。

列维纳斯的他者概念对误读也不乏启示作用,许多文学解释就是将文学作品纳入预先构建的理论框架之中,对之进行惨不忍睹的解剖,文学解释的结果令人乏味,这种暴力解读在文学阅读中是普遍存在的现象。但是,文学作品不同于科学研究,它不可能被完全整合进我们的认识之中,纳入整体之中,它永远抗拒着解释,反对解释。文学作品作为他者,还意味着它是无限的,我们只能无限地接近,而不能占有,这似乎也回应了阅读即误读的解构理念。反对暴力解读,就要走向一种他者的伦理学。阅读总是存在着为我所用、断章取义的事,同一性的暴力难以避免,作者或文本得不到应有的尊重,作者受到伤害,甚至为此枉送性命。如"文革"中红卫兵对一大批优秀作品进行了曲解,甚至如文学大家如巴金,在"文革"中也迫于压力写了所谓批判孔子的力作《孔老二罪恶的一生》,其中有一段情节大致如此:孔子为了升官发财,非常渴望去巴结权贵。恰逢权臣季孙氏摆家宴笼络人心,孔子认为这是自己接近上层社会的天赐良机,母亲才去世不久,孔子竟然对自己整天吹嘘的礼制置之脑后,忙着去赴宴。刚来到季孙氏家的大门口,就碰上他家的管家阳虎,阳虎没给孔子好脸色,孔子吃了闭门羹,灰溜溜地回了家。孔子为此愤愤不平了很长时间,左思右想,觉得要推翻季孙氏的统治,必须联合一切旧的力量,于是孔子为恢复奴隶制奔走呼号。[1] 巴金对传统的重读是为了适应当时的政治需要,巴金式的阅读在那个特殊的年代极为常见,此类解读对作品任意曲解,很多情况是被迫无奈。但有些游戏式的暴力解读,则是对作者或作品极不负责任的行为。他者伦理学要求读者公正地对待作品,由对自己负责转向对作者负责,真诚地与作品对话而不是非法据为己有。走出自我的封闭圈,在作品的召唤中,他者向我发出了邀请,用解释学理论讲,我们要学会聆听作品,回答作品的提问。读者小心地接近作品,但是不能拥有它,作品不能变成自我的同化物。因为作品是一个他者,而不是纯粹的物,对物的关系可以作为理解被确立,而他者是存在者,而且是唯一的存在者,我们不能从存在出发去捕捉、去赋予他者意义。列维纳斯认为,存在主义的理解要求对存在去蔽,存在者(包括他者)也要求在存在的无蔽状态中才能被理解。但存在主义在去蔽

---

[1] 萧甘(巴金笔名):《孔老二罪恶的一生》,上海人民出版社1974年版。

的同时,实际上也遮蔽了存在,去蔽就是对存在者命名,存在者于是被暴露,沦为被支配、被使用的地步,去蔽暗含了"暴力"和"否定"。① 按列维纳斯的说法,真正的理解应该是对他者祝福,让他者自由地存在。这种从存在到存在者的命名就是对特殊、对局部的否定。仅仅把作品当作一个可以任意解剖的存在者,就宣告了对他者的谋杀。这种不可还原的他者永远不会变成自我的意识,是不对称的他者。按照列维纳斯的说法,误读似乎是难以避免的。

在他者理论的视域中,哈贝马斯的交往哲学和巴赫金的对话哲学,主体之间的交往、对话其目的也是为我所用,对话只是读者的一厢情愿,对话有可能沦为主体孤独的独白。理解他者无非是从自我出发的移入、推衍的过程。主体间性理论虽然有走出自我趋向他者的意味,但是,交往理性与对话理性同属于理性哲学,列维纳斯认为理性哲学的要素是光,光让人"成为外在世界的主人",② 让人类从自然界脱颖而出,成了宇宙的精华、万物的灵长,人类顶着光环却注定了被孤立,脱离自然的母体。光也意味着让他者暴露在众人的眼前。所以,理性哲学是唯心哲学,是禁闭他者的牢笼。话语的本质是对话,对话就意味着面庞与面庞之间的遭遇,在对话经验中,列维纳斯认为:"主体变成了确定无疑、无条件的在者。"③ 意即对话者是一个绝对的存在,而不是海德格尔存在意义上的中性存在,因为存在意味着要去掠夺、去占有、去同一化他者,而绝对的存在就如同上帝,你只能去亲近他,而不能阐释他,阐释他也就是暴露他,使他者成为视觉、反思和知识的对象,这是同一化哲学的举动。列维纳斯要求我们在伦理的意义上将他者尊重为他者,对话是接近和责任,让他者作为他者永远存在下去,而不是为了获得共识和一致性。文学对话也如此,由于文本具有不可阅读的他性,在这个意义上误读将是永远也避免不了的。列维纳斯这样描述误读的不可避免性:"在写下来的文本中,说实际上成了一种纯然的所说,成了说及其条件的一种同时性。一本书就是追随打破它的东

---

① 倪梁康主编:《面对实事本身——现象学经典文选》,东方出版社 2000 年版,第 687 页。

② E. Levinas, *Time and the Other*, trans. Richard A. Cohen, Pittsburgh: Duquesne University Press, 1987, p. 65.

③ E. Levinas, *Totality and Infinity*, trans. Alphonso Lingis, The Hague/Boston/London: Martinus Hijhoff Publishers, 1979, p. 71.

西的话语。但书写有它们的命运；它们属于一个它们并不包括的世界，但通过被书写和被印刷，通过被加上序言和前言，它们认识这个世界。它们被打断，召唤其他一些书，并且最终在一种有别于所说的说中被解释。"① 意思是说文本虽然有主题，并囊括了一切事物而编制，但在读者接近作品的过程中，文本所说仍然被另一种说所替代。但这种打破了文本总体性的误读是非暴力的，是说其非所说，又不是自言自语，读者与文本的距离是"不可跨越的，但同时又被跨越了"，② 德里达评论说："列维纳斯意义上的那种伦理学是没有律法没有概念的伦理学，它的非暴力纯净性只在概念和律法被确定之前才能得以保持。"③ 这里，我们看到列维纳斯同语言不断搏斗，力图挣脱传统的语境，虽然陷入了各种悖论中，但又让人深思警醒。把作品作为他者来阅读，就是采取一种伦理学的态度，和伽达默尔的"善良愿望"有共通之处。

五 他者理论视域中的自反性

在笛卡尔的自反性思维中，他者不存在，因为一切都可以内化为"我思"，内化为另一个"客我"。自反性一词实际上含有自我的内化和吸收的问题，自反性的悖论在于如果存在一个绝对的他者，那么自反性的理解就将中断，但如果自反性是自我完全内在的自反，则自反的动力就不存在，由此，自反性的主体始终被他者性占据，主体本身是分裂的。自反性表明主体需要他者来补充，"补充的逻辑是，它所补充的始终已经是所缺乏的，因而是可以无限地加以补充的"。④ 自反性是难以解释的，因为他者的存在，向自我的反身就成为不可能，自反永远无法到达某一固定的所指。自我需要他者来补充，那是因为自我一开始就是一个零符号，而任何符号都是自反的，那么主体的自反又是在语言中，自反就变成了"自反的自反"，陷入了自我指涉的怪圈，所以就有了无限的自反和自我永久性

---

① 转引自［英］柯林·戴维斯《列维纳斯》，李瑞华译，江苏人民出版社2006年版，第97页。
② 同上书，第61页。
③ ［法］雅克·德里达：《书写与差异》，张宁译，三联书店2001年版，第191页。
④ ［英］凯特·麦高恩：《批评与文化理论中的关键问题》，赵秀福译，北京大学出版社2012年版，第99页。

的搁浅。

由此看来，在他者理论的视域中，自反性可以理解为同一性，是一种消灭他者性的企图，这种自我中心的反身充满了摆脱他者依赖的欲望，"尽管他者的确能够提醒我们，让我们明白我们并不是存在的全部，但任何试图通过他者与自身相同的企图，都终将是自我毁灭的。"[1] 意义来源于重复，如同意义的查询需要字典一样，但任何重复都是自我毁灭，因为当他者介入时，我已经变成了"非我"，我是什么？我在哪里？永远成为了问题。所以，他者是理解的极限、意义的极限、形而上学的极限。碰到这个极限，我们也许需要像拉康那样，找到那个他者不在的间隙，那就是阅读发生之开始。

第五节 对话

巴赫金对话理论与苏格拉底的对话有着深厚的渊源，同时又是特定时代的必然产物。经过托多洛夫的引介，对话理论推动了文学理论的转型。文学阅读需要正确的方法引导，巴赫金的对话理论为读者提供了一些较为实用的方法，而且对于消除阅读中不必要的误解提供了有益的启示。对话理论也有不足，狂欢化加剧了后现代意义的不确定性；对话理论忽视了信息的回馈与反思，对话中的主体意识有可能是虚假意识或错误意识，从主体间性的对话走向自反性的对话就成为文学阅读得以顺利进行的重要保证。

一 对话理论的产生

巴赫金对话理论是特定时代的产物。在专制时代，不存在自由平等的对话，统治者是独语者，下级唯有服从听命。巴赫金在他创作的早期就遭遇到这种极大的阻碍，他最早的关于对话理论的著作写于20世纪20年代，如《审美活动中的作者与主人公》等。由于巴赫金革命性的"对话"见解，并又被告发拥护正教，遭到官方的逮捕，被判流放。"整整35年

---

[1] [英] 凯特·麦高恩：《批评与文化理论中的关键问题》，赵秀福译，北京大学出版社2012年版，第99页。

之久米哈伊尔·米哈伊洛维奇不能发表自己的研究成果……只是到了他生活的晚年,他才博得普遍的赞誉,而与之偕来的却是他心灵上的相对平静。"① 巴赫金称这种生活方式为"玻璃缸式"的,即人的思想像玻璃缸中的金鱼一样不得自由。话语必须要被人聆听、有人应答、进行交流才有意义,对话理论与不自由的制度格格不入,对话的目的是寻求自由,"在这些思考中,我们认为,已总结出了那种我们称之为巴赫金世界观、学术理论活动整个趋向的'起源'和'根源'的本质。"② 这个本质,就是自由的思想。

巴赫金接受了马克思关于人的社会性的观点,对话是由人的社会性决定的,超越孤立的生理体系范畴从而获得有意义的存在,人必然走向对话和交流。社会性是巴赫金对话理论得以成立的必要前提,巴赫金认为抽象的生物个性是不存在的,虽然个性展现的是个体的精神需求,但个性毕竟受社会的制约,个性的反抗或顺从实际上也是对社会召唤的一种反应。因此,个性是社会的个性、阶级的个性,从属于社会历史和文化发展的需要。③ 巴赫金又对人的社会性做了具体阐释,人的思想不可能是从天上掉下来的,必然来自人生活的社会、经济、政治环境,人的行为举止同样是环境塑造的。从人的社会性出发,巴赫金认为人是事件性的存在,人的言语、行为在时空中就是事件,巴赫金认为,每个人都是独特的这一个,毫无疑问人人都是存在者,存在不局限于某一个人,存在就表明你的存在要和别人存在发生关系,因为存在就是发生,就是事件。④ 事件必然有他者的参与,与他者相遇,必然产生矛盾,解决矛盾的方法唯有对话,巴赫金说:"人实际存在于我和他人两种形式中,我自己是人,而人只存在于我和他人的形式中。"⑤ 他人是自我建构和自我确证的不可或缺的一部分,

---

① [俄] 谢苗·谢苗诺维奇·孔金等:《巴赫金传》,张杰等译,东方出版中心 2000 年版,第 25 页。

② 同上书,第 13 页。

③ [俄] M. M. 巴赫金:《巴赫金全集》(第 1 卷),晓河等译,河北教育出版社 1998 年版,第 384 页。

④ 同上书,第 43 页。

⑤ [俄] M. M. 巴赫金:《巴赫金全集》(第 5 卷),白春仁等译,河北教育出版社 1998 年版,第 387 页。

因为"证明不可能是自我证明,承认不可能是自我承认"。① 只有通过对话,人与人之间才能相互接受、相互反映。

除了现实语境的需要之外,对话思想的产生还有着深厚的理论渊源。巴赫金认为对话思想的阐发最早可追溯到苏格拉底,其对话有两种基本手法:"对照法和引发法"。② 对照法,就是让不同的人对同一样东西发表不同的看法,形成鲜明的对照。引发法即引诱对方说话,阐述观点。巴赫金认为在陀思妥耶夫斯基的小说中,作家使用引发法来安排情节,迫使作品的主人公产生对话。巴赫金把他的复调思想与古希腊的对话思想联系起来,他认为在古希腊,对话流传甚广,流传到我们今天的,只有柏拉图和色诺芬的对话。巴赫金还指出,古希腊"苏格拉底对话"带有混合的性质,哲学概念与艺术形象两者还没有分化,是哲学与艺术的混合体。"苏格拉底对话"虽然与陀思妥耶夫斯基作品中思想的形象不同,但仍是复调或双声语的萌芽。柏拉图用对话来寻求真理,探讨学问,而且把这种思维方式溯源到他老师那里。从辩证法一词"dialectic"的词根来看,"lec"的意思就是言谈、对话,由此看来,辩证法源于对话。在柏拉图的对话中,各种相反的看法互相对立,产生激烈的碰撞和冲突,矛盾被逐层揭示出来,最后产生比较合理的结论,与黑格尔正反合的辩证法很接近。

二 对话理论的发展

对话理论被西方接受并引起轰动,与法国学者托多洛夫的引介有很大关系。托多洛夫根据巴赫金的思想,提出了对话批评的形式。至于为何选取巴赫金,托多洛夫认为这恰好是心心相通和可能性对话的表现。托多洛夫对现代相对主义、个人主义乃至虚无主义深感不满,其批评理论试图超越内在论与外在论的二分法。按照托多洛夫的说法,西方传统流行两种批评模式,一种是教条式的批评,从既定真理出发到文本中去寻找真理和意义在什么地方,比如奥古斯丁的批评等。另一种是内在批评,这是现代批评的重要方法论,即把文学看成是语言的、结构的,需要使用细读等中性的方法来介入文本。但在托多洛夫看来,不管是持内在批评,还是以教条

---

① [俄] M. M. 巴赫金:《巴赫金全集》(第 5 卷),白春仁等译,河北教育出版社 1998 年版,第 379 页。

② 同上书,第 145 页。

为宗,毫不例外地被别人的思想所左右。[①] 批评丧失了主体性,陷入了二者非此即彼的争斗之中,这涉及伦理范畴中普遍与相对的对立。内在批评放弃了对作品的评价,教条式批评则禁止人说话,两者都是非对话的。

巴赫金认为:"存在就意味着对话的交际。"[②] 这是把对话思想提升到存在论的层面,提升到真理的高度来研究。托多洛夫继承了这个观点,认为批评是对话的,是探索真理的。斯宾诺莎认为作品的意义与真理无关,批评的任务就是不作评价地阐明意义。托多洛夫把这种批评称之为内在批评,明确表示反对。托多洛夫在《对话批评》一文中提出如下几个主要观点:其一,对话批评是探索真理式的批评,也要寻求"说得对吗?",虽然不是简单的对错问题,但真理必须作为对话的调节原则。这里的真理不是事实真理、科学真理,而是文学真理,只有从文学自身的存在方式出发才能阐明。其二,对话植根于人共同的价值基础,对话批评是一种伦理批评。对话批评类似于马丁·布伯的"我与你"的对话,其中各种理论和声音之间形成互补互证。我们自己的声音只来自我们必须承担的伦理责任,知识在对话中只是重复别人的声音而已。文学与人类生存密切相关,与价值有着天然的联系,是通向真理和道德的话语,这是对话得以产生的根本。其三,文学对话是多样的、多层面的。文学不是铁板一块,文本可以分层并进行多重解读,甚至意识形态也可以通过多个层次来表达。就对话的主体而言,也会因能力差异等原因形成不同层次的对话。批评家的批评只是对话的一个环节,也会误读作品,所以批评家不能被当成崇拜的对象。最后,托多洛夫认为对话在每个时代都存在,对话批评并不比内在批评和教条批评更具时代特征,在我们的时代似乎有更多的机会。

托多洛夫在接受巴赫金对话理论之前,是结构主义者,其主要的理论资源主要是俄国形式主义和法国结构主义,其研究大多属于对作品结构规律的内部研究。随着托多洛夫对巴赫金研究的深入,托多洛夫发现巴赫金的对话理论可以成为超越教条式批评和内在批评的一种理论范式。对话批评是一种探索真理式的批评,主张在文学批评家、作者、读者与文本之间

---

① [保]茨维坦·托多洛夫:《批评的批评——教育小说》,王东亮等译,三联书店2002年版,第183页。

② [俄]M. M. 巴赫金:《巴赫金全集》(第5卷),白春仁等译,河北教育出版社1998年版,第340页。

展开相互对话，引发出对作品更为合理的评价，更接近真理。在作品形式的分析中就自然含有价值的评价，从而破除内在与外在对立的壁垒，消解批评的权威。托多洛夫还把对话理论引入文学人类学、文化学等研究中来，给文学研究注入了新的活力，推动了文学理论的转型。就文学人类学而言，巴赫金有关拉伯雷的论文中就已经体现了"文学人类学"的思想主张，他提出的"怪诞现实主义"是其对文学人类学的独特探索。在巴赫金看来，在庆典式的狂欢文化中，等级秩序被消解，人与人的对抗隐退了，人成为完全平等意义上的人，真正实现了人的自由，这实际上是一种关于自由、平等、欢乐、审美的文化人类学解释。在巴赫金的启发下，托多洛夫挣脱了结构主义的语言牢笼，在探索自我与他者关系的研究中，走向了文学人类学的更广阔的研究天地。托多洛夫认定理解是可以达成的，对人与人之间、不同国度之间、不同文化之间通过交流获得谅解满怀信心。因为真理可以通过对话和交流来获得，对这一点不能动摇，但这并不意味着真理是亘古不变的，真理能够通过对话来调节其原有的尺度。只要存在交往的意愿，哪怕有巨大差异的文化间仍然可以互通有无，避免分歧和争端。[①] 托多洛夫的话语似乎过于理想化，然而沟通他者，探索真理，对话是必经之途。总之，巴赫金的对话理论让托多洛夫的思想发生了嬗变，帮助其克服了其原有理论的不足。反过来，托多洛夫倡导的对话批评，也深化和拓展了巴赫金的对话理论，针对后现代风险社会日趋复杂的交流环境，对话理论提供了人们反思自我，尊重他者的重要理论工具。托多洛夫在对话批评之后，加上了问号，表明对话批评尚无体系和范畴可言，至于怎样对话、对话之后如何等问题，留待后世的哲人积极探索。对话理论把人的因素特别是人与人之间的关系凸显在哲学的首位，为文学理论的发展提供了一条积极的可参考的途径。

随着对话理论在欧洲大陆的传播和流行，很多理论包括接受美学、阐释学等都与对话理论进行了互动，共同推动文学理论从内部研究向外部研究、文化研究转型。在解释学中，对话进一步被泛化，从对话的范围上说，从与他者对话扩展为一切与理解有关的现象；就真理的探索而言，真

---

① [保] 茨维坦·托多洛夫：《批评的批评——教育小说》，王东亮等译，三联书店2002年版，第184页。

理不再是传统意义上隐秘地存在于某处的东西,而是在对话中被持续地生产出来。对话就是在问和答、给予和取得、相互争论和达成一致的过程中的一种意义交往。

三 对话理论对文学阅读的启示

文学是一种特殊的话语系统,按照巴赫金的看法,话语就是陈述文,也即对话。用保罗·利科的话来说,"话语是实现了的语言"。[①] 语言的实现就是传播和交流。在后现代误读理论的视阈中,巴赫金的对话理论,比如关于理解的"外位性"原则和长远时间理论,以及陈述理论和互文性理论等,能够为阅读提供有益的启示。

对话理论被人诟病为太过于空泛,但巴赫金的陈述理论和互文性理论,使文学阅读具有可操作性的规范。"陈述"是巴赫金话语理论的基本概念,话语的传播和交流是具体的,而非索绪尔抽象的语言,话语通过陈述,即通过个体带有意向性的言语行为来实现交流和传播。陈述是一个事件,带有鲜明的个性、意向性、评价性。文学话语并非只是一个单纯的文本,而是一个事件性的存在,必然涉及作者、读者、评论家、出版商、排行榜等环节,它们都或多或少地参与了意义的构建,形成一个个或大或小的事件,读者在接受文本之前,就已经形成了关于这个文本的事件性背景。在当代中国,很多文学事件已经成为文学文本之上的超级文本,比如中国作家富豪榜,某些作家成了吸金王,其商业价值被等同于文学价值。再比如,茅盾文学奖的获奖名单引起很多争议,评奖方与看客各执一词。读者的阅读体验被各种文学事件侵凌,个人的真实感受微弱得可怜。陈述是一个事件还意味着读者作为陈述的对象,卷入了文学事件之中,成为言语交际链条的一个环节,文本的意义向读者开放,同时也赋予了读者合理误读的权利。文学话语是陈述,必然带有个性、意向性、评价性等,语言学中的词语和句子则是中性的,不是陈述。巴赫金认为,动物没有语言,其发出的声音模糊不清,缺少辨识度,内在于生理器官之中。只有人类才有语言,语言外在于人的身体器官,由语言的内容和意义观之,语言具有

---

① [法]保罗·利科主编:《哲学主要趋向》,李幼蒸等译,商务印书馆1988年版,第168页。

社会性的、客观物质性等特点,哪怕是小宝宝,其哭声也是"朝向"妈妈的。① 所以,陈述必然带有作者的个性和风格特征,带有语调等,并与其他的陈述形成互文性的对话。在巴赫金的话语理论体系中,陈述理论占据着重要位置,从陈述理论中又引申出互文性等理论。陈述句在文本中一般用来摆观点、讲事实,思想的生产又会影响人际的交流,对话的主体之间必然会有互动和交流,所以陈述句都是述行语句,它除了生产概念和术语外,还产生交流和事件。② 这一点和奥斯汀的言语行为理论是不谋而合的,言语即行为、即事件。所以,在话语理论中,一个话语总是暗含了另一个话语,是陈述的陈述,而且作者(或读者)要对他者陈述中带来的个性与语调加以把握、改造或转换。陈述的对话性被克里斯蒂娃解释为互文性,互文性阅读对读者的要求较高。以《尤利西斯》为例,读者必须事先具备《奥德赛》的相关知识,并仔细比较两部小说在结构上的复杂对应关系,才能读出小说中暗含的对西方社会由盛及衰的哀叹。在后现代小说或电影里,出现了大量的戏仿作品,传统的阅读方法,比如挖掘文本下面的深层含义,分析主题、情感等,就显得捉襟见肘。比如《大话西游》对《西游记》的戏仿,完全颠覆了经典的意义。在电影里,由语言所产生的意义和感情已经不重要,重要的是语言的狂欢带来的乐趣。人物形象是漫画化或卡通化的,人物的情感退居次要,或被淡化,只剩下无厘头的笑成了全剧的主体。

小说是互文性体现最充分的体裁,巴赫金认为在小说中:"对话主义从内部支配着一种语式,在此基础上,话语使它的客体概念化,甚至它的表达,同时改变了话语的语义和句法结构。"③ 这里,巴赫金认为小说是一种自我反省的体裁,对话使小说中的客体,也就是言语,以及语义和句法结构都发生了变化,言语与言语相互对话,并形成了言语形象。小说话语就是对言语讲的言语,是言语之上的言语。理解文学作品语言结构的窍

---

① [保]茨维坦·托多罗夫:《巴赫金、对话理论及其他》,蒋子华等译,百花文艺出版社 2001 年版,第 235 页。
② [俄]M. M. 巴赫金:《巴赫金全集》(第 4 卷),白春仁等译,河北教育出版社 1998 年版,第 177 页。
③ [保]茨维坦·托多罗夫:《巴赫金、对话理论及其他》,蒋子华等译,百花文艺出版社 2001 年版,第 265 页。

门要从简单的话语入手，文学体现了全部言语的潜能。巴赫金没有像后结构主义者那样，把互文性加以泛化。如巴特把文本当作一种"织"，这个"织"把诸文本编织进来，同时也允许读者在这个"织"中自由嬉戏，互文性成了一种解构的工具。巴赫金认为话语与话语的关系并不都是互文性的，如逻辑推理的关系、纯粹的形式或语言方面的重复等并不构成互文。互文性与言语有关系，它属于交际语言学范畴，而交际语言学必然与社会意识有关，所以，巴赫金旨在打破形式主义的文本观，提醒人们注意小说话语背后的社会意识。

在先锋小说玩弄能指的游戏中，能指与所指不再一一对应，文本的意义哪里寻？在话语内部自我指涉的复杂结构中，一部分话语的意义在很大程度上依赖另一部分话语予以肯定，话语与话语之间存在差异、对立，既相互参照、相互确证，又相互解构。比如马原的小说，都以马原本人作为叙事的主人公，其全部小说构成了可以互相参阅的互文性作品。余华的《古典爱情》与才子佳人的小说、《鲜血梅花》与新武侠小说之间构成了反讽的张力，读者必须打破原先的期待视野，才能获得新的审美救赎。由上述分析得知，巴赫金的陈述理论和互文性理论是一脉相承的，互文性理论是陈述理论自然而然的结果，巴赫金总是不厌其烦地重复话语的对话性，强调理解的对话性，认为对话中相互冲突与斗争恰恰孕育着创造的机缘，这些看法在阅读实践中具有很强的可操作性，既鼓励根据自己个性进行创造性的阅读，又反对忽视文本自律性的荒唐误读。

从阅读的立场或原则上来说，巴赫金独创的"外位性"原则，是对移情说的质疑，也是对形式主义材料美学摒弃的结果。巴赫金在《审美活动中的作者与主人公》一书中提出了外位性的创作原则，后来延伸为理解的立场和原则。他认为外位性可以界定为时间、空间和含义的外位，外位性是能动性、创造性的始源位置，从这里出发才能囊括整个建构。巴赫金把形式主义美学称为"材料美学"，认为其实质只是一种创作技巧。"材料"一词在形式主义那里主要指素材、题材、物质载体，对材料的加工和处理离不开程序，什克洛夫斯基认为艺术就是程序的总和，另外一个形式主义者托马舍夫斯基从接受的角度诠释了程序的重要性，他提出写作当然是为读者的，为了吸引读者，作家应该把创作的诀窍放在首位，这才是文学艺术长盛不衰的秘密武器。① 巴赫金认为从这种立场出发,就无法解释艺术之外的审美视野,艺术史的建构也成为了问题。外位性立场让艺术的形式与内容相互对话,从而使创作者获得"超视"。"外位性"原则不仅是一种创作的原则,更是一种价值立场。巴赫金把形式主义称为"材料美学"的原因就在于它抛弃了价值立场,艺术变成了抽象的存在。形式主义看到了材料和程序的重要性,但艺术不仅是技巧的问题,在艺术中创作态度与价值取向至关重要,它能让材料产生质的变化和飞跃。在文学阅读中,读者只有与作品保持外位性的对话,才能避免不必要的误读。鲁迅说:"中国人看小说,不能用鉴赏的态度去欣赏它,却自己钻入书中,硬去充一个其中的角色。"② 接受主体的认知不能采取外位性的立场,便会出现过度移情,读者与作品出现了无原则的融合。读者过分投入,往往会全身心地置于作品的虚拟世界中,甚至如鲁迅所说偏要充当作品的一个角色,不记得自己本来的面目,过于强烈的情感投射,导致行为动作上变得亦步亦趋,出现了非审美性的接受。据说在美国,剧院上演莎士比亚的悲剧《奥赛罗》,有观众竟然拔出手枪打死了扮演伊阿古的演员,事后恍然大悟,只好开枪自杀。人们把这两个人葬在一起,墓碑上有这样一句,上写"最好的演员与最好的观众"。最好的演员当然毋庸置疑,但最好的观众就名不副实,因为过度移情,丧失了自己独一无二、无可替代的位置,所得到的感受毫无疑问就是把作品中人物的感受重复一遍而已。巴赫金觉得这与正儿八经的审美行为无关,一个合理的、好的审美行为,应该让审美主体外在于剧中人所占据的身位,适度移情而不能过度共鸣。③ 读者只有采取外位性欣赏立场,方能从伦理、认识上或审美上对对象进行整体把握,方能读出新意,而不是简单的重复。按巴赫金的看法,理解有两个任务:一是按照作者本人的理解来领会作品;二是接受者保持外位性的立场来对作品进行创造性的理解。前者巴赫金认为不太可能实现,即使实现了也不过是重复,而后者则是创造性的阅读活动。外位性的

---

① [俄] 维克托·什克洛夫斯基:《俄国形式主义文论选》,方珊等译,三联书店 1989 年版,第 108 页。
② 鲁迅:《中国小说史略》,人民文学出版社 1973 年版,第 307 页。
③ [俄] M. M. 巴赫金:《巴赫金全集》(第 1 卷),晓河等译,河北教育出版社 1998 年版,第 123 页。

立场表明读者的阅读是一种创造性的活动，文本的意义与真理永远处于对话之中，没有既定的、永恒不变的真理。只有读者或接受者占据外位性的立场，才能获得超视、超悟的能力，才能与作者或作品展开创造性的对话。

既然文本的意义和真理是开放的，那么文本的理解就可以化为历史长河中的一系列具体的事件。每个时代都有新的作品，文本在新的语境中会获得新的反响，巴赫金认为在人类众多文化之间可以达成一致，获得统一，但这需要很长时间才能实现，经过长时间的沟通交流，各种文化之间相互融会贯通，最终能实现统一。这里我们关注的重点并非巴赫金的文学乌托邦思想，而是长远时间理论。鲁迅说越是民族的，就越是世界的。按巴赫金的说法，应该为越是世界的，才越是民族的，因为文化或文学在长远时间之后，必将趋于一致。对文学艺术的评价，也只有经过长远时间的积淀后，才可以被较为正确地阅读或接受。[①]"长远时间"概念立足于现在，面向了两个时间维度：过去和未来。过去即传统，文学艺术作品必须植根于伟大传统之中，这是伟大作品生命力的源泉，也是作品得以理解的基础。莎士比亚之所以是说不尽的，原因就在于他在自己的作品中融入了传统的积淀，这使得其含义超越了当时的文化语境。"长远时间"概念中最具新意的是面向未来的时间向度，并不是因为巴赫金缺乏洞察力或胆怯而不愿评判当代作家，而是因为巴赫金认识到文本的对话是永远无法完成的，一切对话都是相对的，理解或对话是人的存在方式，文本的真理或意义问题必须面向未来有所筹划。时间是文学的炼金术，当时间延续，距离拉开，人们往往会发现，当时曾经被热捧的文本，经过时间的历练，最后沦落为平庸浅近的东西。例如，《包法利夫人》是福楼拜的经典，但当时小说面世时，几乎无人问津；而跟福楼拜同时代同国籍的作家的小说《范妮》得到了大众的追捧，在初版之后非常短的时间内竟然一版再版。但最后大浪淘沙，《范妮》及其作者已被遗忘，《包法利夫人》则成了不朽的经典。所以，从长远时间来看，文本的意义或真理与如何理解存在密切相关，不关乎方

[①] ［俄］M. M. 巴赫金：《巴赫金全集》（第4卷），白春仁等译，河北教育出版社1998年版，第387页。

法。理解是此在的筹划，意义向存在开放。巴赫金的"长远时间"概念虽然不够系统，但与解释学的"时间距离"概念是相通的，"时间距离"或"长远时间"是主体抵达传统或文本的桥梁。当然，时间的评判依然还是其他评论家或读者的评判，只不过因为长远时间的积淀，意义才能达到统一。如同韦勒克等人的观点一样，文学史就是接受史，解读一个文本，不能用一时一地的眼光来看，从长远时间的角度看，一个文本的意义是一个聚合，其中容纳了不同时代不同接受者的各种看法。① 正确地理解文本，既要立足于当下的语境，又必须对未来有所开放，文学意义的当下性是确定的，在"长远时间"的向度中又是开放的。"长远时间"概念阻止了文学意义当下性的封闭、保守与琐碎，让文学的意义常新，未来向度才是文学意义创新的本源。

四 对巴赫金对话理论的批判性考察

对待巴赫金的态度，大都是溢美之词甚至充满崇拜之情，托多洛夫称誉其是 20 世纪顶级的哲学大师。② 霍尔奎斯特认为巴赫金是"20 世纪重要的思想家之一"。③ 中国学者钱中文对巴赫金的对话理论也极为推崇，认为其哲学理论博大精深，虽然巴赫金未刻意经营体系，但能自成格局。钱中文认为巴赫金的思想具有原创性，其倡导的对话理论，对 20 世纪后半叶的各种理论产生深远的影响，④ 甚至到了言必称巴赫金的地步，是各种学术研讨会研讨的核心对象。当然，对话理论也受到了一些质疑，有人质疑对话中的意识形态性；有人认为对话理论只具有形式意义或理论意义，实践中如何对话，对话的结果如何等都无法保证等。从总体来看，"对巴赫金作品的挑剔和批判的阅读很少有"，⑤ 从阅读和接受的角度看，对话的不可完成性暗含意义不确定的意味，这与后现代宣扬的不确定性一

---

① [美] 勒内·韦勒克等：《文学理论》，刘象愚等译，江苏教育出版社 2005 年版，第 36 页。

② De Man, Paul, *The Resistance to theory*, Minneapolis: University of Mionnesota Press, 1986, p.106.

③ Ibid., p.107.

④ 钱中文：《文学理论：走向交往对话的时代》，北京大学出版社 1999 年版，第 174 页。

⑤ De Man, Paul, *The Resistance to theory*, Minneapolis: University of Mionnesota Press, 1986, p.107.

拍即合，成为后现代主义颠覆和解构传统的利器。不可完成性是复调的主要特点之一，巴赫金始终坚持这一点，在早期的作品中，巴赫金从时空的无限性的角度大体上阐释了未完成性的思想，认为事物不能简单地用终结一词来概括，人的看法并非一成不变，评价更不能盖棺定论。寰宇是开放的，人的思想也是开放的，我们永远是在路上。① 正如张若虚诗中所说的那样，"人生代代无穷已，江月年年只相似"，对话永远不可能一蹴而就，需要一代一代地继续下去。巴赫金晚年的笔记中再次重申了类似的观点，强调涉及存在的一些根本性的问题，"复调对话的不可完成性"。② 因为对话不光是心灵之间的碰撞，还是不同个性的人之间的互动与交流，而人的个性，按巴赫金的说法，也是处于不断变化之中的，丰富多彩的，不容易被形容、难以刻画的，总之，"是不可能完成的个性"③，由此，对话也是不可完成的。对话理论中包含着反传统、颠覆性、瓦解规范的因子，频频被后现代主义者借用。如哈桑，他挪用了巴赫金的狂欢化理论，把它和后现代的反抗性结合起来，歪曲了狂欢化理论的原意。哈桑认为狂欢化理论虽然独具魅力，但其含义具有很强的涵容性，可以指涉解构、颠覆、非中心性、语言游戏、杂语并陈等多重意义。哈桑甚至把狂欢与解构主义的一语多义相类比，认为狂欢化的杂语并陈，让语言的各种声音得以呈现，解放了语言的力量，人们在语言的狂欢中释放了自己，挣脱了外在力量的束缚。所以，哈桑得出结论，说巴赫金的狂欢与后现代这两个术语似乎是等同的，可以互换，至少狂欢化包含有后现代解构、民主诉求的因子。④ 哈桑看到了狂欢的意义在于增强事物的不确定性和相对性，这是典型的后现代主义表征。但哈桑以偏概全，有意误读狂欢化，狂欢的内涵与目的被架空，代之以假面的狂欢，最终走向了后现代意义的荒诞和支离破碎。不可否认，巴赫金的爱好显然偏向于狂欢化中颠覆性

---

① ［俄］M. M. 巴赫金：《巴赫金全集》（第5卷），白春仁等译，河北教育出版社1998年版，第221页。
② ［俄］M. M. 巴赫金：《巴赫金全集》（第4卷），白春仁等译，河北教育出版社1998年版，第418页。
③ 同上。
④ ［美］伊哈布·哈桑：《后现代景观中的多元论》，王岳川译，见《后现代主义文化与美学》，北京大学出版社1992年版，第129—130页。

的、离心化的一面，特别是在《拉伯雷和他的世界》里，这点达到了极致。但从其理论的价值取向和追求来看，则是现代性的，狂欢的目的不在于后现代的解构，而是通过平等开放的对话回归人自身，消除外在的种种束缚和异化。

文学阅读或接受是对话，读者与文本或作者对话，如何对话？巴赫金区分了阅读过程中的理解和解释的不同。他认为，理解意味着对话，意味着读者可以有自己的想法，能够参与文本的建构。而解释是独白，是主体意识与客体对象的二元对立，无法形成对话。但实际上，不管是理解还是解释，都只是注意到了对话中信息的发出，忽视了信息的回馈与反思。缺少主体自我对信息的反馈与反思，任何对话都将无法进行下去。反思即自反，就是返回自我，但是，读者在阅读过程中，如果只是在作品中发现了自我，这样的阅读就是故步自封，无法获得新的体验和认知。反思必须以文本为中介，才能在他者意识那里获得新的启示。另外还必须注意到对话中的主体意识是有可能是虚假意识或错误意识，当阅读进行自反性反思的时候，必须清醒地认识到这一点，并对之进行批判。阅读过程必然伴随着假意识在文本的中介化中重新被发现，于是误读转变为正解。由此，从主体间性的对话走向自反性对话是阅读得以顺利进行的保证，文本意义的理解并不是简单的对话就可以获得的，解释学家保罗·利科就曾指出，理解是自我理解，但反求诸己必先迂回于他者，所有理解和解释不外于此。① 可称之为自反性的理解，没有这种自反性的中介化反思，对话中意义的理解无法证实其可靠性。董小英把对话中的反思归结为艺术逻辑，她说："而理解首先是靠推理，主要靠艺术逻辑的推理，只此才可能有对话，之后是理解，最后才是阐释。在艺术逻辑的制约下，阐释将不是任意的。"② 所以，外位性理论强调了对话的主体性，但忽视了对话的反思性。阅读过程，是阅读者在对话中不断自我反思、自我批判、认知对方、接纳对方，最后达到一种和而不同、和谐并行的行为状态，这才是避免误读的唯一可行的道路。

---

① [法] 保罗·利科：《解释的冲突》，莫伟民译，商务印书馆 2008 年版，第 18 页。
② 董小英：《再登巴比伦塔——巴赫金与对话理论》，三联书店 1994 年版，第 315 页。

第六节 意识形态

文学阅读受意识形态的影响,同时,通过阅读,生产意识形态。意识形态不都是现实的歪曲,不都是负面的,意识形态是无法避免的,从本质上说,文学就是意识形态的生产。杰姆逊说:"审美行为本身就是意识形态,因此,审美形式或叙述形式的生产就应该被视为一种意识形态行为,它具有某种对不可解决的社会矛盾创造出想象的或形式的'解答'的功能。"[①] 文学阅读既要揭示作品中的社会现实,又要揭示构成这种现实的"想象性关系",即意识形态。从文学接受的角度看,误读能对权力意识形态反抗,同时这种反抗又被规训为一种文字游戏。从社会学的角度看,误读涉及文化资本或符号资本的争夺,它是符号区分的结果。意识形态的生产遵循场域斗争的法则,误读是无法从根本上避免的。哪里有误读,哪里就有意识形态,误读不可避免地成为意识形态的一种征兆。

一 误读与权力意识形态

要厘清误读与权力意识形态的关系,得先从意识形态说起。在马克思那里,意识形态指的是一个信仰、观念和价值的体系,属于受经济基础制约的上层建筑,但又不同于上层建筑中的体制部分,它是统治阶级意志的体现。但在西方马克思主义者看来,马克思的理论有同一性哲学的嫌疑。同一性哲学的核心是主客二分,其方法论是主客体镜式反映的认识论,它追求主体与客体的逻辑一致,思考主客体之间的同时性关系,抹杀了主体与客体的差异,使之符合意识形态的需要。除了文学理念上意识形态的色彩外,在文学批评的方法论上,也被意识形态所渗透。唯心主义的认识论以概念来映照现实,而理性不可能包容过于矛盾的现实,同一性哲学却抱有这种幻想。在文学阅读中,这种认识论表现在通过作品分析,力图还原作品所描写的真实。而实际上文学虚构有时通过否定现实来达到对现实的更深的理解,这种艺术式的否定通过文学的炼金术的魔力获得一种真实的效果,这种真实并不与真实的现实生活一一对应。"镜式阅读"否定了文

---

① Jameson, F., *The Political Unconscious*, London: Methuen, 1981, p.79.

学炼金术的魔力。读者的正确接受必须和作者一样保持与现实生活的距离，文本自身的真实性就在于"镜式阅读"所没有说出的东西。

同一性哲学包装着资产阶级意识形态的价值，暗含着权力和支配的关系，接受者的共通感、审美经验、审美判断等范畴，都披上人类普遍要求和一致性的虚假面纱，其实这些范畴都是权力作用的产物。话语生产和接受和总是和权力相关的，权力存在于一切话语中。当然，话语的生产主要不是靠强制性过程，而是靠被统治阶级积极主动地认可和默许。通过各种文化机制生产出社会流行的某种价值观和共识，使得任何话语的生产与接受都受到文化霸权的支配。所以，在这个世界上，根本找不到绝对纯、绝对中立的艺术品，"纯诗"只不过是一种误读，"如果写作当真是中性的，如果语言不是一种沉重的、不可制服的行为，而是达到了一种纯方程式的状态，它在面对着人的空白存在时仅具有一种代数式的内涵，于是文学就被征服了，人的问题敞开了，并失去了色泽，作家永远是一个诚实的人。不幸，没有什么比一种白色的写作更不真实了。"[①] 现实主义总是标榜自己写作的客观性、真实性，这恰恰是意识形态的谎言。

权力是一种意识形态现象，它隐藏在一切话语之中，罗兰·巴尔特说："我把所有那类话语都称作权势的话语，即在接受话语的人中间导致错误乃至罪恶的那类话语。"[②] 巴尔特得出惊人的言论：语言不折不扣是法西斯的，它强迫人说话。语言的这种支配性力量，甚至导致错误或罪恶。而要规避这种力量，巴尔特指出的路径是："唯一可做的选择仍然是（如果我可以这样说的话）用语言来弄虚作假和对语言弄虚作假。这种有益的弄虚作假，这种躲躲闪闪，这种辉煌的欺骗使我们得以在权势之外来理解语言，在语言永久革命的光辉灿烂之中来理解语言。我愿把这种弄虚作假称作文学。"[③] 既然一切文学作品都是弄虚作假，都是虚构，那么作家就有可能在写作中对语言适当偏离，用文学游戏的方式来摆脱语言的权威。在这里，巴尔特认为能够通过文学的游戏力量，对语言中暗含意识形态的力量起到破坏作用，他把这种力量称作文学的第三种力量，即严格的

---

① ［法］罗兰·巴尔特：《符号学原理》，李幼蒸译，三联书店1988年版，第103页。
② 同上书，第4页。
③ 同上书，第6页。

符号学力量。"记号应当最好被看作（或被重新看作）是空的。"① 一个有能指和所指的符号不可能是空的，把记号看作是空的，作家就可以改变、玩弄记号，玩弄能指的游戏，从而逃避语言的魔力。对读者来说，摆脱权力的基本程序也可以叫作误读。在误读中，因为记号是空的，阅读便成了自由的嬉戏、狂欢。误读在语言的乌托邦里，寄托着某种政治含义，通过误读的力量，意识形态的束缚也随之瓦解。由此，文学本质上是意识形态话语的生产。这就意味着有两种不同的生产，一种是为了维护现存文化霸权或支配的意识形态，另一种则是反思和批判它。对于文学作品来说，统治阶级总是规定某些解释是合法的，是正解，而其他的都是异端，是误读。比如，如中国文学中《关雎》本是一首爱情诗，却被封建文人"微言大义"为"关雎，后妃之德也"，这是典型的误读。去除正解/误读的二元对立，拨开权力意识形态的迷雾，所谓的误读只不过是被压抑的正解之一种。正解恰恰是错误的，即马克思所谓的特殊幻化为一般。针对这种维护霸权的所谓正解，误读的过程恰恰就是获得正解的过程，统治阶级所标榜的正解、自明性恰恰是需要误读的意识形态。

所以，文字不可能是中性的，"零度写作"只是一种神话，甚至语言或文学也不仅是一种交流的工具，文字或文学是一种强大的文化力量或塑形机制，我们的行动都被语言所规约。是不是我们无法获得自由的力量呢？当然不是，文学误读就是摆脱语言规训的最强有力的方法，比如当前流行的网络恶搞、戏仿等，以阅读的暴力对抗规训的暴力，其中为我们保留了规避意识形态的空间。但是文学作为一种语言的乌托邦，它始终无法逃离语言的牢笼，因为意识形态的力量先于误读的力量，语言的诞生，就是权力的诞生，巴尔特提倡的符号学力量难道本身不就是一种意识形态吗？由此，误读作为反思和批判的方法，其作用是有限的。在理论上玩文字游戏，本身就是面对强权的一种无奈。布莱希特认为审美经验仍然可能是异化的经验，人与艺术的共鸣有可能是真正的误读，观众（读者）丧失了独立的批判的能力。而通过间离效果产生人与现实的陌生化的感觉，揭穿了艺术的意识形态的把戏。保罗·德曼也说："我们称为意识形态的这个东西，正是语言现实与自然现实——亦即指涉（义）与现象——两

---

① [法]罗兰·巴尔特：《符号学原理》，李幼蒸译，三联书店1988年版，第15页。

者的混淆。因此，对'文学性'做语言学式的分析解读，与其他任何考查方式——包括经济学——相比，是揭露意识形态偏颇最有力而不可少的工具，同时也是解释这些偏颇何以会产生的主要因素。"[1] 在德曼看来，意识形态是一种认识论上畸变，这种畸变是因为人们把能指的物质性和所指称事物的物质性混淆起来。这种混淆是无法被避免的，因为我们总是通过语言文字来和世界打交道。也就是说意识形态是我们无法超越的，意识形态总是存在，我们总是在误读。

在意识形态理论的视阈中，甚至实用主义和解释学都有可能是意识形态的。实用主义追求功利，功利是实用主义得以存在的保证，实用是意识形态的狡计，目的仍然是掩盖统治阶级的罪恶。而解释学的阅读，不管是否反对方法论，按照布尔迪厄的说法，都是"参照翻译的模式看待任何理解的行为，并且从无论什么样的文化作品中都得出一种译码的理性行为，这个行为意味着揭示和有意识地建立生产和解释的规则"。[2] 这说明了解释学中的主体间性理论仍然有镜式反映的嫌疑，对话有可能就是翻译式的对白，而且其解释学的规范的建立不是个人的事，而是文学场与权力场互动的结果。而且这些规范还有可能具有重要作用和意义而转化为超验的和永恒的标准，拒绝思考新的认识和评价模式，满足于这些前辈们创造的模式。

二　意识形态生产的法则

用"生产"一词，表明了意识形态的普遍性和人为的可复制性。瓦尔特·本雅明把作家看作生产者，他说："一个作家要是不能教给别的作家什么，就教育不了任何人。如此说来，决定性的生产的示范性质，即能够把其他生产者首先引向生产，其次给他们提供一部改造好的机器。而且这部机器越是把更多的人引向生产，就是说能够把读者或观众造就成共同行动的人，这部机器就越优良。"[3] 作为生产者的作家，其生产的意识形

---

[1]　De Man, Paul, *The Resistance to Theory*, U. of Minnesota P, 1986, p. 11.

[2]　[法] 皮埃尔·布尔迪厄：《艺术的法则》，刘晖译，中央编译出版社 2001 年版，第 375 页。

[3]　[德] 瓦尔特·本雅明：《作为生产者的作家》，见中国社会科学院外国文学研究所《世界文论》编辑委员会编《文艺学和新历史主义》，社会科学文献出版社 1993 年版，第 57 页。

态,又生产出大批相同的作家或读者。作家是生产者,雪莱甚至说诗人是世界的立法者,表明了知识分子与权力的共生关系,知识分子是统治阶级中的被统治者。诗人的这种身份表明了文学误读的意识形态根源,也是资产阶级文化与自己的社会存在产生敌对的原因,其中牵涉了复杂的意识形态斗争:知识分子既斗争,又妥协;既追逐利益,又自我批判等。

作家既然是作为生产者,而任何的生产者都有功利的追求,在文学作为商品的今天,文学的这种功利追求更是赤裸裸的。借用布尔迪厄的文化资本的术语来说,文学就是一种文化资本,文化资本和经济资本是可以相互转换的。作为文化符号的文学实际上也参与社会利益的区分与社会化的过程,文学实际上在某种程度上是政治的一种表达。如《孔乙己》中孔乙己的长衫,表面上看来是长衫与短衫的区分,实际所指却是文化的区分。然而实践中,文学作为一种文化资本,却是一种"被否认的资本",文学往往被赋予审美性或情感性的本体表达,以此掩盖与之相关的物质利益追求。这种对文学本体的误读恰恰就是意识形态的生产,这种生产涉及的是一种符号暴力与文化资本争夺的你死我活的残酷斗争,如"文革"期间"毛主席语录"的盛行实际上表征着知识分子的集体失语。而更反讽的是,符号误读或文学误读是权力实施的必要条件,没有这种误读就没有办法进行意识形态的生产。文学活动的实践过于强调其非功利的一面,让其与潜在的物质利益强行区分开来,并因此在代表非功利的活动与资源形式的意义上,获得了符号权力或合法性,由此,符号误读构成了权力实施的必要条件,并有助于符号实践嵌于其中的社会秩序的再生产。

进一步说,符号误读跟符号区分关系密切,符号误读又是符号区分的结果。文学阅读与审美趣味相关,趣味的高低优劣导致阅读的结果形态各异,趣味的高低优劣是在社会网络中被区分出来的,统治阶级的审美趣味是在与被统治阶级的倾向的关系中得到界定的。大卫·休谟在《论审美趣味的标准》中认为审美趣味方面的差异是一个客观事实,而造成这个事实的原因在于有人缺乏健康的心理。意思就是有些人一开始就被界定为粗俗的趣味,不能自由地审美,如果要获得审美的一致性,这些人必须改变自身处境。而在后工业社会中,阶级的冲突已经演变为符号的区分与符号的冲突,如暴发户被人称为"粗俗的有钱人",不被上流社会接纳。趣味意味着厌恶,意味着部分符号资本有些人是不可能享有的。符号的区分同时是概念的区分与社会的区分,文学接受中,所谓的正解与误读也是围绕一些重要的概念分类来框架组织的,比如杰出/平庸、重要/不重要等。由此,文学的意义的差异通过赋予某些解释以特权而贬低另外一些阐释来维持不平等的地位,并以此来进行意识形态的再生产。学术精英宣扬的一些所谓的正确的观念和思想,不过是一块遮羞布,以此来遮掩其文化贵族的身份和占有符号资本方面的优势。

所以,一切知识活动本质上都是逐利的,尽管它们有符号的特征,文学也不例外。德布雷认为,知识分子并不存在,只有他们的形象声音,他们利用自己的"思想公司"来进行社会关系的扩大再生产。布尔迪厄也认为:"知识分子的野心不过是世俗野心破产的想像中的倒置而已。"[①] 他又说:"这毕竟是一个颠倒的经济世界:艺术家只有在经济地位上遭到失败,才能在象征地位上获胜(至少在短期内如此),反之亦然(至少从长远来看)。"[②] 知识分子的合法性来自这样一个信仰:较之物质的追求,知识的文化与科学代表人类各种活动中更加高级的、更有价值的形式。所以存在一种文化的政治经济学,所有的文化生产都是指向报酬的。文化与社会网络都是资本的形式,它们并不能像金钱与财富那样独立,如文凭在劳动力市场中,是获取报酬的重要形式,但文凭和纸币一样只是无价值的价值符号,必须依赖于实体符号和社会网络的流通才能发挥作用,所以知识分子的文化资本是从属于经济资本的。在现代社会中,知识分子通过他们投资的文化市场的类型、资本的数量与类型而产生极度的分化。鲍德里亚把后现代社会定义为符号交往的社会,表明后现代社会越来越依赖符号资本。父母投资于孩子教育的过程包含了经济资本向文化资本的转化,积累经济资本的同时也在积累文化资本。就文学领域来说,各种文学作品和文学理论的创新,其实是受到了无止境的利益驱使而生产出的竞争性的知识形式,书店里的各种新瓶装旧酒的文学作品以及各种解释作品的误读,都莫不如此。如前所言,符号区分的二元对立逻辑决定了我们理解社会世界的方式,我们以此来组织我们的社会并进行社会区分与知识区分。所以,误读的过程就是符号区分的过程,之所以误读,不只是影响的焦虑,而是

---

① [法] 皮埃尔·布尔迪厄:《艺术的法则》,刘晖译,中央编译出版社2001年版,第34页。

② 同上书,第99—100页。

为了寻求与众不同而采取的符号区分，从中寻求经济利益。布鲁姆的精英式误读无非也是为了获得符号资本，从而实现符号资本向经济资本的转化与循环。如果以为知识分子、批评家的言论著述都是一种艺术界内的纯学术活动，与政治、权力无涉，那才是真正的误读。普通读者的误读，从主体自身的意识来说，是读者自己习以为常的经验构成了文学理解的主要障碍，读者自身的经验中不乏以统治阶级误识为真理的谬误。在阅读实践中，读者自己不能避免符号区分的社会逻辑，误把符号的实践或"纸上的真理"当作现实中真正的真理，导致了误读。

意识形态的生产遵循着场域斗争的法则，意识形态的冲突围绕着特定形式的资本争夺，如经济资本、文化资本、科学资本或宗教资本，意识形态的斗争是为了争夺合法性，同时也是为了实施"符号暴力"的垄断性权力。在各种场域中，权力场域是最重要的场域，文学场的运作受到权力场的支配。从短期来看，文学的自律性要求文学生产不计报酬的精神产品，但从长期来看，这种生产其实是在积累符号资本，期待有朝一日变成真正的经济资本。如中国古代的"终南捷径"的典故，假隐士的目的其实是在积累符号资本。文学作品作为一种商品，仍然受价值规律左右，发行量的多少标志着作品的成功与否，市场信息又反馈回文学场，经济资本的一部分再次转化为符号资本，文学场又根据市场需要开始新一轮的资本积累。另外，文学场与经济场、政治场还拥有共同的聚会场所，如文学咖啡馆、杂志社、沙龙等，它们形成一些可能性的空间，这就是哈贝马斯所说的文学的公共领域，这些文学公共领域生产出新的社会意识形态，导致了资本主义的诞生。"实际上，由于文学场和权力场或社会场在整体上的同源性规则，大部分文学策略是由多种条件决定的，很多'选择'都是双重行为，既是美学的又是政治的，既是内部的又是外部的。"① 所以，意识形态的生产是场域斗争的问题，它超越了文学内部研究与外部分析之间的分割，在文学场与非文学场之间进行互动。所以，把文学作品当作"纯"作品来读是一种误读。布尔迪厄说："第一个区分是反对内部阅读（从索绪尔所说的'内部语言学'意义上来看），也就是说形式的或形式

---

① ［法］皮埃尔·布尔迪厄：《艺术的法则》，刘晖译，中央编译出版社2001年版，第248页。

主义的阅读，还反对外部阅读，外部阅读靠的是作品本身的外部解释和阐释原则，比如经济和社会因素。"① 场域理论要求我们一方面了解"纯"阅读的历史，另一方面要看到场域之间的互动，形成了所谓标准作品的汇编，汇编的学术体系趋向于持续再生产价值，同时生产内行的消费者。对作品批评的话语构成了作品科学的一个批评前提，又促进了作品生产的科学。

总之，误读是意识形态生产的前提，而要探讨误读和意识形态的关系，还必须放到符号区分与场域斗争的框架中来考量，意识形态的生产说白了就是符号的生产，在现实生活中，就是经济资本与文化资本的分配与再分配的问题。在意识形态的场域斗争中，误读是无法从根本上避免的，因为只要有利益争夺在里边，那么真正的一致与共识就难以达成。误读无所不在，意识形态也就无所不在。人与人之间要获得意见的一致，就必须相互妥协，文学接受避免误读获得正解的过程，其实也是各种力量相互斗争、相互妥协的结果，从这个角度来讲，阅读即误读，误读即意识形态的生产。人们只有在相互的妥协中才能获得一种有价值的交往方式，合理斗争的方法也必须建立在解决误读的方法的基础上，通过更好的证明与诠释来促进真理，达成意见的一致。

三　误读作为意识形态的征兆

误读是意识形态分析的征兆，意即我们总是受到意识形态的影响，哪里有误读哪里就有意识形态的发生，"当知识无法考虑这些与某种情境有关的新的实在的时候，当它试图通过使用不合适的范畴思考它们，从而来掩盖它们的时候，它就受到了歪曲，成了意识形态的知识。"② 这表明，心理领域发生的谬误同样是意识形态的东西，它是某种因果决定因素产生的无意识的结果。这里的误读产生的意识形态并不是因为主观的错误，而是由某种客观的社会结构决定的，曼海姆深化了马克思意识形态的概念。阿尔都塞等又进一步泛化了意识形态的范围，从现实领域迈入了无意识领

---

① ［法］皮埃尔·布尔迪厄：《艺术的法则》，刘晖译，中央编译出版社2001年版，第235页。
② ［德］卡尔·曼海姆：《意识形态和乌托邦》，艾彦译，华夏出版社2001年版，第107页。

域。结果如齐泽克所说:"'意识形态'可以指称任何事物,从曲解对社会现实依赖性的沉思的态度到行动取向的一整套信念,从个体赖以维系其与社会结构之关系的不可缺少的媒介,到使得主导政治权力合法化的错误观念,几乎无所不包。意识形态正巧在我们试图摆脱它的时候突然冒出来,而在人们认定它会存在的地方反倒不会出现。"① 由此看来,马克思总是把意识形态看作否定性的东西,把它看成颠倒的虚幻的反映,是有一定的片面性的。从阿尔都塞那里我们得知,当意识形态询唤我们为主体之时,其实我们是它的奴隶。所以,意识形态是人难以祛除的胎记。主体的构成是由意识形态的符号询唤,然后通过镜像复制构成自己,这就是再生产。

  如果如拉康所说实在界什么也不缺,那为什么又有误读,又有意识形态呢?这说明了人类社会这个"想象的共同体"要继续存在,必须虚构一系列的想象性关系,虚构一些能够认同的概念、符号、标志、理念、价值追求等,来黏合社会大厦的砖瓦,在这个意义上,"国家"从来就没存在过,只存在"国家"这个概念的历史。所以,从实在论的角度看,意识形态只是一种想象性的关系,是"虚构之无"。意识形态的运作机制就是我们认识不到它是一种"虚构之无",在我们赖以生存的日常生活领域,它始终沉默地运行,直至人类社会终结。这种"虚构之无"存在而又看不见,正是人类社会缺陷之征兆,是大写的他者之无的隐喻。文学作品作为意识形态的载体,也使存在构成一种想象性关系,扮演着黏合砖瓦的水泥的角色。统治阶级利用文学作品、教育机构,把其所需要的顺从和能力再生产出来。但是,文学艺术不仅是社会的黏合剂,同时也可以使社会多元化,充当"分化剂"的角色。文学作品的空白之无对应着这个虚构之无,我们既可以用意识形态填充作品的空白之无,顺从它的统治,又可以用反思和批判的力量批判意识形态,哪怕冒着被认为是误读、是歪理邪说的危险,我们也要进行这种批判,因为文学批评的力量必然要介入伦理、政治之中,否则它就是让统治者安然无恙的放心产品。但阿尔都塞认为,即使是反思、批判式的误读,也同样是意识形态的,他说:"意识形

---

① [斯洛文尼亚]斯拉沃热·齐泽克:《意识形态的幽灵》,张一兵主编:《图绘意识形态》,方杰译,南京大学出版社2002年版,第4页。

态各种作用中的其中的一个就是通过意识形态对意识形态的这一意识形态性质进行实际的全面否定。意识形态永远不会说：'我是意识形态。'"① 主体的批判仍然是不断地用符号之无填补这一虚构之无，所以，批判式误读仍然只能自指着自己的面具进行。

从艺术既顺从又反抗的矛盾性看，艺术有双重功能，既肯定又否定，当它提供人们的想象性暂时满足时，它肯定了意识形态，当对抗资本主义社会生活时，它否定意识形态。西班牙的奥尔特加认为先锋派最主要的特征在于"非人化"，即对资产阶级的现实的否定。马尔库塞也认为："肯定的文化在根本上是理想主义的。……在新社会蓬勃兴起的时代，由于这些观念指示出超越生存既存的组织的方向，它们是革命的；但它们在资产阶级统治开始稳固后，就愈发效力于压抑不满之大众，愈发效力于纯为自我安慰式的满足。它们隐藏着对个体的身心残害。"② 这里，马尔库塞指出，肯定文化既可以批判社会的弊病，但由于它带有不能实现的理想主义，最终却又去肯定它要批判的东西。艺术作品总是肯定与否定的辩证统一。艺术具有审美与意识形态的双重性，肯定与否定的双重功能是双重特性的体现。我们只有坚持审美自律性，对抗意识形态的功能，我们才能葆有审美自由的天地。意识形态虽然有对抗性的话语存在的可能，但这种话语又可能再次沦为意识形态，成为一种装饰，摆摆样子而已。意识形态存在的终极目的还是为了掩盖统治者所追求的物质利益，意识形态的误读在意识形态的内部是得不到解决的。必须走到意识形态之外，必须通过改变社会的物质力量，使主体获得充分的自由。

第七节 描 述

什么是描述？这需要解释，还是对"描述"进行描述？似乎这又陷入了语言学的悖论中。把描述作为后现代误读理论的基本范畴之一，基于以下原因，首先是当代哲学的描述论转向，"解释的退隐和描述的凸显，

---

① 转引自张一兵《问题式、症候式与意识形态》，中央编译出版社2003年版，第183页。
② ［美］赫伯特·马尔库塞：《审美之维》，李小兵译，广西师范大学出版社2001年版，第9页。

是当代认识论研究的一大发展趋势。"① 其次是当代文学理论中出现了反理论、反解释暗潮，如美国的桑塔格等人。最后是因为后现代误读主义的流行，解释泛滥而描述不足。

一 描述论转向

传统哲学的任务是思考或谈论世界的本源，或者研究人是如何认识世界的。虽然我们不可避免地要谈论关于世界的事情，但是我们只能通过思考与言说世界的方式接近世界。而分析世界被认识和言说的方式，最终产生了对语言的一般描述。伴随语言学转向而来的分析哲学，认为哲学的主要工作就是描述，而不是解释，这就是当代哲学的描述论转向。维特根斯坦说："我们必须抛弃一切解释②，而仅仅代之以描述。"③ 罗素的摹状词理论英文拼作"theory of description"，"description"就是描述的意思，摹状词理论就是描述论。分析哲学的鼻祖弗雷格是描述论的开创者，他把符号的涵义与意谓作了区分，他说："相应于符号，有确定的涵义；相应于这种涵义，又有某一意谓；而对于一个意谓（一个对象），不仅有一个符号。"④ 传统的形而上学一直混淆了涵义与意谓，由此产生的思想很多是无价值的。弗雷格进而言之，真正的有价值的思想必须同时斟酌涵义和意谓，因为有可能有些语句不管真假，其意谓都为同一个。所以，单纯探讨意谓或纯粹的思想都不能提供自明的判断，任何自明的、有价值的判断都必然要从思想层面过渡到意谓，即我们总是要判断语句的真假。⑤ 在这里，对意谓真值的判断的前提，就是对对象的描述是否存在一个意谓，并且思想的价值往往依附于意谓之上。分析哲学的后期，如维特根斯坦等人，直接提出了描述论的思想，认为哲学是一种描述。传统的形而上学被认为是无用的、空洞的，对本体、理念等追寻都是徒劳的，哲学的首要任

---

① 王天思：《哲学描述论引论》，上海人民出版社2009年版，第3页。
② "解释"一词李步楼译为"说明"，笔者对照了其他的译本及英文原著后认为应译作"解释"，下同。
③ [奥]路德维希·维特根斯坦：《哲学研究》，李步楼译，商务印书馆2002年版，第71页。
④ [德]戈特洛布·弗雷格：《弗雷格哲学论著选辑》，王路译，商务印书馆2006年版，第97页。
⑤ 同上书，第103页

务是划界，对于不可知的东西，我们应该保持沉默。维特根斯坦早期迷信逻辑可以厘清语言和世界的本质，后期他认识到逻辑仍然会陷入形而上学问题的追问中，于是转向了描述。他认为，传统的形而上学总是忙着解释世界，实际上是给世界添乱。知识能显现的东西，自然会显现，解释是多余的，不能显现的，如康德所言的物自体，那在哲学的范畴之外。[①] 维特根斯坦认为根本不存在需要加以理解的东西，因为一切都已经明明白白地摆在眼前，于是他提出用描述代替解释。为了打破哲学中形而上学的独断，维特根斯坦转向了所谓"生活形式"的研究，认为传统形而上学眼光朝上看，从而忽视了真正重要的日常生活领域。他认为奥古斯丁把语言的表象能力描画为"心灵的某种非凡动作"，这是把语言从运用中抽象出来的错误做法。意义即用法，加入或分享某种生活形式，就是掌握某种实践不可或缺的语言游戏。奥古斯丁不理解语言的功能，导致了各种空洞的、多余的解释，这是所有哲学问题产生的根源。维特根斯坦认为当下哲学最紧迫的任务是拨乱反正，哲学只需要描述，进一步说，就是对语言的使用进行正确的描述。如何描述？维特根斯坦认为我们不是要精心加工和完善语词的规则系统，而是要在语言的使用中建立一种秩序，即经常地突出区别。

分析哲学对语言的描述，本意是为了彻底地颠覆传统形而上学，但由于过分沉溺于语言逻辑和概念的分析，分析哲学陷入了描述的形而上学之中。而且，维特根斯坦相信生活形式可以澄清语言使用的意义，哲学问题可以完全消失。但实际上，语言描述论并不能解决所有的哲学问题，现实生活和语言文本之中仍然存在无数误读的问题，不管你如何描述语言，可能的结果之一就是"越描越丑""越描越黑"。所以，哲学的语言描述论，只是哲学描述论的开端，哲学描述论不仅要关注语言自身的问题，尤其要关注人如何用语言来描述世界、描述的过程怎样、结果和意义如何，等等。描述论转向是思维方式或提问方式的转向，从本体论到认识论再到本体论的哲学转向表明，哲学研究难以走出形而上学与反形而上学的理论怪圈，但我们可以进行思维方式的转换，把描述作为本体论和认识论争论的

---

① [奥]路德维希·维特根斯坦：《哲学研究》，李步楼译，商务印书馆2002年版，第76页。

前提、条件，谈论本体和认识就已经开始了一种描述，按哲学家蒯因的说法，一个物体存在与否与语言无涉，然而要对存在描述，必须要操作语言。① 描述是主体对客体的描述，是两者关系的描述，描述是无法离开主体特性的认识研究的。

描述在科学研究中也非常重要，科学家如果不善于描述自己的思想，就会吃大亏，比如物理学家法拉第没学过文学，连基本的论文表达都含糊不清，导致很多科研成果公开后，没几个人看得懂，因而生前遭到很多嘲笑，直到他死后，才由他的朋友们将他的研究成果写成论文，公之于众，震惊世界。然而无论法拉第的研究对世界产生多么大的影响，就因为不懂得如何描述，法拉第本人永远也看不到这些了。如何描述有时可以决定一个人，可能是一个伟人的命运。在当代，随着物理学中量子力学的发展，自然科学研究出现了一系列难以解决的问题。海森堡提出了测不准原理，他发现，在微观世界里，由于实验主体的干预，粒子的速度和位置永远无法准确测定。美国物理学家大卫·玻姆提出了"隐变量"理论，他认为经典理论的一系列假设原则上无法验证。宏观世界可以理解和解释的，在微观世界里却出现了理解的危机，在微观领域，理论解释总与现实的经验格格不入，出现了解释的困难。在经典力学中，描述与解释是一致的，但在复杂的微观世界，实验的结果经常需要引入所谓的隐变量、隐参数来进行修正，这样获得只是一个大致平均的结果，所以，科学研究中也存在大量的不确定性，于是只能用统计学的描述方法来加以说明。对此，王天思得出结论，认为"解释的隐退和描述的凸显，会使'描述'越来越明显不具有对客体解释的性质"②。从这里我们得到启示，不管自然科学研究，还是人文科学的研究，我们都过于迷恋解释，对任何需要我们去探索的东西，我们都有一种解释的冲动，殊不知，解释是一件无限递推的事情，科学研究中的解释带来了无休止的争论，人文科学的解释陷入了各种循环和悖论，所以，我们要正确理解事物，必须抑制住这股盲目的冲动，尝试进行思维方式的改变，描述论不失为一条崭新的道路。

---

① ［美］I. W. V. 蒯因：《从逻辑的观点看》，江天骥等译，上海译文出版社 1987 年版，第 95 页。

② 王天思：《哲学描述论引论》，上海人民出版社 2009 年版，第 25 页。

二 反对解释

相应地，在人文科学领域里也刮起了一股反解释的旋风，其中代表人物主要是美国女批评家苏珊·桑塔格，她在《反对阐释》一书中集中表达了这种思想。

传统的阅读方法是去寻求在符号表层下面的隐含的深层含义，如马拉美说："明确地指定一个对象就减少了一首诗四分之三的愉悦，这种愉悦存在于分阶段猜测的快乐之中：暗示对象，这正是诗人的梦想……诗中必须有高深莫测的意义，这正是文学的目标。"[①] 这种阐释的工作就是转换，为作品寻求对等物，实际上是隐喻性思维、同一性思维的表现，解释是对文本的破坏。"阐释是智力对艺术的报复"[②]，阐释是对艺术的冒犯，意义就在表层，没有什么深层含义。现代诗歌恢复了语言的魅力，避免了阐释的侵犯。桑塔格对批评被误用深表不满，觉得批评就是要让事物原本的样子呈现出来，或者展示事物的来龙去脉，批评不要总是问背后的含义如何如何。又说："为取代艺术阐释学，我们需要一门艺术色情学。"[③] "艺术色情学"要求恢复被理性阉割的感性，我们应更多地去培养我们的感知力。理性负载了更多的概念知识，而艺术的特性在于引起某种类似兴奋的情感，进而对形式或风格的体验。桑塔格用男女之间的性诱惑来比喻艺术的吸引力，好的文学艺术自身自然会产生无法抵御的吸引力，但读者不能任意对作品施暴。当然，如果读者对作品丝毫没有好感，作品的魅力也无法显示出来。"没有体验主体的合谋，则无法实施其引诱。"[④] 所以，我们应更多地关注艺术中的形式。苏珊·桑塔格给我们的启示在于：在理论理性过度发达的今天，人的感官已经不同程度地钝化，所以有必要采取行动，让我们的感官重新变得敏锐，这需要多花心思、多花时间去听、去看，用心去感受。另外，文学艺术在经历了向外转的外部研究后，文学艺术的研究进一步泛化，诸多的文化研究被纳入文学研究的范畴，文学自律

---

① 转引自［美］诺埃尔·卡罗尔《超越美学》，李媛媛译，商务印书馆 2006 年版，第 14 页。
② ［美］苏珊·桑塔格：《反对阐释》，程巍译，上海译文出版社 2003 年版，第 9 页。
③ 同上书，第 17 页。
④ 同上书，第 25 页。

的领地被侵犯，边界变得模糊。桑塔格提醒人们要更多地关注文学艺术形式本身，不要总是去作品中挖掘内容，或找到更深层次的东西。

为此，桑塔格提出了新感受力的解读方法，它代表了20世纪60年代一种激进的审美立场。桑塔格是新感受力最初的阐释者，先于马尔库塞在《论解放》里提出的"新感受力"的概念，而且比马尔库塞走得还远，集中体现了她反传统、反精英文化的先锋姿态。"新感受力"目标针对先锋艺术，先锋艺术常被精英文化贬低排斥，如何看待两者的关系？这又涉及两种文化之争①。桑塔格认为新出现的先锋艺术往往让很多卫道士头疼，无法理解，而这正是先锋艺术的魅力所在。先锋艺术对非艺术领域的新材料和新方法的越界使用，打破了"科学"文化与"文学艺术"文化之间的界限，也使其具有"去个人化"的科学精神。先锋艺术祛除了传统文学内容重荷与道德伦理的束缚，自然大方地吸收科学与技术的因素。两种文化的争论之所以成为问题，正是因为传统守旧的文学知识分子的无知，从这里，我们可以看出桑塔格对当代美国文学的蔑视。我们如何对当代艺术进行审美？"新感受力"具有重要的方向标的作用，桑塔格的多元审美的趣味以及对新艺术的创新性的肯定，至今仍是美国文化界最为前卫、最有力的美学思想。

如何培养感受力？桑塔格反对体系性的思想，主张培养一种"坎普"②趣味。"坎普"不把艺术区分为好与坏，它只是为艺术提供一套不同的或补充性的标准。"坎普的关键之处在于废黜严肃。坎普是玩笑性的，是反严肃的。"又说："坎普引入了一种新的标准：作为理想的技巧，即戏剧性。"③"坎普"趣味的目的在于培养一种体验的戏剧化的感受力，这种体验使道德中立化，倡导游戏精神和享乐主义。新感受力的核心在于反对科学与文化的区分，科学与文化之间不能出现分离，当今时代的典范艺术大量地、自然地吸收了科学和技术的因素，新感受力把艺术理解为对生活的一种拓展，艺术的首要目的是更新我们的意识和感受力。所以，对于文学艺术而言，感觉才是首要的因素，艺术的目的是培养人敏锐的感

---

① 参见 C.P. 斯诺等的相关著作。
② "坎普"，英语拼为"camp"，是一种审美时尚，表现为对非自然物的喜爱，对技巧和夸张的热爱，如无厘头喜剧中的大话即"坎普"的一种，其中有大量人为的、矫揉造作的成分。
③ ［美］苏珊·桑塔格：《反对阐释》，程巍译，上海译文出版社2003年版，第335页。

觉，至于思想，那是哲学或理论的任务。从新感受力出发，桑塔格认为美无处不在，工人可以欣赏器械之美，科学家也会觉得数字之美无与伦比。绘画、音乐等高雅艺术之美不言而喻，但流行音乐、影视文学等大众文化同样可以产生美感，人们应该对它们一视同仁，不能抬高前者贬低后者，"可以同等接纳"。① 所以，新感受力应该被多元化。这里，桑塔格理论的矛盾之处尽显无遗，她一方面呼吁人们更多的关注形式，另一方面又把新感受力泛化，模糊了艺术与非艺术的界限。

让感性特质重新回归社会，是桑塔格为现代理性过度发达所开的药方。在所谓坎普的趣味或游戏中，人们重新恢复了欣赏美的感受力，摆脱了理性的异化。苏珊·桑塔格的论断虽然让人深思，但是，感性力的内涵充满了冲突和矛盾，她的新感受力不是列斐伏尔所说的前社会的自然感性，而是纳入了工具理性的因素。她的形式与内容的两分法，继承了亚里士多德的形式质料说。亚氏赋予"形式"以"目的"的内涵。她认为文学艺术的本质是形式，而形式本体论"显然是从亚里士多德的哲学到美学，再到诗学和文学理论的合乎逻辑的推演"。② 桑塔格把亚氏的形式本体论发挥到无以复加的地步，内容不被她看作真实的存在，而只是存在的可能性。她在解构了形式与内容对立的同时又重构了形而上学的形式本体论。又因为美是纯粹形式的，所以缺乏实用性与有效性，容易流于空谈，不着边际。一种"艺术色情学"并不能使作品更有意义，而一种有意义的阅读应该是开放性的，对所有的人都有效，而不是局限于某些张扬个性的读者。感性在认知上是不可靠的，解释不应该也不可能抛弃理性，而应该培养否定性的超越，以及使自我摆脱感性奴役之后方能实现的条件，这种感性的超越最终将返回文化的王国，恢复批评的历史意识，感性与理性的纠缠将永远铭记在历史意识的记忆中。感性的阅读也许最终隐含着理性的目的，而且，新感性并不一定导致艺术的解放功能，而有可能使人沉溺于快感的诱惑。因为审美感性充满了矛盾，一方面是解放思想，打破理性的束缚等；另一方面是其诱惑、升华或产生魅力的能量。把审美经验简化为一种艺术的色情学，是简化了审美交流的复杂性。

---

① ［美］苏珊·桑塔格：《反对阐释》，程巍译，上海译文出版社2003年版，第352页。
② 赵宪章主编：《西方形式美学》，上海人民出版社1996年版，第95页。

苏珊·桑塔格最大的意义就是她思想的方法，就是她有别于其他人的"新感受力"，她以此作为一种文化批判的方法，试图抵达被某种解释所遮蔽的现实真相。值得注意的是，桑塔格对解释的态度并非完全排斥，而是不赞成把解释单一化，或者把某个解释看作独一无二的，其思维方式大多是理论先行，从预设的意识系统出发，对艺术现象进行肢解。说到底，"新感受力"理论也是一种解释理论，在理性独领风骚的时代，桑塔格以女性批评家特有的敏感，试图再一次解释现实，提醒人们不忘艺术的本源，社会生活是多姿多彩的，艺术也应该如此，正是这一思想方法赋予了她常人难以企及的认知深度与高度。

三　从解释到描述

思维方式、思维方法是知识学的核心，是开展科学研究的基础，当代哲学、科学、文学理论等的各种转向告诉了我们这一点。解释的无力，正是后现代误读主义横行无忌的表征之一。与其费力地解释、挖掘，不如进行一番文字的狂欢与游戏，这在相当程度上代表了后现代误读主义者的心态。不可否认，一部分人的误读有一定的启示意义，但相当多的文字游戏带来很多负面效应，最终成为意义的冗余。在狂欢过后，我们不禁要反思，究竟应该如何读才是正确的？反思不是要回到某个时代、某个理论，而是在理论失效的地方，重新思考新的可能性。

解释以追求真理为取向，带有科学主义的痕迹。何谓真理？在古典时代，真理就是理念、就是上帝；到了现代，真理就是真相，它身居表象的底层；到了后现代，真理成为被怀疑、被解构的对象。从古典到后现代，真理观实际上只是各种语言的描述而已，尼采说得很清楚，他认为真理只是一种语言的效果，甚至干脆把真理定义为一种修辞——"一群活动的隐喻、转喻和拟人法"。[①] 语言是修辞的，由语言编织的真理也是修辞的，使用语言进行交流的人际联系也被修辞化了。由于过度使用修辞，从"好像是"，到最后变成了信以为真，而且对大多数人产生了不可动摇的效力。由此，解释手段是无法获得真正的真理的。

[①] ［德］弗里德里希·威廉·尼采：《哲学与真理——尼采 1872—1876 年笔记选》，田立年译，上海社会科学院出版社 1993 年版，第 106 页。

而在文学阅读中，很多时候，文学解释不但无法获得真理，甚至有可能是多余的。文学故事总是一种叙事，也是一种对生活的描述，接受者的阅读是一种再描述。如哈姆雷特的复仇是出于对父亲的爱，这在剧中已经被描述为真，但如果我们用精神分析的方法进行解释，描述的合理性就成了问题。由此看来，从描述到解释的过程，暗含了重建描述的可能，有可能歪曲原初的描述。在实际的阅读中，我们获得的阅读的快感通常也建立在类似于这种无意识的误读中。描述在终极的意义上也是一种解释，所以阅读无法真正做到反对阐释。但描述是解释的前提和基础，没有原初的描述，任何解释都将失去依附。理论的过剩往往表征误读的泛滥、描述的匮乏。文学艺术中的大量留白，我们接受时，不是用我们的臆想和猜测去填充，而是必须在原文本的格式塔形成的真实力场中进行补充描述。我们习惯把文学解释比作猜谜语，读者围绕着作品猜谜语，猜谜就是一种阐释，但阐释不能胡乱猜测。英国文学理论家艾略特认为解释不是猜谜，解释不是有什么东西需要猜测揣摩，其目的是"仅仅是使读者得到一些在其他情况下所得不到的事实，'解释'才是合理的。"[①] 所以，阐释本质上与其说是阐释，不如说是显现，让看不见的东西重新显现出来。从艾略特的表述来看，合理的、可行的阐释应该改为合理的描述才对，因为解释以真理为标准，描述以合理为标准，以真理为标准衡量艺术作品显得不那么合理。解释的目的是透过现象挖掘本质，而描述的目标是把事实显现出来，至于显现什么、如何显现，这与描述的主体是分不开的。

文学描述的方法根据对象的不同，方法也不同，有的可以作形象描述，有的需要作符号描述，有的要进行概念描述等等。比如在刘义庆编的《世说新语》中的《容止》篇，对王羲之这样描述："时人目王右军：飘若浮云，矫若惊龙。"《世说新语》里说得很明白，这是写人的容貌。但在《晋书》里记载说这是品评王羲之的书法，明显是对原初的描述作了引申。再比如《容止》篇中描写嵇康的容貌，说他"身长七尺八寸，风姿特秀"，使用了一连串的比喻，说他"萧萧肃肃""肃肃如松下风在""岩岩若孤松之独立"，他的美像一棵挺拔的孤树，醉酒的嵇康就像玉山

[①] ［英］T. S. 艾略特：《艾略特文学论文集》，李赋宁译，百花洲文艺出版社1994年版，第75页。

要倒塌一般。这类描述都是形象描述，不需要进行抽象的解释。《世说新语》被人称为"志人小说"，但如果按西方文学理论的"三要素说"来解释这类"志人小说"，必然失之偏颇，因为篇中的各类描述三要素一般都不全，难道它们不是小说？对这类小说的解读，如果理论先行，必然出现误读。

四　对描述的再争辩

描述论的困境：描述缺少了主体的反思与批判，不是一种自反性的理解，因此，走向自反性的描述也许是一条新的途径。另外，描述在现实运用中难以和解释真正区分开来，其单独作为一个范畴的合法性被质疑。描述论的积极倡导者王天思教授认为，描述论说到底仍然是阐释性的，或者说通过描述获得的结果可能是阐释性的，然而"它也可以是没有解释承诺的"。[①] 也就是说并不是所有的文本都需要阐释，我们不能滥用解释。解释的结果可能需要再解释，以致陷入了无限循环，而描述没有解释的承诺，但描述仍然可能面临再描述的循环问题。描述作为一种方法，仍然是片面的，无法避免误读，其使用必须和其他方法结合起来，才能更合理地解读文本。

描述 vs 解释，哪个更为可取？解释的滥用已经被众多批评家所诟病，但描述论的倾向也受到了方方面面的质疑。关键在于描述不是万金油，从自反性的角度看，描述也有盲点，面对后现代各种戏仿、恶搞、嫁接、摹拟甚至剽窃等产生的作品，描述恐怕要束手无策了。比如爱德华·T·科恩的《交响诗》、约翰·凯奇的"4分33秒"、杜尚的《泉》、《L.H.O.O.Q》（《带髭须的蒙娜丽莎》）以及各种行为艺术等，这些艺术是对传统艺术程序的逆反性使用，传统艺术是模仿性的，后现代艺术则是反模仿的，对前者的反应是审美的，我们可以对之进行再描述，对后者的反应则需要解释，我们欣赏这类作品，不是要对对象进行描述，而是把它们放入整个艺术史语境中与其他作品进行比较才可以得到解释。美国学者卡罗尔从哲学的角度解释了这类作品，认为《泉》的戏仿，如果放在某种艺术体制中来解释，是明显的"形变"，目的就是要向传统的艺术体

[①]　王天思：《哲学描述论引论》，上海人民出版社 2009 年版，第 2 页。

制挑衅,激怒观众,除此之外,就是要制造障碍,故意让人一头雾水,"感到困惑难解"。① 通过解释,我们可以获得类似审美愉悦的快感。在以描述为主的作品中,在某些情况下,解释活动实际上也可以增强审美感知。所以,把描述与解释相对立,认为描述可以完全取代解释的做法是不可取的,是非此即彼的二元对立思维在作怪。描述与解释在阅读中的作用是互补的,两个范畴可以互相独立,但都是文学接受活动中不可或缺的一部分。

后现代艺术的出现,让我们想起了黑格尔的"艺术终结论",当艺术摒弃美的技艺以强调思想观念的重要性时,美与艺术似乎就到了终结的时候了。黑格尔说艺术在后历史时期只是一种游戏,但这种艺术从属于其他客体,不是自由的。艺术是一种过去的事物,被放逐到理念领域,丧失了曾经的辉煌。但是,黑格尔的艺术终结论,是明显的独断论,不具普遍性,这种知识论认为知识之外一无所有。多元主义时代,方向概念不再有用。丹托认为艺术的终结实质上是一个理论问题,或者说我们如何思考艺术自身的身份问题。艺术是什么?艺术似乎是无法满足任何特殊概念的某种概念式的东西。从野兽派起,似乎每种艺术运动都需要某种理论认识,艺术的命令似乎就是创造一个艺术史的新时期,普遍性的判断不再起作用了。艺术哲学的本质是反思,对艺术身份的自反性理解使艺术哲学成为可能。理解马蒂斯之后的艺术,理论、解释已经成为艺术的一部分。丹托从艺术哲学的角度进行了阐释,认为没有艺术史,就不可能有艺术哲学,艺术史是艺术哲学的前提和基础。明白了这一点,再来审视形形色色的现代派、后现代作品,不难发现,这些艺术作品与理论关系极为密切,不能离开理论而单独存有。所以,理论是内在于其所阐释的对象之中的,"要理解其对象,理论就得理解其自身"。② 阐释这些事物,理论首先必须先自我阐释。在后现代,艺术的创作与解释中渗透了理论,离开理论就无法解释其活动,丹托由此进一步推论艺术在后现代的悲催命运——被理论侵凌。艺术的意义被哲学剥夺,而理论是无限的,艺术在对自身的纯粹思考中蒸发掉了,艺术进入了所谓后历史的时期。

---

① [美] 诺埃尔·卡罗尔:《超越美学》,李媛媛译,商务印书馆2006年版,第27页。
② [美] 阿瑟·丹托:《艺术的终结》,欧阳英译,江苏人民出版社2001年版,第101页。

丹托所谓后历史的艺术的界定，正是后现代艺术在宏大叙事垮塌后的表征，艺术是多元化的，没有一种艺术比另一种艺术更正确、更高级。他认为"什么都被许可了"，这与后现代的"怎样都行"相互呼应。艺术的多元化、一切皆可，必然导致犬儒主义和虚无主义。丹托的艺术终结论很明显受到了黑格尔终结论的影响，他们讨论的论域都是艺术与哲学理念之间的关系，只不过黑格尔的终结论是其哲学体系逻辑推演的结论，而丹托的终结论是从后现代艺术存在状况出发来思考艺术与哲学之间的关联。黑格尔的艺术终结论只有哲学的意义，而丹托对艺术的沉思有现实意义，的确如丹托所言，马蒂斯之后的艺术越来越难以理解，特别是很多人打着艺术的旗号，搞一些匪夷所思的行为表演，让人百思不得其解。例如，北京大学艺术系的教授朱青生给自己的孩子取名叫朱元璋，认为这就是现代艺术，并且还写了长篇大论的论文来加以论证。这个"朱元璋"继承了老爹的衣钵，说自己长大后要改名朱青生，让自己老爸没名字，朱青生听后拍案叫绝，说这是名副其实的现代艺术。在这个例子中，行为表演只有哲学的思考，没有形式的美感可言，离开了美与美感，艺术还能叫艺术吗？再比如当前的网络文学中最短的短篇小说只有一个字——"囧"，有人认为是文学，有人认为是恶搞。当文学缩减到没有了形式，当文学不再是有意味的形式，当美感已经被哲思取代，文学艺术变成了空洞的能指，那么不管是解释还是描述，又有什么意义呢？真正的阅读也将走向终结。

第八节　审美经验

一　文化作为误读的语境

文学交流是文化交流的载体，历来就有以文会友、以诗会友的说法。读者总是带着先见阅读作品的，而先见又是文化建构起来的：读者是文化的一部分，文化是读者阅读的前提，读者通过文学阅读获得文化的完整性，文化研究提醒人们注意文学交流的语境。

在文学交流中，语词的意义常常是不确定的，语义的确定是文中具体语言环境相互作用的结果。语境是文学话语的必不可少的要素，说话人与受话人的文学交流是在特定的语言环境中进行的，这个语言环境就是指话语的上下文，具体来讲，指的是文学交流中话语所关联的特定语言领域。但语境的含义并不局限于此，英国文学理论家瑞恰兹认为语境包括两个方面：一是指历时性的一组同时复现的事件；二是指共时性的与这个词有关的一切事物。在他看来，语境如果局限于文本之内，则有些词语的特殊用法和意义就无法理解，语境其"意义可以进一步扩大到包括任何写出的或说出的话所处的环境"。① 他把语境的范围扩大到文本之外的社会环境，或者一个词语在特定时代中相关联的语义域，甚至跟理解和解释相关的一切语言环境，都被他称作语境。他又认为："'语境'是用来表示一组同时再现的事件的名称。"② 这是语境的通常用法，其含义是大家都认可的，指的是围绕着该话语而产生的事情的聚合，其中涵盖了话语诞生时的前件和后件。瑞恰兹的语境理论告诉我们，词义的多义性是以文化为支撑的，是共时语境和历时语境交互作用的产物，文本的意义需要在文本之外的语境中寻找，正是语境赋予了文本新的含义。瑞恰兹着力构建的新修辞学是一种文学语义学，虽然他把语境的含义扩展到文本之外，但在实践中，他并没有把语境理论扩展到审美经验的研究，更不愿意把文学放在整个社会、历史、文化、心理等这些大系统中去分析考察，仍然是文本中心主义的。

文化是什么？我们先来看人类学家格尔茨的理解，他把文化定义为过去流传至今的"存在于符号中的意义模式"，以及用符号的方式呈现并承袭的"概念系统"。③ 在这里，文化被定义为一种理解意义的模型，这种模型保留在千百年来流传至今的各种符号及其观念体系之内，凭着这些知识体系，人与人之间才能相互沟通、共同进步，并生产出新的知识。在他看来，文化不是权力，而是一种语境、某种状态，其中人们可交流或理解事件。文化作为语境，就是认为文学是文化的载体或一个部分，而且不管是精神上还是在形式上，都强调阅读与文化传统的关联性、连续性。文化作为语境，可以避免发生一些误读的笑话。如华兹华斯的名诗"*I wandered lonely as a cloud*"当中有句："A poet could not but be gay"，在华

---

① [英] 艾·阿·瑞恰慈：《论述的目的和语境的种类》，章祖德译，见赵毅衡编《"新批评"文集》，百花文艺出版社2001年版，第333页。

② 同上书，第334页。

③ [美] 克利福德·格尔茨：《文化的解释》，韩莉译，译林出版社1999年版，第109页。

兹华斯那个时代，gay 还没有"性"的内涵，所以这句诗不能翻译为"诗人是同性恋"，只能译为形容词"快乐的"，全句应译为："诗人怎能不满心欢喜。"所以，阅读作品必须考虑到作品与社会文化语境的相互作用。文化可作为文本看待，文化作为文本，或者说作为文本的文化，英语拼为"culture as text"，这是新历史主义成员核心观点之一，意思是文学与非文学"文本"之间没有界限，彼此不间断地流通往来。其旨趣在于："追寻社会能量在文化中的广泛流通，在边缘与中心之间来回流动，从艺术领域流向明显不同于甚至敌对于艺术的领域，在低级的领域和高级的领域之间流动。"[1] 文学的边界变得模糊了，艺术作品是协合后的产物，协合的一边是作者，其了解并能熟练地运用一些写作技艺和规则，协合的另一边是社会运行的体制。文学交流不仅是占为己有，也包含着协合后产生的"通货"的交易过程。按照这个观点，文学交流的范围扩大到了文化层次。这样，读者与文本的交流就变成读者需要摒弃以自己为中心，目的还是把文本变成自己的。阅读是占有，与此同时也是一种放弃。因为要把异己的事物占为己有，必须先摒弃自我。利科尔认为要占为己有，必须考虑到文本所指谓的、所显露的力量，即文本的素材。当我们放弃自我，走向文本，使文本的素材变成自己时，自我就自动地剥夺了自我，文本的素材就变成了自我。所以，利科尔说："我用我来交换自身。"[2] 放弃自我中心的纯粹主观反应，重新估价文学最初产生时的社会和文化，这是新历史主义的贡献。按照新历史主义的交流模式，对现代主义中所谓的不可解的作品，否定交流的可能性就是错误的。要理解这些作品，必须对读者进行间离化。如《秃头歌女》这样的反戏剧，它的意蕴令人困惑，但如果我们用文化的观点看，这种无意蕴的意义是作者尤奈斯库要求观众按照 60 年代对世界的看法来对世界作出反应。传统的可以依赖的巨大解释背景已经隐退，社会分裂为个体，主体退缩在闭关自守的内心世界里，面对这个新的不可理解的世界，尤奈斯库在《秃头歌女》中发出了理智性的声音——语言的悲剧。所以，语境与文学阅读是一种互动关系，语境的问题

---

[1] Gallagher, C., and Greenblatt, S, *Practicing New Historicism* [M], Chicago: U of Chicago, 2000, p. 13.

[2] [法] 保罗·利科尔：《解释学与人文科学》，陶远华等译，河北人民出版社 1987 年版，第 113 页。

会被文学所处理然后反馈进现实中，反之，文学的阅读又要依赖于语境介入。

二 审美经验与生活经验的互动

美的形式必然与艺术史等艺术外在的东西构成审美的经验，其中，审美经验与生活经验通过种种媒介来互动。审美经验不是一成不变的，总是被生活中的媒介所中介，阅读的方法、取向、价值判断等，都受到媒介的引导。文化学者汤林森认为文化与社会生活之间存在所谓局部的"文际交换"，① 如在经历和传记之间就很明显。社会生活中伦理道德观念、价值判断和审美习惯等会影响读者对一部作品的评价，反之，文学等文化产品也能对生活发生影响，甚至能引领社会生活前进方向。譬如，林肯就曾称赞斯托夫人写了一本导致一场伟大战争的书。所以，汤林森认为，人类自身的生活是"向我们展示的再现"。② 这些都表明，经验的形成机制，每一个媒介负载的文化信息都是增加、塑造或中介我们生活的经验，而现代的所有的文化实体必然都是过去生活经验的反映。布尔迪厄也说："作为价值根源的'主观'配置是体制的历史进程的产物，它拥有建立在超越个人意识和意愿的共同范畴上的客观性：社会逻辑本身能够在场和习性的形式下建立一种社会固有的力比多、这个力比多像它从中产生的和它所支持的社会空间一样发生变化（权力场中的统治力比多，科学场中的科学力比多，等等）。就是在习性和场的关系中——习性多多少少根据场进行适当调节，它们或多或少是其产物——产生了构成功利的所有等级基础的东西，就是说，包括对游戏的根本赞同，幻象承认游戏尤其承认功利，相信建立赋予一切特定意义和价值的游戏和赌注的价值。"③ 这里，场产生社会的力比多，产生游戏的规则，对艺术的承认、理解或误读都与场有着千丝万缕的关系。布尔迪厄用场的概念来试图说明文学场与权力场等场域之间的互动关系，吸收并发展了马克思关于上层建筑与经济基础之间互

---

① ［英］约翰·汤林森：《文化帝国主义》，冯建三译，上海人民出版社1999年版，第120—121页。
② 同上。
③ ［法］皮埃尔·布尔迪厄：《艺术的法则》，刘晖译，中央编译出版社2001年版，第210页。

动的理论，场理论表明了文学不可能是完全自律的。

媒介的生产场是否是完全自律的呢？伴随着物质极大的丰裕和现代媒介的迅猛发展，物质及其媒介景观不断挤压人的生存空间，不断受到物包围，人变成了物质的奴隶，"心为形役"。媒介和景观的泛滥，"假作真时真亦假"，真与假的界限模糊了，媒介大有取代真实世界之势。在这种背景下，法国哲学家鲍德里亚提出了"超真实"的概念，认为真实世界已经虚拟化，现代人更多的是生活在媒介所生产的"超真实"中。鲍德里亚的理论有夸大媒介作用之嫌疑，因为媒介只不过是人的延伸，① 人的眼睛没有老鹰看得远，但借助太空望远镜，人可以看到几十亿光年外的星球；人的鼻子没有狗鼻子灵敏，但人类发明了比狗鼻子还要灵敏的探测仪。对于生产景观的媒介来说，媒介会让人产生虚幻的感觉，但媒介终究不过是一种工具罢了，关键是看主体如何用媒介来自我塑形。人们可以通过媒介传播中的形象或景观来获得自我认同，但凡有清醒自我意识的人都应该知道，人的自我塑形和自我认同更多的来自文化母体的浸染和熏陶，从小就接受家庭和学校的教育，其养成的思维习惯和审美习惯已经使得每个人都戴着一副有色眼镜来看待这个世界，媒介景观或影像只不过是加强了之前的认识罢了。关于这一点，汤林森认识得很透彻，他认为，人的认同感更多的来自家庭、学校等场所。② 汤林森的理论可以找到更多的例证，比如中国的传统教育以"百善孝为先"为宗旨，要求孩子必须听父母的话，不能忤逆父母，父母的话变成了圣旨，孩子以父母为榜样努力学习，以期获得别人赞许的目光。由此看来，鲍德里亚高估了媒介的力量，对媒介的观察失之偏颇，完全自律的媒介场不过是一个臆想的神话。从格式塔心理学看，文学叙事的逻辑与生活的逻辑有同构之处，叙事逻辑是一种诗意的、变形的逻辑，但不可能完全抛开生活逻辑，天马行空地任意虚构，譬如我们无法想象鱼在空中游、鸟在水中飞。用美国哲学家杜威的审美经验理论来说，就是审美经验与生活经验有相通之处。

前文曾经讨论过文学艺术误读发生的一个原因在于文学艺术自身过分

---

① 这里借用了麦克卢汉的观点，但他偏重于描述媒介的消极作用，认为媒介的作用是为了骗人，目的是为了产生某种效果，与笔者这里的工具论有明显的区别。

② ［英］约翰·汤林森：《文化帝国主义》，冯建三译，上海人民出版社1999年版，第167页。

的自律，这与现代性发生以来知识的分化、社会的分工紧密关联。艺术日趋强调自律，同时也日趋变得不可理喻、曲高和寡，艺术为艺术自身设置了形而上学的圈套。艺术的形而上学是艺术终结论的制造者，是艺术的死敌。要更好地创造和理解艺术，必须恢复艺术产生的条件与日常经验二者的连续性，并重新组织我们以往的经验材料。日常经验的条件是正确理解艺术的前提，这正是杜威审美经验理论的要义之所在。从这里出发，他对古典的天才理论进行了大胆的批驳，认为伟大的作品不可能是天才一手造就的，人不是宇宙的精华、万物的灵长，人是动物，天才也不例外，一个"活的生物"罢了。据此，杜威提出了"一个经验"的理论，一个经验是人与环境相互作用的产物，是一个完整的、不扭曲的经验，这样的经验就是审美经验。经验的互动包括两个环节："做"与"受"，做是人作用于环境，受是环境作用于人。按杜威的看法，"做"与"受"建构了人的一个经验，它是人与环境不断的长期互动的结果，甚至经验也被看作是此类互动附带的产物。① 这句话表明主体是可以有选择自由的，人的经验包括审美经验并不是完全被动的。审美经验是日积月累的，艺术家的创造并非与经验无关的空中楼阁，而是过去经验的再造。当然，艺术创造在一定程度上也是对过去审美经验的突破，其自发性是非事先预谋的。

　　后现代误读理论过分强调艺术的独创性，这只不过是康德以来天才论的延续罢了。从审美经验的角度来看，布鲁姆提出的修正主义的误读恰恰表明了艺术修正的前提是审美经验，没有审美经验，就没有焦虑，也就没有误读。作家的创作从公众世界中吸取材料，在过去审美经验的基础上，适当修正过去的内容和形式，加入个性化的表达，就创造了自己的产品。艺术生产的目标不是要创作一本无人能懂的天书，艺术需要回忆和追溯，思想的向前推进依赖于这种有意识的向过去记忆的偏离。文学阅读也是如此，读者的阅读必须包括作者所经受的相类似的经验，创作和欣赏都包含了一些共用的方法论的抽象。用杜威的话来说，艺术就是抽象，抽象的意思就是抽离，即"从有意义的东西中抽取的动作"②，从作者的角度来说，抽取涉及一系列复杂的动作，如取舍、简化、突出甚至变形等，摒弃不必

---

① ［美］约翰·杜威：《艺术即经验》，高建平译，商务印书馆2005年版，第244—245页。
② 同上书，第58页。

要的细枝末节，根据需要突出某些环节，进行浓墨重彩的描写。读者的阅读也是抽取，根据自己的兴趣爱好有选择地接受。但抽象是由一种关系决定的，"一件艺术品的可理解性是由使整体中各部分的个性以及它们之间的相互关系直接显示在经过知觉训练的眼与耳之中的意义的呈现所决定的。"① 审美经验赋予艺术品实体、暗示性和灵韵，它是非个人的、可共享的，它使我们分享作品的意义。分享即互动，就是作者（或文本）与读者之间的互通有无，就是分别拿出各自独一无二的东西跟人分享的经历。交流令人称奇之处还在于"在交流时，意义的传达不仅将肉体与意志提供到听话者，而且提供到说话者的经验之中"②。艺术是最普遍而且最自由的交流形式。一件艺术品越是体现许多人共有的经验，就越有表现性。读者因为不熟知多种多样的批评传统，导致片面和扭曲。前见中有些是党派的陈规旧习的引导下的形成，缺乏对审美经验的多样性的同情。误读在杜威看来有两种主要形式：约简与范畴混淆。前者如心理学、社会学的批评，是有关作品单调的知识。后者假定艺术品暗含了政治、历史、道德的原料却取得了艺术的形式。批评不是在作品中寻找哲学、道德的内涵，而是使感觉更加完善，加强生活的经验。

"不是艺术模仿生活，而是生活模仿艺术"，这句王尔德的名言被杜威阐释得淋漓尽致，杜威认为，艺术经验高于并塑造着日常经验，但同时，艺术经验能被分享与传递，正表明它是日常生活经验的补充与完善，二者之间不是割裂、孤立的，有着连续性、同构性，都可以被社群成员共同分享。更进一步来看，艺术经验是一种完美的经验，是一种强大的塑形工具，它能发挥更大的作用，可以给个体塑形，也可以给社群塑形，使之变得整齐划一、有条不紊。③ 所以，艺术服务于生活，不仅是实用性地满足，而且预示了生活的可能性。杜威进而认为艺术比道德更道德，理由是艺术道德不光是一种形式上的道德，而且艺术道德是生活道德的强化。文学家是人性的预言家、道德的预言家，他们通过诗歌的形式，以美引真，以美引善。杜威认为文学可以加强统治的次序，传播文明和风习，是维持

---

① [美] 约翰·杜威：《艺术即经验》，高建平译，商务印书馆2005年版，第236页。
② 同上书，第271—272页。
③ 同上书，第87页。

目前状况的仪式。① 审美经验如果故步自封，就会成为僵死的惯例，需要"源头活水"才可以使审美经验常新。艺术预示了生活的可能性和新的方向，但最后有可能被体制化为固定的教条，甚至被吸纳为政治性的参照物。艺术的理想很丰满，但现实很骨感，艺术从政治的对头变成了朋友。杜威认为，艺术负有改造现有道德状况的使命，艺术往往被诟病为脱离现实生活，但正是这种对现实的疏离，才避免了被现实同化的命运，为枯燥乏味的现实不断输送新鲜的血液，超越僵化的自动化的反应。② 但是，美不是一种机械的属性，杜威的审美经验理论没有把观察者的审美态度与客观的美结合起来，从而使审美经验的概念区别于日常生活的实践。

审美经验与生活经验产生了互动，但如果据此以为后者可以取前者的地位而代之，则是大谬。审美经验是一个自律的经验，虽受到现实的影响，但实际上它主要是一种形式的经验，因为艺术一旦实现了自律，必然获得了"自主化"运作的机制，逐渐从现实生活中疏离并异化，它有自己的有关形式的一整套法则、惯性、逻辑，从而超越了生活经验的实用功能，超拔于生活之上而成为不朽的谎言，审美甚至批判、间离现实生活。

杜威的"一个经验"理论，把文化与社会统一起来，对理解误读的原因，避免不必要的误读有重要的启示意义。但在不同文化的交流中，一个经验的理论就显然不适用了。在跨文化的接受中，是多种审美经验之间的对话与交融。一个陌生的他者的经验如何能被理解、被接受？这需要不断跨越审美经验的疆界，从语言、文本、作者、读者，再到文化和他者。德国学者加布丽埃·施瓦布企图构建"过渡空间"的理论，来实现审美经验的跨越。过渡性空间，当然是理论的一种虚构，但对于描绘跨文化经验的复杂性有一定的意义。在这一临时性的空间中，读者的期待视野不断被打破，审美经验在主体与他者之间循环反复，不断被重构和重绘。由此，跨文化的接受就突变为符号的历险、边界的突破，文学的本体似乎也在游弋中接纳了新的元素，新的篇章不断被谱写。这些"过渡性空间"被不同的文化规则所侵凌，文学解释获得了各种流动性，一切经验都似乎太短暂，新体验不断扑面而来。施瓦布认为，文学的过渡性空间可以源源

---

① ［美］约翰·杜威：《艺术即经验》，高建平译，商务印书馆2005年版，第386页。

② 同上。

不断地为生活提供创新之源，这一点和杜威的艺术经验理论有相似之处。文学接受是超越文化间隙的跨界协合，它包含了两个方向完全相反的双向交流，一是暂时抽离本土文化的运动，二是把他者"带进家门"的运动。① 文学阅读是与他者遭遇的特殊形式，作为阅读者，我们不可能回到作者写书的那个年代，但我们可以挖掘作品中深藏不露的感情和产生这些感情的生命意志，这些都是与读者及其文化语境秘响旁通之处，阅读就是把他性融入自我，同时也扩展了自我。文学移情被不同的文化所中介，同时又反思和重估过去文化交往中的记忆。由此，文学误读的问题还是跨越疆界的文化问题，为了研究文学交流中误读的文化因素，人们还需要一个文化移情理论。施瓦布借鉴了"隐含读者"和列维纳斯的"他者"理论，意在表明文学阅读过程中复杂的交互作用形式。当一个读者接触一个陌生的他者文化的文本时，由于文本中预设了"隐含读者"，它是一种强大的惯性系统，超越了读者原有的阅读视野，其既定的交流方式被突破。但接受者并非被动地接受作品，他会充分发挥自己的主体性，试图同化他者。于是阅读就变成了两种文化相互作用的形式，这一文学移情同时改变了两方面的力量。所以，对他者不能使用传统的解释学来解释，他者提供了复杂的他者性经验，这种阅读体验牵连到各种形态的文本他者性间的链接，② 譬如很多后现代文本直接挪用其他文化中的他者性，经过拼贴、戏仿后做成文学的拼盘，形成了眼花缭乱的后现代文本景观，甚至故意误读他者来生产新的他者性，以期获得新的审美体验形式。所以，传统的阅读方法在后现代面临新的挑战，一味地阐释作品的深度，并不能厘清后现代的文本实验，新的阅读模式和阅读理论应运而生，施瓦布提倡一种新的文化接触模式来阅读文本，需要以他者性来构建新的阅读伦理，而非一味强调以自身的文化来吸纳和同化他者文化。在施瓦布的过渡性空间理论中，他者变成文本或被读者接受时，理解他者首先要"理解阅读行为及理论与理论干预和批评争鸣嬗变之间的互文性"。③ 施瓦布的理论为跨文化的文学交流提供了借鉴，我们在处理他者文化时，一方面，要区分文学交流

---

① ［德］加布里埃·施瓦布：《文学、权力与主体》，陶家俊译，中国社会科学出版社 2011 年版，第 51 页。
② 同上书，第 62—63 页。
③ 同上书，第 64 页。

中的潜意识和意识形态的东西；另一方面，又要注意交互作用的复杂性，不要低估读者的积极主动性。

审美经验由于他者的介入，所以是一种他律的审美经验，而非完全自律的经验。纯粹的、中性的阅读经验根本就不存在，审美经验是自律与他律共同作用的结果，受不同的文化和审美价值、风俗习惯等熏陶，读者的审美经验也并非一成不变的，而是受到不同的他者性的塑造。他律的经验表明了审美经验的复杂性和不可还原性，德里达在评论列维纳斯时说："经验本身和那种经验中最无法还原的东西指的正是朝向他者的通道和出口；而他者本身和他者中那最无法还原的他性，就是他人。"[①] 所以，审美经验充满了差异和矛盾，它不可能提供完全正确的阅读方法，而只能获得一种预设的审美参照系统。

总之，文化作为文学阅读的语境，可以界定一部分文学作品解释的范围，但文化语境并不是决定是否是正读的关键因素，因为有些作品的语境本身已经显得不重要了，比如李商隐的《锦瑟》一诗，又比如科幻小说，文化语境在人们的阅读过程中已经淡出。所以，我们不宜过分强调语境的作用，它不能决定文学如何被理解，文化语境与文学阅读不是一种决定与被决定的关系。过分依赖语境来解读作品，还有明显的意识形态色彩。比如模仿说、反映说，二者把社会、历史或政治条件看作作品的"原因"或"决定性的语境"，这明显是误解，用解构主义的语言来表述，就是反映说其实是一种修辞方式，反映是隐喻的一种。它假定了反映与被反映者的相似性或一致性，具有意识形态的色彩。由此看来，格尔茨的文化定义强调了文化的共同性，而忽视了文化的差异性，以及暗含权力意识形态的可能性。但是，艺术头上耀眼的光环，本身是被文化场生产出来的，意识形态的烙印是文学艺术无法去除的胎记。例如，先锋艺术家杜尚在小便器上签上自己的大名，并把它当作艺术品来展出，举世哗然，让人觉得不可思议，但最终《泉》被艺术界接纳，成为里程碑式的艺术品。艺术家的签名究竟有什么魔力，让一件普通物件可以升华为艺术品。对此，布尔迪厄在《艺术的法则》一书中给出了解释，他认为类似杜尚的签名行为在艺术界很常见，签名行为有点类似魔法，让普通作品的价格瞬间陡增百

[①] [法] 雅克·德里达：《书写与差异》，张宁译，三联书店2001年版，第136页。

倍，但这背后有强大的文化生产场在支撑，没有了艺术界的权威，缺少了热情粉丝和拥趸，签名就失去了存在的价值。① 杜尚让我们看清了传统生产场的力量，其中不但生产了艺术家和有一定知识品位的大众，而且也生产大量的游戏规则和艺术的制度，文学不过是文化场几种力量相互作用的产物。英国批评家伊格尔顿也认为文化并不是一块飞地，文化是各种流传物汇集之地，同时也是各种力量斗争的场地。② 文化、文学的冲突性正是意识形态和价值系统中利益的冲突。所以，文化作为语境有可能使解读更加复杂化，文学意义确定性的追寻更加渺茫。

三　艺术惯例作为审美经验

审美经验也可积淀为欣赏艺术的文化惯例，惯例系统可以使某些解释更加合理化，从而使文本的内容和意义得以确定。比如，面对中国的古诗与西方的诗歌，读者需要两种不同的惯例系统。就是一种文化之内，惯例系统也常常产生变化。例如，先锋派艺术总是不断地打破艺术的惯例，面对这些作品，读者难以被激起传统惯例系统下的审美反应，常常发生误读。

先锋派艺术品，如爱德华·T·科恩的《交响诗》——由100个渐渐停止的节拍器组成的构件——和杜尚的《泉》、《L.H.O.O.Q》（《带髭须的蒙娜丽莎》），很多人认为它们不是艺术，甚至是反艺术。从惯例系统的角度看，误读的原因在于，惯例系统被制度化了，从而带来了话语霸权，一些新的、边缘的认知范式被排斥在外，审美经验变成了绝对自律的经验，作品隔绝了与现实生活的关联的解释源泉。审美经验与日常经验的分裂，精英与大众的分化，读者的接受出现了困难，传统的惯例系统丧失了解释的功能。先锋派艺术对现代主义作品追求的自律性有所背离，力求恢复与现实生活的关联，从而打破了现代主义形成的艺术制度。但是，即使如此，要解释先锋派的艺术作品，观众首先是回忆起原先的准则来应付新艺术的挑战，同时又在旧规则失效时寻求如何赋予它以意义时，他才能够解释这个不明确的客体。欣赏先锋派艺术，更多的是对它所置身的艺术

---

① ［法］皮埃尔·布尔迪厄：《艺术的法则》，刘晖译，中央编译出版社2001年版，第206页。

② ［英］特瑞·伊格尔顿：《文化的观念》，方杰译，南京大学出版社2003年版，第21页。

史语境的关注，而不是对对象本身的关注。《泉》故意要挑衅人们的审美经验，让人困惑。先锋派理论家比格尔用"震惊"一词来形容后现代独特的审美体验，[①] 按他的说法，震惊美学阻止了意义的正常输送，这是有意为之，其目的在于借助意义的阻断来转移欣赏者关注的重心，也就是说，后现代的生活方式发生变化了，出现了很多前所未有的问题，必须有所改进。先锋派不提供传统的审美经验，但由于引起人们的解释，人们仍然可以从先锋派与传统的冲突和张力的解释中获得快感。所以，艺术品的快感的获得不一定要依靠审美经验，而一件能促进解释性的互动的艺术品也可能使人获得快感。

在《艺术与审美》中，乔治·T·迪基认为艺术即一种地位，这种地位是由艺术世界授予它作为候选者的被欣赏地位，迪基的"艺术界"意图是一种广泛的、非正式的文化习俗。但艺术界容易被误解为一个有正式组织的团体，另外，"被授予"的说法也是值得怀疑的，因为一件艺术品可以通过创造性地运用某种媒介而获得作为艺术的地位，无须被授予什么地位，如网络媒体传播的艺术。在丹托、比尔兹利的启发下，迪基扩充了艺术世界的解释，认为艺术界是一个内曲概念，有许多内曲概念，如作家、读者、作品系统等，这些内曲概念合在一起，迪基称之为"诸内曲概念"。用系统论的观点来解释，就是一个大系统中包含了各种各样的小系统。诸内曲中包含的各内曲概念之间彼此依赖、互通有无、互相联系。要理解大系统中的任何一个概念，必须求助于诸内曲概念整体。迪基所言的"诸内曲概念整体"，在我看来，这类似于家族相似理论或星丛理论，众多概念具有家族相似性的特征，它们共同组成了一个家族或概念的星丛，知晓了其中一个术语，也相应地可以推测家族中其他术语的意义。迪基认为，类似艺术界的内曲概念，"'文化诸概念'领域中或许也充满了内曲系列"。[②] 总而言之，要想对艺术有一个整体的把握，那么我们将离不开迪基发明的"内曲"理论。但不可否认，迪基的内曲概念在根本上陷入了解释学的循环，即对局部的解释需要整体的介入，要了解整体，又必须从一系列概念开始。艺术界的内曲概念作为一个惯例系统，它包括一

---

① [德]彼得·比格尔：《先锋派理论》，高建平译，商务印书馆2002年版，第159页。
② [美]乔治·T·迪基：《艺术界》，见李钧编《20世纪西方美学经典文本》（第3卷），《结构与解放》，复旦大学出版社2001年版，第826页。

个各种人合作构成的网络,网络内部成员共同分享艺术一些基本的游戏规则。遵循这些规则,我们就能构想出一些合适的解释程序,把一些怪异的、文理不通的、不知所云的作品放入这个框架内来解释。由此,先锋派的作品也可以得到解释。

艺术惯例是由文化背景制约的,而之所以会发生误读,可能是因为艺术惯例随文化的变迁发生了变化,而一部被过去读者误读的作品现在变得可以理解了,是产生了新的适应系统性要求的阅读方法。在诗人艾略特看来,文学经典是一个相对稳定的系统,一旦有新作家的新作品向传统发出挑战,并且挑战获得了成功或部分成功,那么此经典系统就必须发生改变,接纳新的作品,后来者使前辈诗人的作品的解读也发生了影响。也就是说,艺术的惯例系统必须作出调整,才能解释新生事物。因此优秀的后来者与前辈巨擘之间的联系也被重置,表明二者之间相互妥协,达成相对一致。艾略特认为只要存在经典系统,或者承认存在一个国家的文学史,那么就必须承认前辈诗人可以决定后来者,后来者也能改变旧体系,"修改过去"。[①] 由此,艺术惯例影响着艺术家与欣赏者之间的关系,在特定的情况下,有可能决定什么是正读,什么是误读。但是,审美经验中的艺术惯例或习俗,同样也会引起误读,使我们仅仅停留在文本的表面字句,而不去深究文本内在的整体性和本质。由此,审美经验也并不是一成不变的,而是要通过视觉惯例内在构架之"无",也就是人们常说的从零开始,才能把握事实真相。审美经验的有限性在于:对于变化万端的艺术来说,它也不可能完全被审美经验所给出。

四 审美经验是认同的经验

阅读是一个我们卷入其中却不能支配它的事件,在这个事件中,一个陌生的文本与我们熟悉的世界相遇,读者与作者(或文本)采取对话的形式,每一次对话都产生新的意义。我们总是带着先见进入陌生的世界,先见帮助我们获得新的知识。审美经验出现在任何阅读和解释之前,人们不能回避这种原始的审美经验,而要正确地阅读一部艺术作品,必须要参

---

① [英] I. T. S. 艾略特:《艾略特文学论文集》,李赋宁译,百花洲文艺出版社1994年版,第3页。

照早先人们对该作品的经验史。审美经验处于生产和消费之间的媒介地位,代表了相互作用的领域。如果在阅读中,没有这种审美经验做参照,就有可能产生否定性的阅读,从而产生认同危机。

  在阿多诺那里,认同却成了同一性的标志,艺术的否定性是非同一性哲学的一个例示。他认为工具理性妨碍了艺术的自律性,而艺术的本质就是要否定工具理性带来的官僚意识形态和秩序,艺术只有否定所有的社会联系时,它才有明显的社会性。阿多诺的否定美学有意强调了艺术的否定性功能,是为了把艺术作为审美救赎的乌托邦。但在文学交流中,我们不能把艺术史归结为否定性这个共同特性,人们可以罗列出大量的肯定性作品。所以,在一定的条件下,误读是可以避免的,文学作品是可以解释的,主体间的交流中,人们可以共享经验。互为主体性的尺度可以在认同的机制中找到,阿多诺的"否定—肯定"两极可以在审美经验的认同中得到超越。被认为是否定的文本在读者的阅读中仍可能变成肯定的,如先锋派的反叛被体制化而成为一种惯例,所以"若从更宽广的视野来看待接受和解释,艺术史总是表现得像钟摆一样,在'超越的功能'和通过解释同化作品这二者之间来回摆动"[①]。否定美学是以牺牲了全部交流功能为代价的,阿多诺的审美乌托邦如果要获得抵抗文化工业的效果,就必须下凡到人间,成为一种交流形式,并不断创造新的审美规范。否定美学摒弃了审美经验的实践问题,而沉湎于规范的诗学和情感心理学。我们并不抛弃否定性作为审美对象经验的根本特征,而是人们首先是对作品发生认同,之后又在摆脱了认同的审美反省中,审美经验成为一种交流,这类似于巴赫金的审美的外位性。由此,认同是文学交流的第一步,之后才有可能发生否定性的、反思性的阅读。即使在基督教的道德教诲中,也以审美为中介,道德认同态度逐渐被诗化。甚至是宗教剧中,教诲意图也不会妨碍人们通过认同获得快感。布莱希特的间离化理论,只不过是对认同的疏离和颠倒而已,其目的是促使人们起来改变看似不可改变的世界。

  之所以会发生误读、发生认同的危机,从艺术史的角度看,是因为在现代,艺术观念的更新导致艺术技巧和欣赏等一系列的变化。古希腊时

[①] [德]汉斯·罗伯特·耀斯:《审美经验与文学解释学》,顾建光等译,上海译文出版社1997年版,第21页。

期，艺术指技艺，即制造的艺术，强调模仿。到了现代，艺术专门指创造的艺术，强调形式创造，对艺术与物质生产劳动中的技艺作了区别。但同时，在艺术的创造与欣赏之间也出现了隔阂，如何解决先锋派与大众艺术之间的分裂问题，成为美学的中心问题。随着艺术的演变和人类的感官知觉的变化，审美经验也发生变化。中世纪基督教的禁欲主义导致了人封闭的内心体验，浪漫主义把风景看成内心世界与自然之间的和谐，波德莱尔的诗又是在感受技术带来的危机的产物，是反浪漫主义的。但是，审美经验无论怎么变化，其中都有认同作为文学的中介，但如果认为所有的古典艺术都是完全为统治者的利益维护，为现存的社会秩序美化，那么这是一种误读。审美经验有两个方面的品性：一方面超越了各种教条束缚；另一方面又把现实世界乌托邦化，试图用艺术来拯救世界。艺术可如康德所说获得一种无功利的美感，同时也引导人们与剧中人认同导致道德的下降。艺术的净化是一种基本审美经验，它既可以发挥传达、证实行为规范的实际功能，又可以发挥让人们从日常现实中解放出来的否定式的功能，因为我们直接感知到的东西并不一定为我们所认识，审美经验可以弥补日常经验的不足。所以，审美经验与日常经验既有一定的距离，又有一定的连续性。

文学的认同的基础就在于审美经验与生活经验的连续性中。交流得以进行，用格式塔心理学的术语来讲，就是人的感知和感觉模式与人的生活模式之间异质同构，二者联系紧密。审美态度本身原来就存在于日常生活的现象中，今道友信认为审美经验的发生必定是"日常意识的垂直切断"，他的观点中认可了艺术创作和欣赏过程中否定、强化、偏离、理想化的一面，而忽视了艺术中日常生活的潜在的能量。耀斯[1]认为，"审美经验植根于客观世界诸现象的审美品质之中"[2]。而对于杜威来说，人类的社会实践，只要是一个完整的经验，"在自身冲动的驱动下得到实现的话，都将具有审美性质"[3]。人的审美情感与生活的感受来自同一种本能力量，只不过程度不同而已。比如，亚里士多德的净化论假定了经验可以

---

[1] 一般译为尧斯。

[2] ［德］汉斯·罗伯特·耀斯：《审美经验与文学解释学》，顾建光等译，上海译文出版社1997年版，第170页。

[3] ［美］约翰·杜威：《艺术即经验》，高建平译，商务印书馆2005年版，第42页。

共享，可以产生相互作用或自我享受，净化中观众与主人公的认同中释放出的反应表明了这种联系。在净化中，审美者与虚构的审美对象保持一定距离，认同就在两者之间来回运动，其中，有同情、疏远、反省等各种审美态度。所以，认同机制中由于审美经验中感情与想象的复杂的交织，认同并不是同一式的移情，不能抹杀文学虚构与现实之间的对立。文学阅读中经常发生认同的现象，但认同机制中可以包含否定性评价，因为认同是文学交流中不可缺少的中介或契机，没有它，文学交流就难以为继。如在喜剧中，主人公处于被嘲笑的地位，并不妨碍观众对他发生倾慕式的认同。作为一种契机，认同机制既可能把观众纳入集体的行为中，也有可能使观众仅仅保持阅读的好奇。比如，在拉伯雷的作品中，怪诞人物引发的笑，作者并不在意对社会是肯定还是否定，也并不在于讽刺了一种英雄典范而显得滑稽可笑，笑的直接原因是比例的失调。在这里，认同机制无所谓肯定与否定，而只是为作品交流提供契机，让读者保持阅读的兴趣。

在叙事作品中，我们会与主人公发生各种各样的认同模式，耀斯区分出五种模式：联想式认同、倾慕式认同、同情式认同、净化式认同、反讽式认同。在具体阅读过程中，每个人都有可能从一个认同模式转到另一个认同模式。这些认同模式是读者介入作品的前提，同时也可能使读者误读，因为审美经验从认同变成了对自己欲望确认的自居式阅读。在联想式认同中，人们会因为集体的迷醉而从最初的审美的自由倒退回一种集体的奴役状态。在倾慕式认同中，读者与主人公的认同导致了个人与社会的变化，读者会丧失防御策略，与主人公同一，所以有必要保持审美的认识距离，否则就会发生误读，交流就会中止。在同情式认同中，也会发生审美的倒退，如神化主人公。在这些认同中，都发生了审美经验向现实经验的回归，审美经验没有获得独立，而到了净化式认同，人们可以从直接认同中脱离出来，对对象进行思索。反讽式认同有可能让读者在阅读中拒绝认同，它有可能让读者在被拒绝之后找不到目标，从而中断交流，导致误读，比如现代主义以来大量反讽作品的诞生，带来了认同的危机。文学交流如果要继续进行下去，那就是超越否定美学，走向一种新的团结的艺术，在大众文学与精英文学之间建立新的交流模型。当然，耀斯的互动模式的划分类型有争议，如对扁平人物我们可以很容易辨认认同的模式，而对圆型人物，我们的认同有可能是混合型的。但不管如何，耀斯认同模式仍然为误读研究提供了很好的参考和启示,从中我们明白了误读正是文学交流的前提,在认同机制中我们可以识别并避免不必要的误读。

比如,戴维·洛奇的小说《小世界》,讲述了一个"学术界的传奇故事"——一批活跃于世界文坛的学者、教授,利用学术研究基金,满世界地飞来飞去,表面上是为了学术交流,实际上却是为了追逐名利、观光旅游、冒险猎艳。这是一部典型的后现代主义小说,具有复调的主题、拼贴的形式、冲突的话语、开放式的结尾和意义等特点。在《小世界》中人们如果还要寻找古典的小说理念和意义的认同,恐怕只会无功而返。其中充满了能指的游戏,柏斯对安吉丽卡的追求,可以看作对所指的追求。人们可以把它看作一部性爱小说,也可看作一部旅游小说或学术小说等,这完全取决于读者切入作品的角度。诗歌的生产与接受的经验都发生了改变,读者的期待得不到实现,被迫面对一个陌生的世界。但是,《小世界》并不是与原先的解释视野、解释规范毫无关联,耀斯认为现代作品似乎与我们头上的日常现实经验不相干,但是它"还是保存了它所超越的那个真实世界的某些视域"[①]。在接受中,审美经验与现实经验不是否定与被否定的关系,而是审美经验在日常现实与文学作品的"另一个世界"之间创造了某种新的关系。《小世界》中出现很多后现代的符号,把读者引入了能指的游戏,但是,这些后现代的符号并非完全是飘浮的能指,当读者把这些符号与前现代消失的意义背景作对比时,我们才能发现小世界的深层意义:西方后工业社会中价值与意义的混乱,表现在文学和文学批评中,就是语言学转向后,语言学对传统文化、现存体制与价值观念的怀疑与批判。由于小说缺乏一个中心人物,我们可以对其中任何一个人物发生反讽式的认同,但这种反讽式的认同如果缺乏审美经验的参照,交流就无法进行。但即使如此,《小世界》的很多符码仍然很难整合进读者原先的个人经验中,文本充满了不确定性的因素。后现代作品最极端的例子宣称读者只能在它的"自我参照"的能指中进行欣赏和思考,但是,情景参照和作品信息仍然有揭示意义的功能。审美经验在经历后现代作品对意义的谋杀后,这

[①] [德]汉斯·罗伯特·耀斯:《审美经验与文学解释学》,顾建光等译,上海译文出版社1997年版,第393页。

一"反意义"的意义便会成为指导下一个审美期待的规范。语言游戏中的情景描写规则和理解惯例也会积淀为一种互动模式。审美经验也会对已经制度化的审美规范质疑，支持新的规范，突破意识形态的束缚，这些审美经验还直接或间接地威胁到社会法令，反讽式的认同模式还能提醒人们被压抑的东西，还能抵制习俗制度的力量。反之，文学作品也可具有掩饰意识形态的功能，审美经验把资产阶级的生活价值理想化，从而创造出一种虚假的幸福观。这些如果没有反思性的阅读，或反讽式的阅读，就有可能产生异化的认同。

审美经验理论中的先见，预设了文学的解释的答案，即本来要通过阅读来获得的结果包含在阅读的前提中，陷入了悖论的循环。走出误读，就要走出审美经验的预设，阅读又陷入了不确定中。审美经验会导致误读，因为审美经验的创作功能和接受功能必然会出现不对称，在发生和效果之间总是有鸿沟。美的矛盾性也决定了审美经验的矛盾性，如既认同又保持反思的距离。另外，审美经验也不是一成不变的。因为一切典范和规则的创立，都是为了获得交流功能。反对审美经验的理论，就是"反规则"，也是为了应对艺术中的问题而提出来的，所以，反美学也是一种交流的美学。在审美经验领域，每一次理论的更新，都有可能越界和掠夺他人的果实来补偿自己，都是为了适应不确定的东西，在交流的具体化过程中，又为审美经验增添新的内容，确立新的交流规范。

总而言之，审美经验的研究表明，没有共识，阅读是不可能的。作者为了获得读者，必然依赖作者与读者之间的共识与契合来设计作品。如果没有这种共同的背景，就不会有交流、不会有理解，比如，文学原型的跨文化发生体现了人类思维的趋同性。霍兰德认为文学阅读很多时候我们明知道是假的，但我们都宁愿相信那是真的，这种趋同性还因为阅读分为以下几个层面：第一个层面基于本能的反应，看见书本的文字产生的感觉和想法；第二个层面来自文化母体的熏染，帮助个体从识字开始，直至具备较为完整的阅读能力；第三个层面就是个体的差异，阅读习惯、期待视野对阅读造成不同的影响。[1] 阅读过程中，三个回路同时发生，因而造成既有

---

[1] 胡经之等主编：《西方二十世纪文论选》（第5卷），中国社会科学出版社1989年版，第571—572页。

共同性，又有差异性。所以，解构主义者的误读观念由于过分夸张，有极端的形式主义倾向。审美经验并不导致批评的封闭，因为，审美经验的研究并不主张发现文本所谓先在的真理，而是向创造意义的批评的转移。后结构主义认为一个文本的意义是不断改变的，是文本间交互游戏的产物。审美经验理论也认为艺术经验总是涉及艺术作品与有机体和它的环境因素之间的交互游戏，文本的意义是永远变化的经验语境的产物，因而也是不断变化的。即使作家本人在不同的时间和不同的发展阶段，也会在自己的作品中发现不同的意义。所以，解构主义认为阅读即误读显得过于偏激，我们对审美经验的研究表明：变化和差异必须受到稳定、共识和统一等认识的调节，这种调节可以以不同的方式实现，它们所代表的价值对有效的社会政治行为来说是不能抛弃的，不能简单地等同于单调的一致和压迫的总体化。

第四章　后现代误读理论的价值与局限

第一节　后现代误读理论的正负效应

　　后现代误读理论的价值首先是思维方式的变革和突破。后现代误读理论的思维方式很多，从认知心理学的角度看，则以"求异—逆向式"思维为主，挖掘误读的正面价值，同时释放了人们的生命潜能和想象力。其次是方法论的丰富与提升。后现代误读理论的思维方式如悖论式思维、多元思维、互动思维、对话思维等丰富了方法论的内涵。最后是思维方式产生的积极效应，后现代误读理论容忍误读和歧义的存在，主张多元解读并存，多种理论和视角之间的互动、对话与越界，孕育着文学理论创新的机缘，预示着所谓"后理论"时代的诞生。就局限而言，其一，是哲学命题的局限。难以祛魅的形而上学命题，使得误读理论陷入形而上学与反形而上学的理论怪圈。其二，是思维观念和思维方式的局限，思维最大的问题是混乱，后现代误读理论宣扬的基本观念——阅读即误读的思想就是明显的反逻辑的思维，这使误读徘徊于本体论与方法论之间难以抉择，导致了后现代误读理论经常前后矛盾，难以自圆其说。就具体的思维方式而言，视角主义和还原论思维是主要的思维缺陷。从单一的、局部的角度阅读文本，各种视角主义之间的对抗影响了思维的效率和阅读的效果，导致文学理论的建设破坏有余、建构不足。还原论思维具有加和性，系统思维则是非线性思维，自反性方法主张系统思维与还原论思维并重。另外，后现代误读理论试图废除的二元对立思维，也不完全是无用的思维方式，在特定的历史阶段和范围内有一定的合理性。在文本阅读中，即使不能达到百分之百地正确解读，正解思维在文本解读中也具有调节性的功能。其三，后现代误读理论的消极效应。主张一种完全个人式的误读与创新，过于理论化和精英化，是现代性的不彻底的自反，不利于以社群为基础的意义共享和自反式理解，还会带来审美、伦理和文化等的负面效应，引发了馒头血案式的误读。

一 正面价值

1. 开放性思维

前面讲的很多的文学阅读的观念和方式是文学思维方式的体现，甭管是反对方法、反对阐释还是新感性、直观等理论，都是理论家们苦思冥想的结果。人没有思维，就如同行尸走肉一般。古人云："人之异于禽兽者几希？"就是人高于动物就那么一丁点，就是人有思维、会思想。没有那么一丁点，人和畜生就没有什么两样。法国哲学家帕斯卡尔也讲过，人就是血肉之躯罢了，和一根苇草差不多，一折就断，然而人是一根能思维的苇草。俞吾金教授也认为，上天赋予人理性，能思考问题，这就和动物有了本质的不同。在正常的情况下，任何一个清醒的人随时随地都在思考问题，"他总是在思维"。① 综观文学阅读学的各种理念和方法论，很多是借用哲学、美学的思维方式，其中有些是有效的思维方式，有些则是无效的。考量后现代误读理论思维方式是否有效，主要看其产生了什么积极效果，比如布鲁姆的逆反式思维、德里达的求异思维、列维纳斯的他者思维等都对文学理论提供积极的启示，这就是有效思维。而后现代所谓的"怎么都行""解构一切""恶搞无罪"等此类思维方式则是无效思维，对解读文学作品有害而无益。

在解释学理论的视野中，方法论的思维方式遭到排斥，被视为科学主义的表现，但在具体的阅读实践中，如果采取的阅读方法和方式不得当，就会有误读的笑话。被誉为睁眼看世界的第一人林则徐，竟然相信洋人的腿是直的，不会弯曲。有一则笑话，说的是晚清的科举考场上，试卷的题目为"论项羽与拿破仑"，出题的用意当然是要考生比较两位伟人的差异。但是考试的结果却不尽如人意。一个考生没有见识，竟然不知道法国皇帝拿破仑，于是妄下结论，误读拿破仑为拿起破轮子，于是自信满满，奋笔疾书，结果离题万里，说项羽力拔山兮气盖世，拿起破轮子当然不在

---

① 俞吾金：《我们应该如何思维》，《解放日报》2010年12月26日。

话下。此生员仍然抱着八股文的老一套，没有看看外面的世界发生了天翻地覆的变化，与时俱进，当然误读了拿破仑。这个笑话集中体现了封闭性思维的特点，故步自封，结果成了井底之蛙，而后现代误读理论则倡导求异、求变等开放式的思维。俞吾金归纳了这种思维方式的特点，认为既要守规则也要懂权变，他认为，我们国家有许多传统的经书，如四书五经，这些经书也是做人的准则，简称为"经"，但老祖先也讲变通，简称为"权"，体现为"易"的思想，就是要讲变通，有变通，统治才能长久。只知"经"而忽略了"权"，就会抱着书本不放，思维僵化；反过来，完全不讲经，在现实中朝三暮四、诡谲善变，其"思维方式就是机会主义的"① 典型的投机钻营，不可取。总体来看，中国传统思维方式主要以"经"为主，是一种局限思维，这种思维有两大特点：视角主义，从自身出发考虑问题；从局部出发考虑问题。《周易·系辞下》有言："穷则变，变则通，通则久。"只是近代中国忘记老祖先的忠告，以致遭受失败和屈辱。

巴赫金的对话理论、哈贝马斯的交往行为理论、伽达默尔的视野融合的解释学等，无一不是一种"易"的思维。交往、对话是发生在主体间的一次事件，对话的双方要想把对话继续下去，必须要相互妥协、相互让步，要真正地理解对方，有时还要改变自己原有的价值观念，进行自我理解的置换，即自反式的理解。所以，对话的结果是双方的思想都发生了变化。再比如伽达默尔，他对传统、流传物很看重，但他没有抱着传统不放，而是认为通过古今的视野融合，历史、传统等才可以被人认识。在文学阅读中，伽达默尔认为最重要的是要对话，但对话必须有一等襟抱、一等心胸，才能有真正的对话和交流，用布伯的话来说，阅读就是我与你的对话，关键在于对话的双方要保持独立自主性，不要成为对方的附庸。要认真聆听对方的声音，回应对方的请求。这就是对话开放性的基本特征。伽达默尔认为，缺少了彼此敞开心灵的行动，"如果没有这样一种彼此的开放性，就不能有真正的人类联系"②。在对话中，文本与读者的视野均得到改变。法籍保加利亚裔哲学家托多洛夫受到对话思想的影响，尝试建

---

① 俞吾金：《我们应该如何思维》，《解放日报》2010 年 12 月 26 日。
② [德] 汉斯-格奥尔格·伽达默尔：《真理与方法》（上），洪汉鼎译，上海译文出版社 1999 年版，第 464 页。

立对话本体论。他认为批评是对话的、是探索真理的。对话思维的提出不是偶然的,有文学内部的原因,传统的文学批评和阅读都是独白式的。也有外部的原因,外部政治环境的独裁与专断,窒息了对话的可能性。他说:"对话批评在每一个时代都存在着。……不过,看起来,我们这个时代为这种思想形式提供了机会;应该赶紧抓住它!"① 对话思维针对的正是文学的困境、时代的困境。

后现代误读理论家艾柯还主张文本是开放的观点,他把开放的作品称为"运动中的作品"。文艺复兴之前的作品大多是封闭的,这是当时封闭的、等级观念的体现。巴洛克风格出现后,新的价值观念出现了,人们第一次看到文本的开放性。到了19世纪后期的象征主义,作家中出现了自觉地创作开放性作品的理念。在后现代的世界,开放性的观念已经深入人心,僵化的思维方式和表述以及伦理套话已经与现实不符。艾柯极力鼓吹文本的开放性与意义的不确定性,他说:"不应把开放的作品的艺术理论同当代唯一可能的艺术理论混为一谈,它只是其中的表现之一,或许是最有意思的表现,这种文化也还有其他的要求需要满足,也可以现代化地运用传统的结构在更高的水平上满足其要求。"② 但是,作为一种最有意思的思维方式,开放性却不能滥用,否则就会造成意义的混乱。从符号学的视角来看,任何信息中都包含了噪音,噪音也是误读的根源之一。凡是有活力、有创造力、有吸引力的作品,相对而言,开放度较大,噪音也相对较大。反之,呆板乏味的作品,过于拘谨,噪音低。开放不是无限制的,必须有一个辩证的度,越过了这个度,"开放就成了噪音"③,作品就有可能名存实亡了。所以,过度开放或过于拘泥都不行,作品是开放的限度。

对话思维的开放性以对话为本体,于此评价作品更合理,并且因为对话思维暗含了矫正偏执与谬误的机制,对预防新批评所谓的意图谬误和感受谬误等误读来说是一条重要的途径。对话理论的核心暗含了一种伦理的态度,其意在引导人们通过对话打破内在与外在的壁垒,消解批评的权威,从而走出独白式批评的理论困境,适应了时代的迫切需要,其包含的

---

① [保]茨维坦·托多洛夫:《批评的批评——教育小说》,王东亮等译,三联书店2002年版,第194页。
② [意]安伯托·艾柯:《开放的作品》,刘儒庭译,新星出版社2005年版,第160页。
③ 同上书,第135页。

建设性意见是积极的、正面的、值得肯定的。托多洛夫在对话批评之后，加上了问号，表明对话批评尚无体系和范畴可言，至于怎样对话、对话之后如何等问题，留待后世的哲人积极探索。对话理论自从诞生伊始，就受到多方面的质疑，有人质疑对话中的意识形态性；有人认为对话理论只具有形式意义或理论意义，实践中如何对话、对话的结果如何等都无法保证等。但无疑，对话在文学阅读中具有本体的地位，可以说，没有对话，就没有阅读。

2. 积极效应

后现代误读理论的开放性思维，赋予了读者极大的思想解放和阅读的自由。古希腊和罗马的朗读传统是在广场等大众场合进行的，与接受大众保持着活生生的联系，大众作为见证者和参与者直接获得文本的意义，接受者有相对的自由可言。中世纪后，作者和意图成为阅读的重心，阅读成了一种被动的模仿活动，自由受到了极大的限制。浪漫主义运动之后，出现了大量的误读，但误读只具有贬义，阅读一直是被动的、迎合作者的、自上而下的过程。20世纪60年代的阅读理论受行为主义心理学的影响，认为阅读就是对刺激的反应，然后逐字逐句地解码，当时的阅读过程被描述为："阅读沿着'视觉刺激→口头重新编码→作出字义反应'这一单向流程进行。"[1] 这种阅读理论片面强调了外在客体的刺激作用，阅读变成了对刺激的被动反应，忽视了读者的主观能动性。后现代误读理论的出现，为阅读理论的发展提供了契机。误读的正面价值得到肯定是后现代的事，伽达默尔认为一切理解都是自我理解，都是视野融合的结果，强调合法偏见的存在，开启了后现代误读理论的大门。之后接受美学喊出了"读者是上帝"的口号，解构主义宣称"阅读即误读"，无限夸大误读的正面效应。

在后现代误读理论中，文本被认为是开放的，含有大量"未定点"和空白，一种静态、封闭的文本观被彻底打破了。为读者发挥想像力和创造力留下了很大的空间，读者的主体性得到张扬，从作者的阴影下走出来，恢复了名誉。在对文本中"未定点"进行填充的过程中，读者的阅读自由度加大，可以变成巴特式的解构读者，把文本的阅读当成一种游

---

[1] 杨素珍：《国外阅读理论研究概述》，《淮阴师专学报》1995年第4期。

戏，舒缓生活的压力和紧张情绪；也可以"借他人之杯酒，浇自己之块垒"，在阅读中表达自己的感情和对世界的感受；也可以与作者的感情发生碰撞和共鸣，为作者的形象感动流泪；等等。读者在阅读中创造出了"第二文本"，使意义获得了增殖，作品在读者的手里得以真正地完成。不同的阅读之间在方法上形成了互补、互证，丰富了文学阅读的方法，提高了读者的阅读水平，活跃了读者的思维。阅读是差异性和共同性的结合，各种误读的结论虽然与作品的实际情况有一定的距离，但在历史长河中，各种丰富的方法和结论汇集在一起，就可以无限地接近作品的所谓"原初意义"或"本真意义"。

后现代误读理论对读者的重视，是一种民主、平等的价值观念在文学中的体现，在作者中心的理论范式中，作者就是权威，是所谓的立法者，普通读者大众在文学活动中毫无地位可言。接受美学的出现，提高了读者的地位，文学活动的维度中增添了读者这一新的维度。这一维度的确立，文学文本从自在的物自体变成了审美活动的事件，并具有新的价值取向和伦理学意义，读者的反应在批评家们看来，采取一种特定的读者观念也就是从事一项特定的有道德意义的行动。简·汤普金斯说："把读者个人的反应变为文学阐释的合法基础，这就使读者反应批评家扩大了他们从形式主义继承下来的阐释模式的势力范围和实用价值。"[①] 当然，从作者中心到读者中心，价值从绝对主义滑向了相对主义，从一个极端滑向了另一个极端。价值走向多元和相对，从前被遮蔽的问题暴露了出来，微不足道的人物走到了历史的前台，人们开始把目光聚焦于边缘、他者和差异等以前被忽视的东西。

此外，文学误读还可以推动了作家积极改进创作的方法，提高创作的水平，从而推动文学艺术朝更合理的方向发展；误读还促进了文化的交流和传播等。误读的积极价值得到了批评界的认同与肯定，误读甚至成了文化交流的前提。比如"鬼子"这个套语，表达的是旧时代中国人面对外国人的一种恐惧心理，是一种心理的误差，在当今社会，随着中外各种文化、贸易交流的频繁，这种心理误差得到消除，"鬼子"就被"外国人"

[①] 中国艺术研究院马克思主义文艺理论研究所、外国文艺理论研究资料丛书编委会编：《读者反应批评》，汤永宽等译，文化艺术出版社1989年版，第269页。

替代了。"误读不仅是不可避免的，且在一种特定的情况下，还会为两种文化的相交和融合创造某种契机。"[1] 如果当初利玛窦没有把"God"误读为"上帝"一词，也许天主教还被中国人拒之于国门之外。如果没有禅宗对佛教的误读，佛教就不会在中国生根发芽。在某种意义上，谚语所说的"不打不相识"，误读正是交流的前提，用托多洛夫的话来说，就是"理解意味着拿走，拿走最终导致毁坏"。[2] 因为我们误读他者，他者才得以保全，才不被夺走，才不断激发我们心向往之的好奇。

二 负面效应

1. 确定性的丧失与犬儒主义的横行

确定性的寻求是人类本体上的追求，人类欲望的存在就标志着实有的不完善和不确定。杜威的实用主义告诉我们，人类需要确定性，就是害怕过动荡、不稳定的生活，就是为了躲避风险，"寻求可靠的和平"。[3] 人类行为有太多的不确定性，这些不确定性有可能导致可怕的后果。行为的盲目必须受到理性的制约和束缚，几乎所有的理论的诞生都是为了控制不确定性。语言与行为、说与做是不对称的，因为语言或理论不能完全限定做什么、如何做。杜威说："确定性的寻求已经支配着我们的根本的形而上学。"[4] 科学的知识是确定的，信仰和意见是偶然的、不确定的。而艺术之所以遭到柏拉图的驱逐，它的模糊性、不确定性便是原因之一，创作、传播、接受等艺术的流程中有可能会出现料想不到的结局，把人类置于不安全的境地。确定性是知识产生的前提，原理总是可以重复的、确定的。由此，文学原理、文学理论就是为了控制不确定性应运而生的，确定性问题成为解释学的一个核心和困难。

确定性是哲学思考的一个难题，后现代哲学家哈桑认为，后现代主义有两个核心构成原则，即"不确定性"和"内在性"，这个论断有其深刻的科学、哲学和社会学背景。科学研究中海森堡的测不准原理、哲学中尼

---

[1] 孟华：《"移花接木"的奇效》，乐黛云、勒·比雄主编：《独角兽与龙——在寻找中西文化普遍性中的误读》，北京大学出版社1995年版，第123页。
[2] 转引自［德］沃尔夫冈·顾彬《误读的正面意义》，《文史哲》2005年第1期。
[3] ［美］约翰·杜威：《确定性的寻求》，傅统先译，上海人民出版社2004年版，第6页。
[4] 同上书，第19页。

采的反理性主义、自反性现代社会是所谓的"风险社会"等背景和知识，都动摇了人们对真理和意义确定性的信念，后现代误读理论宣扬的理念也起到了推波助澜的作用。在多元意义共存的时代，有人为意义的开放性、不确定性所鼓舞，如艾柯、鲍曼等人。因为后现代的文学艺术使用了不同于传统的惯例系统，许多读者无法欣赏，于是被迫使用理论来阐释。鲍曼认为这种做法恰恰解脱了传统的枷锁，一方面，艺术不再按部就班地来创作，其艺术的活力和创造力得到了释放，艺术形式的嬗变同时也是对传统的有力批评。另一方面，作品也赋予了读者极大的自由度，读者可以根据自己的口味来选择作品及其解读的方式，并且允许读者来质疑传统的知识体系，创造了崭新的艺术趣味，预示着未来新的可能性。所以，鲍曼认为"后现代艺术的意义就是向意义的艺术敞开大门"。① 后现代文学艺术的革新带来了一种意义的艺术，开启了自由释义的大门，产生了深远的影响。鲍曼的话有一定的道理，但是不可否认，当今意义有着剪不断、理还乱的混乱，意义的确定性失落了，我们不再知道什么是正确的阐释、什么是意义，我们应该怎样交流。

伴随着确定性信仰的失落，人的精神世界出现了变化。犬儒主义、享乐主义等思潮再次沉渣泛起，提摩太认为当今的犬儒主义是"一种幻灭的处境"②，戴着各种不同的面具浮现，有的带着一副唯美的面庞，有的是一副玩世不恭的模样，有的似乎携带着一股否定一切的勇气，但本质上都是精神幻灭后的表征。文学阅读上的犬儒主义表征为暴力解读、语言游戏、恶搞戏仿，带有玩世不恭、愤世嫉俗的倾向。提摩太毫不留情地批判了德里达的误读游戏，称之为一种高傲的犬儒主义，其特点是"既忧郁感伤，又谨小慎微"，"同它对质并构成威胁的是世俗的犬儒主义，既顽固不化，又好斗成性"③。这表明解构名为批判和重构，实际上自身却无任何实践的能力，只好顾影自怜，暗自神伤。

德里达对马克思的误读似乎表明，只有不把解构当真，正义才会来

---

① ［英］齐格蒙·鲍曼：《后现代性及其缺憾》，郁建立等译，学林出版社 2002 年版，第 132 页。
② ［英］提摩太·贝维斯：《犬儒主义与后现代性》，胡继华译，上海世纪出版集团 2008 年版，第 8 页。
③ 同上书，第 238 页。

临。德里达把马克思视为幽灵,并认为我们都是马克思的幽灵。他说:"学会生活,既不是仅在生中,也不是仅在死中,只能在生与死之间进行;因为幽灵既非实体又非本质,既非在场又非不在场。"① 之所以要把马克思解构为幽灵,是因为幽灵既非实体、又非本质、亦非存在的东西,本身永远也不会到场,但它可能会复活、可能会呈现。德里达是在警示西方社会,只要资本主义的内部矛盾无法得到根本解决,马克思的幽灵就会四处飘荡。但德里达又反对马克思的直接在场,认为其在场"不惜以千千万万将不断地在我们之中提出抗议的填补性的鬼魂为代价"。② 马克思直接在场,就会出现类似苏联的那种教条主义,出现政治灾难。"德里达的幽灵概念指的是一种敞开状态,面向一切存在的未来,反对'终结论'和一切在场形而上学的封闭性,但又是一种不确定的承诺,一切在场都是对未来承诺的取消。德里达将社会存在的这种既非彼也非此、既是彼又是此的状态称作'幽灵'状态。"③ 马克思的幽灵不是迷信中鬼魂,因而幽灵不会现身,永远不会站到我们面前。通过幽灵学的解读,马克思被德里达永远放逐到路途中。不可否认,解构的马克思主义不完全是文字游戏,但同时"解构让判断与行动丧失了可能性"④。德里达的误读违背了马克思主义的历史观和实践观,其发明的"幽灵学"表面上显得高深莫测,实则空洞无物。

德里达的误读代表了后现代误读理论的典型风格:游戏的、戏仿的、含混的和反讽的,其价值取向则是犬儒主义的。英国哲学家伊格尔顿在《后现代主义的幻象》中译本致中国读者的序言中从哲学的角度描述了后现代思想的基本面貌,他认为在后现代社会,价值、范式、经典、总体、宏大叙事等统统都被解构,或者说都被小心翼翼地"避开"了,⑤ 因为它们都与逻各斯中心主义相关,但去中心化的结果却是,所有的价值都被夷

---

① [法] 雅克·德里达:《马克思的幽灵》,何一译,中国人大出版社 1999 年版,第 2—3 页。
② 同上书,第 44 页。
③ 岳梁:《幽灵学方法批判》,人民出版社 2008 年版,第 84 页。
④ [英] 提摩太·贝维斯:《犬儒主义与后现代性》,胡继华译,上海世纪出版集团 2008 年版,第 239 页。
⑤ [英] 特里·伊格尔顿:《后现代主义的幻象》(致中国读者),华明译,商务印书馆 2000 年版,第 1 页。

平了、犬儒主义、游戏性误读、恶搞等不入流的东西也可以登堂入室，似乎变得高大上了。所以，伊格尔顿认为，在当下，"犬儒主义，而不是坚定刚毅的理想主义，因而也就更为时髦了"①。并认为"从后现代主义思想中走出来的人没有中心，讲究享乐，好自我发明，不停地适应环境"②。这种价值取向导致了一系列审美、伦理和文化的负面效应。

2. 审美、伦理和文化的负面效应

后现代误读理论把解构、颠覆、破坏等同于创新，产生了一些不良的社会后果。在文学创作领域，出现了迎合读者低级趣味的作品，通俗作品泛滥，经典作品受到冷落。读者也受到了误导，不顾作品的原初意义，肆意歪曲，大量涉及人身攻击的恶搞和戏仿出现，审美趣味流行化，伦理价值观念混乱，文化规范失序。在当今社会，还出现了各种误读游戏。流行文学、网络小说、网络评论的大量出现，批评家的趣味也大众化了，普通大众也追随这些批评家对经典进行误读，使批评失去了严肃性和品位。同时，大众媒介把一种个人的解读强加给大众，歪曲了经典，混淆了是非，就会带来审美趣味流行化的弊病。

误读会改变读者的价值和伦理倾向，对于这一点，罗斯·钱伯斯看得很清楚，他指出："读者的身份和文本的特点被阅读所改变，也会在阅读过程中被他所谓的（误）读的反讽所改变。"③ 在后现代，还出现了新的误读形态，比如戏仿与恶搞，有人对这两个词作了区分，其实两个词并无太大意思的区别，两者都是对母本的模仿和讽刺，母本在先，拟本在后，目的都是为了搞笑；从字面意思看，戏仿好像无恶意，恶搞的真实意思是搞恶、搞怪。在实际使用过程中，很难将二者区分开来。比如，周星驰主演的电影《大话西游》是对经典文学作品《西游记》的戏仿，今何在的小说《悟空传》同时对两部作品进行戏仿，其无厘头的搞笑难道不都带有某种解构之"恶"的色彩吗？某些戏仿或恶搞作品受到了大众的赞扬，比如胡戈的《一个馒头引发的血案》，网络调查显示，超过90%的网友表示支持，因为其中暗含了尖锐的对社会黑暗现象的讽

---

① [英]特里·伊格尔顿：《理论之后》，商正译，商务印书馆2009年版，第179页。
② 同上书，第182页。
③ 转引自[英]安德鲁·本尼特《读者反应批评之后的阅读理论》，李永新等译，《江西社会科学》2010年第1期。

刺和批判，其宣扬的价值倾向是正面的。再比如网友对赵丽华的所谓梨花体的恶搞，赵丽华流传最广的一首诗《我坚决不能容忍》，完全就是把生活中一个丑陋的现象用日常语言直白地再现出来，这首诗在网络出现后，便迅速地传播开来，引起网友的热议，只有极个别的评论家站出来拥护，认为对传统诗歌的颠覆本身也可算作一种诗意，即对诗歌的反对也是诗。但更多的网友对这样的诗深表质疑，有的网友认为这首所谓的诗歌是空话、废话，赵丽华不过是掩耳盗铃、欺世盗名的骗子。许多网友干脆就在网络上开始模仿赵丽华的诗进行创作，故意摆出一副脑洞大开的样子，写了很多口水诗，觉得原来写诗这样简单，自己也可以成为丽华那样的诗人。网友的戏仿是一种尖锐的批评，同时也是一种语言的狂欢。从写作学的角度来看，生活中的现象是不能直接用照相式的方法照搬进作品中去的，必须经过作家的选择、加工、变形等才能升华为艺术形象，这一点为许多作家和理论家所认可。作家韩石山认为材料对于写作来说固然重要，但还得有人生体验，没有体验就没有文学。作家王蒙把只会就人写人、就事论事的人称为还没有过桥的稚嫩的新人，认为必须有某种触发，胚胎才能发育成人。毕竟，诗歌来源于生活又高于生活，它是客观现象同时又不乏想象，既抽象又生动感人。所以，从诗歌所要求的形象性、情感性、审美性等特质来看，梨花体诗歌的确不够格成为诗，出现这样的文学现象让人深思。

　　在某些戏仿和恶搞中，出现了一些格调低下的作品，其价值是负面的，应该受到批判的。比如林长治的《Q版语文》受到了读者的欢迎，一些人持肯定态度，认为这些戏仿和恶搞是一种成人故意"童稚化"的行为，可以缓解生活中的压力、重温儿时的时光、获得愉快轻松的心态，但是其中一些恶搞经典的片段却让人难以苟同。如在第三课《司马光砸缸》一文中，让一个恶心的老和尚作为叙述者，故事更是离谱，司马光砸的缸是染坊的大缸，砸了好几个，竟然砸出了圣诞老人、天蓬元帅，甚至还砸出了电影明星李亚鹏，估计作者与该明星有仇。第四课《背影》中，作者把新的时髦与原文的故事情节做了拼贴，父亲的老太太竟然因看央视《射雕》当场气死，买橘子的情节基本照搬原作，但莫名其妙的是被交警罚款后，胖胖的父亲竟然会武功，能飞檐走壁，原来之前都是装逼，原作中父亲的朴实形象被糟蹋得不成样子。第十课《孔乙己》对鲁迅的原作进行了戏仿，孔乙己摇身一变，成了学过计算机但考不起程序员证书的穷屌丝，最终为了生活沦为偷窃盗版光盘的小偷。这些故事，人们看过之后会喷饭，除此之外，我们还能收获什么呢？经典被糟蹋，变得面目全非，这些无厘头戏仿难辞其咎。为此，陶东风教授对当代戏仿文化提出了尖锐批评，认为大话文学是当代文化发展的"一枚畸形的果实",① 是一种无厘头的、不正常的现象。文学戏仿不可避免地带来正面、负面的双重效应，正面的结果是打破偶像，解放了人的头脑，释放了生命力。负面的效应就是此类戏仿一旦与后现代破坏一切、否定一切的逆流合成一股势力，就变成了一种消极的、破坏的力量，而不是积极、正面、建构的方法。失去了理想、失去了追求，大话文学就彻底沦为语言游戏，是犬儒主义、虚无主义凭依当今文学样式进行的借尸还魂，真理和价值被彻底碾压。可以肯定的是，某些恶搞经典的作品混淆视听、颠倒黑白，其负面效应值得人们警惕。有的恶搞与戏仿甚至挑战人们的道德底线，是审丑中最为恶俗的一类。比如中国友谊出版公司 2010 年 8 月出版的《令人战栗的格林童话》，该书为吸引家长购买，竟然把作者署名为格林兄弟，其故事内容来自一个叫桐生操的日本人胡乱编造的《格林童话》。格林童话中白雪公主的美好形象被彻底颠覆了，白雪公主因为恋父招致王后的追杀，逃入森林后，与七个小矮人乱搞。王子有恋尸癖，等等；《灰姑娘》中的水晶鞋是性器的象征；《杜松树》里继母把孩子杀死用来做汤，其丈夫不知情竟然说好喝；等等。这些情节令人大跌眼镜，网友惊呼很黄、很暴力。对于成长中的少年儿童来说，这些情节显然是少儿不宜的。低级趣味的戏仿和恶搞在青少年中流行，容易造成其病态人格，甚至走上犯罪的道路。鉴于目前文化娱乐化的倾向，有人不无警醒地提示道，娱乐文化的价值取向是多元化的，有的充满了正能量，有的则是负能量的东西，亟须厘清。正能量的娱乐文化本身无可厚非，应该积极弘扬；有的娱乐文化价值不大，纯属娱乐，也可适当发展；最糟糕的是负能量的娱乐文化，低俗恶劣，应该被扫地出门，"认真清理"。②

---

① 陶东风：《大话文学与当代中国的犬儒主义思潮》，童庆炳、陶东风主编：《文学经典的建构、解构和重构》，北京大学出版社 2007 年版，第 220 页。
② 陈占彪：《论当代娱乐文化的多元价值取向》，《社会科学战线》2011 年第 2 期。

三 双重标准

综上所述，后现代误读理论之所以出现了双重的效应，根本原因是后现代社会价值标准混乱导致的结果，价值取向有问题，意义自然就变得无所适从。后现代误读理论对文学作品的解读采取的是一种双重标准，一方面，把误读作为一种解构逻各斯中心主义、超越二元对立思维的策略；另一方面，又对自己的作品被误读深感恼火。比如在著名的"德法之争"中，伽达默尔与德里达两人相互埋怨对方误读了自己的作品，伽达默尔认为德里达没有与自己对话的善良愿望，这个"善良愿望"很快又变成德里达解构的对象，德里达认为伽达默尔所持的是还原论的经验主义，善良愿望不过是作者意图，德里达说："尼采是谁以及他的名字说的是什么，人们更本真地只能从其思想出发来经验，而不是根据或多或少经过提炼和设计的传记索引来加以了解。"① 德里达在不同场合多次强调自己没有说过"文本之外一无所有"这句话，以此表明人们误读了他的思想。德里达对"解构"一词的界定总是闪烁其词、含糊不清，与此同时又常常抱怨该词被人误用，宣称用词与概念固定意义的缺乏成为作者表达不清的托词。德里达不像科学家那样运用复杂的方法获得事实，"德里达却是首先寻求困难——并非因为此类特性对他获知正确答案不可或缺，而是由于它们是产生所谓饶有趣味的哲学思维的沃土"。② 德里达总是把简单的问题复杂化，这是他一贯的做法。

从后现代误读理论的正负效应我们得知，其价值取向上更多的是解，而非构。面对形而上学的过于强大的力量，德里达的解构策略就是要么创造新词，比如延异一词；要么到古老的传统中寻找遗失的含义，比如"药"的双重含义；或者赋予旧词以新意，比如误读一词，等等。误读一词原来的意思是错解，是贬义。但经过德里达的妙手，寻常义立刻变得不同寻常，一切阅读皆误读。德里达认为既然误读与误解无法被消弭，那么误读的存在就是合理的，进而他提出没有误读就没有解释。误读甚至是语

---

① [法] 雅克·德里达：《善良的强力意志——对签名的解释》，伽达默尔等：《德法之争：伽达默尔与德里达》，孙周兴等译，同济大学出版社 2004 年版，第 55 页。
② [英] 尼古拉斯·费恩：《哲学——对最古老问题的最新解答》，许世鹏译，新星出版社 2007 年版，第 149 页。

言得以产生条件,语言的存在是为了达成沟通、避免误读。但误读在语言中是根深蒂固的,"不可还原的、取消不掉的"。① 所以,与其极力避免误读,不如顺其自然。正是对误读一词的自反性使用,导致其陷入了逻辑的困难,他对之深谙其道,却又无可奈何。面对外界的各种质疑之声,德里达不得不承认自己学术的矛盾之处,他说:"我正在与自己作战。"② 做学问就是要与自己过不去,只有不断地挑衅自己、对抗自己、质疑自己,才能不断地前进,建构新的知识,这是自己做学问的前提,也是其存在的意义。德里达甚至把这种自我对抗比作战争,当你选择不断地战斗时,战斗也在侵蚀着你,人生就是如此。仿佛尼采所说的那样,当你凝视深渊时它也在凝视着你。与自己作战,是后现代误读主义者违反逻辑规则、逃避理性的真实写照,这让他们陷入了自相矛盾、进退维谷的两难境地。

描述要有意义,必须遵循规则,王天思教授指出,描述要有章可行、有法可依,这个基本的章法,就是当描述涉及自身时,其所指当在自身之外。③ 这一章法不能违背,否则,描述变成了自我指称,就是毫无意义的。比如德里达宣称"所有的阅读都是误读",是自我指涉的,这句话是有问题的,首先误读一词预设了正解作为对立面,德里达在自己的行文中也默认了此二元对立的存在,否则他就不会抱怨别人误读他;其次,王天思教授认为自我指涉可以是有意义的,前提是把该描述排除在所指之外,好比一本书的目录,目录是书的内容,目录之有意义必须把自身排除在外。就德里达的描述而言,其表达了一种认知悖论,其合法意义是把自身排除在外的意义。但是,任何描述都是可以自反的,这是语言的困境,表达的困境,所以我们才需要订立各种规则。德里达的描述也必定会产生自反的效果,所有的阅读都是误读,但"所有的阅读都是误读"这句话是确定无误的,这就是德里达自反性使用语言的悖论,这就导致了双重标准的出现,这也导致了人们在价值判断上前后不一致。德里达认为类似正解和误读这样的二元对立思维我们应该超越和抛弃,因为这类思维会影响我们的判断;但在价值观上又宣称我们又必须与其反面两相对比,并说:

---

① 张宁著译:《解构之旅·中国印记》,南京大学出版社2009年版,第50页。
② 同上书,第173页。
③ 王天思:《哲学描述论引论》,上海世纪出版集团2009年版,第112页。

"没有矛盾就没有决定,也就没有责任可言。"① 这实在是让人费解,这也是索卡尔等人用"以其人之道还治其人之身"策略就可以让许多后现代主义者哑口无言的原因所在。

所以,把误读作为一种根本的方法来阅读作品,以为抛弃传统和前理解就可以创新,则明显是错误的,而且会带来思维的混乱而无法合理解读作品,滑向相对主义和虚无主义的深渊。以误读作为文学阅读的价值取向是非理性的,虽然误读不可避免,但合理的解读应该成为我们的价值追求,如同语言中存在二元对立的现象,但并不影响我们向英雄看齐,鄙视坏蛋。解构最有价值的部分是它的思维方式,它展示了语言使用的困境,以此揭示西方思想内部的深刻矛盾,并以一种不断探索的新姿态来对整个哲学的传统发问,如果没有人文科学的这种发问和批判,弗兰肯斯坦之类的科学怪物就会层出不穷,就会出现鲍曼所言的理性的邪恶和大屠杀。

第二节 误读理论的伦理与政治效应

文学批评往往需要对作品作出解释和评判,它是人类的一种高级审美行为,因为它还与某种道德感、理智感联系在一起,所以审美并不单纯,而是带有理解现实、评价现实的性质。用奥斯汀的言语行为理论来说,言即行,说就是做。奥斯汀深入地考察了语言的本质,传统的形而上学语言观仅仅把语言看作一种交流的工具,把语言与社会生活割裂开来。奥斯汀认为有必要把言语和语言区分开来,语言是言语的深层结构,言语是用来沟通和交流的语言,这才是言语的本来面目,所以,做一件事情,其中必然要使用语言,语言是做的关键步骤,是生活世界不可或缺的成分。言语是在一定的语境中为了实现特定的目的而表达的话,其中包含了表达的动作和表达的内容。表达是一种动作,其中有语气、有命令、有祈使,甚至带有丰富的面部表情,表达就是人在行动、在做事情。所以,奥斯汀认为哪怕是非常普通的说话,即便是自言自语,都是在行动,说即做,言即行。他把此类表达行动叫作"话语行为"。从奥斯汀的理论推而言之,语

---

① 张宁著译:《解构之旅·中国印记》,南京大学出版社 2009 年版,第 41 页。

言不只是工具，它还是人类每天都在做的一种行为。作为一种行为，文学作品必然会产生一定的社会效果，文化不能仅仅被界定为一个与社会分离的实体、一个批判的观念，文学必然是一种物质社会实践的潜在力量。所以，文学作用如果只是用来批判，或塑造所谓的"高大全"的正面人物，那么，文学功能就会被简化为意识或意识形态的一种效果，而实际上，文学还应是文化、个人性格或政治改造的媒介，阅读必然产生一种伦理和政治的效应。

一 伦理效应

"语言乌托邦"是理论家们搭建的解决误读问题的楼梯，与文学乌托邦的说法如出一辙，都莫不是幻想语言抑或文学能解决所有的问题。在语言乌托邦的思想中，寄寓着人们希冀在一个分裂的世界中重新获得完整感的愿望，语言体验成为一种深度的体验。语言伦理拒绝把语言作为一种表达伦理意义的工具，语言的自足性是主体不得不面对的宿命，由此看来，文学伦理在一定意义上是一种语言伦理。罗兰·巴尔特认为，语言的伦理性是语言自身的本性具有的，并不是外在的加工处理后赋予它的。面对语言，作者的权利是有限的，不可能随心所欲地支配语言。要理解语言的这种伦理特性，就要理解语言完整的历史，因为"穿越语言结构的乃是整个历史"。[①]在形形色色的语言游戏背后，有着难以想像的统一性。由此，语言的伦理成了一种自足的形式伦理，由语言的伦理必然引出阅读的伦理，误读是没有遵循语言导引的结果，是人与世界分裂的生存情景导致的结果，而只有在语言的乌托邦里，才可以获得如自然本身一样的统一性和完整性，让语言读我而非我读语言，才能避免误读。但是，阅读的伦理学要求我们最终走出这个语言的乌托邦。毕竟，文学文本总是或隐或显地具有某种道德底蕴。文学的道德意义的生成，并不是读者对作家的一种道德判断，而是一种文本道德判断的再判断，是阅读后的道德效应，读者从中得到积极或消极的道德力量。所以，在作品中一味地寻找道德判断是一种误读，完全忽视作品的道德力量也是误读，从来没有一种纯粹的审美反

[①] [法] 罗兰·巴尔特：《符号学原理——结构主义文学理论文选》，李幼蒸译，三联书店1988年版，第67页。

应。正确的理解是，文学产生了道德力量，但这种力量总是通过审美品质构成的。

伦理学由人与人、人和世界关系所构成，如列维纳斯把伦理学定义为"通过他者的在场质疑我的自发性"。① 这表明了主体是生活在语言中，作为延异，永远为他者所缠绕，误读的伦理必然与他者有关。伦理学是文学介入世界的一个维度，充分体现在作家的写作伦理与读者的阅读伦理中，作者的写作如果完全是客观的中立的展示，而不讲述、不介入文本，如现代主义小说，这必然是作者不负责任的表现，这必然引发读者伦理判断的危机。作家纳博科夫宣称，作家的任务不是"改良他的国家的道德"，② 提高国民的道德水准，也不是在大街上呐喊，振臂一呼，为他们指示崇高的目标。纳博科夫是这样说的，也是这样做的，他的小说《洛丽塔》叙写的是一个中年男子亨伯特与一个未成年少女畸恋的故事，畸恋来自亨伯特少年时代遗留的精神创伤——恋童癖，先被人始乱终弃，后又垂涎于美少女洛丽塔的美色不能自拔，精神上处于失常的状态，一心想把洛丽塔占为己有，到手后洋洋自得，洛丽塔为摆脱与继父的这种不正常的关系出走，亨伯特又展开了疯狂的报复。作家对于剧中这些不可思议的情节采取了中立的叙事立场，不屑于用修辞手段遮掩赤裸裸的色欲，也不介入文本中表明自己的倾向，故事情节完全演变为亨伯特猎艳行为的展示。作家完全放弃应有的道德价值判断，读者从中除了获得刺激以外得不到任何道德效果。反之，如果读者在阅读过程中不尊重作者，随意对作品进行暴力误读，则作者与读者的交流关系就中断。小说中反面人物往往对读者有很大的吸引力，其原因可能在于读者在无意识中认出了他们原来是其久违的兄弟，譬如在情色读物中，读者阅读的动机是色情的，而不在乎主人公是否为反面人物，甚至出于无意识的色情动机而认同反面人物。所以，读者如果忽视了作者的道德修辞的介入，对作者刻意描写的反面人物进行认同，就会由误读引发道德危机，或者引起读者的厌恶，作品的审美形式也就同时被忽视了。

---

① 转引自［英］克里斯蒂娜·豪威尔斯《德里达》，张颖等译，黑龙江人民出版社2002年版，第154页。

② ［美］弗拉基米尔·纳博科夫：《文学讲稿》，申慧辉译，三联书店1991年版，第508页。

叙事通常利用读者的道德感受力来吸引人,如小说《愤怒的葡萄》《红字》《安娜·卡列尼娜》等作品明确地要引起道德反应。当我们阅读这些小说时,通常会把我们原先的道德理解放入作品之中,与作品中的人物进行道德比照,对人物进行道德思考和道德评判,在此意义上,阅读是一种道德活动,其中叙事利用了我们的道德理解。正是在这里,出现了正读与误读的分歧,假如小说中的人物让我们恶心,不符合我们的道德习惯,我们有可能对此人进行道德审判,抑或放弃阅读,反之,我们对之产生认同。这两种情况都影响到我们的阅读。现实中逍遥法外的杀人者会让我们义愤填膺,而电影中的杀人者则会使我们无动于衷,当有人这样说时,我们认为这是错误的,我们并不总是对作品保持间离而不摄入和同化。当然,以道德判断作为作品评判的标准是一种误读,但是,作者却利用了读者的这种道德情感来叙事。我们保持阅读的兴趣,可能是因为我们认同了作品的道德取向。卡罗尔说:"种种研究表明,某些艺术可能只是由于它影响观众的道德生活的方式而具有吸引力。"① 又说:"激发观众的道德判断是成功的叙事性作品的标准特征。"② 因此,有些小说之所以失败,因为它们宣扬了错误的道德观念,无法激起读者的反应。"这种道德缺陷可以成为审美上的缺点。当它阻碍了作品所追求的反应时,就可以成为一个审美缺陷。"③ 由此,道德取向会对作品的接受和价值评判产生影响,这是不可否认的事实。

但是一味地对作品进行假斯文、假道学的批评,要求以我们对现实生活中作出道德反应的相同方式,来对艺术作品作出道德反应。奥尔特加·伊·加塞特在《艺术的去人性化》中指出,对于普通读者而言,文学艺术是情感的艺术,这是人性的基础,文学就是以情感人、以情动人,因为审美愉悦和人们在生活中的喜怒哀乐并无二致,"没有本质区别"④。依F·R·利维斯所言,文学伟大的源泉来自道德的力量,如果从纯审美、纯形式的角度来阅读文学作品,就会误读以至谬种流传。利维斯认为只有

---

① [美]诺埃尔·卡罗尔:《超越美学》,李媛媛译,商务印书馆2006年版,第472页。
② 同上书,第475页。
③ 同上书,第484页。
④ [西]奥尔特加·伊·加塞特:《艺术的去人性化》,莫娅妮译,译林出版社2010年版,第7页。

从伦理道德出发,"才能领会小说的形式之美"。① 欣赏带有道德意味的形式,离开了社会人生,脱离道德的轨道,文学就失去了生存的根基。但是,文学艺术大多是虚构的,用奥尔特加的话来说,就是新艺术大多是去人性化的,我们在作品中只能找到幻象。以往的艺术有太多文以载道的东西,承担了过多的功能。艺术要回归艺术的本体,必须要否定现实、藐视现实,所以,艺术变成了一种"讽刺"。② 读者面对当今的新艺术,要想去寻找原先作品中深沉的、动人的人性,或者采取一种伦理道德的批评态度,就无法理解当今的艺术。奥尔特加认为,关注作品中的人性内容,这和审美判断没有必然的联系。历史上所有伟大的作品,"都避免将人性化因素作为它的重心"。③ 由此看来,道德愉悦并不是评判作品价值的高低的标准,道德愉悦服膺于审美价值。

文学作品的道德效应与作者的道德取向有关,比如很多的古代的作品宣扬女人是祸水、女人是尤物的思想,使这些作品的思想价值大打折扣。比如《封神演义》《说岳全传》,甚至名著《三国演义》《水浒传》都有这些思想,这是男权社会的产物。同以崔莺莺和张生的爱情故事为题材,在元稹《会真记》中,对崔莺莺的反对封建礼教、追求婚姻自由的叛逆行为完全持否定的态度,认为"大凡天之所命尤物也,不妖其身,必妖于人",并竭力为张生这种玩弄女性、背信弃义的行为辩解、开脱。相反,王实甫的《西厢记》却对崔莺莺的这种叛逆行为作了大胆的肯定和热情的赞扬,把批判的锋芒直指封建礼教的维护者老夫人。正是王实甫的思想的进步性,决定了《西厢记》的文学价值高于《会真记》。

总之,文学的道德效应具有两种可能性,首先,我们可能会排斥作品,强化我们内心的道德防御机制。其次,我们可能认同,并摄入作品中的道德情感,在一段时间内甚至产生自己就是作品中的主人公的幻觉,如堂吉诃德一般。但是,从写作伦理学的角度看,叙事作品利用我们的道德力量进行叙事,充其量只是一种写作技巧,一旦我们识破了作者的诡计,

---

① [英] F·R·利维斯:《伟大的传统·序》,袁伟译,三联书店2002年版,第16页。
② [西] 奥尔特加·伊·加塞特:《艺术的去人性化》,莫娅妮译,译林出版社2010年版,第46页。
③ 同上书,第23页。

我们就有可能获得反思性的正确阅读。而从阅读伦理学的角度看，阅读的道德效果只是一种短暂的效应，我们的文化和性格是一个超稳定结构，在阅读之前或之后，我们的其他文化或家庭早就在塑造我们，文学的道德效应至多也不过是拓展了我们的道德体验，而不可能从根本上决定我们的成长。"从最深刻的意义而论，要按文学的本身面目接受、理解及欣赏它，我们就必须按我们的本来面目接受、理解、欣赏我们自己。"① 所以，把作品当作纯作品来读，是一种误读，反之，如果进行一种道德批评，也是一种误读。正确的理解是，小说中的道德力量是作者和读者介入作品的不可或缺的一部分，忽视了它的力量，就有可能误读。

二　政治效应

解构主义的延异、替补等概念表明所谓的正义、民主、博爱等并不单纯、并不纯洁，民主还没有真正存在过，也不可能真正存在，因为它将总是允诺、是不在场的理想，我们只能努力争取，从定义上我们永远不会完全实现。德里达认为，逻各斯中心的压抑是更为基本的，克尔凯郭尔发现，黑格尔是一个企图奴役他人的哲学家，要逃避他万分不易。解构主义的误读理论是从反对逻各斯中心主义开始的，解构作为一种与传统解读方式相异的方式，被认为是游戏式的误读的典型，但是，这种误读却是颠覆逻各斯统治的利器。黑格尔式逻辑以绝对理念为核心，被看作逻各斯中心主义最好的例子，与播撒相对立，"逻辑（是）回到父亲（死去的——越发如此），回到法则和逻各斯：辩证克服（替换）本身。它是真实的，并且构成逻各斯中心主义的真理。（也构成）逻各斯中心主义文化的和文化的逻各斯中心主义概念的（真理）。"② 延异是对黑格尔辩证法的限制、中断、毁灭。解构既表达了一种有关误读的哲学思想，又表达了对霸权和权力的抗议，它使原来处于边缘的、被忽视的东西凸显在人们的眼前。前文已经论证过，解构式的写作是多元主题的书写，意在创造一个新的世界。方法就是通过一种玩弄能指的游戏，德里达称为

---

① ［美］诺曼·N·霍兰德：《文学反应动力学》，潘国庆译，上海人民出版社1991年版，第383页。
② ［英］克里斯蒂娜·豪威尔斯：《德里达》，张颖等译，黑龙江人民出版社2002年版，第103页。

文本的嬉戏，对语言进行"隔离"或"流亡"，指向一种意义的断裂，"它意味着从世界中脱离以趋向一个既非乌有乡又非另一界、既非乌托邦又非不在场的地方"。① 解构的写作是一种以自己为参照、无意指的误读游戏或纯粹的运作。

解构分为两个步骤，一为解，二为构，对原有基础和结构的拆解必然是一种误读；误读在从某种角度看也是解构，二者在很多情况下可以等同。解构如今已经深入人心，在女权主义、解构主义政治理论等领域十分活跃。但是，德里达并不满足于理论上的建构，解构还指向资本主义的深层矛盾，形成了对资本主义政治的有力批判。解构主义政治理论的出现是历史的必然，资本主义发展到今天，出现了严重的脱节，社会处于巨大的疯狂和病态之中，亟待批判精神来厘清混乱不堪的现实。德里达要强烈介入政治的愿望得益于马克思，他要给统治者敲警钟，认为一个马克思主义的幽灵徘徊于欧洲，随时可能出场。德里达自认为是无家可归的思想者，这种边缘意识促使他对权威、霸权产生不满，于是扛起了解构的大旗，用解构颠覆霸权，驱除霸权的在场。"解构一直都是对非正当的教条、权威与霸权的对抗。"② 德里达自己也把解构当作一种政治实践、一种对抗本本主义和权力的行动。但德里达的解构更多的是一种文化实践，本质上仍然是一种话语理论，与马克思的政治批判力量相去甚远。所以德里达自我辩解称解构是肯定而非否定，缺乏马克思彻底抛弃旧世界的革命勇气。从解构的用意出发，解构似乎又不是游戏，而是希冀用文化或语言的策略来达到一种政治目的。福柯的批判也是文化的，其理论揭示了理性危机与疯狂危机的共谋。德里达与之所见略同，他说："与疯狂决裂的语言其实更黏附于疯狂之本质，也更受制于疯狂的召唤……。"③ 所以，后现代的文化政治、文化策略有可能最终陷入语言的乌托邦之中，但解构式误读也并非没有意义和价值，也不完全是消极的，针对霸权，解构提示我们，真理、存在的意义可能并不存在于在逻各斯中心主义的语言和哲学中，可能只能在某种边缘的领域寻找。

---

① ［法］雅克·德里达：《书写与差异》，张宁译，三联书店2001年版，第10—11页。
② ［法］雅克·德里达：《书写与差异·访谈代序》，张宁译，三联书店2001年版，第16页。
③ ［法］雅克·德里达：《书写与差异》，张宁译，三联书店2001年版，第89页。

从理论的本质来看,世界上没有所谓的"纯理论",理论从生活中来,必然又会回到生活中去,成为人们学习和生活的向导。譬如马克思主义理论,其不同于黑格尔和费尔巴哈的地方就在于马克思从革命斗争中总结归纳出的实践理论,并且最终成为一种革命的信仰,催生了一大批社会主义国家。理论必然是对社会生活的直接或间接的介入,这才是理论的根本。理论家并不局限于他们的专业研究,而且也参与到公共生活的道德与伦理中来。布尔迪厄指出,通过揭开被认为是理所当然的权力关系的伪装,"真正的科学研究体现了对于'社会秩序'的威胁"。[①] 科学研究因此"不可避免地实施一种政治效果"。[②] 从这里看来,误读理论研究的目的之一就是反对所有形式的符号统治,研究行为就是政治行为。通过揭露维护权力关系的那种研究中的独断专行的机制,社会科学家能够挑战现状的合法性。

总之,解构作为误读的方法,是一种思维的中断、规则的不在场,让我们在思考伦理、政治或法律决定的环节上获得新的视点、新的跨越。没有这种误读的中断,就有追随既定规则和纲领的危险,而任何纲领必然是极权主义和不负责任的,因为它将把责任替换为有预定规则的决定。正如德里达所表明的那样,理性的无能恰恰是理性的可能性条件。解构正是正义的可能性条件,作为解构的误读,也许会带来混乱,但是没有误读,一切存在的可能性就是最坏的必然性。按鲍曼的说法,现代性就诞生于对混乱的控制,有分歧、有误读,就会产生对分歧的管控,才会有对外乡人的排斥,才有园林工人修剪枝蔓的要求,条理与纷乱总是如影随形。"没有混乱,就没有秩序"[③]。但是,对秩序的追求却带来新的混乱,后现代主义者认识到这个问题,后现代性并不否定真理和秩序,而是要重写现代性,重新认识边缘、矛盾、分歧、含混的价值,因为这些都是人性中固有的成分,不可能把这些东西清除出去,除非把人一起消灭掉。"希望消灭

---

① [美]戴维·斯沃茨:《文化与权力》,陶东风译,上海译文出版社2006年版,第293页。
② 同上。
③ [英]齐格蒙特·鲍曼:《现代性与矛盾性》,邵迎生译,商务印书馆2003年版,第11页。

这种基本的含混性，也就是希望消灭无限自由中的人。"① 所以，对含混性和矛盾性的承认对于任何为正义的努力来说都是基本的，不确定性、误读正是责任和决定的似非而是的条件。

所以，解构也不是虚无主义的破坏，而是探究那些我们不怀疑地接受的先见。德里达说："解构就是正义。"② 解构主义因此并非如某些人讲的要解构真理，而是要对现代性秩序的法则提出挑战，"奥斯维辛之后写诗是野蛮的"，但理论面对迫害、面对权威与霸权必须发出最后的吼声。解构主义的责任必然包括责任的解构，在某种意义上说，使它在看上去不负责任的时刻恰好是高度负责的时刻。德里达认为"同民主一样，同主体一样，正义仍旧总是即将到来"。③ 一切都是待定的，我们永远在通向正义和真理的路途中。

第三节　文本分层理论与意义的确定

文学文本是一个多层面的未完成的开放性结构，充满了"不定点"和"空白"，读者总是从文本的一个或多个层面介入，结合自己的独特的审美经验，使英伽登所言的"意向性的客体"转变为一个动态的审美对象。然而，文本意义的确定性并不主动呈现，而需要借助特定的阅读方法才能到达，文本的不同的层面对应着不同的阅读方法。如此，方法的选择决定了文本层面意义的阐释的有效性程度。方法的无限多样性同作品的切入角度的无限多样性相互关联、相互交叉、相互呼应。文本的开放性确立了艺术家与公众的新关系，确立了美学感知的新机制，导致了文本的分层理论的出现，开辟了文学交流的新局面。

一　文本的开放性

开放的作品，艾柯又称之为"运动中的作品"。④ 就是可以从多重角

---

① ［英］齐格蒙特·鲍曼：《现代性与矛盾性》，邵迎生译，商务印书馆2003年版，第79页。
② 转引自［英］克里斯蒂娜·豪威尔斯《德里达》，张颖等译，黑龙江人民出版社2002年版，第192页。
③ 同上书，第193页。
④ ［意］安伯托·艾柯：《开放的作品》，刘儒庭译，新星出版社2005年版，第14页。

度、多层次阅读的作品。一件作品是封闭的，同时也是开放的。从作者创作的角度看，封闭是因为作者希望读者按自己设想的形式来理解，作品的交流效果被作者预先设定。但从接受者的角度看，解读的方式是多样化的。艾柯说："一件艺术作品，其形式是完成了的，在它的完整的、经过周密考虑的组织形式上是封闭的，尽管这样，它同时又是开放的，是可能以千百种不同的方式来看待和解释的，不可能只有一种解读，不可能没有替代变换。"① 现代主义以来，开放性作品大量诞生，作品的意义具有"象征性"、"多义性"和"不确定性"。马以鑫说："同传统作品不同，现代派文学对社会、自然和人的态度不再是简单的爱和恨。……现代派文学的哲学基础便是神秘主义、直觉主义（生命哲学）、悲观主义、虚无主义、精神分析学、存在主义、经验主义……这些哲学对世界的态度本来就带有很大的茫然性与虚无性。"② 对不确定性的追求，是现代派作品共同的特征。比如，非形象艺术的绘画可以被看作试图在作品内引进某种"运动"或"开放"的因素。杜尚的一幅画取名为《L. H. O. O. Q.》（《带髭须的蒙娜丽莎》），原来是一句嬉皮笑脸的法文："她是一个大骚货"（she has a hot ass）。这显示了传统绘画所看不到的东西，所谓伟大的艺术在今天只剩下了一些涂涂抹抹、混合杂凑的玩意。有些作曲家便试图在音乐作品和演奏中加进部分不确定的东西的效果，这种音乐被称为"偶然音乐"（Aleatori Music）或"机会音乐"（Chance Music）。如约翰·凯奇的"4分33秒"，就是为了颠覆杜威视为规范的审美经验而设计的。

人们面对先锋派作品可能茫然、不知所措，以为先锋派作品是拒绝交流，其实是误解。先锋派的创作是有意这样的，其目的就是要打破人们接受的语言惯例，打破这些思想通常的串联模式，以意想不到的方式来运用语言和非常规的形象逻辑，给读者一种信息、一种理解的可能性、一种丰富的启示。爱德华·伍德的《来自太空的9号计划》，为了减少费用，违反了许多好莱坞的成规，但人们并没有把它与先锋派的越轨相提并论。"因为再宽容也不能把这样的信念归于伍德：观众可以把其叙述的不连续

---

① ［意］安伯托·艾柯：《开放的作品》，刘儒庭译，新星出版社2005年版，第4页。
② 马以鑫：《接受美学新论》，学林出版社1995年版，第7页。

性和剪辑上愚蠢可笑的错误解释为对好莱坞审美的反击。也就是说,伍德根本不可能像当代先锋派那样有意——有信念与愿望——涉及分离性展示的意义或这种展示对观众产生的效果。"① 而杜尚的《泉》,其创作的目的不是为了引起人们的审美反应活动,而是它打破惯例的生动性、自由性,它激起人们去关注它所置身的艺术史语境,而不是对对象本身的关注。在开放的文本中寻求多重解读,是一种危机的表现吗?其实,我们可以换个角度来看,对作品的多重解读方式的寻求,表明了人们对自由的追求,以及努力改变认知方式和生活模式的努力,从而摆脱固定的二元对立的思考方式,这是现代世界的共同的文化心理。运动中的作品包含着可以将关系有序地组织起来的原则,可以允许个人干预多样化,但是,不允许随心所欲地进行干预。

艾柯关于文本的开放性的观点仅涉及现代派以来的作品,其实很多经典的文学作品同样具有开放性的特点,艾柯所言打破惯例的生动性、自由性在经典作品中随处可见,最伟大的作家们都颠覆一切价值观,无论是我们的还是他们的。"经典的力量就体现在最强有力作家的平静持存之中。他们的丰厚是无穷无尽的,因为他们代表的是心脏和大脑,而不是腰腹或任何种姓、派别或族群的特权。若你愿意,你可以反对但丁或弥尔顿的气质,但在理性和情绪上他们难以被攻击。"② 人们对经典的表达就是"说不尽的莎士比亚",克尔凯郭尔发现人们不可能不是后莎士比亚的。布鲁姆甚至认为,莎士比亚的成就甚至逃脱了影响的焦虑。"莎士比亚的成就最令人迷惑的是,他为我们解释所设想的语境超过了我们能够用来分析莎剧人物的语境。"③ 而伟大的经典同样具有开放性,可以多侧面、多角度地进行解读。"在我读过的最强有力的文学作品中心,有一种可怕而蓄意的空缺,一种我们会被吸入进去的宇宙虚空。"④ 文本空缺即未定点,正是文学交流的前提。

二 文本分层与意义的层级

古典的阐释规范总是把作品当作一个单向度的结构存在,作者意义是

---

① [美] 诺埃尔·卡罗尔:《超越美学》,李媛媛译,商务印书馆2006年版,第280页。
② [美] 哈罗德·布鲁姆:《西方正典》,江宁康译,译林出版社2005年版,第216页。
③ 同上书,第47页。
④ 同上书,第49页。

文本唯一的意义。其实文学文本的存在是一种多层面、多维度的存在，其意义的发生随着读者对空白点的介入而产生波动。传统的解释形式忽视了这一点，它追求唯一意义，传记式批评、古典诠释学等的目的就是找到作者的原意。比如狄尔泰就认为对文学的理解就必须从产生心灵共同性的生活覆盖层出发，"在这种文学创作里，所有的光都投向个人的生命价值，投向文学作品所包容的局部世界的含义，文学创作通过亲缘关系和对比以及有含义的生活覆盖层（行为过程唯独在此覆盖层下方可被理解），通过平行行动，阐明生活的价值"。① "覆盖层"的原词意为"套子"，如床套、枕套、沙发套等。从狄尔泰原著的相关内容看，"生活覆盖层"指生活环境在人心中引起的情绪、感情、思考、意识等，它们反过来又蒙在生活之上。狄尔泰的贡献在于他试图把超个人的与历史联系的方法论和生命体验联系在一起，以避免误读，但其生命阐释学的目的是为了比作者自己还更好地理解作者。在当今文学理论中仍然不乏维护作者意图的人，比如赫施和却尔，却尔说："既然一部作品具有多种多样逻辑上彼此矛盾的解释，那么，就不能由此得出一部文学作品不能有一个唯一正确的解释的结论。事情很清楚，在一部作品所具有的彼此矛盾的多种解释中只有一个是正确的解释。"② 他们都把作品视为一个固定的客体，而不是一个意向性的客体，看不到作品中空白点的生产性力量。

其实，中国古人就认为文本是一个多层面的存在，《周易·系辞上》中载："圣人立象以尽意，设卦以尽情伪，系辞焉以尽其言"。"言→象→意"的文本分层理论把文本视为一个由表及里、从个别到普遍、从有限到无限的复杂结构，文学意象层是决定着文学作品的文学本性的最主要层次。英伽登的《文学的艺术作品》中，将文学艺术作品分为语音、语义单位、再现客体和图式化外观四个层次。韦勒克和沃伦也指出："对一件艺术品作较为仔细的分析表明，最好不要把它看成一个包含标准的体系，而要把它看成是由几个层面构成的体系"。③ 韦勒克和沃伦在《文学理论》

---

① [德] 威廉·狄尔泰：《体验与诗》，胡其鼎译，三联书店2003年版，第6页。
② [美] P. D. 却尔：《解释：文学批评的哲学》，吴启之等译，文化艺术出版社1991年版，第171页。
③ [美] 勒内·韦勒克等：《文学理论》，刘象愚译，江苏教育出版社2005年版，第168页。

中把"形而上性质"层面作为英伽登文学作品结构的"第五个层次"。但是文学作品的形而上性质并非每个作品都存在,它们只是出现在某些事件和生活情景中。

　　文本的不同层面呼应着不同的批评方法。比如莎士比亚的《李尔王》一剧,不同的批评方法对同一文本形成不同看法。形式主义认为内容仅仅是形式的效果,介入文本的层面是语言层面。从形式主义的角度看,《李尔王》的悲剧是语言的悲剧,剧中的世界是等级森严的世界,不同等级的人的行为和语言是不同的。但是,剧本陌生化了李尔的身份及语言标记,一个国王本应是道德的楷模和向导,却破坏了社会的规则,叙述逐渐把李尔置于疯狂和社会性缺乏的状态。李尔的发疯可以看作语言的崩溃,而高纳里尔与里根之所以能欺骗李尔,关键在于语言的多义性,语言的表面意义和私下隐含的意义可以不一致。而考狄利娅看到了这一点,真情难以用语言来表达。这些都暗示了文本的立场,即美德是一种内在的品德而非外在展示,并为后来的剧情的发展提供了线索和框架。精神分析主要从主体的意识层面介入,在《李尔王》中可以从李尔与他的女儿的关系入手,这使人想起恋父情结,特别是考狄利娅在拒绝奉承时说的话,没有(nothing)一词在文艺复兴时期是表示阴道的俚语,而李尔对女儿说的话"我的女儿/你是个零"也隐含着性的意象。剧终时李尔抱着考狄利娅的尸体而死等,都表明了李尔与女儿之间复杂的关系。马克思主义的解读方式是从社会学和历史学或意识形态的角度介入文本。李尔的垮台可以看作"贵族的危机"的寓言,新产生的资本主义哲学对传统的贵族秩序形成了威胁,如在嫁妆一场中,高贵的气质和出身却被金钱哲学所打败。而埃德蒙则代表了向上爬的新商人的个人主义,剧本通过埃德蒙的失败,谴责了他所代表的那种新理性主义,但有缺陷的封建制度却亟须那种理性的改造。后结构主义的批评关心的是同一的偶然性、意义的非决定性和世界的不确定性,其介入的层面是形而上学的哲理层面。由此,《李尔王》被看作一出哲理的悲剧。德里达也许会把剧中的危机看作理性主义与逻各斯主义的危机,其中真理被否定,虚假被误认为真理。埃德蒙不相信贵族理性价值这些超验所指,而葛罗斯特除了"法律的秩序"外无法说出埃德蒙与埃德伽的区别。李尔的疯狂则被看作被夺去区分的标记。剧本所希望的同一性,如考狄利娅和埃德伽的高贵的品质,引起他们与高纳里尔等人的差异,而这种差异和区分在剧本开始就发挥作用,真理成了一种被区分的习俗和规则,剧中宣扬的价值从开始就是自我解构的、矛盾的。

上面的四种批评方法分别从不同的层面介入文本,得出的结论迥然不同,《李尔王》分别被看作语言的悲剧、恋父的悲剧、贵族垮台的悲剧和哲理的悲剧。批评方法随着时代的进步,还会层出不穷,而经典的审美价值得到不断揭示。克莫德说:"阐释重点的普遍转移——19世纪阅读《哈姆莱特》强调的是戏剧人物的性格,到20世纪转而强调'剧作准确的语言、它的特殊结构'。"[1] 而经典之所以被称为经典,是因为其文本的各个层面的价值都异常丰富。方法不同,结论自然不同,但并不等于这些批评和结论之间毫无联系,而是同一文本不同层面的意蕴,上述批评的语言、主体、社会、哲理四个层面共同构成了《李尔王》的审美价值系统架构。如莎士比亚对詹姆斯一世时期家庭伦理、社会意识等价值取向关注的同时,也往往注意到了超主体、超意识形态的价值取向,《李尔王》中对贵族价值的矛盾态度:既仰慕贵族所谓高贵的气质,对贵族的衰败黯然神伤;又暗示了贵族的必然命运,正是这种矛盾的态度导致了文本价值的自我解构。文本不同层面的价值之所以能得到揭示,关键是文本分析使用了特定的方法,所以特定的方法使文本的意义产生了闭合,文本中的不确定因素由于特定的解读方法而得到了确定。

三 意义的开放与闭合

艾柯的"开放的作品"的概念是有问题的,问题不在于其宣扬的非理性的混乱和无序,因为诗意的丰富恰恰要从信息中的含糊产生,而在于文本并不是完全开放的,而是文本中包含有确定与不确定的因素。一个完全混乱无序的作品是无法产生交流的,当代艺术的特点是提出同它在其间运动的秩序相比相当高的"不确定的"秩序,这种新秩序是一种新的语言系统,有自己的新规律。但是,如果这个系统绝对新,就让人无法交

---

[1] [美] E. 迪恩·科尔巴斯:《当前的经典论争》,陶东风等译,见陶东风主编《文化研究精粹读本》,中国人民大学出版社2006年版,第370页。

流，所以，它必定在拒绝传统语言系统和维护这种系统之间徘徊："一名当代诗人提出一种系统，这种系统已不再是用以进行表达的语言系统，但也不是一种并不存在的语言系统：是在一种系统内引进有组织的秩序模式，以增加它的提供信息的可能。"① 文本中诸多不确定性因素，给不同的方法介入提供了契机。在对《李尔王》的解读中形式主义介入语言的悖论，精神分析介入的是父女关系的复杂以及母亲的缺席，马克思主义批评家注意到了文本中暗隐的社会历史背景等，这些都是文本中不确定的因素，而一旦借助特定的方法，这些不确定的因素就可以得到确定。由此，要使一个文本的意义得到确定，既要进行美学层面的研究，以弄清这个解读所依据的艺术理论是否是解读作品的可能性条件，但更主要的是要对具体的作品进行具体的研究。如评价巴尔扎克的作品，我们可以从其作品的主题入手来分析，看他叙述了什么事件和人物，在叙述中阐明了怎样的调查内容。我们如果从巴尔扎克的政治立场出发来解读就会产生误读，因为他拥护王权，是一个反动派，但他能够以深刻而客观的观点概括和组织安排他所要描写的那个世界的丰富材料，巴尔扎克没有成为所生活的客观环境的奴隶。这一点也适用于对《李尔王》的分析。而对许多经典，要获得意义的确定性，还必须通过掌握文本的各层面之间的某种结构联系来分析。

所以，宣扬意义的开放性和不确定性是有害的，这是一种反理论的逻辑。因为任何文本中都有确定性的因素和不确定性的因素，把局部的不确定因素升格为全面的不确定性，犯了以偏概全的毛病，解构主义认为所有的阅读都是误读就犯了这种逻辑的错误。理论的目的在于设立标准，使意义得到确定。因为"理论家的本质不是赋予人们在任何场合随心所欲的权利……理论家的特点在于分析各种形势，调查各种流行的信仰和行为的不同侧面的关系……这种分析总是要对事物现状的某些方面施压，而这种严厉与其说会消除制约分析对象的因素，不如说会引入新的制约因素。"② 申明阅读即误读，然后就把具体的文本丢开，而不去分析作品中哪些部分是可以理解的，哪些是要借助理论的推理才可确定

---

① [意] 安伯托·艾柯：《开放的作品》，刘儒庭译，新星出版社 2005 年版，第 82 页。

② John M. Ellis, *Against Deconstruction*, Princeton: Princeton University Press, 1989, p. 158.

的。这种做法就是一种反理论、反理性的懒汉做法。通过理论的梳理，我们发现了《李尔王》多重解读方式中的许多共性，比如文类共性、解释团体的共性、读者的共同的一些反应等，文学作品的这些共性和一致性的达成，也导致了意义的闭合。"一种特定的类型，诸如悲剧，实际上是一种定义，它起着评价标准的作用，人们依据这一标准来衡量或评价个别作品。"①《李尔王》是一部悲剧，人们就不会按喜剧的标准来读。而悲剧引起读者的共同反应都是物种中心主义类的身体的、情绪上的共同的反应，都会发生内模仿的移情，"移情论者试图解释的感觉——观众与对象、听众与音乐作品、读者与诗之间的一体或默契——是真实的，并非虚幻的或仅仅是隐喻。"② 这表明了文学艺术激起的反应的相对性首先是普遍性之下的相对性。而如果没有普遍主义作为必要的限定和补充，相对主义就会走向极端，演化成绝对主义的另一种形态，文学艺术就无法获得交流。借助于类型学，我们远远不能界定文本，因为我们总是从文本到类型而不是从类型到文本，但是隐含的作者至少是通过了某种文类构型进行了构思，这最终使《李尔王》是一部悲剧，而不是诗歌或喜剧。从读者类型学的角度看，英伽登区分了三种类型的阅读态度：一般消费型、学者型、审美型。上述三种阅读《李尔王》的方式都属于学者型的阅读，都可以按某种标准归类为一个解释的团体。三种阅读方法都只从文本的一个层面出发而同时悬置了其他层面的分析，盲视和洞见并存，这些解读之间的关系是互补、互证的关系，都是文本的空白点所形成的格式塔群集。文学意义的确定不是文本中个别语言符号意义的确定，符号与空白之间如果没有潜在的关联，文学阅读的格式塔便不能建立，文学意义就永远不知所云，永远不能闭合。而每一次阅读的完成，就是一次意义的闭合。而符号与空白之间的关系，是限制与被限制的关系，空白并不意味着是"向一切理解方式开放的，因为，文本中各个部分的内容、为空白所调节的主题视野结构以及暗藏

---

① [美]拉尔夫·科恩主编：《文学理论的未来》，程锡麟等译，中国社会科学出版社1993年版，第413页。
② [美]埃伦·迪萨纳亚克：《审美的人》，户晓辉译，商务印书馆2004年版，第259页。

的基本否定的转移，都将对它施加某种限制。"[①] 只有通过文本中先在的确定性因素、预期的和实现的诠释框架，读者的期待视野与空白点两种力量之间的张力结构才能达到异质同形，文本的空白点才能得到确定。

总之，意义的分层和多重解读形成多种意义，但这些意义之间的联系并不是分散的，而是空白点形成的格式塔群集。文本意义的多重性中暗含了契合的因素，是因为这些多重意义是以文本背后的生活世界为指向，"阅读感受因人而异这一事实，非但否认不了人类有可能共享审美经验，它恰恰还证明一致性与多样性是并行不悖的。"[②] 意义总是个体体验和审美经验的结合，意义的共同性大于相对性，这是意义确定性形成的前提。在意义阐释中形成的意义层次，由于特定的方法的介入，这些意义的层次得到区分，意义的形成机制得以重构，从而，确定性得以重新确立。当然，这种意义的确定性与闭合是在人们"使某事得以完成"的善良愿望或者如杜威所说的"一个经验"中形成的确定性，而不是本质论的确定性，它不是形成以后就一成不变了，而是处于不断地变动之中。

---

① [德] 沃尔夫冈·伊瑟尔：《阅读活动》，金元浦、周宁译，中国社会科学出版社 1991 年版，第 272 页。

② [美] 克莱斯·瑞恩：《异中求同：人的自我完善》，张沛等译，北京大学出版社 2001 年版，第 109 页。

第五章　后现代误读理论的发展趋向

第一节　文化学视野中的误读理论

人类学把人重新定义为"文化动物",跨文化的文学对话和理解,其目的是学习相异的生活方式和反观自己的文化,文化间的差异性是对话和理解的前提。以赵树理的小说《小二黑结婚》的被接受为例,在中国学生眼里,小说中的三仙姑是个被丑化的角色,装神弄鬼、搬弄是非,小说描写三仙姑作为老人,喜欢修饰打扮,小说中用"马粪蛋上下了霜"来比喻涂脂抹粉后的三仙姑,作者的立场可见一斑。《小二黑结婚》被翻译后到了美国,美国的大学生把三仙姑当作一个正面人物看待,认为她爱装饰是热爱生活,她搬弄是非,是因为她不愿屈从命运的安排而与社会抗争,等等。这个例子很好地说明了不同文化语境中接受者在理解上的差异性。还比如,卡夫卡、巴赫金等人的作品在国内默默无闻,在国外却收获了意外的声誉,是典型的"墙内开花墙外香"。也就是说,异国作品由于其产生的文化背景不同,内在图式、组织构成、结构方式、表现方法等都和本土读者的艺术经验、审美心理存在着相应的距离,使他们有陌生之感,于是就会不自觉地排斥这种艺术。所以,跨文化的阅读受政治、意识形态和心理因素的影响,也受文化机构的影响。但异文化的文学阅读首先是误读,理解与误解的区别在于:"仅当读者是作为他者来理解而不是作为习者来误解时,理解才可以发生。文本及其所要告诉我们的东西之异己、生疏,与它向我们言说所用的语言之熟习之间,存在着一种张力。解释的真正场所正是这个非此非彼,它在语言之中。"[1] 由此说明,文化交

---

[1] [澳]瓦尔特·F·法伊特:《误读作为文化间理解的条件》,叶爱民译,见乐黛云等主编《文化传递与文学形象》,北京大学出版社1999年版,第98页。

流中误读是难以避免的，误读是理解和交流的前提。

误读不只是简单的、应该加以区别对待的谬误，弗洛伊德的研究表明了误读是人的深层心理机制，甚至可以说，生活中处处有误读，它是人们的一种心理需要，人们常常通过误读来获得自我保护。文化与文化的交流同样如此，误读是文化交流的前提、需要。不同文化之间总是存在各种各样的差异，有差异就有误读，才会产生去认识对方的冲动，于是交流和对话得以展开。对话就是和而不同，有不同意见，才能有对话。反之，同而不和，就无法形成对话，因为大家看法一致，没有误读。例如，历史上，中国的西方形象总是变化不定，有时是天堂，有时是地狱。在小说《消失的地平线》中，云南的香格里拉被描写为人间的最后一块净土；而法国作家马尔罗的长篇小说《人的状况》则把中国描绘为一个东方地狱。无论前者抑或后者，都是一种有意歪曲的误读，中国形象无非是西方人自身存在的影子，是一种恐怖与绝望的形象表达。中国作为西方的他者，在历史上处于西方文化的对立面，启蒙运动时，西方需要自我批判时，就把中国想像为一个孔教的乌托邦，而到了西方自我认同扩张时，中国形象则被诋毁为地狱。英国学者萨达尔承认，这是典型的东方主义惯用的伎俩。在东方主义的描述中，东方的形象以扭曲变形的面目呈现在西方的观众面前，而且一直是被西方知识分子玩弄于股掌之间的记号，这在启蒙运动时期，达到了顶点，"利用东方来批评欧洲，18世纪是一个高潮"。[1] 误读成了自我批判的武器。误读在布鲁姆那里源于焦虑，在文化交流中同样可以看到这个现象。西方人心中的中国形象总是呈现出多幅面孔，深层原因恐怕还在于西方人的焦虑和恐惧，他者形象更多地投射的是自身的欲望和不足，他者总是被利用来建构自身形象和幻想。文化交流的发生并不因为有误读而中断，相反，误读是交流的前提，如前所述，西方人利用中国形象为自身建构服务，是基于误读，中国形象被纳入西方文化的幻想模式，但这个形象不是永远不变的，随着交流的扩大，在误读的基础上可能形成相对的共识。

文化之间的误读还会导致冲突和战争，这就是"文明冲突论"，这由

---

[1] [英]齐亚乌丁·萨达尔：《东方主义》，马雪峰等译，吉林人民出版社2005年版，第58页。

哈佛大学的教授亨廷顿首倡，他认为在冷战结束后，战争与冲突将更多地来自文化的分歧，不同文化之间的相互误读会影响世界经济和政治的发展方向。文化和文明的分界线，将成为未来冲突的交火线。关于"文明冲突论"，赞成者有之，大加挞伐者亦有之，纵观人类历史，文化间的相互误读引起战争冲突的现象比比皆是。在恐怖主义肆虐全球之际，"文明冲突论"似乎正在应验。但是，不同文化之间也存在交流与互补，认定不同文化之间一定存在冲突和对立，这恰恰是东方主义的思维方式，萨达尔说得好："东方主义是一种通过不对称关系作用的改写，在这种不对称关系中，东方，作为关系的一方，虽然被描述成有描述和定义关系的参与者的自由，但是，事实上，其是被坑害、隔离和被忽视的。"① 东方被隔离、被迫害的根本原因就是西方对他者的深深恐惧。东方不仅被西方描述和建构，而且，东方与西方似乎从来就没有被上帝一视同仁，二者的关系一直是不平衡的、不对称的，不是东风压倒西风，就是西风压倒了东风。所以，东方主义的实质其实是西方中心主义，这才是"文明冲突论"得以产生的真正原因。东方，作为他者，在西方人眼里，就是黄祸的代名词，是应该被驯化、被制服的对象。在此基础上产生的东方学，作为一种话语，不是试图去理解东方，而是试图去控制、操纵东方。在描述东方的文学作品中，东方人要么是恐怖分子，要么是野蛮人，鲜有正面形象、正面角色，譬如约翰·兰德尔的《最后通告圣战》②、迈克尔·卡森的《朋友与异教徒》③ 等流行小说。阅读这样的小说，如果采用形式主义的阅读方法，追求所谓纯粹形式的交流，这是典型的误读，正确的做法是不应排斥帝国主义和文化关系的研究，因为人们的想像和研究是学术制度的产物，其中政治帝国主义是一股强大的力量。东方学是东方主义的产物，关于东方的描述被纳入特定的框架中，供人评判和观看，所以，"东方学归根到底是从政治的角度察看现实的一种方式"④，由此看来，东方学家们生产了关于东方的知识，但这些知识是在权力机制中生产出来的权力话语，有

---

① [英]齐亚乌丁·萨达尔：《东方主义》，马雪峰等译，吉林人民出版社2005年版，第187页。
② Randall, J., *The Jihad Ultimatum*, New York: Pinnacle Books, 1988.
③ Carson, M., *Friends and Infields*, Black Swan: London, 1989.
④ [美]爱德华·W·萨义德：《东方学》，王宇根译，三联书店1999年版，第54页。

些甚至是极其反经验、极其反动的。"知识就是力量"①，同时也是一种权力。东方学家编织了形形色色的关于东方的符号，其中充斥着怪诞的描述和荒谬的幻想。在马可·波罗的游记中，把中华帝国的元大都描绘成一种乌托邦式的国际大都市，遭到当时西方人的嘲笑，马可·波罗被视为吹牛大王或骗子。然而，马可·波罗是否有其人，其是否到过中国至今也是未解之谜。就是这些类似《天方夜谭》的奇谈怪论，激起了殖民者们狂热的梦想。所以，西方世界的东方学家们，抱着看待外星人似的猎奇心理，罔顾事实，把一切物质经验都罗列进东方学的大箩筐中，形成了五花八门、分门别类的东方的知识。东方不再是地理空间中实实在在的东方，而是被知识化、符号化、权威化了，东方学成了凌驾于东方之上的统治力量，反讽的是，东方学家却高高在上，自视为发现东方、拯救东方的英雄。

西方知识学理论告诉我们，知识来源于经验，或者是人的理性对经验材料加以整理，并从中梳理出知识的形式来。东方学知识的生产不外如此，都被人为地移植、过滤、变形和重复，所以，知识的生产史，就是误读史，误读从知识学的角度来看，是无法从根本上消除的，因为知识中充满了剽窃、谎言、欺骗甚至暴力。当然，这不是要把东方学一棍子打死，只是提醒人们注意作为人类知识之一的东方学，也是意识形态的藏身之地，用东方学的话语来评判东方时，东方恰恰是不在场的，被置换为一系列扭曲的、变形的解释性话语，萨义德说："东方学家现在已融入到了东方历史之中，与其难解难分，成了东方历史的塑造者，成了东方在西方人眼中的典型符号。"② 从中我们看到，东方被符号化了，东方学思维方式就是东方主义，即从本质主义的立场来对人类的经验现实进行简化和抽象化，是知识生产中典型的误读主义的方法。所以，认为不同文明之间一定会产生你死我活的冲突，其思维方式和东方主义不谋而合，恰恰是引起文明冲突的导火索之一。现代文化是异质多元的，它们相互联系、相互依赖、相互补充。而认为文化之间存在绝对的差异，然后强行将其分割成一个个孤立的文化单元，这种本质主义的思维方式在多元文化时代是应该被

---

① 这是英国经验主义哲学家弗兰西斯·培根的名言，原文为"Knowledge is power"，power一词可以理解为力量，也可以理解为权力。

② [美] 爱德华·W·萨义德：《东方学》，王宇根译，三联书店1999年版，第303页。

唾弃的,并遭到了现代人类学的强力挑战,英国学者沃特森认为:"现代人类学反复强调文化之间没有实质性的边界,但是这种观点在当代的论战中还是暂时站稳了脚跟。"① 求同存异,和而不同,而不是强调冲突,才能保持文化与文明的和谐发展。

综上所述,东方学话语不仅仅是一种话语,而且还是制造东方、孤立东方的权力意识形态。在多元文化时代,我们不应该再去制造东方的神话,对异质文化的正确态度是什么呢?沃特森认为不能排斥,也不能去强制同化,而是要去整合他者文化,整合就是不带偏见地接纳对方,说白了,就是相互借鉴、取长补短,沃特森认为这种做法更有用、更为可取。"整合提供了一种更为实际的、更为宽容的、在道德上也更被接受的新方式。"② 整合的策略在一个国家不同文化之间的交往中成效显著,但对于不同文明之间的文化交往,意义和作用不大。譬如中日之间关于钓鱼岛的分歧,根本的原因是国家利益的冲突。文化交流的相互误读会加剧冲突,强调交流、合作、共赢是缓解冲突的有效途径之一。

关于东方的知识也有真也有假,而萨义德把有关东方的知识不管真假统统扣上东方学的帽子,产生了自反性的悖论,萨义德作为在西方工作和生活的东方知识分子,一方面,他批判东方学话语是殖民主义的帮凶,另一方面,他又享受着殖民主义带来的丰裕的物质享受。萨义德的东方学产生了自反性解构的滑稽效果,即锯断了自己坐在屁股底下的树枝。值得肯定的是,萨义德的理论作为东方学知识的一部分,其批判的精神是可取的。但东方学只是一种学术话语,也是一种学术体制的产物。因此,普通读者可能会质疑,萨义德在代表谁说话,代表东方还是仅仅为西方提供批判的武器?其著作《东方学》只是东方学冰山之一角,存在以偏概全的毛病。由此看来,萨义德的东方学盲视与洞见并存,他不能代表东方沉默的大多数,其结论的合理性依据也被打上了大大的问号,有很大的误读成分。

东方学的误读是跨文化的误读,误读问题成为一个文化问题还跟消费文化有着密切的关系。随着消费社会的来临和技术的进步,文学交流获得

---

① [英] C.W. 沃特森:《多元文化主义·导言》,叶兴艺译,吉林人民出版社2005年版,第2页。

② 同上书,第7页。

新的技术媒介,如电子传媒和网络媒体,媒体即信息,我们进入马克·波斯特所言的第二媒介时代。误读问题由于新媒介的运用,使得交流更加复杂化,误读研究领域被媒介传播与接受的研究进一步深化。

第二节 媒介文化视阈中的误读

一 媒介即误读

在现代汉语中,媒介是让人或两样东西发生相互作用的中介物。西语的媒介一词,含义是方法、手段、载体,都突出了媒介的桥梁作用。现实世界中,任何人或事物都可能充当这个中介物,所以加拿大学者麦克卢汉把人类所有的文明之物都称为媒介。媒介已经完全渗透到日常生活中,人们甚至感觉不到它的存在,人与媒介的关系就像鱼与水的关系,只有在没有水的情况下,鱼才会感觉到它的存在。随着大众媒介的兴起,媒介在20世纪60年代作为一个传播学的专业术语被接受,媒介在传播中的作用越来越重要,也引起了有识之士的担忧。媒介慢慢变成了普通人离不开的事物,渗透到了生活中的每个角落,发出了常人难以抗拒的诱人的魅力。[1] 人们通过媒介来阅读和接受信息,其中难免会有误读,这跟媒介和受众的关系最大。

新媒介如网络出现后,出现了大量新类型的文学作品和各种误读,一些作家和批评家的趣味也大众化了。各种游戏性的误读肆意解构和重构经典,其中不乏有创意的,但很多成为信息的冗余,成为被人用来吸引人们的眼球、赚钱营利的工具。当前,网络写手们的误读有大量的游戏性、娱乐性的噱头,比如《误读红楼》中有一段如下:"先说妙玉,放到现在,她是一个典型的小资,自恋,而且自负,连最好脾气的李纨都讨厌她的为人,但这种自负之后,又何尝没有一份自卑。"[2] 对妙玉的这种游戏式误读,实际上毫无新意可言,护花主人王雪香评点中就有"怪诞"说和"劝惩"说,陈其泰有"儿女私情""俗不可耐"说,20世纪90年代还

---

[1] [美]道格拉斯·凯尔纳:《媒介文化》,丁宁译,商务印书馆2004年版,第12页。
[2] 闫红:《误读红楼》,当代世界出版社2005年版,第32页。

有"双重人格"说、"矫情"说，甚至有把她看作"统治阶级豢养的宗教徒"之说，等等。这些评论都掩盖了妙玉"气质美如兰，才华阜比仙"的美好形象，都有严重的误读倾向。媒介发挥着舆论导向的重要作用，个人对经典的解读有可能是严重的误读，通过媒体的传播，可能误导受众、混淆是非。如于丹对《论语》的解读，她把《论语》的主旨解释为一种心灵鸡汤式的快乐哲学，明显偏离了《论语》的核心思想。作为一部宣扬知识分子积极入世的哲学书籍，核心思想是"修身、齐家、治国、平天下"，这已是定论。具体章句的解读，也必须结合上下文、放到儒学整体思想去理解，否则就会误读。于丹借助央视《百家讲坛》的平台，在广大受众中掀起了国学热，客观上起到了传播传统文化的作用，但于丹式误读也给经典的解释带来负面的影响，以讹传讹，谬种流传。如何重新释读经典？是要照搬传统，还是适应当代人的需要作适当的误读？以及如何利用大众媒介传播正能量的思想？等等。从这些争议中，我们可以看出经典并非铁板一块，其意义不是一成不变的，而新媒介使误读产生意义的增殖和放大效果，这是印刷媒体所无法企及的。

人们常常对媒介歪曲信息表示不满，并对之大加挞伐。这其实大可不必，冷静下来，经过我们理性的分析，会自然而然得出了一个合理的结论：媒介即误读，抑或不如说，媒介是无法彻底避免误读的，误读是媒介最为人不知的特征之一。香农—韦弗的传播学理论告诉我们，信源在传递过程中，是无法完全消除噪音的。他们区分了语义噪音和工程噪音，语义噪音是传递过程中无法准确解码的语义失真。噪音可能来自传播渠道，可能来自受众，也可能来自信源本身。以日本核辐射引发的中国老百姓抢购碘盐为例，误读的噪音主要来自受众，受众的从众心理、缺乏独立判断的能力导致对日本核辐射的相关报道的误读。传播渠道的噪音会产生误读，传播过程中认识向度和控制向度也会产生误读，从认识向度看，人对信息的接受不是简单地接受，而是一个互动或者协商的过程。从控制向度来看，传播的媒介和渠道是被操纵的，传播涉及权力和社会控制的方法。如英国的电视在处理新闻时，总是反映中产阶级、偏向管理方的看法。电视台在何时何种场合播放何种内容，都是精心选择和控制的。

误读当然是意义的不理解或偏差，从符号学的角度看，误读必然与受众的主体性有关，而且，意义的理解本身是一个需要学习的过程。误读无法从根本上避免,这就是罗兰·巴特所言的神话(myth)。神话运作的主要方式是将历史自然化。神话是特定阶段特定阶级的产物,意义必须表现这一点,但神话却故意遮掩这一事实,并使意义的遮蔽看起来是自然的。比如传统的男尊女卑的观念,女人的任务就是做家务,男人就是处理公共事物,而现实中成长起来的女性不断打破这种神话。就文学阅读来说,罗兰·巴特以伊索寓言作品中的一句话"因为我的名字叫雄狮"为例,分析神话的空洞的形式。在纯粹语言学的系统中,这个句子可以包含很多充实的所指,作为森林之王的狮子要求其他动物承认其地位并将所有猎物归于自己名下,因为我名叫狮子。但是"阅读活动过程中有个反常的转换,从意义到形式、从语言符号到神话能指的异常倒退。"① 从神话理论来看,这些价值内涵必须空洞化或悬置起来,以便为新的意指作用让出空地。这里,神话形式的所指就是,我是个文法例证,其意图是要将某种表语配合的表现方式让我接受。由此看来,神话是对历史和概念的扭曲,这种扭曲却表现为自然的形式。其实,相对于传统的纸质媒介而言,电子媒介也越来越具有了神话的形式,而且在不断地制造新的神话形式。而且,这种神话形式的扭曲混淆了真实与虚拟的界限,进入了鲍德里亚所谓的"仿真"的时代,过量生产的神话能指使意义产生了内爆。

二 阅读即误读

麦克卢汉说媒介即信息,媒介的作用是人的延伸,这些非常深刻的论断,表明了媒介与主体、社会的密切关系。误读问题由于新媒介的运用,使得交流更加复杂化,新媒介正在成为新的强大的精神塑形机制,成为误读的重要根源之一。

我们先来看一份江苏省靖江市城西中学初三期末综合调研试卷,满分是150分,一位姓刘的同学只得了3分,该生的作答笑料迭出,其中涉及媒介文化的有:填空题中第1题把左忠毅公的名字答为<u>左冷禅</u>;第4题,中国曾派<u>泰坦尼克号</u>考察船到北极考察。第7题,元代四大戏剧家并称<u>F4</u>,白居易的一首音乐描写的千古绝唱是<u>《东风破》</u>。第3题翻译题,古

---

① [法]罗兰·巴特:《神话修辞术、批评与真实》,屠友祥等译,上海人民出版社2009年版,第178页。

诗翻译竟然扯上了《还珠格格》里的演员赵薇。最后一题作文，题目是《提篮春光看妈妈》，该生竟然将其与周星星的名字联系上了。学生喜欢流行文化，而流行文化是大众媒介的产物。以流行文化的视角来解构正统文化正是媒介社会的一大特点，误读是媒介文化的一个无心后果。这份在网上流传的所谓"经典试卷"，并不是一个特例，同时也印证了麦克卢汉的论断，即媒介并不是单纯的传播工具，而更像是人的机体组织的延伸，网络就像人的神经系统的延伸。现在，网瘾已经被界定为精神疾病，甚至是青少年犯罪的重要诱因。《中国日报》英文版2011年4月3日头版，有一幅漫画，画面是"牛顿"拿着苹果手机在忘情地看微博，几个苹果砸在他脑门上都无动于衷，漫画下方有一条说明："用户对即时信息的渴望轻易地吞噬他们的白天和黑夜。"[①] 还在2006年，第四次全国国民阅读调查结果发布，结果显示，在识字的成人群体中，2005年有51.3%的人连一本图书都没有读过，这一比例首次超过半数；而且，结合之前的统计数字，中国老百姓近几年的阅读量呈下降趋势，更多的人变成了手机控和低头一族。文学阅读式微和误读的激增，新媒介在其中扮演着重要甚至主要的角色。现代人更多地通过图像与声音来获得信息，但很多是无用的信息。图像时代，信息视觉化，世界形象化，有人甚至认为图像压倒了文字。伴随着阅读文字而来的思考没有了，文字是线性结构的，必须通过大脑的加工和补充，才能获得意义和形象。而图像与图像的组合很多是无逻辑、无意义的，是景观的嫁接与拼贴，目的只是为了吸引人的眼球。有人认为，在图像时代，"带来的是思维能力的衰退和萎缩"。[②] 不少人都不思考问题了，一些外表光鲜的明星在公众场合，连话都说不清楚；音乐MTV中图像成为首要元素，文字成为可有可无的东西；有的自诩为先锋的文艺作品，故作高深，实则空洞无物。在读图时代，人的思维跟不上信息传递、变化的速度，是图像接近人而不是人接近图像，人不能像读文学作品那样停顿下来去重复、回味，眼球被迫随着图像的变化而快速旋转，没有任何思考的闲暇与空间。正应了老子的名言："五色令人目盲，五音令人耳聋，五味令人口爽。"[③] 今天，正是过量的图像和视觉刺激损害了

---

① Wang Yan, A consuming addiction, *China Daily*, 2011-4-03 (1).
② 沈敏特：《关于时尚与阅读的当代危机》，《文汇报》2011年4月9日，第6版。
③ 任继愈译著：《老子新译》，上海古籍出版社1985年版，第84页。

人的大脑对信息和噪音进行有选择的辨别的能力，人变得盲目了。"即使在某些时尚杂志中保留着某些文学性、保留着某些个人经验与话语，也已经被压缩到极其狭隘的生活趣味中去了。"① 审美趣味狭隘化，游戏式的恶搞与误读泛滥，意义无从寻觅，价值被无限的数码复制摧毁，这是后现代阅读面临的严峻挑战。

新媒介甚至改变了文学作品的结构和元素，把声音、图片、动画等融入诗歌文本，制造出所谓的超文本诗歌。超文本概念是美国人尼尔森提出的，他认为人的思维是非线性的，口语和书写文字是线性的，而通过新媒介，就可以实现思维与写作的对接，制造超文本。如毛翰的超文本诗集《天籁如斯》，据说是中国第一部成功的超文本诗集，有些网友称誉其美轮美奂，很精致。这个评价只是表明这个电子诗集图片做得精美、设计比较精致，并没有说明该诗集最有特色的地方在哪里。孙绍振的评价是："中国新诗如何走出困境？如何赢得广大读者？在互联网时代，利用多媒体技术，借助声光效果，看来是一条可行之路。"② 此评价肯定了毛翰的成功，并指出新诗未来发展的方向。该诗集的成功之处首先是设计上，扉页的那首《东方情调》充分利用汉字"字思维"的特点，运用回文的修辞手法，再配以契合诗歌内容的背景图片和音乐，给人清新悦目的感觉。有的诗歌如《相约在五月》还配有栩栩如生、动人心魄的动画，在某种程度上起到加深诗歌意境的作用。但毛翰的诗歌质量参差不齐，有的比较纯美，有些内容比较空泛，比如《空山鸟语》一首，其意境无法跟古诗《鸟鸣涧》相比。就如孙绍振所说："媒介只是媒介，媒介不能代替内容，无论如何，诗本身要好。"③ 就此而言，中国新诗还有很长一段路要走。严格来说，毛翰的《天籁如斯》根本算不上超文本诗歌，充其量不过是把传统诗歌的形式与现代媒介嫁接在一起，其中，诗歌的主体部分是传统的，再辅以现代的媒介作陪衬，诗歌写作与接受并没有突破传统的思维方式。

超文本小说的首创者据说是美国人麦可·乔易斯，他的小说《下午，

---

① 耿占春：《阅读的社会学》，孙绍先主编：《文学艺术与媒介关系研究》，中国社会科学出版社2006年版，第101页。

② http://www.easykan.com/urinbook/book_show_734.htm.

③ Ibid.

一个故事》在 1987 年的学术研讨会上公开发表,成为后人争相模仿的典范。这篇作品利用计算机的编程制作了五百多个模块,并用九百多个链接通向它们,阅读者可以随意从其中的一个链接进入任意一个模块,每次进入的链接不一样,获得的结果也千差万别。这是一部可以不断重读的小说,每次阅读也是一次重新书写。与后现代主义的扁平静态结构相比,超文本小说具有更多的延展性和空间立体感。通过关键词的链接进入不同文本,读者在某种程度上成为小说的创作者,文本成为巴特所谓的"可写的文本",在这里,误读与正读的界限不存在了,有的只是类似于互动游戏的拼贴式的阅读。吉姆·安德鲁斯(Jim Andrews)的《谜》的正文只有一个字——"meaning",[①] 画面上方一开始有三个按钮,译为中文分别是:刺激、搅拌、驯服。每个按钮点一遍以后,又相继出现 7 个按钮。不同按钮,文字变幻的方向不一样,"刺激"按钮使文字分成两组旋转,"搅拌"按钮使文字像被搅拌一样不停地转动,让人眼花缭乱。当我们试图寻找文本的意义时,其实是读者在控制图像和文字的相互作用,意义在这种控制中已经延异、已经不在场了。超文本为读者的阅读和接受提供了多重选择的路径,同时也冲击了读者与作者的身份界定。作者的设计与读者的路径选择之间不一定会重合,读者变成了书写者。在有些互动阅读文本如"微博体"作品和接龙小说中,读者甚至可以像 BBS 那样留下评论和讨论,成为作品的一部分,超文本成了信息提供者和使用者共同建构的产物。

　　由此,在超文本中,作者不再是单一的了,作家的主体性受到了威胁,首当其冲的就是作家个性的泯灭,如马克·波斯特所说的那样,用电脑打字和用手书写完全是两码事,电脑打出的文字无法认出笔迹,用手书写的文字则带有鲜明的个性特征,电脑使语言"非个人化了"。[②] 超文本模糊了作者与读者的身份界限,文本变得非风格化甚至非人性化了。而且,由于互联网无性别的隐匿服务,主体异化为他者,身份认同被虚构化了,主体既是在场的又是不在场的。一方面,主体在非物质的电子脉冲的镜像里认出了自己,另一方面,人们戴着面具参加电子假面舞会,主体身

[①] http://benz.nchu.edu.tw/~garden/andrews/enigman2/enigmanie2.htm.

[②] 马克·波斯特:《信息方式——后结构主义与社会语境》,范静哗译,商务印书馆 2000 年版,第 153 页。

份被电脑文本进行了重构,主体被抽离了具体的时空,陷入了赛博空间的无限遐想中。德里达认为书写包含了反逻各斯中心主义的原则,书写驱逐了人的主体性,人无法在文本中确定主体的位置和特性。波斯特遵循着德里达的思路,认为电子书写已经取代了传统的线性书写的地位,成为制造非同一性的主体的机器,一种令主体四分五裂的怪物。这些言论并非都是危言耸听,让我们看看受众是如何被媒介的逻辑抽空的。

三 受众即呆鸟

媒介文化中的受众似乎变成了被盲目力量引导的呆鸟,似乎已经习惯了按按钮的傻瓜化操作。媒介的确会制造误读,会愚弄人,极力推崇数字化技术的尼葛洛庞帝也承认,在文学中一旦越界使用技术手段,可能造成难以意料的后果。因为技术在艺术表现中只是一种手段罢了,如果手段变成了目的,就会反客为主,艺术堕落为技术的游戏。技术会"掩盖了艺术表现中最微妙的信号"。① 就好比一道美味中的调味品一样,一旦过量,就会让人大倒胃口。但是,他又认为艺术与数字化的结合是不可阻挡的大趋势,而且数字化是人工智能化的体现,它能代代相传并不断进化,人类越来越依赖"数字化"。② 尼葛洛庞帝这里的意思很明确,就是数字化即自律化,它有它自己的程序、法则和运行的规律,人类数字化是大趋势,我们只有认识它、理解它,才能很好地运用它,否则就会人云亦云,变成真正的傻瓜。数字编码技术越来越抽象,数字看不见摸不着,但却代替了被描述物而成了纯粹的物本身。数字媒介有自己的逻辑,这种逻辑迫使其他的文化逻辑顺应它的强大力量。鲍德里亚把数字媒介制造的电子互动称之为"诱惑",他说:"诱惑力意味着对符号世界的控制权……否认事物的真实性乃是诱惑力与生俱来的能力。"③ 在这里,鲍德里亚认为虚拟凝视诱惑受众进入想象空间,事物的真实性被仿真代替,辨别正误的能力丧失了。人们进行电子互动本来针对的是文化目标,但是,数码符号把本来意义上的文化内容置换为次要的功能,而诱惑人们去满足文化之外的目

---

① [美]尼古拉·尼葛洛庞帝:《数字化生存》,胡泳等译,海南出版社1997年版,第261页。
② 同上书,第272页。
③ Baudrillard, J., *Seduction*, trans. Singer, B. New York: St Martin's Office. 1990, p. 8.

标，如虚拟的社会地位编码等。文化艺术的逻辑往往屈从于媒介符号的逻辑，这已是当今社会不争的事实。如果认识不到当今文化艺术与媒介符号之间的这种关系，主体就会迷失于符号的这种抽象作用之中。

媒介文化中受众总是被各种盲目的力量所引导，这正是后现代主义文化的反常性，正如伊里阿斯·卡耐蒂（Elias Canetti）所说："不但一切都动摇了，而且每一个人也变得愈来愈匮乏……所有人都是百万富翁，但所有人都一无所有……"[①] 主体变得盲目了，表明了主体存在的意义处于混乱状态，混乱部分是由媒介造成的。跟机械复制的有损复制相比，数码复制变得简单快捷和廉价，甚至复制品可以做得比原作更好，可以去掉原作的噪音，可以修改原作的缺陷，总之，数码时代的受众好像都成了艺术家，成了无所不能的上帝，于是就出现了群体的麻醉与感觉的扭曲，"在今天这个人际交流和消费的社会里，出现了一种什么现象呢？出现了一种群体的麻木、麻醉现象。过去是在一个重大、非常著名的艺术品前的这种审美冲动，而今天变成了面对汪洋大海一样的众多艺术作品的那种小小的欢快感。"[②] 这种弱快感正是面对各种仿真拟像时的审美疲劳，受众的审美感官被钝化，审美经验被扭曲，人们失去判断力，不能及时调整自己的行为，成为任人支配的牺牲品，大众的审美反应是机械的、固定的、受人操纵的。

马克·波斯特把后现代社会称为"第二媒介时代"，这个时期，受众的身份去稳定化和碎片化，现实的形象与意义变成了多重。奥斯汀的言语行为理论说明，言即行，说即做。在电子化的对话语境中，按照波斯特的看法，语言更容易被看作强大的塑形工具，主体在其中能被重新塑造和定型。当电子化的交流触手可及、和主体形影不离之际，主体身份认同变得更加不牢固，只"具有部分稳定性"，[③] 在各种链接中扮演各种角色，自我变成他者，主体性被他者性侵占。譬如在电子游戏中，你可以扮演各种

---

① 王岳川、尚水编：《后现代主义文化与美学》，北京大学出版社1992年版，第150—151页。
② [美] 保罗·法布里：《社会消费和社会时尚》，乐黛云等主编：《独角兽与龙——在寻找中西文化普遍性中的误读》，北京大学出版社1995年版，第212页。
③ [美] 马克·波斯特：《第二媒介时代》，范静哗译，南京大学出版社2005年版，第61页。

角色，王公贵族、大侠土豪等，你可以任意妄为、挥金如土，沉迷于此中时日过久，就会对虚拟世界的角色产生认同，现实反而变得陌生了。在虚拟化的大众传播媒体中，网络成了许多人逃避现实的天地，沉浸在虚拟的世界中，外部的真实世界就显得多余，甚至自我的主体性也消散了。主体在网络世界里，表面上看起来无所不能，看似上帝，实际上变成了网络的奴隶。因为在网络中，你在拥有便利的同时，你不得不面对更多外在信息的侵扰，逼迫自己改变自我，去适应不同的网络环境，去扮演各种角色，用时下的网络语言来说，就是装各种不想装的角色，自我的同一性成了令人头疼的问题。沉迷于虚拟交流的人们，笛卡尔式的"我思"的主体消散了，替代自己与别人交流的是一个虚拟的主体。当人们从网络再回到现实中时，虚拟与现实发生了混淆，产生了一系列虚幻的感觉，出现自我认同的问题。在电子媒介刚兴起时，由于信息制作者极少而信息消费者众多，媒介对现代性的自律主体虽有冲击，但还能根据符号的差异逻辑进行区分，比如，文学意义并不能与面包的意义相等同。而在数码时代，虚拟凝视瓦解了正常的符号差异关系，虚拟图像并不指涉实在之物，而是把语言预设为能指的任意链接，能指与所指不对应了，波斯特认为对广告的虚拟凝视令人想到一个能指链："百事可乐＝年轻＝性感＝受欢迎＝好玩"[①]。主体的存在意义受到了语言符号和新媒介的双重钳制。

四　自反性理解

不可否认，在媒介时代，大众对意义和价值的判断更多地受到了媒介的引导，人与人的交往更多的是符号交往，而不是面对面的交流，人与人的对话关系受到了诸多中介的阻隔，现代人比以往任何时候都孤独，意义与价值的寻求比以往更难以确定，意义在网络的链接中可能变成毫无意义的漂浮的能指，甚至实在世界的存在也受到了怀疑，而大众则成了"乌合之众"。拉什甚至认为在信息社会，反思性的批判也变得不可能，他说："我们已经不再能够走到全球通信之流以外去寻找一个稳固的批判支点了，因为再也没有所谓的外面存在了，信息批判就在信息自身里

[①] [美] 马克·波斯特：《第二媒介时代》，范静哗译，南京大学出版社 2005 年版，第 65 页。

面。"① 如果拉什认为信息批判只能在信息自身里,而不再是内在于自我的自反性批判,那么拉什的《信息批判》中的批判该作何解释?萨拉·休恩梅克对鲍德里亚的批判可以说切中肯綮,他认为鲍德里亚的观点是自相矛盾的,一方面他认为世界已经彻底地仿真化,任何事物都难逃被编码的命运;另一方面,自己仿佛成了上帝式的代言者,唯独他自己可以挣脱仿真化的摆布,然后高高在上地对仿真化评头论足,洋洋洒洒地写下了蔚为壮观的批评文字。二者明显是水火不容的,这让他的分析大打折扣,"他暗中损害了他自己的分析"。② 这个批判点中了鲍德里亚、拉什们的要害,他们的理论是站不住脚的,他们夸大了现代与后现代的文化之间的断裂,都把研究重点集中于媒介的形式而不是内容、意义和效果上,而且都忽视了社会或历史所发挥的潜媒介的影响和作用。张一兵教授对鲍德里亚的批判更是犀利,他把鲍德里亚描绘为一个说着怪话、自言自语的怪物,认定其"无奈自尽和说怪话打发时光将是他唯一的选择"。③ 因为鲍德里亚发明了一套惊悚的术语,编织了神谕般的寓言,然后宣称世界已成仿真,自己却甘愿变成"缸中的大脑"④这样的牺牲品,沉浸在语言游戏之中不能自拔。由此看来,鲍德里亚与拉什等人的判断都显得太自以为是、高高在上。

当今意义的混乱,并不表示文化工业的大众完全变成了任人宰割的呆鸟。英国学者菲斯克认为文化研究主要关注工业社会中意义的生产和流动,受众并非完全被媒介痛苦地折磨着,而是"在这些意义的生产和传播过程中存在着快乐"。⑤ 当代人很少面对以往意义上的艺术作品,而更多的是面对文化工业的产品,但这种产品并不能代表大众文化本身。因为大众可以把这些文化工业的产品仅仅当成创造意义的材料,譬如 mp3 播

---

① [英] 斯各特·拉什:《信息批判》,杨德睿译,北京大学出版社 2009 年版,第 347 页。
② [美] 萨拉·休恩梅克:《资本主义与编码:对波德里亚第三秩序拟像的批判》,[美] 道格拉斯·凯尔纳编《波德里亚:批判性的读本》,陈维振等译,江苏人民出版社 2005 年版,第 252 页。
③ 张一兵:《反鲍德里亚》,商务印书馆 2009 年版,第 434 页。
④ 20 世纪西方哲学十大思想实验之一,是美国当代哲学家希拉里·普特南在《理性、真理与历史》一书中提出的假想,其缘起可追溯至法国哲学家笛卡尔那里。
⑤ [美] 约翰·菲斯克:《解读大众文化》,杨全强译,南京大学出版社 2001 年版,第 1 页。

放器，可以作为广场舞大妈健身的工具，也可以成为年轻人表达个性的一种方式，对学生来说，它还是不错的学习外语的装备。所以，专家总是低估了大众的判断力和鉴赏力，面对文化工业产品，大众并没有被完全洗脑、被完全控制，他们还拥有一定的自由，他们可以根据自己的需要，生产出或创造出不同的意义。由此看来，读者并没有完全丧失判断力，文化工业对人的操纵是有限的，文学艺术的接受不等于日用品消费，而是读者参与对话的一个事件，在阅读过程中，作品提问，读者作答，读者可以赞同或拒绝审美活动，甚至可以拒绝阅读，所以不能完全用日用品的消费来比拟文学作品的消费。至少到目前为止，文学作品所包含的丰富性并没有完全被商品特性吞噬，审美经验并没有完全变成意识形态，并没有完全蜕化为马尔库塞所言的肯定文化，仍然具有可资利用的批评空间。

综上所述，误读与媒介之间的关系很微妙，法兰克福学派认为媒介折磨、欺骗观众，菲斯克等人认为受众绝不仅仅是"愚蠢的沙发土豆"，他们有批判性，很难被同质化。而从自反性的角度看，这两种观点都有视角主义的局限。法兰克福学派的观点过于严苛和悲观，对受众可能从文化产品获得愉悦和解放视而不见；而菲斯克的观点过于乐观，忽视受众被控制的一面。面对这些观点普通大众甚至理论家也会不知所措，这个时候，自反性的理解就显得十分必要了。

何谓自反性？简单说就是反思性，只不过自反性更强调主体/身体的积极参与，强调理论与经验之间的互动性，所以自反性又译为反身性。有人关注制度的自反性，如贝克与吉登斯；有人关注审美自反性，如拉什。不管采用什么自反性方法，其中反思性、思想与经验的互动性以及避免单一的视角主义等都是自反性的基本立场。英国学者利贝斯和卡茨以美国肥皂剧《达拉斯》在以色列的被接受为例研究媒介的效果，他们的研究表明，对于媒介研究这样的综合研究来说，单纯的元理论研究往往经不起实践的检验，真正的误读者有可能就是理论家，而不是大众。关于解码与意义编码之间的关系，利贝斯和卡茨认为意义的生产是受众与媒介协商的过程，判断是否存在误读必须同时兼顾受众和媒介两个方面。他们发现，不同族群对故事的评述因其文化背景和社会地位等不同而呈现明显的差异，但他们在观看过程中都表现出积极的主动性，"这些概述中提及的'人们'所喜欢的东西与小组成员们认为他们自己所喜爱和认同的东西是相互抵触的。他们站在一种严格的道德立场上来挑剔与评价剧中的人物角色。"① 由此看来，受众能依据自身的价值观和世界观作出反思性的判断，他们的解读以所属族群的文化为背景对文本的意义进行剪辑、修正甚至对抗。卡茨等人的研究虽然在统计学上不具有代表意义，但这种民族志的扎根式研究为研究媒介事件提供了一种积极的方法论，这种方法论把理论的反思与实际访谈相结合，突出反思的主体性、人性化和身心的积极介入，超越了理论派与经验派无休止的争论。

反观鲍德里亚，媒介在审美经验中的作用的确被他高估了。数码媒介和传统媒介都是人们传播信息的工具，某些社群和集体的文化经验比媒介提供的经验更具有优先性，比如家庭、学校教育等场所是审美经验与生活经验互动的重要地方，这些世俗经验统领并优先于媒介影像的使用及认知，甚至产生文化的认同与归属。关于这一点，英国学者汤林森看得比较透彻，他认为文化认同"更有可能从'私人'领域产生"。② 他认为人很早就在家庭中接受观念的教育和洗礼，以及在相关的各种私人场合中接受熏陶，这些才是心灵的故乡。当然，鲍德里亚也并非杞人忧天，今天我们再反躬自身，现代媒介在日常生活中占据着越来越重要的位置，书籍、电影、电视中的故事情节的设置、逻辑的安排、价值理念的选择甚至形式化的过程等层面都渗透着媒介的影子，在一个过度依赖媒介和现代物质文明的社会里，我们该何去何从，值得我们好好反思。

第三节　误读理论的关联、互动及转型

在后现代误读理论的谱系中，接受美学片面夸大读者在阅读中的作用，之后的读者反应批评理论，认为文本的意义即读者的主观反应，或者说读者创造了文本的意义。解读偏于读者一隅，是典型的误读，正因为这样的局限，读者理论在与对话理论等的互动中，获得了转型的启示，与对话理论一起推动文学理论转向文化研究。接受美学的对话思想和巴赫金的对话理论都受到古希腊柏拉图《文艺对话录》的影响，两者在对话的含

---

① [英] 泰玛·利贝斯等：《意义的输出》，刘自雄译，华夏出版社2003年版，第53页。
② [英] 约翰·汤林森：《文化帝国主义》，冯建三译，上海人民出版社1999年版，第167页。

义、前提、原则、主体间性、不完全性方面都有相通之处。通过这种关联、关系的研究，我们发现，每一种美学理论的提出和发展都不是孤立的，除了外部环境的影响外，理论与理论之间还存在互文的情况，这是美学理论得以不断发展的源泉之一。

一 起源之关联

有人就有对话，对话思想在美学中深入地运用和探讨最早可追溯到古希腊的苏格拉底，如《大希庇阿斯》篇记载了苏格拉底与希腊贵族希庇阿斯的对话，讨论美是什么的问题，苏格拉底在对话中使用了"引发法和对照法"[1]。引发法，就是想方设法让对方开口说话，而且是打破砂锅问到底，最后希庇阿斯被问得哑口无言，面红耳赤。对照法，就是对同一事物列举出多种不同的观点加以比照，希庇阿斯说美是美女，是母马，又是陶罐，这些答案是自相矛盾的，又相互之间形成了比照。对话理论中的对位、复调结构以及接受美学中不同读者与同一文本的不同解读即为对照法的发展。引发法是引起主人公说话，小说中通过巧妙安排故事情节，迫使主人公说话。接受美学认为文学文本中存在大量的未定点和空白点，召唤读者与之进行对话和交流。所以，文学离不开对话。

汉斯·罗伯特·尧斯的《文学史作为向文学理论的挑战》发表于1967年，宣告了接受美学的诞生。接受美学的对话思想和巴赫金的对话理论都共同起源于希腊古典哲学中的对话思想，对话思想在古希腊哲学中早就存在，在20世纪初德国哲学中，对话思想已经逐渐流行开来，后来发展起来的阐释学理论都广泛涉及这一问题。伽达默尔将理解模式设定为"对话"的思想来源于柏拉图，他曾这样写道："柏拉图的对话对我的影响比起德国唯心主义大师们更大，它一直指导着我的思考。"[2] 柏拉图式对话已经有辩证法的思想，受诡辩派的影响，也有诡辩的意味。在对话中，苏格拉底的发问对于回答，让被问者无所适从，被迫承认自己论断的矛盾之处，最后提出自己的真理。在这里，对话范围仅限于与他人对话。

---

[1] [俄] M. M. 巴赫金：《诗学与访谈》，白春仁等译，河北教育出版社1998年版，第145页。

[2] [德] 汉斯-格奥尔格·伽达默尔：《真理与方法》（下卷），上海译文出版社1999年版，第796页。

但伽达默尔的解释学把对话理论往前推进了一大步,对话在解释学里上升为更具普遍性、更具深刻意义的事件。柏拉图扩大了对话的范围,与理解事件有关的一切事物皆可纳入对话的范围,天文、地理、人文、流传物、文学艺术等等都包含其中。另外,对话的目的是为了追求真理,柏拉图式的真理为理念。伽达默尔式的真理并非传统的形而上学的真理或绝对理念,而是事件真理,即在问与答的对话中,真理才得以显现。尧斯作为伽达默尔的学生,自然而然地接受了这种对话思想。伽达默尔把解释学里的对话称为一种"意义交往",[①] 其特征是在问答争辩的游戏中能协调一致。问答游戏把过去的流传物转变为生动活泼的交往,历史变成了效果史,意义交往由视野融合来实现,对理解与阐释接受维度的重视,等等。这些思想都被尧斯直接应用到接受美学的创造中,很多术语直接沿用伽达默尔的。在接受美学中,读者的阅读与接受就是读者与文本(准主体)进行对话与交流。从外部研究的角度来看,接受美学的兴起,与社会意识形态氛围的改变有很大关系,受 1968 年"五月风暴"的影响,学术研究也出现了激进的政治化倾向,新批评以来的"文本中心范式"被迫移位为"读者中心的范式",研究方法从单纯的形式研究转为形式与历史相结合的方法,克服了美学方法论的危机。从内部研究的角度来看,接受美学的范式也是解释学理论自然发展的结果。解释学的对话框架里已经预设了接受者的存在是不争的事实,反复强调接受者维度的重要性,文学活动过程必然包含读者的参与,文本被阅读、被接受,游戏活动才得以展开,"艺术作品的存在就是那种需要被观赏者接受才能完成的游戏"。[②] 由此,文学价值才最终得以实现。

从巴赫金的被发现和接受美学的诞生的时间来看,两者几乎是处于同时代。巴赫金的对话理论同样受"苏格拉底对话"的启发。他最早的关于对话理论的著作如《审美活动中的作者与主人公》《论行为哲学》写于 20 世纪 20 年代。后在 1929 年出版了《陀思妥耶夫斯基创作问题》,这本书原创性地提出了复调的思想,复调来源于音乐学的对位理论,这种对话式复调的思想无疑与古希腊的对话传统有极深的渊源。复调,从字面上理

---

① [德] 汉斯-格奥尔格·伽达默尔:《真理与方法》(上卷),上海译文出版社 1999 年版,第 473 页。

② 同上书,第 215 页。

解，跟重复有关，重复是造成旋律最原始、最基本的方法。常见的复调如赋格中，赋格主题在多个声部中重复再现，如对话一般。同接受美学、解释学一样，巴赫金也把他的复调思想与古希腊的对话思想联系起来，巴赫金回顾了古希腊的对话传统，认为苏格拉底式的对话在古希腊很普遍、很常见，古希腊的很多哲学家包括诡辩派在内，他们都是用对话的方式，探讨问题，发表观点，可惜的是这些作品大多流失，只有一些断简残编流传下来，他说："流传到我们今天的，只有柏拉图和色诺芬的对话。"① 由于古代的知识体系尚未出现学科的分化，古希腊对话的思想和内容十分驳杂，从文体上看，柏拉图的《理想国》既是哲学著作又是文学作品，"苏格拉底式的对话"是混合的，是哲学、文学、艺术等的杂糅。柏拉图是古希腊对话思想的集大成者，他首先把对话理论应用于学术论争，抽丝剥茧、层层揭示，在各种观点的对照比较中，较优的方案自然就水落石出，这种方法又被归结为苏格拉底式的辩证法。对话思想影响深远，直至今天，苏格拉底式的对话仍然有很多的学习者和模仿者，约瑟夫·纳托利的《后现代性导论》一书用对话体写成，别开生面。哲学家丹尼尔·贝尔在牛津大学的博士论文用对话体写成，第一次答辩时因格式问题评审没有通过，由于他坚持用对话体，最后竟然也通过了答辩。不过，影响巴赫金的，不光是对话的形式，对话中体现的自由、平等的精神才是巴赫金更为看重的。在古希腊，对话的双方完全是平等的、自由的，是相互尊重的，对话者不带有任何个人的成见或偏见，目的都是为了探求真理，使自己的认识更接近真理，对话不仅是当时学者的一种思维方式和论证方式，而且也是学者之间进行学术研讨、交流思想感情和沟通的主要方式。这样的对话体现了古希腊的学术民主、自由的精神，它有力地促进了古希腊的哲学的发展，学术的进步和文艺的繁荣。这种对话理论深深影响了巴赫金，他认为苏格拉底用对话方法寻求真理，与郑重的独白对立起来，他说："真理不是产生和存在于某个人的头脑里的，它是在共同寻求真理的人们之间诞生的，是在他们的对话交际过程中诞生的。"② "苏格拉底对话"的主人公都是些思想家，其思想在这里并非逐字引出，并非如实地转述，而是在

---

① [俄] M. M. 巴赫金：《诗学与访谈》，白春仁等译，河北教育出版社1998年版，第133—144页。

② 同上书，第144页。

其他思想的背景上形成对话,经过自由的创造得到发展。对话不仅是获得知识的简单的问答形式,而且使思想具有了处于萌芽状态的形象。所以,"苏格拉底对话"里思想形象与陀思妥耶夫斯基作品中思想的形象不同,还带有哲学概念与艺术形象混合的性质。"苏格拉底对话"带有复调或双声语的萌芽性质。巴赫金甚至把对话引入伦理哲学的探讨。巴赫金指出:"一切莫不归结于对话,归结于对话式的对立,这是一切的中心。一切都是手段,对话才是目的。单一的声音,什么也结束不了,什么也解决不了。两个声音才是生命的最低条件、生存的最低条件。"[①] 人类世界不是一个死寂的无声的世界,而是一个众声喧哗的世界。没有语言和话语的联结和沟通,人类的社会生活也就无法维持。"语言只能存在于使用者之间的对话交际之中。对话交际才是语言的生命真正所在之处。语言的整个生命,不论是在哪一个运用领域里(日常生活、公事交往、科学、文艺等等)无不渗透着对话关系。"[②] 这就是巴赫金的对话的伦理哲学,它体现了巴赫金的人文主义的思想。即对话不是机械式的对客体的征服、任意图解,而是通过对话,使对话的目的真正回归人自身。在接受美学中,对话是作为读者与文本的交流方式而存在的,具有方法论的特征,而在巴赫金的对话理论中,对话是思想家之间的交流,具有本体论的特征,但都受到了古希腊的对话思想的影响。

巴赫金的对话理论中的平等观念,触犯了政治意识形态的禁忌,被人告发,不久就被流放到边远的西伯利亚。20世纪60年代末期,结构主义的方法接近尾声,为寻找新的突破点,一批学者如克里斯蒂娃、托多罗夫等人把眼光转向了名不见经传的巴赫金,经过他们的宣扬和介绍,出现了一大批研究巴赫金的著作。克里斯蒂娃除了向西方介绍巴赫金的学说之外,还从巴赫金的思想中引申出了互文性理论,是互文性理论的首倡者。托多洛夫对巴赫金的研究在开始的时候也是结构主义的,不过,在巴赫金思想的引导之下,他后来还是转向了对话批评。洛奇的文章专注于巴赫金的复调理论,他主要是从小说技术方面来研究巴赫金的理论的。米兰·昆德拉的复调理论也受到了巴赫金的复调理论的影响。在中国,经过钱中文

---

① [俄] M. M. 巴赫金:《诗学与访谈》,白春仁等译,河北教育出版社1998年版,第340页。

② 同上书,第242页。

的译介，巴赫金的对话理论在中国也迅速成为显学。

二 接受美学与对话理论关于"对话"的含义的理解之关联

在对话是什么的理解上，接受美学与对话理论有相似之处，接受美学认为文学史就是对话的效果史，对话理论认为对话理论的基础是"超语言学"，主张进行话语主体及交谈对象的研究。接受美学用读者中心代替了形式主义的文本中心观，把文学的研究引向了文本之外的社会领域，强调了文学研究的历史性与社会性，同巴赫金的"超语言学"有共同之处。因为如果没有社会指向性，没有意义的目的，无论是接受美学还是巴赫金的对话理论，都不过是文字游戏而已。所以，两者都认为对话是获得意义或真理的基本方式。

1970年，德国的美学家汉斯·罗伯特·尧斯发表《作为向文学科学挑战的文学史》一文，批判了实证主义、形式主义的文学史观。实证主义的文学史观，以自然科学的经验研究为宗，把文学视为一种模仿的艺术，忽视了文学艺术的特殊历史性，忽视了文学自身的特点；形式主义的文学史观，以文本为核心，主体变成了次要的、附属于文本之上的存在，其任务只是负责把文本的内在意义阐发出来。尧斯认为这两种文学史观都忽视了读者的重要性。尧斯认为以读者桥梁，可以沟通美学与历史的对立，因为在他看来，文学史就是文学作品与不同时代读者对话的历史，对话从历时和共时两个维度把美学经验融入了文学史中，文学与历史之间的隔阂消失了，读者的积极性和创造性得以彰显。成功的对话，就是读者能把文学作品纳入期待视野加以对象化，形成了两种视野甚至是多重视野的融合。读者的视野是阐释作品的切入点，作品的视野也改变了读者的视野，形成新的视界。文学史就是效果史、接受史，包含了读者审美视界在与作品交流中不断突破、改变、交融的过程。文学史的演进，不光是布鲁姆鼓吹的逆反式误读的结果，也不仅是形式主义者特别强调的文学内部的嬗变，还是文学形式与读者经验不断互动、融合的结果，新的文学形式对读者的期待视野不断否定、突破，形成新的视野融合，然后再否定、再建立这样一个辩证运动的过程。比如，中国文学史上诗歌形式的改变，从最早的四言诗，到五言诗，再到七言诗，表面上看只是字数的增加，从接受或读者的角度看，这是读者心理能量不断扩张、审美经验不断丰富的结果,当四个字不足以抒发情感时,自然就变为五个字、七个字,最后干脆取消了字数的限制,变成了自由体。尧斯吸收了形式主义文学史观中的辩证因素,强调了"视界交融"过程中的否定、对立、矛盾,从而突出了文学史发展中突变、更新与飞跃。一切文学史都是当代史,文学不是供人瞻仰的丰碑,虽然它总是携带着诞生时代特有的基质,但它不是铁板一块,永恒不变的,尧斯把文学作品比作供人演奏的"乐谱",与不同的接受者发生心灵的碰撞,摆脱了原有基质和文字的限制,"成为一种当代存在"。① 尧斯文学史观是新型的对话观,接受就是对话,就是把过去的文字变成活的形象,"文学作品的这种对话性特点也建立在语文学理解与本文永恒对抗的基础之上,而不可简化成一种事实的知识。"② 接受美学的另外一位代表人物是伊瑟尔,其更多的是关注阅读行为中读者与文本之间的互动关系。伊瑟尔认为:"文学作品阅读的核心是作品结构与接受者的相互作用。"③ 伊瑟尔从两极来考察阅读活动:"文学本文具有两极,即艺术极与审美极。艺术极是作者的本义,审美极是由读者来完成的一种实现。从两极性角度看,作品本身与本文或具体化结果并不同一,而是处于二者之间。"④ 在审美极中,伊瑟尔认为文本中有很多的未定点、空白点,这些空白点、未定点就形成了召唤结构,召唤读者进入。总之,尧斯侧重对话的历史性与社会性,而伊瑟尔更强调对话在读者与文本之间的作用,二者都以读者为中心,都把对话作为到达意义的桥梁。

尧斯、伊瑟尔过分关注读者的作用,忽视了作品在对话中的限制作用。后来许多美学家发现了问题所在,他们关于对话的理解更科学。德国美学家瑙曼对接受美学的发现和创见表示肯定,但又认为读者的作用是有限的,因为有作品这个前提,作品能对读者的阅读进行"驾驭"。瑙曼的"接受前提"说,可谓抓住了接受美学的要害,不管读者有多大的能耐和本事,也不可能完全跳出作品之外,天马行空,任意驰骋,读者的任何有

---

① [德] H·R·姚斯等:《接受美学与接受理论》,周宁等译,辽宁人民出版社1987年版,第26页。

② 同上。

③ [德] W·伊瑟尔:《阅读活动》,金元浦等译,中国社会科学出版社1991年版,第29页。

④ 同上。

新意的解释,都是基于作品内部的特质,这就是接受的前提。列宁格勒大学教授梅拉赫对接受美学的片面性也颇有微词,认为文学接受是一个系统的、完整的过程。首先作家在创作之前必须构思,之后开始写作,作品诞生后在市场上流通,最后到消费者手中。读者的接受只是整个流程中的一个环节,不能单独割裂开来,"这个完整过程是一个动态系统"。[1] 所以读者的再创造并不是独立的、不受作品影响的行为。通过接受,读者可以得到熏陶和净化。当然,读者在接受的过程中,会出现一千个读者有一千个哈姆雷特的说法,但哈姆雷特始终是哈姆雷特,不会因为读者的理解变成了张三、李四之类的形象,他始终是莎士比亚的悲剧《哈姆雷特》的主人公。所以,在接受美学中,读者与作品的对话,形成了视野融合,改变了双方的视界,推动了形式的革新,读者获得了自我教育,但读者的创造性阅读必须受作品内在基质的制约。接受美学把对话与交流纳入社会系统之中考察,与巴赫金超语言学的对话相类似、相关联。

在巴赫金的对话理论中,对话"是同意或反对的关系、肯定和补充的关系、问和答的关系"。[2] 这是说与听之中进行的交互主体行为,在接受美学中,读者与文本对话也类似于这种互动。尧斯认为文学史就是对话史、交流史,他说:"在艺术的历史传统中,一部过去作品不断延续的生命,不是通过永久的疑问,也不是通过恒久的回答,而是通过疑问与回答、问题与解决之间的动态的阐释,才能够激发一种新的理解并允许重新开始过去与现在的对话。"[3] 在这里,尧斯与巴赫金都认为对话就是问—答的事件,理解都离不开对话。但深入地考察,我们发现,对话并不限于交互主体的行为,不限于语言领域,对话还是超语言学的。从更大的范围看,对话包含了说者、听者、对象、方式等。对话的参加者是多层次的,文学交流中最常见的是读者与文本(准主体)的对话,还有作者与作品中人物的对话,文本之中人物与人物的对话等。推而言之,话语即对话,话语是实现了交流的语言,对话的内容与形式都宽泛得多。关于对巴赫金

---

[1] 转引自王卫平《接受美学与中国现代文学》,吉林教育出版社1994年版,第41页。
[2] [俄] M. M. 巴赫金:《诗学与访谈》,白春仁等译,河北教育出版社1998年版,第249页。
[3] [德] H·R·姚斯等:《接受美学与接受理论》,周宁等译,辽宁人民出版社1987年版,第88页。

对话理论含义的理解，有学者曾经做过归纳和总结，认为对话至少有六个特点：(1) 与他者的对话性对立；(2) 对话不是手段而是目的；(3) 对话本身就是行动；(4) 对话就是存在；(5) 对话是不可完成的；(6) 对话具体表现为"异声同啸"。① 对立表明立场不同，不同才有和，才能展开对话。对话还是"异声同啸"，不同的声音，哪怕是弱小无助的声音与强者的响声之间可以同啸，可以展开交流对话，打破了唯我独尊的意识形态权威，这是多么美好的设想，带有乌托邦的梦幻。这超出了语言学研究的范围，进入了"超语言学"领域。在这个领域里，对话要不变成独白，只有引入他者。于是，巴赫金提出了所谓"虚假镜像"的理论，他说："我们在镜前的地位总带有一些虚假性：因为我们没有从外部看自己的方法，所以在这里，我们就只好移情到某个可能的不确定的他人之中，借助于这个他人我们试着找到自身的价值，试着在这里从他人身上激活自己、形成自己。"② 按巴赫金的说法，人无法完整地看到自己的形象，"只能从内心感受自己"。③ 镜子的自我是虚假的、不真实的，因为只有通过他人对你的反应来评价自己，自我形象一开始就分裂为自我和他者，主体位于他者意识和自我意识的夹缝之中，这与拉康的小他者何其相似。"虚假镜像"理论表明没有独白，一切话语都是对话，自我的声音包含了他者的声音，巴赫金的超语言学就是要研究这种话语的"他者性"，或者说"他者的对话性"，这也表明巴赫金后期的研究离开了形式主义，向马克思的社会理论靠近。形式主义以文本为中心，接受美学以读者为中心，呈主客体两极分化趋势。巴赫金的超语言学研究指向文本之外的他者与社会，把客体与主体联系在一起了。话语是双声的，甚至是多声部的，容纳了各种社会声音，众声喧哗，相互对话与交流。形式是对话的形式、声音的形式，而读者的阅读是心灵对话的产物，由此超语言学的研究把文本与社会、读者结合在一起，克服了主客体分裂的局限。

与接受美学相比，巴赫金的对话理论揭示了一个观点多元、价值多

---

① 王一川：《语言乌托邦——20世纪西方语言论美学探究》，云南人民出版社1994年版，第269页。

② ［俄］M. M. 巴赫金：《巴赫金全集》（第一卷），晓河等译，河北教育出版社1998年版，第129页。

③ 同上书，第125页。

元、体验多元的真实而又丰富的世界，它的意义已经远远超出了文学理论自身的范围。对话理论、对话思维对中国文化、文论的发展，对推动东西文化的交流与进步，都具有重要的理论价值。马克思说过，人的本质，在其现实性上，是一切社会关系的总和。那么，又是什么将人类社会的一切社会关系联结、沟通起来呢？就是用话语呈现出来的对话关系。

三　两种理论关于对话前提之关联

人与人之间何以能形成对话，读者与文本何以能形成对话？康德认为是"共通感"，接受美学与对话理论都对此持相同看法。所以应从共同人性这一点入手来探讨对话形成的前提问题。文学是人学，植根于共同的人性，这是文学的基本价值所在，也是文学对话得以进行的前提，它体现为人的共通感，有共同的心灵旨趣，能获得大致相同的感受与体验。这种精神能力是与生俱来的、先天的，否则任何教育和文化都无法将精神引入人的世界，正如用黑格尔的话说，人们不能将精神引入狗的世界一样，人的对话交际要获得意义，必须依靠共通感这种精神本性。

康德说："介于悟性与理性之间的中间体，判断力，是否也为它自己的领域具有着先验原理呢？"[①] 这里的判断力，应该是对每一个人而言的，既包括作者创作时的审美判断力，也包括读者审美时的鉴赏判断力。康德这样解释鉴赏判断的先验："鉴赏批判必须具有一个主观性的原理，这原理只通过情感而不是通过概念，但仍然普遍有效地规定着何物令人愉快，何物令人不愉快"，"这样的原理只能被视为一种共通感。"这种共通感"不是理解为外在的感觉，而是从我们的认识诸能力的自由活动来的结果"[②]。在接受美学中，作者与读者的对话性的相互理解，也必须是以这种共通感为前提、为先决条件的。每一位作家在创作时，都设想有一个作品的接受者，这就是"隐含的读者"的概念，此术语即为共通感存在的证明。尧斯后期转向审美经验的研究，审美经验是作者与读者共通的一个经验，包含了净化、认同等多种复杂的交流模式。纯粹的审美并不存在，只有共通感之下的交流才是日常的审美实践，尧斯认为审美经验"既是

---

① [德]伊曼努尔·康德：《判断力批判》（上），宗白华译，商务印书馆1964年版，第4页。

② 同上书，第76页。

自主前的艺术的基础，亦是自主的艺术之基础"①。审美经验是艺术的基础，是人人可以分享的经验。伊瑟尔更是把惯例看作交流成功的前提，他说："语言活动的成功，要求必须具备特定的条件，这些条件是进行言语活动所必不可缺的。话语必须唤起对接受者与发言者同样有效的惯例，而惯例的运用还要与环境联系起来。易言之，话语必须受已认可的程序的制约。最后，语言活动中的参与者的意志要与活动的环境或语境相称。如果上述条件得不到满足，或如果解释过于模糊、不准确，话语就会变得空洞无物，无法达到其最终目标，即所谓'达成交流'。"② 在这里，惯例、语境、程序，都是约定俗成的可重复使用的文化经验。

在对话理论中，作者写作时，必须遵守约定俗成的语法规则，思维、推理方式、想象力的范围都应和大众大致相同，否则，就变成无人能读的天书。作者是在预设读者的接受能力的情况下写作的。赫尔巴特的"统觉"理论告诉我们，人的思维模式并不单纯，而是依赖于人的前见、记忆、直觉、思辨等形成的"统觉"。作者的创作需要"统觉"，巴赫金的作者"外位性"理论，作者外位于作品中的主人公，就能把主人公的各种散见的行为或事件汇聚为"一个整体"。③ 读者的阅读也需要这种"统觉"，读者的"统觉"一般有两个方面。一个是读者通过各种途径获取的关于作品的总的评价、总的知识。另一个就是作品中的具体语境，明示或暗示的语义或氛围。二者合起来，就构成了读者的阅读统觉。读者的"统觉"是阅读的前提，也是共通感存在的证明。巴赫金说："任何一种文学语言，多少总能尖锐地感到自己的听众、读者、评论家的存在，因而自身就反映出了预想到的各种驳论、品评、观点。此外，一种文学语言，总会感到同时还存在有另一种文学语言，另一种风格。"④ 巴赫金的这段话和接受美学何其相似。由此观之，两种理论中对话的前提都考虑了读

---

① ［德］汉斯·罗伯特·耀斯：《审美经验与文学解释学》，顾建光等译，上海译文出版社 1997 年版，第 29 页。
② ［德］沃尔夫冈·伊瑟尔：《阅读活动》，金元浦等译，中国社会科学出版社 1991 年版，第 69 页。
③ ［俄］M. M. 巴赫金：《巴赫金全集》（第一卷），晓河等译，河北教育出版社 1998 年版，第 110 页。
④ ［俄］M. M. 巴赫金：《诗学与访谈》，白春仁等译，河北教育出版社 1998 年版，第 261 页。

者,都认为人之所以形成对话,在于康德所言的共通感。

四 两种理论关于对话的原则之关联

两种理论都蕴含了平等对话的原则。"独语"意味着独断与专横,对话意味着对话双方"我中有你,你中有我"的平等心态,这就是人与人、文本与读者得以形成对话的平等原则,也是一些批评家反对读者对文本进行任意曲解的暴力解读的原因。

接受美学以读者为中心的阐释观,有意贬抑了作者与文本,不免矫枉过正。但我们讲文学是一种活动过程,其包含的各个要素如读者、作者、作品之间相互联系、相互制约。所以,作者、文本之于接受者,不是简单的施受关系,而是一种平等的对话关系,这是接受美学不得不承认的事实。美国的读者反应批评家沃克·吉布森在《作者、说话者、读者和冒牌读者》一文中提出了"冒牌读者"的概念。在吉布森看来,应该区分两种读者,一种是手里捧着书阅读的真实读者,真实的读者千人千面,性格五花八门,难以界定和归类。像"一个死去的诗人一样复杂,无法表达"。[1] 另一种是作者假想的或作品所要求的那类读者,即冒牌读者。每一个实际的读者都必须按照作品所规定的去采取一套与己不相符合的态度和品质,充当冒牌读者。只有这样,读者的阅读经验才能具体化。吉布森由此引出另一个重要的问题,即文学的潜移默化作用及其与社会的关系。在他看来,读者和文学作品的关系不仅仅是他们自己和作者之间的关系,甚至不仅是他们自己和一个假想的说话者之间的关系,而是这样的说话者和一种投影,他们把自己想象为另一种人之间的关系。文学教师的目标是使学生意识到这一点,并扩大学生的"冒充"的可能性。"冒牌读者"的提出,虽然有其片面性,即冒牌读者的作用是有限的,而且存在于冒牌的过程中,其切入作品的时机与契合的恰当程度是难以把握的。但是,它至少提示了我们,读者在阅读过程中所应采取的态度,取消自己对作品的居高临下的随意评判的态度。

人的"自我意识"必须有差异,但这种差异不能用来决定高低之分,

---

[1] [美]沃克·吉布森:《作者、说话者、读者和冒牌读者》,何百华译,见简·汤普金斯等《读者反应批评》,汤永宽等译,文化艺术出版社1989年版,第50页。

巴赫金指出它们都有各自的未完成性,因而只能是平等的。巴赫金认为陀思妥耶夫斯基是文学创作中"复调"的首创者,并把他比作希腊神话中盗火的普罗米修斯,认为陀思妥耶夫斯基在他的小说中创造了全新的主人公,不再附属于作者,独立自主,完全的自由,与作者并生于天地之间,平起平坐,甚至可以不听从作者的话,能起来反抗作者的摆布,"能反抗他的意见"。① 陀思妥耶夫斯基能包容不同意见,作品中的主人公与作者能完全做到平等,不但地位平等,意识也可以完全平等。在这里,平等是对话的基本原则,不平等,就无对话,唯剩独白。不过,从创作的实际来看,作者与主人公显然不可能做到平等,主人公的一切都是作家设计的,主人公只不过是个玩偶,背后隐藏着作者这双看不见的上帝之手。平等对话的想法与巴赫金曾因为政见不同遭遇流放形成了鲜明对比,此中可以看出对话理论的政治意图。与之前的形式主义、结构主义、新批评理论相比,巴赫金的理论进步性是非常明显的。在他们所强调的文本的文学性那里,在尧斯"读者就是上帝"的思想里,很难享受到这种主体意识的平等。巴赫金一再强调作品中的每个人物与作者的关系都是我与你的关系,而不是我与他的关系,与马丁·布伯在《我与你》里宣扬的平等思想如出一辙。由于平等对话思想的引入,小说叙事也由自我中心的叙事转变为复调叙事。

五 两种理论关于主体间性之关联

主体间性(Intersubjectivity)是 20 世纪西方哲学中凸显的一个范畴,它的主要内容是研究一个主体怎样与另一个主体相互作用的。接受美学在文本与读者的对话关系的讨论上,是主体间性理论。从对话理论对人的存在方式的论述看,也是主体间性理论。

我们都知道西方近代哲学奠基于主体性之上,主体是中心,其余皆为客体,形成了主客相对的二元模式,客体附属于主体,他者、客体处于被利用、次要的位置,主体性过分张扬的后果就是人与人关系的败坏、人与自然关系的敌对。交互主体性或者说主体间性的出现,可以看作主体性哲

---

① [俄] M. M. 巴赫金:《诗学与访谈》,白春仁等译,河北教育出版社 1998 年版,第 4 页。

学破灭之后的一条救赎之路。所以,主体性的本质是在主客体二元对立中凸显的功能特性,是主体凌驾于客体或对象之上的优先性。主体间性指的是主体之间的交互性,其中个人主体还是基础,个人不成为主体,不具有主体性,何来主体间性?所以主体性是主体间性的基础,只是间性思维关注的是主体与主体之间的交互性和统一性。间性思维是关系性思维,抛却了主体中心的占有、征服,让主体不再折腾,走向我与你的对话,相互承认、达成一致。所以,文学中的交流对话本质上就是主体间性的对话,这是文学的存在方式,也是文学价值得以实现的根本途径。

有人会说,文学作品一旦成形,成为可见物,读者面对的就是完全静止的白纸黑字,不会说话不会动,对话的对象是不在场的。其实,这种说法是经不起推敲的。阅读就是对话,按布莱的说法,就是读者意识对作者意识的对话与认同。虽然作者在读者阅读时并未在场,但作品里回荡着作者的声音,字里行间透露出作者的气息,当目光从一个字符游弋向另一个字符之际,文字好像活起来了,变成了跳动的音符,奏响了美妙的乐曲,读者徜徉于书山字海中流连忘返,最后曲终人不见,读者仍然恋恋不舍,不忍合上书籍,禁不住抚案叹息。阅读,就是与许多伟大的心灵对话。文本不是死的流传物,文本由于其中鲜活的形象,有相对完整的结构,其系统好像一个自组织的人体,所以可看作一个准主体,拥有相对的主体性。主体通过语言或文本与文本主体产生了对话和交流,这样的主体间性是共主体性与互生体性,它展示的是一种"主体—主体"结构。

接受美学认为文本的最终完成依赖于读者的解读,文学作为话语的一种,而话语"就像主体——自身一样,话语是尚未完成的"。[1] 从拓扑学的角度看,话语作为社会和历史的一部分,以部分对整体,决定了话语是无法完成的,是开放式的结构,只有放到具体的社会语境中,通过读者的想象、加工、补充、变形等,才可以把意义显现出来,这种积极主体之间的开放性交往模式是一种主体间或主体间性的关系。所以,文学不是一种指向客体世界的对象性活动,而是一种主体间性的交往活动。接受美学的前期片面强调以读者为中心,走向了另一个极端,后期尧斯转向审美经验的研究,带有纠偏的倾向。尧斯认为自黑格尔以后,"美学开始转向艺术

---

[1] 转引自周宪《超越文学——文学的文化哲学思考》,三联书店1997年版,第127页。

表现功能，艺术史把自己看作作品及其作者的历史。关于日常生活世界中的艺术功能，人们只是考察审美经验的生产功效和成就，很少考察其接受功效和成就，几乎没有考察其交流功效和成就"①。从主体间性的思维方式加以推广，人与文本可以形成交互主体的关系，那么人的语言在历史传统中形成的种种文化也可以是主体。人与文化可以形成交互主体关系，人要认识自己，首先得认识人类文化，而人要认识文本，也得认识人自身。人、文化、文本互相阐释、互相说明。文学史是文学交流的效果史，应关注的不是文学文本的结构，而是对文学文本的理解的历史性。只有这样才能跳出纯语言学的框架，转向文本历史的视界，尧斯由此建立起了一种作者、作品、读者的动态过程的效果史。

再来看巴赫金的对话理论，对话是主体间的对话，对话就是人的存在事件。巴赫金从马克思的社会性理论出发，认识到人是一种事件性的存在。人存在就要有所作为，而行为在时空中就是事件。他认为传统的哲学是一种独白的哲学、非事件性的哲学，在其中人无法存在。哲学发展到现代，已经越来越脱离现实生活，是一个外在于人的异化了的世界。在这样纯粹抽象的世界中，理论是完全自律的，有自己的体系和言说方式，但没有现实生活伦理的承诺，也不会让人在其中实现生活的愿望，巴赫金对这样的理论深恶痛绝，欲除之而后快。他说："这个理论世界我不需要，其中根本就没有我。……我并不生活在理论存在之中；假如它是唯一的存在，那就不会有我了。"② 理论的世界与人的存在是不相符的，人要在世界存在，必须超越自己的束缚，参与到存在的事件中。说得再直白点、通俗点，就是人活着就要和人打交道、和人对话，而传统理论拒绝对话。同时巴赫金又将存在扩展到两人，我与他者；而两个都具有"参与意识""应分感"，都要参与事件确证自己的存在，于是产生矛盾，而这矛盾就是既对立又统一的"对话性的对立"。③ 但对立只是暂时的、偶然的，对话才是永恒之道，因为这是由人的存在方式决定的，人只能是一种间性存

---

① ［德］汉斯·罗伯特·耀斯：《审美经验与文学解释学·作者序言》，顾建光等译，上海译文出版社1997年版，第2页。
② ［俄］M. M. 巴赫金：《哲学美学》，晓河等译，河北教育出版社1998年版，第12页。
③ ［俄］M. M. 巴赫金：《诗学与访谈》，白春仁等译，河北教育出版社1998年版，第58页。

在。与他者共同存在，这是人无法逃避的命运，"人只存在于我和他人的形式中"①。我与他人的形式，就是对话，就是间性的形式。存在方式决定了我离不开他者，我的主体性需要他者确证，他者也需要我，他者是与我相对的他者，离开我，他者就不能成为他者。人的主体性是相互确证的，"证明不可能是自我证明，承认不可能是自我承认"②，所以人应该"相互反映，相互接受"③。存在就意味着主体间的对话与交往。主体间性的理论非巴赫金独创，而是与解释学、现象学等理论关联互动的结果，其理论指向都对人类社会的存在危机发出了警示，一个独白的人不存在，一个不对话的社会也不存在，独裁、独白必将走向终结。所以，对话是人的本体存在方式。任何文本都是社会化、生活化的产物，生活中的对话交往，也是文学本体性的因素。人的间性存在方式体现在文本中，就是双声语与复调。文本内部的对话关系进一步推衍，就是文本与文本之间的对话关系，这种对话关系跨越了时空的界限，突破了单一文本的间性思维方式，让不同时空的文本产生对话与交流，柏拉图的《理想国》可以与陶渊明的《桃花源记》对话，马克思的文本可以与李嘉图的文本进行互动。主体间性的泛化与延伸，就是文本间性的凸显。

马克思主义的哲学思想也蕴含了主体间性的思维方式，如马克思认为美是人的本质力量的对象化，人的本质与美的本质的关系就是间性关系，再美的音乐也需要有音乐感的耳朵，马克思说："非对象性的存在物是非存在物。"④ 对象化的思想变传统的主客二元对立为主客间性关系，是现代主体理论的一大进步。在间性思维方式的观照下，文学阅读活动只能是作家、作品、读者三者之间的对话。读者的阅读如果过分张扬主体性，阅读变成读者纯粹的主观反应，走向独白而不是对话，势必把阅读与批评导向非本真的存在。批评家是特殊的读者，它必然与作者与普通读者处于间性关系中，所以批评家的批评不是孑然独立的，不是纯粹"表现自我"

---

① [俄] M.M.巴赫金：《诗学与访谈》，白春仁等译，河北教育出版社1998年版，第387页。

② 同上书，第379页。

③ 同上。

④ [德] 卡尔·马克思等：《马克思恩格斯全集》（第42卷），中共中央马克思、恩格斯、列宁、斯大林著作编译局译，人民出版社1979年版，第168页。

的"独白",这种主体间的双重对话关系,正是文学批评的现实的、唯一的存在方式。批评实际上也要解答读者的疑惑,而不能是"天马行空"式的任性妄为。

六 "隐含的读者"与对话的不完全性之关联

接受美学认为文本"空白"是永远无法填满的,对话理论认为对话具有不完全性,两者有共通之处。文学文本的魅力也在于这种"空白"与"不完全",每一次阅读,都是一次新的对话、一种新的体验。

伊塞尔提出了文本的"召唤结构""隐含的读者"。传统的文学理论一直认为,读者与创作无关:"读者的心理无论何等有趣,或者在教学上何等有用,它总是处于文学研究的对象(具体的文学作品)之外的,不可能与文学作品的结构和价值发生关系。"[①] 接受美学发现了读者,发现了文本中"空白"形成的"召唤结构"。文本中的空白点、未定点使文本变得不确定,呼唤读者进入其中,发挥想像力补充完整。离开读者的完形功能,文本就是未完成的、残缺不全的。"召唤结构"往往是作者刻意为之,通过制造悬念、修辞等手段形成的张力结构。"隐含读者"是伊瑟尔提出的术语,隐含的意思顾名思义就是潜在的、不真实的,甚至也并非读者反应批评理论中的理想的接受者,而是一种潜隐的、有待实现的读者,与文本的结构大致一致,被文本的结构左右,包含着文本接受者再创造的可能,读者需要在接受过程中顺从文本的文脉结构,主动参与文本的建构,所以,"隐含的读者"包含了文本潜在意义实现的多种可能性。

从陀思妥耶夫斯基的创作中,巴赫金发现了对话,并把对话看作其小说创作中最为重要的、最有普遍性的特征。复调来自音乐中的对位法,陀思妥耶夫斯基的小说创作中处处有对话,与对位法相类似。文学艺术中的复调,归根结底,还是来自现实世界,人类的生活世界到处都是对话。人生代代无穷已,生活海洋是无限的,对话也是无限的。即使是对于一个人有限的一生来说,"只要人活着,他生活的意义就在于他还没有完成,还没说出自己最终的见解"[②]。一切都还没有定论,一切皆有可能,如我们

[①] [美]勒内·韦勒克等:《文学理论》,刘象愚等译,三联书店1984年版,第154页。
[②] [俄] M. M. 巴赫金:《诗学与访谈》,白春仁等译,河北教育出版社1998年版,第77页。

常说的盖棺定论。在陀思妥耶夫斯基的小说中，几乎所有人物都反对把自己对号入座，纳入类型化的框架，对别人强加给自己的定论持有强烈的排斥心理，他们都能领会到人自身的未完成性，都坚信在一定程度上重塑人生的可能性。哪怕是微不足道的小人物，其性格特征也能获得立体的、多侧面的展示，类似于福斯特所说的"圆形人物"，有动态的、发展变化的一面。巴赫金指出："世上还没有过任何终结了的东西；世界的最后结论和关于世界的最后结论，还没有说出来；世界是敞开着的，是自由的；一切都在前头，而且永远只在前头。"① 对话小说的未完成性、自由开放性，与独白小说单一的、封闭的叙事类型形成鲜明的对比，赋予作家极大的创作自由，作家可以创作出立体的"时空一体型"人物。对话还促使作家在技巧上作出新的尝试，与传统小说迥然不同，如双声语的写作方法。对话的不完全性实际上和接受美学中的"空白"有相通之处。两者的区别在于：伊瑟尔的文本的"召唤结构"与"隐含的读者"理论虽然包含了作者与读者对话的可能性，但由于接受美学把这种对话的决定权交给了读者，实质上只是以读者取代了原来占统治地位的作者，以一个中心代替另一个中心罢了。而作者→文本→读者的交流与对话，是一个完整的过程，接受美学只完成了后半段的研究，巴赫金的对话理论的范围包括了整个过程，他的统觉理论就是证明。

第三节　接受美学与对话理论的互动

接受美学与巴赫金的对话理论是一种什么样的关系呢？从上文的关联看来，它们是两种具有家族相似特征，是共同趋向于历史与社会，又各有特定时间、范围、原因及指向的思潮。两个理论思潮又在 20 世纪 60 年代在西方学术界产生了互动，一方面，对话理论在时间上远先于接受美学，它从许多角度影响并引导了接受美学，因此，从某种意义上讲，对话理论是接受美学的理论先驱之一。另一方面，对话理论又与接受美学、解释学在一定程度上合流，共同走向了跨学科的综合研究，大大拓展了接受美学

---

① ［俄］M. M. 巴赫金：《诗学与访谈》，白春仁等译，河北教育出版社 1998 年版，第 221 页。

的理论视野与批评指向，融会了包括读者反应批评、后结构主义在内的众多理论话语，形成了一个范围更广、声势更大的文化思潮；从这一意义上讲，巴赫金的文化诗学构成了接受美学的未来。巴赫金理论在西方世界介绍、推广的时期，正是接受美学理论如日中天的时候，以读者为中心的理论被称为20世纪西方文论的两大转向之一。接受美学对话中读者始终处于中心的地位，造成了对话的不平衡。"读者决定一切"的口号显然是错误的，而"视界交融"显得更合理一些。接受美学理论由于其明显的局限，在80年代后期，巴赫金的文化诗学理论逐渐取代了接受美学理论，成为20世纪后期的理论走向。应该看到，正是由于巴赫金的文化诗学理论比接受美学有更多的包容性和发展潜力，所以在接受美学偃旗息鼓之后迅速地崛起。

一　后现代性与现代性的互动

从接受美学诞生的时间及蕴含的品格看，具有后现代性的品格，对话理论则是现代性的产物，具有现代性的特征，虽然它频频为后现代主义者所引用。于是，两者形成了对立和互动。

关于后现代主义文化的诞生，学界一般以20世纪60年代为分界线。与60年代世界政治格局的多极化相适应，文化上追求多样性、多元化，学术上涌现出各式各样的理论，各种社会团体竞相呈现。在这样一个复杂多元的时代，其文化逻辑主要以颠覆和解构传统文化为主，表现在：在哲学中，对权力、本质主义、中心主义、同一性等展开了猛烈的批判，重视边缘、差异、功能性等的力量；在美学中，摒弃传统的审美趣味，追求感性直观的快感，对外观、景观等形象极度迷恋；在文学艺术中，宣称怎么都行，主张越界、跨界书写，导致文学艺术的边界模糊，文学是什么？艺术是什么？成为理论家们最大的难题；在读者接受方面，恶搞、戏仿、误读主义流行，趣味大众化、流行化；在人的精神信仰方面，人们不再相信上帝，也不再试图以艺术救赎人世，这是一个没有信仰、物质严重挤压精神的世界。这样的逻辑，形成了后现代主义杂色纷呈、让人眼花缭乱的形象景观、文化景观。套用《双城记》中的话来说，这是最好的时代，也是最坏的时代。

接受美学自身的价值取向和特点，与后现代主义的文化逻辑是一脉相承的；由于接受美学凸显读者的地位，强调理解的主体性，趋向多元思维的接受，具有明显的相对主义色彩。在意义的理解方面，读者反应批评理论认为文本意义的客观性是幻觉，阅读可以不受文本的限制，读者决定意义的生成，文本意义就是读者的体验，由此，意义变成了言人人殊的东西。这种理解的主观相对性，使接受美学在消解文本的中心性、拆除意义的确定性方面有了后现代文化的特征。同时，后现代文化的复杂性矛盾性也不可避免地体现在接受美学的旨趣和追求中，例如：既张扬读者的权利，强调主体理解意义的相对性，却又不得不与文本展开对话，来获得某种意义的确定性。为避免对话变得毫无意义，又发明了"解释团体"等新名词、新术语来加以限制；既消解了文本中心，又走向新的读者中心；既片面追求理解的自由，又认同理解的历史性，如所谓"效果历史"的概念。

巴赫金的对话理论虽然是现代性的产物，但对话理论中的重要术语如"复调""狂欢"等频频被后现代主义者引用，表明其理论与后现代的精神有可公度性，特别是狂欢化理论拥有后现代似曾相识的面孔：等级秩序的翻转、规范的瓦解、系统的解构、话语权力的颠覆，等等。当代美国学者伊哈布·哈桑借用巴赫金的"狂欢"一词来表征后现代游戏的精神力量。巴赫金的独特贡献就是对话理论，尤其是其中的狂欢化，意蕴相当丰富，包含了对教条和规则的蔑视、消解自我中心、界限的模糊不明、非整体性、非理性化、众声喧哗，等等。哈桑深入分析后认为狂欢的重要意义在于"一符多音"，[①] 即符码颠覆、解构的力量，这种力量渗透到生活当中，一成不变的生活由此解体。多声部的语符也表明人与人之间的复杂关系，既相互依赖又有所顾虑。笑是狂欢化的唯一的主人，在戏谑狂欢中，打破了旧的体制，带来了"苏生的因素"。[②] 虽然狂欢化在面孔上是后现代的兄弟，但其内在的学理追求却是现代性的，因为狂欢化的目的不是为了解构而解构，而是通过狂欢打破外在的束缚与限制，摆脱权力的约束，打开通往自由平等交往的通道，找回自我。作为后现代主义倡导者的哈桑，却脱离狂欢化的语境，强制征用狂欢化的术语，有意误读其内涵，抽

[①] [美] 伊哈布·哈桑：《后现代景观中的多元论》，见王岳川等编《后现代主义文化与美学》，北京大学出版社1992年版，第129页。

[②] 同上书，第130页

空其现代性、革命性的基质，用来指涉后现代的荒诞与碎片化，表征后现代主义文化的危机。所以，狂欢化在哈桑那里，只是一副徒具其表的空壳，被其据为己有，变成了"六经注我"式的强制阐释。哈桑的思想是巴赫金的理论与后现代主义理论交融、互动的结果。可叹的是，面对暴政与独白，现代性中那高贵优雅的姿态，不得不戴着虚假的面具来狂欢。所以，巴赫金的思想主流具有现代性特征，加上他受新康德主义的影响，其对话理论是反抗非理性的，在后现代主义语境下，对话、交往而非一味解构，似乎才是解决后现代主义文化危机的策略。

二　"期待视野"与"互文性"阅读的互动

尧斯提出了"期待视野"概念，认为在接受文本之前，读者在成长过程中积累的知识和经验以及习惯的思维方式，会形成阅读文本的心理图式，不同的人有不同的图式，审美期待视野也不同。伊瑟尔认为小说中存在四种视野（视点）：叙述者的视野、人物的视野、情节的视野以及虚构的读者的视野。[①] 伊瑟尔的视点游移其实也就是视野的不断融合，视野融合从某种角度上看，就是一种"互文性"的解读。尧斯认为"互文性"解读不应变成后结构主义者多元文本的任意指涉。

对话就是视野融合，对话决定了文学活动的各个方面，决定了创作与接受过程的形成。期待视野是一种认识论的图式，认识活动是主体已有的认识结构与客体刺激的交互作用的过程。皮亚杰说："智慧行为是依赖于同化与顺应两种机能从最初不稳定的平衡过渡到逐渐稳定的平衡。"[②] 人的基本认识行为被皮亚杰简化为两种：同化、顺应。如何理解这两个术语？打个比方，我们每天用碗筷吃大米饭，把大米饭的营养消化、吸收，身体的机能得到保持。突然有一天，不给你碗筷，改吃印尼手抓饭，你会觉得不适应，无从下手，于是只有调整原有的心理图式，重新认识后，重新接纳它，然后去洗手，愉快地用手抓着吃，不再惶恐不安。这个原理，用公式来表示，就是 S→AT→R。S 代表客体的刺激，T 代表人的认知图

[①] ［德］沃尔夫冈·伊瑟尔：《阅读活动》，金元浦等译，中国社会科学出版社1991年版，第45页。

[②] 转引自［瑞士］J·皮亚杰等《儿童心理学·译者前言》，吴福元译，商务印书馆1980年版，第ⅱ页。

式，A 是同化作用，认识过程如下：主体将刺激纳入图式之内来加以认知，如顺利接纳，然后才作出对客体的反应（R）。根据这种原理，读者进入阅读之前，心理上都有一个既成的结构图式，这种图式，用海德格尔的话，叫作"前结构"，尧斯叫"审美经验的期待视野"。"前结构"由"前有"、"前识"和"前设"三方面构成。"前有"指自身携带的文化习惯，"前识"是学习获得的知识系统，"前设"即提前作出的预判、假设，三者结合成为理解活动赖以发生的"前结构"。

文学的审美经验期待视界，作为阅读的前结构，应当包括以下几个层次和要素：一是人们常说的三观之类的；二是看待问题的社会历史文化角度；三是基本的艺术修养；四是文学基础知识，如文学史、阅读经验、文学理论知识等，这些要素用美国理论家卡勒的话来说，叫"文学能力"。但是卡勒的"文学能力"论域中只看重第四个，即文学基础知识，忽视了前三个层次和因素，这使文学阅读活动隔离于精神活动的整体，与文学阅读的实际相悖。真正的阅读就是对话，作品的视野形成一个强有力的召唤结构，呼唤读者进入其中，读者全部的知识储备和经验等，形成一种与文本进行对话交流的期待，好的作品就像一面镜子，读者在与作品的对话中找到了自我。从而也实现了我中有你、你中有我的互文性交流。期待，然后与他者相遇，却看见真实的自己，这似乎是阅读的真谛。用王夫之的话讲，就是"作者用一致之思，读者各以其情而自得"。阅读总是同化，享受一顿视觉的盛宴，带着这种与读者内在图式同一、求同、同化的需求，读者在阅读中往往只看见自己想看见的，即"所见即所欲"。对期待视野的选择、排异、定向作用，鲁迅也有生动的描述，如读《红楼梦》，他说："单是命意，就因读者的眼光而有种种：经学家看见《易》，道学家看见淫，才子看见缠绵，革命家看见排满，流言家看见宫闱秘事……"[①] 当然，除却同化，阅读还要有顺应，否则人的阅读能力永远不能提高。阅读是与他者对话，读者有可能面对一个完全陌生的他者，要想接纳这个他者，读者必须以开放的姿态接受作品中与自己图式不一致的甚至完全相反的东西。尤其是在跨文化的传播与接受中，面对异质文化，更需要有一定的文化素养，并能运用平等对话的原则进行解释。异质文化的

---

① 鲁迅：《鲁迅全集》（第 7 卷），人民文学出版社 1981 年版，第 419 页。

作品常常让人摸不着头脑，倒逼读者顺应文本的视野。读者一旦顺利进入，就能产生阅读的喜悦，甚至能产生一种沉浸其中不能自拔的快感，随后阅读的兴趣大增，读者的视野也大为拓展，各种奇思妙想也纷至沓来。

接受美学的"视野融合"从某种角度上看，就是一种"互文性"的解读。读者的阅读在一定程度上是互文性阅读，而"互文性"这一术语是由朱莉娅·克里斯蒂娃首先提出的。她认为是巴赫金第一个在文学理论中提到互文性，她说："任何一篇文本的写成都如同一幅语录彩图的拼成，任何一篇文本都吸收和转换了别的文本。"① 虽然克里斯蒂娃是提出互文性这一术语的第一人，但她是受到了巴赫金的启示才提出来的。巴赫金把互文性的概念（而不是互文性这个术语）——文本/文化关系引入了文学理论，文本乃是文化上各种表述片段的交汇之处。众所周知，巴赫金提出了"复调理论"，复调在语言中的表现就是双声语甚至多重声音，在评价现实的方式上，我的评价包含了他人的评价、他人的意识。语言的双声或多声共鸣又是社会意识中对话关系的反映。复调就是狂欢化，狂欢化来自社会现实，社会生活和意识本身并不单纯。在狂欢节盛典上，人们穿着奇装异服，最有意思的是角色扮演游戏，皇帝和权贵的角色在游戏中被拉下了神坛，成了被嘲笑、被捉弄的对象。狂欢是语言的狂欢，各种俏皮话、插科打诨、嬉笑怒骂的语言，消解了权威和中心，颠覆了森严的等级秩序。语言的狂欢化就是被许可的各种话语的混杂，众声喧哗、多声齐鸣。所以，小说中的复调追根溯源来自生活中狂欢化的语言。狂欢化的话语用克里斯蒂娃的术语来阐释，就是一种互文性理论，它跨越了文学与非文学的边界，在两者之间建立了系统性联系。

互文性的观点经过罗兰·巴特的阐释，也影响了尧斯。后期的巴特转向后结构主义，在他看来，读者与其说是一个人，不如说他是一个符码或文本的构成物，具有复性与自我解构性，不再是意义阐释的出发点或中心，"这个接触文本的'我'，本身已是其他文本和密码的复性，这些密码是无限的，或更准确地说，是遗失的密码（其根源遗失了）"。② 巴特

---

① 转引自 [法] 蒂费纳·萨莫瓦约《互文性研究》，邵炜译，天津人民出版社 2002 年版，第 4 页。

② [德] 汉斯·罗伯特尧斯等：《接受美学与接受理论》，周宁等译，辽宁人民出版社 1987 年版，第 445 页。

的理论具有复调理论的印记，如前文所言，互文性实际上也是复调理论的一种。如前所述，互文性的符码消解了读者中心，读者成了符码或文本，是众多文本之一种，读者与文本的对话，就是互文链接的无限的游戏。巴特把文学解释学当作"反神秘的密码"，认为互文性是"多元文本"的理论，可以产生无限的、多义的和随意的阐释。尧斯对巴特的"互文性"理论把读者消解掉，很不满。认为巴特忽视了文学意义的历史维度，从文学接受的效果史看，文学作品意义的具体化是一个历史进程，它遵循着沉淀在审美原则的形成与变化中的特定"逻辑"。尧斯又进而推定，在阐释视野的变化中，人们可以清楚地区分随意的阐释和规范构成性的阐释。因为每个读者都会把自己独特的"前结构"带入阅读过程，都会因自己的时代、社会、文化或家庭背景的不同而用不同的方法去填补文本的空缺。确切地说，任何读者只能相对地完成文本，而每一次对话的结果都是接受效果史的一环。"对话的互文性"并不意味着读者可以漫无边际地凭想象来填补文本的空缺。一部精心构建的文本固然可以通过互文阅读产生无数的文本，但是它不允许读者异想天开地去随意完成；相反，它引导读者朝一定的方向去完成文本（当然，在大方向一致的前提下仍然可能有无数细节上的差异）。如佛克马所说："并非所有的个人解释都构成审美客体。审美客体只是某一群接受者各人难免的主观解释的共同点，只要这些解释是根据艺术成品作出的。"[1] 艺术文本的特点为多义解释提供了可能，但所有的解释都指向一个共同文本，指向同一个审美客体。

三　读者的主观反应与作者意图的互动

在后现代主义的语境下，还兴起了接受美学的另外一支——20世纪70年代在美国兴起的读者反应批评。读者反应批评走向接受美学的极端，费什认为文本的客观性是幻想，对话变成了读者的主观反应，读者的反应批评取消了对话在接受美学中的基础地位，偏离了接受美学当初的航向。而巴赫金的"最终文旨"[2] 理论则是在对话的基础上产生的作者的原意。

---

[1] ［荷］D·佛克马等：《二十世纪文学理论》，林书武等译，三联书店1988年版，第37页。

[2] ［俄］M. M. 巴赫金：《诗学与访谈》，白春仁等译，河北教育出版社1998年版，第248页。

由此，两者形成了对立和互动。

在美国，接受美学被称为"读者反应批评"，它作为一个学派，也有不少成员。但观点比较系统、影响最大的是费什、卡勒和霍兰德。70年代，美国的斯坦利·E·费什发表《读者的文学：感受文体学》等一系列论文，竖起了读者反应批评理论的旗帜。与尧斯一样，费什也是在对新批评的文本理论批评的基础上，提出他的读者理论的。费什认为批评的落脚点应该是读者而非文本，他的主要观点大致归纳如下：1. 阅读是一种动态的活动过程，活动的关键点是读者的反应，而非作者—文本—读者之间的对话；2. 文本的客观性是幻觉，意义是读者创造的；3. 文学批评的过程是描述，目的是说服；4. 读者阅读的策略来自"解释团体"，意义也与解释团体基本一致。总的来看，其理论的核心是读者，这与接受美学的重心是一致的，但费什比尧斯、伊瑟尔等人走得更远，接受美学受对话理论的影响，强调读者必须在作者、文本、读者的三个维度中进行对话，而费什对文本、作者、对话等统统不感兴趣，只在乎读者的感受、体验。以他的富有挑战意味的论文《读者的文学：感受文体学》为例，对新批评非常著名的"感受谬误"理论提出了批评，新批评认为以读者的感受体验为标准衡量作品，就会产生相对主义、主观主义的谬误。费什对此展开了猛烈的批判，他首先否定了文本的客观性，我们要问的恰恰是文本做什么。文本是作者的文本，如果要问文本做了些什么，传统的批评自然是回到作者，但费什偏偏要南辕北辙，他没有宣称作者已死，而是认为作者意图、形式结构等都是读者解释的产物。所以，文本客观性根本不存在，文本是解释的结果。其次，费什认为读者的阅读体验不是感受谬误，而是实实在在的阅读体验。读者受到文本字词的刺激，产生的体验与读者的预先获得的知识结构相关，读者语言能力的大小决定了意义的有效性程度。最后，由专家和学者组成的"解释团体"——理想的读者，决定了读者的反应是可控的、规范的，既有个性，又不太离谱。费什的阅读策略总的来说，重体验、不重发现。阅读不是为了发现文本的含义，而是去体验文本对产生了什么作用的过程，这与接受美学的观点有较大偏差。在费什那里，对话的核心地位被取消，文本的客观意义被读者的主观反应代替了，读者的作用被过分地夸大，相对主义更趋极端，带有明显的后结构主义的特征。读者反应批评理论的旨趣都差不多，比如日内瓦学派的普莱的意识批评，认为文学文本的存在方式由读者决定，文学不仅是对话，文学批评就是主观批评，必须抛弃文本客观性的幻想。卡勒也认为应从交流和沟通的角度阐释作品，因为诗学归根结底是"一种阅读理论"。[①] 卡勒强调读者的阅读习惯或惯例对文学发展的影响。霍兰的阅读理论更是把文本的存在完全淡忘，把读者放到本体创造的地位，认为阅读只是用文本来"象征我们自己""复制我们自己"。[②] 这些观点虽然没有费什那么极端，但都有一个共同点，就是片面强调读者的核心地位，对文本、作者与对话都有不同程度的忽视。

与这些理论不同，巴赫金的对话理论没有忽视文本、作者在对话中的重要性。巴赫金认为每一个文本都有最终文旨，即作者原意，他说："最终的文意要旨（它只要求理解所指述的事物），当然是每一部文学作品里都有的，不过并非总是通过纯作者语言表现出来。……这时最终的文旨（作者的立意），就不是通过纯作者语言体现出来，而是靠了他人语言（按照一定方法创造和组织起来的一些他人语言）才得以实现。"[③] 作者立意有时的确是通过纯作者语言表现出来，比如传统小说的零聚焦叙事视角。有时又在他者中、在对话中体现作者的立意。完整的阅读过程应该包含作者—文本—读者的对话，作者的创作必须考虑读者的接受心理，巧妙设计文本的视角，经过视角的折射或伪装后，读者必须独具慧眼，拨开视角的迷雾，才能找到作者的立意，成功实现对话。巴赫金的对话理论与读者反应理论相比，与文学阅读的实践更合拍一些。巴赫金对作者立意的强调好像显得过时，其实不然。罗兰·巴特曾经区分过作者型文本和读者型文本，有些作品作者立意非常明显，譬如寓言文学，故事里暗含的道理是作者有意设计的，如果读者找不到，就会误读。即使是读者型文本，读者的解读也并非漫无边际，作品的客观性是不容忽视的，所以尧斯、伊瑟尔才会在读者的接受中引进对话交流的模式，而作品是读者的主观反应的界

---

① ［美］乔纳森·卡勒：《文学能力》，杨怡译，见简·汤普金斯等《读者反应批评》，汤永宽等译，文化艺术出版社1989年版，第193页。

② ［美］诺曼·N·霍兰在《整体、本体、文本、自我》，赵兴国译，见简·汤普金斯等《读者反应批评》，汤永宽等译，文化艺术出版社1989年版，第206页。

③ ［俄］M.M.巴赫金：《诗学与访谈》，白春仁等译，河北教育出版社1998年版，第248页。

限。而作品作为作者的意向性的客体,必然带有作者的影子、作者的声音。中国传统的知人论世的批评方法也并非完全无用,追寻作者的踪迹,也许能更好地理解文本。

四 读者的格式塔的完形功能与"最终文旨"的互动

文本的"最终文旨"是存在的,接受美学家伊瑟尔通过对完形心理学的借用,试图解决文本完形的开放与封闭的问题。借用这种完形功能,读者与文本的"空白"形成对话,"最终文旨"是可以获得的。

不完全叙述一般以点代面,以局部代整体,在文本留下大量的未定点、空白,这些未定点、空白是读者与文本对话的切入点。文本的空白给读者留下了想象的空间和余地,读者的解释也获得了一定的自由度,但接受美学对读者片面强调,读者反应批评理论对读者作用的形容更加夸张,不可避免地失之偏激。对话不可能不考虑作者与文本的环节,根据巴赫金的作者理论,作家在创作作品时,应对可能的接受者的知识背景做深入、详细了解和判断,这样写出的作品才能顺利进入读者的视野。作者与读者的对话往往是不对称、不平衡的,作者拥有的视野与读者的视野不可能是同一的;作者的编码与读者的解码也不可能形成一一对应的关系;在对话中,读者通常是通过文本与作者进行间接对话,作者往往是不在场的。行之有效的对话对读者的要求较高,读者要通过直觉、推理、分析、判断、沉思等方式,才有可能揣摩到作者的立意。读者根据自身的"先见"或图式,与文本形成对话,这种对话是通过读者的格式塔的完形功能来完成的。现代小说中作者往往从文本中退隐,其立意经过各种艺术变形和伪装,对读者的智力是极大的考验。伊瑟尔借用了格式塔的理论模型分析阅读活动过程,阅读中意义不会显现,须使用格式塔的完形功能才能把握。伊瑟尔认为文本中的符号之间的关系是"自关联"的,先于读者的,符号间关系没有自关联,就没有文本格式塔的形成,就无意义可言。读者的任务是识别这些符号间的关系,"使这些符号一致化",[①] 随着视点的游移,读者建立的格式塔又进一步变成自关联的符号。读者只有张开想象的

---

① [德] 沃尔夫冈·伊瑟尔:《阅读活动》,金元浦等译,中国社会科学出版社1991年版,第143页。

翅膀，把自己的图式投射到空白之中，文本从一个自在之物变成了建构的对象。伊瑟尔认为读者对符号进行投射和连接的过程中，"自关联将防止读者向本文投射意义的随意性。但同时，格式塔只能作为一致性的等价物，通过预期的和实现的诠释框架，在文本符号之间的先在联结关系中形成"。[①] 所以，读者的解读不是随意的感受，而是受到了符号的自关联和文本框架的约束，必须承认符号自关联的先在性，作者立意存在。读者在介入意义生产过程时形成格式塔，如果与文本中的先在的自关联不一致，那么读者会改变图式重新投射，顺应文本，与文本的自关联重新获得一致。不同的符号有不同的自关联连接方式，同一个文本的自关联也是变化多端、峰回路转、随物赋形，这与作者自身的气质和意向有很大关系。读者用格式塔把文本、作者联系起来，才能建立一个统一的格式塔群集或构形。

格式塔学派的关键词是异质同构、整体观等，其理论把复杂的心理活动加以形式化，对解释审美艺术活动有一定的效果，在世界范围内有一定的影响力。格式塔是德文 Gestalt 的音译，英语译为 Form 或 Shape，中国一般译为"完形"。其基本理论要义主要是强调外部世界、文学艺术文本的结构模式、力学样式与人的知觉模式和感情结构之间存在异质同构的现象，其力学的样式是基本一致的。阿恩海姆说："我们必须认识到，那推动我们自己的情感活动的力，与那些作用于整个宇宙的普遍的力，实际上是同一种力。只有这样去看问题，我们才能意识到自身在整个宇宙中的地位，以及这个整体的内在统一。"[②] 从中我们可知，在审美知觉中，作家编码与读者解码的两种力学样式是异质同构的，二者间能产生互动，并能达至力的平衡和完形。传统主观印象的批评模式从个人印象的角度契入文本，言人人殊，难以形成共识。而西方形式美学如格式塔学派从完形的角度深入阐释了审美的作用机制，有一定的说服力。面对任一文本，读者都有一种向往的简单明了或好的格式塔的完形趋向，阅读的目标一般都要获得一定最后的结论，找到最终文旨——作者立意，否则心理就不会平衡。

---

① [德] 沃尔夫冈·伊瑟尔：《阅读活动》，金元浦等译，中国社会科学出版社 1991 年版，第 143—144 页。
② [美] 鲁道夫·阿恩海姆：《艺术与视知觉》，滕守尧等译，中国社会科学出版社 1984 年版，第 625 页。

所以，完形是双向建构的，作者编码与读者的解码的力学样式一致，但方向刚好相反，作者的创作是从从意象出发，读者的解读是从文字出发。双向建构推动格式塔的形成，是文学审美的动力所在。尽管格式塔完形理论有着科学主义的倾向和机械论的痕迹，但它将审美过程描述为两种力相互作用的动态活动的场过程，将格式塔看作一个双向建构的产物，并充分考虑到审美生产场中各种力学要素相互作用的效应，这对于我们深入研究对话理论的实践效果和可操作性，极富启发和借鉴意义。借用格式塔心理学的概念，在文学阅读活动中，存在由文本的艺术水准、结构样态形成的一种力的式样和由读者的审美经验与期待视野构成的另一种力的式样，阅读则构成了相互接合的场过程。两种力的样式在阅读场中相互作用，形成了一种动态的张力结构。这种张力结构自身具有内在的趋向"好的格式塔"的完形压强。当两种力的式样在阅读的动态过程中相互调节，达到异质同构时，便是成功的阅读，读者因而获得审美的体验和愉悦。

下面以司汤达《红与黑》中的一段描写例，通过读者与文本对话的格式塔完形来探讨文本的"最终文旨"。

"出去时，于连相信在圣水缸旁边看到了一摊血，这是被人洒出来的圣水，蒙在窗子上的红布的反光照上去，红得就像血一样。"[①]

首先，于连之所以把水看成血，从小说原文交代的语境看，原因无非有两个，一是于连走进教堂时，因为教堂所有的窗子都被蒙上了红布，在阳光的照射下，投射出红色的光芒，这让身体孱弱的于连感到恐惧；二是在教堂的跪凳上的碎纸片上写着一则新闻，一个叫路易·让雷尔的年轻人在贝藏松被处死，他与于连的姓索雷尔相差一字，敏感的于连马上联想自己的未来，出于对死亡的恐惧，精神恍惚中出现了血的幻觉。从原文的分析可以看出，这是于连的幻觉，这是水，不是血。

其次，从作者的立意上看，作者使用了陌生化的手法，意图被巧妙掩藏。于连的相信是字面上的肯定，但随后作者使用了超常搭配：血是圣水，又摧毁了于连的相信，这造成了两种阅读效果：对于连来说，那是真

---

① [法] 司汤达：《红与黑》，郝运译，上海译文出版社1989年版，第33页。

实的血，因为他相信这是真的；对清醒的读者来说，那是水，不是血，于连的确是产生了幻觉。两种效果之间形成了张力结构，暗示作者意图并不简单。

作者为何要这样写？对初次阅读小说而不知道于连命运的读者来说，不明白作者为何要写于连的这种感觉，知道结局的读者明白这是作者埋下的伏笔。所以，这段描写的意思不能完全挑明，挑明就会降低读者的阅读兴趣。从格式塔的理论分析得知，完美简洁的格式塔是一种信息冗余的视觉样式，其不确定性被降到了最低。只有通过留白、陌生化或艺术变形，简单的形变为复杂的形，让读者产生完形压强，才有刺激性和吸引力。

最后，读者要获得"最终文旨"，还必须了解西方文化的知识背景，在基督教里，圣水是耶稣的血的象征。综合上述种种分析，读者可以获得格式塔的完形。那水无论是在表象层面，还是在意义层面，都告诉读者：那水象征着血，这就是这段描写的真正内涵，即"最终文旨"。

由此可见，文本空白形成的"不完全的形"比简单的形产生更多的完形压强和审美魅力，但这种"不完全的形"的填充不是任意的，因为符号的自关联的特性要求读者在填充空白时参照其他符号进行完形。读者的完形也不得不考虑作者的存在，作为作品的生产者，作者的幽灵一直徘徊在作品中不会消失，其个性以风格的面貌蕴藉于文字之中，无形有迹。如刘勰所言，写作构思是"神与物游"，但"神居胸臆，志气统其关键"，不管想象如何神奇，仍受制于作家的意志和气质。作品的审美意义虽不等于作家的意图，但读者不可能彻底摆脱作者的影响而进入文本，后现代杀死作者的呐喊，恰恰是不能摆脱作者影响的焦虑的表征。因而，如同作家只有通过有意或无意地设定一位叙述接受者，才能建构起一个完整的叙事文本；读者要顺利地同化文本，有时同样有必要在文本中标出作者恰当的位置，否则就有可能迷失于语言之网。好的作者如同一个好的向导，他会在适当的地方、适当的时机适当地指引读者，带领其走出迷宫。当然，这里并不是让文本批评东山再起，更不是让作者中心论死灰复燃，而只是强调阅读实践只能由读者个体的阅读反应为途径，以对文本作者的创作意图的构想为参照，与作品展开有效的对话，对其蕴藉作出一种较为准确的把握。

总之，"最终文旨"不是再现内容，而是格式塔本身的张力结构所暗示出的一种活力。同样，对于作家们来说，尽管布鲁姆式的误读能克服强有力的先驱造成的影响的焦虑，但符号的自关联、文学自组织的特性要求作家在创作中相对克制，其创造或多或少受到艺术表达的"类型学""文体学"的影响。传统的流传物如文本的类型等，一方面是作家创造、文化积淀后的产物，另一方面也是文字符号自关联、自组织的产物。

五　接受美学与对话理论的结合

1. 接受美学与对话理论互动的结果，共同推动了女性主义理论的发展。

20世纪后期女性主义受到了巴赫金对话理论、接受美学、解构主义等影响，思想资源比较杂，批评矛头主要指向男性的写作与阅读方面，她们认为男性的写作是阳具中心主义的写作，而女性的身体往往暴露在男性窥阴癖的目光之下。在这种情况下，阅读根本不可能回溯到所谓作者的原意，阅读只能是误读，只有通过女性读者在阅读过程中置入反抗男权的意识，恢复女性的自信，才能正确地把握文本。女性主义的读者既不同化作品，也不顺应作品，因为两种都是对男权的认同和奴颜婢膝的顺从。女性主义的读者首先要变成一个反抗型读者、一个误读者，驱逐文本中的男权意识，找回女性失落的自我。以三代女性主义者对《简·爱》的解读为例，自始至终误读都是女性反抗的基本策略和方法。一代女性主义者，把简·爱看成反抗资本主义压迫的英雄，为争取女性的平等地位不断抗争；到了第二代，女性主义者清醒地认识到权力与男性的共谋关系，把矛头指向男权，简·爱成了为个人幸福而战的斗士；第三代女性主义者认为简·爱反抗的背后是男权迫害的创伤，这种先天的精神创伤导致简·爱人格分裂，于是简·爱的自我奋斗成了治愈精神创伤的象征。女性主义把批评变成了批判，把阅读变成了误读，从文学批评的角度看，有一定新意。但从社会效果看，收效甚微，因为这是由女性的经济地位决定的，不改变社会的现状，没有制度的革新，女性的误读永远只能停留在误读的层次，当然，这是后话。

朱丽娅·克里斯蒂娃是当代法国著名的文学理论家和女权批评家。早在20世纪60年代中期，克里斯蒂娃就开始研究介绍巴赫金，在西方掀起了巴赫金的研究热潮。受其影响，克里斯蒂娃提出了"互文性"这一术语，在这一术语的映照之下，女性主义的误读文本，不过是对男性文本吸收转化后的互文本罢了，那个强大的男性创作传统，被利维斯称为"伟大的传统"，影响至深，女性难免总是有意或无意地模仿男性的写作和阅读。所以，女性的写作总是"双文本"的，既与那个"伟大"的男性传统对话，又与自身的文学传统对话，由于男权文本无处不在，女性读者不仅内化了男权意识的文本，甚至内化了男性中心主义的阅读策略和方法。女性的声音中总是回荡着男性的声音，女性主义的写作和阅读总是一种"双声语"操作，"既表征男性，又表征占支配地位；既在女性主义之内言说，又在批评之内言说"。① 于是，女性主义的误读必然是修正主义的操作——戏仿恶搞、夸饰变形等，这揭示了与男性文本之间复杂而隐蔽的互文关系，跨越了布鲁姆修正主义的误读，表征着女性误读者在男性中心主义边缘的艰难跋涉。随着解构主义的到来，女性主义者把写作与批评展现为一幅幅万花筒式的"互文性"景观，各种后现代的文本、报纸杂志、广告按语、网络新词、学术名著、政治宣言等都进入了妇女文化符码的互文性解读活动中，批评变成了文化符码的镶嵌与拼凑。在后现代，女性主义的"双声语"和接受美学的结合产生的"互文性"阅读理论，把美学理论引入了更广阔的文化语境中，使批评家的视野获得了拓展，也预示了新的美学理论转型的到来。

2. 审美经验与狂欢化的结合

尧斯在接受美学的后期转向了审美经验的研究，通过对先见、期待视野、认同机制等深入的研究，尧斯发现读者的阅读会对文本进行一系列的区分，如经验与反思、认同与阐释等，而审美经验是一种先在结构，尧斯认为在读者解释作品之前，在对作者立意进行反思重构之前，审美效果中已渗透了原始的审美经验，有点类似于李泽厚讲的"内容积淀为形式，想象、观念积淀为感受"。② 没有积累，就没有经验。解释学所讲的先见、前见、偏见、流传物，都是审美经验积累的结果。尧斯前期的研究忽略了对这种原始审美经验的研究，因此，对尧斯来说，转入审美经验研究就是重返前期接受美学研究的基础进行深入开掘，是将接受美学研究进一步引

---

① [美] 伊莱恩·肖瓦尔特：《女性主义与文学》，戴阿宝译，《外国文学》1996 年第 2 期。
② 李泽厚：《美的历程》，天津社会科学院出版社 2001 年版，第 32 页。

向深入。尧斯认为对话的尺度可以在认同的机制中找到，并强调文学艺术的否定性以认同为中介，超越了阿多诺的否定性美学。审美经验中的审美快感被禁欲主义的艺术所排斥和诽谤，尧斯看到了巴赫金的"狂欢化"对审美快感的肯定作用，他说："正是在这种被征服的恐惧因素中，巴赫金看到了某种产生怪诞表现的原始过程。按照他的观点，'节庆的民间欢笑不仅表现为战胜了对于超自然之物的敬畏情绪，战胜了神，战胜了死亡。它还意味着权力、世俗的帝王、上层阶级以及一切压迫人和束缚人的努力的失败'。"[①] 尧斯认为这种民间欢笑使"笑和身体的狂欢式的解放"得以可能，它对是否定还是肯定社会条件毫不在意，而只是为了把不断地受到压制的人类学的真理昭示于世。尧斯的审美经验的研究，实际上是文化批评的一部分。他通过对我们的审美经验历程的读解认识到文化的这一层面，开始了一种文化批判的理论转向。在这里，文化不是一个互为主体性的范式，即对话理论在文化研究中的局限是明显的，因为文化不是一个主体，不是一个可以加以抽象、加以阐述以及可供阅读的结构。文化毋宁说是一整套必须加以解读的文本运作，它记录着我们和它本身具有关系的历史。而要了解那些在生产、接受和交流的活动中推动了社会和历史实践的人们的经验，以及从中演变出的审美经验，仅仅从接受美学和对话理论角度研究它显然不够，文化研究或文化诗学的课题就提上了美学家的日程。

六　双重局限——文化研究的超越

接受美学、对话理论对跨文化的读者接受中，都显示了其理论的局限。跨文化的传播与接受，接受有两重变形：读者的主观阐释引起的变形；对他者文化误读引起的变形。如美国的大学生则把《小二黑结婚》中的三仙姑理解为一个热爱生活、不甘于屈从他人为她安排的命运而不惜采取一切手段来抗争的正面人物。我们眼中的三仙姑则是装神弄鬼，老来仍花枝招展、搬弄是非的人物。卡夫卡在自己所处的奥匈帝国统治下的布拉格默默无闻，但在二战后，卡夫卡的作品首先在法国被看作 20 世纪的

---

① ［德］汉斯·罗伯特·耀斯：《审美经验与文学解释学》，顾建光等译，上海译文出版社 1997 年版，第 317 页。

杰作，随后在欧美诸国引起了一阵阵卡夫卡热，以至于《城堡》成为炙手可热的圣诞礼物。作品本身的超前性，其内在图式、组织构成、结构方式、表现方法等具有幽深新奇、复杂诡秘等特征，和读者的艺术经验、审美心理存在着相应的距离，使他们有陌生之感，于是就会不自觉地排斥这种艺术。接受美学和对话理论都忽视了跨文化领域的误读：阅读受政治、政治形态和心理因素的影响，也受文化机构影响，尤其是当对文学文本的不同理解和误读是由这些因素的结合而引起时，则更是如此。

第一重局限是接受美学的局限。接受美学作为对作者中心、文本主义的反叛，由激进导致的偏颇之处在所难免。对作家、作品的作用和因素的忽视，导致了否定文艺批评的客观标准，陷入了主观主义和绝对的相对主义，读者的作用并不是万能的。哲学解释学的核心是理解的真理，真理与意义相关，对真理和意义的理解离不开人的主观认知，伽达默尔极力反对主观主义，但最终还是落入主体、主观的言筌，被哈贝马斯抓住把柄，把他视为主观主义的代表。接受美学的危机是由其局限造成的，受解释学的影响，接受美学对意义理解更加极端，彻底走向了主观主义的理解。尧斯说："传统构成的作品的形式和意义并不是不能改变的尺度或审美对象的显现，独立于时间和历史的感知，它的潜在意义在随后的审美经验变化中，在文学作品和文学大众之间对话性的相互作用中，逐渐变得明晰，逐渐可以解释了。"[①] 尧斯在这里讲到了对话，但由于这种对话的不平衡性、读者主观性的过分张扬，导致了对话结果的主观性和相对性。以主体为中心，是近代哲学的通病，并在康德那里到达了顶峰。主客二分或主客二元，把主体与客体分割对立起来，导致今天出现了工具理性的横行无忌。以客体为中心，人是自然的奴隶；以人为中心，则是把客体当作征服的对象，于是出现了工具理性，客体成了人实现利益追求的手段或工具。哈贝马斯认为批判的出路在于通过交往重新把主客体联结起来，用交往理性替代工具理性，让主客对立转变为话语交往关系。交往理论的中心为"话语"，[②] 也就是对话。所以，哈贝马斯的交往行为理论与巴赫金的对话理论之间存在一定的可公度性，而且伽达默尔解释学中的对话思想也深深打

---

① ［德］汉斯·罗伯特·尧斯等：《接受美学与接受理论》，周宁等译，辽宁人民出版社1987年版，第81页。

② 曹卫东：《交往理性与话语诗学》，天津社会科学院出版社2001年版，第171页。

动了哈贝马斯，甚至哈贝马斯还曾经使用过解释学理论来批判分析哲学，所以交往理论也是解释学与对话理论互动的结果。正是在对话理论的启发下，尧斯在20世纪80年代初也由早期的读者中心、中期的审美经验中心，转变到晚期注重文学交流理论。他从对话理论和马克思的"流通理论"的"循环模式"中获得启示，不断丰富和发展自己的交流模式理论。晚年的尧斯倾尽毕生的心血来从事文学交流理论的研究，认为交流是学术共同体的中心，是普遍的文化和学术活动。尧斯乐观地说，在后现代时期，各种学科都趋向于人与人的交流理论学科的建立，因此，完全有希望建立一种超学科的"普遍交流理论"。因为"同文学研究中读者、听众、观众的复兴相呼应：文本语言学向言语活动理论和交流状况扩展；符号学在文本的文化观念上阐发，重新提出相互作用的主体问题；社会人类学中注重'生活世界'的问题和生物学中动物与环境的问题；知识社会学与方兴未艾的相互作用理论同一的回归……"[①]。尧斯的预言都已成真，言语活动理论即对话交往的理论已经成为20世纪后期的显学，符号学在文化领域的拓展使其成为21世纪的显学，相互作用的主体问题即主体间性理论是现象学的基石，等等。伊瑟尔的70年代的审美响应理论的基点在于，文本意义在文本和读者的相互交流中生成，文本与读者共同构成一个审美网络。与尧斯相比，伊瑟尔的理论在一定程度上避免了尧斯的"读者中心"的偏激，是接受美学与对话理论互动的结果。

第二重局限是对话理论的局限。对话理论仍然和接受美学一样，没有解决审美何以成为可能的问题，即对话的结果不一定都是审美的，甚至可能是审美的反面。最终文旨的不可求，经过哲学阐释学的阐释，作者意图已成了臭名昭著的概念。特别是解构主义的德里达认为对话的不在场，作者意图已经通过延异、撒播、踪迹、替代消失殆尽。对话的乌托邦性，它仍然无法从根本上解决接受美学的局限。对话的超语言性寻求一种社会学的意识形态维度，这一维度表明了语言学实践和文化实践中的普遍特征，这一特征在深层含义上包含着对话理论所反对的独语。正如，福科的文化霸权理论所揭示的那样，对话不只是交流、交往，它也包含了文化压迫与权力的问题，对话的目的不是交流，而是通过它达到征服对方的目的。如

[①] 王岳川：《后现代主义文化研究》，北京大学出版社1992年版，第390页。

西方的文化渗透理论就带有明显的西方中心论的优越感,试图同化、颠覆他们眼里所谓的落后的东方文化。在当代先锋写作的实践中,作者甚至利用这种对话性,将其与商业利益、大众媒体、政治权力结合起来,在文本中设置圈套,让读者对话交流的烟幕下迷失方向,沉迷于文本的能指的游戏,如孙甘露的《信使之函》就是一个相当极端的叙事游戏标本,完全变成了自娱自乐的能指之舞。对话作为一种理想,可望而不可即,于是对话的乌托邦性便浮现出来。又如,复调理论中作者与主人公的对话关系,有学者质疑两者对话的平等性,从作者创作构思的过程来看,主人公的命运被作者操纵,此前他什么都不是,此后又变成作者手中的傀儡,可以让他从人生的顶峰瞬间跌入低谷,可以让他上天入地无所不能,也可以让他莫名其妙就丢了性命,等等。总之,主人公难逃被客体化、被物化、被支配的命运。巴赫金一生都在关注对话,都在提倡双重性,但是他的狂欢化理论偏向于破坏性的、离心化的一面,这在《拉伯雷和他的世界》里达到了极致。

在双重局限的视野下,接受美学与对话理论都有盲视,二者由关联走向了互动,文学研究走向了更为广阔的文化研究的视野。文学不但传播知识,如孔子所讲"多识于鸟兽草木之名",而且也传播主人公的情感结构及其背后的"潜意识"。[①] 接受美学与对话理论都忽视了潜意识在接受和解释过程中的作用,解释的矛盾和暴力可能就来自潜意识移情活动。所以,跨文化的文学交流不是一种中性的对话,而是一种负载沉重的"移情",[②] 这种移情催逼我们再次提出文学的作用和功能问题。伊瑟尔说:"我们努力去改变对文学的提问方式,即不再穷追文学是什么,而是询问文学对其潜在的接受者发生了什么作用。毕竟文学已经陪伴了人类发展两千五百年,我们不能如此轻易地像'文化研究'习惯所做的那样将其废除。"[③] 伊瑟尔对他的学生施瓦布把文学解释为一种文化交往形式,认为读者作为一个他者,是一个空洞的范畴,必须从文化上或心理上予以具体化的做法表示了不满。伊瑟尔在 20 世纪 90 年代以后从接受美学转向了文

[①] 转引自金惠敏《后现代性与辨证解释学》,中国社会科学出版社 2002 年版,第 218 页。
[②] 同上书,第 222 页。
[③] [德] 沃尔夫冈·伊瑟尔:《虚构与想象——文学人类学疆界·代序》,吉林人民出版社 2003 年版,第 13 页。

学人类学的研究,他说:"接受理论为调查在阅读活动中发生了什么提供了一个框架,这样一个目标照着我的是绝对不会过时的。由此而言,我根本没有离开过接受理论,而是试图提出产生于它的那些问题,以及那些解释我何以转向我所谓的文学人类学的问题。文学人类学的任务是双重性的:第一,它旨在回答接受理论所遗留的、悬而未决的问题,即我们为什么需要阅读、我们为什么迷恋于阅读;第二,文学尽管是虚拟的,但在何种程度上向我们揭示了我们人类自身构成的某种东西。"[1] 他的"虚构行为"理论提出,文学包含着真实、虚构和想象三个维度。虚构行为不断超越真实的界限,而使现实非现实化并使其丧失确定性。同时,虚构行为通过赋予想象以一种确定的格式塔构成,而改变其不确定性并构成新的现实。在对虚构与想象的作用做了分析之后,伊瑟尔把文学的人类学本体论意义归结为人类的娱乐本性,由此得出的推论类似于某种艺术游戏观。

接受美学和对话理论互动获得的启示:文化诗学的建立或文化人类学视野的拓展。就文化人类学而言,巴赫金有关拉伯雷和陀思妥耶夫斯基小说的解释已经体现了"文化人类学"的思想主张,他对"狂欢文化"、"庆典"和"民间文化"的独特理解提供了文化人类学方面的个性探索,在他看来,唯有在这种庆典式的狂欢文化中,唯有在戏谑文化中,人与人之间的精神对抗才隐退了,人才成为完全平等意义上的人,并真正能实现人的自由。这实际上是一种关于自由、平等、欢乐、审美的文化人类学解释。实际上,从20世纪60年代起,正是由于接受美学中对读者地位的重视,文学理论与批评中的反文本中心主义运动便已开始,除了接受美学、读者反应批评外,不少西方马克思主义者也已开始讨论文学与历史、文学与社会的关系,揭开了新历史主义文化研究运动的序幕。对话理论的狂欢化,反映了20世纪60年代以后的民主化、多元化的趋势,对20世纪后半期的文学理论产生了深远影响。这也是现代与后现代的分水岭。在当前的文化人类学视野中,巴赫金的对话理论显示了不足,因为他的理论限于谈论在某一特殊文化内部不同的集团、选民或风格之间的文化交往。特别是在全球化语境中,大众传播媒介已经在很大程度上将世界文化联网成一

---

[1] [德]沃尔夫冈·伊瑟尔:《虚构与想象——文学人类学疆界·代序》,吉林人民出版社2003年版,第3页。

个共时性结构，文本之间的相互影响、模仿、复制轻而易举，形成所谓跨国"互文"现象，跨文化的文学接受与解读的文化人类学视野就凸显了其理论的价值。文化诗学对中国文学研究而言也有重要的价值。如读者在解读中国古典诗歌中的"送别诗"或"言志诗"时，必须了解中国古代的官制文化，特别是出仕与退隐、升迁与贬抑，这些特定的文化政治生活对人的情感影响是不可估量的，表现在诗歌中自然是一种复杂情感的流露。倘若脱离了这种特定的文化，有关诗的解释就缺乏深邃的力量。

七　文学理论转型的启示

接受美学中的交往与对话问题，是针对接受美学的局限而提出的，当然，在此问题提出之前，尧斯也有所涉及，但对于对话如何可能的问题，尧斯却避而不谈。原因在于，接受美学的局限从根本上是无法克服的，从理论上讲，建立一种十全十美的理论是不可能的，接受美学的局限恰恰是其得以生存的根本，离开了它，就离开了接受美学。所以包括尧斯等在内的接受美学家都做了理论上的转向，尧斯转向了审美经验的研究，伊瑟尔转向了文化人类学的研究。

读者反应批评理论消解了对作品的意义与价值的追求，这实际上已违背了接受美学的初衷，也使得接受美学走向了没落。随着大众文化与消费主义的泛滥，写作迎合读者的结果，使写作媚俗化、趣味低级化。批评受商业文化的影响，其严肃性、精英性也弱化了。接受美学走向了极端，其局限性完全暴露无遗。从人的生存的角度来看，艺术同哲学和科学一样，是人把握世界的一种基本的方式，同时也是人的一种基本的存在方式。换言之，人在艺术创作中和在审美意境中，能够最大限度地展示人的创造性本质，即大众对文学、文化的对话应该是自然而然的，而不是强迫的，读者在对话过程中不应该异化而应更好地展示人的本质，从而超越自然客体的束缚而达到心灵的自由境界。但由于技术理性的膨胀、文化工业的泛滥，艺术被迫走向边缘化，大众文化获得了艺术的外衣，形成艺术的虚假繁荣。而读者由于被这种局面所欺骗，不能自拔。一方面，读者从精英文化里夺得了自己的阵地，获得了某种自由；另一方面，由于艺术的异化和堕落，读者在接受的过程中失去了个性和创造力，难以推动艺术的革新与发展。艺术应有的对社会的批判性也丧失，对传统美学形成了挑战，美学新的发展趋向令人更加难以捉摸。

　　接受美学的出现，是对文学阐释学发展困境的回应，是后现代主义文化危机的表征。主体间性理论从客体→主体→主体间性的发展过程，仍然走的是基于传统理性的黑格尔式的逻辑发展道路。在列维纳斯看来，全部西方哲学所筹划、所实施的就是将他者置于同一的掌控之下，接纳它、吸收它，最终消灭它。接受美学的读者与文本的交流、巴赫金的对话和哈贝马斯的交往，无一不是同一性哲学的表现。在列维纳斯的"无限的他者"那里，被彻底地颠覆了。主体间性理论中由于假定了没有任何外在于主体意向或意识的纯粹客体，所以胡塞尔的先验现象学就是一种唯我论，客体也就不可能是自在的客体，而作为主体的我也永远被封闭在我的意识之内，走出自我、面向世界遂成为泡影。基于主体间性的互文性因为文本与文本的互相指涉，在符号之网的无限链接中失去了所指，变成了自我的嬉戏与快感，这种不要所指的嬉戏是自我中心的。对话理论、交往理性同样是现代性下的自我中心论，在"我—他者"的对话关系中，他者不是作为他者，而是作为我的他者即为我所整合的他者而出现，对话的过程，必然是从自我出发的"移入"的过程，而"移入"实际上就是将他者当作"自我的一个复制品"。所以对话与交往只不过是在同一或整体之下自我与另一自我的界内对话与交往，实际上仍然是巴赫金所言的独语，对话不是真正的交流，而是"自我主义者"的天马行空、独往独来。列维纳斯彻底地逃离了传统形而上学的二元对立"关系"，在自我与他者之间建立了"无关系"的新型"关系"。列维纳斯的意义在于：对话是为了"差异""谅解"，让他者永远作为他者存在下去。对于接受美学、对话理论而言，列维纳斯表明了对话的乌托邦性，批判了对话与交往所依据的传统理性。也说明文本——作为永远不可企及的他者，对话理论也不可能穷尽其奥秘。但对于有限的他者而言，对话仍然是可能的，而且是必需的，否则，意义的失落、价值的崩溃就必不可免了，而且寻求谅解，仍然要在对话的共识之下才成为可能，列维纳斯的观点就显得过于极端。

　　对接受美学而言，对话与交往也得到了尧斯和伊瑟尔的认可与共识，并纳入了其理论的构架之中。20世纪后期的巴赫金热、哈贝马斯热，就反映了对话理论在20世纪后期的美学理论的新景观、新趋势。文化研究的出现，显示了理论家们走出逻各斯中心主义的谦恭态度，以及愿意在文化交往中平等对话的姿态。对话理论也促使我们反思我们以往的思维方式，逐渐消除长期形成的非此即彼的二元对立思维方式，以一种更加开放的、包容的心态来面对世界。接受美学、对话理论之间的关联与互动又使各自的体系具有开放性，美学的发展已不像黑格尔那样独霸一个世纪，而是多元化、多中心、多视角发展，各个学派之间既有自己的立足点，又吸取其他学派的长处，交叉研究、跨学科研究已成为普遍现象。一些接受美学家修正了只强调读者的片面性，尧斯自己也不断修正自己的理论。研究的重点也由只重视读者发展到读者与文本并重。特别是文化学的转向研究，对接受美学理论是极大地丰富。对接受美学而言，由于巴赫金的发现在20世纪60年代，两者存在的时间差距并不等于巴赫金的对话理论对接受美学而言已经过时，恰恰相反，由于接受美学的片面性，巴赫金的对话理论对接受美学的对话与交流的思想、方法论有重要的意义。哈贝马斯也是在巴赫金的对话的基础上提出交往行为理论的，交往就是对话，文学的综合研究等，这些都直接启示了接受美学。接受美学从而走出了读者误区，走向交往与对话，在一定程度上避免了片面性，使其理论更加完善。但是，对接受美学的局限我们应当有更清醒的认识，我们不要把相关的几种理论拼凑在一起，这种做法除了产生理论碎片外，无益于接受美学的发展。任何想从根本上完美地解决接受美学的局限的做法都是不可能的，因为几乎每一种理论都是片面的，因为片面，所以深刻。理论的转型，本质上不过是视角的不断转移，从一个视角转向另一个视角，如同打开不同的窗户，就会看到不同的风景罢了。

结　　语

误读是个难以冰释的、无处不在的幽灵，或如德里达所说的是一块墙角石，构筑了文学的大厦，又毁坏着这座大厦。阅读是阅读的不可能性，阅读在抵制着阅读，这就是阅读的命运。人们总想去消除误读，一个理论诋毁着另一个理论，同时又在催生着新的理论，生生不息，循环反复。文化是孕育文学的土壤，是阅读的基础，在文化和审美经验中，阅读和写作都是非个人的。文化交流是与他者对话，误读是阅读的前提。

后现代误读理论是关于误读的理论，时间上大致以20世纪60年代为分界线。后现代误读理论对语言的深入研究，揭示了文本误读的深层内在机制，如解构性、修辞性、互文性等。后现代误读理论继承了现代性的很多思想和方法论，又有所超越和突破，首先是哲学领域的创新，比如德里达等人为后现代误读理论提供了丰富的思想和方法论。其次是自然科学领域方法论的更新，也为后现代误读理论提供了方法论支持，如系统理论、信息理论等。最后是文化研究领域的拓展，比如鲍德里亚使我们思考传统的阅读方法是否还有效，谁在控制意义的生产等。总的来看，后现代误读理论的特征是自反性的，后现代误读理论对文学作品的解读采取的是一种双重标准，一方面，宣称所有的阅读都是误读，把误读当成一把颠覆传统形而上学的利器；另一方面，当自己的说法得不到认可、被深深误解时，又大为光火，譬如德里达等人。正是对误读一词的自反性使用，导致其陷入了逻辑的困难和双重标准的出现。认为所有的结论都是可以解释的、是不确定的，但"我无法确定"这句话又是可以肯定的，这也导致了人们在价值判断上前后不一致。由此，后现代误读理论没有超越本体论与认识论的思维方式。从本体论的思维方式看，德里达把误读看作文本不可辨读的标记。海德格尔主张一种本真的阅读，这种思维方式固然不是一种简单有效的阅读方法，但在阅读实践中仍然是不可或缺的。从认识论的角度看，后现代误读理论的语言还原论要加以深刻地反思，避免把语言视为另一个超级主体。在日常实践中，公共场合"禁止吸烟"的文本，意义就是确定的。文学文本的解读包含了跨文本的建构行为，衍生文本的解释是否更有效、更有力，则视该文本能否发挥其特定的功能而定。

后现代误读理论产生了很多消极效应，主张一种完全个人式的误读与创新，过于理论化和精英化，是现代性的不彻底的自反，不利于以社群为基础的意义共享和自反式理解，还会带来审美、伦理和文化等的负面效应，引发了馒头血案式的误读。后现代误读理论与新媒介相结合，出现了网络恶搞、超文性戏仿等新的形态。新媒介如网络是一种互动性很强的自反性系统，其中，恶搞和戏仿如同电脑病毒一样无法消除，它们有可能成为意义的冗余，比如，很多恶搞与戏仿并不完全是读者自由的游戏，而是争夺符号资本的产物，用来逐利的工具。但这种自反性也可能促使意义的生产场更加合理和有序，甚至会造成对社会塑形的亚政治的深远影响。

由此，本书提出了本真阅读伦理学的构想，在文学理论的范式在经历了从"是什么"到"做什么"的转变之后，还必须拷问"如何做"，这是一个新的伦理学的转向，转向本真性阅读伦理学，或者如海德格尔所言的本真性阅读。本真性的阅读伦理，要求我们超越狭隘的自我中心，把自我与他者、社会或更大的背景联系起来，避免误读主义的破坏性的恶搞和戏仿，尊重作品、尊重作者、尊重他人的合理解读。本真性阅读既要看到现代性阅读伦理的伟大之处，又要避免其中浅薄和危险的东西。在好的解读与坏的解读之间、在本真性较高和较低方式之间永远存在着斗争，范式可以变来变去，但只要持有本真性的阅读伦理，就可以减少误读主义带来的负面效应，发展和壮大好的阅读模式和方法。

后现代误读理论宣扬的意义不确定论，走向了意义的多维度的阐释，但其中有着意义的混乱。我们应该批判这种意义混乱的情况，甄别后现代的话语游戏，重建意义的多元阐释，并在相对性中发现意义的普遍性，厘清意义的层次和多元价值。并不是所有价值都是平等的，文学意义也如此，意义不可能永远处于开放状态而不闭合，我们总能发现有些阅读是明显的误读，而有些一时难以辨别的误读，需要留待时间距离的检验。

本真阅读伦理学认为，时间起着意义本真阐释的基础作用。文学意义与个人体验有关，因此，文学意义不只是文本意义的问题，还是生活意义的问题。意义的阐释必须在过去、现在、未来三种时间向度中往返，在特定的时空境遇里，特定的意义总是闭合的，但又面向未来有所创造。误读理论研究最重要的问题就是意义的确定性问题，现代以来，出现了许多互相矛盾的、没有价值的、非本真的意义。非本真的意义阐释是一种人云亦云的阐释，不是创造性的阐释。传统的形而上学的阐释，忽视了阐释的开放性，强调阐释的绝对固定性，是一种单向度的阐释。而后现代的阐释观，它割断了时间之间的联系，使个人体验成为断裂的碎片。本真的意义阐释，把个人的体验作为筑基点，又保持对未来的开放性，不是一种盲目的意义增殖，而是一种有所规划的意义阐释。

最后，人们可以通过交流达成一致，我们毕竟共享一个世界、共享文明的成果、共享文学的盛筵，误读的产生和消除都要回到文化的母体中去加以处理。文学意义的确定性首先来源于意义的普遍性、意义系统的稳定性，只有这样，才能产生意义的交流。对具体的文本来说，通过特定的方法，可以获得特定的意义，这种意义的有效性有待时间距离的检验，而随着意义中新元素的引入，意义在一定时空境遇中会发生嬗变，出现新的意义。虽然意义自身会随着时空境遇的不同而出现调整，但是，意义的确定性是人的一种本体的追求，人们总是千方百计使意义得到稳定、产生闭合，否则，人们的心理总是处于动荡不安的恐惧状态。而如果没有共同的文化和经验，阅读与解释将变得不可能，而文学理论的存在也成为可有可无的东西。

参考文献

一 著作

包亚明主编：《利奥塔访谈、书信录——后现代性与公正游戏》，上海人民出版社 1997 年版。

曹卫东：《交往理性与诗学话语》，天津社会科学院出版社 2001 年版。

丁宁：《接受之维》，百花文艺出版社 1990 年版。

董小英：《再登巴比伦塔——巴赫金与对话理论》，北京三联书店 1994 年版。

傅道彬、于茀：《文学是什么》，北京大学出版社 2002 年版。

高辛勇：《修辞学与文学阅读》，北京大学出版社 1997 年版。

何卫平：《通向解释学辩证法之途》，上海三联书店 2001 年版。

洪汉鼎主编：《理解与解释——诠释学经典文选》，洪汉鼎等译，东方出版社 2001 年版。

胡经之等：《西方二十世纪文论选》（第三卷：读者系统），中国社会科学出版社 1989 年版。

今何在：《悟空传》，光明日报出版社 2001 年版。

金惠敏：《后现代性与辨证解释学》，中国社会科学出版社 2002 年版。

金元浦：《文学解释学》，东北师范大学出版社 1997 年版。

蒋济永：《现象学美学阅读理论》，广西师范大学出版社 2001 年版。

李建盛：《理解事件与文本意义——文学诠释学》，上海译文出版社 2002 年版。

李钧编：《20 世纪西方美学经典文本》（第 3 卷：结构与解放），复旦大学出版社 2001 年版。

刘小枫编:《接受美学译文集》,北京三联书店 1989 年版。

马以鑫:《接受美学新论》,学林出版社 1995 年版。

苗力田主编:《古希腊哲学》,中国人民大学出版社 1989 年版。

莫伟民:《主体的命运——福柯哲学思想研究》,上海三联书店 1996 年版。

南帆:《文学的维度》,上海三联书店 1998 年版。

倪梁康:《自识与反思——近现代西方哲学的基本问题》,商务印书馆 2002 年版。

钱中文:《文学理论：走向交往对话的时代》,北京大学出版社 1999 年版。

孙绍先主编:《文学艺术与媒介关系研究》,中国社会科学出版社 2006 年版。

滕守尧:《审美心理描述》,中国社会科学出版社 1985 年版。

童庆炳、陶东风主编:《文学经典的建构、解构和重构》,北京大学出版社 2007 年版。

汪正龙:《文学意义研究》,南京大学出版社 2002 年版。

王峰:《西方阐释学美学局限研究》,黑龙江人民出版社 2006 年版。

王天思:《哲学描述论引论》,上海世纪出版集团 2009 年版。

王卫平:《接受美学与中国现代文学》,吉林教育出版社 1994 年版。

王一川:《语言乌托邦——20 世纪西方语言论美学探究》,云南人民出版社 1994 年版。

王岳川:《后现代主义文化研究》,北京大学出版社 1992 年版。

王岳川、尚水编:《后现代主义文化与美学》,北京大学出版社 1992 年版。

王治河:《后现代哲学思潮研究》（增补本）,北京大学出版社 2006 年版。

熊伟主编:《存在主义哲学资料选辑》（上卷）,商务印书馆 1997 年版。

闫红:《误读红楼》,当代世界出版社 2005 年版。

严平:《伽达默尔集》,上海远东出版社 2003 年版。

杨飏:《90 年代文学理论转型研究》,中国社会科学出版社 2001

年版。

杨周翰选编：《莎士比亚评论汇编》（下），殷宝书译，中国社会科学出版社1981年版。

乐黛云：《文化传递与文学形象》，北京大学出版社1999年版。

乐黛云等主编：《独角兽与龙——在寻找中西文化普遍性中的误读》，北京大学出版社1995年版。

乐黛云等主编：《文化传递与文学形象》，北京大学出版社1999年版。

袁可嘉编：《欧美现代十大流派诗选》，上海文艺出版社1991年版。

张京媛：《新历史主义与文学批评》，北京大学出版社1993年版。

张宁著译：《解构之旅·中国印记》，南京大学出版社2009年版。

张一兵：《不可能的存在之真——拉康哲学映像》，商务印书馆2006年版。

张一兵：《反鲍德里亚》，商务印书馆2009年版。

张一兵：《问题式、症候式与意识形态》，中央编译出版社2003年版。

赵宪章：《文体与形式》，人民文学出版社2004年版。

赵宪章：《西方形式美学》，上海人民出版社1996年版。

赵毅衡：《符号学原理与推演》，南京大学出版社2011年版。

赵毅衡：《新批评文集》，百花文艺出版社2001年版。

周宪：《超越文学》，上海三联书店1997年版。

周宪：《审美现代性批判》，商务印书馆2005年版。

朱立元：《接受美学》，上海人民出版社1989年版。

二　译作

［德］阿多诺：《美学理论》，王柯平译，四川人民出版社1998年版。

［加拿大］阿尔维托·曼古埃尔：《阅读史》，吴昌杰译，商务印书馆2002年版。

［美］阿兰·布鲁姆等：《莎士比亚的政治》，潘望译，江苏人民出版社2009年版。

［美］埃伦·迪萨纳亚克：《审美的人》，户晓辉译，商务印书馆

2004 年版。

［英］艾·阿·瑞恰慈:《文学批评原理》,杨自伍译,百花洲文艺出版社 1992 年版。

［意］艾柯等:《阐释与过度阐释》,王宇根译,北京三联书店 1997 年版。

［美］爱德华·W. 萨义德:《东方学》,王宇根译,北京三联书店 1999 年版。

［英］安·塞·布雷德利:《莎士比亚悲剧》,张国强等译,上海译文出版社 1992 年版。

［意］安伯托·艾柯:《开放的作品》,刘儒庭译,新星出版 2005 年版。

［苏］巴赫金:《诗学与访谈》,白春仁等译,河北教育出版社 1998 年版。

［苏］巴赫金:《哲学美学》,晓河等译,河北教育出版社 1998 年版。

［美］保罗·德曼:《解构之图》,李自修译,中国社会科学出版社 1998 年版。

［法］保罗·利科尔:《解释学与人文科学》,陶远华等译,河北人民出版社 1987 年版。

［法］贝尔纳·瓦莱特:《小说——文学分析的现代方法与技巧》,陈艳译,天津人民出版社 2003 年版。

［德］彼得·比格尔:《先锋派理论》,高建平译,商务印书馆 2002 年版。

［德］彼得·毕尔格:《主体的退隐》,陈良梅、夏清译,南京大学出版社 2004 年版。

［法］波德里亚:《消费社会》,刘成富等译,南京大学出版社 2000 年版。

［英］波微:《拉康》,牛宏宝等译,昆仑出版社 1999 年版。

［美］布鲁姆:《批评·正典结构与预言》,吴琼译,中国社会科学出版社 2000 年版。

［美］布鲁姆:《影响的焦虑》,徐文博译,江苏教育出版社 2005 年版。

［加］查尔斯·泰勒：《本真性的伦理》，程炼译，上海三联书店2012年版。

［加］查尔斯·泰勒：《现代性之隐忧》，程炼译，中央编译出版社2001年版。

［美］戴维·斯沃茨：《文化与权力：布尔迪厄的社会学》，陶东风译，上海译文出版社2006年版。

［美］道格拉斯·凯尔纳编：《波德里亚：批判性的读本》，陈维振等译，江苏人民出版社2005年版。

［法］德里达：《多义的记忆》，蒋梓骅译，中央编译出版社1999年版。

［法］德里达：《多重立场》，佘碧平译，北京三联书店2004年版。

［法］德里达：《马克思的幽灵》，何一译，中国人民大学出版社1999年版。

［法］德里达：《书写与差异》，张宁译，北京三联书店2001年版。

［法］德里达：《他者的单语主义》，张正平译，桂冠图书股份有限公司2000年版。

［法］德里达：《文学行动》，赵兴国等译，中国社会科学出版社1998年版。

［德］狄尔泰：《体验与诗》，胡其鼎译，北京三联书店2003年版。

［英］F.R.利维斯：《伟大的传统》，袁伟译，北京三联书店2002年版。

［法］蒂费纳·萨莫瓦约：《互文性研究》，邵炜译，天津人民出版社2003年版。

［美］杜威：《确定性的寻求》，傅统先译，上海人民出版社2004年版。

［美］杜威：《艺术即经验》，高建平译，商务印书馆2005年版。

［德］恩斯特·卡西尔：《人论》，甘阳译，上海译文出版社1985年版。

［美］菲斯克：《解读大众文化》，杨全强译，南京大学出版社2001年版。

［美］弗莱德·R·多尔迈：《主体性的黄昏》，万俊人译，上海人民出版社1992年版。

［英］弗兰克·克默德：《结尾的意义——虚构理论研究》，刘建华译，辽宁教育出版社 2000 年版。

［德］弗雷格：《弗雷格哲学论著选辑》，王路译，商务印书馆 2006 年版。

［法］福柯：《词与物》，莫伟民译，上海三联书店 2002 年版。

［法］福柯等：《激进的美学锋芒》，周宪等译，中国人民大学出版社 2003 年版。

［德］伽达默尔：《哲学解释学》，洪汉鼎译，上海译文出版社 2004 年版。

［德］伽达默尔：《真理与方法》（上、下），洪汉鼎译，上海译文出版社 1999 年版。

［德］伽达默尔等著：《德法之争：伽达默尔与德里达》，孙周兴等译，同济大学出版社 2004 年版。

［德］H.R. 姚斯等：《接受美学与接受理论》，周宁等译，辽宁人民出版社 1987 年版。

［德］哈贝马斯：《公共领域的结构转型》，曹卫东等译，学林出版社 1999 年版。

［德］哈贝马斯：《现代性的哲学话语》，曹卫东等译，译林出版社 2004 年版。

［美］哈罗德·布鲁姆：《误读图示》，朱立元等译，骆驼出版社 1981 年版。

［美］哈罗德·布鲁姆：《西方正典》，江宁康译，译林出版社 2005 年版。

［德］海德格尔：《存在与时间》，陈嘉映等译，北京三联书店 1987 年版。

［德］海德格尔：《思的经验》，陈春文译，人民出版社 2008 年版。

［德］汉斯·罗伯特·耀斯：《审美经验与文学解释学》，顾建光等译，上海译文出版社 1997 年版。

［美］赫伯特·马尔库塞：《审美之维》，李小兵译，广西师范大学出版社 2001 年版。

［美］赫施：《解释的有效性》，王才勇译，北京三联书店 1991 年版。

［美］霍兰德：《文学反应动力学》，潘国庆译，上海人民出版社1991年版。

［美］J. 希利斯·米勒：《重申解构主义》，郭英剑等译，中国社会科学出版社1998年版。

［美］加里·古廷：《20世纪法国哲学》，辛岩译，江苏人民出版社2005年版。

［美］简·汤普金斯等：《读者反应批评》，汤永宽等译，文化艺术出版社出版1989年版。

［英］杰曼·格里尔：《思想家莎士比亚》，毛亮译，外语教学与研究出版社2007年版。

［美］杰姆逊：《后现代主义与文化理论》，唐小兵译，北京大学出版社1997年版。

［德］卡尔·马克思：《1844年经济学哲学手稿》，中共中央马克思、恩格斯、列宁、斯大林著作编译局译，人民出版社2000年版。

［英］凯特·麦高恩：《批评与文化理论中的关键问题》，赵秀福译，北京大学出版社2012年版。

［德］康德：《判断力批判》，邓晓芒译，人民出版社2002年版。

［英］柯林· 戴维斯：《列维纳斯》，李瑞华译，江苏人民出版社2006年版。

［美］克莱斯·瑞恩：《异中求同：人的自我完善》，张沛、张源译，北京大学出版社2001年版。

［英］克里斯蒂娜·豪威尔斯：《德里达》，张颖等译，黑龙江人民出版社2002年版。

［美］克利福德·格尔茨：《文化的解释》，韩莉译，译林出版社1999年版。

［美］拉尔夫·科恩主编：《文学理论的未来》，程锡麟等译，中国社会科学出版社1993年版。

［法］拉康：《拉康选集》，褚孝泉译，上海三联书店2001年版。

［英］雷蒙德·威廉斯：《关键词——文化与社会的词汇》，刘建基译，北京三联书店2005年版。

［英］雷蒙德·威廉斯：《文化与社会》，吴淞江、张文定译，北京大

学出版社 1991 年版。

[美] 理查德·E. 帕尔默：《诠释学》，潘德荣译，商务印书馆 2012 年版。

[美] 理查德·罗蒂：《偶然、反讽与团结》，徐文瑞译，商务印书馆 2003 年版。

[美] 理查德·罗蒂：《哲学与自然之镜》，李幼蒸译，商务印书馆 2003 年版。

[美] 理查德·舒斯特曼：《实用主义美学》，彭锋译，商务印书馆 2002 年版。

[美] 理查德·沃林：《文化批评的观念》，张国清译，商务印书馆 2000 年版。

[美] 林赛·沃斯特：《美学权威主义批判》，昂智慧译，北京大学出版社 2000 年版。

[加] 琳达·哈琴：《后现代主义诗学》，李杨等译，南京大学出版社 2009 年版。

[美] 鲁道夫·阿恩海姆：《艺术与视知觉》，滕守尧等译，中国社会科学出版社 1984 年版。

[美] 罗伯特·卡普兰：《零的历史》，冯振杰等译，中信出版社 2005 年版。

[法] 罗兰·巴尔特：《符号学原理》，李幼蒸译，北京三联书店 1988 年版。

[法] 罗兰·巴特：《S/Z》，屠友祥译，上海人民出版社 2000 年版。

[法] 罗兰·巴特：《神话修辞术、批评与真实》，屠友祥等译，上海人民出版社 2009 年版。

[法] 罗兰·巴特：《文之悦》，屠友祥译，上海人民出版社 2002 年版。

[美] M. H. 艾布拉姆斯：《以文行事》，赵毅衡等译，译林出版社 2010 年版。

[美] 马克·波斯特：《第二媒介时代》，范静哗译，南京大学出版社 2005 年版。

[英] 马克·柯里：《后现代叙事理论》，宁一中译，北京大学出版社

2003年版。

[美] 马泰·卡林内斯库:《现代性的五副面孔》,顾爱彬、李瑞华译,商务印书馆2002年版。

[美] 迈克尔·莱恩:《文学作品的多重解读》,赵炎秋译,北京大学出版社2006年版。

[美] 米尔顿·弗里德曼:《货币的祸害》,安佳译,商务印书馆2006年版。

[法] 米歇尔·福柯:《主体解释学》,佘碧平译,上海人民出版社2005年版。

[德] 尼采:《悲剧的诞生》,李长俊译,湖南人民出版社1986年版。

[德] 尼采:《哲学与真理——尼采1872—1876年笔记选》,田立年译,上海社会科学院出版社1993年版。

[美] 尼葛洛庞帝:《数字化生存》,胡泳等译,海南出版社1997年版。

[英] 尼古拉斯·费恩:《尼采的锤子》,黄惟郁译,新华出版社2010年版。

[英] 尼古拉斯·费恩:《哲学——对最古老问题的最新解答》,许世鹏译,新星出版社2007年版。

[美] 诺埃尔·卡罗尔:《超越美学》,李媛媛译,商务印书馆2006年版。

[美] 诺伯特·威利:《符号自我》,文一茗译,四川教育出版社2011年版。

[加] 诺思罗普·弗莱:《批评的剖析》,陈慧等译,百花文艺出版社1998年版。

[法] 皮埃尔·布尔迪厄:《言语意味着什么——语言交换的经济》,褚思真、刘晖译,商务印书馆2005年版。

[法] 皮埃尔·布尔迪厄:《艺术的法则》,刘晖译,中央编译出版社2001年版。

[英] 齐格蒙特·鲍曼:《后现代伦理学》,张成岗译,江苏人民出版社2003年版。

[英] 齐格蒙特·鲍曼:《立法者与阐释者》,洪涛译,上海人民出版

社 2000 年版。

[英] 齐格蒙特·鲍曼：《现代性与矛盾性》，邵迎生译，商务印书馆 2003 年版。

[美] 乔纳森·卡勒：《结构主义诗学》，盛宁译，中国社会科学社 1991 年版。

[美] 乔纳森·卡勒：《论解构》，陆扬译，中国社会科学出版社 1998 年版。

[美] 乔纳森·卡勒：《文学理论》，李平译，辽宁教育出版社 1998 年版。

[比] 乔治·布莱：《批评意识》，郭宏安译，广西师范大学出版社 2002 年版。

[法] 让-保罗·萨特：《萨特文学论文集》，施康强等译，安徽文艺出版社 1998 年版。

[法] 让-弗朗索瓦·利奥塔尔：《后现代状况》，车槿山译，北京三联书店 1997 年版。

[法] 热拉尔·热奈特：《热奈特论文集》，史忠义译，百花文艺出版社 2001 年版。

[英] 莎士比亚：《李尔王》，朱生豪译，云南人民出版社 2009 年版。

[英] 莎士比亚：《莎士比亚全集》（五），朱生豪等译，人民文学出版社 1994 年版。

[英] 斯各特·拉什：《信息批判》，杨德睿译，北京大学出版社 2009 年版。

[斯洛文尼亚] 斯拉沃热·齐泽克：《意识形态的崇高客体》，季广茂译，中央编译出版社 2002 年版。

[斯洛文尼亚] 斯拉沃热·齐泽克等：《图绘意识形态》，方杰译，南京大学出版社 2002 年版。

[美] 斯坦利·费什：《读者反应批评：理论与实践》，文楚安译，中国社会科学出版社 1998 年版。

[美] 苏珊·桑塔格：《反对阐释》，程巍译，上海译文出版社 2003 年版。

[瑞士] 索绪尔：《普通语言学教程》，高名凯译，商务印书馆 1980

年版。

［英］泰玛·利贝斯等：《意义的输出》，刘自雄译，华夏出版社 2003 年版。

［英］汤林森：《文化帝国主义》，冯建三译，上海人民出版社 1999 年版。

［英］特雷·伊格尔顿：《二十世纪西方文学理论》，伍晓明译，陕西师范大学出版社 1986 年版。

［英］特里·伊格尔顿：《理论之后》，商正译，商务印书馆 2009 年版。

［英］特里·伊格尔顿：《历史中的政治、哲学、爱欲》，马海良译，中国社会科学出版社 1999 年版。

［英］特里·伊格尔顿：《美学意识形态》，王杰等译，广西师范大学出版社 1997 年版。

［英］特伦斯·霍克斯：《结构主义和符号学》，瞿铁鹏译，上海译文出版社 1997 年版。

［英］提摩太·贝维斯：《犬儒主义与后现代性》，胡继华译，上海世纪出版集团 2008 年版。

［美］托·斯·艾略特：《艾略特文学论文集》，李赋宁译，百花洲文艺出版社 1994 年版。

［法］托多罗夫：《巴赫金、对话理论及其他》，蒋子华、张萍译，百花文艺出版社 2001 年版。

［法］托多罗夫：《批评的批评——教育小说》，王东亮、王晨阳译，北京三联书店 2002 年版。

［德］瓦尔特·本雅明：《经验与贫乏》，王炳钧等译，百花文艺出版社 1999 年版。

［英］威廉·燕卜荪：《朦胧的七种类型》，周邦宪等译，中央美术学院出版社 1996 年版。

［美］韦勒克、沃伦：《文学理论》，刘象愚等译，北京三联书店 1984 年版。

［德］沃尔夫冈·伊瑟尔：《阅读活动》，金元浦等译，中国社会科学出版社 1991 年版。

［德］乌尔里希·贝克等：《自反性现代化》，赵文书译，商务印书馆 2004 年版。

［奥地利］西格蒙德·弗洛伊德：《论文学与艺术》，常宏等译，国际文化出版公司 2001 年版。

［美］希利斯·米勒：《文学死了吗》，秦立彦译，广西师范大学出版社 2007 年版。

［法］雅克·德里达：《论文字学》，汪堂家译，上海译文出版社 1999 年版。

［美］伊恩·P. 瓦特：《小说的兴起》，高原等译，北京三联书店 1992 年版。

［美］约翰·布里格斯等著：《混沌七鉴》，陈忠等译，上海科技教育出版社 2008 年版。

［英］约翰·洛克：《论降低利息和提高货币价值的后果》，徐式谷译，商务印书馆 1962 年版。

［英］约翰·斯特罗克编：《结构主义以来：从列维-斯特劳斯到德里达》，渠东等译，辽宁教育出版社 1998 年版。

［美］詹姆斯·费伦：《作为修辞的叙事》，陈永国译，北京大学出版社 2002 年版。

三　论文

［英］安德鲁·本尼特：《读者反应批评之后的阅读理论》，李永新等译，《江西社会科学》2010 年第 1 期。

昂智慧：《阅读的危险与语言的寓言性》，《外国文学研究》2005 年第 1 期。

陈占彪：《论当代娱乐文化的多元价值取向》，《社会科学战线》2011 年第 2 期。

顾彬：《误读的正面意义》，《文史哲》2005 年第 1 期。

沈敏特：《关于时尚与阅读的当代危机》，《文汇报》2011 年 4 月 9 日。

汪正龙：《"正读"、误读与曲解》，《江西社会科学》2005 年第 4 期。

严泽胜：《拉康论自恋、侵略性与妄想狂的自我》，《外国文学评论》

2003年第4期。

杨素珍：《国外阅读理论研究概述》，《淮阴师专学报》1995年第4期。

[美]伊莱恩·肖瓦尔特：《女性主义与文学》，《外国文学》1996年第2期。

殷企平：《驳意义不确定论》，《外国文学》1997年第1期。

俞吾金：《我们应该如何思维》（上），《解放日报》2010年12月28日。

张中载：《误读》，《外国文学》2004年第1期。

赵宪章：《超文性戏仿文体解读》，《湖南师范大学社会科学学报》2004年第3期。

周宪：《重心迁移：从作者到读者——20世纪文学理论范式的转型》，《文艺研究》2010年第1期。

朱立元：《超越二元对立的思维方式——关于新世纪文艺学、美学研究突破之途的思考》，《文艺理论研究》2002年第2期。

四 外文

Barthes, Roland, *Image-Music-Text*, ed. and trans. Heath, Stephen., New York: Hill and Wang, 1977.

Baudrillard, J, *Seduction*, trans. Singer, B., New York: St Martin's Office. 1990.

Culler, Jonathan, *The Pursuit of Signs: Semiotics, Literature, Deconstruction*, New York: Comell University Press, 1981.

Davis, Colin, *After Poststructuralism: Reading, Stories and theory*, London: Routledge, 2004.

De Man, Paul, *Aesthetic Ideology*, MinneaPolis/London: University of Minnesota Press, 1996.

De Man, Paul, *Allegories of Reading*, New Haven and London: Yale University Press, 1979.

De Man, Paul, *Blindness and Insight*, London: University Paperbacks Press, 1983.

De Man, Paul, *The Resistance to theory*, Minneapolis: University of Minnesota Press, 1986.

Derrida, Jacques, *Margins of Philosophy*, trans by Bass, Alan, Chicago: Chicago University Press, 1982.

Derrida, Jacques, *Of Grammatology*, trans. by Spivak, Gayatri Chakravorty, Baltimore: Johns Hopkins University Press, 1974.

Derrida, Jacques, *Speech and Phenomena*, Trans. By David B. Allison, Evanston: Northwest University Press, 1973.

Eco, Umberto, *The Role of the Reader*, Bloomington: Indiana University Press, 1979.

Ellis, John M., *Against Deconstruction*, Princeton: Princeton University Press, 1989.

Gallagher, C. and Greenblatt, S., *Practicing New Historicism*, Chicago: Chicago University Press, 2000.

Gloversmith, Frank.ed., *The Theory of Reading*, Sussex: The Harvester Press, 1984.

Hall, Stuart, Who dares, fails, *Soundings*, Issue 3: Heroes and Heroines, Summer, 1996.

Hwang, Wen-chung, *Language in King Lear*. Taipei: Bookman Books, 1986.

McGinn, Colin. *Shakespeare's Philosophy*, New York: Harper Collins, 2006.

Miller, J.Hillis, *The Ethics of Reading*, New York: Columbia University Press, 1987.

Rotman, Brian, *Signifying Nothing: The Semiotics of Zero*, Stanford: Stanford University Press, 1987.

Sangren, S. Rhetoric and the Authority of Ethnography, *Current Anthropology* (Vol.33, No.1, Supplement), 1992.

Simmel, Georg, *The Philosophy of Money*, Trans. by Tom Bottomore & David Frisby, London: Routledge & Kegan Paul Ltd, 1978.

Wang Yan, A consuming addiction, *China Daily*, 2011-4-03.

致谢词

本书的写作得到了众多专家学者的支持和帮助，他们是：南京大学文学院的赵宪章教授，复旦大学中文系的朱立元教授，云南大学文化产业研究院的李炎教授等，其他授课的教师对本书的写作也提供了思路和灵感，在这里对老师们深深表示感谢，没有他们的谆谆教导，就没有这部书稿的面世。在这里也要感谢我的家人对我的支持和帮助，没有他们无私的奉献，我就不能安心地读书和写作。

本书的出版得到了国家社科基金项目经费及其配套经费的支持，配套经费提供单位为曲靖师范学院。另外，还得到了汕头大学科研启动基金的资助，在这里一并感谢。

于汕头大学教工宿舍
2019 年秋